S. Michele
S. Cristofero
SS. Giovanni e Paolo
Castello
Arsenal
Palazzo Ducale
S. Giorgio Maggiore
S. Elena
VENEDIG

Michael Peinkofer

DER WIND UND DIE WAHRHEIT

Weitere Titel des Autors:

Schneefall
Mordfall
Die Bruderschaft der Runen
Das Vermächtnis der Runen
Das Buch von Ascalon
Das verschollene Reich
Der Wind und die Wahrheit

Spiel der Schatten

Alle Titel in der Regel auch als E-Book erhältlich

Bei LÜBBE AUDIO erhältlich:
Team X-Treme
Der Fluch von Barataria
Die indische Verschwörung
Das Buch von Ascalon

Als E-Book erhältlich:
Bloodcast
Der Schatten von Thot
Die Flamme des Pharaos
Am Ufer des Styx
Das Licht von Shambala

Als E-Book und bei LÜBBE AUDIO:
Die Erben der schwarzen Flagge

MICHAEL
PEINKOFER

Der Wind und die Wahrheit

HISTORISCHER ROMAN

LÜBBE VERLAG

Dieser Titel ist auch als E-Book erschienen
Originalausgabe

Dieses Werk wurde vermittelt durch die Autoren- und Verlagsagentur Peter Molden, Köln

Textredaktion: Stefan Bauer
Zeichnungen Innenteil: Daniel Ernle, **dec3** GmbH & Co. KG, Berkheim
Kartenzeichnungen: Helmut W. Pesch, Köln
Umschlaggestaltung: Johannes Wiebel,
Einband-/Umschlagmotiv: Johannes Wiebel | punchdesign, München
unter Verwendung von Motiven von
© Shutterstock.com/Yuganov Konstantin; Shutterstock.com/Slava Gerj;
Shutterstock.com/Viorel Sima; Shutterstock.com/Rawpixel;
Shutterstock.com/Alena Serdiukova
Satz: Dörlemann Satz, Lemförde
Gesetzt aus der Baskerville Book BQ
Druck und Einband: GGP Media GmbH, Pößneck

Printed in Germany
ISBN 978-3-431-03952-8

5 4 3 2 1

Sie finden uns im Internet unter: www.luebbe.de
Bitte beachten Sie auch: www.lesejury.de

HANDELNDE PERSONEN
(in alphabetischer Reihenfolge)

Alessandro Bertrano	Kaufmannssohn aus Venedig
Alyssia Bertrano	Kaufmannstochter aus Venedig
Battista Sabattini	Staatsinquisitor von Venedig
Bianca Sabattini	seine Tochter
Bruder Anselmo	Mönch des Dominikanerordens
Bruder Remigio	Mönch des Dominikanerordens
Burkas	ein stummer Grieche
Canzarro	ein Sklavenjäger
Carlo Varesi	venezianischer Patrizier
Cicero	ein Pirat
Dario Berlotti	Offizier der Stadtwache von Venedig
El-Rih	Krieger der Janitscharengarde
Enzo Gepardi	Kapitän eines Handelsseglers
Gangara	Statthalter von Alexandria
Giovanni	Hausdiener Bertranos
Giulia Marinara	Schneidersfrau aus Venedig
Jost van Geldern	deutscher Kaufmann
Kerim Bey	Sklavenhändler aus Cairo
Leonardo Bertrano	venezianischer Kaufmann
Lorenzo Celsi	Doge von Venedig
Luro del Rosso	Staatskämmerer von Venedig
Mancano	Piratenkapitän
Mario Capello	Buchhalter Bertranos
Markad al-Khassar	Berater Yalbughas
Omar ben Adil	Abgesandter des osmanischen Sultans
Pater Umberto	Mönch des Dominikanerordens
Peter I. von Lusignan	König von Zypern
Pietro Marcesi	venezianischer Patrizier
Raffaela Bertrano	Gemahlin Bertranos
Raymond de Berenger	Großmeister des Hospaliterordens

Sabina	eine Sklavin
Shaban al-Ashraf	junger Sultan der Mamluken
Stilicho	Diener Sabattinis, ein Byzantiner
Xavir	Hauptmann der Janitscharen
Yalbugha al-Khassaki	Emir von Cairo, Regent der Mamluken
Yussuf	Krieger der Janitscharengarde

PROLOG

Alexandria
Im Jahr des Herrn 829

Es war erst später Nachmittag, aber das Unwetter, das über der Stadt tobte, hatte den Himmel verfinstert.

Wind peitschte die See, sodass sich selbst die geschützten Häfen der Stadt in tosende Pfuhle verwandelten und die Kapitäne der Segler, die dort dicht an dicht vor Anker lagen, um ihre Schiffe fürchteten. Gleichzeitig stürzten Wassermassen herab, als hätte der Allmächtige beschlossen, eine zweite Sintflut über die Welt hereinbrechen zu lassen. Die Häuser der Stadt waren hinter Schleiern aus Regen und Dunkelheit verschwunden, ebenso wie die Kuppeln und Türme der Moscheen. Die Straßen, die am Tage vor Menschen überquollen, vor Pilgern, Händlern, Soldaten, Seeleuten, Dieben und noch vielen mehr, waren jetzt leer, und selbst die Bettler, die sonst die Gassen bevölkerten und eigentlich kein Obdach hatten, hatten sich in Nischen und Verschläge geflüchtet.

Nur ein einzelner Wagen quälte sich die Straße zum Osttor hinab, widersetzte sich tapfer dem Regen und dem Wind – und dafür gab es einen Grund.

Dieser Grund war eine unscheinbare hölzerne und mit Wachs versiegelte Kiste, die auf der Pritsche des Wagens lag und deren Inhalt von solcher Wichtigkeit war, dass die beiden Kaufleute, die den Wagen schoben, alles dafür riskierten.

Würden sie entdeckt, so würde die Strafe, die sie erwartete, schlimmer sein als der Tod. Beiden war dies klar gewesen, und dennoch hatten sie sich freiwillig für diese Mission gemeldet, die sie tief ins Land des Feindes führte, ins Reich der Gottlosen.

Lange hatte der Inhalt des Schreins in Alexandria geruht. Doch nun, da sein Erhalt bedroht war, da die Machthaber der Stadt damit begonnen hatten, christliche Kirchen einzureißen und daraus Moscheen für ihren heidnischen Gott und prunkvolle Paläste für sich selbst zu errichten, war die Zeit gekommen, das kostbare Artefakt an einen anderen Ort zu bringen, weit fort, auf die andere Seite des großen Meeres, das die eine Welt von der anderen trennte.

Bonus war der Name des einen Mannes, Rustico der des anderen. Weder waren es ihre richtigen Namen, noch gingen sie in Wahrheit dem Beruf des Kaufmanns nach. Es gehörte zur List, war Teil des Plans, den andere geschmiedet hatten. Bonus und Rustico waren lediglich die Arme, die die Tat vollführten, die Vollstrecker eines Urteils, das andernorts gefällt worden war. Der Gedanke, einen Diebstahl zu begehen, lag ihnen fern; vielmehr waren sie überzeugt, heimzuholen, was lange Zeit verloren gewesen war.

Als sich die Umrisse des Stadttores aus den Regenschleiern schälten, wechselten die beiden Männer unruhige Blicke. Die nächsten Momente würden entscheiden.

Über ihr Leben oder ihren Tod.

Und über das Wohl einer ganzen Stadt …

Der Regen ließ ein wenig nach, als der Karren das Tor erreichte. Der diensthabende Hauptmann, ein gepanzerter Krieger, der eine lederne, von einer Straußenfeder gekrönte Kappe über seinem Helm trug, schien wenig gewillt, der beiden Händler wegen in den Regen zu treten. Mit Gesten bedeutete er ihnen, unter den Torbogen zu kommen.

Bonus und Rustico wechselten noch einen Blick, dann leisteten sie der Aufforderung Folge. Indem der eine die Deichsel führte und der andere von hinten schob, bugsierten sie den Karren unter den Bogen, der sich in orientalischer Manier über ihnen wölbte. Der Hauptmann trat heran, in Begleitung zweier Posten, die nicht weniger schwer gepanzert waren als er selbst. Die Spitzen ihrer federgeschmückten Speere waren auf die Händler gerichtet, bereit, jeden Augenblick zuzustoßen.

»Wer seid ihr, und was wollt ihr?«, fragte der Hauptmann. Seine dunklen Augen musterten die Händler mit unverhohlenem Vorwurf. »Und was, beim Bart des Kalifen, habt ihr bei diesem Wetter draußen zu suchen?«

»Ihr könnt mir glauben, dass wir lieber zu Hause wären, Herr«, versicherte Bonus, der nicht zuletzt deshalb ausgewählt worden war, weil er die Zunge der Muselmanen fließend beherrschte, »doch unser Auftrag duldet keinen Aufschub.«

»Ach ja? Und was für ein Auftrag soll das sein?«

»Wir haben Weisung, die Ladung dieses Karrens aus der Stadt zu bringen«, erklärte Bonus frei heraus – und das war noch nicht einmal die Unwahrheit.

»Ungläubiger«, stieß der Offizier spöttisch hervor, »hältst du mich für so dumm? Was habt ihr gestohlen, dass ihr euch nun bei diesem Wetter aus der Stadt schleichen wollt?«

»Nichts, Herr«, versicherte Bonus, und sowohl er als auch sein bis auf die Knochen durchnässter Begleiter verneigten sich tief. »Wir bitten Euch nur, uns passieren zu lassen, damit wir entfernen können, was Eure Sinne und Euren Glauben beleidigt.«

»Was redest du da?« Mit einer unwirschen Bewegung bedeutete der Hauptmann seinen Leuten, den Karren zu durchsuchen. Während der eine die Händler in Schach hielt, nahm der andere den Speer, stach damit in die Plane aus durchnässtem Stoff, die über die Ladung gebreitet war, öffnete sie – und fuhr entsetzt zurück.

Der Hauptmann beugte sich vor, um ebenfalls einen Blick auf die Pritsche zu erheischen – und brach in eine wüste Verwünschung aus. »Sohn einer Hündin«, fuhr er Bonus an, »willst du uns beleidigen?«

»Nein, Herr«, versicherte Bonus. »Mein Begleiter und ich bitten Euch demütigst, uns passieren zu lassen, damit wir all das rasch aus Euren Augen schaffen können.«

»Und aus unseren Nasen«, fügte der Offizier hinzu, der die linke Hand vors Gesicht geschlagen hatte und nur noch stoßweise atmete. Mit der anderen Hand bedeutete er seinen Leuten, die Kaufleute durchzulassen. »Macht, dass ihr fortkommt, ihr schmutzigen Ungläubigen, ehe ich mich vergesse und eure fauligen Kadaver zu dem anderen Unrat werfe! Lasst euch hier ja nie wieder blicken, verstanden?«

»Verstanden, Herr«, versicherte Bonus und verbeugte sich tief, dann setzten sie den Wagen wieder in Bewegung. Quietschend wälzten sie die Räder unter dem Torbogen hindurch. Dass der strömende Regen sie schon im nächsten Moment wieder erfasste, war den falschen Kaufleuten gleichgültig.

Die Mission war geglückt.

Der Schrein hatte die Stadt der Muselmanen verlassen – unter einem Berg von altem Schweinefleisch.

Östliche Ägäis im Frühjahr 1344
515 Jahre später

Unerwartet war es aufgetaucht.

Das Schiff mit dem charakteristischen Lateinsegel, das unter christlichen Seefahrern so gefürchtet war wie die dreieckige Flosse eines Haifischs bei Schiffbrüchigen. Und wie ein Hai hatte es zu seiner Beute aufgeschlossen und war nun kurz davor, sie zu verschlingen.

Der Besatzung der Handelsgaleere blieb keine Zeit, die Segel zu reffen. Die Brandpfeile, die vom Schiff der Piraten herüberflogen, setzten die Segel in Brand. Auf der Galeere brach Panik aus. Zwar versuchte Kapitän Gepardi, ein gebürtiger Genueser, der für byzantinische Kaufleute segelte, die Verteidigung seines Schiffes zu organisieren. Doch die Matrosen und Ruderer, die an Bord der Galeere ihren Dienst versahen, waren zu sehr damit beschäftigt, sich vor brennenden Stücken Stoff und Tau in Sicherheit zu bringen, die aus der Takelage herabfielen, als dass an Gegenwehr zu denken gewesen wäre.

Die Bogenschützen, die die Galeere begleiteten, gaben immerhin einige Pfeile ab, doch sie genügten nicht, um den Piratensegler auf Distanz zu halten, dessen hochgezogene Bordwände die Besatzung zuverlässig schützten. Unaufhaltsam kam das feindliche Schiff näher. Es gab keine Warnung oder Aufforderung, die Ladung herauszugeben oder ein Lösegeld zu begleichen. Diese Seeräuber waren ganz offenbar nicht nur auf Beute aus, sondern auch auf die Leben derer, die an Bord der Galeere fuhren …

»Haltet stand!«, schärfte Gepardi seinen Leuten ein, die inmitten von Rauch und kleinen Bränden an der Backbordseite Aufstellung genommen hatten, mit leichten Schilden und langen Messern bewehrt, wie sie auf See üblich waren. »Keiner dieser Halunken kommt an Bord dieses Schiffes, habt ihr verstanden?«

Die Seeleute nickten, doch die Furcht, die in ihren Gesichtern zu lesen stand, sagte etwas anderes. Dann ging das fremde Schiff längsseits. Taue wurden herübergeworfen, Enterhaken dazu benutzt, die Galeere heranzuziehen – und schon im nächsten Augenblick stürzten hinter der hohen Seitenwand des Schiffes bis an die Zähne bewaffnete Krieger hervor, die weite Kleider und Turbane trugen und deren Klingen nach arabischer Art gekrümmt waren.

»Haltet stand!«, schrie Gepardi noch einmal.

Es war das Letzte, was er sagte, denn ein Pfeil traf ihn in den Hals und erstickte seine Befehle in einem Blutschwall. Ein hünenhafter Araber, um dessen ungeheuren Leib eine rote Schärpe gebunden war, kam als Erster an Bord der Galeere. Sein erster Schwertstreich galt Gepardi, den er mit einem einzigen Hieb fällte, sodann fielen er und seine Spießgesellen über die Besatzung des Schiffes her, und ein wildes Handgemenge entbrannte.

Was genau weiter auf Deck geschah, konnte Leonardo Bertrano nicht mehr erkennen, denn ein zu Tode verwundeter Seemann sank genau vor dem Schlitz nieder, durch den Bertrano gespäht hatte – und so blieb den unter Deck Eingeschlossenen nur noch, den grässlichen Lauten zu lauschen, die von oben herabdrangen.

Dem Poltern der Schritte.

Dem Klirren der Waffen.

Den Schreien der Verwundeten.

Gehetzt blickte sich Bertrano im Halbdunkel der Kajüte um. Chiara, sein geliebtes Weib, drängte sich in eine Ecke des schmalen Raums, die kleine Alyssia im Arm; ihr gegenüber kauerten sein Freund und Partner Battista Sabattini und seine Gemahlin Allegra; auch sie hatten ihre Tochter bei sich, die auf den Namen Bianca hörte, und anders als die kleine Alyssia schien sie mit ihren fünf Jahren genau zu wissen, was vor sich ging. Die Furcht in ihren blassen, scharf geschnittenen Zügen spiegelte exakt das wider, was auch in den Gesichtern der Erwachsenen stand.

Nackte, panische Angst …

Zwar hielt Bertrano einen Dolch in den Händen, doch die Sicherheit, die ihm der Stahl gab, war sehr begrenzt. Sein Leben lang war er darauf stolz gewesen, kein Soldat zu sein, sondern Kaufmann, seinen Lebensunterhalt nicht damit zu verdingen, zu töten und zu zerstören, sondern zu verhandeln und friedliche Beziehungen zu knüpfen. In diesen bangen Augenblicken bereute er es zum ersten Mal.

Auch Sabattini hatte sein Schwert gezogen, und Bertrano fiel ein, dass er noch nicht einmal wusste, ob sein Kompagnon damit umzugehen verstand. Um die Geschäfte zu tätigen, denen sie gemeinsam in Konstantinopel nachgegangen waren und die sie beide wohlhabend gemacht hatten, war es nicht nötig gewesen. Doch nun, auf der Heimreise, schienen sie sich ihrer Haut erwehren zu müssen ...

»Ich will nicht, dass sie mich lebend bekommen, Leonardo, hörst du?«, wandte Chiara sich ihrem Mann zu. Auch aus ihren Augen sprach Furcht, die jedoch von einer seltsamen Gelassenheit geprägt war. »Ich liebe dich.«

»Und ich liebe ...«, wollte Bertrano erwidern – doch weiter kam er nicht. Etwas schlug von außen gegen die Tür der Kajüte, dass sie fast aus den Angeln fiel.

Die beiden Frauen schrien, die Kinder begannen zu weinen. Sabattini trat vor, stellte sich schützend vor seine Familie – und schon im nächsten Moment flog die Tür auf.

Gleich mehrere Muselmanen drängten herein, die sonnengebräunten Gesichter blutbesudelt, und Sabattini stieß zu. Seine Klinge fuhr in die Schulter eines der Männer und streckte ihn nieder, doch schon im nächsten Moment hatten sie ihn entwaffnet und zerrten ihn hinaus, ebenso wie seine Frau und Tochter. Bertrano zögerte noch, was er tun sollte, als seine Gemahlin nach dem Dolch fasste, den er in der Hand hielt, und ihm die Waffe entrang.

Für einen winzigen Augenblick begegneten sich ihre Blicke – dann stieß sie sich den Stahl in die Brust.

»Nein!«, schrie Bertrano und wollte zu ihr, aber die Piraten packten ihn und schleppten ihn ebenfalls nach draußen, zusammen mit Alyssia, seiner Tochter. Das Letzte, was das Kind von seiner Mutter erblickte, war eine auf dem Boden zusammengesunkene Gestalt, die ihr zum Abschied noch ein Lächeln schickte.

Dann ging es nach oben.

Über die Stufen des Niedergangs wurden sie hinaus ans Tageslicht gezerrt, zurück auf Deck, wo der Kampf zu Ende war und der Tod reiche Ernte gehalten hatte. Das Deck war von schwelenden Bränden übersät, die Planken hatten sich rot verfärbt. Die meisten der Piraten waren damit beschäftigt, den Laderaum des Handelsseglers zu leeren und das Beutegut auf das *shalandiyat* zu bringen. Andere waren dabei, tote und verwundete Seeleute kurzerhand über Bord zu werfen, auf dass sie den Haien als Nahrung dienten. Und inmitten des Schreckensbildes stand der hünenhafte Araber mit der roten Schärpe, der der Kapitän der Piraten zu sein schien. In barschen Worten wies er seine Leute an, die Gefangenen in einer Reihe aufzustellen, damit er sie inspizieren könne.

Bertrano war nur zu klar, welchem Zweck diese Inspektion diente; auf den Märkten von Beirut, Tyros und Alexandria waren christliche Sklaven eine begehrte Ware, besonders dann, wenn es sich um Frauen handelte. So verzweifelt Bertrano über Chiaras Tod war – dieser Weg würde ihr erspart bleiben.

Alyssia an sich pressend, die er auf den Armen trug, sah er zu, wie der Piratenkapitän die Spreu vom Weizen trennte. Gefangene, die ihm als zu schwächlich oder wenig gewinnversprechend erschienen, weil sie verwundet oder in seinen Augen zu schmächtig waren, ließ er kurzerhand über Bord werfen. Wen er für würdig befand, auf dem Sklavenmarkt feilgeboten zu werden, ließ er unter Peitschenhieben an Bord seines Schiffes bringen.

Als Nächstes war die Reihe an Sabattini und seiner Gemahlin. Allegra Sabattini hatte den Arm schützend um ihre Tochter Bianca gelegt. Mit ihrem glänzend schwarzen Haar und ihren ebenmäßigen Zügen war sie von berückender Schönheit, selbst jetzt in diesem Augenblick – und natürlich fand sie Gefallen in den Augen des Piraten. Mit einem Nicken bedeutete er seinen Leuten, sie mitzunehmen, doch Sabattini ging dazwischen. »Nein!«, brüllte er und sprang vor. »Du elender Heide wirst sie nicht …!«

Der Kapitän brachte ihn mit einem Schwerthieb zum Schweigen, der schräg über sein Gesicht verlief und seine Nase teilte. Blutüberströmt sank Sabattini nieder, zum Entsetzen seiner Frau, die ihr Kind losließ und sich neben ihn kauerte. Doch die Seeräuber ergriffen sie sofort und zerrten sie mitleidlos auf das andere Schiff.

»Allegra!«, schrie Sabattini verzweifelt und streckte seine blutige Rechte nach ihr aus, doch sein Flehen verhallte ungehört, seine Gemahlin kehrte nicht zurück.

Die Auslese ging weiter.

Der Hüne trat vor Bertrano und musterte zuerst ihn und dann seine Tochter. Als der Pirat jedoch in Alyssias Augen blickte, geschah etwas Seltsames: Er prallte zurück, und ein Anflug von Entsetzen zeigte sich auf seinen grausamen, blutbesudelten Zügen. Einen endlos scheinenden Moment lang starrte er das Mädchen an. Dann entfuhr ihm ein heiserer Befehl, und ohne Zögern machte er kehrt und befahl seinen Leuten, das Schiff augenblicklich zu verlassen. Furcht war plötzlich in den Gesichtern der Seeräuber zu lesen, und so bestiegen sie ihr *shalandiyat*, setzten Segel und fuhren davon, so rasch, wie sie aufgetaucht waren.

Von Entsetzen gezeichnet starrte Bertrano ihnen nach – und entdeckte ein Segel am Horizont.

Es gehörte zu einer venezianischen Galeere, die wenig später beidrehte und die Überlebenden des Überfalls an Bord nahm, für die es immer ein Rätsel blieb, was sie an jenem schicksalhaften Tag gerettet hatte.

Die Segel einer Kriegsgaleere am fernen Horizont? Oder die Augen eines kleinen Mädchens, die verschiedene Farben hatten.

Erstes Buch:

1

San Polo, Venedig
31. März 1362

Geschäftiges Treiben herrschte auf dem Rialto, dem großen Markt von Venedig. Waren aus aller Welt wurden hier angeboten, warteten darauf, in großen Mengen eingekauft, umgelagert und dann weiter verschifft zu werden: französische Wolle, Tuche aus England, Felle und Leder aus dem Reich der Russen, Hornwaren und Filze aus deutschen Landen, Käse und getrockneter Fisch aus Griechenland und dem Süden Italiens; aber auch Gewürze aus dem fernen Indien, Mandeln und Rosinen aus dem Orient sowie Seide aus dem fernen China – all dies stapelte sich in den Kontoren und Magazinen, deren Säulenhallen sich auf dem Rialto reihten und bald zu engen Gassen drängten, bald weite Plätze umgaben. Hier drängten sich die Menschen: Händler und Unterhändler, Kaufleute und Agenten, Diener und Träger, aber auch Beamte der Stadt, die dafür Sorge trugen, dass die Republik Venedig an jedem Geschäft mitverdiente; selbst in dem schwirrenden, pulsierenden und in allen Sprachen parlierenden Durcheinander, das auf dem Rialto herrschte und das an das hektische Treiben in einem Bienenstock erinnerte, hatte alles seine Ordnung.

Es waren die Gesetze des Gewinns, die das Leben in Venedig regelten, der unabänderliche Wechsel von Kaufen und Verkaufen. Von ihm wurde alles bestimmt, in seinem Rhythmus atmete die Stadt. Wer vom Scheitel der hölzernen Brücke aus, die sich in einem weiten Bogen über den Canal Grande spannte, auf das rege Treiben des Rialto blickte, auf die unzähligen Koggen und Barken, die an den Kais entladen wurden, und auf die Häuser der Kaufleute, die sich stolz und erhaben entlang des Kanals reihten, der wäre wohl nicht auf den Gedanken gekommen, dass etwas die Blüte und den Wohlstand der Stadt bedrohen könnte – und doch war es so, wie Leonardo Bertrano aus leidvoller Erfahrung wusste.

Als Bertrano an diesem Vormittag seine Schritte über die Brücke lenkte, tat er es mit gemischten Gefühlen. Er war Händler, Kaufmann durch und durch, und es hatte Zeiten gegeben, da hatte er es nicht erwarten können, durch die Säulenhallen des Rialto zu wandeln und ein Geschäft nach dem anderen abzuschließen. Doch es war ein Unterschied, ob man im Bewusstsein dorthin ging, dass die Nachfrage hoch und die Lager reich gefüllt waren, oder ob man dort verkehrte, um Abbitte zu leisten.

»Vater?«

Bertrano war in Gedanken versunken gewesen; jetzt blieb er stehen und wandte sich der jungen Frau an seiner Seite zu. Sie wirkte zierlich, fast zerbrechlich, und ihr Haar war nicht pechschwarz wie das seine, sondern von kastanienbrauner, leicht rötlicher Farbe – ein Erbe ihrer verstorbenen Mutter. Hohe Wangenknochen und eine schmale Nase beherrschten ihre sanften, makellosen Gesichtszüge, ihr Mund war klein, die Lippen rosig. Am sonderbarsten jedoch waren ihre Augen anzusehen, denn so, als hätte sich der Schöpfer nicht für eine Augenfarbe entscheiden können, hatte er ihr gleich zwei mitgegeben: Während das rechte Auge dunkelbraun war, war das andere grün. Meist war es nicht zu sehen, wenn jedoch das Licht in einem bestimmten Winkel einfiel, so wie in diesem Moment, dann glitzerte Alyssias linkes Auge in geheimnisvollem Grün …

»Ja, meine Tochter?« Ihr Anblick erfreute ihn wie immer, sodass ein mildes Lächeln um seine Züge spielte.

»Dein Versprechen«, brachte sie in Erinnerung – und er schlug sich mit der flachen Hand vor den Kopf.

»Natürlich, bitte entschuldige, Liebes … Mario wird dir Geld geben. In dem neuen Kleid wirst du wie eine Prinzessin aussehen, davon bin ich überzeugt.«

»Danke, Vater.« Sie beugte sich vor und küsste ihn auf die Wange. Dann war Mario Capello, Bertranos geschäftiger Buchhalter und Stellvertreter, der ihn wie immer auf den Rialto begleitete, auch schon dabei, seine Börse zu öffnen. Alyssia nahm das Geld und bedankte sich dafür mit einem Lächeln. Dann wandten sich sie und ihr Diener, der sie außerhalb des Hauses stets begleitete, ab und verschwanden in der wogenden Menge.

»Sie ähnelt ihrer Mutter auf manche Weise«, meinte Bertrano, während er ihnen nachsah. »Auch sie liebte alles Schöne.«

»Aber Donna Chiara liebte auch die Wahrheit«, wandte Capello ein. »Ihr solltet ehrlich sein und es Eurer Tochter sagen, Herr. Ich bin sicher, sie würde es verstehen.«

»Das würde sie. Aber noch ist es nicht so weit, mein Freund. Schließlich sind wir nicht ohne Grund hierhergekommen.«

»Und Ihr seid sicher, dass Ihr das tun wollt?«

Capello war ein kleinwüchsiger Mann, der Bertrano nur bis zur Schulter reichte; seine scharf geschnittenen Gesichtszüge, das kantige Kinn und die wachsam blickenden Augen legten jedoch nahe, dass er mit Klugheit und Durchsetzungskraft aufwog, was ihm an Körpergröße fehlte. »Zu einer Notlüge zu greifen wäre in einem solchen Fall womöglich die geeignetere Strategie.«

»Und einem langjährigen Geschäftspartner dreist ins Gesicht lügen?« Bertrano verzog das schmale, von einem grauen Bart gesäumte Gesicht. Die dunklen Augen blickten traurig. »Nein, mein Freund. Ich bin in dieser Sache schon viel zu lange unehrlich gewesen, habe die Wahrheit vertuscht und meine Kunden hingehalten. Es war immer klar, dass ich mich früher oder später würde offenbaren müssen – und dieser Zeitpunkt ist jetzt gekommen.«

»Ich ersuche Euch noch einmal zu bedenken, was Ihr tut!« Capello wurde zunehmend unruhiger, je näher sie der anderen

Seite der Brücke kamen. »Was ausgesprochen ist, kann nicht wieder zurückgenommen werden! Was, wenn morgen ein Schiff in den Canal Grande einfährt, das Eure Ware bringt? Die Gewürze, die Seide, die …«

»Dann werde ich nach San Marco gehen und dem Schutzheiligen eine fünf Pfund schwere Kerze aus feinstem Bienenwachs stiften«, erwiderte Bertrano ohne Zögern und mit einem freudlosen Lächeln. »Aber wir beide sind lange genug dabei, um zu wissen, dass das nicht geschehen wird.«

Capello widersprach nicht – wie sollte er auch?

Als Bertranos langjähriger Buchhalter kannte er das Auf und Ab der kaufmännischen Profession nur zu gut. Die großen Kontore der *nobili* konnten Rückschläge wie diese leicht verkraften und Verluste einfach durch Gewinne mit anderen Waren ausgleichen, und in den *fraternite*, den kaufmännischen Bruderschaften, konnten jederzeit die Familienmitglieder bei Engpässen aushelfen. Bertrano jedoch gehörte zu keiner der beiden Gruppen. Er betrieb nur ein kleines Kontor und war ganz allein. Er war ein *cittadino* – ein Bürger, der die Erlaubnis zum Handel erhalten hatte und dem es gelungen war, sich mit viel Fleiß und Geschick ein Vermögen zu erwerben. Doch in schlechten Zeiten konnte dieses Vermögen ebenso rasch wieder verloren gehen.

Sie erreichten die andere Seite der Brücke und tauchten in das Durcheinander aus Stimmen, Hautfarben und exotischen Gerüchen ein. Eine Barke mit russischen Sklaven wurde soeben am Pier entladen. Bertrano schüttelte sich innerlich bei dem Gedanken, mit Menschen zu handeln wie mit Salz oder Baumwolle. Obwohl viele Kaufleute – und nicht zuletzt die *nobili*, deren Paläste sich am Canal Grande reihten – durch Menschenhandel zu immensem Reichtum gelangt waren, hatte Bertrano stets seine Finger von dieser Art Geschäft gelassen. Er betrachtete es als widernatürlich und gegen Gottes Gebot verstoßend, wenn Menschen andere Menschen besaßen. Andere Kaufleute hatten weniger Skrupel, und es entbehrte nicht einer gewissen

Ironie, dass sie sich dieser Tage keine Sorgen um ihre Existenz machen mussten.

Zielstrebig lenkte Bertrano seine Schritte in Richtung der großen Markthalle. Capello folgte ihm. Der Buchhalter hatte es aufgegeben, seinen Herrn zur Vernunft bringen zu wollen. Er wusste, dass es keinen Sinn hatte, Leonardo von etwas abzubringen, das dieser sich in den Kopf gesetzt hatte. Beharrlichkeit war Bertranos hervorstechendste Eigenschaft; ihr allein hatte er es zu verdanken, dass er in all den Jahren niemals aufgegeben und sich gegen alle Widrigkeiten behauptet hatte. Doch Beharrlichkeit allein würde ihm diesmal nicht weiterhelfen. Was Leonardo Bertrano brauchte, war ein Wunder. Und der Rialto war nachweislich nicht der Ort, an dem sich Wunder ereigneten.

Capello verspürte Übelkeit, als ihm Verwesungsgeruch in die Nase stieg. Instinktiv blickte er nach oben und sah die sterblichen Überreste, die dort von dem behelfsmäßig errichteten Galgen hingen. Immer wieder kam es vor, dass sich ein Dieb auf dem Rialto einschlich, um sich an den Münzen der Geldwechsler zu vergreifen. Wurde er ertappt, so hackte man ihm nicht nur die Hände ab, sondern pflegte ihn aufzuhängen und mehrere Tage lang öffentlich zur Schau zu stellen – was in diesen warmen Frühlingstagen nicht nur für einen schaurigen Anblick, sondern auch für abscheulichen Gestank sorgte.

Vom großen Marktplatz bogen sie in eine schmale Gasse ein, an deren Ende Bertrano das Kontor Jost van Gelderns wusste, eines norddeutschen Kaufmanns, der in Venedig eine Niederlassung unterhielt und mit dem Bertrano seit vielen Jahren in geschäftlicher Beziehung stand. Gewöhnlich wickelte Van Geldern seinen Handel über Gewährsleute ab, diesmal jedoch war er persönlich erschienen. Den Grund dafür kannte Bertrano nur zu gut.

Das Kontor maß keine fünf Schritte im Quadrat: ein kleiner Verkaufsraum, dessen einzige Ausstattung aus einem Tisch bestand sowie aus einer Truhe mit Warenmustern. Die tatsächlichen Bestände lagerten im *fondaco dei tedeschi*, dem großen Waren- und Wohnhaus auf der anderen Seite des Kanals, in dem alle deutschen Kaufleute unterkommen mussten, wenn sie in Venedig weilten. Die Regierung wollte es so, denn so ließen sich die Geschäfte der Ausländer kontrollieren – und mit ihnen auch die Zölle, die auf Ein- und Ausfuhr erhoben wurden.

»Jost, mein Freund!« Bertrano trat auf den Deutschen zu, dessen dunkelroter Rock sich über einem ziemlichen Wanst spannte. Van Gelderns blasses, von schulterlangem blonden Haar umrahmtes Gesicht war seit ihrer letzten Begegnung ebenfalls voller geworden – die Folge von Wohlstand, zweifellos. Offenbar war ihm das Glück in den letzten Jahren hold gewesen.

Mit ausgebreiteten Armen wollte Bertrano den Geschäftsfreund begrüßen, doch dieser machte keine Anstalten, die Freundlichkeit zu erwidern.

»Bertrano«, sagte er stattdessen nur und nickte. Die Anspannung in seinen Zügen war unübersehbar.

»Es freut mich, dass Euer Weg Euch nach Venedig geführt hat«, behauptete Bertrano. »Hattet Ihr eine gute Reise?«

»Nein«, entgegnete Van Geldern, der fließend Italienisch sprach. »Sie war lang und beschwerlich. Und sie wäre nicht nötig gewesen, wenn Ihr Euch an unsere Vereinbarungen halten würdet!«

»Aber das tue ich«, versicherte Bertrano. »Seid versichert, dass ich …«

Der Deutsche unterbrach ihn mit einem Wortschwall in seiner Muttersprache, die Bertrano zwar nicht verstand; Van Gelderns Gesichtsausdruck nach konnte es sich jedoch nur um eine Verwünschung handeln.

»Was Signore Van Geldern damit sagen will«, brachte sich ein anderer Mann, der bislang schweigend im Hintergrund gewartet hatte, in das Gespräch ein, »ist, dass er auf die Einhaltung der geschlossenen Verträge besteht.«

Es war der *sensal*, der Van Geldern zur Seite gestellt worden war, einer jener Beamten, die ausländische Kaufleute auf Schritt und Tritt begleiteten. Gewöhnlich bestand ihre Aufgabe darin, den Ausländern auf die Finger zu sehen. Dass einer von ihnen für Van Geldern Partei ergriff, war für Bertrano beschämend.

»Das versteht sich von selbst«, erklärte er und wandte sich wieder an Van Geldern. »Wie lange währt unsere Zusammenarbeit nun schon, mein guter Jost? Acht Jahre?«

»Neun«, gab der Deutsche zu.

»Neun. Und habe ich Euch in all dieser Zeit je betrogen? Habe ich je versucht, Euch zu übervorteilen oder Euch Ware vorzuenthalten?«

»Nein«, musste der Deutsche abermals zugestehen. »Und dennoch frage ich Euch: Wo ist mein Brokat? Wo der Pfeffer, der Ingwer, der Zimt, der Safran, der Muskat und all die anderen Gewürze, die Ihr liefern wolltet? Sie sollten längst bei mir eingetroffen sein!«

»Ich weiß, aber …«

»Und sagt nicht wieder, dass es zu unvorhergesehenen Verzögerungen gekommen sei! Damit mögt ihr meine Mittelsleute abspeisen können, aber nicht mich. Ich verlange eine Erklärung, hier und jetzt!«

»Das verstehe ich«, versicherte Bertrano, der sich in die Ecke gedrängt sah, »und ich versichere Euch, dass es weder meine Absicht war noch ist, Euch hinters Licht zu führen, das verbietet mir meine Ehre als Kaufmann.«

»Schön«, knurrte Van Geldern. »Und wo ist dann meine Ware? Teile der Lieferung hätten bereits im Herbst eintreffen sollen, wenn Ihr Euch erinnert. Die Stürme haben im vergangenen Jahr erst spät eingesetzt, meine Konkurrenten haben ihre Waren längst erhalten.«

»Das alles weiß ich«, versicherte Bertrano, »und es war auch nicht der Winter, der die Lieferung verzögert hat.«

»Was war es dann?«, verlangte der Deutsche zu wissen.

»Die Ägäis ist unsicher geworden«, erklärte Bertrano. »Piraten halten entlang der Küste Ausschau nach Beute, und es werden immer mehr. Allein im Herbst haben sie vier Koggen überfallen, die mit Waren meines Kontors beladen waren. Ich bin vom Pech verfolgt.«

»Waren Eure Waren nicht versichert?«, fragte Van Geldern ungerührt.

»Das waren sie, und natürlich habe ich die Summe sofort wieder investiert. Bedauerlicherweise waren die Preise inzwischen stark gestiegen …«

»Das ist Euer Problem, nicht meines.«

»… jedoch habe ich alle erforderlichen Käufe getätigt und erwarte nun jeden Tag das Eintreffen einer neuen Lieferung, die Konstantinopel bereits vor geraumer Zeit verlassen hat. Sobald sie hier ist, werdet Ihr alles bekommen, mein Freund: die Seide und den Brokat aus Damaskus ebenso wie die Gewürze aus der Levante.«

»Redet mit mir nicht wie ein Verkäufer!«, wehrte der Deutsche ab. »Ich habe bereits gekauft und auch dafür bezahlt. Ihr seid nicht der Einzige, der Verpflichtungen nachkommen muss, Bertrano. Wenn ich nicht liefere, werde ich meinerseits nicht beliefert.«

»Das weiß ich, ebenso wie ich weiß, dass ich bei Euch im Wort stehe. Und ich versichere Euch, dass ich alles tun werde, damit Ihr …«

»Würdet Ihr mich auch ausbezahlen?«

Bertrano spürte den warnenden Blick seines Buchhalters im Nacken. Capello wusste genau, dass Bertrano die Anzahlung, die Van Geldern geleistet hatte, nicht ohne Weiteres würde zurückerstatten können. Nicht ohne die letzten Reserven an Warenbestand zu verkaufen, die in seinem Haus lagerten. Zum großen Teil handelte es sich um Felle, die jetzt im beginnenden Sommer nur einen geringen Preis erzielen würden – ein Verlustgeschäft, das Bertrano womöglich in den Ruin führen würde. Und dennoch fühlte er sich an sein Wort gebunden.

»Wenn es das ist, was Ihr wollt, kann ich Euch auch ausbezahlen«, stimmte er zu.

»Zu den gegenwärtigen Konditionen?«

Bertrano merkte, wie Capello neben ihm zusammenzuckte. Die Preise für Gewürze waren in den letzten Monaten beständig gestiegen, was bedeutete, dass er dem Deutschen eine größere Summe würde ausbezahlen müssen, als dieser ihm gegeben hatte. Dennoch hatte er keine Wahl. Denn wenn sich herumsprach, dass er ein unzuverlässiger Handelspartner war und sein Wort nichts galt, konnte er sein Kontor ebenso gut gleich schließen.

»Auch das«, bestätigte er deshalb gepresst.

Van Geldern sah ihm prüfend ins Gesicht.

Dann streckte er ihm seine fleischige Rechte entgegen.

»Ich schlage Folgendes vor«, sagte der Deutsche. »Bis zum Ende des nächsten Monats werde ich in der Stadt bleiben, so lange gewähre ich Euch eine Schonfrist. Treffen Eure Schiffe bis dahin ein, werde ich meine Ladung in Empfang nehmen und die Sache als erledigt betrachten. Wenn nicht, werdet Ihr mich nach den dann geltenden Kursen ausbezahlen.«

»Einverstanden.« Bertrano ergriff die Hand und drückte sie, froh darüber, eine Einigung erzielt zu haben. Der *sensal* bestätigte die Abmachung und führte darüber Buch.

»Darf ich die Angelegenheit damit als aus der Welt geschafft betrachten und Euch heute Abend in mein Haus zum Mahl einladen?«, fragte Bertrano den Deutschen. »Wann seid Ihr das letzte Mal hier gewesen?«

»Vor fünf Jahren«, erwiderte Van Geldern, jetzt etwas freundlicher als zuvor.

»Dann müsst Ihr unbedingt kommen. Meine Gemahlin Raffaela wird sich freuen, Euch zu sehen, und die Kinder ebenso. Alessandro ist inzwischen ein Mann geworden, Ihr werdet ihn kaum noch wiedererkennen!«

»Und die kleine Alyssia?« Van Geldern hob eine blonde Braue. »Ist sie immer noch eine solche Schönheit?«

»Überzeugt Euch selbst.« Bertrano lächelte.

Van Geldern erwiderte, dass er das gerne tun wolle, und die beiden Männer umarmten sich zum Abschied. Dann verließen Bertrano und sein Buchhalter den Rialto.

»Ihr wisst, dass das Euren Ruin bedeuten kann?«, erkundigte sich Capello, als sie die Brücke überquerten. »Wenn die Lieferung nicht in den nächsten zwei Wochen eintrifft, bedeutet das Euer Ende.«

»Nun«, meinte Bertrano mit nachsichtigem Lächeln, »dann lass uns hoffen, dass es nicht zum Äußersten kommt, mein grüblerischer Freund. Schließlich schlägt ein Blitz niemals zweimal an derselben Stelle ein, nicht wahr?«

2

Cairo
Abend des 5. April 1362

Wie anders dieser Ort war!

Bursa, von wo sie aufgebrochen waren, war eine befestigte Stadt, bis zum Bersten gefüllt mit Menschen und strotzend von der Kraft einer aufstrebenden Macht; hier an diesem Ort jedoch waren nicht nur die machtvollen Monumente der Gegenwart präsent, sondern auch jene einer glorreichen Vergangenheit.

Schon vor Tausenden von Jahren hatten hier Könige gelebt und geherrscht, ihre Grabmäler waren draußen in der Wüste zu sehen, jenseits des großen Flusses; und auch jetzt residierte wieder ein mächtiger Herrscher hier – ihm galt der Besuch der Abordnung, die den weiten Weg von Bursa auf sich genommen hatte.

El-Rih verstand nicht viel von Politik, sie war ihm herzlich gleichgültig. Er war Soldat mit Leib und Seele, Kämpfer in einer Einheit, die erst vor wenigen Jahrzehnten gegründet worden war. Auf Befehl Sultan Orhan Gazis war eine Gruppe von Kriegern ins Leben gerufen worden, die ihre gesamte Existenz dem Schwert weihen und im Umgang mit Pfeil und Bogen Meisterschaft erlangen sollte. Nur wenigen war es vergönnt, zu dieser Gruppe von Auserwählten, Janitscharen genannt, zu gehören. Und selbst von denen, die dazu ausersehen waren, hielten viele den harten Anforderungen nicht stand. Ein Janitschar zu sein bedeutete, sich seiner Aufgabe ganz und gar zu verschreiben, keine Furcht zu kennen und keine Liebe, Befehle niemals in Frage zu stellen und selbst unter aussichtslosen Bedingungen immer noch weiterzukämpfen.

Seit Rih ein kleiner Junge gewesen war, war er für diese Aufgabe ausgebildet worden; etwas anderes als das Kriegerdasein hatte er nie kennengelernt. Seine Kameraden waren seine Familie, der Sultan war sein Vater; und er führte jeden Befehl, den dieser Vater ihm erteilte, ohne Zögern aus – auch wenn es bedeutete, die vertrauten Mauern Bursas zu verlassen und sich in ein fremdes Land zu begeben, in eine ferne Stadt.

Über Omar ben Adil, zu dessen Schutz seine Kameraden und er abgestellt waren, wusste Rih nicht allzu viel; nur, dass er ein hoher Beamter war und ein enger Vertrauter des Sultans; dass er als junger Mann bei der Eroberung Bursas dabei gewesen war und sich durch besondere Tapferkeit ausgezeichnet hatte; und dass er in der hohen Kunst der Diplomatie beschlagen war, was wohl auch der Grund dafür war, dass man ihn mit diesem Auftrag betraut hatte. Anders als das Reich der Osmanen, das erst wenige Jahrzehnte alt war, blickte das der Mamluken auf eine lange und große Tradition. Für den Sultan war es wichtig, Kontakt zu seinem mächtigen Nachbarn zu unterhalten, und diese Aufgabe fiel Omar zu. Warum man ihm ausgerechnet Krieger der noch jungen Janitscharengarde mitgegeben hatte, entzog sich Rihs Kenntnis. Nicht, dass es einen Unterschied gemacht hätte. Der Weg der Janitscharen führte dorthin, wo immer der Sultan es ihnen auftrug; wenn er es befahl, so kämpften sie, und wenn er es verlangte, so starben sie. Die Janitscharen, so hatte man es Rih und seine Kameraden gelehrt, waren der verlängerte Arm des Sultans, die Vollstrecker seines Willens – und diese Ehre war es wert, dafür auch sein Leben zu lassen.

Der Weg, den der Zug eingeschlagen hatte, ging durch belebte Viertel, mit Bauwerken aus Stein, wie weder Rih noch seine Kameraden sie je gesehen hatten. Durch das Bab al-Futuh, eines der nördlichen Stadttore, hatten sie Al-Qahira betreten, und nun führte ihr Weg an prächtigen Gebäuden vorbei gen Südwesten zum Palast des Regenten. Rih konnte sich kaum sattsehen an all den turmhohen Minaretten und prachtvollen Moscheen, den Palästen mit ihren Balkonen und Palmengärten; und die Bewohner von Al-Qahira, so schien es, konnten sich nicht sattsehen an den seltsam gewandeten Besuchern.

Soldaten der Stadtwache marschierten dem Trupp voraus, ihnen folgten zwei osmanische Offiziere zu Pferd, prächtig anzusehen in ihren orangeroten Waffenröcken und mit den Straußenfedern an den Helmen. Ihnen folgte Omar ben Adil, der Gesandte von Bursa, auch er eine prächtige Erscheinung in seinem von Silberfäden durchwirkten Mantel und mit dem weißen Turban auf dem Kopf. Seine Diener ritten bei ihm, ihnen folgten die rund vierzig Mann der *Solak Ortas*, der Ehrengarde, der auch Rih angehörte. In ihren blauen Pluderhosen und den schweren Kettenpanzern, über denen sie scharlachrote Waffenröcke und schneeweiße Schärpen trugen, wirkten die Janitscharen an sich schon furchterregend. Die spitz zulaufenden Helme jedoch, deren Kettengeflecht rings bis zu den Schultern reichte und nur zwei schmale Sehschlitze frei ließen, vervollständigten diesen Eindruck noch. Die Köcher mit den Pfeilen am Gürtel, die kurzen Bogen geschultert, so marschierten die Janitscharen ihrem Herrn hinterher, stolz und selbstbewusst, wie man es ihnen beigebracht hatte – auch an einem fremden Ort, an dem sie in verschwindender Unterzahl waren.

Rih war dankbar dafür, dass das Kettengeflecht sein Gesicht bedeckte. Zwar war es in den Straßen Al-Qahiras fast unerträglich heiß, und er hatte das Gefühl, unter dem Helm zu kochen; jedoch konnte auf diese Weise niemand das Erstaunen sehen, das immer wieder über sein bartloses Gesicht huschte. Den Janitscharen war es lediglich erlaubt, einen schmalen Oberlippenbart zu tragen. Doch selbst auf dieses Privileg hatte Rih verzichtet und schabte sich das Gesicht stattdessen glatt, zur Belustigung seiner Kameraden.

Seine Augen konnten sich nicht sattsehen an den fremden

Eindrücken, die von allen Seiten auf ihn einstürzten, seine Nase konnte nicht genug bekommen von all den unterschiedlichen Gerüchen. Natürlich hatte er schon früher von Al-Qahira gehört, der sagenhaften Hauptstadt der Mamluken; sie jedoch mit eigenen Augen zu sehen, erfüllte ihn mit einer Begeisterung, die er noch selten an sich erlebt hatte und die ihm eigentlich auch nicht erlaubt war. Dennoch wusste er, dass es vielen seiner Kameraden ebenso erging – bis auf Xavir vermutlich, ihren gestrengen Hauptmann. Aber seinem Freund Yussuf, der neben ihm marschierte, ganz sicher. Vergessen waren die Strapazen des langen Marsches, vergessen der Sturm, in den sie auf See geraten waren. Das Ziel ihrer Reise war erreicht, und Rih hatte das Gefühl, dass in dieser Stadt aufregende Ereignisse bevorstanden.

Vorbei an einer großen Moschee, die den Namen Al-Akmar trug, führten die Stadtwachen sie zu einem von hohen Mauern umgebenen, prunkvollen Gebäude, das sich nordwestlich des Sultanspalastes befand und für die Dauer seines Aufenthalts Ben Adils Bleibe sein würde. Den Janitscharen und den Dienern wurden Quartiere im Innenhof zugeteilt: einfache Kammern nahe der Stallungen, die jedoch sehr viel komfortabler waren als alles, worin Rih und seine Kameraden in den letzten Wochen genächtigt hatten. Nun, da sie ihr Ziel erreicht hatten, spürten die Janitscharen erst die Müdigkeit, die ihnen in den Gliedern steckte, und sie sehnten sich danach, sich endlich auszuruhen. Doch Hauptmann Xavir war noch nicht gewillt, sie zu entlassen. In voller Rüstung versammelte er sie auf dem Innenhof und ließ sie eine endlos scheinende Weile warten, unbewegt wie Statuen. Dann erst gestattete er ihnen großmütig, die Helme abzunehmen.

Staubige, verschwitzte und von Strapazen gezeichnete Gesichter kamen darunter zum Vorschein; Augen, aus denen die Mühsal eines langen Marsches blickte. Rih sah zu Yussuf hinüber und erkundigte sich nach seinem Befinden. Das mit hartem Leder verstärkte Schuhwerk der Janitscharen war für den Einsatz auf dem Schlachtfeld gedacht, aber nicht unbedingt für lange Märsche. Entsprechend hatte sich Yussuf bereits in den ersten Tagen üble Blasen gelaufen, und seiner bekümmerten Miene nach war es nicht besser geworden. Rih konnte sehen, dass sich die Spitzen seiner Stiefel dunkel verfärbt hatten. Der arme Kerl schien in seinem eigenen Blut zu waten, dennoch kam kein Laut der Klage über seine Lippen. Ein Janitschar war dazu erzogen, Schmerz zu erdulden. Wer sich nicht daran hielt, wurde bestraft.

»Söhne des Sultans!«, wandte Xavir sich an seine Leute. Breitbeinig stand er in ihrer Mitte, ein kahlköpfiger Berg aus eisenharten Muskeln. Nicht von ungefähr hatte Xavir den Posten des Hauptmanns inne. Unter allen, die dafür in Frage gekommen waren, hatte er sich mit viel Abstand als der Stärkste erwiesen. »Nach langer Reise haben wir unser Ziel erreicht. Doch der Auftrag, mit dem wir von unserem geliebten Herrscher betraut wurden, nämlich das Leben seines ergebenen Dieners Omar ben Adil mit allen Mitteln zu schützen, hat damit erst begonnen.«

Auf den Fußballen wippend, blickte er wölfisch in die Runde, ehe er fortfuhr: »Ihr habt die Stadt der Mamluken gesehen, mit all ihrem Lärm und ihren Verlockungen. Viele von euch sind das erste Mal in einer Stadt wie dieser, und vermutlich hat euch gefallen, was ihr gesehen habt. Aber ich muss euch warnen. Al-Qahira mag euch wie das Paradies auf Erden erscheinen, aber das ist es nicht. Mancher Djinn treibt hier sein Unwesen und trachtet danach, euch zu verderben, ohne dass ihr es merkt. Lasst euch nicht täuschen. Wir befinden uns tief im Land des Feindes, auch wenn wir gegenwärtig Frieden halten. Deshalb vermag auch niemand zu sagen, was während unseres Aufenthalts hier geschehen wird. Emir Yalbugha, der die Geschicke Al-Qahiras lenkt, hat uns freies Geleit zugesichert, aber was bedeutet das schon? Morgen bereits kann sich alles ändern, deshalb müsst ihr auf der Hut sein und immer und überall mit einem Angriff rechnen, so wie man es euch gelehrt hat. Nur so könnt ihr den Auftrag erfüllen, den euer Vater der Sultan euch erteilt hat. Und wenn ich einen von euch erwischen sollte, der sich nicht an diese Regel hält oder glaubt, die Grundsätze der Garde ausgerechnet hier in Frage stellen zu müssen, den werde ich höchstpersönlich daran erinnern.«

Ein breites Grinsen dehnte Xavirs Züge. Jedem der Janitscharen war klar, was er meinte. Während ihrer Ausbildung hatte er schon aus weit geringeren Anlässen zu Stock und Peitsche gegriffen.

»Nachdem das geklärt ist«, fuhr er unbeirrt fort, »werde ich nun die Posten einteilen.«

Er begann, die Namen derer zu nennen, die die erste Wachschicht übernehmen würden. Rih war fast überrascht, sich nicht selbst darunter zu finden, denn Xavir und er waren nicht die besten Freunde, und für gewöhnlich war er immer dabei, wenn es unangenehme Pflichten zu erledigen galt. Yussuf hatte weniger Glück – sein Name wurde gleich als Erster genannt.

»Zu Befehl«, schnarrte er nur.

»Das ist Wahnsinn«, raunte Rih ihm zu. »Das hältst du nicht durch!«

»Ich bin ein Janitschar und werde tun, was mir befohlen wurde«, rezitierte Yussuf folgsam den Schwur, den sie alle geleistet hatten.

»Umfallen wirst du, das ist alles«, sagte Rih voraus. »Du kannst nicht …«

»He, ihr da!«, blaffte Xavir zu ihnen herüber. »Was habt ihr da zu bereden?« Schon kam er auf sie zu, ein breites Grinsen im Gesicht. »Natürlich, ich hätte mir denken können, woher der Wind weht«, meinte er und lachte über das Spiel mit Rihs Namen. »Was ist es diesmal?«

»Yussufs Füße bluten«, stellte Rih fest, auf die dunkel verfärbten Stiefel des Kameraden deutend.

»Und?«

»Er wird seine Wachschicht nicht durchhalten. Ich möchte deshalb für ihn übernehmen.«

Xavir hatte sich breitbeinig vor ihnen aufgebaut. »Wie selbstlos von dir«, stellte er fest, während er Rih aus zu Schlitzen verengten Augen musterte. »Das würdest du tun für deinen Kameraden? Obwohl du den ganzen Tag marschiert bist?«

»Ja«, bestätigte Rih ohne Zögern.

»Also schön, so viel Fleiß muss belohnt werden. Sieh zu, dass du den Wachturm besteigst, El-Rih – zusammen mit dir, Yussuf!«

»Was?«, fragte Rih.

»Hast du im Ernst gedacht, dass ich Yussuf aus der Verantwortung entlasse, nur weil du es so willst? Niemand schreibt mir vor, was ich zu tun habe! Und niemand stiehlt sich aus seiner Verantwortung, so lange ich hier das Sagen habe, das solltet ihr inzwischen wissen!«

»Aber das war nicht Yussufs Absicht«, wandte Rih ein. »Ich meinte nur …«

»Du meinst, ich soll ihn zuerst auspeitschen lassen, ehe ich ihn auf den Turm schicke?«

Rih biss sich auf die Lippen. Er sah ein, dass jedes weitere Wort zu viel gewesen wäre. Betreten schaute er zu Boden. »Nein«, knurrte er.

»Nein, was?«

»Nein, Hauptmann Xavir.«

»So ist es gut – und jetzt macht, dass ihr wegkommt, ehe ich mich vergesse und Meldung erstatte!«

Niemand war erpicht darauf, und Xavir wusste das. Rih nickte nur, und auch Yussuf nahm die Entscheidung widerspruchslos hin. Beide wandten sich ab und bestiegen den Wachturm auf der Westseite des Innenhofs, den Xavir ihnen zugewiesen hatte.

3

Arsenal von Venedig
Nacht des 5. April 1362

Der *conseglio dei dieci*, der Rat der Zehn, war erneut zusammengetreten – zum zweiten Mal in diesem Monat. Und wieder nicht im Dogenpalast, wo es einen Saal für die offiziellen Zusammenkünfte des mächtigsten aller venezianischen Gremien gab, sondern im Arsenal, das zugleich Schiffswerft und Waffenkammer war und einer Festung gleich bewacht wurde. Hier fanden die weniger offiziellen Sitzungen des Rates statt.

Nachts und im Geheimen …

Für Außenstehende, die noch dazu nicht den *nobili* der Stadt angehörten und somit von politischen Ämtern ausgeschlossen waren, mochte das venezianische Regierungssystem mit all seinen Räten, Kammern und Ämtern schwer zu durchblicken sein. Battista Sabattini jedoch hatte es von frühester Jugend an studiert und bis ins Mark durchschaut.

Schon als er noch ein Knabe gewesen war, hatte sein Vater ihn zu den Tagungen des Großen Rates mitgenommen, jenem Organ, dem nur die edelsten Bürger der Stadt angehörten. Doch der junge Battista hatte schon sehr bald begriffen, dass die wahre Macht in der Republik in den Händen anderer lag. In denen des Dogen etwa, der den Regierungsgeschäften vorstand und sich an der Piazza San Marco einen prunkvollen Palast errichten ließ, wie die Welt ihn noch nicht gesehen hatte, eine einmalige Zurschaustellung dessen, was venezianische Kunst und venezianisches Geld gemeinsam zu erbringen vermochten; doch auch seine Macht war nicht unbegrenzt, wurde durch den Senat und den Kleinen Rat beschnitten. Und natürlich durch jenes Gremium, dem Battista nun selbst angehörte: dem Rat der Zehn. Es hatte ihn viel Zeit, Mühe und auch einige Säcke Dukaten gekostet, um sich die dafür notwendigen Stimmen zu erkaufen – womöglich die beste Investition, die er je getätigt hatte.

Denn die Befugnisse dieses Rates waren breit gefächert. Zusammen mit dem Dogen und seinen Beratern vertrat der *conseglio dei dieci* das Recht in der Stadt, war oberster Ankläger und Richter und sorgte dafür, dass nichts die Geschäfte störte, die auf den Plätzen und in den Kontoren abgeschlossen wurden und dafür sorgten, dass eine kleine, auf Inseln und Pfählen errichtete Siedlung sich aufgemacht hatte, die Vorherrschaft im östlichen Mittelmeer zu erlangen. Wann immer etwas diese Entwicklung störte, war es Aufgabe der Zehn, sich damit zu befassen.

Die Ratsmitglieder, die im Gegensatz zu den roten Gewändern des Hohen Rates schwarze Roben trugen, hatten bereits im Saal Platz genommen, als der Doge und sein Gefolge eintraten, darunter auch Luro del Rosso. Als Staatskämmerer zeichnete er für die Finanzen der Republik verantwortlich und war damit beinahe so mächtig und einflussreich wie der Doge selbst. Die Ratsmitglieder erhoben sich, und die Begrüßungsformeln wurden gesprochen. Erst dann begann die eigentliche Sitzung, in der Carlo Varesi, Oberhaupt einer der ältesten und einflussreichsten venezianischen Familien, sofort das Wort ergriff.

»Ich nehme an, es gibt einen Grund für diese außerordentliche Zusammenkunft?«, fragte er unwirsch.

»Den gibt es durchaus«, versicherte Sabattini und erhob sich, wobei er sich zuerst vor dem Dogen, dann vor den übrigen Ratsmitgliedern verneigte.

»Wieso nur bin ich nicht überrascht?«, ätzte Varesi. Er hatte nie ein Hehl daraus gemacht, dass er Sabattini nicht leiden konnte und ihn für einen Emporkömmling hielt, für einen Neureichen, der im Rat der Zehn nichts verloren hatte, ungeachtet der Verdienste, die sich sein Vater im Einsatz für die Republik erworben hatte.

»Ist Euch zu Ohren gekommen, werter Varesi, dass es wieder Piratenüberfälle gegeben hat?«, erkundigte sich Sabattini lauernd.

»Ich habe davon gehört«, bestätigte der andere.

»Dann, hoher Herr, muss ich Euch fragen, warum Ihr es mir überlassen habt, um diese außerordentliche Sitzung zu ersuchen, und es nicht selbst getan habt? Denn diese Piraten wachsen sich mehr und mehr zu einer Bedrohung aus, die uns alle angeht. Einzelne venezianische Kaufleute sind durch die Überfälle bereits in finanzielle Not geraten. Nicht auszudenken, was geschieht, wenn …«

»Was für Kaufleute?«, fragte Luro del Rosso dazwischen. Der Staatskämmerer, mit dem runden, von schwarzen Locken umrahmten Gesicht ein Abbild der Selbstzufriedenheit, grinste matt. »Doch nur einige *nuovi*, die zu dumm oder zu unerfahren waren, ihre Investitionen breit zu streuen. Und um sie ist es sicher nicht schade.«

»Ganz meine Meinung«, pflichtete Varesi bei, und auch die übrigen Ratsmitglieder schienen dem zuzustimmen. Allenthalben wurde genickt und gemurmelt.

»Und ich denke, dass Ihr alle das Problem unterschätzt«, stellte Sabattini klar. »Das sind nicht nur ein paar Gesetzlose, die unseren Handelsschiffen auflauern, nicht nur barbarische Heiden, die zwischen den Inseln der Ägäis kreuzen und auf der Suche nach leichter Beute sind. Wir haben es mit gezielten Angriffen auf unsere Handelsrouten zu tun! Die Schiffe der Piraten sind schnell und gut ausgerüstet, und die Matrosen an Bord sind keine törichten Schläger, sondern gut ausgebildete Kämpfer. Mehrfach bereits haben sie Schiffe überfallen, die von Bewaffneten begleitet wurden – und dies, Exzellenz«, folgerte er an den Dogen gewandt weiter, »lässt eine gänzlich andere Handschrift erahnen.«

»Worauf wollt Ihr hinaus?«, brachte sich erstmals der Doge selbst in den Wortwechsel ein. Lorenzo Celsi war ein hagerer Mann mit einem seltsam stechenden Blick. Seine Vorliebe für Extravaganzen war ebenso ausgeprägt wie seine Liebe zum Prunk. Die Turniere, die er auf dem Markusplatz veranstalten ließ, hätten jedem König zur Ehre gereicht, und nicht selten nahm er selbst daran teil. An Mut mangelte es ihm also nicht, dafür aber an Realitätssinn, wie Sabattini fand.

»Ich denke, Exzellenz, dass die Bedrohung sehr viel größer und bedeutender ist, als wir uns eingestehen wollen. Noch mögen es nur einzelne Piratenschiffe sein, die uns attackieren – aber was, wenn diese Überfälle nur die Vorzeichen eines sehr viel größeren und bedeutenderen Angriffs sind? Wenn sie gezielt gelenkt werden und dazu dienen sollen, unseren Handel ins Stocken zu bringen und die Republik zu benachteiligen?«

»Wer?«, wollte Celsi wissen. »Wer sollte so etwas tun?«

»Alexandria«, gab Sabattini ohne Zögern zur Antwort – und erntete ein unwilliges Raunen dafür.

»Wir alle wissen um Eure Aversion gegen Alexandria, Sabattini, und auch warum Ihr sie hegt«, erwiderte Varesi. »Es ist wahr, Alexandria ist unser Hauptkonkurrent im Levante-Handel, doch wir unterhalten auch gute Geschäftsbeziehungen zu den Muselmanen, beziehen Gewürze, Seide, Rauchzeug und manches mehr aus Ägypten, Palästina und Kleinasien.«

»Und deshalb sollen wir dulden, dass die Muselmanen gegen uns intrigieren?«, fragte Sabattini. »Dass sie uns die Ägäis streitig machen, die unser ist, seit wir Byzanz den Heiden entrissen haben? Macht Euch nichts vor, ehrenwerte Mitglieder dieses Rates – Alexandria ist unser Feind. Es will die Vorherrschaft über das östliche Mittelmeer, und deshalb muss ihm Einhalt geboten werden.«

»Ihr solltet Euch reden hören«, spottete Varesi. »Ihr klingt wie der alte Cato, der dem römischen Senat den Krieg gegen Karthago schmackhaft zu machen versucht. Ist das Euer *ceterum censeo*?«

»Macht Euch nur darüber lustig«, forderte Sabattini ihn mit bitterer Miene auf. »Aber wenn die Raubzüge andauern, wenn der Gewürzhandel dadurch beeinträchtigt wird und die ersten Kaufleute Konkurs anmelden, wird Euch das Lachen vergehen. Es sind nicht nur die Muselmanen in Ägypten, die uns bedrohen, sondern auch die Osmanen, die immer mächtiger werden. Schon haben sie Anatolien unterworfen, und nun blicken sie gierig nach Konstantinopel und gen Westen – und es ist an uns, sie aufzuhalten, solange Zeit dazu ist!«

»Wie stellt Ihr Euch das vor?«, wollte der Doge wissen.

»Wir könnten Boten zum König von Zypern schicken«, schlug Sabattini vor.

»Um was zu tun?«, fuhr Varesi scharf dazwischen. »Ihn in seinem Wahnsinn zu bestärken? Wir alle wissen, was Peter von Lusignan plant.«

»Und warum auch nicht?«, fragte Sabattini dagegen. »Wenigstens will er nicht tatenlos zusehen, wie das Abendland von der Übermacht des muslimischen Feindes langsam erdrückt wird. Er bereitet einen Feldzug vor und hat Venedig dafür um Unterstützung ersucht.«

»Natürlich«, stimmte del Rosso zu, »weil niemand sonst genügend Schiffe für eine solche Unternehmung aufzubringen vermag. Habt Ihr eine Ahnung, Mann, was solch ein Abenteuer kostet?«

»Wie viel auch immer es ist«, konterte Sabattini, »es ist weniger, als wir alle bezahlen werden, wenn die Muselmanen erst die Levante kontrollieren.«

»So weit sind wir noch längst nicht«, hielt Varesi dagegen. »Überfälle durch Piraten hat es immer gegeben. Wenn Euch an Schutz gelegen ist, so lasst Eure Schiffe von Bewaffneten begleiten und bleibt auf den sicheren Routen. Deswegen einen Krieg vom Zaun zu brechen, halte ich für stark übertrieben.«

»Ist das auch Eure Meinung, Exzellenz?«, wandte Sabattini sich an den Dogen. »Ist es nicht die Aufgabe von diesem Gremium, die Republik Venedig zu schützen, die Ordnung zu wahren und alle inneren und äußeren Feinde zu bekämpfen?«

Celsi sah ihn nachdenklich an. »Das ist es«, räumte er nach einer Weile ein. »Dennoch muss ich meinem Kämmerer und den anderen Ratsmitgliedern zustimmen, Battista«, erwiderte er. »Zum gegenwärtigen Zeitpunkt kommt ein Krieg gegen die Heiden nicht in Frage. Zumal ich sehe, dass wir als König Peters Helfershelfer kaum etwas zu gewinnen, aber viel zu verlieren hätten.«

»Und wenn ich Euch den Beweis erbrächte?«

Der Doge sah ihn forschend an. »Den Beweis wofür?«

»Dafür, dass fremde Mächte unter uns wirken«, erwiderte Sabattini. »Eine heidnische Verschwörung, die danach trachtet, unsere Vormachtstellung zu untergraben, mit dem Ziel, uns zu vernichten. Die im Verborgenen wirkt, selbst jetzt, in diesem Augenblick!«

»Das könnt Ihr nicht, weil es eine solche Verschwörung nicht gibt«, warf Varesi ein.

»Und wenn doch?«, beharrte Sabattini. »Wenn ich Euch beweise, dass die Muselmanen bereits dabei sind, gegen unsere Republik zu intrigieren und einen Krieg vorzubereiten, werdet Ihr dann alles tun, was nötig ist, um Venedig vor Schaden zu bewahren?«

»Das würde ich«, versicherte der Doge mit dünnem Lächeln. »Aber dazu wird es nicht kommen.«

4

Palast von Al-Ablak, Cairo
Zur selben Zeit

Es wurde eine lange Wachschicht.

Nicht nur, weil El-Rih und Yussuf müde und von den Strapazen des Tages und der letzten Wochen erschöpft waren, sondern auch, weil Hauptmann Xavir es versäumt hatte, sie um Mitternacht ablösen zu lassen. Natürlich war auch das nur eine Schikane. Doch ein Janitschar klagte nicht und fragte auch nicht, und so blieb den beiden nichts anderes übrig, als auch die zweite Hälfte auf dem Wachturm auszuharren und ihre Pflicht zu erfüllen, so gut sie es vermochten.

In ihrer Ausbildung waren sie von frühester Jugend an daran gewöhnt worden, zu gehorchen und Befehle auch dann auszuführen, wenn sie in ihren Augen keinen Sinn ergaben. Gewöhnlich hatte Rih kein Problem damit. In diesem Fall jedoch merkte er, wie tief in seinem Inneren Zorn brodelte, Wut auf den Hauptmann, der das Wohl und die Sicherheit aller gefährdete, nur um seine Macht zu demonstrieren. Dabei ging es Rih nicht um sich selbst, sondern um Yussuf, seinen Waffenbruder, für den er sich verantwortlich fühlte. Auch das hatte man ihn bei den Janitscharen gelehrt.

Gehorsam patrouillierten sie an der Mauerkrone mit ihren spitzen Zinnen, spähten hinab auf die nächtliche und ihnen noch so fremde Stadt. Ein glitzernder Sternenhimmel spannte sich über Al-Qahira, von den Hügeln, die die Stadt im Osten begrenzten, über das weite, endlos scheinende Häusermeer, aus dem sich die Zitadelle und der Palast des Sultans weithin sichtbar erhoben, umgeben von Türmen und Minaretten. Jenseits der Gärten von Qufur, die sich westlich von Al-Ablak erstreckten, verlief das weite Band des Nils; jenseits davon lag, endlos und majestätisch und von blauem Mondlicht beschienen, die Wüste. Nach Süden hin jedoch, unterhalb der Paläste des Sultans und seiner Emire und bis hinab zu der großen Mauer, die die Stadt umgab, erstreckten sich die Viertel der Einwohner: der Perser, der Araber, der Berber und Nubier, aber auch der Juden und Christen. In Rihs Augen sprach es für diesen Ort, dass hier in Frieden miteinander lebte, was sich andernorts bis aufs Blut bekämpfte. Als Soldat hatte er den Krieg kennengelernt, hatte am Feldzug gegen Edirne teilgenommen und zahlreiche Feinde getötet; er war dazu ausgebildet worden und konnte sich nicht vorstellen, etwas anderes zu sein als ein Kämpfer im Dienst des Sultans. Dennoch – oder vielleicht auch gerade deshalb – sehnte er sich nach Frieden.

Entsprechend war er voller Bewunderung für die Hauptstadt der Mamluken mit ihrer ganzen Pracht und ihren Palästen – anders als Yussuf, der dafür längst keine Augen mehr hatte und sich nur noch mühsam auf den Beinen hielt. Wann immer sie einander auf ihrem Rundgang begegneten, sah der Freund ein wenig elender aus, bis er im fahlen Mondlicht wie ein lebender Leichnam wirkte, mehr tot als lebendig. Ganz offenbar hatte sich sein wunder Fuß entzündet. Er hatte Fieber.

Mehrmals ermahnte Rih ihn, sich krankzumelden, aber Yussuf lehnte ab. Weder wollte er seinen Posten verlassen noch sich vor Xavir eine Blöße geben. Und so kam, was kommen musste – mit einem dumpfen Laut brach der Freund auf der Turmplattform zusammen.

»Yussuf!«

Sofort war Rih bei ihm. Der Kopf des Kameraden war heiß, Schweißperlen standen ihm auf der Stirn. Er atmete stoßweise und war kaum noch bei Bewusstsein.

»Yussuf? Kannst du mich hören?« Rih hatte den Freund am Kragen des Waffenrocks gepackt und schüttelte ihn. »Komm zu dir! Los doch!«

Er wollte zum Wasserbeutel greifen, um Yussuf zu trinken zu geben, als hinter ihm eine Stimme erklang.

»Du hast deinen Posten verlassen, Soldat?«

Wie von einer giftigen Schlange gebissen, schnellte Rih in die Höhe und fuhr herum. Vor ihm stand Hauptmann Xavir, der sich lautlos auf den Turm geschlichen hatte. Das zufriedene Grinsen in seinen kahlen Zügen ließ vermuten, dass er genau das vorgefunden hatte, was er sich insgeheim erhofft hatte …

»Yussuf ist verletzt, er braucht Hilfe«, stieß Rih hervor, den Vorwurf schlicht überhörend. Doch Xavir war nicht gewillt, davon abzulassen.

»Ist das die Entschuldigung, die du vorbringen willst, wenn der Feind kommt und die Zinnen erklimmt? Wenn die Kehlen jener, über die du wachen sollst und die dir vertrauen, im Schlaf durchschnitten werden?«

»Ich habe meinen Posten nicht verlassen«, versicherte Rih. »Ein Kamerad ist krank und brauchte meine Hilfe!«

»Und das Leben dieses einen ist wichtiger als die Leben jener, über die du wachen sollst?«

Rih holte tief Luft, doch statt zu widersprechen, würgte er nur ein »Nein« hervor. Jedes weitere Wort wäre ohnehin zu viel gewesen. Natürlich hatte Xavir recht: Ein Soldat, der zur Wache eingeteilt war, durfte seinen Posten nicht verlassen, ihm noch nicht einmal den Rücken zuwenden, wie Rih es getan hatte. Was Xavir dabei wohl vergessen hatte, war die Tatsache, dass der Hauptmann selbst für Yussufs bemitleidenswerten Zustand verantwortlich war …

»Und du?«, fuhr er jetzt den am Boden Liegenden an. »Was treibst du da? Bist du etwa eingeschlafen?«

»Nein«, versicherte Yussuf und raffte sich auf die Beine, obschon er sich kaum aufrecht halten konnte. Seine Miene war aschfahl, er sah hundeelend aus.

»Er ist krank und hat Fieber«, erklärte Rih an seiner Stelle. »Ich ersuche um seine Ablösung.«

»So, tust du das?« Hauptmann Xavir sah ihn an, musterte ihn von Kopf bis Fuß. »Nachdem ich dich dabei ertappt habe, wie du deine Pflicht sträflich vernachlässigst, willst du mir jetzt auch noch vorschreiben, was ich zu tun habe?«

»Nein, Hauptmann. Ich meinte nur …«

»Schon gut«, knurrte Xavir und winkte ab, und an dem raubtierhaften Glanz in seinen Augen war zu erkennen, dass er offenbar lange auf eine Gelegenheit wie diese gewartet hatte. »Deine Meinung ist zur Kenntnis genommen, Janitschar. Du wirst deinen Dienst bis zum Morgengrauen fortsetzen, zusammen mit deinem Kameraden. Und dann, mein Freund«, fügte er leiser hinzu, wobei er sich drohend nach vorn beugte, »werde ich mir überlegen, was ich mit dir mache, damit sich so etwas nie wiederholt.«

5

Cannaregio, Venedig
Tags darauf

Alessandro Bertrano war ins Gebet versunken. Die Hände gefaltet und die Knie gebeugt, kauerte er auf der Holzbank der kleinen Kapelle, die sich im zweiten Obergeschoss der *casa Bertrano* befand – jenes Hauses, das Alessandros Vater Leonardo von den Früchten seiner Arbeit hatte erbauen lassen. Wie alle Kaufmannshäuser, die sich entlang der Kanäle reihten, hatte auch dieses eine Landseite und eine Seite, die sich zum Wasser hin öffnete; hier landeten die Barken an, die Waren von den Schiffen brachten, um sie in den im Erdgeschoss untergebrachten Lagern zu verstauen. Der erste Stock, der *piano nobile*, war Geschäftskunden vorbehalten, die hier empfangen wurden, während sich die Arbeitsräume des Kontors im rückwärtigen Teil des Gebäudes befanden. Im darüber gelegenen Stockwerk residierte die Familie, und es sagte viel über Leonardo Bertrano aus, dass es auch einen Raum des Hauses gab, der dem Allmächtigen geweiht war.

Es war kein prunkvoller Raum, nur eine kleine Kammer, durch deren buntes Fenster sanftes Licht fiel; auf dem kleinen Altar standen ein schlichtes Kreuz sowie eine Statue des heiligen Antonius, des Schutzheiligen aller, die einsam und verloren waren. Und Alessandro war so verloren wie nie zuvor in seinem Leben.

Das Stimmengewirr in den Gassen Cannaregios und den

Glockenschlag der nahen Kirche *San Christophoro* nahm er kaum wahr, so versunken war er in sein Gebet, so eindringlich war sein Flehen.

Erst als ihn jemand an der Schulter berührte, kehrte er ins Hier und Jetzt zurück.

»Ja?« Er blickte auf.

Vor ihm stand Alyssia, seine Halbschwester.

»Und?«, fragte sie nur.

Alessandro seufzte. Er bekreuzigte sich und verneigte sich in Richtung des Kreuzes. Dann erhob er sich von der Bank. »Noch nicht«, hauchte er und kam sich klein und elend dabei vor.

»Alessandro«, ermahnte sie ihn, wobei das grüne Auge vorwurfsvoll zu funkeln schien. »Du musst es ihm sagen! Je eher, desto besser!«

»Ich weiß«, versicherte er. »Aber ich habe Angst, dass … dass …« Er rang nach Worten, aber sie wollten ihm nicht über die Lippen. Alyssia berührte ihn sanft am Arm.

»Ich weiß«, versicherte sie. »Aber du brauchst keine Angst zu haben. Vater wird es verstehen.«

Alessandro lachte freudlos auf. »Er wird nur den Kopf schütteln. Und vermutlich wird er toben.«

»Zuerst«, gab sie zu. »Aber wenn er erkennt, wie ernst es dir damit ist, wird er es verstehen.«

»Meinst du?«

Alyssia sah ihn an. Da Alessandro einen Kopf größer war als sie, schaute sie zu ihm auf – was nichts daran änderte, dass er ihr kleiner Bruder und vier Jahre jünger war als sie. Und wie er so vor ihr stand, das Haupt gesenkt und mit hängenden Schultern, da kam es ihr vor, als wäre er noch immer ein kleiner Junge. Unwillkürlich musste Alyssia lächeln. »Ich weiß es«, sagte sie mit aller Überzeugung, die sie aufbringen konnte.

»Womöglich wird er sagen, ich hätte den Verstand verloren«, mutmaßte Alessandro.

»Wahrscheinlich«, stimmte sie ihm zu, »und vielleicht hat er ja sogar recht damit. Viele junge Männer in und außerhalb von

Venedig würden wer weiß was geben, um das zu bekommen, was du ausschlagen willst.«

»Ich weiß«, versicherte er, »und doch kann ich nicht anders. Ich muss es tun, Alyssia, oder ich verliere noch den Verstand. Hast du schon einmal gespürt, dass du zu etwas geboren bist? Dass du etwas unbedingt tun musst, weil eine innere Stimme dich dazu aufruft? Weil dir klar ist, dass du es dein Leben lang bereuen wirst, wenn du es nicht wenigstens versuchst?«

»Nein«, gab sie leise zurück, »noch niemals. Aber ich beneide dich darum.«

»Das solltest du nicht«, erwiderte er. »Denn zu wissen, dass du etwas tun musst, bedeutet noch längst nicht, dass man es dir auch gestattet. Ich fühle mich hilflos wie ein Blatt im Wind, den Launen des Wetters ausgesetzt ...«

»Und dieser Zustand muss enden, und zwar bald«, entgegnete Alyssia entschieden. »Sieh dich doch nur einmal an! Du isst kaum noch etwas, und in der Nacht findest du keinen Schlaf. Die Ränder um deine Augen sind so tief wie der Canal Grande und ...«

»Jetzt übertreibst du«, fiel er ihr ins Wort und brachte es tatsächlich fertig zu lächeln – das erste Lächeln, das sie bei ihm seit langer Zeit gesehen hatte.

»Ein wenig«, gab sie zu. »Aber es ist für einen guten Zweck. Hab Mut, Alessandro. Vater wird dich verstehen, davon bin ich überzeugt.«

»Danke«, sagte er leise.

»Ich bin deine Schwester«, erwiderte sie. »Wir beide mögen nicht dieselben Mütter haben, aber wir sind immer füreinander da gewesen und werden es auch immer sein. Vergiss das nie.«

»Das werde ich nicht«, versicherte er.

6

Castello, Venedig
8. April 1362

Battista Sabattini residierte in Castello, dem größten der *sestieri*, im Mittelpunkt eines gedachten Dreiecks zwischen Markusplatz, Rialto und dem Arsenal der Stadt – und das war kein Zufall. Sabattini hatte den Ort mit Bedacht gewählt, denn so trennte ihn jeweils nur ein kurzer Weg von den drei venezianischen Machtzentren: An der Piazza San Marco befand sich der Sitz des Dogen; das Arsenal barg die militärische Macht. Hier war es auch, wo die geheimen Sitzungen des Rates der Zehn stattfanden; der Rialto schließlich war das wirtschaftliche Zentrum der Stadt; und inmitten dieses Dreiecks saß Sabattini wie eine Spinne in ihrem Netz und spann seine Fäden.

»Und, Herr? Seid Ihr zufrieden mit der Entwicklung?« Stilicho hatte den Kopf gesenkt, was ihn ein wenig wie einen Aasvogel aussehen ließ; der schwarze Überwurf, den der Diener über seinem Rock trug, verstärkte diesen Eindruck noch.

Sabattini, der an dem großen, mit reichen Schnitzereien verzierten Schreibtisch saß, von dem aus er sowohl seine Geschäfte als auch seine Ämter versah, musste lächeln. Nicht nur, dass Stilicho Byzantiner war, er schien auch alle Vorurteile auf sich zu vereinen, die man gemeinhin von Byzantinern hatte: dass sie verschlagen waren und skrupellos, wenn es um die Durchsetzung ihrer Interessen ging, aber auch opportunistisch und gierig. Gerade deshalb war der Mann, den Sabattini zu seinem engsten Vertrauten und obersten Handlanger bestimmt hatte, für ihn so überaus nützlich.

»So zufrieden, wie ich es sein kann, mein Freund«, entgegnete Sabattini, wobei er dem letzten Wort eine seltsame Betonung gab. »Es war nicht zu erwarten, dass der Rat meinem Drängen sofort Folge leisten würde. Aber die Saat ist ausgebracht, und sie wird wachsen.«

Stilichos stechender Blick richtete sich fragend auf seinen Dienstherren. »Ich weiß, dass es mir nicht zukommt, Eure Pläne zu hinterfragen«, versicherte er, »aber etwas würde mich dennoch brennend interessieren.«

»Nun?« Sabattini sah ihn fragend an.

»Warum ist Eure Wahl gerade auf *ihn* gefallen? Weil er nicht von hohem Adel ist, so wie Ihr?«

»Das hat nichts damit zu tun.« Sabattini schüttelte das bis zum Scheitel kahle Haupt.

»Oder weil Ihr früher mit ihm Geschäfte zu machen pflegtet? Weil Ihr sein Kompagnon wart?«

»Auch das nicht.«

»Warum dann?«, verlangte der Byzantiner weiter zu wissen. »Verzeiht meine Aufdringlichkeit, Herr, aber es will mir einfach nicht in den Kopf.«

»Sehr einfach«, erklärte Sabattini, »weil ich weiß, wie ich mich eines Feindes entledige, ohne dass auch nur die Spur eines Verdachts auf mich fällt.«

»Eines Feindes?« Stilichos ohnehin schon große Augen weiteten sich noch mehr. »Ich wusste nicht, dass Ihr und Leonardo Bertrano verfeindet seid.«

»Damit seid ihr schon zu zweit, denn er weiß es ebenfalls nicht«, erklärte Sabattini mit hintergründigem Lächeln. »Und deshalb wird ihn das alles auch so unerwartet treffen. Sei versichert, mein intriganter Freund, dass ich alles genau bedacht habe.«

»Daran zweifle ich nicht, Herr«, versicherte Stilicho und

lachte leise. Indem er vom Schreibtisch zurücktrat und sich dann tief verbeugte, empfahl er sich und verließ das Kontor. Sabattini sah ihm nach – als im Durchgang zum Nebenzimmer der Vorhang aus dunkelblauem Samt zurückgeschlagen wurde und eine junge Frau hervortrat, lautlos wie eine Erscheinung. Das schwarze Kleid, das sie trug, war aus Brokat. Ihr langes schwarzes Haar war streng geflochten und wie ein Kranz um ihren Kopf gelegt. Ihre dunklen Augen waren schmal, ihre Wangen hohl und nur deshalb von reizvoller Röte, weil sie mit Karmesin nachgeholfen hatte. Sie war keine Schönheit im eigentlichen Sinn, gleichwohl hatte sie etwas an sich, was Männer in ihrer Gegenwart zu geistlosen Narren machte – ihren Vater ausgenommen.

»Gut, dass Stilicho nicht weiß, was ich weiß«, sagte sie leise.

Sabattini verzog das Gesicht. Genau wie ihre Mutter verfügte auch Bianca über die Gabe, hinter die Fassade des Offensichtlichen zu blicken. »Wovon sprichst du?«, fragte er dennoch.

»Von dem wahren Grund, warum du Leonardo Bertrano ausgewählt hast, zum meistgehassten Mann der Republik zu werden.«

Es war, als würde Sabattini unter jedem ihrer Worte zusammenzucken. »Und wenn schon«, erwiderte er dann. »Stilicho ist mir treu ergeben.«

»Dir, Vater? Oder deinem Geld?«

»Das spielt keine Rolle. Ein Byzantiner ist ebenso verschlagen, wie er gierig ist, das macht ihn zu einem nützlichen Werkzeug.«

»Dennoch ist es gut, dass er nicht weiß, warum du Bertrano dazu bestimmt hast, zum Verräter zu werden. Wenn er wüsste, dass es dabei um den Tod von …«

»Schweig!«, schnitt Sabattini seiner Tochter das Wort ab.

Bianca tat ihm den Gefallen. Aber der Blick, mit dem sie ihn bedachte, machte ihm klar, dass die Heftigkeit seiner Reaktion seine wahren Beweggründe verraten hatte.

Er räusperte sich. »Bitte, Tochter«, sagte er dann, nun wieder so beherrscht wie zuvor, »zerbrich dir nicht den Kopf über Dinge, die außerhalb deiner Verantwortung liegen. Tu das, worum ich dich gebeten habe – alles andere wird ganz von allein geschehen, du wirst sehen.«

7

Garnison Kasr Al-Ablak, Cairo
Morgen des 9. April 1362

Xavir hatte sich Zeit genommen.

Fast vier Tage lang hatte er El-Rih im Unklaren darüber gelassen, was nun die Strafe dafür sein würde, dass er in der Nacht nach ihrer Ankunft in Al-Qahira seine Pflichten vernachlässigt hatte. Der Grund für die Verzögerung war nicht, dass der Hauptmann so lange über das Strafmaß nachgedacht hatte; sondern der, dass Xavir nur zu gut wusste, dass auch Ungewissheit eine Strafe war.

Am Abend des drittem Tages schließlich hatte er nach dem Gebet und der gemeinsamen Mahlzeit der Einheit bekanntgegeben, dass der Soldat El-Rih, der durch sein ehrloses Verhalten seine Pflichten verletzt und seine Kameraden dadurch in Gefahr gebracht hätte, bei Tagesanbruch mit dreißig Schlägen ausgepeitscht werden solle.

Rih nahm das Urteil mit Gleichmut zur Kenntnis. Mit dem Schmerz würde er umgehen können, darüber machte er sich keine Gedanken. Und auch, dass die Strafe ungerecht war und mehr der Tatsache geschuldet, dass Xavir ihn nicht leiden konnte, war ihm gleichgültig – er brauchte nur zu Yussuf hinüberzusehen, um zu wissen: er würde es jederzeit wieder tun.

Inzwischen ging es Yussuf bedeutend besser. Das Fieber war zurückgegangen, und seine Füße waren mit einem Balsam versorgt worden, der die Heilung beschleunigte.

Zusammen mit den anderen Kameraden der Einheit hatte auch er sich auf dem Innenhof versammelt, um der Auspeitschung beizuwohnen. Wenn Xavir jedoch geglaubt hatte, dass ihm Rihs Bestrafung bei den Männern Anerkennung oder auch nur Respekt eintragen würde, hatte er sich geirrt. Denn obwohl die Janitscharen Soldaten waren und die meisten von ihnen nie etwas anderes gelernt hatten als das raue Kriegshandwerk, sahen sie darin nur das, was es tatsächlich war: ein allzu offensichtliches Manöver, die eigene Position zu festigen.

Sie führten El-Rih in den Innenhof, auf den die Unterkünfte der Janitscharen mündeten. Die Nacht über hatte er kaum geschlafen und war entsprechend müde und erschöpft. Dennoch war er fest entschlossen, sich kein Anzeichen von Schwäche oder gar von Furcht anmerken zu lassen. Ein Janitschar haderte nicht mit dem Schicksal, sondern bewährte sich darin.

Die beiden Krieger, die Rih bewachten, führten ihn zu dem hölzernen Pfahl, der in der Mitte des Hofes stand. Die Tatsache, dass der Sand um ihn herum dunkel verfärbt war, ließ vermuten, dass er häufige Verwendung fand. Emir Yalbugha, der Oberbefehlshaber der Garnison von Al-Qahira, schien kein nachsichtiger Mann zu sein.

Es klirrte leise, als die eisernen Spangen um Rihs Handgelenke geschlossen wurden. Mit dem Gesicht zum Pfahl wurde er angekettet, dann wurden ihm Rock und Tunika abgenommen. Manche Narbe prangte bereits auf seinem nackten, sonnengebräunten Rücken: Schnitt- und Stichwunden, die von überstandenen Kämpfen im Dienst des Sultans zeugten. Das Leder der Peitsche hatte sich noch nie zuvor in seine Haut gefressen – aber alles geschah irgendwann zum ersten Mal …

»Dieser hier«, hörte er Hauptmann Xavir in seinem Rücken tönen, »hat seine Pflicht vernachlässigt und seinem Posten den Rücken gekehrt!«

Die Worte verhallten über dem Innenhof. Wenn Xavir jedoch geglaubt hatte, die Männer würden seiner Sicht der Dinge folgen und den Gefangenen mit Beschimpfungen überziehen, wie es bei Soldaten, die ihren Posten verlassen hatten, üblich war, so hatte er sich geirrt. Yussuf hatte offenbar alle wissen lassen, was sich in jener Nacht tatsächlich auf dem Turm abgespielt hatte.

»Ein solches Vergehen«, fuhr Xavir fort, »ist unentschuldbar und wird üblicherweise mit dem Tod bestraft. Doch da El-Rih seinen Posten nur für kurze Zeit verließ und auch nicht aus Pflichtvergessenheit, sondern um einem Waffenbruder zu helfen«, fügte er großmütig hinzu, »lasse ich Gnade vor Recht ergehen und wandle die Bestrafung in dreißig Peitschenhiebe um. Bist du damit einverstanden?«

El-Rih verzog keine Miene.

»Ob du damit einverstanden bist, will ich wissen!« Xavirs Stimme nahm einen keifenden Tonfall an. »Dir ist wohl nicht klar, dass du meinem Urteil ausgeliefert bist, Bursche? Oder willst du zehn Peitschenhiebe mehr?«

»Was immer du für nötig hältst«, entgegnete Rih.

»Hört, da spuckt einer große Töne«, kam es spöttisch zurück. »Du hast wohl noch nie zugesehen, wenn sich das Leder ins Fleisch schneidet? Wenn es den Rücken eines Mannes Hieb für Hieb in Streifen hackt?«

»Doch, Hauptmann – du warst so freundlich, es uns immer wieder einmal vorzuführen.«

Einige der Männer lachten, was Xavir noch wütender machte. »Fünfzig Peitschenhiebe!«, brüllte er noch – während er bereits mit aller Kraft zuschlug.

Rih hatte sich innerlich gewappnet, die Zähne fest aufeinandergebissen und damit gerechnet, dass der Schmerz fürchterlich sein würde.

Tatsächlich übertraf er alles, was Rih erwartet hatte.

Es war, als ob er auseinandergerissen wurde. Sein Rücken schien zu bersten, und er hatte das Gefühl, dass unterhalb seiner Schulterblätter Haut und Fleisch in Fetzen hingen. Doch noch war es längst nicht vorbei, im Gegenteil – Xavir hatte gerade erst angefangen.

Ein zweiter Hieb folgte und ein dritter. Der helle Knall der Peitsche eilte dem Schmerz voraus wie ein unheilvoller Bote, und einen Lidschlag später folgte der heiße, schneidende, brüllende Schmerz.

Obwohl man ihn gelehrt hatte, Schmerz geduldig und ohne Widerspruch zu ertragen, konnte El-Rih spüren, wie der unsichtbare Schild, mit dem er sich umgeben hatte, mit jedem Hieb dünner wurde.

Wieder und wieder schlug Xavir zu, mit aller Kraft, die er aufbringen konnte. Natürlich ging es ihm darum, Rih zu brechen, ihn vor aller Augen als pflichtvergessenes Großmaul zu entlarven. Doch obwohl Rih dies wusste und obwohl er alles daransetzte, die Fassung zu wahren und nicht vor Schmerz laut zu schreien, merkte er, wie sein Widerstand nachließ, dahinschmolz wie Schnee in der Sonne.

Wie viele Hiebe waren es nun schon?

Rih hatte aufgehört zu zählen.

Kraftlos hing er in den Ketten, hatte Mühe, auf den Beinen zu bleiben – und das nur, weil er einem Kameraden in Not geholfen hatte …

»Bittest du um Gnade?«, hörte er Xavir hinter sich rufen. »Soll ich aufhören?«

Niemals.

Rih erwiderte nichts, blieb einfach nur stehen, während das Leder wieder und wieder heranzuckte und tiefe Furchen in seinen Rücken fraß. Sein Herzschlag hämmerte, Blut rauschte in seinem Kopf, und er merkte, wie ihm die Sinne schwanden. Doch er zwang sich mit aller Macht dazu, bei Bewusstsein zu bleiben, die Strafe bis zum Ende durchzustehen, damit …

»Halt! Sofort aufhören!«

Anstelle eines scharfen Knalls ließ die Peitsche nur ein schwaches Schnalzen vernehmen. Durch das Rauschen in seinem Kopf konnte Rih hören, wie sich jemand mit raschen Schritten näherte. Ein Schatten fiel auf ihn, und jemand packte ihn am Kinn und hob seinen Kopf hoch. Er glaubte, Omar ben

Adil zu erkennen, den Beauftragten des Sultans, den sie nach Al-Qahira eskortiert hatten. Unverhohlene Sorge sprach aus den dunklen Augen, und Rih glaubte sogar, in den faltigen, von grauem Haar und Bart umrahmten Zügen so etwas wie Mitleid zu erkennen.

»Was hat dieser Mann getan?«, wollte Ben Adil wissen.

»Er hat seine Pflicht vernachlässigt«, lautete Xavirs Antwort. »Dafür hat er das Leder mehr als verdient.«

»Ist das wahr?«, wandte Omar sich an Rih. Der wollte antworten, brachte jedoch kein Wort hervor. Alles schmerzte, selbst sein Kopf und seine Zunge.

»Mit Verlaub, Herr«, ließ sich eine andere Stimme vernehmen, die Rih nur wie aus weiter Ferne hörte.

Yussuf …

»Was willst du, Soldat?«

»Ich war dabei auf jener Wachschicht … Ich war verwundet und hatte hohes Fieber. Als ich zusammenbrach, hat El-Rih sich um mich gekümmert«, erklärte Yussuf, auf den Ausgepeitschten deutend.

»Kann das jemand bezeugen?«, wollte Omar wissen. Einige Janitscharen nickten, und auch der Wundarzt wurde als Zeuge benannt, der Yussuf den Balsam verabreicht hatte. »Nun, Hauptmann«, wandte sich Omar daraufhin an Xavir, »in diesem Fall frage ich mich, wer die Peitsche verdient hat: ein Soldat, der einem verwundeten Waffenbruder zur Hilfe eilt, oder ein Offizier, der einen Soldaten zur Wache einteilt, der dazu nicht in der Lage ist!«

»A-aber, Herr«, kam es zurück. »Ich denke nicht, dass …«

»… dass ich nicht beurteilen kann, was es bedeutet, ein Kommando zu führen? Doch, Hauptmann, das kann ich sehr wohl – und ich muss gestehen, dass ich in jungen Jahren nicht sehr viel anders war als Ihr. Ich glaubte auch an die Macht der Peitsche und daran, dass bedingungsloser Gehorsam alles wäre. Aber das ist ein Irrtum. Ihr mögt Eure Leute auspeitschen, und vermutlich werden sie Euch dafür fürchten. Aber sehr viel bereitwilligen werden sie Euch in die Schlacht folgen, wenn sie Euch achten und lieben.«

»Lieben, Herr?« Xavir wusste mit dem Wort sichtlich nichts anzufangen.

»Lasst es gut sein. Erlasst diesem Mann den Rest der Strafe und denkt das nächste Mal zweimal nach, ehe ihr jemandem die Peitsche zu schmecken gebt – denn ihr Geschmack ist gallebitter.«

»J-ja, Herr«, erwiderte Xavir. Der Gedanke, Rih laufen lassen zu müssen, behagte ihm offenkundig nicht, aber er wusste auch, dass er in der schwächeren Position war. Zwar war Ben Adil nicht sein unmittelbarer Vorgesetzter, doch gehörten die Janitscharen zu seinem Tross und waren ihm damit unterstellt.

Zwei Männer traten zu Rih und lösten seine Fesseln. Der Ketten beraubt, wäre Rih auf die Knie gesunken, hätte ihn nicht jemand aufgefangen.

Es war Omar ben Adil.

»Ruhig, Sohn«, raunte der Gesandte ihm zu. »Es ist vorbei.«

»Wa… warum?«, brachte Rih nur hervor.

»Weil ich es als meine Pflicht ansehe, über jene zu wachen, die mir unterstellt sind«, entgegnete Omar und sah ihn herausfordernd an. »Willst du im Gegenzug auch über mich wachen?«

»Herr …?«

»Ich bin eigentlich gekommen, um mir aus der Garde der Janitscharen einen Leibwächter auszuwählen, der mich bei meinen Besuchen im Palast begleiten soll. Und ich könnte mir niemanden vorstellen, der besser geeignet wäre als du.«

»I-ich stehe in Eurer Schuld, Herr«, bestätigte Rih.

»Nicht nur deshalb.«

»A-aber er ist nur ein einfacher Soldat«, wandte Xavir ungefragt ein. Der Gedanke, dass ausgerechnet der Mann, den er vor aller Augen hatte erniedrigen wollen, nun der persönliche Leibwächter ihres Anführers werden sollte, verstörte ihn sichtlich. »Ich hingegen bin ein verdienter Offizier des Sultans und …«

Omar wandte sich zu ihm um. Der Blick, mit dem er Xavir bedachte, war vernichtend. »Wollt Ihr meine Entscheidung in Frage stellen, Hauptmann?«, erkundigte er sich. »Nachdem Ihr ein solches Fehlurteil gefällt habt?«

»Nein, Herr«, beeilte sich Xavir zu versichern und beugte ehrerbietig das kahle Haupt.

»Nun gut.« Omar nickte und wandte sich wieder Rih zu. »Geh zum Heiler und lass deine Wunden versorgen«, wies er ihn an. »Dann ruhe dich aus und melde dich morgen zu Tagesbeginn bei mir.«

»Verstanden, Herr«, flüsterte Rih. Und trotz der Schmerzen, die ihn erfüllten, dankte er Allah.

8

Cannaregio, Venedig
Abend des 9. April 1362

Leonardo Bertrano saß in seinem Arbeitszimmer im zweiten Obergeschoss seines Hauses, das anders als die Wohnräume nicht zum Wasser hin ausgerichtet war, sondern zur Gasse. Die Geräusche, die tagsüber aus der schmalen Häuserschlucht drangen, waren jedoch längst verstummt; die Dunkelheit war hereingebrochen, und in den *sestieri* waren die Nachtmänner unterwegs, um über die Stadt zu wachen. Von ihren gelegentlichen Kontrollrufen und vereinzeltem Hundegebell einmal abgesehen, war alles ruhig.

Bertrano hatte diese späten, stillen Stunden, in denen er oft noch am Schreibtisch saß, um bei Kerzenschein die Bücher zu führen und die Abrechnungen zu prüfen, immer gemocht; heute jedoch lastete die Stille schwer auf ihm.

Die Ladung aus Konstantinopel war noch immer nicht eingetroffen. Bis zum Ende des Monats hatte Van Geldern ihm Frist gewährt – das waren gerade noch drei Wochen. Und der Deutsche hatte seine Forderung wiederholt, dass er ausbezahlt werden wollte, wenn die Waren bis dahin noch immer nicht eingetroffen wären.

Immer wieder blickte er auf die Listen mit den Preisen für Zobel- und Fuchsfelle. Sie waren aktuell, Capello hatte sie erst am Vormittag am Markt eingeholt. Und sie besagten nichts anderes, als dass Bertrano bei diesem Geschäft mehr Verlust machen würde, als sein ohnehin schon angeschlagenes Unternehmen verkraften konnte. Was seinen Ruin bedeuten würde.

Schon seit einigen Nächten fand Bertrano keinen Schlaf mehr. Fieberhaft überlegte er, was er unternehmen, wie er das scheinbar Unausweichliche aufhalten könnte. Dutzende von Briefen hatte er bereits aufgesetzt und sie an Handelspartner in alle Himmelsrichtungen geschickt, ihnen angeboten, als Teilhaber in sein Unternehmen einzusteigen, doch Antwort war bislang ausgeblieben.

Würde es so enden? Würde er auf diese Weise verlieren, was er sich über all die Jahre und unter schrecklichen Opfern aufgebaut hatte?

In tumbe Düsternis versunken, gegen die der Schein der Kerzen nichts auszurichten vermochte, saß Leonardo Bertrano an seinem Schreibtisch – als jemand an die Tür klopfte.

»Ja?«

Mit leisem Knarren schwang die Tür ein Stück auf, und aus der dahinterliegenden Dunkelheit schob sich ein vertrautes Gesicht durch den entstandenen Spalt.

»Alessandro.« Seinen Sohn zu sehen, tröstete Bertrano ein wenig. »Es ist schon spät. Warum schläfst du nicht längst?«

»Ich finde keine Ruhe, Vater.«

»Dann geht es dir wie mir.« Bertrano lächelte schwach und blickte auf die vor ihm ausgebreiteten Listen und Bücher. »So viele Sorgen.«

»Das tut mir leid«, versicherte Alessandro und sah betreten zu Boden. »Wenn es dir ungelegen ist, kann ich auch ein anderes Mal …«

»Nicht doch, sei nicht albern.« Bertrano legte den Federkiel, den er in der Hand gehalten hatte, demonstrativ beiseite. »Für dich habe ich immer Zeit, Sohn. Komm herein und setze dich. Und dann sage mir, was dich bedrückt.«

»Wie-wieso glaubst du, dass mich etwas bedrückt?« Auf leisen Sohlen schlich Alessandro herein, mehr wie ein nächtlicher Dieb denn wie der junge Herr des Hauses. Er nahm auf einem der beiden samtbezogenen Stühle Platz, doch auch dort schien er keine Rast zu finden. Unruhig wetzte er hin und her.

Trotz seiner inneren Anspannung musste Bertrano lächeln. »Du warst noch ein kleiner Junge, als du ebenfalls einmal spätnachts noch in mein Kontor gekommen bist. Du hast beteuert, dass alles in Ordnung sei, aber ich habe dir doch angesehen, dass etwas nicht stimmte. Eine ganze Weile haben wir uns über alles Mögliche unterhalten, und dann platzte es plötzlich aus dir heraus: dass Alyssia und du im Lager Verstecken gespielt hättet, obwohl ich es euch verboten hatte. Und dass dabei ein Krug mit wertvollem Gewürz zerbrochen sei.«

»Daran erinnere ich mich gar nicht mehr«, erwiderte Alessandro. »Hast du uns sehr gescholten?«

»Nicht sehr – denn das wertvolle Gewürz stellte sich als Salz heraus, von dem wir hier in der Lagune mehr als genug haben, der Schaden hielt sich in Grenzen. Aber dein Gesicht habe ich in all den Jahren nie vergessen – es war so traurig und so schuldbewusst ... genau wie jetzt«, fügte Bertrano hinzu.

Alessandro zuckte zusammen. »So einfach bin ich für dich zu durchschauen?«

»Ich bin dein Vater. Außerdem gehört es zu den Fähigkeiten eines guten Kaufmanns, sein Gegenüber einzuschätzen – und deshalb glaube ich genau zu wissen, was in dir vorgeht.«

»Tatsächlich?« Alessandro machte große Augen.

»Ja, mein Junge. Und ich denke, ich kann dich beruhigen.«

»Wirklich?«, fragte Alessandro hoffnungsfroh, obwohl er ein Gesicht machte, als wolle er jeden Augenblick aufspringen und die Flucht ergreifen.

»Ich weiß, dass du dir Sorgen machst – um mich, um unsere Familie, um das Kontor ... Aber das brauchst du nicht«, versicherte Bertrano und gab sich Mühe, dabei so überzeugend wie nur irgend möglich zu klingen. »Dieses Unternehmen hat schon öfter stürmische Zeiten gesehen, aber ich habe immer einen Weg gefunden, es wieder auf einen guten Kurs zu bringen und in ruhigere Gewässer zu steuern. Und so wird es auch diesmal sein. Geh also beruhigt zu Bett, mein guter Alessandro, und sorge dich nicht.«

»Aber …« Alessandro schürzte die Lippen, rang nach Worten. »Das ist es nicht, was mich bedrückt.«

»Nein?«

»Ich weiß, dass du ein guter Geschäftsmann bist, Vater, und dass du für uns sorgst. Und selbst, wenn es nicht so wäre, würde ich mir keine Gedanken um Geld oder Besitz machen, auch wenn sich in dieser Stadt nahezu alles darum zu drehen scheint.«

»Du wählst seltsame Worte«, stellte Bertrano fest. Er kannte seinen Sohn gut genug, um zu wissen, dass Alessandro trotz seiner erst siebzehn Lenze nichts unbedacht äußerte. Schon als Kind war er ungewöhnlich grüblerisch veranlagt gewesen und hatte seine Nase fortwährend in Bücher gesteckt – allerdings nicht die Sorte, die von Einnahmen und Ausgaben handelten …

»Ich … ich wähle die Worte, die mein Herz mir vorgibt«, stieß Alessandro hervor, der jetzt noch elender aussah als zuvor. Schweiß stand ihm auf der Stirn, die im Kerzenlicht glänzte, und um seine Augen lagen dunkle Ränder. Bertrano merkte, wie ihn ein ungutes Gefühl beschlich.

»Du machst mir Angst, Junge«, bekannte er offen. »Was ist mir dir? Wenn es etwas gibt, das du mir gerne sagen möchtest, dann tu es frei heraus!«

»Auch wenn es dir nicht gefällt?«

»Auch dann. Offenheit war stets das oberste Gebot in unserer Familie, und ich möchte nicht, dass es unter uns Geheimnisse gibt, die …«

»Ich möchte dem Kloster der Heiligen Johannes und Paul beitreten«, platzte Alessandro heraus, so laut und so schnell, dass Bertrano einige Augenblicke brauchte, um die Bedeutung der Worte zu verstehen.

»Du … willst Mönch werden?«, fragte er dann ungläubig. Es kam ihm fast lächerlich vor, als er es laut aussprach.

Alessandro hatte den Blick zu Boden geschlagen, ihm fehlte

der Mut, seinem Vater ins Gesicht zu sehen. Ein zaghaftes Nicken war alles, was er zustande brachte.

»Seit wann hegst du diesen Wunsch?«

»Schon … schon immer«, kam es kleinlaut zurück. »Ich möchte mein Leben in den Dienst des Allmächtigen stellen. Ich möchte mich dem Studium der Vergangenheit widmen und ein Gelehrter werden. Ich möchte …«

Er unterbrach sich, als Bertrano leise lachte.

»Wa-warum lachst du, Vater?«

»Ich lache«, erklärte Bertrano, »weil das nur ein Scherz sein kann. Aber ich muss zugeben, für einen kurzen Moment hast du mich tatsächlich getäuscht. Und keine Sorge, ich bin dir nicht böse. Du hast es geschafft, deinen alten Vater wieder einmal zum Lachen zu bringen, das ist schwer in diesen Tagen.«

»Aber … ich scherze nicht, Vater«, widersprach Alessandro und brachte es nun doch über sich aufzublicken. Furcht stand in seinen Zügen zu lesen, aber auch Entschlossenheit. »Ich will Dominikaner werden, genau wie Pater Umberto. Und ich habe ihm meine Absicht auch schon mitgeteilt, und er hat mir versprochen, sich beim Abt für mich einzusetzen.«

»Ach, so ist das?« Bertrano schnaubte. »Pater Umberto hast du deine Absicht also schon mitgeteilt? Mir, deinem Vater, aber nicht?«

»Bitte verzeih! Ich wusste nicht, wie ich es dir sagen sollte. Alyssia meinte, ich solle unbedingt mit dir reden, aber ich hatte Angst, dass du …«

»Alyssia?«, hauchte Bertrano atemlos. »Deiner Schwester hast du es also auch gesagt?«

Alessandro nickte nur.

»Allmächtiger! Bin ich dir so ein schlechter Vater gewesen, dass du mich nicht für wert erachtest, die Wahrheit zu erfahren?«

»Nein, das ist es nicht«, beteuerte Alessandro. »Du hast stets so große Hoffnung in mich gesetzt, und ich wollte dich nicht enttäuschen! Ich weiß, dass du von mir erwartest, ein Kaufmann zu werden wie du und eines Tages die Geschäfte der Familie zu übernehmen, aber der Herr weist mir einen anderen Weg.«

»Was weißt du von den Wegen des Herrn?«, rief Bertrano aus, dass sein Sohn abermals zusammenzuckte.

»I-ich weiß, dass du immer gesagt hast, dass wir dem Allmächtigen dienen sollen …«

»… aber jeder auf seine Weise!« Bertrano atmete tief ein und aus, suchte sich selbst zu beruhigen, während er nach passenden Worten suchte. »Weiß deine Mutter davon?«

»Ich denke, sie ahnt etwas«, gestand Alessandro. »Allerdings habe ich ihr noch nichts gesagt. Ich wollte nicht, dass sie sich sorgt.«

»Denkst du, ihr ist verborgen geblieben, dass es dir nicht gut geht? Sie hat es längst bemerkt und sorgt sich um dich, aber ich habe sie beschwichtigt, weil ich dachte, dass es dir um das Kontor ginge und unsere Zukunft, dass du die Sorgen teilst, die mich plagen!« Bertrano lachte auf. »Jetzt erst geht mir auf, was für ein Narr ich gewesen bin, denn ich glaubte, darin ein Zeichen deiner Eignung zu erkennen und deines Interesses für die Geschäfte.«

»Ich habe nie gesagt, dass ich mich dafür interessiere«, gab Alessandro zu bedenken.

»Das ist wahr – und ich habe immer gewusst, dass du kein geborener Kaufmann bist, dass dir das Handeln nicht in die Wiege gelegt ist wie den Söhnen anderer Häuser. Aber ich habe immer gehofft, dass, wenn du nur alt und reif genug wärest, du dich irgendwann schon dafür interessieren würdest. Und weißt du, was verrückt ist?«

»Was, Vater?«

»Dass vorhin, als diese Tür aufging und ich dich sah, ich tatsächlich glaubte, dass dieser Moment gekommen sei«, entgegnete Bertrano leise. »Dabei bist du nur gekommen, um mir zu sagen, dass du das alles gar nicht willst.«

»Das ist keine Entscheidung gegen dich, Vater«, versuchte

Alessandro zu erklären. »Nur eben für ein anderes Leben … für den Herrn.«

Bertrano sah seinem Sohn tief in die dunklen Augen. Er sah die Angst darin und die unausgesprochenen Befürchtungen und fühlte sich an sich selbst erinnert. Nicht, dass er je in Betracht gezogen hätte, einem Konvent beizutreten. Aber das Gefühl, etwas um jeden Preis zu wollen und dabei von der Zustimmung, vom Gutdünken anderer abhängig zu sein, konnte er gut nachempfinden. Im Grunde hatte es ihn sein ganzes Leben lang verfolgt, bis in diese Tage …

»Ich weiß das alles, Alessandro«, sagte er deshalb mit aller Ruhe, die er aufzubringen in der Lage war. »Aber ich kann dir nicht gestatten, diesen Weg einzuschlagen.«

»Was?« Das Entsetzen in Alessandros blassem Gesicht war ehrlich – und es war grenzenlos. »Aber Vater, ich …«

»Ich wünschte, ich könnte es dir erlauben, mein Junge. Aber die Zeiten sind schwierig. Das Kontor erlebt die schwerste Krise seit seiner Gründung, und ich brauche jede Unterstützung, die ich bekommen kann – auch die deine.«

»A-aber das geht nicht!« Alessandro schüttelte das wirre Kraushaar. »Ich habe Pater Umberto bereits mein Wort gegeben!«

»Dann wirst du dein Wort wieder zurücknehmen müssen«, konterte Bertrano ungerührt.

»Das kann ich nicht! Kein Mann von Ehre würde das tun!«

»Ein Mann von Ehre verpfändet auch nicht sein Wort, wenn er gar kein Versprechen geben darf. Du hättest mich vorher um Erlaubnis fragen müssen.«

»Aber die hättest du mir doch niemals erteilt!«

»Und du glaubst, ich ändere meine Meinung, wenn du mich vor vollendete Tatsachen stellst?« Bertrano schüttelte den Kopf. »Wenn du das denkst, kennst du mich nicht sehr gut, mein Junge. Ich bin dafür bekannt, in Verhandlungen für das Kontor …«

»Das Kontor!«, fiel Alessandro ihm ins Wort. »Das Kontor,

das Kontor, und immer wieder das Kontor! Kannst du an nichts anderes denken? Hier geht es nicht um das Kontor, Vater, sondern um die Familie, um mich!«

»Da ist kein Unterschied«, erwiderte Bertrano voller Überzeugung. »Das Kontor ist die Familie, mein Junge, und die Familie ist das Kontor. Falls du es vergessen haben solltest – wir gehören nicht zum Adel. Alles, was du hier siehst, der Wohlstand, der dich umgibt, rührt aus unseren Geschäften.«

»Ich weiß, bitte verzeih.« Alessandro war auf dem Stuhl zu einem Häufchen Elend zusammengesunken. Das Gesicht hatte er in seinen Händen vergraben, um zu verbergen, dass die Verzweiflung ihm Tränen in die Augen getrieben hatte. »Es ist nur … ich bitte dich, Vater … gestatte mir, das zu tun, was mein Herz und mein Glaube mir befehlen.«

Bertrano atmete erneut tief ein und aus, ließ sich mit der Antwort Zeit, um sicherzugehen, dass er nicht aus Enttäuschung oder gekränkter Eitelkeit heraus entschied. »Ich bedaure«, sagte er dann jedoch mit fester Stimme, »aber das kann ich nicht. Ich habe andere Pläne mit dir, Sohn. Ich brauche dich.«

»Der Herr braucht mich!«

»Der Herr hat noch mehr Arbeiter in seinem Weinberg – ich hingegen habe nur diesen einen.«

»Du versündigst dich, Vater!«

»Dann werde ich eine Kerze stiften«, entgegnete Bertrano mit einer Abgeklärtheit, die ihn selbst erschreckte. »Aber ganz gewiss werde ich nicht meinen einzigen Sohn in ein Kloster ziehen lassen.«

»Dein letztes Wort?« Alessandro sah auf. Der Tränen in seinen Augen schien er sich jetzt nicht mehr zu schämen. Enttäuschung stand darin zu lesen, vor allem aber Zorn. Ohnmächtiger Zorn, der Bertrano zutiefst entsetzte.

Er hatte seinem Sohn stets ein verständnisvoller Vater sein wollen, ein Mentor und Lehrer – anders als der hartherzige Mann, der ihn gezeugt hatte und dann nichts von ihm hatte wissen wollen. Und nun das …

Alessandro erhob sich wortlos.

»Sohn, du bleibst hier!«, herrschte Bertrano ihn an – aber der Junge scherte sich nicht darum.

Er wandte sich ab und ging hinaus. Und zu den vielen Sorgen, die Leonardo Bertrano plagten, war noch eine weitere hinzugekommen.

9

Palast des Sultans, Cairo
Nachmittag des 10. April 1362

Das Leben konnte wahrhaft unbegreiflich sein! Eben noch war El-Rih wegen Vernachlässigung seiner Pflichten ausgepeitscht worden, nun hatte Omar ben Adil ihn zu seinem Leibwächter ernannt. Rihs Verwunderung darüber war stärker als die Schmerzen, die sein malträtierter und von Striemen überzogener Rücken ihm noch immer bereitete.

Immerhin hatte die Salbe des Wundarztes eine Entzündung verhindert, und so hatte sich Rihs Zustand über Nacht merklich gebessert. Auch Yussuf ging es bedeutend besser. Da es offensichtlich gewesen war, dass er unter Xavirs Kommando nichts mehr zu lachen haben würde, hatte Rih Ben Adil gebeten, auch ihn in den Palast zum Wachdienst zu bestellen, und der alte Omar hatte eingewilligt – sehr zu Hauptmann Xavirs Missfallen.

Es war abzusehen, dass Xavir versuchen würde, sich an ihnen zu rächen, aber darüber machten Rih und Yussuf sich vorerst keine Gedanken. Zwar würden sie noch in den Quartieren nächtigen, die den Janitscharen zugeteilt worden waren, den weitaus größten Teil des Tages jedoch würden sie im Palast von Al-Ablak verbringen, in dessen nordöstlichem Flügel Omar ben Adil als Abgesandter des osmanischen Sultans untergebracht war.

Niemals zuvor hatte Rih solchen Prunk gesehen. Auch in

Bursa gab es eine Zitadelle und Gebäude aus Stein, doch das meiste diente militärischen Zwecken und war entsprechend karg. Die Hallen und Gänge von Al-Ablak hingegen waren so hoch wie Türme, die Wände rot-weiß gebändert oder mit bunten Fliesen gekachelt, die Böden aus weißem oder grünem Marmor, der so glatt war, dass sich jeder, der darüberging, darin spiegelte. Große Hallen, *makaad* genannt, deren Deckengewölbe auf filigranen Säulen ruhten, öffneten sich zu grünenden Gärten, in denen kleine Brunnen sprudelten. Und wohin man im Palast auch kam, herrschte eine angenehme Kühle, die, wie man den Janitscharen erklärte, von einer ausgeklügelten Belüftung rührte, die den Wind einfing und in jene Bereiche des Palasts brachte, die einer Kühlung bedurften.

Dennoch war auch Al-Ablak letztlich nur ein schwacher Abglanz des großen Palasts, den der Sultan bewohnte, der Herrscher des mächtigen Mamlukenreiches. Noch höher waren hier die Hallen, noch prunkvoller die Mosaiken und noch prächtiger der Marmor, und in verschwenderischer Fülle ergoss sich Wasser aus zahllosem *faskijat*.

Hätte man El-Rih von all diesem Überfluss erzählt, hätte er es wahrscheinlich nicht geglaubt – da er es mit eigenen Augen sah, blieb ihm nichts anderes übrig. Auch wenn es ihm schwerfiel …

»Mach den Mund wieder zu, mein Freund«, ermahnte Omar ben Adil ihn halblaut. »Es wirft kein gutes Licht auf mich, wenn mein Leibwächter so aussieht, als hätte er nicht alle Sinne beisammen.«

»Verzeiht, Herr«, flüsterte Rih eingeschüchtert.

»Das war ein Scherz.«

»Ich weiß, Herr.«

Sie durchquerten die Vorhalle des *durkaa*, der zentralen Halle des Palasts, begleitet von grimmig aussehenden Wachen. Rih selbst hatte nur seinen Dolch behalten dürfen, doch wenn es erforderlich war, wusste er sich auch damit zu wehren. Die eigentliche Waffe der Janitscharen war der Bogen, mit dem sie meisterlich umzugehen verstanden. Aber auch jede andere Waffe wurde in ihrer Hand zum tödlichen Werkzeug. Die Frage, warum Omar ben Adil Wert auf einen persönlichen Leibwächter legte, statt sich von einem Sekretär oder einem Offizier begleiten zu lassen, beschäftigte Rih noch immer. Rechnete der Gesandte mit einem Überfall? Wusste er womöglich mehr über die Lage in Al-Qahira, als man den Janitscharen gesagt hatte?

»Bist du Emir Yalbugha schon einmal begegnet?«, wollte Omar wissen.

»Nein, Herr.«

»So sieh dich vor.«

»Weshalb, Herr?«, fragte Rih.

Omar bedachte ihn mit einem Seitenblick. Gewöhnlich stand es einem Wächter nicht zu, nach Gründen zu fragen. Doch Ben Adil war anders als alle Herren, denen Rih je gedient hatte. Der Gesandte schätzte es, wenn man den Verstand benutzte, und er ermutigte seine Leute dazu, mit offenen Augen durch die Welt zu gehen.

»Weil der Emir ein sehr vorsichtiger Mann ist«, erwiderte er. »Um nicht zu sagen misstrauisch.«

»Aber ich dachte, Yalbugha wäre der mächtigste Mann im Reich?«, wandte Rih ein.

»Das ist er – zumindest solange er die Regentschaft innehat. Denn der derzeitige Sultan ist geistig umnachtet und nicht in der Lage zu regieren, seine Tage auf dem Thron sind gezählt. Sein Nachfolger jedoch ist noch ein Knabe, vielleicht elf Winter alt, und viele, die selbst die Macht erlangen wollen, trachten ihm nach dem Leben. All das weiß Emir Yalbugha – und das macht ihn vorsichtig und gefährlich zugleich.«

»Ich verstehe.« Rih nickte. Manche Dinge änderten sich wohl niemals, ganz gleich, wo auf der Welt man weilte.

»Yalbugha vertritt den Sultan auch in Fragen der Rechtssprechung«, fuhr Omar fort. »Er hat mich eingeladen, dem Gerichtstag beizuwohnen, der heute stattfindet. Nicht weil er denkt, dass mich das interessieren würde, sondern weil es ihm Gelegenheit gibt, sich als starker und mächtiger Herrscher zu präsentieren. Und genau diesen Eindruck soll ich in Bursa vermitteln.«

»Warum?«, fragte Rih.

Omar lächelte hintergründig. »Emir Yalbugha ist ein Mann mit vielen Sorgen«, erklärte er. »Die Christen jenseits des Meeres bereiten ihm Kopfzerbrechen, der König von Zypern vor allen anderen. Wie es heißt, wirbt er bei den Franken für einen Feldzug gegen die Mamluken. Und auch das Reich der Osmanen ist im Wachsen begriffen«, fuhr er fort. »Wir haben Bursa und Ankara eingenommen und zuletzt auch Edirne erobert. Und Yalbugha denkt wohl, dass es gut ist, seine zukünftigen Feinde zu kennen.«

»Und Ihr?«, fragte Rih. »Wie denkt Ihr darüber?«

Omars Lächeln wurde noch rätselhafter. »Ich denke, er hat recht«, bestätigte er.

Als sie den Thronsaal betraten, war die Gerichtssitzung bereits in vollem Gang. Auf einem erhöhten Sitz thronte Emir Yalbugha: ein kräftiger Mann mit pechschwarzem Haar und vollem Bart, der die Robe eines hohen Würdenträgers trug, jedoch auch Teile einer Rüstung, wohl um deutlich zu machen, dass er der *atabak al-asakir* war, der oberste Verteidiger des Reiches. Umgeben war er von mamlukischen Offizieren und Beamten des Hofes, dazu säumten Dutzende von mit Rundschilden und langen Speeren bewehrte Wachen den Mittelgang, hinter denen sich zahllose Schaulustige drängten: Hofschranzen, wie es sie auch in Bursa gab, Speichellecker und Nutznießer, auf die ein Janitschar mit Verachtung blickte.

Rih wusste nicht, worum es bei der laufenden Verhandlung ging, aber Yalbugha schien kein Freund ausschweifender Schilderungen zu sein. Energisch schnitt er dem Beklagten das Wort ab und befahl, ihm ein Auge zu nehmen – sollte sich sein Vergehen wiederholen, würde ihm auch das zweite ausgestochen.

Während der jammernde Mann hinausgeführt wurde, kamen zwei andere herein, ihrer einfachen Kleidung und dem Geruch nach Viehhändler, die wohl in Streit geraten waren.

»Auf die Knie vor Emir Yalbugha, dem Beschützer des Reiches!«, wies ein Offizier die beiden Männer an. Um seinen Worten Nachdruck zu verleihen, schlug er mit einem hölzernen Stock zu, wie man ihn gewöhnlich zum Antreiben von Kamelen benutzte und der beide augenblicklich zu Boden schickte. »Nun tragt Euer Anliegen vor!«

»Dieser da hat mich bestohlen, Herr!«, rief der eine Viehhändler, auf den anderen deutend. »Er hat sich einen meiner Hammel genommen, ohne dafür zu bezahlen!«

»Das ist nicht wahr!«, stritt der Beschuldigte ab. »Ich habe nur genommen, wofür ich bezahlt habe, acht Schafe und zehn Ziegen. Von einem Hammel weiß ich nichts!«

»Nein? Und wohin ist er dann verschwunden?«

»Das weiß ich nicht. Womöglich hast du ihn selbst verschwinden lassen und willst jetzt noch Geld dafür!«

»Das ist eine glatte Lüge!«

»Nein, du bist der Lügner!«

Der eine stieß den anderen, der sich wiederum mit einem Fausthieb bedankte. Im nächsten Moment wäre wohl eine handfeste Keilerei ausgebrochen, wäre der Offizier nicht dazwischengegangen. Unsanft schlug er beide Kontrahenten mit dem Stock und hielt sie so davon ab, übereinander herzufallen. Benommen lagen sie vor Yalbugha auf dem Boden, der mit finsterem Blick auf sie herabblickte.

»Wo ist der Hammel jetzt?«, wollte er wissen. »Teilt ihn zwischen euch auf, und der Streit ist beendet.«

»Das Tier ist verschwunden, Herr«, lamentierte der eine. »Weil dieser da es in seiner Gier gefressen hat!«

»Das ist nicht wahr! Ich habe den Hammel nicht genommen, das schwöre ich beim Bart des Propheten!«

»Schön«, knurrte Yalbugha, und ein grausames Lächeln huschte dabei um seine bärtigen Züge, »so werdet ihr euch nicht den Hammel, sondern die Strafe teilen. Schlagt dem einen die linke Hand ab dafür, dass er sich am Eigentum eines anderen vergriffen hat.«

»Aber Herr, ich habe nicht …!«

»Siehst du, das geschieht dir recht!«, triumphierte der andere Händler.

»… und stecht dem anderen ein Auge aus, weil er nicht besser auf seinen Besitz geachtet hat«, brachte Yalbugha sein Urteil zu Ende.

»Aber Herr! Ich … wir haben nicht …!«

Statt ein weiteres Wort zu verlieren, machte Yalbugha nur eine Handbewegung, als wollte er ein lästiges Insekt verscheuchen. Daraufhin ließ der Offizier die beiden Männer abführen. Unter heftigem Gezeter wurden sie aus dem *durkaa* geschleppt und in einen angrenzenden Hof gebracht, wo gellende Schreie davon zeugten, dass das Urteil unverzüglich vollstreckt wurde.

»Nun?«, raunte Omar Rih zu, »was hältst du von Yalbughas Art, Recht zu sprechen?«

»Ich bin nur ein einfacher Soldat, Herr«, flüsterte Rih. »Ich verstehe nichts von diesen Dingen.«

»Findest du die Strafe gerecht?«

»Nein, Herr. Denn einer der beiden war unschuldig.«

Omar nickte. »Und was schließt du daraus?«

»Dass Ihr recht hattet, Herr«, erwiderte Rih nur. »Emir Yalbugha ist ein gefährlicher Mann.«

Während der nächste Beklagte unter lautem Geschrei in die Halle gezerrt wurde, ließ Rih seinen Blick an den rot-weiß gebänderten Mauern emporschweifen, bis zu dem Spitzbogengang, der sich in einiger Höhe zur Halle hin öffnete. Ein zehn- oder elfjähriger Knabe stand dort oben und blickte auf das herab, was im Thronsaal geschah – und wenn Rih seinen Gesichtsausdruck richtig deutete, so gefiel dem Jungen nicht, was er sah.

Rih wollte sich gerade abwenden, als der Junge genau zu ihm herabsah.

Für kurze Zeit trafen sich ihre Blicke.

Ein Augenblick, der ihrer beider Leben verändern würde.

10

Castello, Venedig
Morgen des 11. April 1362

Soweit er es angesichts der schier übermenschlichen Aufgabe, die sich ihm stellte, erkennen konnte, war Battista Sabattini zufrieden.

Mit vor der Brust verschränkten Armen stand er am Fenster seines Kontors und blickte genüsslich auf die zum Leben erwachende Stadt. Die Geschäfte seines Kontors prosperierten, der Doge und seine Berater – unter ihnen auch der mächtige Luro del Rosso – gerieten zunehmend unter Druck. Endlich, nach all den Jahren des Wartens und der Vorbereitung, nach herben Rückschlägen und bitteren Niederlagen, entwickelten sich die Dinge so, wie es für Sabattini günstig war. Er war an diesem Morgen mit dem Gefühl aufgewacht, dass die Sonne, die über der Lagune aufgegangen war und die Dächer von Castello orangerot leuchten ließ, nur für ihn strahlte – und als Stilicho ihm die Nachricht brachte, dass Besuch eingetroffen war, schien sich dieses Gefühl nur zu bestätigen.

»Wer ist es?«, verlangte Sabattini zu wissen, ohne sich vom Fenster des Konferenzsaales abzuwenden. Dabei kannte er die Antwort bereits. Er wollte sie dennoch hören, wollte bestätigt wissen, dass die Ränke, die er geschmiedet hatte, Früchte trugen.

»Leonardo Bertrano, Herr«, entgegnete Stilicho, und Sabattini glaubte herauszuhören, dass der Byzantiner dabei grinste. »Er ist gekommen. Wie Ihr gesagt habt.«

Sabattini atmete tief ein und aus – nicht so sehr, weil die Gerüche, die aus der Gasse heraufdrangen, so verführerisch gewesen wären, sondern um den Moment auszukosten. »Worauf wartest du?«, forderte er dann seinen Helfer auf. »Bitte den hohen Besuch herein!«

Stilicho verneigte sich und verschwand. Als er zurückkehrte, tat er es in Begleitung des Mannes, der für Sabattini all das verkörperte, was er verabscheute. Doch seine Miene, geschult durch den Verkehr bei Hofe und seine Arbeit im Rat der Zehn, zeigte nicht eine Spur davon.

Seit ihrer letzten Begegnung im vergangenen Winter auf der Piazza San Marco, die formlos und scheinbar zufällig erfolgt war, war Leonardo Bertrano sichtlich gealtert. Sein Bart und das spärlich gewordene Kopfhaar waren ergraut. Und irrte Sabattini sich, oder hingen Bertranos Schultern leicht herab? Ging der einstmals so stolze Mann gebeugt unter der Last seiner Sorgen?

Bertranos Züge waren dieselben wie eh und je – diese seltsame Weichheit um Mund und Augen, in der viele Menschen Warmherzigkeit und Güte zu erkennen glaubten. Sabattini konnte darin nur das sehen, was es tatsächlich war: Falschheit und Hochmut.

Selbst jetzt noch …

»Leonardo, mein Freund!« Ohne auch nur mit der Wimper zu zucken, breitete Sabattini die Arme aus und trat auf seinen Besucher zu. Die Umarmung, die folgte, war ebenso falsch wie innig.

»Danke, dass du mich empfängst, Battista. Es ist lange her …«

»Das ist es in der Tat«, pflichtete Sabattini bei. »Was führt dich zu mir? Die alten Zeiten?«

»Ja … und nein«, entgegnete Bertrano zögernd. Sabattini genoss es zu sehen, wie er sich wand wie ein Aal auf dem Fischmarkt. »Es gibt Dinge, die ich gerne mit dir erörtern würde.«

»Willst du mir ein gemeinsames Geschäft vorschlagen?« Sabattini hob eine Braue. »Ich dachte, wir wären übereingekommen, dass wir das nicht mehr wollen.«

»Ich weiß«, versicherte der andere, und wieder fühlte sich Sabattini an einen Aal erinnert, der sich auch dann noch wand und zuckte, wenn das Haupt längst abgetrennt worden war. Der Körper wusste es nur noch nicht …

»Setz dich«, forderte Sabattini ihn auf, und sie nahmen auf beiden Seiten des großen Verhandlungstisches Platz, der die Mitte des Saales einnahm. Der Glockenschlag zur vollen Stunde drang von draußen und verlieh der peinlichen Situation eine seltsam dramatische Note.

»Also?«, erkundigte sich Sabattini, wobei er sich wissbegierig über den Tisch beugte und die Fingerspitzen aneinanderlegte. »Was kann ich für dich tun?«

Bertrano hielt seinem prüfenden Blick nicht stand. Er wich ihm aus und betrachtete stattdessen die holzgetäfelten Wände. »Die Geschäfte gehen gut?«, erkundigte er sich wie beiläufig.

»Ich kann nicht klagen.«

»Auch der Gewürzhandel?«

»Nun, ich mache mir nicht sehr viel aus Gewürzen, wie du weißt. Zinn und Silber sind mehr mein Metier, die ich von nördlich der Alpen beziehe. Im Gegenzug liefere ich Glas aus unseren Werkstätten.«

»Eine weise Entscheidung.« Bertrano fuhr sich mit der Hand über das Gesicht. »Ich wünschte, ich hätte ähnlich weise entschieden.«

»Ich bin über deine aktuellen Geschäfte nicht im Bilde, mein Freund«, log Sabattini ohne Reue, »aber deiner bekümmerten Miene nach zu urteilen, hast du massiv in den Osthandel investiert.«

Bertrano lächelte schwach. »Bin ich so einfach zu durchschauen?«

»Ich bin nicht irgendwer«, gab Sabattini zu bedenken. »Wie lange bin ich dein Kompagnon gewesen? Fünfzehn Jahre?«

»Sechzehn«, verbesserte Bertrano. »Dir verdanke ich alles, was ich habe und bin.«

Und umgekehrt, dachte Sabattini bitter. *Mehr als du denkst.*

»Sechzehn also«, wiederholte er. »Und in dieser langen Zeit habe ich dich kennengelernt. Ich weiß um deine Vorliebe für die Levante und den Handel mit dem Osten. Du hast die Muselmanen immer besser verstanden als wir anderen alle zusammen, sprichst sogar ihre Sprache.«

»Du schmeichelst mir«, wehrte Bertrano lächelnd ab. »Aber du hast recht – der Handel mit Türken, Persern und Arabern war stets meine Domäne. Ich habe Geschmeide, Stoffe und Gewürze eingeführt und dafür Waren nach Konstantinopel, nach Tripolis, nach Antiochia und Alexandria geliefert, und die Geschäfte gingen gut. Aber jetzt nicht mehr. Hast du von den Piratenüberfällen in der Ägäis gehört?«

»Natürlich. Im Großen Rat ist von nichts anderem die Rede. Und auch im Rat der Zehn habe ich das Thema zur Sprache gebracht. Wir müssen etwas gegen diese Räuberbande unternehmen!«

»Das müssen wir«, stimmte Bertrano voller Überzeugung zu. »Doch selbst wenn, wird es für mich zu spät sein.« Er biss sich auf die Lippen, zögerte. Dann gestand er das Unausweichliche: »Mein Kontor steht kurz vor dem Bankrott, Battista.«

»Was?«

Es nötigte Sabattini sein ganzes schauspielerisches Können ab, sich überrascht zu geben – doch Bertrano war so von Sorge bedrückt, dass er gar nichts bemerkte.

»Es ist wahr«, gestand er niedergeschlagen. »Gleich mehrere meiner Koggen wurden in den letzten Monaten überfallen, einige im Herbst, einige im Frühjahr. Es ist, als ob diese Strolche es auf meine Lieferungen abgesehen hätten. Ganze Ladungen gingen verloren, meine Lager sind fast leer. Und es gibt einen deutschen Kaufmann, der ausbezahlt werden will, wenn seine Waren nicht bis zum Ende des Monats eintreffen.«

»Ein humorloses Völkchen, diese Deutschen, nicht wahr?«, presste Sabattini zwischen zusammengebissenen Zähnen hervor. »Kennen keine Freunde, wenn es um ihr Geld geht.«

Bertrano nickte nur. Als er den Blick wieder hob, um Sabattini anzusehen, glänzten seine Augen. »Ich stehe vor dem Ende, Battista«, flüsterte er. »Allem Anschein nach ist auch die jüngste Lieferung aus Byzanz ein Opfer der Piraten geworden. Wenn die Ware nicht bis übermorgen eintrifft – und daran würde wohl nur ein Narr noch glauben –, bin ich in zwei Tagen ruiniert.«

»Es sei denn, ein Wunder geschieht«, wandte Sabattini ein.

Bertrano nickte abermals. Den Blick hatte er wieder zu Boden geschlagen. »Offen gestanden«, begann er tonlos, »hatte ich gehofft, dass du dieses Wunder sein könntest.«

»Ich?« Sabattini atmete geräuschvoll ein. Er genoss die Genugtuung, die ihm dieser Augenblick verschaffte, wie einen tiefen Zug frischer Morgenluft. »Warum gerade ich?«

»Weil deine Geschäfte blühen, wie man hört. Viele Kaufleute, die wie ich Osthandel betreiben, stehen hingegen vor ganz ähnlichen Problemen.«

»Was ist mit den Banken?«

Bertrano lachte freudlos auf. »Dort kann ich mir nichts leihen. Der Zins ist infolge der Überfälle und der verlorenen Ladungen um das Fünffache gestiegen.«

»Und deine muselmanischen Freunde?« Sabattini bemühte sich, seinen Spott nicht zu sehr durchblicken zu lassen.

»Haben mir auf meine Briefe nicht geantwortet«, gestand Bertrano rundheraus, der auf der anderen Seite des Tisches mehr und mehr wie ein Bittsteller wirkte. »Ich habe niemanden, den ich sonst fragen könnte«, fügte er zögernd und noch etwas leiser hinzu, »und außerdem gibt es doch etwas, das uns verbindet …«

»Das ist wahr.« Sabattini nickte. »Wir beide haben viel zusammen durchgemacht, nicht wahr? Haben gemeinsam gewonnen und gemeinsam verloren.«

Bertrano nickte wieder.

Wie kann er seinen Verlust nur mit meinem vergleichen?, dachte Sabattini. *Und er errötet dabei nicht einmal …*

»Deshalb bin ich hier – um dich um finanzielle Hilfe zu bitten, Battista. Nicht als Geschenk oder um der alten Zeiten willen, sondern als Investition in mein Unternehmen. Genau wie damals, als du mein Kompagnon warst.«

In der Tat, dachte Sabattini. *Der größte Fehler meines Lebens …* »Ich soll bei dir investieren?«

Bertrano nickte. »Die Aussichten sind gut. Für den Sommer sind viele Bestellungen gezeichnet, und meine Verbindungen zur anderen Seite der See sind ausgezeichnet, wie du weißt.«

Und wie ich das weiß.

Und nicht nur ich – die ganze Stadt weiß es …

»Über was für einen Betrag sprechen wir hier?«, wollte Sabattini wissen. »Eintausend Dukaten? Zweitausend?«

»Fünftausend«, gestand der andere flüsternd.

»Das ist ein Vermögen.«

»Dessen bin ich mir bewusst. Aber wir werden im kommenden Jahr das Doppelte verdienen.«

»Das hast du schon einmal gesagt.«

»Und habe ich dich etwa belogen?«

»Nein«, gab Sabattini zu. *Jedenfalls nicht in dieser Hinsicht.* »Wenn ich dich unterstütze – was noch keineswegs sicher ist –, brauche ich Sicherheiten.«

»Ich gewähre dir Einblick in alle meine Bücher«, versicherte Bertrano ergeben. »Darüber hinaus kann ich dir jedoch nichts anderes bieten als meine Loyalität.«

»Das ist gut.« Sabattini nickte. »Nichts bedeutet mir mehr als Loyalität, wie du vielleicht …«

Er unterbrach sich, als jemand an die Tür des Konferenzsaals klopfte.

»Ja?«

Die Tür wurde geöffnet, und Bianca trat ein. Wie meist trug sie dunkle Kleidung, die im Gegensatz zu ihrem Namen stand, sie jedoch geheimnisvoll und unnahbar erscheinen ließ. Ihr Haar war geflochten und hochgesteckt, sodass ihr zarter Hals und die blasse, fast weiße Haut noch deutlicher zu sehen waren. Ihre Wangen waren rot vom Karmesin, ihre dunklen Augen blickten fragend herein.

»Störe ich, Vater?«

»Wir sind in einer Unterredung, mein Kind«, beschied Sabattini ihr, »aber bitte komm kurz herein, um unseren Gast zu begrüßen, Signore Leonardo Bertrano.«

Bianca gehorchte bereitwillig. Sie trat ein und bezeugte dem Gast die Ehre, indem sie das Kinn leicht zur Seite neigte und ihm zulächelte. »Signore Bertrano«, sagte sie dazu. »Wie es mich freut, Euch zu sehen. Mein Vater hat mir viel von Euch erzählt.«

»Nur Erfreuliches, wie ich hoffen möchte«, entgegnete Bertrano.

Kaum etwas davon, dachte Sabattini. Als Meister jener Art von Konversation, die sich vieler Worte bediente, um kaum etwas zu sagen, stellte er seine Tochter vor, pries ihre Schönheit und ihre Qualitäten mit dem Stolz eines Vaters und dem Geschick eines versierten Händlers.

»Deine Tochter ist eine Schönheit geworden, Battista«, stellte Bertrano fest, nachdem Bianca den Saal wieder verlassen hatte. »Sie hat die Augen ihrer Mutter.«

Sabattini zuckte innerlich zusammen. »Und den messerscharfen Verstand ihres Vaters«, fügte er hinzu. »Aber wir sind dabei gewesen, über Loyalität zu sprechen. Wie gesagt schätze ich Loyalität sehr – doch wenn es möglich ist, ergreife ich dennoch gerne Maßnahmen, die mich dieser Loyalität – wie soll ich es ausdrücken? – dauerhaft versichern.«

»Natürlich«, versicherte Bertrano bereitwillig und rang sich die Hände. »Ich werde alles unterschreiben, jeden Vertrag ... auch einen Wechsel, wenn du darauf bestehst.«

»Nein«, wehrte Sabattini kopfschüttelnd ab. »Das ist es nicht, was ich im Sinn habe.«

»Was dann, Battista?« Bertrano zuckte mit den Schultern. »Weder bin ich von adeliger Herkunft noch verfüge ich über politische Macht, die ich dir zum Dienst offerieren könnte. Aber meine geschäftlichen Verbindungen, meine Agenten und Mittelsleute – all das soll dein sein.«

»Auch das ist es nicht, worauf ich hinauswill«, entgegnete Sabattini kopfschüttelnd und wappnete sich innerlich. Es war an der Zeit, zum Kern der Sache vorzustoßen. »Ich würde wollen, dass nicht nur wir beide einander verbunden sind, sondern unsere Familien, auf die engste Art, die sich nur denken lässt.«

»Und – woran denkst du dabei?«

»An eine Hochzeit – zwischen meiner Tochter Bianca und deinem Sohn Alessandro.«

»Was?«

»Ist das nicht sein Name? Alessandro? Und hat er nicht das richtige Alter, um sich zu vermählen?«

»Das … hat er«, bestätigte Bertrano stockend und starrte betreten vor sich hin. »Es ist … es ist nur …«

»Willst du mein Angebot ausschlagen?«, hakte Sabattini nach. Seine Stimme war weich wie Seide, seine Züge hart wie Stahl. »Hast du womöglich schon eine andere Vereinbarung getroffen? In diesem Fall muss ich dich vielleicht daran erinnern, wie viele junge Männer in Venedig sich glücklich schätzen würden, meine Tochter zu …«

»Nein«, beeilte sich Bertrano zu versichern, »das ist es nicht! Es ist nur …« Seine Lippen bewegten sich, aber es kamen keine Worte mehr. Fieberhaft schien er darüber nachzusinnen, wie er Sabattini schonend beibringen sollte, was der getreue Stilicho diesem längst zugetragen hatte. »Der Junge … hat mir erst vor wenigen Tagen gestanden, dass er berufen ist.«

»Berufen?«, stellte Sabattini sich unwissend. »Wozu?«

»Zum heiligen Dienst«, eröffnete Bertrano gepresst. »Er will dem Orden von San Domenico beitreten.«

»Er … will Mönch werden?«

Bertrano nickte nur.

Einen Augenblick lang blieb es still im Konferenzsaal – still bis auf das Stimmengewirr, das aus den Gassen heraufdrang, und den Hufschlag der Pferde.

Dann lachte Battista Sabattini so laut, dass sich seine Stimme überschlug. »Dein Sohn ein Mönch! Das ist doch nur eine Laune! Ein Streich der Jugend!«

»Nicht bei Alessandro. Er ist schon immer so gewesen. Ein Einzelgänger ... grüblerisch. Und er hat einen ausgeprägten Hang zum Starrsinn.«

»Von wem nur?«, erwiderte Sabattini trocken. »Nun, jedenfalls schließt das eine das andere aus – als Mönch wird er Bianca nicht ehelichen können. Das Beste wird also sein, du verbietest ihm diesen Unfug, damit er rasch wieder zur Besinnung kommt.«

»Vermutlich sollte ich das.« Bertrano nickte. »Jedoch ...«

»Was? Willst du diese Schwärmerei etwa ernst nehmen? In seinem Alter träumten wir davon, nach dem dunkelsten Africa zu ziehen und Löwen mit bloßen Händen zu erwürgen. Und haben wir es getan?«

»Nein«, gab Bertrano zu. »Aber hier ist es anders. Was, wenn der Junge tatsächlich berufen ist? Kann ich mich dem entgegenstellen?«

»Hast du Angst, dich zu versündigen?«, fragte Sabattini halb ernst und halb im Scherz. Bertranos Blick verriet jedoch, dass ihm keineswegs nach Scherzen war. »Und – wenn Alessandro sich von ganz allein gegen das Kloster und das Leben als Mönch entscheidet?«

»Das wird nicht geschehen.«

»Was abzuwarten bliebe.« Sabattini setzte sein verheißungsvollstes Lächeln auf. »Vielleicht bedarf es dazu nur etwas weiblicher Überredungskunst.«

»Wie meinst du das?«

»Es ließe sich arrangieren, dass Bianca und er sich wie zufällig träfen, an einem vertrauten Ort – alles Weitere würde sich dann wohl von selbst ergeben.«

»Glaubst du?« In Leonardo Bertranos müden Augen flackerte tatsächlich Hoffnung auf – und Sabattini wusste, dass er gewonnen hatte.

»Das wäre immerhin eine Möglichkeit«, gestand er lächelnd zu.

»Und – wenn es nicht funktioniert? Alessandro ist starrsinnig, wie ich schon sagte ...«

»Nun«, entgegnete Sabattini, den eine seltsame Euphorie durchströmte, »wie du weißt, habe ich seit den Ereignissen von damals nicht mehr geheiratet, mein Freund.«

»Und?«

Sabattini genoss den Augenblick. Das Gefühl war dasselbe wie am Ende einer langen Jagd, wenn man die Beute sicher wusste und zum tödlichen Stoß ausholte. »Und wie man hört«, erwiderte er lächelnd, »soll auch deine Tochter Alyssia inzwischen eine Schönheit geworden sein …«

11

Garnison von Kasr Al-Ablak, Cairo
Zur selben Zeit

Die Sonne brannte gnadenlos auf den Innenhof vor den Unterkünften der Janitscharen; die Luft war staubtrocken und so heiß, dass sie flirrte. Dennoch wagten El-Rih und die anderen nicht, sich zu bewegen – und das aus gutem Grund. Denn Xavir, ihr Hauptmann, beobachtete sie mit den Augen eines Falken.

Wenn Rih und Yussuf geglaubt hatten, von den Schikanen ihres Hauptmanns in Zukunft ausgenommen zu sein, hatten sie sich gründlich geirrt. »Weiter so!«, scholl Xavirs Stimme über den Innenhof. »Und wehe, einer von euch faulen Hunden rührt sich. Dann sollt ihr mich kennenlernen!«

Anders als seine Leute lehnte der Hauptmann im Schatten einer Palme und kaute gemächlich an einer Dattel, die er sich zwischen die Zähne geschoben hatte. Und ab und zu gönnte er sich einen Schluck aus seinem Wasserschlauch.

»Ein Janitschar«, fuhr er in seinem Vortrag fort, »ist vor allem anderen ein Diener. Und zu dienen heißt, Befehle auszuführen, so unverständlich sie euch auch erscheinen mögen. Aber so wie ein Hund die Überlegungen seines Herrn nicht nachvollziehen kann, könnt auch ihr die Überlegungen unseres Vaters, des Sultans, nicht nachvollziehen, und deshalb ist die oberste Tugend des Janitscharen der Gehorsam! Und es gibt keine bessere Übung für Gehorsam als diese hier«, fügte er grinsend hinzu, während er den Wasserschlauch abermals entkorkte und sich etwas von dem kühlen Nass auf das kahle Haupt prasseln ließ.

Rih wusste nur zu gut, was Xavir damit bezweckte. Die Männer zu provozieren gehörte ebenfalls zu dieser Art von Übung, und jede Unmutsbekundung oder gar Widerspruch wäre nur als Zeichen von Schwäche gedeutet worden. Dass Xavir sie einmal mehr nur bis aufs Blut schikanierte, spielte in diesem Zusammenhang keine Rolle.

Ein Janitschar hatte zu gehorchen.

Auch wenn sein kommandierender Hauptmann ein hinterhältiger Bastard war, der sichtlichen Spaß daran hatte, andere zu quälen. Denn was Rih und seine Kameraden in der sengenden Sonne durchstehen mussten, kam einer Folter gleich. In voller Rüstung standen sie aufgereiht, die roten Röcke über den Kettenhemden und die Helme mit dem Kettengeflecht auf den Köpfen, das nur zwei schmale Sehschlitze offen ließ.

Das Metall hatte sich erwärmt, entsprechend heiß war es unter den Helmen. Rih merkte, wie der Schweiß an seinem Kopf herablief, wie er sein kurz geschnittenes Haar tränkte und dann in seinen Kragen kroch. Das gepolsterte Untergewand, das er wie die anderen unter der Rüstung trug, war bereits schweißdurchtränkt. Seine Knie zitterten, ebenso wie seine Arme, in denen er Speer und Schild halten musste. Dennoch stand er völlig unbewegt, weil Xavir es so angeordnet hatte. Wer zuerst umfiel, den würde der Hauptmann eigenhändig auspeitschen. Und etwas sagte Rih, dass Xavir inständig hoffte, dass dieser Jemand er sein würde …

Irgendwann gab der Offizier seinen Platz unter der Palme auf und schritt die Reihen der Männer ab, die Hände im Rücken verschränkt und ein selbstgefälliges Grinsen im Gesicht. »Nun?«, raunte er Rih im Vorbeigehen zu. »Wie fühlt sich das an? Das ist anders, als im Palast mit den hohen Würdenträgern und Beamten zu speisen, nicht wahr?«

Unter dem Kettengeflecht mahlte Rih mit den Zähnen, sich nur mühsam beherrschend. Es war offensichtlich, dass Xavir ihm seine Stellung bei Ben Adil neidete, und am liebsten hätte er ihm das offen gesagt. Aber Xavir hätte das nur zum Anlass genommen, seine Disziplinlosigkeit anzuprangern – und hätte damit auch noch recht gehabt. Rih schluckte seinen Ärger also hinunter wie bittere Galle und erinnerte sich selbst daran, dass er nichts war, die Garde der Janitscharen hingegen alles. Er musste gehorchen, durfte keine Schwäche zeigen.

Es durchstehen, egal wie …

Unter der sengenden Sonne schien sich die Zeit endlos auszudehnen, Lidschläge wurden zu Ewigkeiten. Es war nur noch eine Frage von Augenblicken, bis der erste der Janitscharen ohnmächtig niedersinken würde, geschwächt von Hitze und quälendem Durst.

Auch Rih fühlte das Brennen in seiner Kehle. Seine Zunge war angeschwollen, das Blut rauschte in seinem Kopf. Dennoch wollte er nicht derjenige sein, der als Erster aufgab. Mit aller Macht kämpfte er gegen die Bewusstlosigkeit an, während er Mühe hatte, die vom Schweiß brennenden Augen noch länger offen zu halten. Wie lange standen sie hier nun schon? Wie viele Stunden? Es war unmöglich zu sagen angesichts der Sonne, die fast senkrecht über ihnen glühte. Alles, was zählte, war der nächste Augenblick.

Und der nächste.

Und der …

Mit verschwimmendem Blick sah Rih, wie sich eine Gestalt Hauptmann Xavir näherte – ein Mann, der den großen Turban der Hofbeamten trug. Er wechselte einige Worte mit ihm, und im nächsten Moment machte Xavir ein Gesicht, als hätte er in eine verdorbene Dattel gebissen.

»Nun«, rief er laut und voller Spott, »wie es aussieht, ist die Übung für heute beendet!«

Die Janitscharen trauten ihren Ohren nicht. Leise Hoffnung schöpfend, blieben sie dennoch weiter stehen, keiner wollte sich eine Blöße geben.

»Rih und Yussuf – euer neuer Herr verlangt euch zu sehen«,

sagte Xavir in ihre Richtung, und obwohl er sich Mühe gab, seinen Zorn und seine Frustration zu verbergen, war ihm anzusehen, dass er sich am liebsten die Haare ausgerissen hätte, hätte er noch welche gehabt.

Rih und Yussuf, der neben ihm in der Reihe stand, wechselten einen Blick. Erst dann nahmen sie die Helme ab, unter denen ihre Köpfe fast gekocht hatten. Beide waren froh über diese unerwartete Wendung, hüteten sich jedoch, es offen zu zeigen. Hätten sie auch nur den Anflug eines Grinsens erkennen lassen, hätten ihre Kameraden das womöglich schrecklich büßen müssen.

So jedoch gab sich Xavir plötzlich großmütig und entließ auch den Rest der Garde aus der Übung – ein Beleg dafür, dass es ihm nicht wirklich um eine Lektion für alle, sondern vor allem um Rih und Yussuf gegangen war. Nacheinander nahmen die Janitscharen ihre Helme ab. Gerötete, schmerzgepeinigte Mienen kamen darunter zum Vorschein, die Rih und Yussuf jedoch dankbar zunickten.

Die beiden verließen den Hof, nicht ohne Xavir den Respekt zu erweisen, der ihm als Kommandant der Garde zukam. Dann kehrten sie in ihre Unterkunft zurück, entledigten sich der schweren Rüstung und legten leichtere Tuniken an, die wie der Waffenrock aus rotem Stoff waren, der Farbe der Janitscharen.

Es blieb ihnen kaum Zeit, ihren Durst zu stillen, denn Omar ben Adil erwartete sie bereits in seinen Gemächern. Ein großes, im Sprachgebrauch der Mamluken *kaa* genanntes Arbeitszimmer, das zum Garten hin offen war, bildete den Kern der großzügigen Räumlichkeiten, die dem Gesandten zur Verfügung gestellt worden waren. Auch hier schien Emir Yalbugha Eindruck machen zu wollen.

»Ihr wolltet uns sprechen, Herr?«

Rih und Yussuf verbeugten sich tief.

»Allerdings«, bestätigte Omar. »Ich wollte wissen, wie …« Er unterbrach sich und starrte die beiden an. »Beim Barte des Propheten, was ist euch denn widerfahren?«

Rih und Yussuf wechselten Blicke. Es war nicht Sache eines Janitscharen, sich zu beklagen. Aber ganz offenbar war ihr Äußeres noch immer in einem so beklagenswerten Zustand, dass man es ihnen auf den ersten Blick ansah.

»Eine Übung«, entgegnete Rih nur.

»Tatsächlich?« Omar hob eine ergraute Braue. »Sieht mir eher nach blutigem Ernst aus. Hauptmann Xavir scheint mir den Blick für das rechte Maß verloren zu haben.«

»Er ist kein schlechter Hauptmann«, erwiderte Rih. »Nur wird er lieber gefürchtet als geliebt.«

»Gut erkannt.« Omar nickte. »Du behauptest stets, nur ein einfacher Soldat zu sein. Doch wie es scheint, hast du auch einige Menschenkenntnis.«

»Das täuscht, Herr«, beeilte sich Rih zu versichern.

»Was denkst du über Emir Yalbugha?«, wollte Omar unvermittelt wissen.

»Ich kenne ihn kaum, Herr.«

»Du hast ihn am Gerichtstag erlebt. Kann man einen Menschen eindringlicher kennenlernen als bei einer solchen Gelegenheit? Und sei ganz offen, mein Freund!«

»Ich denke, Emir Yalbugha ist ein sehr grausamer Mann«, erwiderte Rih. Yussuf neben ihm zuckte zusammen. Wenn hohe Herren nach ehrlicher Meinung fragten, so bedeutete das für gewöhnlich nicht, dass sie sie auch hören wollten …

Doch Omar schien sich auch hierin von anderen Herren zu unterscheiden. »Nun«, wandte er ein, »der Emir hat ein großes Reich zu regieren. Und ich sagte dir ja bereits, welche Sorgen ihn bedrücken.«

»Das meine ich nicht.« Rih schüttelte den Kopf. »Ich denke, Yalbugha ist wie Hauptmann Xavir. Er legt keinen Wert darauf, geachtet zu werden, solange er nur gefürchtet wird. Und er ist nicht grausam, weil er es sein muss – sondern weil er sich daran erfreut.«

»Eine gewagte Einschätzung«, meinte Omar und schürzte die Lippen. Erneut schickte Yussuf Rih einen Seitenblick, als wollte er ihm sagen, dass er das habe kommen sehen. »Dennoch glaube ich, dass du recht hast. Emir Yalbugha ist nicht der Mann, mit dem man dauerhafte Verträge schließt. Wann immer er sich einen Vorteil verspricht und die Gelegenheit ihm günstig erscheint, wird er sie brechen. Aber der künftige Sultan wird nicht ewig ein Knabe bleiben«, überlegte Omar laut weiter, »seine Nähe sollte ich suchen.«

»Das wäre vielleicht besser, Herr«, stimmte Rih zu, während er sich fragte, warum ein Gesandter des Sultans ihm diese Dinge überhaupt erzählte.

»Der junge Sultan hat dich am Gerichtstag gesehen und dich beobachtet«, fuhr Omar fort. »Wusstest du das?«

Rih überlegte. Der Knabe, der ihn von dem Balkon herab beobachtet hatte – das musste der junge Sultan gewesen sein, der künftige Herrscher des Mamlukenreiches …

»Nein«, erwiderte er. »Ich meine, ich habe den Jungen gesehen, aber ich wusste nicht, dass er …«

»Sein Name ist Shaban al-Ashraf«, half Omar lächelnd aus. »Er ist der Enkel des großen Sultans Al-Nasir – und du scheinst ihn tief beeindruckt zu haben.«

»Was?«

»Er hat nach dir gefragt; nach dem fremden Krieger in dem roten Rock, wie er sich ausdrückte. Er will, dass du ihn in seinen Gemächern besuchst und ihm etwas über deine Heimat erzählst, über deine Ausbildung und deine bisherigen Abenteuer.«

»Da gibt es nicht viel zu erzählen, Herr«, meinte Rih voller Überzeugung.

»Das glaubst du. Aber für diesen Jungen, der tagein, tagaus in diesem Palast eingeschlossen ist, bist du ein Fenster zur Welt, die Verheißung von etwas, das er vermutlich niemals erleben wird.«

»Und das bedeutet?«, fragte Rih verwirrt. »Ich fürchte, ich verstehe nicht, Herr …«

»Ich möchte, dass du zu dem Jungen gehst und mit ihm sprichst«, eröffnete Omar. »Erzähle ihm, was er wissen will.

Bleibe bei der Wahrheit, wenn du kannst, aber füge gerne auch etwas hinzu, wenn es dir richtig erscheint. Gewinne das Vertrauen dieses Jungen – und vielleicht sogar seine Freundschaft. Damit würdest du nicht nur mir einen großen Gefallen erweisen, sondern auch deinem obersten Befehlshaber, dem Sultan von Bursa.«

»Na-natürlich will ich das, Herr«, versicherte Rih, dem die Aussicht, sich als Märchenerzähler zu betätigen, ganz und gar nicht behagte. »Aber ich bin doch Euer Leibwächter! Wie soll ich gleichzeitig Euer Leben beschützen und …«

»Der gute Yussuf wird das erledigen«, versicherte Omar und nickte Rihs Begleiter voller Überzeugung zu. »Du hingegen dienst mir am besten, wenn du tust, worum ich dich bitte, mein Freund.«

Freund …

Es war bereits das zweite Mal, dass Omar ihn so nannte, und Rih hatte das Gefühl, dass es nicht nur ein leeres Wort war. »Natürlich, Herr«, erklärte er deshalb – auch wenn er ziemlich sicher war, dass er es bereuen würde.

12

Cannaregio, Venedig
11. April 1362

»Du hast nach mir gerufen, Vater?«

Durch den Türspalt spähte Alyssia Bertrano in das Arbeitszimmer ihres Vaters. Als kleines Mädchen hatte sie ihn oft dort sitzen sehen, hatte es geliebt, ihm dabei zuzusehen, wie er seine Bücher führte, wie er Briefe an Geschäftspartner und Mittelsleute aufsetzte und Waren disponierte. Was genau es gewesen war, das sie damals so fasziniert hatte, wusste sie heute nicht mehr zu sagen; ein wenig war es ihr wohl vorgekommen, als ob ihr Vater in seinem Kontor Wunder wirkte, so sehr hatte er gesprüht vor Tatkraft und Begeisterung.

Davon war kaum noch etwas übrig geblieben.

Ihr Vater war alt geworden …

»Was?« Leonardo Bertrano sah von seinem Schreibtisch auf. Er schien einen Moment zu brauchen, um ins Hier und Jetzt zurückzufinden. »Alyssia«, sagte er schließlich.

»Du hast mich gerufen?«, fragte sie noch einmal.

»Ja … ja.« Er nickte und massierte die Nasenwurzel, während er seine Tochter hereinwinkte. Er wirkte müde und erschöpft, wie so oft in den letzten Wochen. »Komm, ich bitte dich. Es gibt etwas, worüber ich mit dir sprechen muss.«

»Das trifft sich gut«, pflichtete Alyssia ihm bei, während sie eintrat und den großen Schreibtisch umrundete, »denn es gibt auch etwas, worüber ich mit dir reden möchte.«

Sie blickte ihrem Vater über die Schulter, um zu sehen, was seine Aufmerksamkeit so in Beschlag genommen hatte. Der Brief, den er gelesen hatte, war in arabischer Schrift gehalten.

»Darf ich?«, fragte sie.

»Bitte sehr.«

Es kostete sie Mühe, den Brief zu lesen, weil sie des Arabischen lange nicht so mächtig war wie ihr Vater. Jedoch hatte er Alessandro und sie in arabischer Schrift und Sprache unterweisen lassen, weil es seine tiefe Überzeugung gewesen war, dass es dauerhaften Frieden nur geben konnte, wenn Christen und Sarazenen einander verstanden. Und unablässig dafür war nun einmal das Studium von Sprache und Schrift.

Der Brief war eine Absage.

Er war schwülstig formuliert, in jener bildhaften Weise, die den Orientalen zu eigen war und die zuweilen fast poetische Züge annahm – aber es war eine Absage. Eine wortreiche Begründung, dass man die Nöte Bertranos zwar verstehe, sich jedoch außerstande sehe, ihm zu helfen, weder durch einen Geldkredit noch durch Warenlieferungen.

»Ist … das sehr schlimm für dich?«, fragte Alyssia.

»Wie man es nimmt.« Er schürzte die Lippen. »Wenn es schlimm ist, alles zu verlieren, was man zeit seines Lebens erarbeitet hat, dann muss ich die Frage wohl bejahen.«

Alyssia holte scharf Luft. Sie hatte gewusst, dass das Kontor ihres Vaters in Schwierigkeiten war, schließlich war nicht zu übersehen gewesen, dass er sich sorgte. Aber gewöhnlich sprach er nicht über die Geschäfte oder ließ seine Tochter Einblick in die Unterlagen nehmen. Folglich hatte sie nicht geahnt, dass es so schlecht um das Unternehmen stand.

Ein wehmütiges Lächeln huschte über Bertranos Züge. Die Falten darin schienen sich vertieft zu haben, dunkle Ränder lagen um seine Augen. »Seltsam«, meinte er. »Mein ganzes Leben lang habe ich mich für gute Beziehungen zu den Muselmanen eingesetzt. Ich habe Niederlassungen in Byzanz und Alexandrien gegründet, habe Partnerschaften veranlasst und Freundschaften geschlossen. Und das ist nun der Dank dafür«, fügte er bitter hinzu, auf das Schriftstück deutend.

»Vater, das tut mir leid«, versicherte Alyssia. Handel mit anderen Völkern zu treiben war für ihren Vater stets mehr gewesen als das bloße Streben nach Gewinn. Für ihn war es auch ein Mittel des Austauschs gewesen, des friedlichen Miteinanders. Wie sehr musste ihn die Absage seiner muslimischen Geschäftsfreunde treffen!

»Die Zahlungsfrist endet in achtzehn Tagen«, fügte ihr Vater erklärend hinzu. »Wenn ich bis dahin nicht fünftausend Dukaten aufbringe, um Jost van Geldern auszubezahlen, bin ich gezwungen, meine Lagerbestände zu Schleuderpreisen aufzulösen – und das bedeutet den Ruin.«

»Aber Vater, wenn es so schlimm um das Kontor steht, warum hast du nie etwas gesagt?«

Wieder huschte ein bittersüßes Lächeln über seine Züge. »Ich wollte euch nicht beunruhigen. Doch nun ist der Zeitpunkt gekommen, da ihr von meinem Versagen erfahren müsst. Ich habe die Gefahr durch diese Piraten unterschätzt, glaubte, alles würde schon irgendwie gut gehen. Das war ein Irrtum.«

»Du hast dir nichts vorzuwerfen«, meinte Alyssia überzeugt. »Ich bin sicher, du hast alles getan, was menschenmöglich war, um zu verhindern, dass …

»Oh«, wandte Bertrano bitter ein, »ich *habe* es verhindert. Für das Geld ist gesorgt.«

»Tatsächlich?«

»Allerdings.« Bertrano nickte. »Es hat sich ein Investor gefunden, der bereit ist, alle Verbindlichkeiten auszugleichen und das Kontor zu retten.«

»Aber das … ist ja wunderbar!«, meinte Alyssia vorsichtig. Wahrscheinlich hätte sie beruhigt sein sollen, aber sie war es nicht. Etwas an der Haltung ihres Vaters und an der Art, wie er sprach, erweckte ihren Argwohn.

»Wunderbar, in der Tat«, bestätigte er tonlos. »Die Absage meiner muselmanischen Freunde hätte den Todesstoß für das

Kontor bedeuten können, aber das tut sie nicht. Ein anderer Geldgeber ist eingesprungen, der sich als Kompagnon an meinem Unternehmen beteiligen wird.«

»Aber?«, fragte Alyssia leise.

Bertrano hob den Blick und sah sie direkt an. »Aber alles im Leben hat seinen Preis«, eröffnete er.

»Und das bedeutet?«

»Es bedeutet Verpflichtungen, denn mein neuer Kompagnon verlangt Sicherheiten.«

»Wer ist es?«, wollte Alyssia wissen.

»Battista Sabattini.«

»Dein einstiger Geschäftspartner?«

Bertrano nickte.

»Ich dachte, ihr hättet euch damals im Streit getrennt?«

»Es waren schwierige Zeiten«, erwiderte ihr Vater ausweichend.

»Und Sabattini ist bereit, dir die Summe zu geben?«, fragte Alyssia skeptisch. Sie kannte ihn nicht näher, war ihm nur wenige Male begegnet. Aber Alyssia wusste um Sabattinis Ruf – und er war nicht bekannt dafür, Geld zu verschenken, obwohl er zu den reichsten Kaufleuten der Stadt gehörte. Als Mitglied im Rat der Zehn verfügte er zudem über großen Einfluss. Hätte man eine Liste der zehn mächtigsten Männer der Republik erstellt, hätte sein Name fraglos daraufgestanden …

»Das ist er, aber er hat seine Hilfe an eine Bedingung geknüpft. Er will, dass sich unsere Familien miteinander verbinden – durch eine Heirat seiner Tochter Bianca mit Alessandro.«

»Was?«

»Das ist der Handel.«

»Aber … das ist nicht möglich, Vater«, wandte Alyssia stammelnd ein. »Das ist der Grund, weshalb ich dich sprechen wollte. Alessandro hat nicht vor, ein Weib zu ehelichen und eine Familie zu gründen …«

»Glaubst du, das wüsste ich nicht?« Er lachte freudlos auf. »Dein Bruder hat mir von seinen Hirngespinsten erzählt.«

»Das sind keine Hirngespinste, Vater! Alessandro will sein Leben in den Dienst der Kirche stellen! Es bedeutet ihm so viel …«

»So wie mir dieses Unternehmen«, konterte ihr Vater und sah ihr fest ins Gesicht. »Glaubst du, ich sehe zu, wie alles verloren geht? Diese Firma ist alles, was wir haben, Alyssia. Unsere Familie hat weder einen Adelstitel noch einen Sitz im Großen Rat. Ohne die Geschäfte werden wir in Armut und Bedeutungslosigkeit versinken. Wir werden das Kontor verlieren, das Haus … einfach alles.«

»Dennoch muss es eine andere Lösung geben! Sabattini muss doch nicht auf dieser Heirat bestehen!«

»Wohl nicht«, räumte Bertrano ein, »aber er tut es nun einmal – aus Gründen, die ich selbst nicht nachvollziehen kann. Denn Bianca ist sein einziges Kind, und er gewinnt keinen Vorteil aus dieser Hochzeit. Jedenfalls keinen, den ein beglaubigter Schuldschein nicht auch erfüllen könnte.«

»Dann darfst du deine Einwilligung dazu nicht geben«, meinte Alyssia mit Nachdruck.

»Und riskieren, alles zu verlieren? Die Frist endet in Kürze«, brachte ihr Vater in Erinnerung. »Es ist keine Zeit mehr für Spiele.«

»Alessandro wird nicht einwilligen.«

»Ich fürchte, ihm wird nichts anderes übrig bleiben – es sei denn …«

»Ja?«

Bertrano seufzte. »Sabattini hat noch einen zweiten Vorschlag gemacht.«

»Und?«

»Nun«, begann er zögernd, »da Battista seit dem Tod seiner Frau ohne Weib geblieben ist, könnte er sich auch vorstellen, selbst zu heiraten, um den Vertrag abzusichern.«

»Und – an wen hat er dabei gedacht?«, fragte Alyssia vorsichtig, obgleich ihr die Antwort bereits dämmerte.

Der Blick, den ihr Vater ihr sandte, bestätigte ihre Befürchtung.

»Nein«, flüsterte sie. »Bitte nicht.«

»Du hattest nach einer anderen Lösung gefragt«, entgegnete er tonlos. »Hier ist sie.«

»Aber …« Alyssia wollte etwas einwenden, doch die Worte blieben ihr im Hals stecken. Ihre Knie wurden weich, sie hatte das Gefühl, als würde der Boden unter ihren Füßen wanken. Sie ließ sich auf einen Schemel sinken.

»Ich werde dich nicht zwingen, Alyssia«, kündigte ihr Vater an. »Aber du wirst dir überlegen müssen, was dir wichtiger ist – die Loyalität zu deiner Familie oder deine Freiheit.«

»Das kannst du nicht tun«, flüsterte sie. »Das ist nicht recht …«

»Wahrscheinlich nicht«, gab er zu. »Aber das sind meine einzigen Möglichkeiten: Entweder Alessandro willigt aus freien Stücken in eine Heirat ein – oder du wirst es tun. Eine andere Möglichkeit gibt es nicht.«

Alyssia biss sich auf die Lippen, bis sie schmerzten. Am liebsten wäre sie aufgesprungen und davongerannt, aber ihr war klar, dass das nichts genutzt hätte. Das schreckliche Gefühl, dass ihr Leben hier und jetzt endete, bemächtigte sich ihrer, und Verzweiflung packte sie bei der Vorstellung, einen Mann heiraten zu müssen, den sie weder kannte noch liebte … und insgeheim sogar fürchtete.

»Ich habe Angst vor ihm«, gestand sie leise.

Bertrano lächelte matt. »Bisweilen«, sagte er leise, »bist du deiner Mutter unglaublich ähnlich, weißt du das? Sie hat mich immer vor Battista gewarnt, meinte, ich solle mich nicht mit ihm einlassen.«

»Vielleicht hatte sie recht«, wandte Alyssia ein.

»Gut möglich.« Seine Züge verfestigten sich, wurden hart und unnahbar. »Aber damals wie heute habe ich keine andere Wahl.«

13

San Marco
Zur selben Zeit

Das Gebet …

Für viele war es nichts als ein Flehen und Bitten um Besitz, um Macht und Geltung. Für Alessandro Bertrano war es stets mehr gewesen als das.

Schon als kleiner Junge hatte er sich am liebsten in die Kirche zurückgezogen, hatte sich in eine der Bänke gesetzt und den Gesängen der Mönche gelauscht, die ihn stets beruhigt und ihm das Gefühl gegeben hatten, das alles gut werden würde. Auch an diesem Nachmittag sangen die Dominikaner, schwang ihr engelsgleicher Gesang in der von Weihrauch durchsetzten Luft. Aber er war nicht dazu angetan, Alessandros gepeinigter Seele Linderung zu verschaffen. Zu verworren waren seine Gedanken, zu aufgewühlt sein Inneres, und das schon seit Tagen … seit er versucht hatte, seinem Vater klarzumachen, dass er kein Kaufmann werden, dass er sein Leben nicht dem Mammon und der Gier nach immer mehr Gewinn weihen wollte, sondern nach Höherem strebte. Nach einer Freiheit, wie sie nur jene erlangen konnten, die ihr Leben ganz in den Dienst des Allmächtigen stellten.

Wann immer Alessandro zweifelte, wann immer er das Gefühl hatte, seinen Weg nicht mehr vor sich zu sehen, brauchte er nur hierherzukommen, an diesen Ort, der aus jeder Pore Heiligkeit zu atmen schien. Eingehüllt in dunkle Stille, roch er den

Weihrauch, hörte den Gesang und glaubte, zumindest einen kleinen Teil vom Himmel auch schon hier auf Erden spüren zu können. Eine besondere Kraft ging von diesem Ort aus. Nicht von ungefähr war es geweihter Boden, schon seit Jahrhunderten.

Die erste Kirche war vor mehr als einem halben Jahrtausend errichtet worden, als die Gebeine des Evangelisten Markus in die Lagune gebracht worden waren, und es gab nicht wenige, die behaupteten, dass dieser Tag die eigentliche Gründung Venedigs bedeutet hatte, den Beginn seiner Geschichte. Nachdem jene Kirche das Opfer von Flammen geworden war, war auf den Ruinen eine zweite errichtet worden, wie die erste dem heiligen Markus geweiht. Vor genau drei Jahrhunderten schließlich hatte man mit dem Bau einer noch sehr viel größeren und prunkvolleren Kirche begonnen, dem Andenken eines Evangelisten angemessen – und so war die *basilica di San Marco* entstanden, ein Bau, der auf der Welt seinesgleichen suchte.

Einflüsse beider Welten, des Okzidents wie des Orients, waren darin verschmolzen. Römische und griechische Einflüsse hatten zusammengefunden, um ein Bauwerk zu schaffen, das die Universalität der Kirche pries und bis in den letzten Winkel von ihrem Geist durchdrungen war. Und es war sicher kein Zufall, dass just zur Einweihung dieser Kirche die Gebeine des heiligen Markus, die die Flammen unbeschadet überstanden hatten, wieder aufgetaucht waren. Der 25. April, der Todestag des Evangelisten, galt seither als Feiertag, der überall in Venedig mit großer Freude begangen wurde. Und Alessandro zweifelte nicht daran, dass der besondere Geist, die außerordentliche Kraft, die die dunklen Mauern und hohen Kuppeln von San Marco erfüllte, von diesen Reliquien ausging.

Im Altarraum der Kirche lagerten sie, in einem steinernen Sarkophag, beschirmt von einem Baldachin, und der bloße Anblick des Schreins hatte stets genügt, um Alessandro mit neuer Kraft und Zuversicht zu erfüllen. Heute jedoch überwogen die Ängste. So sehr Alessandro auch betete, so sehr er sich in seinen Glauben vertiefte, so wenig Trost konnte er finden. Seine Furcht, sein Vater könnte ihm den Eintritt ins Kloster verwehren und ihn zu einem weltlichen Leben zwingen, zu einer Existenz, die zur Sinnlosigkeit verdammt war, war einfach zu stark. Wie ein Ertrinkender griff Alessandro um sich, suchte nach etwas, woran er sich klammern konnte, nach einer Hoffnung, die ihn …

»Alessandro?«

Er nahm die Stimme zunächst nur wie aus weiter Ferne wahr. Erst als sie seinen Namen wiederholte, wurde ihm klar, wie sanft und zerbrechlich sie klang. So, stellte er sich vor, mussten Engel klingen.

Auf der kargen Holzbank kauernd, das Gesicht hinter den gefalteten Händen vergraben, blickte er zögernd auf – und erschrak fast, als er die dunkle Gestalt vor sich gewahrte. Denn es war eine junge Frau.

Das Kleid, das sie trug, war rot, ebenso wie ihre Wangen, ihr Gesicht dagegen auffallend blass. Schwarzes Haar umrahmte ihre Züge und fiel auf ihre Schultern, ein zarter Schleier aus Seide bedeckte es.

»Weißt du denn nicht mehr?« Heiterkeit sprach aus ihren dunklen Augen, ihre schmale Nase rümpfte sich keck.

»Sollte ich Euch kennen, meine Dame?« Er erhob sich von der Bank, an der er gekniet hatte.

Sie lachte leise – ein Kichern, hell wie die Morgensonne in der dunklen Stille. »Eine Dame hast du mich damals nicht genannt«, entgegnete sie. »Eigentlich hast du noch gar nicht gesprochen. Aber du hast mich immer angelächelt.« Sie wandte den Blick, als wolle sie Alessandro nicht beschämen, aber es half nichts.

Alessandro wurde rot, fühlte sich dumm und unbeholfen.

»Verzeiht«, sagte sie, »ich habe Euch in Verlegenheit gebracht, das lag nicht in meiner Absicht.«

Im Halbdunkel, das in der fast menschenleeren Kirche herrschte, glaubte er zu erkennen, dass sie nun ihrerseits errötete, und fühlte sich plötzlich schuldig. »Ve-verzeiht, meine Dame«, stammelte er, »ich habe Euch tatsächlich nicht erkannt. Wenn Ihr die Güte hättet, mir Euren Namen zu geben, so …«

»Ich bin Bianca Sabattini.«

Sabattini, schoss es ihm durch den Kopf. Der ehemalige Kompagnon seines Vaters hatte so geheißen, mit dem zusammen er ein Kontor für Gewürzhandel in der Levante betrieben hatte. Die Wege der beiden hatten sich vor langer Zeit getrennt. Alessandro war damals noch ein Kleinkind gewesen, aber Bianca musste einige Jahre älter sein als er. Gut möglich, dass sie sich an ihn erinnerte, er sich aber nicht an sie …

»Bianca«, flüsterte er. »Es freut mich, Eure Bekanntschaft zu machen.«

»Und mich freut es ebenfalls«, versicherte sie lächelnd. »Wollt Ihr es gestatten?«

Im ersten Moment wusste er nicht, was sie meinte. Erst ihr herausfordernder Blick machte ihm klar, dass sie drauf und dran war, sich neben ihm niederzulassen. Alessandro zuckte innerlich zusammen – nicht nur, weil diese Bänke den männlichen Kirchgängern vorbehalten waren und sie sich ohne Zögern über dieses Gebot hinwegsetzte. Sondern auch, weil es ganz und gar unüblich war, dass sich eine Frau mit einem Mann unterhielt, mit dem sie nicht verheiratet war, noch dazu an einem Ort wie diesem.

Er sah sich verstohlen um, erblickte in kurzer Entfernung eine gedrungene Gestalt im spärlichen Licht. Der Kerzenschein beleuchtete ein spitzes Gesicht mit aufmerksam funkelnden Augen. »Was wird Euer Gemahl dazu sagen?«, fragte Alessandro deshalb.

Wieder ließ sie jenes helle, mädchenhafte Gelächter hören, das an diesem Ort so unpassend war. »Das ist nicht mein Gemahl«, belehrte sie ihn. »Dies ist Stilicho, der Diener meines Vaters. Wann immer ich das Haus verlasse, folgt er mir wie ein Schatten.«

»Weil Ihr Vater sich um Euch sorgt«, meinte Alessandro überzeugt. Ohne dass er zu sagen vermochte, wieso, war er erleichtert darüber, dass sie ganz offenbar nicht verheiratet war, sonst hätte sie den Gedanken nicht so lächerlich gefunden.

»Nein«, widersprach sie, »sondern weil er es nicht ertragen kann, dass ich Dinge sage und tue, die er nicht kontrollieren kann. Nur zur Kirche darf ich gehen, wann immer es mir beliebt. Gewissermaßen bin ich also eine Gefangene – außer an diesem wunderbaren Ort.«

»A-auch ich empfinde das so«, bestätigte er verblüfft.

»Natürlich, denn Ihr seid ebenso wie ich das Kind eines reichen Kaufmanns, nicht wahr?« Ohne ihn noch ein weiteres Mal um Erlaubnis zu fragen, ließ sie sich auf der Bank nieder und bekreuzigte sich. Dann verharrte sie in stiller Andacht, was sie in Alessandros Augen auf eine überirdische Weise schön erscheinen ließ. Staunend betrachtete er ihr Profil: das gesenkte Haupt, die hohe Stirn, die etwas zu spitze Nase, den seidenen Schleier auf ihrem schwarzen Haar, das sich im Nacken teilte und den Ansatz von zarter weißer Haut erkennen ließ …

Ihm wurde bewusst, dass er sie anstarrte, und er sank ebenfalls wieder auf die Knie, wobei ihm nicht klar war, ob es ein bewusster Akt war oder ob sie ihm einfach nur weich geworden waren. Etwas ging von dieser jungen Frau aus, das ihn betörte. Vielleicht der Duft ihres Haars, das nach Rosen roch und sogar den Weihrauch übertönte; vielleicht die Anmut ihrer Bewegungen, die Art, wie sie während des Gebets die Augen geschlossen hielt; oder vielleicht auch nur ihre weibliche Präsenz.

Ein seltsames Gefühl überkam ihn, wie er es noch nie zuvor in seinem Leben verspürt hatte. Und noch während ihn ein wohliger Schauer durchrieselte, wurde ihm jäh bewusst, dass das, was er verspürte, verboten war.

Wie von einer giftigen Schlange gebissen, schoss er in die Höhe, hielt es plötzlich nicht mehr an ihrer Seite aus.

»Was habt Ihr?«, wollte sie wissen. »Warum …?«

Statt zu antworten, fuhr er herum und hastete davon, wollte durch das Seitenschiff der kreuzförmig angelegten Kirche hinaus, zurück ans helle Tageslicht. Seine Beine waren weich, sein Herzschlag hämmerte und ihn schwindelte – ob vom Rosenduft oder vom schweren Geruch des Weihrauchs, wusste er nicht zu sagen.

Hinaus, nur hinaus …

Doch noch ehe er die Pforte erreichte, kreuzten vertraute Gesichtszüge seinen Weg, die ihm streng entgegenblickten.

»Mutter!« Atemlos blieb Alessandro stehen.

Raffaela Bertrano, Leonardo Bertranos zweite Frau und Alessandros leibliche Mutter, musterte ihn mit offenkundiger Besorgnis. »Was ist dir, Sohn?«, fragte sie ihn flüsternd. »Du siehst fürchterlich aus.«

»Es ist nichts«, versicherte er atemlos. »Es ist nichts …«

14

Venedig, unbekannter Ort
Abend des 13. April 1362

Die Zusammenkunft fand an einem geheimen Ort statt, in einem alten Haus unweit des Arsenals der Stadt. Das Gebäude war schäbig und hinfällig, und niemand hätte dort die Zusammenkunft eines solch erlauchten Kreises erwartet – mit anderen Worten, es war trefflich geeignet.

Battista Sabattini war der Erste gewesen, der am Treffpunkt erschien, zusammen mit dem guten Stilicho, der ihm einmal mehr wie ein Schatten folgte. Da Sabattini selbst unbewaffnet war – so war es im Protokoll festgelegt worden –, war er einmal mehr froh darüber, den Byzantiner an seiner Seite zu wissen. Und mit ihm auch die beiden Dolche, die Stilicho verborgen unter seinem Umhang trug und mit denen er trefflich umzugehen verstand.

Sabattini war von Unruhe geplagt.

Würden die anderen kommen? Würden sie seiner Einladung Folge leisten? Sie riskierten manches dabei, und das nicht nur, weil es nach Einbruch der Dunkelheit gefährlich war, sich in diesem Viertel herumzutreiben. Sondern auch, weil sie riskierten, von den Nachtmännern aufgehalten zu werden und sich unangenehmen Fragen ausgesetzt zu sehen. Ein Wort zu viel mochte ihre Pläne bereits gefährden, denn Neuigkeiten pflegten sich in Venedig wie Lauffeuer zu verbreiten, von Gasse zu Gasse, von Kanal zu Kanal.

Im ersten Stock am Fenster stehend, spähte Sabattini durch die verwitterten Lamellen der Jalousie hinaus auf den Kanal. Es gab hier keine Laternen, und die eng zusammenstehenden Häuser verhinderten, dass Mondlicht einfiel. Die Nacht war still und dunkel, wie geschaffen für eine Verschwörung.

Als Sabattini den Nachen erblickte, der über das schwarze Wasser heranfuhr, hatte er die Anlegestelle schon fast erreicht. Drei Gestalten kauerten darin, die alle dunkle Umhänge mit Kapuzen trugen. Lautlos machte das Boot am Steg fest. Eine der Gestalten blieb zurück, um es zu bewachen und den Rückweg zu sichern, die anderen beiden schickten sich an, das Haus zu betreten.

»Sie sind hier«, flüsterte Stilicho aus Richtung der Tür. Sabattini nickte und bedeutete ihm, dort zu bleiben. Den Byzantiner im Rücken der Besucher zu wissen, verschaffte ihm ein Gefühl von Überlegenheit.

Sabattini atmete tief aus und ein.

Wenn er in Geschäftsdingen verhandelte, so pflegte er seine tatsächliche Haltung gewöhnlich hinter einer Fassade aus Wohlwollen und Gleichgültigkeit zu verbergen. Doch diese Verhandlungen waren anders. Die nächsten Augenblicke, dessen war er sich bewusst, würden über das Wohl oder Weh seiner Pläne entscheiden. Jener Pläne, die er schon so lange vorbereitete …

Die Stiegen im Hausgang knarrten, dann war flackernder Lichtschein zu erkennen. Die Fremden hatten eine Laterne entzündet. Schatten wuchsen den Gang herab, und flüsternde Stimmen waren zu vernehmen, die sich in griechischer Sprache unterhielten.

»Ich bin hier«, sagte Sabattini halblaut.

Die Stimmen verstummten.

Dann tauchten zwei dunkle Gestalten in der Tür auf, von flackerndem Lichtschein beleuchtet. Die Gesichter waren unter den Kapuzen nicht zu erkennen, was Sabattini missfiel. Er musste auf der Hut sein. Am hellen Tage mochte Venedig eine weltgewandte Stadt sein, in der Handel und freie Künste florierten – die Nacht gehörte den Intriganten und Spionen …

»Seid Ihr die *signori*, die mir angekündigt wurden?«, fragte er leise.

Die beiden waren auf der Schwelle stehen geblieben. »Ja«, bestätigte der eine in akzentbeladenem Italienisch.

»Dann wird es Euch sicher nichts ausmachen, mir das Losungswort zu nennen«, verlangte Sabattini.

»Das Losungswort?« Der Besucher schlug seine Kapuze zurück. Die Züge eines kahlköpfigen Mannes von etwa vierzig Jahren kamen darunter zum Vorschein. Seine Augen waren dunkel, seine Haut sonnengebräunt. »Es gibt kein Losungswort, Herr.«

»Seid Ihr sicher?«, fragte Sabattini. »Vielleicht hilft es Eurem Gedächtnis auf die Sprünge, wenn Ihr wisst, dass hinter Euch mein Diener steht – und anders als ich ist er bewaffnet.«

»Das ist gegen die Vereinbarung!«, beschwerte sich der andere Besucher auf Griechisch und schlug ebenfalls die Kapuze zurück. Sein Teint war wie der seines Begleiters, seine Züge jedoch schmal und bärtig. Er schien Italienisch zu verstehen, es aber nicht zu sprechen.

»So ist es«, gestand Sabattini lächelnd ein und gab Stilicho mit einem Handzeichen Entwarnung. »Verzeiht, edle Herren, aber ich wollte sichergehen, dass Ihr auch tatsächlich jene seid, die ich erwarte.«

»Und nun seid Ihr überzeugt?«

»Wie sonst hättet Ihr wissen sollen, dass ich gegen die Vereinbarung verstoße?«, fragte Sabattini mit gewinnendem Lächeln dagegen. »Willkommen in der Lagune.«

»Danke.« Die beiden verneigten sich. »Im Auftrag unseres Herrn, dessen Namen zu nennen uns untersagt wurde, entbieten wir Euch unseren Gruß.«

»Ich fühle mich geehrt durch Euren Besuch«, versicherte Sabattini. »Was habt Ihr mir zu berichten?«

»Unser Herr hat uns aufgetragen, Euch zu sagen, dass die Vorbereitungen gut vorankommen. Die nötigen Gelder stehen bereit, um ein Heer aufzustellen und weitere Verbündete zu gewinnen – soweit Ihr Euren Teil des Handels erfüllt. Dies zu prüfen sind wir hier.«

»Ihr werdet sehen, dass ich alles daransetze, meinen Teil zu erfüllen«, versicherte Sabattini. »Aber Ihr werdet auch sehen, dass die Verhältnisse in Venedig anders sind, als Ihr es gewohnt seid. Weder bin ich ein König noch habe ich Untertanen, über die ich verfügen kann. Was auch immer ich tue, kann ich nur mit der Zustimmung des Dogen und der Räte tun.«

»Und werdet Ihr diese Zustimmung erhalten?«

»Ich arbeite daran«, versicherte Sabattini. »Die Piratenüberfälle zeigen Wirkung. Einige Kaufleute sind deshalb in finanzielle Schwierigkeiten geraten, einer musste mich gar um Unterstützung bitten. Nicht mehr lange, und der Rat der Zehn wird das Problem nicht mehr ignorieren können. Dann wird sich auch der Doge damit befassen, allen Bedenken zum Trotz – und am Ende wird ihm nichts anderes übrig bleiben, als das zu tun, was Euer Herr und ich wollen.«

»Und wie lange wird das noch dauern?«, fragte der Hagere auf Griechisch.

»Nicht mehr lange«, antwortete Sabattini, noch ehe der Kahle sich anschickte zu übersetzen. »Denn ich werde dafür sorgen, dass auch der letzte Idiot im Rat verstehen wird, welche Bedrohung von den Muselmanen ausgeht. Und selbst Luro del Rosso, der mächtige Kämmerer des Dogen, wird sich dann nicht länger hinter seinen Zahlen verstecken können. Darauf gebe ich Euch mein Wort.«

»Dann können wir unserem Herrn berichten, dass Ihr Euren Teil des Handels erfüllt?«

»Das könnt Ihr«, versicherte Sabattini mit fester Stimme. »Der Feldzug gegen die Heiden sollte innerhalb von drei Jahren beginnen, und Venedig wird sich seiner Verantwortung nicht entziehen. Wir werden das Vorhaben Eures Herrn mit unseren Galeeren unterstützen – und wie einst wird das Meer uns gehören, ein großes Reich unter einer Herrschaft.«

15

Östliche Ägäis
Zur selben Zeit

Es platschte dumpf, als die leblosen Körper der getöteten Seeleute ins Wasser fielen. Mit den Wellen, die sich lebhaft hoben und senkten, schwappten sie davon.

Mancano wusste genau, was er tat – sehr lange würden die Toten nicht im Wasser treiben. Zuerst würden die Haie kommen, um sich an ihnen gütlich zu tun, dann die kleineren Räuber der Meere. Und mit dem, was dann noch blieb, würden sich die Krabben befassen. Die See war der ideale Ort, um jemanden verschwinden zu lassen, endgültig und unwiederbringlich.

Übrig blieb nur Schweigen …

»Wurde die Ladung an Bord gebracht?«, erkundigte er sich bei Cicero, seinem Maat.

»Nur noch die Gewürzfässer fehlen«, entgegnete der Angesprochene, ein kräftiger Mann mit einer hässlichen Narbe im Gesicht, die sein Grinsen noch breiter wirken ließ. »Sie tragen dasselbe Zeichen, ›L‹ und ›B‹, wie die vom letzten Monat. Und die vom Monat davor.«

Mancano nickte. Er wusste nur wenig über seine Auftraggeber, und es war ihm im Grunde auch gleichgültig, solange die Prisen stimmten. Leichter als in den vergangenen Wochen konnte man nicht an Beute kommen. Die Schiffe, ihre Ladungen, ihre Bewaffnung und ihre Routen – all diese Informationen bekam Mancano geliefert, er brauchte sie nur zu nutzen. Warum die Ladungen der Schiffe, die sie überfielen und ausplünderten, stets demselben Kaufmann zu gehören schienen, entzog sich seiner Kenntnis. Nun, der Mann hatte sich offenbar Feinde gemacht. Mächtige Feinde, die alles daransetzten, ihn zu ruinieren …

Die beiden letzten verbliebenen Fässer wurden über die Planken gerollt, die sich unter ihrem Gewicht bogen, und auf das Schiff der Piraten gebracht: eine Barke mit hochgezogenen Seitenwänden und zwei Lateinsegeln, die in Form und Bauweise einem Segler der Mamluken ähnelte.

»Und was jetzt?«, erkundigte sich Cicero. »So wie immer?«

»Genau das.« Mancano nickte. »Legt Feuer und setzt das Schiff in Brand.«

»Verstanden«, bestätigte der Maat, »wir wollen ja schließlich keine Spuren hinterlassen, nicht wahr? Wäre doch übel, wenn herauskäme, dass es gar keine Sarazenen sind, die die venezianischen Schiffe überfallen, sondern im Gegenteil ehrbare Christenmenschen.«

»Du redest zu viel, weißt du das?«, beschied ihm Mancano mürrisch. Er hörte es nicht gerne, aber natürlich hatte Cicero recht. Niemand durfte erfahren, dass die Piraten, die die Ägäis seit dem vergangenen Sommer in Angst und Schrecken versetzten, in Wahrheit gar keine Muselmanen waren, sondern gedungene Söldner, die das Piratenhandwerk zu dem ihren gemacht hatten und auf diese Weise doppelt profitierten – sowohl durch die Prise als auch durch den Sold, der ihnen bezahlt wurde. Es war eine Situation, in der sie nur gewinnen konnten, denn die Beute war leicht zu machen, die Schiffe nur mäßig bewaffnet.

Dennoch mussten Mancano und seine Leute vorsichtig sein, denn das Risiko, das sie eingingen, war groß. Zumal sie nach jedem Raubzug nach Venedig zurückkehren und dort auf neue Befehle warten mussten.

Vielleicht hätte Mancano das Risiko noch höher eingeschätzt, hätte er gewusst, dass er und seine Leute nur Figuren in einem noch sehr viel größeren und umfassenderen Spiel waren. Figuren, die jederzeit geopfert werden konnten.

16

Castello, Venedig
14. April 1362

»Wie kannst du nur?«

Raffaela Bertrano stürmte in den Konferenzsaal des *ca'Sabattini.* Ihren Diener, der sie nach Castello begleitet hatte, hatte sie vor der Tür zurückgelassen. Was sie zu klären hatte, war nicht für fremde Ohren bestimmt. Noch nicht einmal für die eines Sklaven.

Battista Sabattini, der soeben dabei gewesen war, eine Ansprache auszuarbeiten, die er vor einer Gruppe genuesischer Handelsvertreter zu halten gedachte, hielt überrascht inne. Mit manchem hatte er gerechnet, aber ganz sicher nicht damit …

»Signora Bertrano!«, rief er aus, um Fassung bemüht. »Was verschafft mir diese unverhoffte …«

»Spar dir die Förmlichkeit«, verlangte sie, barsch wie ein Marktweib. Ihre Miene war verkniffen, ihre Augen funkelten zornig unter dem Kopftuch hervor, das sie als verheiratete Frau zu tragen hatte. »Du weißt genau, warum ich hier bin!«

»Nun«, entgegnete er vorsichtig und legte das Scriptum beiseite, das er in den Händen hielt, »ich könnte mir vorstellen, dass es dabei um ein Gespräch geht, das ich mit deinem Ehemann geführt habe …«

»Gespräch? Ich würde es eher Erpressung nennen!« Sie schüttelte unwillig den Kopf. »Was denkst du dir dabei, deine Tochter mit Alessandro verheiraten zu wollen?«

»Nun«, entgegnete Sabattini gedehnt, »zuvorderst denke ich an das, woran alle guten Kaufleute denken sollten, meine Liebe: nämlich an eine Absicherung für meine Investition.«

»Unfug«, schnaubte sie, »es geht hier nicht um Sicherheit, das wissen wir beide. Es geht dir darum, Pläne zu durchkreuzen und Macht zu beweisen, nicht mehr und nicht weniger. Aber ich will nicht, dass du deine Intrigen auf dem Rücken von Alessandro austrägst. Das hat er nicht verdient!«

»Nein? Was hat er denn verdient? Immerhin gebe ich ihm meine Tochter zur Frau und biete ihm die Möglichkeit, in eine der reichsten Familien der Republik einzuheiraten ...«

»Alessandro ist zu Höherem berufen«, entgegnete Raffaela mit vor Aufregung bebender Stimme. Den Kopf hatte sie vorgereckt und erinnerte an eine Raubkatze, die ihre Jungen verteidigt. »Er hat vor, in den Orden der Dominikaner einzutreten. Das ist sein höchstes Ziel, du darfst es ihm nicht verwehren!«

Sabattini hob unbeeindruckt eine Braue. »Ich wusste gar nicht, dass es mit deiner Frömmigkeit so weit her ist. Ich kenne dich lange, Raffaela – aber nicht unbedingt als gute Tochter der Kirche. Das hast du stets anderen überlassen ...«

»Ich habe meine Gründe«, versicherte sie, »und deshalb bitte ich dich, Alessandro in Ruhe zu lassen.«

»Auch ich habe meine Gründe, wie du dir denken kannst«, versicherte Sabattini. »Außerdem: Solltest du dieses Gespräch nicht eher mit deinem Gemahl führen? Hat er nicht über die Zukunft Eures Sohnes zu entscheiden?«

Sie lachte freudlos auf. »Leonardo ist Wachs in deiner Hand. Das Kontor ist sein Lebenswerk, und er würde alles tun, um sein Lebenswerk zu retten – selbst seinen Sohn verkaufen. Darum geht es dir doch, oder nicht? Aber Alessandro steht nicht zum Verkauf, denn er ist mein Kind, mein Fleisch und Blut. Begreifst du das, Battista?«

»Durchaus«, versicherte er mit öligem Lächeln, »und einmal mehr bin ich froh, dich nicht zur Feindin zu haben, meine Teure.«

»Du bestehst also nicht auf diese Heirat?«

»Das habe ich von Anfang an nicht getan«, rechtfertigte er sich achselzuckend. »Ich habe deinem Gemahl auch eine andere Möglichkeit genannt, wie der Vertrag zwischen uns abgesichert werden kann.«

»Tatsächlich?«

»Hat er dir das nicht gesagt?«, erwiderte Sabattini genüsslich. »Nun, er wird wohl seine Gründe dafür haben. Offenbar ist ihm am Schicksal seiner Tochter mehr gelegen als an dem seines Sohnes. Sie stammt aus erster Ehe, nicht wahr? Verkörpert alles, was ihm geblieben ist von seiner viel zu früh verstorbenen Gemahlin …«

»Du erzählst mir Dinge, die ich längst weiß«, konterte sie. »Worauf willst du hinaus?«

»Ich habe deinem Mann gesagt, dass der Vertrag auch abgesichert werden kann, indem er seine Tochter Alyssia mit mir vermählt«, eröffnete Sabattini.

»Alyssia!«, fauchte Raffaela. »Dieses unerfahrene Rühr-mich-nicht-an?«

»Erfahrungen lassen sich sammeln«, erwiderte Sabattini und trat auf sie zu. »Oder höre ich da etwa die hässliche Stimme der Eifersucht?«

»Natürlich nicht. Aber ich werde nicht zulassen, dass du sie heiratest. Ich kenne dich und weiß genau, was in deinem Kopf vorgeht.«

»Das bezweifle ich«, beschied er ihr lächelnd. Er stand jetzt dicht vor ihr, seine eisblauen Augen starrten auf sie herab, auf ihre wütenden Züge und ihre zornbebende Brust. »Außerdem kannst du es leicht verhindern – du musst nur deine Zustimmung zur Heirat Alessandros geben.«

»Bastard«, stieß sie hervor. »So also hast du dir das gedacht.«

»Du wirst dich entscheiden müssen«, bestätigte er, während er sich so weit zu ihr herabbeugte, dass seine missgestaltete Nase fast ihre Stirn berührte.

Einen Augenblick lang standen sie so, inmitten all der Wut,

der offenen Geheimnisse und der unausgesprochenen Drohungen – und plötzlich begegneten sich ihre Lippen in einem Kuss, der zugleich innig und voller Abscheu war. Sabattini wollte seine Arme um sie schlingen, aber sie entzog sich seinem Griff und wich zurück, bis sie gegen den schweren Konferenztisch stieß.

»Was hast du vor?«, fragte sie, während sie ihn aus ihren dunklen Augen musterte. Gleichzeitig hob und senkte sich ihre Brust so heftig, als wollte sie die Enge des Kleides sprengen.

»Was gilt es dir?«, fragte er dagegen, während er auf sie zutrat, das eigene Obergewand zurückschlug und die Beinkleider löste. »Habe ich dir nicht immer gegeben, wonach du verlangtest? Mehr als dein schlappschwänziger Gemahl dir jemals geben könnte?«

Er küsste sie abermals auf den Mund und vermochte nicht zu sagen, was ihn dabei mehr erregte: die Tatsache, dass sie voller Zorn war und ihn in ihrem tiefsten Inneren vermutlich sogar hasste; oder dass sie die Ehefrau des Mannes war, den zu vernichten sein erklärtes Ziel war.

Er stieß sie nach vorn, sodass sie rücklings auf die Tischplatte fiel, und begann, sich mit bebenden Händen unter ihre Rockschöße zu wühlen. Es ging nicht um Liebe, sondern um Macht. Dasselbe Spiel, das sie schon so oft gespielt hatten.

Raffaela Bertrano stieß spitze Laute aus, als er endlich fand, wonach er suchte. Sie öffnete sich ihm, und er zog sie an sich heran, und schon im nächsten Augenblick drang er in sie ein, mit derben, groben Stößen, als wollte er sie bestrafen für das, was sie war …

… und was aus ihm geworden war.

17

Palast des Sultans, Cairo
Zur selben Zeit

Eine tiefe innere Unruhe hatte von El-Rih Besitz ergriffen, nicht unähnlich der, die er vor einem Kampf empfand, in den ungewissen Stunden des frühen Morgens, ehe die Schlacht begann. Mit dem Unterschied, dass er sein Leben lang dazu ausgebildet worden war, zu kämpfen und auf dem Schlachtfeld zu überleben. Dies hier jedoch war völlig neu für ihn. Weder hatte er Kenntnisse in der Diplomatie noch interessierte er sich besonders für Politik. Dennoch hatte Omar ihn für diese Aufgabe ausgewählt, und er verstand beim besten Willen nicht, warum.

»Seine Exzellenz empfängt Euch jetzt«, sagte der Diener und bedeutete ihm zu folgen.

Es ging vorbei an einigen Palastwachen, die Umhänge aus Leopardenfell trugen und so schläfrig wirkten, dass Rih ihnen in den Allerwertesten getreten hätte, wären es seine Männer gewesen. Schließlich gelangten sie in einen Raum, der mehr wie das Quartier einer Dame wirkte als das eines zukünftigen Herrschers. Nicht, dass Rih schon jemals im Quartier einer hohen Dame gewesen wäre, aber so stellte er es sich vor: mit Vorhängen aus hauchdünner Seide und riesigen Kissen aus Damast, auf denen ein etwa elfjähriger Junge thronte.

Shaban al-Ashraf.

Es war tatsächlich derselbe Junge, mit dem Rih vor ein paar Tagen Blickkontakt gehabt hatte, beim Gerichtstag am Hof.

Hätte er nicht gewusst, den zukünftigen Herrscher des Mamlukenreichs vor sich zu haben, hätte er ihn für eines der zahllosen Gören gehalten, von denen es in den Straßen und Gassen Al-Qahiras nur so wimmelte.

Ein großer Kopf saß auf einem vergleichsweise schmächtigen Körper. Glattes schwarzes Haar umrahmte ein fein geschnittenes Gesicht. Die Ärmel des schweren, silberdurchwirkten Mantels waren viel zu lang, was Shaban noch kleiner wirken ließ, als er ohnehin schon war; auch die weiße Schärpe um seine schmalen Hüften ließ ihn zierlich, fast zerbrechlich wirken. Bemerkenswert waren die Augen des Jungen, die von dunkler Farbe und ein wenig zu schmal waren, um rein arabischen Ursprungs zu sein. Ein für dieses Alter ungewöhnlicher Ernst sprach aus ihnen, den Rih nur zu gut kannte. Er hatte ihn auch in den Augen seiner Kameraden gesehen, damals an der Koranschule, an der alle jungen Janitscharen ausgebildet wurden.

Ohne den Grund dafür genau benennen zu können, fühlte er sich diesem Jungen verbunden – so sehr, dass er beinahe vergaß, wen er vor sich hatte. Erst auf die Aufforderung des Dieners hin verbeugte er sich, hinab bis zum Boden, wie die mamlukische Tradition es verlangte.

»Komm näher«, forderte der Junge ihn daraufhin auf. Seine Stimme klang dünn und verletzlich, ganz und gar nicht wie die eines künftigen Herrschers. Und Rih drängte sich der Eindruck auf, dass es dafür Gründe gab.

Bereitwillig kam er der Aufforderung nach und näherte sich dem Kissengebirge, auf dem der Junge thronte. Die Wachen zu beiden Seiten musterten ihn nachlässig, fast gleichgültig. Rih verbeugte sich abermals. »Ihr wünschtet mich zu sehen, Herr?«

Der Junge musterte ihn von Kopf bis Fuß. »Du bist es«, stellte er dann zufrieden fest. »Der Krieger der Osmanen.«

»Ich bin ein Janitschar«, erwiderte Rih.

»Was ist das?«

»Ein Mann, der sich dem Kampf verschrieben hat«, erklärte Rih. »Dem Dienst an seinem Sultan, der sein Vater ist, so wie seine Kameraden seine Brüder sind. Ihnen bleibt er sein Leben lang treu.«

»So heiraten die Janitscharen nicht? Haben sie keine Söhne?«

»Nein, Herr.«

Der Junge legte den Kopf schief und sah Rih an, ohne dass zunächst festzustellen war, was er von dessen Lebensweise hielt. »Es muss ein abenteuerliches Leben sein, das du führst«, meinte er schließlich.

»Eigentlich nicht. Ich tue nur das, was ich gelernt habe. Etwas anderes kann ich nicht. Und der Krieg ist gewiss kein Abenteuer, Herr.«

»Wann hast du das Kämpfen gelernt?«, fragte der Junge wissbegierig. »Von wem? Und wo? Kannst du mir davon erzählen?«

»Nun, wenn es Euch interessiert …«

»Natürlich«, versicherte der Junge sichtlich aufgeregt, »deshalb habe ich dich doch rufen lassen. Ich habe gleich gesehen, dass du anders bist.«

»Ja«, bestätigte Rih und sah an sich herab. In seiner scharlachroten Tunika und mit den blauen Pluderhosen hob er sich tatsächlich sehr von den Palastwachen mit ihren Leopardenfellen und von den Soldaten der Mamluken in ihren orangeroten Mänteln ab. »Das stimmt wohl.«

»So meine ich es nicht. Ich spreche von deinem Gesicht. Es sieht nicht so gelangweilt aus wie …« Shaban unterbrach sich und warf Rih einen verschwörerischen Blick zu, ehe er nach den Palastwachen deutete.

Rih konnte sich ein Grinsen nicht verkneifen.

»Wie heißt du, Janitschar?«

»Ich werde El-Rih genannt.«

»Warum?«

»Die Waffe der Janitscharen ist der Bogen«, erklärte Rih. »Damals auf der Schule der Janitscharen konnte kein anderer in so kurzer Zeit so viele Pfeile abschießen wie ich. Mein Ausbilder meinte daraufhin, ich wäre so schnell wie der Wind …«

»… und deshalb hast du deinen Namen nach dem Wind bekommen, ich verstehe.« Der Junge nickte. »Mein Name ist Shaban.«

»Ich weiß, Herr.«

»Nicht ›Herr‹. Einfach nur Shaban.«

»Nun, ich bezweifle, dass der Emir es gerne hört, wenn ich Euch so nenne …«

»Das ist mir egal«, behauptete Shaban und verschränkte trotzig die Arme vor der Brust. »Ich bin schließlich der kommende Sultan, oder nicht?«

»Das seid Ihr«, räumte Rih ein. »Aber der Emir will doch nur das Beste für Euch. Er scheint sehr um Euch besorgt zu sein.«

»Allerdings. Deshalb hat er mich ja auch hier eingeschlossen, in diesem Quartier, das wie ein *harem* aussieht.«

Rih schnitt eine Grimasse. Da konnte er nicht widersprechen.

»Niemals komme ich aus diesen Räumen heraus«, lamentierte der Junge weiter und gestikulierte mit den viel zu weiten Ärmeln, »und dabei würde ich so gerne die Stadt sehen und das Reich, das schon mein Großvater regierte! Wie soll ich eines Tages über etwas herrschen, das ich noch nicht einmal gesehen habe? Ist das denn so schwer zu verstehen?«

»Nein«, versicherte Rih. »Das verstehe ich sehr gut. An Eurer Stelle ging es mir wohl genauso.«

Sie lächelten einander an, und ein stummes Einvernehmen schien zwischen ihnen zu bestehen.

»Also berichte mir«, verlangte Shaban dann. »Woher kommt El-Rih der Janitschar?«

»Aus Bursa, Herr, der Hauptstadt der Osmanen.«

»Du bist dort geboren?«

»Nein, Herr. Wenn Ihr wissen wollt, wo ich geboren wurde, so fürchte ich, dass ich Euch darauf keine Antwort geben kann.«

»Warum nicht?« Shaban sah ihn wissbegierig an. Der Junge hatte sich auf seinen Kissen nach vorn gebeugt und das neugierig vorgereckte Kinn auf die Fäuste gestützt.

»Die wenigsten Janitscharen können das«, erklärte Rih schulterzuckend. »Die meisten von uns kamen zur Armee, als sie noch sehr jung waren, und können sich nicht oder kaum an ihre Eltern erinnern. Ich für meinen Teil habe meine Mutter niemals kennengelernt. Alles, was mir von ihr geblieben ist, ist dies hier«, fügte er hinzu, griff in den Ausschnitt seiner Tunika und zog eine dünne Schnur aus Leder hervor, die er um den Hals trug. Daran hing ein kleiner Anhänger in Form einer Muschel.

»Das ist alles?«, fragte Shaban. Es klang halb spöttisch, halb bedauernd. »Und dein Vater? Kannst du dich an ihn entsinnen?«

Rih schüttelte den Kopf.

»Ich schon. Er hat mich oft geschlagen. Wann immer ich ihm eine falsche Antwort gab oder nicht das tat, was er von mir wollte, hat er mich geschlagen.«

»Er hatte Euch auf eine große Aufgabe vorzubereiten«, gab Rih zu bedenken.

»Würdest du mich auch schlagen?«

»Nein.« Rih schüttelte abermals den Kopf.

»Natürlich nicht.« Der Junge grinste, in seinen Augen funkelte es. »Weil meine Wachen dich nämlich sonst in Stücke hauen würden.«

»Diese da?« Rih sah nachlässig nach den Männern mit den schläfrigen Blicken. »Wohl eher nicht.«

Einen Augenblick herrschte Schweigen, und er fragte sich, warum er sich zu einer solchen Frechheit hatte verleiten lassen. Doch im nächsten Moment begann Shaban laut zu lachen, und Rih fiel in das Gelächter mit ein.

Dann fuhr er damit fort, von sich zu erzählen, von seiner Ausbildung zum Janitscharen, von den Feldzügen, an denen er teilgenommen und von den Verwundungen, die er davongetragen hatte. Und zu seiner eigenen Überraschung ertappte er sich dabei, dass es ihm sogar Freude machte, über Dinge zu sprechen, über die er zuvor noch nie ein Wort verloren hatte. Vermutlich, sagte er sich, lag es an dem Jungen, der ihm förmlich an den Lippen hing und jedes einzelne Wort, jede Schilderung eines fernen Ortes oder einer aufregenden Begebenheit in sich aufsog wie eine Pflanze, die lange keinen Regen gesehen hatte.

Yalbugha schien alles daranzusetzen, den Jungen im Palast festzuhalten – und ein Gefühl sagte Rih, dass es dabei nicht nur um Shabans Sicherheit ging. Unwillkürlich empfand er Mitleid mit dem Jungen, der nichts dafür konnte, dass ihm so früh in seinem Leben eine solche Bürde zuteilgeworden war, und mit dem der mächtige Emir Yalbugha offenbar verfuhr, wie es ihm beliebte. Der Vergleich mit einem goldenen Käfig drängte sich auf, und obwohl sich Rih dagegen wehrte, merkte er, dass er mit dem Jungen fühlte und für ihn Partei ergriff. Einem Janitscharen standen solche Gefühle nicht zu. Doch war es nicht genau das gewesen, was Omar von ihm verlangt hatte? Die Freundschaft des künftigen Sultans zu gewinnen?

Ein seltsamer Zwiespalt erfüllte Rih, und je länger das Gespräch dauerte und je mehr der Herrscher in den Hintergrund trat und der kleine Junge zum Vorschein kam, desto schlimmer wurde es. Nur so war es zu erklären, dass Rih irgendwann fragte: »Und wann werdet Ihr den Palast einmal verlassen?«

»Den Palast? Verlassen?«

Shaban sah ihn an, als hätte er etwas unbeschreiblich Dummes gesagt.

»Nun ja, sagtet Ihr nicht, Ihr würdet gerne diesen Ort verlassen und ferne Städte und Länder sehen?«

Shaban lachte auf. Zuerst glaubte Rih, dass es ein spöttisches Lachen wäre und er sich über ihn lustig machte; aber dann wurde ihm klar, dass der Junge glaubte, er hätte einen Scherz gemacht. Erst als Rih das Lachen nicht erwiderte, wurde es Shaban klar.

»Du … hast das ernst gemeint?«, fragte er zögernd.

»Nun – ja.«

»Weißt du es denn nicht besser?«

Rihs Stirn legte sich in Falten. »Wovon sprecht Ihr, Herr? Was sollte ich besser wissen?«

»Die Gerüchte … hast du nichts von ihnen gehört? Jeder in der Stadt weiß es!«

»Nein, Herr, ich … ich fürchte nicht.«

Es war ein seltsamer Anblick: Der Knabe, der dort auf seinem Berg von Kissen thronte und seinem jungen Alter zum Trotz der Herrscher eines mächtigen Landes war, blickte sich zuerst verstohlen nach allen Seiten um, ehe er mit zum Flüstern gesenkter Stimme sagte: »Von den Zauberern, die draußen umgehen. Von den dunklen Magiern, die böse Djinns heraufbeschwören!«

Rih hätte am liebsten laut gelacht. Aber Shabans Augenspiel verriet, dass es ihm bitterernst war. Der Junge hatte ganz offenbar schreckliche Angst. Und Rih ahnte, wer hinter diesen Ängsten steckte.

»Ich versichere dir, da draußen sind keine Magier«, erwiderte er deshalb mit betont ruhiger Stimme und ohne jeden Spott. »Und auch keine bösen Geister.«

»Nein?« Shaban war alles andere als überzeugt. »Wie kannst du das so bestimmt sagen? Du bist ein Fremder und kennst Al-Qahira nicht.«

»Das stimmt, ich kenne es nicht. Jedenfalls nicht sehr gut«, räumte Rih ein. »Aber ich habe schon viele andere Orte gesehen. Städte am Meer und in den Bergen. Und ich bin in den weiten Ebenen des Ostens gewesen. Doch nirgendwo bin ich auf böse Geister oder dergleichen gestoßen.«

»N-nein?«

»Nein. Die bösen Dinge, die ich gesehen habe, haben sich die Menschen gegenseitig angetan«, bekräftigte Rih kopfschüttelnd. »Das sind die Geister, die du fürchten solltest.«

Shaban sah ihn zweifelnd an. So gerne er den Palast auch verlassen und die Gitterstäbe seines goldenen Käfigs einmal hinter sich gelassen hätte – seine Furcht vor den Gefahren, die angeblich außerhalb des Palasts lauerten, schien noch größer zu sein. Und sogar Rih, der nichts von der Politik und ihren Ränken verstand, war klar, wer aus diesen Ängsten Nutzen zog.

Obwohl ihm eine solche Empfindung nicht zustand, fühlte er Trotz in sich aufsteigen. »Würdest du den Palast gerne einmal verlassen?«, fragte er den Jungen. »Ich meine, wenn ich dich begleiten würde?«

»Es käme darauf an.«

»Worauf?«

»Ob du mich vor den Zauberern und den Djinns beschützen würdest.«

»Das würde ich, bei meinem Leben«, versprach Rih ohne Zögern. »Aber das wird nicht nötig sein, denn es gibt dort draußen weder Zauberer noch Djinns, und ich werde es dir beweisen. Also – würdest du gerne einen Spaziergang über den Basar unternehmen? Oder hinunter zum Hafen? Dir die Schiffe ansehen, die dort aus fernen Ländern anlegen?«

Der Junge brauchte nicht lange zu überlegen. Er nickte heftig. Ganz überzeugt schien er aber dennoch nicht zu sein. »Dem Emir wird das nicht gefallen«, meinte er.

Rih nickte, er hatte also richtig vermutet.

Yalbugha steckte hinter allem …

»Er braucht es ja nicht unbedingt zu wissen«, meinte der Janitschar und zwinkerte dem jungen Herrscher verschwörerisch zu. »Außerdem – Ihr seid schließlich der künftige Herrscher, oder etwa nicht?«

»Das ist wahr.« Shaban nickte. »Ich bin der neue Herrscher.«

18

San Marco, Venedig
Abend des 14. April 1362

Die Sonne war hinter den Kuppeln der Kathedrale versunken, deren Umrisse sich gegen den orangeroten Himmel abzeichneten. Und mit dem Einbruch der Dunkelheit kam das pulsierende Leben auf der *piazza San Marco* beinahe schlagartig zum Erliegen.

Die Einheimischen gingen in ihre Häuser, die Reisenden suchten die Herbergen auf; die fliegenden Händler brachen ihre Stände ab, die Arbeiter, die einmal mehr im Schweiße ihres Angesichts gearbeitet hatten, um den neuen Palast des Dogen zu errichten, legten die Werkzeuge beiseite; und selbst die Bettler gaben ihre Tätigkeit auf und verschwanden in jenen dunklen Winkeln, aus denen sie am frühen Morgen wieder kriechen würden. Sie waren die Ersten und die Letzten auf dem Platz, denn es waren die frühen und die späten Stunden, die besonderen Ertrag versprachen.

Es klickerte leise, als Alessandro Bertrano ein Kupferstück in den hölzernen Becher warf, den der Lahme vor sich auf dem Boden stehen hatte.

»Der Herr vergelte es Euch, *signore*«, erwiderte der Mann mit brüchiger Stimme. »Möge er Euch schützen und alle Eure Wünsche erfüllen!«

Alessandro nickte nur, während er über den Platz davonging. Die Bettler Venedigs waren eloquenter als andernorts und überaus erfinderisch, wenn es darum ging, sich mit überschwänglichen Segenswünschen zu bedanken. Aber in diesem Fall hätte Alessandro nichts dagegen gehabt, wenn es wahr gewesen wäre.

Möge der Herr alle Eure Wünsche erfüllen …

Im Grunde hatte Alessandro nur den einen Wunsch, nur das eine Streben, das ihn seit Langem erfüllte. Er wollte dem Konvent beitreten, wollte ein Leben in Stille und Kontemplation, abseits vom Trubel und Lärm dieser dem Mammon verfallenen Stadt. Aber es sah nicht so aus, als ob ihm diese Bitte gewährt würde. Was musste er auch der Sohn eines Kaufmanns sein? Eines Mannes, dessen ganzes Leben sich darum drehte, zu handeln und immer mehr Besitz anzuhäufen, Besitz, den er am Ende doch nicht behalten konnte …?

»Alessandro!«

Er war so in seine Gedanken vertieft gewesen, dass er erschrak, als er seinen Namen hörte. Mit einem scharfen Atemzug fuhr er herum – und stand vor Bianca Sabattini.

Zusammen mit ihrem byzantinischen Diener schien auch sie auf dem Weg nach Hause zu sein. Sie trug wieder das rote Gewand und den Schleier wie bei ihrer letzten Begegnung, an die Alessandro noch manches Mal gedacht hatte. Er war derart verblüfft, ihr zu so später Stunde zu begegnen, dass er kein Wort hervorbrachte und stattdessen nur errötete, was ihr wiederum nicht verborgen blieb.

»Tut mir leid«, sagte sie, »ich wollte Euch nicht erschrecken. Ihr schient so vertieft in Eure Überlegungen zu sein. Habe ich Euch in Euren Gedanken gestört?«

»Ja«, erwiderte er spontan, um sich gleich darauf zu verbessern. »Nein, natürlich nicht …«

Wieder ließ sie jenes silberhelle, klare Lachen vernehmen, das so voller Leben war.

»Alessandro Bertrano«, sagte sie mit gespielter Strenge, »wo habt Ihr nur Eure Manieren? Zuerst lauft Ihr einfach auf und davon, und nun wollt Ihr einer Dame ernsthaft ins Gesicht sagen, dass sie Euch stört?«

»Ver-verzeiht«, stammelte er und wurde noch röter. Er hielt dem Blick ihrer dunklen Augen nicht länger stand und starrte zu Boden, wo Fischabfälle und Pferdekot zu einer denkwürdigen Mischung zusammenfanden. »I-ich wollte nicht …«

»Ist schon gut.« Sie berührte ihn sanft am Arm. »Ich bin schließlich keine Fremde, nicht wahr? Wir waren einst wie Geschwister.«

»Das … ist wahr«, gab er zu, auch wenn er sich nicht wirklich daran erinnern konnte.

»Ich bin froh, dass wir uns wiedersehen«, gestand sie weiter und bedachte ihn mit einem freundlichen Blick, den er so sicher nicht verdient hatte.

»Wirklich?«

»Allerdings, denn ich hatte das Gefühl, dass wir einander verbunden sind, Alessandro … verwandte Seelen. Erinnert Ihr Euch an neulich? An unser Gespräch?«

Er nickte.

»Als ich sagte, dass ich in die Kirche käme, weil ich nur dort wirklich frei, weil ich nur dort keine Gefangene wäre, da schient Ihr mich gut zu verstehen.«

»Das … tue ich«, bestätigte Alessandro. Zögernd hatte er wieder aufgeblickt. Er konnte in ihren schmalen Zügen nicht eine Spur von Spott erkennen.

»Ich weiß, dass Ihr das tut«, flüsterte sie, »und ich fühle mit Euch. Ein junger Mann, der nicht danach strebt, ein reicher Kaufmann zu werden, hat es in dieser Stadt nicht leicht, nicht wahr?«

»Wo-woher wisst Ihr das?«

»Es war nicht schwer zu erraten. Ihr widersetzt Euch dem Willen Eures Vaters, der Kaufmann ist, und Ihr kommt in die Kirche, weil Ihr Euch nur dort wirklich frei fühlt. Was also wollt Ihr stattdessen?«, fragte Bianca unverwandt. »Was ist Euer Traum, Alessandro?«

Er zögerte – sollte er es ihr wirklich sagen?

Außer seiner Familie und den Mönchen des Ordens wusste

es noch niemand, und er wollte nicht, dass … »Ich will dem Konvent beitreten«, eröffnete er ihr, noch ehe er den Gedanken zu Ende gebracht hatte. Ein innerer Drang nötigte ihn geradezu dazu. »Ich will mein Leben in den Dienst der Kirche stellen.«

»Ihr … wollt ein Mönch werden?«

Er nickte.

Bianca sah ihn unverwandt an. »Das passt zu Euch«, sagte sie, und wieder konnte er weder Spott noch Häme in ihrer Stimme ausmachen.

»Findet Ihr?«

»Ich kenne viele junge Männer in Eurem Alter, Alessandro, das dürft Ihr mir glauben«, versicherte sie, »aber kaum einen, der schon in Euren Jahren von solch tiefem Ernst und solcher Wahrhaftigkeit durchdrungen ist. An etwas zu glauben und sein Leben in den Dienst einer so großen Sache zu stellen ist ein wunderbares Ziel.«

»Das ist es«, versicherte er. »Einerseits. Andererseits …«

»Euer Vater?«, riet sie.

Alessandro nickte wieder. »Seine Welt ist eine andere. Für ihn zählt nur, was er sehen, greifen und am besten auch noch zählen kann. Ich hingegen will an etwas arbeiten, was von Dauer ist, von bleibendem Wert … und nicht nur in dieser Welt.«

»Ein schöner Gedanke.« Sie lächelte, und ihr Gesicht erstrahlte dabei im Licht der untergehenden Sonne. »Auch ich hatte schon ähnliche Gedanken. Vielleicht ist das der Grund, warum ich mich Euch so verbunden fühle.«

»Ihr trugt Euch ebenfalls mit dem Gedanken, einem Konvent beizutreten?«

»Das habe ich. Aber mein Vater hat mir untersagt, auch nur in diese Richtung zu denken. Stattdessen werde ich wohl früher oder später mit einem Mann verheiratet werden, den ich weder kenne noch liebe.« Ein Anflug von Trauer huschte über ihr Gesicht. »Ihr jedoch werdet Euren Weg gehen, Alessandro, dessen bin ich mir ganz sicher.«

»Warum?«

»Weil ich Euch in der Kirche gesehen habe«, erwiderte sie. »Nie zuvor habe ich jemanden mit derartiger Inbrunst beten sehen. Die heiligen Reliquien werden Euch die Kraft und die innere Stärke geben, die Ihr braucht, um Euren Traum wahr werden zu lassen.«

»Ihr glaubt auch an die Wunderkraft der Reliquien?«

»Natürlich – obschon ich sie nie mit eigenen Augen gesehen habe. Wie es heißt, sollen sie von schöner Form sein und wunderbar duften.«

»Nun, sie sind in Öl einbalsamiert«, bemerkte Alessandro.

»So habt Ihr sie schon einmal erblickt?«

Er nickte.

»Dann verstehe ich jetzt, warum Euch solche Kraft umgibt, Alessandro«, sagte sie und lächelte bewundernd. »Ihr habt die heiligen Gebeine gesehen, habt den Schrein geöffnet …«

»Nein«, wehrte er ab, weil er nicht wollte, dass sie sich falsche Vorstellungen machte, »die Gebeine des Heiligen liegen nicht in dem Schrein. Er ist nur …« Er unterbrach sich plötzlich.

»Was habt Ihr? Warum sprecht Ihr nicht weiter?«

»Weil ich über diese Dinge nicht reden darf«, erklärte er, während er sich zugleich für seine Geschwätzigkeit schalt. Seine Eitelkeit war mit ihm durchgegangen, er würde den Herrn um Verzeihung dafür bitten!

»Warum nicht? Vertraut Ihr mir nicht?«

»Darum geht es nicht«, beeilte er sich zu erklären. »Aber es ist verbotenes Wissen, seit uralter Zeit.«

»Verboten für wen? Für Frauen?«

»Nein, es ist nur wenigen Eingeweihten vorbehalten«, erklärte er. »Außenstehende dürfen nichts davon erfahren.«

»Aber – Ihr seid doch auch ein Außenstehender, nicht wahr? Ihr seid dem Konvent noch nicht beigetreten, habt noch nicht die Gelübde geleistet.«

»Das ist wahr«, musste Alessandro zugeben, »aber es gibt einen Mönch, der mir wohlgesonnen ist. Ein Pater, der mich fördert und mir in mancher Hinsicht mehr Vater ist als …« Wieder unterbrach er sich. Wieso sagte er diese Dinge? Wieso schüttete er sein Herz vor dieser Fremden aus, verriet ihr Dinge, die er noch nicht einmal seiner Schwester sagte?

»Es muss wundervoll sein, so jemanden zu haben«, erwiderte Bianca leise. »Jemanden, dem man vertraut und der Vertrauen mit Vertrauen belohnt anstatt mit Lüge und Argwohn, wie es in dieser Stadt sonst üblich ist.«

»Auch ich empfinde das so«, versicherte er.

Ihre Blicke trafen sich, und er hatte das Gefühl, dass sie bis auf den Grund seiner Seele blicken konnte. Weshalb das so war, vermochte er nicht zu sagen, aber es fühlte sich angenehm an, wie ein warmer Frühlingsregen.

»Wollt … Ihr mein Vertrauter sein, Alessandro?«, fragte sie unvermittelt. »Der, dem ich alles anvertrauen kann und der Vertrauen mit Vertrauen belohnt?«

»Ich … weiß nicht«, stammelte er, einmal mehr überrumpelt.

»Wollt Ihr es mir abschlagen? Daran ist nichts Falsches! Wie ich schon sagte, einst wart Ihr wie ein Bruder für mich.«

Er nickte, hilflos.

»Wollen wir uns wiedersehen? Hier auf dem Platz?«

»Ja«, bestätigte er, »ich …«

Er wollte fortfahren, aber in diesem Moment wurde ihm klar, dass es nicht nur Wohlwollen war, das aus ihm sprach. Sondern etwas, das er noch nie zuvor verspürt hatte und das seinen Ursprung geradewegs in seiner Leibesmitte zu haben schien. Noch ehe er ein weiteres Wort sagen konnte, fuhr er herum, und seine Beine begannen zu laufen, ohne dass er etwas dagegen tun konnte, hinein in die hereinbrechende Dunkelheit, bis er ganz darin verschwunden war.

19

Kasr Al-Ablak, Cairo
Zur selben Zeit

»… und dieser arme Junge glaubt wirklich allen Ernstes an die Existenz von Zauberern und dunklen Geistern?«

»Ja, Herr. Ich fürchte, so ist es«, bestätigte Rih, der in aller Ausführlichkeit von seinem morgendlichen Treffen mit dem kleinen Sultan berichtet hatte.

Omar ben Adil war in seinem Arbeitszimmer auf und ab gegangen, während er aufmerksam zugehört hatte. Jetzt blieb er stehen. »Was ist deine Einschätzung?«, wollte er von Rih wissen.

»Herr, ich …«

»Ich weiß, du bist nur ein einfacher Soldat und verstehst nichts von solchen Dingen.« Omar winkte ab. »Davon einmal abgesehen – was für einen Eindruck hast du von dem Knaben gewonnen?«

Rih überlegte einen Moment. »Um die Wahrheit zu sagen«, erwiderte er dann, »habe ich noch nie einen verängstigteren Jungen gesehen. Shaban betont zwar gerne, dass er der zukünftige Sultan ist, doch in Wahrheit ist er voller Angst. Er fürchtet sich vor seinem Vater, der ihn geschlagen hat, und vor Yalbugha, von dem er abhängig ist. Und er fürchtet sich davor, die Sicherheit des Palasts zu verlassen.«

»Und das wundert dich bei allem, was man ihm eingeredet hat?« Omar schüttelte abermals den Kopf. »Yalbugha scheint großen Wert darauf zu legen, den Jungen verängstigt und unmündig zu halten.«

»In der Tat. Aber sollte es nicht eigentlich umgekehrt sein?«, fragte Rih. »Sollte ihm nicht daran gelegen sein, dass der Junge stark wird und mutig, um eines Tages die Bürde der Herrschaft zu tragen?«

»Das sollte es«, gab Omar unumwunden zu. »Es sei denn ...«

Er sprach den Satz nicht zu Ende. Sie waren nicht zu Hause in Bursa, wo sie jeden Winkel der Festung wie ihren Proviantsack kannten und genau wussten, wo man unbesorgt sprechen konnte, ohne dabei belauscht zu werden. Hier in Al-Qahira mochten die Wände Ohren haben ...

»Ich weiß, was Ihr meint«, versicherte El-Rih.

»Und das, obschon du nur ein einfacher Soldat bist«, erwiderte Omar mit leisem Spott.

Es war offenkundig, dass der mächtige Yalbugha kein besonders großes Interesse daran hatte, dass der junge Shaban zu einem Herrscher heranwuchs. Einer der Gründe, warum der Emir den Jungen auf den Thron gebracht hatte, war wohl der, dass er noch unmündig und leicht zu beeinflussen war. Und wenn es nach Yalbugha ging, würde dies wohl auch noch lange so bleiben. Vielleicht, so vermutete Rih düster, hatte der Emir ja auch gar nicht vor, Shaban al-Ashraf tatsächlich an die Macht zu bringen. Es wäre nicht der erste Thronfolger gewesen, der eines Nachts eines unerwarteten und plötzlichen Todes starb ...

»Glaubst du denn, dass der Junge ein guter Sultan wäre?«, fragte Omar.

»Das vermag ich nicht zu beurteilen, Herr«, entgegnete Rih. »Aber Shaban ist voller Neugier auf die Welt. Er ist begierig darauf, zu lernen und von anderen Völkern und deren Sitten zu erfahren.«

»Und wird er sein Wort halten, wenn er etwas verspricht?«

»Auch das weiß ich nicht mit Bestimmtheit. Aber ich habe in seine Augen gesehen, und ich sah nicht nur Furcht darin, sondern auch Aufrichtigkeit.«

»So ist er das, wonach wir suchen«, meinte Omar überzeugt. »Unser Herrscher hat mich angewiesen, in Al-Qahira nach möglichen Verbündeten Ausschau zu halten. In Emir Yalbugha werden wir einen solchen Verbündeten wohl nicht finden – er mag heute mit der Stimme eines Vogels singen und morgen das Gebrüll eines Löwen anstimmen. Der junge Shaban jedoch ist unsere Hoffnung, seine Nähe sollten wir weiter suchen.«

»Dann – war es richtig, dass ich ihn zum Verlassen des Palasts überredet habe?«

»Es ist ein Wagnis, noch dazu eines, das einzugehen dir nicht zusteht«, räumte Omar ein. »Aber ich habe dich nicht um diesen Dienst gebeten, damit du Befehle befolgst, sondern damit du selbst entscheidest, was zu tun ist. Und ich denke, du hast richtig entschieden. Du wirst dem künftigen Herrscher die Welt außerhalb seines goldenen Käfigs zeigen – und dadurch sein Vertrauen gewinnen.«

»Fürst Yalbugha wird das nicht gerne sehen.«

»Nein«, räumte Omar ein und setzte eine wahre Unschuldsmiene auf. »Aber es war der ausdrückliche Wunsch des künftigen Herrschers des Mamlukenreiches – und wer sind wir, dass wir seinen Willen einfach übergehen könnten?«

»Ich verstehe«, sagte Rih nur. Allmählich begann er zu begreifen, was Diplomatie bedeutete: etwas zu sagen – und etwas völlig anderes damit zu bezwecken.

20

Cannaregio, Venedig
Abend des 19. April 1362

Die Nachricht kam am späten Abend.

Und sie war niederschmetternd.

Kretische Seeleute, die die Küste heraufgekommen waren, hatten die verkohlten Reste eines byzantinischen Seglers im Meer treibend gefunden, darunter auch einige leere Fässer, die mit den Initialen ihres Besitzers versehen waren. Und diese Initialen besagten, dass es niemand anders als Leonardo Bertrano war, dessen Segler gekapert und dessen Fracht einmal mehr in die Hände von ruchlosen Piraten gefallen war.

Im Arbeitszimmer von Bertranos Kontor war es so still, dass man eine Nadel hätte fallen hören können.

Was er insgeheim längst befürchtet hatte, war zur Gewissheit geworden: Auch die neuerliche Lieferung aus Konstantinopel – diejenige, die sein Geschäft und damit seine gesamte Existenz hätte retten sollen – würde Venedig nicht erreichen. Der Handel mit Van Geldern war damit hinfällig. Der Deutsche würde verlangen, ausbezahlt zu werden, was ihm nach geltendem Recht auch zustand. Schon die Verlängerung der Frist war eine pure Gefälligkeit gewesen. Als importierender Kaufmann trug Bertrano das alleinige Risiko. Zwar gab es Versicherungen, mit denen dieses sich abmildern ließ, doch nachdem die dritte Ladung in Folge verloren gegangen war, hatte sich niemand mehr bereitgefunden, Bertranos Fracht zu versichern.

Seine letzte Hoffnung hatte sich zerschlagen. Um Van Geldern auszubezahlen, musste er nun entweder die Lagerbestände des Kontors zu Schleuderpreisen verhökern und damit das Unternehmen ruinieren, das er sich unter großen Opfern aufgebaut hatte; oder auf das Angebot eingehen, das Sabattini ihm gemacht hatte, sein alter Kompagnon …

Eine Entscheidung musste getroffen werden.

»Weißt du«, sagte er in die Stille, »ich hätte nie gedacht, dass es einmal so weit kommen würde. Sechs Schiffe in Folge! Fast könnte man meinen, diese Piraten hätten es auf mich abgesehen.«

Er lachte freudlos auf.

Natürlich wusste er, dass das Unsinn war. Die Mamluken, die in der Ägäis ihr Unwesen trieben, gingen nicht planmäßig vor. Sie überfielen diejenigen Schiffe, deren Ladung ihnen gewinnversprechend erschien und deren Begleitschutz sich in Grenzen hielt. Bei den letzten beiden Transporten hatte Bertrano deshalb eigens jeweils dreißig dalmatische Söldner anwerben lassen, die die Seeleute an Bord im Fall eines Überfalls unterstützen sollten. Doch auch ihr Einsatz war vergeblich gewesen.

Ohnmächtige Wut ballte sich in seiner Magengrube, Trauer über den Verlust von tapferen Männern, die für ihn gekämpft hatten und gestorben waren, Zorn auf ihre gewissenlosen Mörder. Doch als Geschäftsmann durfte er sich nicht von Gefühlen blenden lassen und musste aufgrund der Faktenlage entscheiden – und diese war eindeutig!

»Und nun, Vater?«

Alyssias Stimme bebte. Reglos stand sie vor dem Arbeitstisch, an dem ihr Vater saß, in sich versunken und das Stück Holz betrachtend, das ihm der Beamte der Hafenverwaltung übergeben hatte: das Bruchstück eines Fasses, in das seine Initialen geritzt waren.

»Wir werden handeln«, sagte Bertrano, ohne sie dabei anzusehen. »So wie wir es stets getan haben in all den Jahren. Leicht ist es niemals gewesen, auch früher nicht. Was wir haben und was uns gehört, konnten wir nur unter großen Opfern erreichen. Deine Mutter hat dabei das größte aller Opfer gebracht …«

»Und nun?«, wiederholte Alyssia ihre Frage. Sie konnte sich kaum an ihre Mutter erinnern, aber sie mochte es nicht, wenn die Sprache auf sie kam. »Willst du, dass ich mich ebenfalls opfere?«

Zum ersten Mal blickte er von dem Holzstück auf. »Ich verlange in keiner Weise, dass du dich opferst, mein Kind. Was ich dir anbiete, ist ein Leben im Wohlstand, als Mitglied einer der reichsten und einflussreichsten Familien der gesamten Republik …«

»… und als Frau eines Mannes, den ich weder kenne noch liebe«, fügte sie ungerührt hinzu, »und den ich insgeheim sogar fürchte. Und an diesen Mann willst du mich verkaufen.«

»Sieh dich vor, Alyssia. Ich liebe dich von ganzem Herzen. Du bist meine leibliche Tochter, das Einzige, was mir von meiner geliebten Chiara geblieben ist, und gäbe es die Möglichkeit, würde ich mir lieber beide Hände abhacken lassen, als dies von dir zu verlangen. Doch wage es nicht, dich zwischen mich und das Kontor zu stellen.«

»Also ist das Kontor dir wichtiger als die Familie?«

»Das Kontor *ist* die Familie!«, begehrte er auf, wobei er das Trümmerstück auf die Tischplatte schmetterte, sodass es vollends zerbrach. »Wir haben keinen Adelstitel, Tochter! Wo, glaubst du, wären wir ohne das Kontor? Willst du auch ein Leben im Kloster führen wie Alessandro? Denn das wird geschehen, wenn das Kontor erst aufgelöst wurde und wir das Haus verlassen müssen! Oder ziehst du ein Leben in Armut vor, in einer kargen Hütte auf dem Festland, den Launen der Mächtigen ausgeliefert? Das Leben war bislang gut zu dir, Tochter – und das verdankst du einzig und allein dem Kontor!«

»Aber …«, widersprach Alyssia, ohne zu wissen, was sie weiter erwidern sollte. Denn natürlich wusste sie, dass ihr Vater recht hatte. Tränen der Hilflosigkeit stiegen ihr in die Augen. »Und Alessandro?«, fragte sie leise. »Bekommt er dafür seinen Willen? Darf er wenigstens tun, wozu sein Herz ihn drängt?«

»Nein«, erklärte Bertrano schlicht, »denn welchen Sinn hätte es, all dies vor dem Untergang zu bewahren, wenn kein Erbe zur Verfügung stünde, um die Familientradition fortzusetzen? Wenn das Kontor gerettet ist, werde ich Alessandro zu meinem Teilhaber ernennen und ihn in die Geschäfte einweisen.«

»Alessandro wird nicht einwilligen«, entgegnete Alyssia überzeugt.

»Oh doch, das wird er. Denn er wird sich mit der Hoffnung betrügen, dass er nach meinem Tod seinen gesamten weltlichen Besitz dem Kloster vermachen und dem Konvent doch noch beitreten wird.«

»Und diese Vorstellung schreckt dich nicht?«

»Nein«, erwiderte Bertrano gelassen, »denn wenn ich eines gelernt habe, dann dass die Wirklichkeit ihre eigenen Gesetze hat. Wenn Alessandro erst einmal eigene Geschäfte abgeschlossen hat, wenn er seine ersten eigenen Gewinne erzielt und die tiefe Befriedigung empfunden hat, die damit einhergeht – so wird er nicht mehr davon lassen können.«

»Du irrst dich, Vater. Alessandro ist nicht wie du.«

»So mag er es beweisen. Auf diese Weise bekommt jeder von uns, was er will. Van Geldern bekommt seinen Anteil, ich behalte die Firma, und Alessandro findet seine Bestimmung oder nicht – vor allem aber gewinnt das Kontor.«

»Und ich?«, fragte Alyssia leise.

»Auch du gewinnst, Tochter, selbst wenn du es im Augenblick nicht wahrhaben magst. Battista Sabattini ist eine gute Partie, vielleicht die beste in der Stadt. Nicht genug damit, dass er zu den wohlhabendsten Kaufleuten Venedigs zählt, er ist auch ein Mann mit überaus guten Verbindungen.«

»So sagt man«, bestätigte sie. »Und eben das macht mir Angst.«

»Dazu besteht kein Anlass.«

Alyssia straffte ihre schmale Gestalt und sah ihrem Vater prüfend ins Gesicht. »Du hast gesagt, dass du mich nicht zwingen würdest, Vater«, sagte sie leise und mit bebender Stimme. »Stehst du zu deinem Wort?«

»Natürlich«, eröffnete er ihr, ohne den Blick zu wenden. »Ich lasse dir die Wahl, Alyssia. Entscheidest du dich dagegen, so wird Alessandro Battistas Tochter heiraten müssen, und nach meinem Tod werden das Kontor und alles, was ich mir erarbeitet habe, in seinen Besitz übergehen. Es ist deine Entscheidung, mein Kind – aber ich denke, wir beide kennen dich gut genug, um zu wissen, wie sie ausfallen wird, nicht wahr?«

Noch einen Augenblick blieb sie stehen, unentschlossen, ob sie noch etwas erwidern sollte, während die Tränen ungehindert über ihre Wangen rannen. Dann machte Alyssia Bertrano auf dem Absatz kehrt und verließ das Kontor ihres Vaters, das Gesicht in den Händen vergraben.

Raffaela Bertrano bewegte sich nicht.

Auf dem Boden der Schlafkammer liegend, die sich unmittelbar über dem Arbeitszimmer des Kontors befand, das linke Ohr an den hölzernen Fußboden gepresst, hatte sie jedes Wort mit angehört, das zwischen ihrem Gemahl und seiner Tochter gewechselt worden war – und ihr war klar geworden, dass auch sie handeln musste.

Sie wollte nicht, dass Battista Sabattini, der Mann, dem ihre Leidenschaft gehörte, ihre Stieftochter ehelichte, und die Vorstellung, dass er ihren jugendlichen Körper womöglich mehr begehrte als den ihren, ließ sie halb wahnsinnig werden vor Eifersucht; jedoch konnte sie auch nicht zulassen, dass es zur Eheschließung zwischen ihrem leiblichen Sohn Alessandro und Sabattinis Tochter kam.

Auch Raffaela würde eine Entscheidung treffen müssen. Und so sehr es sie auch schmerzte – sie wusste, was sie als liebende Mutter zu tun hatte.

21

Großer Basar, Cairo
Zur selben Zeit

Den richtigen Zeitpunkt zu finden war nicht einfach. Offen gegen Yalbughas Willen zu verstoßen wäre dem jungen Sultan wohl nicht möglich gewesen; Rih bezweifelte, dass Shaban, wenn es zu einer direkten Konfrontation mit dem Emir gekommen wäre, die nötige Durchsetzungskraft besessen hätte, um seinen Wunsch zu verwirklichen, den Palast endlich einmal zu verlassen.

Folglich musste es heimlich geschehen.

Die Gelegenheit bot sich, als Yalbugha eine Abordnung aus Bagdad empfing. Die Aufmerksamkeit des Emirs und seiner Hofbeamten war so sehr auf die Gäste gerichtet, dass niemand auf den Jungen achtete, der einen abgetragenen Burnus trug und den Palast durch eines der Nebentore verließ, in Begleitung zweier Männer, die an diesem Abend ebenfalls darauf verzichtet hatten, ihre sonst übliche Kleidung zu tragen. Omar hatte entschieden, dass es am besten war, wenn sie unauffällig blieben und mit den Massen verschmolzen, die sich auch nach Einbruch der Dunkelheit noch in den Gassen des Basarviertels drängten.

Was in Shabans Gesichtszügen vor sich ging, war kaum zu beschreiben. Natürlich war der Junge leicht zu beeindrucken, hatte er doch den allergrößten Teil seines bisherigen Lebens hinter Palastmauern verbracht. Doch die unzähligen Bilder, Gerüche, Geräusche und Eindrücke, die auf ihn einstürzten, hinterließen in seinem Gesicht eine Verzückung, wie Rih sie selten bei jemandem beobachtet hatte, und sie bestärkte ihn in der Überzeugung, dass seine Entscheidung richtig gewesen war.

»Und?«, erkundigte sich Omar bei dem Jungen. »Siehst du irgendwo böse Zauberer ihr Unwesen treiben?«

Shaban schüttelte nur den Kopf, zu einer anderen Erwiderung war er nicht fähig. Gerade gingen sie an einem Laden vorbei, unter dessen ausladendem, von Öllampen beleuchteten Baldachin blitzende Dolche zum Kauf angeboten wurden, mit gebogenen Klingen, die Scheiden und Griffe mit Ziselierungen verziert. Eine der Waffen hatte es Shaban besonders angetan, ein kurzes Exemplar, in dessen Griff ein Edelstein funkelte. Doch kaum griff er danach, war auch schon der Besitzer des Ladens zur Stelle.

»He, du! Was hast du an meinen Waren herumzuspielen, Junge? Als ob dein Vater sich einen Dolch wie diesen leisten könnte! Heb dich hinfort, aber schnell!«

Rih konnte sehen, wie sich Shabans Gesichtszüge veränderten, wie sich seine Wangen vor Empörung blähten und seine Augen größer wurden. Schon machte der Junge den Mund auf, zweifellos, um dem Verkäufer – und damit jedem anderen in der Gasse – mitzuteilen, wer er in Wahrheit sei und dass er sich eine solch lächerliche Kleinigkeit wie einen juwelenbesetzten Dolch sehr wohl leisten könne. Doch Rihs rechte Hand schnellte vor und versiegelte seinen Mund, noch ehe er sprechen konnte. Der Junge ließ einen dumpfen Schrei vernehmen und wand sich in Rihs Griff, der ihn jedoch unbeeindruckt davonschleppte und erst zwei Läden weiter wieder freiließ.

»Was fällt dir ein?«, fuhr Shaban ihn an.

»Ihr wart dabei, Euch zu verraten, Herr«, sagte Rih.

»Und wenn? Es wäre diesem feisten Sohn einer räudigen Hündin recht geschehen, zu erfahren, wer ich bin!«

»Und Ihr meint, er hätte Euch geglaubt? Sehr herrschaftlich seht Ihr nicht gerade aus.«

Shaban blickte an sich herab – und musste einsehen, dass

sein Begleiter recht hatte. Sie hatten sich nun einmal für die Verkleidung entschieden, um Freiheit zu gewinnen – und damit auch Privilegien zu verlieren …

»Wie ist der Name des Mannes?«, zischte der Junge. »Ich werde ihn auspeitschen lassen!«

»Nein«, widersprach Rih, »das werdet Ihr nicht. Denn er hat nichts getan, als auf sein Eigentum zu achten. Das ist sein gutes Recht.«

»So wie dieser da auf sein Eigentum achtet?«, fragte der Junge dagegen. Fast gleichzeitig hörte Rih das aufgeregte Geschrei und fuhr herum.

Nur wenige Armlängen von ihnen entfernt, inmitten des von Fackelschein und Öllampen beleuchteten Getümmels, war ein Mann dabei, eine Sklavin an ihrem feuerroten Haar durch die Gasse zu zerren, sehr zur Belustigung der Händler und ihrer Kunden.

»Wirst du wohl?«, keifte der Sklavenhändler, ein dürrer Kerl mit einem riesigen Turban, während er sie weiterzerrte. »Wirst du wohl gehorchen?«

Die Frau schrie laut, wohl nicht nur vor Schmerzen, sondern auch aus Furcht und Scham. Sie war keine Tochter des Orients, eher eine Magyarin. Oder sie stammte aus dem fernen Russland. Wobei Rih das ziemlich gleichgültig war – seine Rechte ballte sich unwillkürlich zur Faust.

Die Sklavin strauchelte und fiel hin, worauf ihr Besitzer Mühe hatte, sie wieder auf die Beine zu ziehen. Darüber lachten die Leute nur noch mehr – und auch Shaban fiel lauthals in ihr Gelächter ein.

»Findet Ihr das etwa komisch?«, fragte Rih verdrossen.

»Und wie!« Der Junge meckerte wie eine Ziege, schien sich förmlich ausschütten zu wollen. »Seht doch nur, wie er sie an den Haaren packt! Das muss richtig wehtun.«

»Und empfindet Ihr kein Mitleid?«, fragte Omar.

»Warum denn? Sie ist nur eine Sklavin, oder nicht?«

»Das stimmt«, räumte Omar mit Blick auf Rih ein, dessen

Rechte sich noch immer nicht entkrampft hatte. »Aber bedeutet das, dass ihr Besitzer sie wie Vieh behandeln darf? Der Prophet mahnt uns im Umgang mit unseren Sklaven zur Besonnenheit, wie Ihr vielleicht wisst.«

»Und wenn schon«, konterte der Junge kaltschnäuzig. »Sklaven sind Sklaven. Sie sind nicht wie wir.«

»Nicht wie Ihr, Herr«, verbesserte Rih. »Vielleicht hätte ich Euch sagen sollen, dass auch ich einst ein Sklave war – und es im Grunde noch immer bin.«

»Du?« Shaban sah ihn fassungslos an.

»So wie alle Janitscharen«, bestätigte er. »Ich habe Euch ja gesagt, dass ich meine Eltern niemals kennengelernt habe. Das war, weil ...«

»... weil du als Sklave aufgewachsen bist«, fuhr der Junge fort und betrachtete ihn mit einer Mischung aus Unglauben und Erstaunen. Seine Mundwinkel fielen nach unten und verzerrten sich vor Abscheu, und er schien etwas sagen zu wollen – als Rih sah, wie im Halbdunkel, das in der Gasse herrschte, etwas aufblitzte.

»Herr! Auf den Boden!«

Mit einer Hand drückte er den Kopf des Jungen nach unten, während er die andere zur Abwehr emporriss – gerade noch rechtzeitig, um die Klinge abzufangen, die in einer steilen Abwärtsbewegung niederfuhr.

Von ihrem Besitzer war nur die Augenpartie zu sehen – der Rest steckte unter schwarzem Stoff, den er sich um den Kopf geschlungen hatte. Auch seine Kleider waren rabenschwarz: die Kleider eines Attentäters!

»Der Junge! Kümmert Euch um ihn!«, stieß Rih noch hervor, dann warf er sich nach vorn und sprang über Shaban hinweg, der am Boden kauerte und den Kopf mit den Armen abschirmte. Wie Omar den Jungen aufnahm und in der Menge verschwand, bekam Rih nicht mehr mit, denn schon im nächsten Augenblick war er in ein wüstes Handgemenge mit dem Vermummten verwickelt.

Der Attentäter, wütend darüber, dass sein Angriff misslungen war, versuchte, sich seines Gegners zu entledigen, aber Rih ließ ihm keine Chance. Mit der Linken umklammerte er die Waffenhand des Mannes, während er mit der Rechten nach seiner eigenen Klinge griff und sie in einer fließenden Bewegung aus der Scheide zog.

Der *yatagan* war die bevorzugte Klinge der Janitscharen, ein Dolch, der anders als die Mamlukenklinge erst im letzten Drittel gebogen war und sich nicht nur zum Zustechen eignete, sondern dem Feind auch tiefe Schnittwunden beibringen konnte.

Der Attentäter begriff vermutlich nicht, was ihm widerfuhr. Rihs Klinge schnitt so schnell durch seine Kehle, dass er bereits zu Boden ging, während seine Augen noch in wilder Mordlust starrten. Rih ließ von ihm ab, als er aus dem Augenwinkel eine Bewegung wahrnahm.

Blitzschnell fuhr er herum, nur um eine weitere Klinge heranfliegen zu sehen, von der Hand eines weiteren Vermummten geführt. Der zweite Angreifer war besser auf einen Kampf vorbereitet als der erste, und so kreuzten sich ihre Klingen mehrmals, während jeder versuchte, sie dem anderen in die Brust zu treiben. Schließlich endeten die Kontrahenten in einer tödlichen Umarmung, starrten einander in die Augen, während sie einen bizarren Tanz vollführten. Dabei prallten sie gegen einen Verkaufstisch, auf dem Dutzende tönerner Lampen aufgereiht standen. Der Tisch fiel um, die Lampen gingen zu Bruch, was der Händler mit fürchterlichem Lamento quittierte.

Rih war es einerlei. Sein ganzes Bemühen war darauf gerichtet, seinen Gegner niederzuringen. Kalter Hass stand in dessen Augen zu lesen – und ein plötzliches Zucken, das Rih warnte. Jäh löste er sich aus der Umklammerung und sprang zurück. Die in einem mörderischen Aufwärtshieb geführte Klinge des Gegners verfehlte ihn um Haaresbreite. Rih bekam den Messerarm zu fassen und verdrehte ihn so, dass es in der Schulter des Mannes knackte.

Der Kerl heulte auf und ließ sein Messer fallen. Rih rang ihn nieder und presste ihm die eigene Klinge an die Kehle. »Keine Bewegung!«, herrschte er ihn an. »Oder ich spieße dich auf wie ein …«

Er stutzte, als ihm plötzlich gallebitterer Atem aus dem vermummten Gesicht des Attentäters entgegenschlug. Gleichzeitig verdrehte der Mann die Augen, sein Körper erschlaffte.

Verblüfft ließ Rih ihn los. Den Dolch noch in der vor Kampfeswut zitternden Rechten, starrte er auf den leblosen Körper. Der Kampf war zu Ende – aber was war geschehen?

Erst jetzt nahm Rih wahr, dass sich eine Menge von Schaulustigen um ihn versammelt hatte. Omar kam heran, den jungen Shaban bei sich, um den er schützend einen Arm gelegt hatte. Rih bückte sich und untersuchte den Leichnam des zweiten Gegners, nahm ihm das Kopftuch ab. Die verzerrten Gesichtszüge des Attentäters ließen nur einen Schluss zu.

»Gift«, stellte Rih fest.

Omar sah ihn entsetzt an, auch er wusste sofort, was das zu bedeuten hatte. Jemand wollte den Tod des Jungen und hatte diese Assassinen auf ihn angesetzt …

Rih merkte, wie jemand vorsichtig eine Hand auf seine Schulter legte. Es war Shaban.

»Du bist kein Sklave«, sagte der Junge leise. »Du bist mein Freund.«

22

Cannaregio, Venedig
Nacht zum 20. April 1362

Alyssia Bertrano fand keinen Schlaf in dieser Nacht.

Zu groß war ihre innere Unruhe, zu überwältigend die Verantwortung, die ihr Vater auf ihre Schultern geladen hatte. Was, so fragte sie sich unentwegt, während sie mit offenen Augen in ihrem Bett lag und auf den Gobelin des Himmels starrte, sollte sie nur tun?

Ihre Gedanken schweiften zurück in die Vergangenheit, in Tage, die einfacher gewesen waren und sorgloser. Als kleines Mädchen hatte sie zu ihrem Vater aufgeblickt, hatte ihn bewundert für das, was er in seinem Leben erreicht hatte – natürlich ohne zu ahnen, dass sie eines Tages vor die Wahl gestellt sein würde, zwischen ihm und ihrem eigenen Leben entscheiden zu müssen.

Was ihr Vater von ihr verlangte, war nichts Unrechtes. Allenthalben kam es vor, dass zwischen wohlhabenden Familien Ehen arrangiert wurden, und nicht selten wurden auch Kaufverträge auf diese Weise abgesichert, die wohl die verlässlichste war: Den Geschäftspartner zum Teil der Familie zu machen, bot zuverlässigen Schutz vor Betrug und Unaufrichtigkeit. Jedoch wurden solche Zweckehen gemeinhin nur unter Gleichgestellten vereinbart.

Warum ein Mann wie Battista Sabattini, den jeder in der Stadt kannte und den nicht wenige fürchteten, eine Verbindung mit der Familie Bertrano anstrebte, wollte Alyssia einfach nicht in den Kopf. Als Geschäftsmann, der er war, schien ihr Vater davon überzeugt zu sein, dass es dabei nur um Geld ging. Doch überschätzte er den Wert seines Kontors nicht? Warum strebte Sabattini diese Heirat tatsächlich an? Aus alter Freundschaft? Soweit Alyssia wusste, hatten ihr Vater und Sabattini sich damals nicht eben im Guten getrennt. Ihr gemeinsames Unternehmen hatte in einer Katastrophe geendet, und Sabattini selbst hatte die Zusammenarbeit aufgekündigt. Warum also strebte er nun eine Verbindung mit der Familie seines einstigen Partners an, und das auf die denkbar engste Weise?

Alyssia war auch nicht eitel genug, um zu glauben, dass es dabei um sie ging. Battista Sabattini hatte ihr nie irgendwelche Avancen gemacht oder auf sonst eine Weise zu verstehen gegeben, dass ihm an ihr gelegen war. Die einzig mögliche Folgerung war also, dass es dabei noch um etwas anderes ging – etwas, das Sabattini verborgen hielt, ein geheimes Vorhaben, das er verfolgte. Aber weder hatte Alyssia eine Ahnung, worum es dabei gehen konnte, noch verfügte sie über die Mittel, es herauszu…

»Alyssia?«

Eine flüsternde Stimme riss sie aus ihren Gedanken.

»Ja?«

Die Tür zur Schlafkammer wurde geöffnet, und der Schein einer Kerze drang herein. In ihrem Licht erschienen die schmalen Gesichtszüge ihrer Stiefmutter. Raffaela Bertrano trug bereits ihr Nachtgewand, das lange Haar fiel ihr offen auf die Schultern. Als sie Alyssia erblickte, aufrecht in ihrem Bett sitzend, lächelte sie.

»Ich dachte mir, dass du noch nicht schläfst.« Sie schloss die Tür hinter sich und trat ans Bett. Den Leuchter stellte Raffaela auf die Truhe, dann setzte sie sich auf die Bettkante und betrachtete ihre Stieftochter wohlwollend. »So lange kennen wir uns schon«, sagte sie. »Du warst noch so jung, als ich deinen Vater heiratete. Und doch hast du mich nie als deine Mutter anerkannt.«

»Nein«, widersprach Alyssia, »ich …«

»Schon gut«, versicherte Raffaela und hob beschwichtigend die Hand. »Ich bin dir nicht böse deswegen. Meine eigene Mutter verstarb bei der Geburt meines jüngsten Bruders. Ich weiß also, was es bedeutet, seine Mutter zu verlieren.«

»Davon hast du mir nie erzählt.«

»Wann auch? Wir haben ja nie wirklich miteinander gesprochen in all den Jahren, weil wir viel zu sehr damit beschäftigt waren, um die Gunst deines Vaters zu buhlen, nicht wahr?« Sie lächelte wieder, aber es wirkte weder falsch noch zynisch, sondern nur ein wenig traurig.

Es stimmte ja – von dem Tag an, da ihr Vater angekündigt hatte, dass er wieder heiraten und eine neue Frau in sein Haus holen würde, hatte Alyssia Raffaela als Konkurrentin empfunden. Nicht nur um die Zuneigung des Vaters, sondern auch um das Andenken an ihre leibliche Mutter, von der ihr ohnehin nur so wenige Erinnerungen geblieben waren. Folglich hätte Alyssia es als Verrat empfunden, Raffaela Bertrano »Mutter« zu nennen, und sie war ihrem Vater dankbar dafür, dass er sie nie dazu gezwungen hatte.

Dabei war es nicht so, dass sie Raffaela nicht leiden konnte – sie war ihr einfach nur gleichgültig. Dass ihre leibliche Mutter nicht zu ersetzen war, war ihr schon als kleines Mädchen klar gewesen, und so hatte sie sich erst gar nicht bemüht, in Raffaela einen Ersatz zu finden. Raffaela war ein Mitglied ihrer Familie. Sie war die zweite Frau ihres Vaters und Alessandros Mutter, nicht mehr und nicht weniger. In all den Jahren hatte es darüber ein stillschweigendes Übereinkommen gegeben – entsprechend überrascht war Alyssia nun von Raffaelas Offenheit.

»Das ist wahr«, gestand sie deshalb ein und rang sich ebenfalls ein Lächeln ab. »Eigentlich töricht, oder?«

»Vielleicht – aber auch verständlich, denn wir lieben nun einmal beide deinen Vater, wenn auch auf sehr unterschiedliche Weise.«

»Auch das ist wahr.«

Raffaela nickte nachdenklich. Sie biss sich auf die Lippen, während sie nach den passenden Worten zu suchen schien. »Alyssia … in all den Jahren habe ich nie versucht, deine Mutter zu ersetzen. Ich habe mich darauf beschränkt, Leonardo eine Gemahlin und Alessandro eine Mutter zu sein. Ich habe gesehen, wenn dich etwas glücklich machte, so wie es mir nicht verborgen blieb, wenn dich etwas traurig stimmte. Und doch nahm ich weder Anteil an deiner Freude noch an deiner Trauer, weil ich respektierte, dass du mich nicht in deinem Leben haben wolltest. Aber nun, mein Kind, kann ich nicht anders, als zu dir zu kommen und mit dir zu sprechen. Denn dein Vater hat eine schwere Entscheidung auf deine Schultern geladen.«

Alyssia straffte sich. Es war das erste Mal, dass Raffaela offene Kritik an Alyssias Vater übte. In all den Jahren hatte sie sich darauf beschränkt, den Hausstand zu führen und dem Gesinde vorzustehen, wie es ihrer Rolle und ihrem Geschlecht entsprach. Aus Angelegenheiten, die die Familie oder das Kontor betrafen, hatte sie sich stets herausgehalten.

»Und?«, fragte Alyssia mit leisem Spott. »Bist du gekommen, um mir zu sagen, was ich tun soll?«

»Nein«, wehrte Raffaela ab, »schon weil ich das gar nicht könnte. Du hast deinen eigenen Kopf, Alyssia, das ist schon immer so gewesen. Deshalb hat dein Vater dir auch die Entscheidung übertragen – weil er genau weiß, dass er dich zu nichts zwingen kann. Er pflegt zu sagen, dass er viel von deiner Mutter in dir sieht, deren Geist wohl ähnlich unbeugsam war.«

»Warum bist du dann hier?«

»Weil ich dir helfen will. Es war nicht recht, dir solche Verantwortung aufzubürden, während Alessandro davon unbehelligt bleibt.«

Alyssia horchte auf. Ergriff Raffaela tatsächlich gegen ihren eigenen Sohn Partei? Oder war sie nur erzürnt darüber, dass ihr Vater ihn nicht in die Entscheidung miteinbezogen hatte?

»Also sollte auch Alessandro seinen Teil der Verantwortung tragen?«, fragte Alyssia deshalb vorsichtig.

»Nein«, erwiderte ihre Stiefmutter und überraschte sie damit einmal mehr. »Alessandro ist ein liebenswerter Junge, aber er kommt mehr nach seinem Großvater denn nach seinem Vater. Er ist ein Träumer, der selbst am hellen Tage seinen Visionen nachhängt, seinen Ideen von einer besseren Welt, einem Himmelreich auf Erden.«

»Und das ist schlecht?«

»Nein, aber es ist auch nicht dazu angetan, den Herausforderungen des täglichen Lebens die Stirn zu bieten. Und es ist Alessandro auch nicht in die Wiege gelegt, Entscheidungen zu treffen. Nicht von ungefähr begeistert er sich für ein Leben im Konvent, das von festen Regeln bestimmt wird. Du hingegen bist anders, Alyssia. Und deshalb ist es an dir, die Entscheidung für euch beide zu treffen, indem du tust, wozu Alessandro niemals in der Lage wäre. Würde er Sabattinis Tochter heiraten, so wäre es das Ende all seiner Träume. Er würde welken wie eine Blume ohne Wasser, und der Bund, den dein Vater herbeisehnt und der den Fortbestand sowohl des Kontors als auch dieser Familie sichert, hätte keinen Bestand.«

»Und deshalb soll ich mich fügen?«, fragte Alyssia leise. Für einen Moment hatte sie tatsächlich gehofft, ihre Stiefmutter könnte ihr einen anderen Ausweg bieten, wüsste ihr einen anderen Rat zu geben als den, dem Willen ihres Vaters zu folgen. Aber das war wohl ein Trugschluss gewesen.

»Nur du kannst tun, was nötig ist«, entgegnete Raffaela und sah ihr dabei fest ins Gesicht.

»Hast du nicht gesagt, dass du mir nicht sagen wirst, was ich tun soll?«, fragte Alyssia in einem Anflug von hilflosem Trotz.

»Das tue ich auch nicht. Denn in Wahrheit weißt du es längst«, entgegnete Raffaela leise. »Auch dein Vater weiß das, nur aus diesem Grund hat er dir die Wahl gelassen.«

»Also habe ich in Wahrheit gar keine Wahl.« Alyssia schnaubte. »Ist es das, was du mir klarmachen willst? Bist du deshalb zu mir gekommen?«

»Nein – sondern um dir zu sagen, wie sehr ich mit dir fühle und dich für deine Haltung bewundere.«

Im ersten Moment wollte Alyssia gequält auflachen, aber wieder stellte sie fest, dass es Raffaela durchaus ernst meinte mit dem, was sie sagte. Und in diesem Augenblick begann sie zu begreifen.

»Du … weißt genau, wovon du sprichst, nicht wahr?«, fragte sie leise. »Du hast einst dasselbe durchgemacht …«

Raffaela lächelte matt. »Wir beide haben mehr gemeinsam, als du ahnst, Alyssia. Nicht nur, dass wir beide früh unsere Mütter verloren haben, sondern auch, weil wir beide schon früh lernen mussten, was Verantwortung für die Familie bedeutet. Und welche Opfer dafür nötig sind.«

»Ver-verzeih«, bat Alyssia flüsternd, die sich darüber tatsächlich nie Gedanken gemacht hatte. »Ich dachte immer, du hättest meinen Vater aus Liebe geheiratet.«

»Die Ehe war arrangiert, wie viele andere. Ein Handel, durch den sich meine Familie Vorteile versprach und sie vermutlich auch bekommen hat, denn dein Vater pflegt seine Verpflichtungen stets einzuhalten. Mein Herz jedoch gehörte einem anderen.«

»Das wusste ich nicht.«

»Natürlich nicht, denn das ist nichts, was man der Tochter seines Gemahls anvertraut«, gestand Raffaela lächelnd zu, und zum allerersten Mal hatte Alyssia das Gefühl, ihr nahe zu sein. »Aber ich denke, das hat sich geändert.«

»Das denke ich auch«, entgegnete Alyssia, und trotz ihrer Verzweiflung und der hilflosen Wut, die sie verspürte, lächelte sie.

»Ich wollte deinen Vater nicht heiraten«, gestand Raffaela ein, »und doch habe ich es getan – und es bis heute nicht bereut. Denn obwohl ich ihn bis zum damaligen Zeitpunkt noch nicht einmal kannte, habe ich ihn sehr lieb gewonnen. Ich schätze seine aufrichtige Art, sein ehrliches Wesen und seine Treue.«

»Und du hast ihm einen Sohn geschenkt, der euch beide verbindet«, fügte Alyssia hinzu.

»Ja.« Sie nickte, wirkte einen Moment abwesend. »Und deshalb«, sagte sie dann, wobei sie Alyssia tief in die Augen sah, »weiß ich, dass auch du tun wirst, was notwendig ist. Und bei allem bedenke, dass keine Vereinbarung, die unter Menschen getroffen wird, für alle Ewigkeit besteht.«

»Wie meinst du das?«

»Battista Sabattini ist ein mächtiger und wohlhabender Mann, aber er steht im Herbst seines Lebens.«

»Und das bedeutet?«, fragte Alyssia, zum ungezählten Mal erstaunt darüber, welch interessante Schichten unter dem sonst so beherrschten Äußeren ihrer Stiefmutter zutage traten. Womöglich, so sagte sie sich, hätte ich mich in der Vergangenheit öfter mit ihr unterhalten sollen!

»Das bedeutet, dass bei all seiner weltlichen Macht auch ein Battista Sabattini nicht unsterblich ist. Und wenn er eines Tages diese Welt verlässt, wird er dich als eine der einflussreichsten Frauen Venedigs zurücklassen …«

»… und frei«, fügte Alyssia hinzu.

»Frei«, stimmte Raffaela zu, »wohlhabend genug, um nie mehr dem Willen eines anderen Menschen willfahren zu müssen, wäre er nun dein Ehemann …

»… oder mein Vater«, fügte Alyssia flüsternd hinzu.

Noch einen Augenblick lang sahen sie einander tief in die Augen wie zwei Menschen, die sich gegen die Welt verschworen hatten und geheimes Wissen teilten.

Dann erhob sich Raffaela Bertrano und verließ das Schlafgemach so unvermittelt, wie sie es betreten hatte. Alyssia blieb allein zurück, und in der Stille wurde ihr klar, dass ihre Stiefmutter nur allzu recht gehabt hatte.

Sie hatte sich bereits entschieden.

23

Palast des Sultans, Cairo
Zur selben Zeit

»Was habt Ihr Euch nur dabei gedacht?«

Es war nicht bloß eine Frage, die durch den großen Empfangssaal des Palasts scholl, es war zugleich auch eine Anklage. Und zumindest El-Rih kam es so vor, als sei bereits auch ein Schuldspruch darin enthalten.

Mit Augen, die weit aufgerissen waren und vor Zorn fast überquollen, saß Emir Yalbugha auf dem Herrschersitz, den er anstelle des Sultans innehatte. Und er schrie so laut, dass seine Stimme sich überschlug und von der hohen, von Säulen getragenen Decke widerhallte. »Ihr weilt nur deshalb hier am Hof, Omar ben Adil, weil meine Großzügigkeit es erlaubt!«, blaffte er weiter. »Weder bin ich dazu verpflichtet, noch habt Ihr einen Anspruch darauf! Und doch nehmt Ihr Euch heraus, das Gastrecht, das ich Euch gewähre, mit Füßen zu treten!«

»Erlaubt mir, etwas zu erwidern, ehrenwerter Yalbugha«, entgegnete Omar mit jener geschmeidigen Eleganz, die Rih so an ihm bewunderte – schon deshalb, weil er selbst dazu nie in der Lage gewesen wäre. Ein Janitschar kannte Freunde oder Feinde, aber nichts dazwischen. Hier am Hof von Al-Qahira jedoch gab es *nur* dazwischen!

»So redet denn«, knurrte der Emir von oben herab.

»Nun, bislang hatte ich geglaubt, dass es die Großzügigkeit des Sultans wäre, die mich als Gesandten meines Herrn hier weilen lässt, und nicht die Eure, edler Yalbugha. Doch verzeiht, wenn ich mich in dieser Hinsicht geirrt haben sollte.«

Yalbugha sah aus, als hätte er eine schallende Ohrfeige bekommen. Er zuckte zusammen und sah sich schnaubend nach seinen Beamten und Sekretären um, die jedoch nicht weniger betreten dreinblickten als er selbst. Rih begriff, dass Omar ihn in eine Falle gelockt hatte. Der Gesandte hatte es ganz bewusst auf einen Wutausbruch Yalbughas angelegt, um ihm nun vor aller Augen und Ohren in seine Schranken zu weisen …

»Mir ist bewusst, edler Yalbugha«, fuhr Omar ungefragt fort, »dass Ihr den Titel ›Verteidiger des Reiches‹ nicht von ungefähr tragt und alles daransetzt, um das Reich und das Leben des jungen Thronfolgers zu beschützen, für den Ihr die Herrschaft aufbewahrt und verwaltet.«

»So ist es«, stimmte der so unerwartet Gepriesene ein wenig hilflos zu.

»Und gerade aus diesem Grund muss Euch daran gelegen sein, dass Shaban al-Ashraf etwas anderes zu sehen bekommt als die engen Mauern dieses Palasts.«

»Diese Mauern«, schnaubte Yalbugha, »sind keineswegs eng. Es ist der größte Palast unter dem Himmel, selbst in Byzanz oder Bagdad werdet Ihr kein prächtigeres Bauwerk finden. Wenn der künftige Sultan die Welt will, so wird er sie innerhalb dieser Mauern finden, denn hier gibt es alles, was sein junges Herz begehrt …«

»… außer Freiheit«, fügte Rih spontan hinzu. Warum er das gesagt hatte, wusste er selbst nicht zu sagen, und schon im nächsten Moment wünschte er sich, er hätte geschwiegen.

Die Blicke der Beamten und Hofschranzen richteten sich auf ihn. Auch Yalbugha schien erst jetzt wirklich auf ihn aufmerksam zu werden, obwohl Rih die ganze Zeit über bei Omar gestanden hatte.

»Wer ist das?«, wollte der Emir wissen.

»Dies ist El-Rih, Exzellenz«, antwortete Omar. »Er gehört der Garde der Janitscharen an, die in unserer Heimat hohes Ansehen genießt. Er ist mein Leibwächter – und der Mann, der dem zukünftigen Herrscher der Mamluken das Leben gerettet hat.«

Yalbugha musterte Rih von Kopf bis Fuß, und dieser fühlte sich unwohl unter den stechenden Blicken des Emirs. »Möge Allah dich dafür reich belohnen«, sagte Yalbugha schließlich. »Das Reich steht in deiner Schuld, Janitschar. Wenn es etwas gibt, das ich für dich tun kann, so …«

»Meinem Herrn dienen zu dürfen ist für mich Dank genug«, entgegnete Rih und beugte das Haupt. Diese Geste schien Yalbughas Zorn etwas zu besänftigen.

»Ich habe die Herrschaft nicht gerne inne«, behauptete er. »Es ist eine Last, aber ich habe sie auf mich genommen, weil die Bestimmung mich dazu ausersehen hat.«

Rih ließ es sich nicht anmerken, aber von Omar wusste er, dass es keineswegs das Schicksal, sondern Yalbugha selbst gewesen war, der sich zum Herrscher an des Sultans Stelle ausersehen hatte. Kein anderer als er hatte den jungen Shaban al-Ashraf auf den Schild gehoben – und das wohl weniger, weil der Junge der Enkel des großen Al-Nasir war, sondern weil er noch jung und leicht zu beeinflussen war. Und zumindest Letzteres sollte wohl auch so bleiben.

»Ich weiß«, versicherte Omar voller Verständnis, »denn es gibt viele Sorgen, die Euch bedrücken, und viele Angelegenheiten, um die Ihr Euch zu kümmern habt. Man hört von Kriegsvorbereitungen jenseits der See …«

»Ihr wisst davon?«

»Nur Gerüchte, Exzellenz«, beschwichtigte Omar, und doch hatte er Yalbugha wissen lassen, dass er über seine Probleme im Bilde war – und damit auch der Sultan der Osmanen. Dem Emir konnte nicht daran gelegen sein, sich zusätzlich zu seinen abendländischen Feinden auch noch welche im Morgenland zu machen.

Rih lächelte leise in sich hinein. Es war bemerkenswert zu sehen, wie Omar Yalbugha vor sich hertrieb. Der Emir der Mamluken mochte Machtinstinkt besitzen; er mochte wissen, wie man an die Spitze kam und sich dort behauptete. Aber in den Schlichen der Diplomatie war er nicht sehr bewandert, anders als Omar, der sie meisterhaft einzusetzen verstand.

Als die Palastwachen gekommen waren, um Omar in seinem Quartier abzuholen, hatte Rih schon das Ärgste befürchtet. Schließlich hatten sie ohne Wissen des Emirs den künftigen Herrscher aus dem Palast entführt und ihn – wenn auch unabsichtlich – in Gefahr gebracht. Dass es Shabans ausdrücklicher Wunsch gewesen war, spielte dabei nur eine untergeordnete Rolle, denn er war noch ein Kind und nicht mündig. Aber ganz offenkundig konnte Yalbugha Omar nicht so leicht bestrafen, denn damit hätte er den Sultan von Bursa verärgert, und das konnte er sich im Augenblick nicht leisten. Etwas sagte Rih, dass der alte Fuchs Omar dies von Anfang an in sein Kalkül mit einbezogen hatte …

»Bei uns gibt es ein Sprichwort, Exzellenz«, fuhr er fort. »Wenn man den Ölbaum zu früh beschneidet, trägt er keine Frucht.«

»Dieses Sprichwort gibt es auch bei uns«, gab Emir Yalbugha zu.

»Dies jedoch kann nicht in Eurer Absicht liegen«, entgegnete Omar. »Deshalb ersuche ich Euch um Nachsicht dafür, dass ich dem jungen Sultan ohne Euer Wissen zu seinem Wunsch verhalf, dem Palast für einige Stunden zu entfliehen. Und ich ersuche Euch in aller Bescheidenheit, auch ihn nicht zu schelten, denn Unerfahrenheit und Neugier sind die Privilegien der Jugend. Es heimlich zu tun wäre nicht nötig gewesen, wenn es dem jungen Herrscher wenigstens von Zeit zu Zeit erlaubt wäre, die Welt, die er einst regieren soll, mit eigenen Augen zu sehen.«

Die Worte verklangen, Yalbugha erwiderte nichts darauf. Sein stechender Blick war auf Omar gerichtet, und es war unmöglich zu sagen, was hinter den dunklen, bärtigen Gesichtszügen vor sich ging.

»Nun gut«, entgegnete er schließlich. »Vielleicht bin ich tatsächlich zu streng mit dem Jungen gewesen. Ich will ihm also in Zukunft gestatten, seine Gemächer und diese Mauern zu verlassen – unter zwei Bedingungen.«

»Ja, Exzellenz?«

»Dieser dort«, er deutete auf El-Rih, »der Shaban bereits einmal das Leben gerettet hat, hat sich unsere Anerkennung und unser Vertrauen erworben und soll deshalb auch weiterhin als sein Leibwächter dienen.«

»Einverstanden«, erklärte Omar, ohne Rih dabei auch nur anzusehen. »Und die zweite Bedingung?«

»Ihr selbst haftet mir aus freien Stücken mit Eurem Leben für das des Sultans«, eröffnete der Emir. »Stößt ihm etwas zu, so seid auch Ihr des Todes.«

Omars Zögern währte nur einen Lidschlag.

»Auch damit bin ich einverstanden«, erklärte er dann. »Eure Schreiber sollen einen Vertrag aufsetzen, den ich unterzeichnen werde.«

»So viel wert ist Euch die Bildung eines für Euch fremden Jungen?« Der Spott in Yalbughas Stimme war unüberhörbar.

»Nein, Exzellenz. So viel wert ist mir die gemeinsame Zukunft unserer Reiche«, konterte Omar.

»Wie Ihr meint«, erwiderte der Emir nur – und für einen kurzen Moment glaubte Rih, ein listiges Grinsen zu sehen, das über Yalbughas bärtige Züge huschte.

24

Nordhafen, Venedig
Morgengrauen des 21. April 1362

Das Erwachen war sehr viel unsanfter als das Einschlafen. Als die Dirne, die neben ihm im Bett lag, einen gellenden Schrei ausstieß, schreckte Capitano Mancano aus dem Schlaf – nur um zu sehen, wie eine Horde Bewaffneter in die kleine Dachkammer brach.

Die junge Frau, die er ihrer üppigen Rundungen wegen *Formosa* benannt hatte, sprang wie von einer Tarantel gestochen aus dem Bett, splitternackt, wie sie war. Während Mancano noch zu begreifen versuchte, was überhaupt vor sich ging, lief *Formosa* aufgescheucht umher, dabei weiter schreiend und zeternd, bis sie es schließlich schaffte, sich an den Bewaffneten vorbei in den Hausgang des Bordells zu flüchten.

Nun endlich begriff Mancano, was die Stunde geschlagen hatte, doch es war längst zu spät. Als er nach dem Schwert greifen wollte, das neben dem Bett auf dem Boden lag, zielte bereits die Spitze eines Speers auf seine Brust.

»Bist du Mancano?«, erkundigte sich der Anführer des Trupps, der wie seine Leute ein langes Kettenhemd und darüber den roten Rock Venedigs trug. Soldaten der Stadtwache …

»Wer will das wissen?«, fragte Mancano. Trotz des Speers, der ihn bedrohte, richtete er sich im Bett auf. Wenn er eines gelernt hatte, dann dass es keinen Sinn hatte, in Furcht oder Panik zu verfallen. Unbekleidet und mit nichts bewaffnet als seiner

Unverfrorenheit saß er im Bett – und schaffte es trotzdem, ein breites Grinsen aufzusetzen. Schließlich konnte niemand in der Stadt wissen, wer er tatsächlich war oder womit er seinen Lebensunterhalt verdiente.

»Dario Berlotti, Offizier der Stadtwache«, schnarrte der Soldat und bestätigte damit Mancanos Vermutung.

»Schön, und was wollt ihr hier?«, fragte Mancano unbeeindruckt. »Ihr habt die Dame meines Herzens erschreckt!«

»Eine Dame war das nicht«, konterte Berlotti, »und sie war auch nicht an deinem Herzen interessiert, Mancano.«

»*Capitano* Mancano«, verbesserte der Angesprochene großspurig. »Und ist es erlaubt zu fragen, was der Unfug soll? Warum stört ihr einen unbescholtenen Seemann zu so früher Stunde? Noch dazu an einem Ort wie diesem?«

»Ein Seemann magst du sein, Mancano«, gestand der Offizier zu, wobei ein Grinsen über seine bärtigen Gesichtszüge huschte, »aber unbescholten bist du sicher nicht. Männer – nehmt ihn fest!«

»Warum?«, fragte Mancano aufgebracht, während die Bewaffneten ihn bereits ergriffen. »Was wird mir zur Last gelegt? Ich meine, ich weiß, dass ich einigen Leuten in dieser Stadt noch Geld schulde, aber …«

»Du hättest deine Schulden begleichen sollen, als noch Zeit dazu war«, beschied Berlotti ihm grinsend. »Vielleicht war es ja einer deiner Gläubiger, der uns den Hinweis gegeben hat.«

»Den Hinweis? Welchen Hinweis?«

»Dass sich ein berüchtigter Pirat in diesen Wänden eingenistet hat«, erwiderte der andere – und zum ersten Mal verschwand das Grinsen aus Mancanos Gesicht.

»Ein Pirat? Ich? Das ist doch Unsinn!«

»Darüber werden andere zu befinden haben«, knurrte Berlotti und nickte seinen Leuten zu, worauf sie den Kapitän mit Gewalt aus dem Bett zerrten.

»Wartet!«, rief Mancano dabei laut. »Das ist ein Missverständnis! Ein schreckliches Missverständnis!«

»Dann wird es sich ganz bestimmt aufklären«, entgegnete Berlotti überzeugt. »Wenn nicht, wirst du in ein paar Tagen über dem Rialto hängen, und dein räudiger Kadaver wird in der Sonne verfaulen. Denn auf Piraterie, mein Freund, steht der Tod.«

»Aber ich bin kein Pirat!«, beteuerte Mancano hilflos, während seine Häscher ihn bereits zur Tür schleppten. Er stemmte sich dagegen, doch sie traten ihm von hinten in die Knie, sodass er einbrach. Als er sich wieder erheben wollte, spürte er, wie etwas hart und schwer in seinen Nacken krachte. Der Schmerz war überwältigend.

Mancano merkte, wie seine Beine nachgaben. Er brach erneut zusammen, nur um gepackt und davongeschleppt zu werden, nackt, wie er war. Auf dem Gang vor der Kammer traf er Cicero wieder, seinen Maat. Als er ihn zuletzt gesehen hatte, hatte Cicero bis über beide Ohren gegrinst und auf seinem Schoß eine nackte Nubierin geschaukelt. Jetzt war sein Blick starr und leer, und aus der klaffenden Wunde in seiner Brust pulsierte unaufhörlich Blut …

»Cicero!«, schrie Mancano entsetzt auf. »Ihr Schweine! Was habt ihr mit ihm gemacht?«

»Er war so dämlich, sich zur Wehr zu setzen«, entgegnete Berlotti ungerührt. »Ich würde dir raten, klüger zu sein, wenn du am Leben bleiben willst.«

Mancano wollte, und so fügte er sich in sein Schicksal, hoffend, dass sich alles als tragischer Irrtum erweisen würde. Seine Gedanken überschlugen sich – so wie er sich selbst, als sie ihn die Treppe hinunterstießen. Was war geschehen? War man ihnen auf die Spur gekommen?

Halb bewusstlos kam er unten an, den rechten Arm gebrochen und aus einer Platzwunde am Kopf blutend. Doch sofort packten seine Häscher ihn und rissen ihn wieder auf die Beine, schleppten ihn hinaus vor das Haus, wo ein Gefängniswagen bereitstand: ein Käfig auf Rädern, der von einem Ochsengespann gezogen wurde. Dort hinein bugsierten sie ihn, gaben ihm Tritte und Schläge mit auf den Weg, sodass er blutend und keuchend auf dem Boden des Käfigs liegen blieb.

Draußen vor den Gitterstäben erschien Berlotti, ein zufriedenes Lächeln im Gesicht. »Ich habe nichts übrig für Seeräuber«, erklärte er. »Ich verabscheue Männer, die plündern und brandschatzen und sich am Gut anderer vergreifen, und ich habe ein Dutzend Mamlukenpiraten eigenhändig getötet. Doch du bist schlimmer als sie, Mancano, denn du hast nicht nur gemordet und geplündert, sondern auch noch deinen Glauben verraten, und dafür wirst du in der Hölle schmoren. Aber erst, wenn ich mit dir fertig bin«, fügte er mit einem kalten Grinsen hinzu, das nichts Gutes erahnen ließ.

Und Mancano wurde klar, dass die Welle des Glücks, die sein Schiff eine Weile getragen hatte, jäh verebbt war.

25

Castello, Venedig
Vormittag des 21. April 1362

Leonardo Bertranos Hand zitterte, als er nach der Feder griff, sie in das Tintenfass tauchte und seinen Namen unter das Schriftstück setzte, das vor ihm auf dem Tisch lag.

Er wusste, dass er rechtmäßig handelte, dass er das Notwendige tat, um sein Kontor zu retten und seine Familie vor Schaden zu bewahren, genauso wie damals, als er nur wenige Monate nach Chiaras Tod Raffaela zur Frau genommen hatte. Doch warum fühlte es sich diesmal falsch an? Warum empfand er ein seltsam schales Gefühl dabei, diesen Vertrag zu unterzeichnen, wo er doch sein Lebenswerk vor dem Untergang bewahrte?

Vielleicht, weil es um seine Tochter ging.

Er verkaufte sie. Gegen ihren Willen.

»Ich gratuliere«, sagte Battista Sabattini, der hinter ihm stand und ihm über die Schulter blickte. »Damit ist dein Kontor gerettet, mein Freund.«

»Ich weiß«, sagte Bertrano nur. Zu seiner eigenen Verblüffung empfand er weder Genugtuung noch Erleichterung. Als Alyssia am frühen Morgen zu ihm gekommen war und ihm gesagt hatte, dass sie in die Ehe mit Battista einwillige, hatte er für einen Moment unsagbare Erleichterung verspürt. Doch davon war nichts geblieben.

Sabattini nahm den Vertrag an sich und blies auf die frische

Tinte, als könne er nicht erwarten, dass sie trocknete. Dann reichte er das Schriftstück an Bertranos Buchhalter Capello weiter, der es als Zeuge unterzeichnen sollte. Anschließend würde noch Sabattinis byzantinischer Diener Stilicho als Zeuge unterschreiben, und der Handel würde rechtsgültig sein.

Der Handel.

Bertrano fühlte sich elend.

Die ganze Zeit über war er überzeugt gewesen, das Richtige zu tun. Nun, da er es getan hatte, überkamen ihn Zweifel. Hatte er einen Fehler begangen? Einen womöglich folgenschweren Fehler?

»Du wirst es nicht bereuen, Leonardo«, versicherte Sabattini lächelnd, als könne er die Gedanken seines einstigen und nun wieder neuen Kompagnons lesen. »Wir alle gewinnen bei diesem Geschäft. Du behältst dein Kontor und darfst weiterhin das tun, was du so sehr liebst – und erhältst obendrein einen Schwiegersohn.«

Bertranos Lächeln war gequält. Er bemühte sich, sich seine Zweifel nicht ansehen zu lassen. Es war eh zu spät, denn in diesem Moment hatte auch der zweite Zeuge den Vertrag unterzeichnet, womit er nach geltendem Recht nun wirksam war.

»Mein Diener wird wegen des Hochzeitstermins bei dir vorsprechen«, kündigte Sabattini an. »Ich hatte an den nächsten Monat gedacht.«

»So bald schon?«, fragte Bertrano.

»Warum nicht?« Sabattini lächelte matt. »Mein Geld steht dir schließlich ab sofort zur Verfügung. Und im Vertrag ist eindeutig bestimmt, dass …«

Er wollte nach dem Pergament greifen, um es Bertrano zu zeigen, doch der winkte ab. »Ich weiß, was im Vertrag steht, Battista. Ich habe ihn gelesen.«

»Dann lass uns keine Zeit verlieren«, entgegnete der andere. »Ich kann es kaum erwarten, deine Tochter zu ehelichen.«

Bertrano nickte nur, dann erhob er sich. Freundlichkeiten wurden ausgetauscht, Floskeln, wie sie nach dem Abschluss eines für beide Seiten lohnenden Geschäfts üblich waren. Aber noch nie zuvor in seinem Leben hatte sich Leonardo Bertrano so elend dabei gefühlt.

Er nahm seine Ausfertigung des Vertrags, rollte sie ein und schob sie in den Köcher.

Dann verließen Capello und er das Kontor des Mannes, der soeben nicht nur zu seinem Geschäftspartner, sondern zu einem Mitglied seiner Familie geworden war.

Und es fühlte sich nicht wie ein Triumph an, sondern wie eine Niederlage.

»Nun, was sagst du?«

Battista Sabattini sah seinen Diener fragend an.

Stilicho grinste breit. »Ich bin einmal mehr tief beeindruckt von Eurer Schläue und Verschlagenheit, Herr«, gestand er dann. »Der alte Narr ist darauf eingegangen, genau wie Ihr es vorhergesehen habt.«

»Weil er gar keine andere Wahl hatte.« Sabattini lächelte zufrieden. »Nach allem, was ich ihm angetan habe, stand er mit dem Rücken zur Wand und musste handeln.«

»Und dieser Narr denkt wirklich, dass das alles Zufälle gewesen sind?«, fragte Stilicho. »Die Piratenüberfälle, die Absage seiner arabischen Geschäftspartner, der Deutsche, der sein Geld zurückhaben will …«

»Der gute Leonardo ist eben leichtgläubig; das war schon immer so. Doch seine Geschäfte und sein Kontor sind ihm wichtiger als alles andere.«

»Genau wie Euch, Herr«, bemerkte Stilicho beflissen.

Sabattini bedachte seinen Diener mit einem geringschätzigen Blick. »Wenn du das denkst, kennst du mich viel schlechter, als ich angenommen hatte. Geschäfte und Gewinn sind mir gleichgültig, mein Freund. Ich habe in meinem Leben mehr Reichtum angesammelt, als ich jemals ausgeben könnte. Natürlich weiß ich, was die Menschen in den Gassen über mich reden, und das sollen sie ruhig alles glauben. Doch in Wahrheit, mein guter

Stilicho, geht es mir längst nicht mehr darum, gewinnbringende Geschäfte zu machen. Ich will Macht, das allein ist wichtig! Und ich werde sie bekommen, dessen sei gewiss. Schon sehr bald wird Leonardo Bertrano alles verlieren, das ihm je etwas bedeutet hat, und sein Untergang wird meinen Aufstieg zur Macht bedeuten. Die Schlinge hat sich bereits um seinen Hals gelegt, er weiß es nur noch nicht.«

26

San Marco, Venedig
Zur selben Zeit

»Vergebt mir, Vater, denn ich habe gesündigt.«

Alessandro Bertranos Herz schlug heftig, während er die Worte flüsterte, die er selten zuvor so tief empfunden hatte. Und doch war da noch etwas anderes, dieses Gefühl tief in seinem Inneren, das ihn quälte und ihm beinahe körperlichen Schmerz bereitete.

Die Stimme, die durch den Vorhang des Beichtstuhls drang, sprach einen leisen Gruß und ein lateinisches Gebet. In früheren Zeiten hatte ihr warmer Klang Alessandro stets beruhigt, jetzt stachelte sie sein schlechtes Gewissen nur noch mehr an und sorgte dafür, dass er sich hundeelend fühlte.

»Gegen welches Gebot hast du verstoßen, Sohn?«, wollte der Pater wissen.

»Ich fürchte … gegen das erste, das uns der Erlöser auftrug«, gestand Alessandro kleinlaut flüsternd und vergrub das Gesicht vor Scham in den Händen, während er vornübergebeugt auf der Sünderbank kauerte. »Ich habe den Herrn nicht mit der Inbrunst geliebt, mit der ich es sollte.«

»Nun«, drang es mit rührender Milde zurück, »wir alle erleben Tage von Schwäche …«

»Stattdessen«, fuhr Alessandro kleinlaut fort, »habe ich Zuneigung für etwas anderes entdeckt … für jemand anderen …«

Eine Augenblick herrschte Schweigen.

»Nun, das ändert die Dinge«, sagte die Stimme dann. Der Vorhang wurde beiseitegezogen, und die milden, von einem grauen Bart umrahmten Züge Pater Umbertos kamen zum Vorschein. Anders als Alessandro befürchtet hatte, war kein Tadel darin zu erkennen, auch kein Zorn oder Geringschätzung. Lediglich ein paar Sorgenfalten hatten sich in die hohe Stirn des alten Mönchs gegraben. Der Blick seiner dunklen Augen jedoch war sanft und ruhig wie immer.

»Willst du mir davon erzählen?«, fragte er.

»Nein, ich möchte Vergebung«, erwiderte Alessandro.

»Um für dich Vergebung zu erbitten, sollten wir zunächst einmal feststellen, ob du überhaupt eine Sünde begangen hast«, meinte Umberto. »Also, wie ist ihr Name?«

»Bi-Bianca«, erwiderte Alessandro zögernd.

»Und ist sie schön?«

Alessandro sah seinen Mentor zweifelnd an. Hatte er ihn das wirklich gerade gefragt? Unwillkürlich blickte er sich um, ob jemand die Frage gehört hatte. Aber sie waren allein im Seitenschiff der Kathedrale. Nur wenige Pilger beteten um diese Zeit vor dem Reliquienschrein, und Dominikanermönche waren dabei, die Kirche für das bevorstehende Fest des heiligen Markus zu schmücken.

»Nun guck nicht so«, meinte Pater Umberto, und Alessandro glaubte, unter dem dichten Bart des Mönchs ein Lächeln zu erkennen. »Es gab eine Zeit, in der ich diese Kutte noch nicht getragen habe und noch kein Mönch gewesen bin. Also noch einmal: Ist sie schön?«

»So schön wie die Morgensonne über der Lagune«, entgegnete Alessandro und brauchte dafür noch nicht einmal nachzudenken.

»Ich verstehe.«

»Ihr versteht?« Alessandro schüttelte den Kopf. »Aber Ihr dürft mich nicht verstehen! Ihr solltet mich vielmehr schelten!«

»Wofür?«

»Weil ich gegen das wichtigste Gebot verstoßen habe!«

»Seinen Herrn mit ganzer Seele zu lieben bedeutet nicht, dass dort nicht auch noch Platz für einen geliebten Menschen ist«, belehrte ihn der Mönch.

»Aber ich habe gegen die Regeln des Ordens verstoßen!«

»Ich kann mich nicht entsinnen, dass du bereits ein Gelübde geleistet hättest.«

»Aber ich …«

»Was dir zu schaffen macht, mein Junge«, fiel der Pater ihm ins Wort, »was du tief in deinem Inneren spürst und was deine Brust fast zerspringen lässt, ist nicht die Sünde – es ist die innere Zerrissenheit, die du verspürst … deine Zweifel. Denn zum ersten Mal im Leben musst du dich entscheiden.«

»Wie meint Ihr das? Ich habe mich doch für ein Leben im Konvent entschieden!«

»Eine Wahl zu treffen ist leicht, wenn man die Alternativen nicht kennt«, gab Umberto zu bedenken. »Doch das hat sich nun geändert.«

Alessandro nickte, dachte über die Worte nach. »Dann meint Ihr, der Herr hat mir diese Versuchung geschickt, um meine Entschlossenheit zu prüfen?«

»Vielleicht.« Der Alte nickte. »Oder aber er will einfach nicht, dass du diesen Pfad gehst, und offenbart dir deshalb einen anderen.«

»Wie kann ich das wissen? Wie kann ich das eine vom anderen unterscheiden?«

Umberto lächelte. »Das, mein Junge, ist am schwersten, selbst wenn man alt ist wie ich.«

»Ihr könnt mir also nicht helfen?«

»So gerne ich es würde, weil ich weiß, wie es dich quält – nein. Denn ich wäre dir keine Hilfe, sondern würde nur versuchen, dich in der einen oder anderen Richtung zu beeinflussen. Was du tun möchtest, musst du ganz allein herausfinden, in Stille, in Zwiesprache mit dir selbst und im Gebet mit dem Herrn. Und dann musst du entscheiden.«

»Ich verstehe«, flüsterte Alessandro.

Er sah ein, dass sein Mentor, der ihn bislang stets unterstützt und ihn mit dem Leben im Kloster vertraut gemacht hatte, ihm diesmal nicht weiterhelfen konnte. Er erhob sich und schickte sich an, den Beichtstuhl zu verlassen, drehte sich jedoch noch einmal um.

»Pater Umberto?«

»Ja?«

»Musstet Ihr Euch einst auch entscheiden?«

»Ja«, gestand der alte Mönch und lächelte fast versonnen dabei.

»Und war sie ebenfalls schön?«

»Wie die Morgensonne über der Lagune, wenn du gestattest, dass ich deinen Vergleich benutze. Ich bin etwas außer Übung, was die Kunst der Poesie betrifft.«

»Und habt Ihr Eure Entscheidung je bereut? Ich meine …«

»Nein«, erwiderte der alte Mönch kopfschüttelnd und voller Überzeugung. »Aber das war meine Entscheidung. Du, Alessandro, musst deine eigene treffen. Der Herr geleite dich dabei.«

27

Palast des Sultans, Cairo
Abend des 21. April 1362

Der *makaad* wurde von Fackeln beleuchtet, deren Schein bis hinaus auf den Innenhof fiel. Dort standen sie aufgereiht: auf der einen Seite die Angehörigen der Palastwache mit ihren Leopardenfellen und Turbanen, auf der anderen die Janitscharen, in deren schimmernden Helmen sich der Feuerschein spiegelte.

Dazwischen, auf dem freien Platz, war eine Esse aufgestellt worden, in der glühende Kohlen lagen. Ein Eisen steckte in der Glut, die von zwei Dienern noch weiter angefacht wurde.

El-Rih biss sich auf die Lippen.

Die Aussicht auf den Schmerz machte ihm nichts aus; es war mehr die Verantwortung, die ihn bedrückte. Er warf Omar, der neben ihm stand, einen Seitenblick zu, aber wenn der alte Fuchs es bemerkte, so reagierte er nicht darauf. Anders als Rih schien er der Herausforderung ganz und gar gewachsen – oder vielleicht verstand er es auch nur besser, sich zu verstellen.

Auf der anderen Seite der Esse stand Shaban, wie bei ihrer ersten Unterredung in einen prächtigen Mantel gehüllt, dessen Ärmel allerdings zu weit und zu lang waren. Das Gesicht des Jungen jedoch hatte sich seit ihrer ersten Begegnung verändert. Es war weniger missmutig, und Hoffnung sprach aus den dunklen Augen, die im Widerschein der Glut selbst zu leuchten schienen.

Zwei hohe Beamte des Palasts, von denen Rih wusste, dass

sie zu Yalbughas engsten Vertrauten gehörten, waren bei Shaban. Ihr Blick war streng, als wollten sie sagen, dass der Junge trotz aller Zugeständnisse weiter unter ihrem Schutz, vor allem aber unter ihrer Kontrolle stand. Auch wenn der Emir verfügt hatte, dass ein anderer künftig die Leibwache des jungen Shaban übernehmen sollte.

»Tritt vor, El-Rih aus der Garde der Janitscharen«, forderte der eine der beiden Rih auf.

Rih kam der Aufforderung nach, bemüht, Gelassenheit und Ruhe auszustrahlen, so, wie es ihm in seiner Ausbildung beigebracht worden war.

»El-Rih, du bist dazu ausersehen worden, dein Schwert und dein Leben in den Dienst Shaban al-Ashrafs zu stellen, des zukünftigen Herrschers über Ägypten und das Reich. Bist du dir dieser Ehre bewusst?«

»Das bin ich«, entgegnete Rih gepresst.

»Und schwörst du bei deinem Blut und deiner Ehre, alles zu tun, um Schaden von deinem Herrscher abzuwenden und sein Leben zu bewahren, selbst wenn es dich dein eigenes kostet?«

»Das schwöre ich«, entgegnete Rih ohne Zögern. Omar hatte ihm erklärt, dass es nicht im Widerspruch zu seiner Pflicht als Janitschar stand, wenn er dem künftigen Herrscher der Mamluken die Treue schwor. Schließlich geschah es mit dem Wissen und im Auftrag seiner Herren.

»So empfange das Zeichen, das dich zu seinem *atabak* macht, zu seinem Wächter und Hüter.«

Der Augenblick war gekommen.

Die beiden Diener, die die Glut in der Esse geschürt hatten, traten zu ihm, lösten die Verschnürung seiner roten Tunika und zogen sie ihm aus. Dies hatte vor allem praktische Zwecke, Rih kam es jedoch auch wie ein symbolischer Akt vor, den Rock der Janitscharen, den er stets mit großem Stolz getragen hatte, abzulegen, ehe er zum Leibwächter eines fremden Herrschers wurde.

Der Hofbeamte trat ungerührt auf die Esse zu, griff nach

dem Eisen und zog es heraus. Das andere Ende glühte weiß, die Luft darüber flimmerte.

»Bereit?«, fragte der Mann nur.

»Bereit«, bestätigte Rih, der demütig zu Boden sah.

Er hörte die knirschenden Schritte im Sand, als der Mann ihn umrundete und zu ihm trat – und im nächsten Moment bekam er das Eisen zu spüren.

Er hörte das Zischen und roch den bitteren Gestank von verbrannter Haut. Und dann kam der Schmerz, schreiend laut und brennend, sodass Rih einen Augenblick lang fürchtete, das Bewusstsein zu verlieren. Die beiden Diener, die ihn festhielten, mussten ihn kurz stützen, doch schon im nächsten Moment hatte der Janitschar die Kontrolle über seinen Körper zurückerlangt, kämpfte gegen den Schmerz an und verbannte ihn aus seinem Bewusstsein.

Seine Brust straffte sich, und er richtete sich wieder auf, bedeutete den Dienern, ihn loszulassen.

»Nun, El-Rih, trägst du das Zeichen des Sultans und bist sein Wächter und Hüter. Möge Allah dir beistehen, deine Aufgabe zu erfüllen.«

»Möge ich mich der Ehre würdig erweisen«, entgegnete Rih und beugte das Haupt, um seinen Respekt zu bezeugen. Dann erst wurde er sich der feierlichen Stille bewusst, die über dem Hof lag. Seine Kameraden blickten voller Bewunderung auf ihn, und im Gesicht Omar ben Adils konnte er ein zufriedenes Lächeln erkennen, als hätte der alte Fuchs einmal mehr alles genau so kommen sehen.

Der nächste Schritt war getan.

Den Schmerz, den das Brandeisen verursachte, als es sich in El-Rihs Schulter senkte und ihm Haut und Fleisch verbrannte, hatte Hauptmann Xavir ihm wohl gegönnt – nicht aber die Ehre, die damit einherging.

Als Kommandant der Janitscharengarde hatte er Ben Adils Befehl befolgt, die Männer zur Ehrenwache zu formieren und der Ernennung El-Rihs zu Shaban al-Ashrafs Leibwächter beiwohnen zu lassen – in seinem Innersten jedoch wand er sich vor Neid und Abscheu.

Weshalb, so fragte er sich immerzu, wurde diesem Niemand, der noch nicht einmal wusste, woher er kam und wessen Blut in seinen Adern floss, eine solche Ehre zuteil? Weshalb bevorzugte Ben Adil ihn gegenüber allen anderen Janitscharen? Was sah er in ihm?

Während der ganzen Zeremonie dachte Xavir darüber nach, ohne jedoch eine Antwort zu finden. Alles in ihm sträubte sich gegen das Ritual, in dem aus dem Janitscharen El-Rih der persönliche Beschützer des jungen Sultans wurde. Nicht nur, dass ihm damit ungebührliche Ehre zuteilwurde, nein, er würde damit auch endgültig außerhalb von Xavirs Reichweite sein, sodass er, Xavir, ihn nicht länger schikanieren und für seinen Stolz bestrafen konnte. Nicht nur Omar schützte ihn nun, sondern auch der künftige Herrscher der Mamluken, und trotz des Hasses, den Xavir auf El-Rih verspürte, hatte er kein Verlangen danach, in einem Kerkerloch zu enden.

Er würde den Rivalen also vorerst in Ruhe lassen müssen. Vorerst.

Doch sobald sich die Gelegenheit dazu bot, würde Xavir ihm schon klarmachen, wo sein Platz war.

28

Arsenal von Venedig
Nacht des 22. April 1362

Nur wenig mehr als zwei Wochen waren vergangen, seit der *consiglio dei dieci*, der Rat der Zehn, zuletzt einberufen worden war. Doch obwohl es bereits die dritte Zusammenkunft in Folge war, bezweifelte niemand, noch nicht einmal der gestrenge Carlo Varesi, die Notwendigkeit. Denn Gerüchte hatten die Runde gemacht …

Die Ratsherren und der Doge hatten kaum auf ihren Sitzen Platz genommen, als Battista Sabattini das Wort ergriff. Lange hatte er gewartet, lange im Stillen Pläne geschmiedet und seinen großen Auftritt vorbereitet. Nun, da es endlich so weit war, wollte er keine Zeit verlieren.

»Exzellenz und hohe Herren«, wandte er sich an die Versammelten, während er in seiner schwarzen Robe in ihre Mitte trat. »Als wir uns das letzte Mal hier trafen, versprach ich, Euch Beweise dafür vorzulegen, dass die Piratenüberfälle der letzten Wochen und Monate, die viele von uns in Schwierigkeiten gebracht haben und den von uns allen hochgeschätzten Bürger Leonardo Bertrano um ein Haar in den Ruin gestürzt hätten, kein Werk bloßen Zufalls waren. Sondern dass sie gelenkt wurden von einem Feind, der Venedig übel gesonnen ist und seinen Untergang will.«

»Das hattet Ihr«, gestand Lorenzo Celsi, der Doge, zu. »Und, was habt Ihr herausgefunden, Sabattini?«

»Ich fürchte, es wird Euch nicht gefallen, Exzellenz«, entgegnete Sabattini ausweichend. »Denn die Wahrheit scheint meine ärgsten Vermutungen noch zu übertreffen.«

»Hört auf, Euch in Rätsel zu hüllen, Mann«, verlangte Varesi voller Ungeduld. »Sagt uns lieber, ob es wahr ist, was man in den Gassen munkelt. Wurden tatsächlich Piraten innerhalb der Stadtmauern aufgegriffen?«

»Es ist wahr«, bestätigte Sabattini, »aber nicht ich werde Euch von diesen Dingen berichten, hohe Herren, sondern der Mann, dem das Verdienst zukommt, die Seeräuber ausfindig gemacht und verhaftet zu haben.«

Er nickte den Wachen am Eingang der Ratskammer zu, worauf sie die Pforte öffneten. Zwei Männer traten ein. Der eine war Stilicho, Sabattinis ergebener Diener; der andere war seinem Kettenhemd und rotem Waffenrock nach ein Offizier der Stadtwache. Sein Schwert wurde ihm an der Pforte abgenommen, seine Barbuta trug er unter dem Arm, als er unter die Ratsmitglieder trat und sich tief vor dem Dogen verbeugte.

»Hauptmann Dario Berlotti, zu Euren Diensten.«

»Wie wir hören, Hauptmann Berlotti, kommt Euch das Verdienst zu, ein Piratennest ausgehoben zu haben?«, erkundigte sich Celsi.

»Ja, Exzellenz.« Berlotti erhob sich wieder, dann begann er seinen Bericht. »Wir bekamen den Hinweis, dass sich in einem … einem …«

»… einem Dirnenhaus«, vervollständigte Sabattini ungeniert. »Sprecht es ruhig aus, Hauptmann. Seine Exzellenz der Doge weiß sowohl um die glanzvollen als auch um die weniger glanzvollen Viertel dieser Stadt.«

»Ihr fandet die Kerle also schlafend bei ihren Huren?«, verlangte Celsi zu wissen.

»Ja, Herr, so war es«, bestätigte Berlotti. »Der eine der beiden, den sie ›Cicero‹ nannten, setzte sich zur Wehr und wurde getötet. Der andere jedoch, ein gewisser Capitano Mancano, wurde gefangen genommen und in den Kerker gebracht, wo wir ihn einer ausführlichen Befragung unterzogen haben.«

»Und?«, erkundigte sich Varesi. »Hat der Vogel gesungen?«

»Nicht sofort. Aber nachdem wir anfingen, ihn mit glühenden Eisen zu überreden, hat er sich schließlich doch zur Wahrheit entschlossen.«

»Und?

»Nur zu«, forderte Sabattini Berlotti auf, als dieser zögerte. »Scheut Euch nicht, seiner Exzellenz und den anwesenden Räten die ganze hässliche Wahrheit zu enthüllen, Hauptmann.«

»Nun gut ... wie sich herausstellte«, berichtete Berlotti weiter, »ist Mancano keineswegs nur ein einfacher Pirat, der die Levante auf der Suche nach Beute durchstreift. Er ist ein gedungener Söldner, der in fremdem Auftrag handelt. Und er ist nicht allein. Offenbar gibt es noch weitere Schiffe und weitere Besatzungen, die ...«

»In wessen Auftrag?«, fiel Celsi ihm ins Wort.

»Das hat er nicht verraten. Und nach allem, was die Folterknechte ihm angetan haben«, fügte Berlotti etwas leiser hinzu, »ist wohl davon auszugehen, dass er den Namen seines Auftraggebers tatsächlich nicht kennt. Aber dieser Auftraggeber ist hier in der Stadt.«

»Was?« Spätestens jetzt hatte Berlotti die Aufmerksamkeit auch des letzten Anwesenden. Nicht nur der Doge und die Ratsmitglieder, auch die Hofbeamten aus dem Gefolge des Dogen, allen voran der schwer zu beeindruckende Staatskämmerer del Rosso, starrten den Hauptmann der Wache mit einer Mischung aus Unglauben und Entsetzen an – und Battista Sabattini triumphierte innerlich.

»Es ist wahr«, bekräftigte Berlotti. »Nach jedem seiner Raubzüge kehrten Mancano und sein Maat nach Venedig zurück. Ihr Schiff und ihre Besatzung ließen sie im Schutz der Lagune zurück, sie selbst setzten in die Stadt über, wo sie neue Befehle erhielten: gezielte Anweisungen, die genaue Informationen über die Route der zu überfallenden Schiffe, ihre Bewaffnung und ihre Ladung enthielten. Deshalb war es den Piraten ein Leichtes, sie auszurauben.«

»Aber das«, wandte Varesi fassungslos ein, »das bedeutet, dass der Auftraggeber einer von uns sein muss! Ein Kaufmann! Jemand, der sich nach außen als ehrenwerter Bürger tarnt …«

»… in Wahrheit jedoch ein ruchloser Verräter ist«, fügte Sabattini hinzu. »Genau das, verehrte Anwesende! Glaubt Ihr mir nun, dass mehr hinter diesen Piratenangriffen steckt als nur das blindwütige Treiben von Gesetzlosen?«

»Das müssen wir wohl«, gestand Celsi erschüttert zu. »Doch seid Ihr uns den Beweis dafür schuldig geblieben, dass unsere Konkurrenten in der Levante hinter den Überfällen stehen. Schließlich ist der Auftraggeber der Seeräuber nicht etwa in Alexandrien zu suchen, sondern hier in Venedig, unter uns!«

»Was nicht bedeutet, dass nicht auch er in fremdem Auftrag handeln kann«, gab Sabattini zu bedenken. »Denn wer profitiert davon, wenn unsere Schiffe auf dem Grund der See liegen? Wem ist daran gelegen, wenn unsere ehrbaren Kaufleute bankrottgehen? Doch nur denen, die einen Nutzen daraus ziehen!«

»Doch einen Beweis hierfür gibt es nicht.«

»Noch nicht, Exzellenz«, gestand Sabattini ein, »aber ich werde Euch auch diesen Beweis liefern. Hierzu sind allerdings gewisse … Kompetenzen vonnöten.«

»Worauf wollt Ihr hinaus?«

»Für Zeiten wie diese«, erklärte Sabattini bereitwillig, »in denen die Republik aus ihrem Inneren heraus bedroht wird und um ihren Fortbestand fürchten muss, haben unsere Vorfahren ein Amt geschaffen und es mit besonderer Machtfülle ausgestattet, damit Gefahren wie diese im Keim erstickt werden.«

»Ihr sprecht vom Amt des Inquisitors«, stieß del Rosso hervor.

»Ganz recht, ich spreche vom Amt des Staatsinquisitors von Venedig«, räumte Sabattini ein und ließ seinen Blick in die Runde schweifen. »Rechtschaffene Männer wurden von jeher hierzu berufen, wenn die Lage es erforderte.«

»Und Ihr seid ein solcher Mann, nehme ich an«, warf Varesi misstrauisch ein.

»Ihr alle kennt mich«, entgegnete Sabattini und drehte sich im Kreis, wobei er jedes einzelne Ratsmitglied mit dem Blick streifte. »Ihr alle wisst, dass ich den Willen und die Durchsetzungskraft besitze, Venedig von Schaden zu befreien. Und seid unbesorgt, werter del Rosso – ich habe Geld genug, an dem der Staatskasse bin ich nicht interessiert. Mir geht es allein darum, den Verrätern das Handwerk zu legen, die unsere Republik unterwandern, und die Sicherheit auf See wiederherzustellen.«

»Ich bin dagegen«, erklärte Varesi kategorisch, und zwei weitere Ratsmänner, die sich auch sonst auf seine Seite schlugen, erklärten ebenfalls ihre Ablehnung.

»Ich habe nichts anderes erwartet, Rat Varesi – und wäre es nur, weil Ihr mir aus persönlicher Eifersucht die Machtfülle nicht gönnt, die mit dem Amt des Inquisitors einhergeht. Doch hier geht es nicht mehr um Machtspiele, um persönliche Interessen oder um Vorteile gegenüber einem Konkurrenten«, stellte Sabattini klar, »und es liegt auch nicht in Eurer Befugnis, darüber zu entscheiden, ob einer von uns in das Amt des Staatsinquisitors berufen wird. Denn seiner Exzellenz dem Dogen allein obliegt es, in dieser Sache zu befinden.«

Mit den letzten Worten verneigte er sich in Celsis Richtung, wissend, dass ihm Gesten wie diese schmeichelten. Und an den bleichen Zügen des Dogen war zu erkennen, dass er noch ganz unter dem Schock der Enthüllung stand und keineswegs so abgeneigt war wie Varesi, das Amt des Staatsinquisitors neu zu besetzen.

»Exzellenz!«, rief Varesi deshalb aus. »Wollt Ihr das wirklich tun?«

»Bedenkt es wohl, Exzellenz!«, wandte ein Weiterer ein.

»Unser aller Rechte werden beschnitten. Wollt Ihr das zugestehen?«

»Ich … weiß es nicht«, gestand Celsi unschlüssig. Mochte der Doge von Venedig im Turnier und auf dem Rücken eines Pferdes eine starke Figur abgeben – in diesem Augenblick wirkte er wie ein altersschwacher Greis. »Ich brauche Bedenkzeit …«

»Nehmt Euch, so viel Ihr braucht, Exzellenz«, versicherte Sabattini beflissen. »Doch bedenkt, dass jeder Tag und jede Stunde, die ungenutzt verstreicht, vielleicht das Ende eines weiteren Schiffes und den Tod weiterer rechtschaffener Seeleute bedeutet! Mancano hat zugegeben, dass es noch mehr Piratenschiffe dort draußen gibt, und sie alle segeln für jenen unbekannten Feind, der unsere Stadt unterwandert hat.«

»Ihr … habt recht«, stimmte Celsi zu. »Es muss etwas geschehen …«

»Und es wird etwas geschehen, Exzellenz«, versicherte einer der Hofbeamten. »Seid versichert, dass die Stadtwache jeden Winkel der Lagune durchkämmen wird. Mancanos Besatzung wird gefunden werden und zur Rechenschaft gezogen.«

»Das verspreche ich«, versicherte Berlotti, der in Sabattinis Augen zwar ein eifriger Hüter des Gesetzes, aber auch ein Einfaltspinsel war. Nicht zuletzt deshalb war es so einfach gewesen, ihn zu manipulieren – denn kein anderer als Sabattinis Diener Stilicho war es gewesen, der ihm den Hinweis mit dem Freudenhaus gegeben hatte.

Derselbe Stilicho, der sich in vielen Nächten zuvor heimlich und vermummt mit Mancano getroffen und ihn über die jüngsten Transporte des Kontors Bertrano in Kenntnis gesetzt hatte. Der Pirat und seine Meute hatten nie verstanden, welche Rolle sie in Sabattinis Spiel einnahmen. Aber sie hatten sie treu gespielt und würden sie weiterspielen, bis zum Tod durch den Henker.

»Wollt Ihr Eure Macht aus den Händen geben, Exzellenz?«, wollte nun auch del Rosso wissen. »Wollt Ihr uns einer unbedeutenden Bedrohung wegen so viel Kontrolle entziehen?«

Celsi schien durch diesen Einwurf wieder in Zweifel zu geraten, zu Sabattinis Ärgernis. »Das nennt Ihr eine unbedeutende Bedrohung, Kämmerer?«, konterte er deshalb. »Unsere Republik ist von Verrätern unterwandert, und Ihr nennt das unbedeutend?«

»Zwei von ihnen wurden bereits zur Strecke gebracht«, beschwichtigte der andere.

»Aber ihr Auftraggeber ist nach wie vor auf freiem Fuß, ebenso wie jene, die hinter ihm stehen und im Verborgenen die Fäden ziehen«, erwiderte Sabattini. »Diese müssen wir finden – oder es wird unser aller Untergang sein! Aber tut, was Euch beliebt«, fügte er hinzu und hob in einer effektheischenden Geste die Arme. »Ich will nichts damit zu tun haben, wenn man den Feinden Venedigs bereitwillig die Tore öffnet!«

Er machte kehrt und schickte sich an, zu gehen.

»Dann verlasst diesen Saal«, forderte Varesi ihn auf. Die Erleichterung war ihm deutlich anzumerken. »Geht und nehmt Euren Wahn mit Euch! Sollen wir aus Furcht aufgeben, was unser gutes Recht ist? Niemals!«

Zustimmung war von allen Seiten zu hören, selbst von denen, die sonst nicht auf Varesis Seite standen. Sabattini wartete noch einen Augenblick ab, zögerte seinen Abgang noch hinaus, um zu sehen, ob der Doge nicht vielleicht Einspruch erhob. Doch Celsi schien von der Wucht des Augenblicks zu erschlagen, als dass er ein Machtwort hätte sprechen und eine Entscheidung hätte herbeiführen können.

Also ging Battista Sabattini und verließ den Rat der Zehn. Sein Diener folgte ihm. Und niemand außer dem Byzantiner konnte sehen, dass Sabattini auf dem Weg aus dem Ratssaal zufrieden lächelte.

Die Dinge hatten sich genau so entwickelt, wie er es vorausgesehen hatte – und schon sehr bald würde der Doge keine andere Wahl mehr haben, als ihn, Battista Sabattini, zum Staatsinquisitor von Venedig zu ernennen.

29

Castello, Venedig
Zur selben Zeit

»Alessandro?«

Alessandro Bertrano zuckte zusammen, als er die Stimme hörte, und blieb stehen. Eine Gestalt löste sich aus dem Halbdunkel, zierlich und in einen weiten Umhang gehüllt, dessen Kapuze ihr Gesicht fast ganz bedeckte und nur die untere Partie sehen ließ. Alessandro erkannte sie dennoch sofort, denn diesen Mund, diese roten Wangen und diese blühenden Lippen hätte er unter Tausenden herausgekannt.

»Bianca«, hauchte er, halb erschrocken und halb erleichtert. »Ihr habt meine Nachricht also erhalten.«

»Das habe ich«, versicherte sie, »dennoch war ich nicht sicher, ob ich kommen sollte. Zweimal seid Ihr vor mir davongerannt, habt Reißaus genommen wie ein Lausejunge. Was soll ich davon halten?«

»Verzeiht«, bat er, senkte den Blick und trat verlegen von einem Fuß auf den anderen. »Ich wusste nicht, was ich tun sollte, es ist das erste Mal, dass …«

»Dass was?«, fragte sie und trat ein Stück näher. Nun konnte er sie riechen, den betörenden Duft, der sie umgab. »Dass eine Dame Euch ansieht, meint Ihr?«

Sie schlug die Kapuze zurück und schaute ihn unverwandt an – und er erstarrte vor ihrer Schönheit. Silberfäden waren in ihr Haar geflochten, die im einfallenden Mondlicht glitzerten, reizvolle Röte bedeckte ihre Wangen. Unerfahren wie er war, blieb Alessandro nichts, als ihr zu verfallen und ihre Nähe zu suchen wie eine Motte die des Lichts.

»Was immer Ihr mir zu sagen habt, tut es rasch«, drängte sie und warf einen flüchtigen Blick an der Mauer des *ca' Sabattini* empor, auf dessen Rückseite sie sich trafen. »Mein Vater nimmt an einer Versammlung des Zehnerrates teil, aber er wird bald zurückkehren, also …«

»Als wir uns das letzte Mal trafen, fragtet Ihr mich, ob ich Euer Vertrauter sein wolle«, stieß Alessandro ebenso rasch wie unbeholfen hervor. »Ich war ein Narr, als ich einfach auf und davon rannte«, fügte er leiser, fast kleinlaut hinzu. »Denn ich würde …« Er zögerte, zwang sich dazu, den Blick zu heben und ihr in die dunklen Augen zu sehen. »Ich würde sehr gerne Euer Vertrauter sein, Bianca.«

»Tatsächlich? Und was hat diese Meinungsänderung bewirkt?«, erkundigte sie sich spitz.

»Ich musste meine Meinung nicht ändern«, widersprach er. »Ich musste mir nur über einige Dinge klar werden.«

»Und das ist nun geschehen?«

»Ja … ich meine, nein«, erwiderte er und seufzte. Was wusste sie von der Drangsal und den inneren Zweifeln, die ihn quälten? Was konnte er ihr darüber sagen? Solange er denken konnte, hatte er nichts anderes gewollt, als in den Konvent eintreten und ein Dominikaner werden. Doch sobald er ihr gegenüberstand, schien all das keine Bedeutung mehr zu haben.

»Was nun?«

»Ich weiß nur, dass ich in Eurer Nähe sein möchte«, erklärte er hilflos, »dass ich für Euch da sein möchte, Bianca. Als Euer Freund.«

»Dann beweist es«, verlangte sie schlicht.

»Wie?«, fragte er verblüfft.

»Indem Ihr mir ein Geheimnis verratet, sodass ich weiß, dass es Euch ernst ist damit und Ihr nicht wieder die Flucht ergreifen werdet wie ein kleiner Junge.«

»Was für ein Geheimnis?«

»Eines, das Ihr niemandem sonst anvertrauen würdet«, erklärte sie. »Das so tief verborgen ist, dass niemand sonst es wissen darf.«

»Aber – ein solches Geheimnis kenne ich nicht«, sagte er.

»Jeder Mensch kennt ein solches Geheimnis«, meinte sie überzeugt. »Etwas, das niemand erfahren darf. Ihr könntet mir zum Beispiel sagen, wo sich in Wahrheit die Reliquien des Evangelisten befinden. Das wäre ein Geheimnis, das unserer Freundschaft würdig ist.«

Alessandro sah sie entsetzt an. »Ü-über diese Dinge darf ich nichts verraten«, flüsterte er, wobei er ins Dunkel der Gasse zurückwich und unentwegt den Kopf schüttelte. »Niemals!«

»Wie wollt Ihr mir dann beweisen, dass es Euch ernst ist mit Eurem Vertrauen?«

»A-außerdem weiß ich es selbst nicht«, stammelte er.

»Wie das? Sagtet Ihr nicht, Ihr hättet sie mit eigenen Augen gesehen?«

»Ja … aber nur, weil ein Mönch, der mich wie einen Sohn liebt, mich dorthin geführt hat. Mit verbundenen Augen, damit ich den Weg nicht verraten kann.«

»Ich verstehe.« Wenn Bianca Sabattini enttäuscht war, ließ sie es sich nicht anmerken. »Das ändert natürlich alles. Bitte verzeiht, wenn ich Euch bedrängt habe.«

»Aber nein.« Alessandro errötete, und wieder ging sein Blick zum Boden. »Ihr habt mich nicht …«

»Ist das der Mönch, von dem Ihr schon einmal gesprochen habt?«

»Ja.« Alessandro lächelte, erleichtert darüber, dass sie das Thema wechselte. »Pater Umberto, ein Mitglied des Dominikanerordens. Er kennt mich bereits, seit ich ein kleiner Junge war, und hat großen Anteil daran, dass auch ich mich für das klösterliche Ideal begeistere.«

»Dann kann Pater Umberto sich glücklich schätzen, denn er ist Euer Freund und hat Euer Vertrauen.«

»Auch Ihr habt mein Vertrauen«, versicherte Alessandro.

»Wirklich?« Sie trat langsam auf ihn zu. »Ich wünschte, das wäre wahr.«

»Es ist wahr.«

Sie trat noch näher heran, überwand den Abstand, der sich zwischen Unverheirateten schickte, und plötzlich stand sie dicht vor ihm. Der Duft ihres Haars hüllte ihn ein. Ihre Schönheit betörte ihn, und durch den Stoff ihres Umhangs konnte er ihren warmen Körper fühlen, die sich abzeichnenden weiblichen Formen – und die Versuchung, die mit ihnen einherging.

»Bianca, ich …«

»Schhhh«, hauchte sie und legte ihm eine Hand auf den Mund. Er erbebte innerlich unter der Sanftheit ihrer Berührung, und während sie noch vor ihm stand und er das Gefühl hatte, in das tiefe Dunkel ihrer Augen zu stürzen, suchte ihre andere Hand einen Weg unter seinen Umhang und zu seiner Leibesmitte.

Ein Teil von ihm wollte sich wehren, wollte entschieden zurücktreten und sagen, dass diese Dinge ihm verboten wären. Aber er konnte es nicht. Zu süß war die Verlockung, zu groß die Wollust, die er empfand, als seine Männlichkeit erwachte und sich gegen den Stoff stemmte.

Bianca war überaus geschickt darin, sich durch die Schichten seiner Kleider zu wühlen. Wie eine Schlange glitt ihre Hand unter den Stoff und fand schließlich, wonach sie suchte. Alessandro sog scharf die Luft ein, gleichermaßen überrascht wie erregt. Sie nahm ihren Blick nicht von ihm, sondern sah ihm tief in die Augen, während sie mit offenbar geübter Hand Dinge tat, die er zuletzt als Junge getan hatte, unwissend und nur im Spiel. Dies jedoch war kein Spiel. Bianca Sabattini wusste genau, was sie tat – und im nächsten Moment übernahm der Trieb, den Alessandro bislang mühsam beherrscht hatte, die Kontrolle über seinen Körper.

Mit beiden Händen zog er sie heran, presste seine Lippen auf die ihren, die weich waren und rosig und voller Verlangen. Sein Herz begann wie verrückt in seiner Brust zu schlagen, und es war ihm gleichgültig, dass sie auf der nächtlichen Gasse standen und Biancas Vater jeden Augenblick zurückkehren konnte. Im Gegenteil – die Aussicht, entdeckt und für sein Vergehen womöglich bestraft zu werden, stachelte seine Lust noch mehr an.

Bianca schien es ebenso zu gehen. Verlangend drängte sie sich an ihn, dann riss sie ihn mit Gewalt herum und zog ihn in die dunkle Nische zwischen zwei Mauerstreben, wo sie damit begann, ihren Umhang und ihr Kleid zu raffen. Alessandro half ihr dabei, und im nächsten Moment fühlte seine bebende Hand, was sie niemals hätte fühlen dürfen. Doch der Damm war gebrochen. Mit jugendlicher Kraft hob er Bianca hoch und presste sie gegen das von der Sonne noch warme Gestein, und da sie ihm bereitwillig Zugang gewährte, drang er ungestüm in sie ein.

Ihre Weiblichkeit nahm ihn auf, und schon nach wenigen süßen Augenblicken ergoss er sich in sie.

»Nun«, flüsterte sie ihm ins Ohr, wobei ein Lächeln um ihre vor Erregung erröteten Züge spielte, »bist du mein Vertrauter.«

30

Gemächer des Sultans, Cairo
23. April 1362

Shaban al-Ashraf hatte zu einem Festmahl geladen. Zumindest nahm El-Rih an, dass es sich um ein Festmahl handelte, denn nie zuvor hatte er so viel Essen gleichzeitig auf einem einzigen Tisch gesehen.

Die Mahlzeiten der Janitscharen waren einfach; meist gab es Weizenbrot und Schafskäse, mitunter auch Getreidebrei mit Hammelfleisch. Auf der Tafel, die in den Gemächern des zukünftigen Sultans errichtet worden war, reihten sich jedoch nicht weniger als zwanzig verschiedene Speisen, und von jeder wurde den Gästen – neben Rih und Omar ben Adil auch Shabans Lehrer und Erzieher sowie einige hohe Hofbeamte – aufgetragen, so viel sie wollten: Zu gewaltigen Bratenstücken von Lamm und Hammel gab es verschiedene Soßen, manche davon eher würzig, andere süß; dazu gefülltes Gemüse wie Zwiebeln und Gurken sowie Pasteten mit einer Füllung aus Fleisch und Spinat, jeweils mit exotischen Gewürzen versetzt, deren Geruch die Halle erfüllte; und als wäre all das noch nicht genug, gab es noch Süßes: in Zucker eingelegte Früchte, Kokosküchlein, gedörrte Datteln, Feigenmus und mehr. Rih konnte sich nicht erinnern, jemals so gut gespeist zu haben.

Dennoch hielt er sich zurück. Die Regel des Maßhaltens, die den Janitscharen als eines der höchsten Ideale galt, hatte für ihn auch weiterhin Gültigkeit. Wie sollte er für die Sicherheit seines jungen Schützlings sorgen, wenn er sich zusammen mit den Hofschranzen ausufernden Genüssen ergab?

An der Seite des Jungen stehend, für dessen Wohl er nunmehr verantwortlich war, behielt Rih die Umgebung scharf im Auge. Mit geübtem Blick sah er nach den Fenstern, die sich zur Halle öffneten, vergewisserte sich bei den Palastwachen, ob alles in Ordnung war. Die Gäste waren ohnehin alle unbewaffnet. Shaban hatte darauf bestanden, dass selbst die hohen Würdenträger ihre Dolche abgaben, was zunächst für einigen Unmut gesorgt hatte, schließlich aber hingenommen worden war. Und auch seinen jungen Schützling behielt Rih im Auge – nur um festzustellen, dass Shaban al-Ashraf, der zukünftige Herrscher der Mamluken, ein Kind voller Widersprüche war.

Im einen Moment erschien er noch heiter und unbeschwert, doch schon im nächsten Augenblick überkam ihn eine seltsame Melancholie. Bisweilen beteiligte er sich rege am Gespräch und wirkte reif und fast erwachsen, nur um sich schon kurz darauf in kindlichem Gelächter zu ergehen. Und auch seine Laune schien wankelmütig zu sein, wie ein Diener schmerzlich erfahren musste. Denn als der Mann eine Wasserkaraffe so unglücklich abstellte, dass sie umfiel und ihren Inhalt über Shabans kostbares Kleid ergoss, stieß der Junge einen gellenden Schrei aus.

»Du!«, fuhr er den Diener an. »Was fällt dir ein?«

»Gnade, Herr!« Der Diener warf sich zu Boden, verbeugte sich so tief, dass seine Stirn die Fliesen berührte. »Bitte verzeiht mir, ich wollte nicht …«

»Bist du so ungeschickt oder so dreist?«, fragte Shaban, der Beteuerungen ungeachtet. Er war aufgesprungen. Sein Obergewand aus kostbarem Brokat war völlig durchnässt, darunter sah es vermutlich nicht besser aus.

»Gnade, Herr!«, flehte der Diener wieder, der schon nicht mehr wagte aufzusehen.

»Ich soll gnädig mit dir sein? Bist du denn mit mir gnädig gewesen?«, tönte der Junge. »Sieh mich nur an! Ich sehe lächerlich aus!«

»Niemand hat das Recht, Euch zu beleidigen, Hoheit«, sprach einer seiner Lehrer ihm zu. »Ein starker Herrscher lässt sich nicht lächerlich machen – von niemandem.«

»Ihr habt recht«, stellte Shaban fest.

»Was also wäre wohl zu tun? Was hätte Euer erlauchter Großvater an Eurer Stelle getan?«

Der Junge brauchte nicht lange zu überlegen. »Er hätte den Kerl abführen und ihn auspeitschen lassen, damit er lernt, das nächste Mal weniger ungeschickt zu sein«, meinte er überzeugt. »Das ist mein gutes Recht als Herrscher.«

Der Diener am Boden wimmerte nur vor Angst, jetzt am ganzen Körper zitternd, während der Lehrer zufrieden nickte, offenkundig stolz auf seinen gelehrigen Schüler. Schon wollte Shaban in die Hände klatschen, um die Wachen herbeizurufen, als Omar ben Adil das Wort ergriff.

»Oder aber«, sagte er, »Euer Großvater, der erlauchte al-Nasir, hätte erkannt, dass es nicht Absicht oder gar Hinterlist war, die dies geschehen ließ, sondern pures Ungeschick – und hätte Gnade vor Recht ergehen lassen.«

»Woher wollt Ihr das wissen?«, blaffte der Lehrer von der anderen Seite der Tafel herüber. »Ihr seid ein Fremder hier und nur geduldet!«

»Ein Fremder, ja, aber ein Freund«, wandte Shaban ein. »Vielleicht sollte ich auf seinen Rat hören.«

»Auf den Rat eines Fremden? Wenn Eure Vertrauten Euch etwas anderes raten?«

»Diese Vertrauten«, stellte der junge Sultan klar, »haben nichts dazu getan, dass ich den Palast verlassen durfte. Omar ben Adil hingegen hat es ermöglicht, das werde ich ihm nicht vergessen.«

»Zugegeben – aber Ihr solltet auch nicht vergessen, was die Pflicht eines Herrschers ist.«

»Die Pflicht eines Herrschers ist es vor allem, die Seinen zu schützen und über sie zu wachen«, wandte Omar ein. »Gehasst zu werden ist einfach. Wenn Ihr Eure künftigen Untertanen jedoch dazu bringt, Euch zu lieben, werden sie alles für Euch tun und Euch in den Straßen bejubeln.«

»Der Sultan herrscht allein durch den Willen Allahs«, wies einer der Hofbeamten ihn zurecht. »Er bedarf nicht der Zustimmung des Pöbels in den Gassen.«

»Nein«, gab Omar zu. »Doch hat uns der Prophet nicht auch ermahnt, uns der Armen und Schwachen anzunehmen und weder in Willkür noch in Maßlosigkeit zu verfallen?«

Der Lehrer schnappte nach Luft und schien etwas erwidern zu wollen, die rechten Worte schienen ihm jedoch nicht einzufallen. Ein Augenblick betretenen Schweigens entstand, obschon jeder wusste, dass das letzte Wort noch nicht gesprochen war.

Ein Diener trat auf, der ein langes Tablett mit kandierten Früchten hereintrug und vor Shaban auf die Tafel stellte. Der junge Sultan wollte nach einem Apfel greifen, als Rih etwas auffiel: die Schweißperle, die sich knapp unterhalb des Turbans löste und an der Schläfe des Dieners hinabkroch – und das, obwohl die Nacht kühl war und ein frischer Wind von Norden wehte …

»Halt!«, rief er, während seine Rechte gleichzeitig vorschnellte und Shabans Hand umklammerte, noch ehe sie den Apfel berührte.

»Was fällt Euch ein?«, ereiferte sich der Hofbeamte. »Nehmen die Beleidigungen heute gar kein Ende? Wollt Ihr den jungen Herrscher nicht einmal selbst auswählen lassen, was er essen darf und was nicht?«

Rih ignorierte den Einwurf. Sein prüfender Blick war auf den Diener gerichtet, der das Tablett hereingetragen hatte. »Du«, zischte er. »Woher kommt das Obst?«

»A-aus der Küche.«

»Wurde es vorgekostet?«

»Na-natürlich.« Weitere Schweißperlen lösten sich. Ein Kloß wanderte den Hals des Dieners hinauf und wieder hinab.

»Dann wird es dir sicher nichts ausmachen, davon zu essen«, knurrte El-Rih und sah den Mann herausfordernd an.

»Was soll das?«, fragte Shabans Lehrer. »Sind das die Sitten der Osmanen? Einen Diener an den Tisch seines Herren zu nötigen und ihn vor diesem speisen zu lassen?«

»Los doch«, beharrte Rih unbeirrt und ließ den Diener dabei nicht aus dem Blick. »Oder sollte ich dich dazu zwingen müssen?« Er zückte seinen Dolch und hielt ihn dem Diener an die Kehle.

»Bi-bitte nicht«, stammelte er. »Nehmt die Klinge wieder weg …«

»Sobald du gekostet hast.«

Der Diener schürzte die Lippen. Nackte Panik sprach aus seinen Augen, die hilflos umherblickten, jedoch nirgends mehr Unterstützung fanden.

»Iss jetzt«, verlangte El-Rih, »oder meine Janitscharenklinge wird dich aufschlitzen wie einen Fisch.«

Mit zitternden Händen tastete der Diener nach den kandierten Früchten, bekam eine Pflaume zu fassen. In unendlicher Langsamkeit nahm er sie, biss davon ab und begann zu kauen, worauf Rih den Dolch sinken ließ. Er wollte sich schon einen Narren schelten und bei Shaban und seinen Gästen um Nachsicht für sein offenbar grundloses Misstrauen ersuchen – als der Diener plötzlich herumfuhr und die Flucht ergriff.

»Halt!«, rief Rih, doch der Kerl kam ohnehin nicht weit. Denn der andere Diener, der noch immer auf dem Boden gekauert und darauf gewartet hatte, sich wieder erheben zu dürfen, warf sich ihm vor die Beine und brachte ihn so zu Fall. Mit einer Verwünschung auf den Lippen ging der Flüchtige nieder – und sah sich im nächsten Moment von den Hellebarden der Palastwachen umgeben.

Mit einem gewaltigen Satz war Rih bei ihm, packte ihn am Kragen seines Kaftans und riss ihn zu sich hoch – nur um zu merken, dass das Leben bereits aus dem Mann wich. Mit leerem Blick starrte er seinen Häscher an, während er vergeblich nach Atem rang. Das Gift, mit dem die Früchte getränkt gewesen waren, ließ ihn qualvoll zugrunde gehen. Seine Hoffnung war es wohl gewesen, sich aus dem Staub machen und das Stück Pflaume wieder ausspucken zu können, doch infolge seines Sturzes hatte er es verschluckt. Und nun brachte das Gift, das den jungen Sultan hatte töten sollen, ihm selbst ein grausames Ende.

»Wer?«, herrschte Rih den Sterbenden an. »Wer hat dich geschickt? Rede!«

Doch er erhielt keine Antwort mehr.

Im nächsten Moment war der Mann tot.

Eisiges Schweigen herrschte in der Halle, die Zeit schien stillzustehen. Niemand sagte ein Wort, auch Omar nicht, dem Rih einen vielsagenden Blick zuwarf.

Shaban jedoch, der nur mit knapper Not einem weiteren Mordanschlag entgangen war, verließ seinen Platz am Ende der Tafel und ging zu dem Diener, den er vorhin so gescholten hatte. Kein anderer als er war es gewesen, der den flüchtigen Attentäter aufgehalten hatte.

»Und dich wollte ich auspeitschen lassen«, sagte er leise, während er den verblüfften Mann unter den Arm fasste und ihm wieder auf die Beine half. »Was für ein Narr ich doch gewesen bin.«

31

San Marco, Venedig
Nacht zum 24. April 1362

Von tiefer innerer Ruhe erfüllt, löschte Pater Umberto die Kerzen. Der alte Dominikaner, der zusammen mit einigen anderen Glaubensbrüdern seines Ordens zum Dienst in der Kathedrale abgestellt war, liebte es, sie als einer der Letzten zu verlassen.

Wenn die Dunkelheit über San Marco hereinbrach und die Pilger die Kirche verließen, wenn die bunten Glasfenster verblassten und nur noch die Kerzen karges Licht spendeten, versank der gewaltige Bau in eine seltsame, fast heilig zu nennende Stille, und Umberto hatte das Gefühl, die Nähe des Herrn in diesen Stunden ganz besonders zu spüren.

Noch einmal ging er das breite Hauptschiff ab, wo seine Ordensbrüder den ganzen Tag über Olivenzweige angebracht und zusätzliche Lüster aufgestellt hatten, um die Kirche zum Fest des heiligen Markus, das in zwei Tagen begangen würde, in schönstem Glanz erstrahlen zu lassen. Noch mehr Pilger als sonst würden dann nach Venedig kommen, und die Gläubigen würden in Massen in die Kathedrale strömen, um sich des Segens und des Schutzes des Evangelisten zu versichern, der zugleich auch der Patron der Stadt war.

Schon viele Feste hatte Umberto erlebt, und bisweilen fragte er sich, wie viele ihm der Herr in seiner Güte noch gestatten würde. Immerhin hatte er schon mehr als siebzig Winter gesehen, das war mehr, als viele andere von sich sagen konnten. Der

Gedanke, diese Welt verlassen zu müssen, erschreckte den alten Mönch nicht. Die Aussicht, das Reich Gottes nach all den Jahren auf Erden mit eigenen Augen zu schauen, gab ihm Trost und Zuversicht. Doch wie ein Vater, der sich danach sehnte, das zu Lebzeiten Erreichte an einen Erben, an einen Sohn zu übertragen, verspürte auch er das Verlangen, zumindest einen Teil von dem weiterzugeben, was er zeit seines Lebens gesehen, erfahren und gelernt hatte. In Alessandro Bertrano hatte er geglaubt, einen solchen Erben, einen solchen Nachfolger gefunden zu haben – doch inzwischen hatte er Zweifel.

Früher hatte Alessandro es sich nicht nehmen lassen, sich trotz seines gestrengen Vaters aus der heimischen *casa* fortzustehlen und den Mönchen anzuschließen, um ihnen bei den Vorbereitungen des Festes zu helfen; heute jedoch war er nicht einmal erschienen, und Umberto nahm an, dass dies mit der jungen Frau zusammenhing, von der ihm der Junge berichtet hatte, Eifer auf den Wangen und Verwirrung in seinen noch jungen Augen.

Vorbei an den Wachen, die die Kathedrale des Nachts vor fremdem Zugang schützten, trat der alte Mönch nach draußen und schloss die Pforte hinter sich. Es war bereits dunkel, doch als Diener des Herrn fürchtete er sich nicht davor, den Weg durch die dunklen Gassen zurück zum Konvent allein anzutreten. Seine Kutte signalisierte jedem Räuber, dass er nichts bei sich trug, das zu rauben sich lohnen könnte, und dass jeder, der Hand an einen Diener des Herrn legte, der ewigen Verdammnis anheimfallen würde.

In Gedanken versunken, trat Pater Umberto den Heimweg an. Erneut musste er an Alessandro denken. Der Junge war der gelehrigste Schüler, den er in vielen Jahren gehabt hatte, von einer Verständigkeit und Weisheit, die weit jenseits seiner Jahre lag. Die meisten jungen Leute, die als Söhne reicher Kaufleute heranwuchsen, hatten nichts als Geld im Sinn, das sie auf dem Rialto noch stetig zu vermehren gedachten; Alessandro jedoch war anders. Falls er sich tatsächlich dazu entschließen würde, dem Orden beizutreten, würde es für diesen eine Bereicherung sein.

Umberto lächelte nachsichtig in Erinnerung an die Zweifel, die ihn selbst einst überkommen hatten. Im Spiegel des Alters schienen die Probleme der Jugend gering, zumal er im Rückblick wusste, dass er die richtige Entscheidung getroffen hatte. Aber er erinnerte sich auch, wie qualvoll der Prozess damals gewesen war und wie viele Nächte er keinen Schlaf gefunden und sich mit immer derselben Frage gefoltert hatte – jener Frage, der sich nun auch der junge Alessandro …

»Da ist er!«

Die Worte zischten aus einer dunklen Seitengasse, und noch ehe der alte Dominikaner begriff, was geschah, überstürzten sich die Ereignisse.

Gleich mehrere Gestalten, die dunkle Umhänge trugen und deren Gesichter unter weiten Kapuzen steckten, brachen aus der Dunkelheit hervor. In ihren Händen blitzten Dolche.

Umberto wich zurück, wollte instinktiv einen Schrei ausstoßen, aber eine grobe Hand legte sich auf seinen Mund und versiegelte ihn. Dann griffen weitere Pranken nach ihm und hielten ihn unnachgiebig fest.

»Einen Laut, und du bist tot«, schärfte einer der Vermummten ihm ein, ein Kerl, der mit griechischem Akzent sprach. Umberto, der trotz seines Alters noch ein feines Gehör hatte, glaubte eine byzantinische Färbung zu erkennen. »Hast du verstanden?«

Der Mönch nickte, soweit seine Häscher es zuließen. Sein Herzschlag hämmerte, Blut rauschte in seinem Kopf. Auf ein Nicken des Byzantiners hin lockerte sich die Hand um seinen Mund, sodass er sprechen konnte.

»Was … wollt Ihr von mir?«, stieß er hervor. »Ich habe kein Geld, das ich Euch geben kann …«

»Geld interessiert uns nicht«, stellte der Vermummte klar. »Wir wollen wissen, wo sich die Reliquien des Heiligen befinden.«

»In der Kathedrale von San Marco natürlich, im Schrein, der …« Umberto unterbrach sich, als etwas hart und spitz gegen seinen Bauch drückte – eine Klinge.

»Wir wollen nicht die Lüge, die ihr den Leuten auftischt«, zischte der Byzantiner, und die Wut in seiner Stimme ließ erkennen, dass er nicht zögern würde zuzustoßen. »Wir wollen die Wahrheit!«

»Das ist die Wahrheit«, beharrte der Mönch.

»Würdest du das beschwören?« Der Druck hinter dem Stahl wurde stärker. »Bei deinen Eingeweiden, die sich jeden Augenblick auf den Boden dieser Gasse ergießen werden? Wir wissen, dass die Reliquien nicht in der Kathedrale sind. Also wirf dein Leben nicht weg für eine schlechte Lüge, alter Mann.«

»Von … von wem wisst ihr das?«

»Die Fragen stelle ich! Also, verrätst du mir jetzt, wo wir finden, wonach wir suchen?«

Umbertos Züge wurden hart.

»Tu das nicht, alter Mann«, riet der Byzantiner ihm gönnerhaft. »Früher oder später wirst du uns doch verraten, was wir wissen wollen.«

»Dann wohl eher später«, erwiderte der Mönch und presste demonstrativ die Lippen aufeinander, um deutlich zu machen, dass dies sein letztes Wort gewesen war.

»Gut«, sagte der Byzantiner nur, und Umberto hatte das Gefühl, dass das Gesicht unter der Kapuze dabei lächelte, »ganz wie du willst …«

32

Dogenpalast, Venedig
Vormittag des 24. April 1362

»Ihr habt mich rufen lassen, Exzellenz?«

Als Battista Sabattini den Audienzsaal des Dogen betrat, verbeugte er sich tief – doch der eigentlich Gebeugte war der Mann, der auf dem Herrschersitz Venedigs kauerte, in sich zusammengesunken und mit aschfahler Miene. Obschon der Palast noch im Bau war und erst in Jahrzehnten seine Vollendung finden würde, waren einige Räume bereits fertiggestellt, darunter die Empfangsgemächer des Dogen: weitläufige, mit dunklem Holz getäfelte Räume, an deren Wänden sich Standbilder und Statuen reihten, Beutestücke aus Byzanz und anderen Städten, die sich der Herrschaft Venedigs hatten beugen müssen.

»In der Tat, Battista«, bestätigte Lorenzo Celsi. Zu Sabattinis Verblüffung war der Doge allein. Von den Ehrenwachen abgesehen, die zum Stillschweigen verpflichtet waren, sollte das Gespräch wohl ohne Beamte und Berater stattfinden. Und damit auch ohne seinen erbitterten Gegner del Rosso, wie Sabattini mit innerer Befriedigung feststellte. »Es ist etwas geschehen. Etwas, das unser entschiedenes Handeln erfordert.«

»Tatsächlich?« Sabattini brachte es fertig, verblüfft zu wirken. »Was ist Euch, Exzellenz? Bitte verzeiht, aber Ihr wirkt eigenartig verstört. Fühlt Ihr Euch nicht wohl?«

Celsi schnitt eine Grimasse, die die schmale, bleiche Miene mit den tief liegenden Augen wie einen Totenschädel wirken ließ.

»Ich wünschte, es wäre so, mein Freund«, erwiderte er leise. »Doch das Übel, das mich plagt, vermag nicht durch einen Arzt geheilt zu werden.«

»Wovon sprecht Ihr, Exzellenz?«

Celsi sah ihn an. Der Blick eines alten Mannes. »Ich spreche von der Angst, mein Freund. Von der Angst davor, so zu enden wie der glücklose Faliero.«

Sabattini schürzte die Lippen. Marino Faliero, Celsis Vor-Vor-Vorgänger im Amt des Dogen, war ein ruchloser Machtmensch gewesen, der die Kunst der Intrige beinahe so meisterlich beherrscht hatte wie Sabattini selbst. In einer bislang beispiellosen Revolte war er vom Zehnerrat des Hochverrats überführt und öffentlich hingerichtet worden, woran Battista Sabattini und Carlo Varesi nicht unerheblichen Anteil gehabt hatten. Dass sie heute erbitterte Rivalen waren, zeigte, wie wankelmütig die Politik war und wie rasch sich Konstellationen veränderten.

Sieben Jahre lag dies zurück, doch die Erinnerung daran schien seinem Nachfolger Celsi gerade in diesen bewegten Tagen nur allzu lebhaft vor Augen zu stehen.

»Exzellenz«, wandte Sabattini ein, »ich weiß nicht, was Ihr damit meint! Faliero war ein Schurke, der das höchste Amt der Republik dazu missbrauchen wollte, sich und die Seinen zu bereichern. Ihm das Handwerk zu legen war richtig und notwendig, Ihr selbst habt damals zugestimmt, wenn ich mich recht entsinne.«

»Das habe ich«, stimmte Celsi zu. »Doch wenn man auf diesem Stuhl sitzt, verändert das die Perspektive auf sehr viele Dinge. Ist Euch je in den Sinn gekommen, dass Faliero vielleicht gar nicht der Schurke war, den wir in ihm sahen? Dass er womöglich nur das Beste für die Republik gewollt haben könnte?«

»Die Menschen werden nicht nach ihren Absichten beurteilt, sondern nach ihren Taten, Exzellenz«, wandte Sabattini ein. »Das unterscheidet das Urteil des Allmächtigen von dem der Sterblichen.«

»Ihr habt recht.« Celsi rieb sich die Schläfen, sodass das *corno ducale*, die Dogenmütze, die er aufgesetzt hatte, um offenbar noch einen letzten Rest von Amtswürde zu bewahren, verrutschte und nur noch lächerlich aussah. Ohnehin hatte sie Celsi nie besonders gut zu Gesicht gestanden, fand Sabattini. Aber manches würde sich ja bald schon ändern ... »Und dennoch frage ich mich, mit welchen Augen das Volk mich betrachten, was es über mich denken wird, wenn es erfährt, was geschehen ist.«

»Um das zu beurteilen, Exzellenz, müsste ich zunächst erfahren, was sich ereignet hat«, erwiderte Sabattini geschmeidig. »Andernfalls, so fürchte ich, ist es mir nicht möglich, Euch zu helfen.«

»Guter Battista.« Der Doge lächelte schwach und sah ihn so gedankenverloren an, als wähnte er sich schon auf dem Schafott. »Was wäre in Euren Augen das Furchtbarste, das dieser Republik widerfahren könnte? Das ihr die Zuversicht rauben würde, den Glauben daran, in mancher Hinsicht ausersehen und unter den Städten des Erdkreises privilegiert zu sein?«

»Das Furchtbarste?« Sabattini hob die Brauen. »Exzellenz, ich fürchte, ich verstehe noch immer nicht ...«

»Ihr hattet recht, Sabattini. Mit all Euren Vermutungen und Verdächtigungen, so abenteuerlich sie geklungen haben mögen. Die ganze Zeit über hattet Ihr recht – aber ich war zu töricht, es zu erkennen.«

»Exzellenz, ich ...«

»Die heiligen Reliquien«, eröffnete Celsi unvermittelt, wobei er Sabattini traurig ansah, »wurden vergangene Nacht gestohlen.«

»Was?«

»Es war ein Handstreich, ein Überfall. Die Gebeine des Heiligen wurden entwendet, von ruchlosen Räubern.«

»Aber Exzellenz ... in gewissen Kreisen ist es durchaus kein Geheimnis, dass die Reliquien seit dem großen Feuer nicht mehr in der Kathedrale aufbewahrt werden, sondern an einem geheimen Ort. Was immer sich im Schrein befand ...«

»... wurde von den Dieben nicht angetastet und befindet sich nach wie vor an Ort und Stelle«, stimmte der Doge zu. »Ich spreche von den wahren Reliquien, mein Freund. Von den tatsächlichen sterblichen Überresten, die an einem geheimen Ort aufbewahrt wurden, vor aller Welt verborgen, wie wir glaubten. Das war wohl ein Irrtum.«

Sabattini stand mit offenem Mund, während er sich fragte, wie lange er so verharren musste, um glaubhaft zu machen, dass diese Nachricht für ihn neu wäre. Wie viel Entsetzen musste er heucheln, damit Celsi keinen Verdacht schöpfte? Die Antwort war einfach: keines. Zum einen war der Doge viel zu sehr mit dem eigenen Gram beschäftigt, als dass er darauf geachtet hätte; zum anderen hatte er Sabattini nicht in den Palast gerufen, damit er sich betroffen zeigte, sondern damit er ihm einen Weg aus der gefährlichen Lage wies.

Was die Bedeutung der Reliquien für Venedig betraf, so hatte der Doge nicht übertrieben. Viele Bürger, und nicht nur im gemeinen Volk, betrachteten die Gebeine des Heiligen als das eigentliche Herz der Stadt. Hörte es zu schlagen auf, so würde dies Zweifel zur Folge haben; einen Verlust des Vertrauens in etwas, in dem viele Venezianer den eigentlichen, tieferen Grund für die prosperierende Entwicklung sahen, die die Stadt in den vergangenen Jahrzehnten genommen hatte. Und Zweifel wie diese, zumal, wenn sie beim einfachen Volk auftraten, konnten allzu leicht zu einem Quell der Unruhe werden, der von San Marco ausgehend die gesamte Republik erfasste, bis in ihre entferntesten Kolonien.

An jedem gewöhnlichen Tag des Jahres wäre ein solcher Verlust für die Stadt ein schwerer Schlag gewesen. An einem so wichtigen Fest wie dem des heiligen Markus kam er einer Katastrophe gleich. Dass die Gebeine des Heiligen nicht irgendwann geraubt worden waren, sondern just einen Tag, bevor die Feierlichkeiten beginnen sollten, hatte Celsis offenbar zu dem Schluss geführt, dass der Diebstahl kein Zufall gewesen war, sondern ein gezielter Anschlag, von langer Hand geplant.

»Ihr hattet recht, Battista«, klagte er prompt. »Venedig ist unterwandert worden, ist durchsetzt von Feinden und Verrätern.«

Sabattini verzichtete auf den kurzfristigen Triumph der Genugtuung. »Verzeiht, Exzellenz«, bat er stattdessen, »aber ich fürchte, ich verstehe noch immer nicht. Woher wussten die Diebe, dass sich die Gebeine des Heiligen nicht im Schrein befanden? Und wie haben sie herausgefunden, an welchem Ort sie tatsächlich aufbewahrt werden?«

»All das ist auch mir ein Rätsel«, gestand der Doge, »aber ich muss es herausfinden, sonst werden die Bürger früher oder später in mir den wahrhaft Schuldigen sehen, und ich werde enden wie mein bedauernswerter Vorgänger.«

»Ich verstehe«, sagte Sabattini nur, überrascht und ein wenig enttäuscht zugleich. Er hatte angenommen, dass für den Dogen die Gefahren für die Republik an vorderster Stelle stehen würden. Dass er sich am meisten um sein eigenes Wohlergehen sorgte, war unerwartet, seinen Zielen im Grunde aber noch dienlicher. Denn Todesangst war der denkbar stärkste Antrieb …

»Und Ihr wollt, dass ich Euch dabei helfe?«, erkundigte er sich offen. »Habt Ihr mich deshalb zu Euch rufen lassen? Und ist das der Grund, warum diese Unterredung unter vier Augen stattfindet?«

»Euer Scharfsinn spricht für Euch, Battista. Ich kann kaum erwarten, ihn in meinen Diensten zu wissen.«

»Er war stets in Euren Diensten, Exzellenz«, versicherte Sabattini, ohne eine Miene zu verziehen, »jedoch wenn Ihr wollt, dass er seine ganze Wirkung entfaltet, müsst Ihr mich mit den entsprechenden Kompetenzen und Mitteln ausstatten – und ich schwöre Euch, dass ich innerhalb weniger Tage …«

»Ihr wollt das Amt des Inquisitors«, fiel der Doge ihm ins Wort, »und Ihr bekommt es. Seid Ihr bereit, diese Verantwortung zu übernehmen, Battista? Euch für den Erhalt der Republik einzusetzen, mit allen Mitteln, die Euch zu Gebote stehen?«

»Das bin ich, Exzellenz.«

»So ernenne ich Euch hiermit zum Staatsinquisitor der Republik Venedig«, entgegnete Celsi ungerührt und scheinbar noch im selben Atemzug, als wäre es ihm eine lästige Formalität, die er rasch hinter sich bringen wollte. »Die Urkunde wird umgehend ausgefertigt und Euch zugestellt. Bereits jetzt seid Ihr jedoch mit allen Befugnissen Eures neuen Amtes ausgestattet.«

»Ich danke Euch, Exzellenz«, versicherte Sabattini und verbeugte sich abermals. »Für Euer Vertrauen und für die Gelegenheit, Venedig vor Schaden zu bewahren.«

»Trocknet diesen Sumpf aus«, verlangte Celsi, wobei er die Fäuste ballte, dass die Knöchel weiß hervortraten. »Findet die Schädlinge, die unsere Republik zersetzen, und rottet sie aus. Und vor allem bringt die heiligen Reliquien zurück, wo immer sie auch sein mögen!«

»Das werde ich«, versprach Sabattini ohne Zögern, »und meine erste Anweisung lautet, dass kein Wort über den Vorfall verlautet werden soll.«

»Ihr … wollt die Sache verheimlichen?«

»Wer weiß bislang davon?«

»Nur einige Soldaten der Stadtwache sowie einige meiner Hofbeamten …«

»… und dabei soll es bleiben«, fügte der frisch ernannte Inquisitor hinzu. »Um die Wachen werde ich mich kümmern. Und den betreffenden Beamten werden wir einen Eid abnehmen, der sie unter Androhung der Todesstrafe verpflichtet, kein Wort über die Sache zu verlieren.«

»Und Ihr glaubt, wir können den Diebstahl so verheimlichen?« In Celsis furchtsamem Blick spiegelte sich Unglauben, aber auch ein Funke Hoffnung.

»Solange der Kreis der Eingeweihten überschaubar bleibt.« Sabattini nickte. »Das Volk denkt ohnehin, dass sich die Reliquien im Schrein befinden, und er wurde nicht angerührt, wenn ich Euch recht verstanden habe. Warum also sollte jemand Verdacht schöpfen?«

»Natürlich«, flüsterte der Doge, »Ihr habt recht … Aber was ist mit dem Fest? Den Feierlichkeiten?«

»Die Feierlichkeiten werden wie geplant vonstattengehen. Niemand wird etwas bemerken, solange wir Stillschweigen bewahren. Mit etwas Glück werden die Gebeine des Heiligen bis zu diesem Zeitpunkt bereits wieder gefunden und an Ort und Stelle sein«, fügte Sabattini beruhigend hinzu – es war offenkundig das, was der andere hören wollte.

»Das haltet Ihr für möglich?«

»Natürlich.«

Der Doge lächelte, zum ersten Mal an diesem Tag. »Ich bin schon jetzt froh, Eurer Bitte entsprochen und Euch zum Inquisitor ernannt zu haben.«

»Ihr werdet Eure Entscheidung nicht bereuen«, versicherte Sabattini. Damit verbeugte er sich und wandte sich zum Gehen. Er hatte bereits einige Schritte in Richtung der Pforte getan, als er sich noch einmal umdrehte. »Auf ein Wort noch, Exzellenz …«

»Ja?«

Sabattini rieb sich das Kinn und tat so, als müsse er erst einen Augenblick nachdenken. »Ihr sagtet vorhin, ich hätte recht gehabt, was die Unterwanderung Venedigs betrifft. Was, wenn ich auch recht damit habe, dass diese Bedrohung von Alexandria ausgeht?«

Trotz allem, was er an diesem Morgen bereits erfahren hatte, wirkte Celsi erschrocken. »Ihr haltet das noch immer für möglich?«

»Mehr denn je, Exzellenz«, stellte Sabattini klar. »Ihr wisst, wo die Gebeine des Heiligen ruhten, ehe sie nach San Marco gebracht wurden und hier ihre Heimat fanden. Und Ihr wisst auch, dass Alexandria uns dies bis zum heutigen Tag nicht verziehen hat.«

Der Doge sah ihn lange und durchdringend an.

Schließlich nickte er. »Wenn Alexandria hinter dem feigen Diebstahl steckt, Battista, dann bekommt Ihr Euren Krieg.«

33

Palast von Al-Ablak, Cairo
Zur selben Zeit

Die Erkenntnis war niederschmetternd.

Zum zweiten Mal innerhalb weniger Tage hatte jemand versucht, Shaban al-Ashraf zu töten. Und der zweite Attentatsversuch war nicht außerhalb der schützenden Mauern des Palasts erfolgt, sondern in Shabans eigenen Gemächern, wo er eigentlich vor allen Nachstellungen sicher sein sollte. Dies ließ nur einen Schluss zu: dass derjenige, der den Tod des designierten Herrschers wollte, ebenfalls innerhalb der Palastmauern weilte …

»Du solltest dir keine Vorwürfe machen«, sprach Omar ben Adil beruhigend auf Rih ein, der seinem Namen alle Ehre machte und ruhelos auf und ab ging.

»Das tue ich nicht«, stellte der Janitschar klar. »Aber ich weiß, dass ich um ein Haar versagt hätte!«

»Du hast aber nicht versagt«, gab der Gesandte zu bedenken. »Du ganz allein bist es gewesen, der den Attentäter erkannt und entlarvt hat.«

»Ich habe mich ablenken lassen«, beharrte Rih, wobei er auf die seidenen Kissen, die hohen Säulen und die mit Kacheln verzierten Wände des Gemachs deutete. »Ablenken von all dem Prunk und dem Überfluss, der eines Janitscharen unwürdig ist.«

»Dennoch hast du deine Pflicht erfüllt«, versicherte Omar. »Ohne dein Eingreifen wäre Shaban inzwischen bereits tot, und seine Gegner würden triumphieren.«

»Seine Gegner«, schnaubte Rih. »Was sind das für Gegner, die nicht vor dem Mord an einem kleinen Jungen zurückschrecken?«

»Einem kleinen Jungen mit einem sehr großen Erbe«, wandte Omar ein. »Und ich denke, wir wissen beide, wo die Auftraggeber dieser feigen Mordversuche zu suchen sind.«

Statt zu antworten, trat Rih ans Fenster und blickte gen Osten, wo sich jenseits des Bayn al-Qasrayn die mächtigen Türme des Sultanspalasts erhoben und wo Emir Yalbugha Hof hielt. Der mächtige Yalbugha, der vorgab, die Macht des Herrschers nur an Shabans Stelle auszuüben, bis dieser alt genug war, es selbst zu tun. Doch in Wahrheit schien dem Emir mehr an seiner eigenen Herrschaft gelegen zu sein …

»Ich verstehe das nicht«, gab Rih zu. »Sagtet Ihr nicht, Yalbugha hätte drückende Sorgen? Dass die Franken einen Krieg gegen ihn vorbereiten? Müsste er da nicht in seinem eigenen Reich Frieden halten?«

»Das tut er – aus seiner Sicht«, erklärte Omar mit hintergründigem Lächeln. »In deiner Welt ist alles sehr einfach, mein Freund. Hier sind die Janitscharen, dort der Feind, den es zu bekämpfen gilt. Hier am Hof jedoch herrschen Schatten, und Schatten sind grau, wie du weißt. Die Bedrohung von außen macht es notwendig, dass die Macht im Land der Mamluken in fester Hand liegt. Von einem gewissen Standpunkt aus betrachtet, ist ein junger und unerfahrener Sultan folglich ein Risiko, das es auszumerzen gilt.«

»Aber Shaban macht ihm die Macht nicht streitig. Er ist noch ein Kind!«

»Noch. Aber schon bald wird er selbst Ansprüche auf die Herrschaft erheben. Oder es werden andere kommen, Emire und hohe Würdenträger, die nicht weniger erpicht darauf sind als Yalbugha, die Macht im Reich in ihren Händen zu halten. Beim Mahl hast du gesehen, wie leicht Shaban zu lenken ist. Wenn er unter den Einfluss falscher Lehrer gerät, wäre das für das Reich ebenso verderblich wie ein Angriff von außen, wenn nicht noch schlimmer.«

»Und all das wird durch Shabans Tod verhindert?«

»Zumindest ist es das, was seine Feinde denken«, entgegnete Omar. »Wir hingegen bauen darauf, dass unter seiner Herrschaft die Beziehungen zwischen unseren Reichen gefestigt werden und vielleicht sogar ein Bündnis geschmiedet werden kann.«

»Darum also geht es.« Rih fasste sich nachdenklich ans Kinn. »Ein Bündnis gegen die Franken.«

Omar nickte. Seine Stimme hatte er zu einem Flüstern gesenkt. »Yalbugha ist zu alt oder zu starrsinnig, um den Nutzen eines solchen Bündnisses zu erkennen. Er sieht in uns nur einen weiteren Gegner, einen Emporkömmling, den es zu beobachten und nötigenfalls zu bekämpfen gilt. Doch Shaban könnte für uns der Schlüssel zu einem Zeitalter sein, das das Morgenland nach Jahrhunderten des Krieges und der Verwüstung neu erstarken lässt.«

»Um Allahs willen?«, fragte Rih.

»Nein, mein Freund. Um der Menschen willen, die genug gelitten haben unter den Angriffen der Franken und unter unseren kleingeistigen Streitigkeiten. Das muss ein Ende haben. Und ein Gefühl sagt mir, dass Shaban dabei eine wichtige Rolle spielt. Der Junge muss leben, mein Freund. Um jeden Preis.«

»Ich werde ihn um jeden Preis beschützen«, versicherte Rih. Nach dem vereitelten Mordanschlag hatte er den Jungen aus dem großen Palast in die kleinere Anlage von Al-Ablak bringen lassen, die auch Omar bewohnte. Dort schlief er jetzt nach den aufregenden Ereignissen der Nacht, bewacht von Yussuf und einigen weiteren Janitscharen. Der Palastwache traute Rih nicht über den Weg, nicht nach allem, was geschehen war.

»Woran hast du es eigentlich gemerkt?«, wollte Omar unvermittelt wissen.

»Herr?«

»Der Diener – woran hast du gemerkt, dass die Früchte vergiftet waren?«

»Eine Schweißperle«, entgegnete Rih. »Der Mann hatte vor etwas große Angst.«

Omar nickte, wobei ein fast väterlich stolzes Lächeln über seine faltigen Züge glitt. »Shaban hat eine gute Wahl getroffen«, sagte er.

Keiner der beiden ahnte, dass ihr Gespräch belauscht worden war – von jemandem, der die Kleidung und Rüstung eines Offiziers der Janitscharen trug und dem es deshalb erlaubt war, sich frei in Al-Ablak zu bewegen.

Hauptmann Xavir hatte jedes Wort gehört.

Und er war sicher, dass sich Emir Yalbugha sehr dafür interessieren würde.

34

Castello, Venedig
Nachmittag des 24. April 1362

Die Gasse war dunkel, selbst am hellen Tag.

Niemand gelangte zufällig hierher, das war der Grund, warum sie ausgewählt worden war. Dennoch war der Frevel nicht lange verborgen geblieben. Ein Diener auf einem Botengang hatte die Leiche entdeckt und den grausigen Fund an den Wächter des *sestiero* gemeldet. Dieser wiederum hatte die Stadtwache über den Vorfall in Kenntnis gesetzt, und schon wenig später hatte auch der neu ernannte Staatsinquisitor davon erfahren.

Als Battista Sabattini den Schauplatz des Verbrechens betrat, konnte er die Aura der Macht, die ihm vorausging, beinahe sehen. Die Menschen, die die schmale Gasse bevölkerten – Angehörige der Stadtwache sowie zwei Mönche des Dominikanerordens –, wichen respektvoll, fast furchtsam zurück, als er sich näherte. Sabattini war klar, dass diese Ehrfurcht nicht ihm persönlich galt, sondern dem Amt, das er neuerdings bekleidete. Doch für ihn machte es keinen Unterschied. Es hatte ihn viel Zeit, Geld und Mühe gekostet, dieses Amt zu erreichen, und nun, da er es endlich innehatte, war es ihm gleich, ob die Menschen ihn fürchteten oder sein Amt. Hauptsache, sie fürchteten ihn!

»Staatsinquisitor«, schnarrte Dario Berlotti, der Hauptmann, den Sabattini bereits als eifrigen Diener der Republik kennengelernt hatte, und verbeugte sich beflissen. »Ich hoffe, Ihr findet alles zu Eurer Zufriedenheit.«

»Davon bin ich überzeugt. Wurde die Gasse gesperrt, wie ich es angeordnet habe?«

»Ja, Herr. Niemand hat den Leichnam gesehen außer dem Boten, der ihn entdeckt hat, und einer Magd, die auf dem Weg zum Markt war.«

»Wo sind die beiden jetzt?«

»Im Quartier der Stadtwache.«

»Gut.« Sabattini nickte. »Lasst sie in den *palazzo* bringen, ich wünsche sie dort zu verhören.«

»Ja, Herr.«

»Und – Hauptmann?«

»Ja, Herr?«

»Kein Wort zu irgendjemandem. Dieser Tote ist von größerer Bedeutung, als Ihr oder irgendjemand sonst es sich vorstellen kann. Stillschweigen muss um jeden Preis bewahrt werden, ist das klar?«

»Ja, Herr.« Berlotti wandte sich ab, um zwei seiner Männer zum Wachquartier zu schicken. Sabattini ging weiter die Gasse hinab. In der schwarzen Robe, die er nun auch außerhalb des Ratsaals trug und die das äußere Erkennungszeichen seines Amtes war, wirkte er wie ein dunkler Schatten, der lautlos durch die Gasse glitt, bis zu dem leblosen Körper, der dort am Boden lag, nackt und blutüberströmt. Die beiden Mönche, die bei ihm am Boden kauerten, erhoben sich rasch, als der Staatsinquisitor sich näherte.

»Herr«, sagten beide und senkten die kahlen Häupter.

»Ist er das?«, fragte Sabattini, auf den entsetzlich zugerichteten Leichnam deutend. Es war ein Mann im Winter seines Lebens, dennoch von sehniger Gestalt. Unzählige Schnittwunden übersäten den blutverschmierten Körper, über dem die Fliegen in Schwärmen kreisten. Nur der Tatsache, dass kein Sonnenstrahl in die schmale Gasse drang, war es zu verdanken, dass der Geruch nicht längst unerträglich war. An der rechten Hand des Toten fehlten mehrere Finger, auch sein Unterleib war verstümmelt, sodass er wohl schlicht und einfach verblutet war, wie der eingetrocknete dunkle Fleck am Boden vermuten ließ. Lediglich die bärtigen Züge des Alten hatten seine Mörder nicht angetastet.

»Ja, Herr«, bestätigte einer der Mönche tonlos, ein dürrer Mann mit einer hakenförmigen Nase. Trauer und maßloses Entsetzen standen in seinen wässrigen Augen zu lesen. »Dies ist unser gütiger Vater Umberto.«

»Habt Dank, dass Ihr uns gerufen habt, um seinen Leichnam heimzuholen in den Kreis seiner Vertrauten«, fügte der andere Mönch hinzu, der ungleich runder war als sein Glaubensbruder, beinahe feist.

»Das sollt Ihr«, gestand Sabattini zu, »aber erst, wenn die Ermittlungen im Fall seines Todes abgeschlossen sind.«

»Natürlich.«

»Ihr kanntet ihn persönlich?«

»Ja, Herr.« Der Dürre nickte. »Ich bin Bruder Anselmo. Dies ist Bruder Remigio vom Orden der Dominikaner.«

»Habt Ihr den Toten gut gekannt?«

»Ja, Herr. Beim Dienst in der Kathedrale war er unser Vorgesetzter.«

»Wann habt Ihr ihn zuletzt gesehen?«

»Am gestrigen Nachmittag.«

»Erschien Euch irgendetwas auffällig oder seltsam?«

»Nein, Herr.«

»Könnt Ihr Euch einen Grund denken, warum jemand Pater Umberto töten sollte?«

»Keinen, Herr, und keinesfalls auf solch bestialische Weise.« Schaudernd blickte Anselmo auf den Toten. »Es wirkt, als hätte sich ein wildes Tier auf ihn gestürzt.«

»In der Tat.« Sabattini nickte.

Stilicho hatte ganze Arbeit geleistet.

Vielleicht sogar ein wenig zu viel.

»Eine Bestie treibt ihr Unwesen in der Stadt«, flüsterte Bruder Remigio und bekreuzigte sich. »Ein Mensch vermag etwas so Grauenvolles nicht zu tun.«

»Meint Ihr?« Sabattini sandte ihm einen Seitenblick. »Dann wisst Ihr offenbar sehr wenig über die menschliche Natur, Bruder.«

»Aber aus welchem Grund sollte jemand so etwas Schreckliches tun?«, fragte Anselmo, der mindestens ebenso entsetzt, aber weniger weltfremd zu sein schien als sein Glaubensbruder. »Wer sich auf diese Weise an Gottes Gebot versündigt, muss mit der ewigen Verdammnis rechnen. Wozu also ein solches Risiko auf sich nehmen, um einen Ordensmann zu überfallen, der nichts am Leibe trägt außer seinem Leben und einem Stück Stoff?«

»Und selbst das haben sie ihm genommen«, fügte Remigio leise hinzu. Der Mönch war während des Gesprächs immer noch bleicher geworden. Nun schien es ihm endgültig zu viel zu werden. Er wandte sich ab und erbrach sich geräuschvoll. Sabattini verzog das Gesicht.

»Ja«, knurrte er, »weshalb sollte jemand einen Ordensbruder überfallen, der doch offenkundig nichts besitzt? Vielleicht«, gab er sich selbst die Antwort, »ging es ja nicht um das, was Pater Umberto am Leib hatte, sondern um etwas, das er in seinem Kopf herumtrug.«

»In seinem Kopf?« Anselmo sah ihn fragend an. In den Augenwinkeln des Mönchs zuckte es nervös.

Sabattini lächelte nur. »Ich weiß zu schätzen, Brüder, dass Ihr das Schweigen zu wahren sucht. Aber wenn Ihr zu den Dienern von San Marco gehört, so bezweifle ich nicht, dass Ihr das Geheimnis kennt, das der gute Umberto hütete. Und als oberster Gerichtsherr dieser Stadt kenne ich es selbstverständlich auch.«

»Dann wisst Ihr …?«

»Ich weiß, dass Pater Umberto einer der Wenigen war, die den wahren Ort kennen, an dem die heiligen Reliquien verborgen sind«, fiel Sabattini dem Mönch ins Wort.

»Er ist … war ein Hüter«, bestätigte der dürre Mönch leise. »Und Ihr denkt, dass man ihn deswegen …?«

»Es ist die einzige Antwort, die Sinn ergibt. Wer immer das getan hat«, erklärte Sabattini, auf den entstellten Leichnam deutend, »wollte nicht schnell töten wie ein gedungener Mörder, sondern möglichst unerträgliche Qualen bereiten, um Pater Umbertos Zunge zu lösen. Es ist die einzige Antwort, die Sinn ergibt.«

Vor allem, wenn man wusste, dass die heiligen Gebeine in der vergangenen Nacht entwendet worden waren, fügte er in Gedanken hinzu, hütete sich aber davor, es laut auszusprechen. Die beiden Mönche waren nur einfache Kirchendiener, keiner von ihnen kannte den wahren Aufbewahrungsort der Reliquien. Und folglich wussten sie auch nicht, dass diese gestohlen worden waren.

»Ihr meint, die heiligen Reliquien sind in Gefahr?«, ächzte Bruder Anselmo entsetzt.

»Seid unbesorgt, sie sind in Sicherheit«, log Sabattini. »Als ich von Pater Umbertos Tod erfuhr, habe ich sofort veranlasst, sie an einen anderen Ort zu bringen, wo sie gut bewacht sind. Nicht auszudenken, was geschehen würde, wenn die Gebeine des Schutzheiligen unserer Stadt zu dessen großem Fest gestohlen würden!«

»Das ist wahr«, gab der Mönch zu, entsetzt und erleichtert zugleich. »Wir sind dankbar, dass der Allmächtige Euch in das Amt des Inquisitors berufen hat, Herr«, versicherte er. »Umbertos Mörder, wer immer er sein mag, ist die ewige Verdammnis sicher. Doch mit Eurer Hilfe wird er bereits im Diesseits eine Vorahnung darauf erhalten. Meine Ordensbrüder und ich werden für Euch und den Erfolg Eurer Mission beten. Aber wenn wir Euch auch anderweitig dabei helfen können, dann …«

»Das könnt Ihr in der Tat«, versicherte Sabattini und nickte dem Mönch in gönnerhafter Dankbarkeit zu. »Ich muss wissen, welche Kontakte Pater Umberto außerhalb des Ordens pflegte. Gab es jemanden in seiner Nähe? Mit dem er sich öfter traf oder den Ihr als vertraut bezeichnen würdet?«

Die beiden Dominikanermönche wechselten einen langen

Blick. »Nun, Herr«, entgegnete Anselmo dann, »wenn Ihr so fragt, gab es da tatsächlich jemanden. In den letzten Wochen und Monaten widmete Umberto sich mit großer Aufmerksamkeit einem jungen Kaufmannssohn, der wohl mit dem Gedanken spielt, unserem Orden beizutreten. Umberto hielt große Stücke auf ihn und schien ihn in mancher Hinsicht bereits zu seinem Schüler gemacht zu haben, obschon er noch nicht einmal sein Postulat begonnen hatte. Das ist ungewöhnlich, müsst Ihr wissen.«

»Ich verstehe«, versicherte Sabattini, der glaubte, eine gewisse Eifersucht aus Anselmos Worten herauszuhören. Auch Männer, die ihr Leben dem Reiche Gottes gewidmet hatten, waren dagegen wohl nicht gefeit. »Wie lautet der Name dieses jungen Mannes?«, wollte er wissen. »Ist er Euch bekannt?«

Bruder Anselmo brauchte nicht lange nachzudenken. »Sein Name ist Alessandro«, entgegnete er ohne Zögern. »Alessandro Bertrano.«

35

Cannaregio, Venedig
Nur wenig später

Zum ersten Mal nach Wochen bangen Wartens fühlte Leonardo Bertrano wieder so etwas wie Zuversicht.

Wenn er zuletzt im Lager seines Kontors in der *casa Bertrano* gestanden hatte, so hatte ihn die Last der Geldschulden und der damit verbundenen Sorgen fast erdrückt; nun hatte er wieder den Eindruck, frei atmen zu können. Das schale Gefühl, das er zunächst noch darüber verspürt hatte, dass er seine Tochter, sein leibliches Kind, als Sicherheit eingesetzt hatte, um sein Kontor mit frischem Geld zu versorgen, war inzwischen verflogen. Als Battista Sabattinis Ehefrau, so redete er sich ein, würde Alyssia gut versorgt sein, weit über Bertranos Lebensspanne hinaus. Was mehr konnte ein Vater sich wünschen? Und obendrein erschien es ihm auf merkwürdige Weise schicksalhaft, dass es ausgerechnet seine Tochter war, die Sabattini zur Frau nahm, nachdem seine erste Gemahlin bei jenem schicksalhaften Tag auf See …

Bertrano spürte die Trauer, die ihn überkommen wollte, und erstickte den Gedanken an die Geschehnisse von damals im Keim, so wie er es all die Jahre getan hatte. Allerdings hatte er feststellen müssen, dass sich die Erinnerungen immer schwerer unterdrücken ließen, je weiter sie zurücklagen. Bertrano führte das auf sein zunehmendes Alter zurück und schalt sich einen Narren; vermutlich, sagte er sich, ging es Sabattini ebenso. In all der Zeit hatten sie nie über diese Dinge gesprochen; Bertrano war weiter seinen Geschäften nachgegangen und hatte die Beziehungen zu seinen arabischen Lieferanten noch vertieft; Sabattini, der vornehmer Herkunft war und daher Mitglied des Großen Rates, hatte in Ergänzung seiner kaufmännischen Tätigkeit eine politische Karriere verfolgt und es dabei weit gebracht. Die Ereignisse von damals jedoch schmerzten noch immer – vielleicht würde die Hochzeit mit Alyssia dazu beitragen, die alten Wunden zu heilen.

»Herr?« Die Stimme Mario Capellos riss ihn aus seinen Gedanken. Der Blick, mit dem der Buchhalter ihn bedachte, legte nahe, dass er nicht zum ersten Mal fragte.

»Verzeih«, bat Bertrano, »ich war in Gedanken. Wo waren wir?«

»Bei der Lieferung, die wir für den Abend erwarten. Achtzehn Fässer Wein aus Verona, dazu zehn Fässer Salz aus den Salinen. Wir sind wieder im Geschäft, Herr.«

»Sieht ganz so aus.« Bertrano nickte und sah sich im Lager um. Wo vor wenigen Tagen noch gähnende Leere geherrscht hatte, füllten jetzt wieder Waren die Regale, vor allem Wein und Salz, aber auch Tuche sowie Filz und Hornwaren, die Jost van Geldern kurzfristig hatte schicken können. Vom Gewürzhandel wie überhaupt von Geschäften mit den Muselmanen hatte Bertrano vorerst lieber die Finger gelassen, um nicht erneut Gefahr zu laufen, alles zu verlieren. Zwar barg auch der Seeweg nach Westen zahllose Gefahren, und auf den Pässen über die Alpen lauerten gefährliche Wegelagerer den Kaufmannszügen auf; doch schien das Risiko in diesen Tagen weitaus geringer, als noch einmal von mamlukischen Piraten gekapert zu werden.

»Die Preise für Tuche aus Brügge sind in den letzten Wochen stark gestiegen«, merkte Capello an. »Mit den Gewinnen, die Ihr aus ihrem Verkauf erwirtschaftet, sollte es Euch nicht schwerfallen, einen guten Teil des Geldes zurückzuzahlen, das Sabattini Euch …«

Er unterbrach sich, als die Arbeiter am Kai des Kontors

herüberwinkten. Eine Barke näherte sich, vermutlich die der Weinhändler. Doch an den aufgeregten Gesten und den Rufen war schon kurz darauf zu erkennen, dass es offenbar doch nicht der Weinhändler war, der dort über das dunkle Wasser kam, und auch nicht das Salz aus den Salinen …

»Was ist da los?«, wollte Bertrano wissen. »Was ist das für ein Tumult?«

Mit gestrengem Blick trat er zu den Arbeitern. Die meisten trugen schmutzige Tuniken und hatten Tücher um die Köpfe gebunden, um sich vor der Sonne zu schützen, die hoch über den Häusern stand und sengend auf den Kai herabschien. Ihr Schein ließ das Wasser des Kanals so glitzern, dass Bertrano zunächst nicht erkennen konnte, was genau sich da über das Wasser näherte – bis er schließlich die Helme im Sonnenlicht blitzen sah.

»Soldaten der Stadtwache«, stellte Capello im selben Augenblick fest. »Sie kommen zu uns.«

Bertrano vermochte nicht zu sagen weshalb, aber eine seltsame Unruhe bemächtigte sich seiner. Weder war er sich irgendeiner Schuld bewusst noch sah er sonst einen Anlass zur Beunruhigung, und dennoch versetzte ihn der Anblick der bis zum Rand mit gepanzerten und schwer bewaffneten Soldaten besetzten Barke in Furcht.

Beinahe verärgert über sich selbst trat er an den Rand des Kais und verschränkte die Arme vor der Brust, um Gelassenheit zu zeigen. Die Barke erreichte den Steg, und ein Tau wurde herübergeworfen, das einer der Arbeiter festmachte. Ein Offizier sprang an Land, das Holz des Stegs erzitterte unter dem Gewicht seiner Rüstung. Das Gesicht unter der schimmernden Barbuta war beinahe reglos.

»Leonardo Bertrano?«, erkundigte er sich.

»Wer will das wissen?«, fragte dieser dagegen.

»Leonardo Bertrano«, schnarrte der Hauptmann, ohne auf die Frage einzugehen, »auf Geheiß des Staatsinquisitors und auf Befehl seiner Exzellenz des Dogen verhafte ich Euch hiermit wegen gemeinen Diebstahls und des Verdachts auf Hochverrat.«

Einen Augenblick stand Bertrano unbewegt.

»Ist das ein Scherz?«, erkundigte er sich dann.

Der Hauptmann blieb abermals eine Antwort schuldig. Stattdessen wies er einen Trupp seiner Leute an, herüberzukommen und Bertrano festzunehmen.

»Zurück!«, rief dieser laut und mit derartiger Autorität, dass die Bewaffneten tatsächlich zögerten. »Was fällt Euch ein? Ich bin ein ehrbarer Kaufmann und Bürger dieser Stadt!«

»Wenn es so ist, habt Ihr nichts zu befürchten«, stellte der Hauptmann klar – dann schickten sich seine Leute auch schon an, Bertrano zu ergreifen.

Sie erreichten ihn jedoch nicht, denn Capello sprang dazwischen. Mit einer Behändigkeit, die dem kleinwüchsigen Buchhalter kaum zuzutrauen war, stieß er einen der Wachmänner zurück, der gegen seinen Nachfolger prallte, worauf beide zu Boden gingen, vom Gewicht ihrer Kettenhemden bezwungen. Die Arbeiter brachen daraufhin in Gelächter aus, was wiederum den Hauptmann sehr erboste. Mit einer einzigen fließenden Bewegung riss er sein Schwert aus der Scheide, holte damit aus – und ließ es tief in den Hals des Buchhalters fahren.

»Mario! Nein!«, schrie Bertrano entsetzt.

Noch einen Augenblick lang hielt sich Capello auf den Beinen, voller Entsetzen auf den rasiermesserscharfen Stahl starrend, der seinen Hals zur Hälfte durchtrennt hatte. Blut trat hervor und tränkte seine Kleidung, und im nächsten Moment, als der Hauptmann das Schwert wieder herausriss, brach der Buchhalter leblos zusammen.

»Was geht da vor?«

Alyssia zuckte zusammen, als sie die Schreie hörte, was Giulia Marinara ein tiefes Seufzen entlockte.

»Bitte, *signorina*«, bat sie flehend. »Wie soll ich Eure Maße für das Hochzeitskleid nehmen, wenn Ihr nicht stillhaltet?« Die

Schneiderin schüttelte frustriert den Kopf. »Wie oft sollen wir denn noch von vorn beginnen?«

»Sooft es eben nötig ist«, entgegnete Alyssia gereizt und stieg von dem Schemel, auf dem sie sich vorgekommen war wie eine Statue, uralt und zur Reglosigkeit verdammt. Sie eilte zum Fenster und blickte hinab – nur um zu sehen, dass sich Soldaten der Stadtwache unten in der Gasse drängten, alle schwer bewaffnet.

»Signorina«, schnaubte die Schneiderin entnervt, »dürfte ich Euch bitten, auf das Podium zurückzukehren, damit ich meine Arbeit beenden kann?«

»Seid nicht albern«, wies Alyssia sie zurecht. »Dort unten geht irgendetwas vor sich.«

In diesem Moment durchdrang ein gellender Schrei das *ca'Bertrano*, und Alyssia erkannte die Stimme sofort.

»Das war mein Vater!«, stellte sie fest und war schon im nächsten Moment an der Tür.

»Aber *signorina*!«, rief Marinara abermals.

Alyssia scherte sich nicht darum.

Hals über Kopf stürzte sie die steile Treppe hinab, vorbei an den Mitgliedern des Hausgesindes, die den Schrei ebenfalls gehört hatten und alarmiert aus den Räumen drängten. Alyssia sah in entsetzt geweitete Mienen und merkte, wie sich ihr Pulsschlag beschleunigte. Ein Gefühl von drohendem Unheil ergriff von ihr Besitz, während sie die Treppe zum Kontor nahm.

»Vater!«, rief sie entsetzt, während neuerliche Schreie zu hören waren, dazu das Trampeln von Stiefeln und das Klirren von Rüstungen.

Es kam aus dem Lager!

Atemlos eilte Alyssia über die letzten Stufen, den Saum ihres Kleides gerafft, platzte durch die Tür der Lagerhalle und sah sich unvermittelt einem Dutzend bewaffneter Männer gegenüber. Es waren Soldaten der Stadtwache, die ganz offenbar das Lager des Kontors besetzt hatten, aus welchem Grund auch immer.

»Vater!«, rief Alyssia noch einmal.

»Tochter!«, drang es aus dem Kordon der Bewaffneten zurück. »Geh, rasch!«

Alyssia dachte nicht daran. Energisch bahnte sie sich einen Weg zwischen den breiten, mit Leder und Eisen beschlagenen Schultern hindurch und stand plötzlich vor einem jungen Mann, der nur wenig älter war als sie selbst, jedoch den Rang eines Hauptmanns der Stadtwache bekleidete. Neben ihm stand ihr Vater, von zwei Soldaten bewacht und eine eiserne Fessel um die Handgelenke. Auf dem Boden daneben lag eine zusammengekrümmte Gestalt, unter der sich eine von Augenblick zu Augenblick größer werdende Blutlache ausbreitete. Mit Entsetzen erkannte Alyssia, dass es kein anderer als Mario Capello war, der Buchhalter des Kontors und enge Vertraute ihres Vaters …

Sie schlug die Hand vor den Mund und unterdrückte einen Schrei. »Was … was hat das zu bedeuten?«, stammelte sie, von Grauen geschüttelt.

»Nur ein Irrtum, Kind«, beteuerte ihr Vater, doch sie konnte die Verzweiflung in seinen Augen deutlich sehen. »Alles wird sich aufklären.«

»Was wird meinem Vater zur Last gelegt?«, wollte Alyssia von dem Hauptmann wissen.

Der junge Mann, der seinen Helm abgenommen hatte, sodass ihm das schwarz gelockte Haar offen auf die Schultern fiel, bedachte sie mit einem stolzen Blick. »Ihr Vater, *signorina* Bertrano, wird des Hochverrats beschuldigt.«

»Was?« Alyssia sah den Offizier zweifelnd an. »Habt Ihr den Verstand verloren?«

»Ich befolge nur meine Befehle«, stellte dieser klar und gab seinen Leuten Zeichen, Bertrano abzuführen.

»Nein!«, rief Alyssia entsetzt und wollte zu ihrem Vater, um ihn zu umarmen, aber grobe Pranken packten sie und hielten sie zurück.

»Mistkerle!«, ereiferte Bertrano sich, während sie ihn bereits hinausschleppten. »Lasst sie los! Dazu habt ihr kein Recht!«

»Wir haben jedes Recht«, stellte der Offizier klar, »denn wir handeln im Auftrag des Staatsinquisitors, der höchsten rechtlichen Instanz dieser Republik!«

»Das werdet ihr bereuen!«, prophezeite Bertrano, während sie ihn bereits über den Steg in ihre Barke beförderten. Alyssia setzte alles daran, ihre Häscher abzuschütteln, aber es gelang ihr nicht. Ihre Augen füllten sich mit Tränen der Verzweiflung, während sie hilflos zusah, wie ihr Vater abgeführt wurde.

»Vater!«, schrie sie. »Vater!«

»Es wird alles gut, mein Kind«, versicherte er. »Alles wird sich aufklären, du wirst sehen.«

Noch einmal trafen sich ihre Blicke an diesem Nachmittag, kurz bevor die Soldaten ihn dazu zwangen, sich hinter die Back der Barke zu knien.

Es war das letzte Mal, dass sie einander sahen.

36

Palast des Sultans, Cairo
Abend des 24. April 1362

»Dein Name?«

»Xavir, Herr«, entgegnete der Hauptmann der Janitscharen mit tief gesenktem Haupt. Das Sprechen fiel ihm schwer, sein Herz schlug ihm bis zum Hals.

»Xavir«, wiederholte Yalbugha wie ein Echo, während er von seinem hohen Sitz auf den Osmanen herabblickte. Das bärtige Gesicht des Emirs blieb nahezu reglos. Lediglich sein Augenspiel verriet eine gewisse Neugier. »Und du wolltest mich unbedingt sprechen?«

»Ja, Herr«, bestätigte Xavir. Erst jetzt wagte er es, zaghaft aufzublicken. Yalbugha war berüchtigt für seine Launenhaftigkeit. Xavir wollte nichts riskieren. »Ich weiß von Dingen, die für Euch von großer Wichtigkeit sind, Herr«, erklärte er entsprechend vorsichtig.

»So sagte man mir.« Yalbughas Kopf, der direkt auf seinem Körper zu sitzen schien, wippte vor und zurück. »Warum hast du diese Dinge dann nicht einem meiner Diener anvertraut? Oder meinen Hofbeamten?«

»Weil ich das nicht konnte, Herr. Was ich zu sagen habe, ist nur für Eure Ohren bestimmt. Ganz allein.«

»Was du nicht sagst. Du gehörst zum Tross des Gesandten Omar ben Adil?«

»Ja, Herr. Ich bin Hauptmann der Janitscharengarde, zu der

auch El-Rih gehört, der zum Leibwächter des künftigen Sultans ernannt wurde.«

»Ist das so?« Es war unmöglich festzustellen, ob Yalbughas Blick Bewunderung oder Geringschätzung verriet. »Nach allem, was ich gesehen habe, sind die Janitscharen tapfere Krieger.«

»Das sind wir, Herr. Die besten, die dem osmanischen Sultan zu Gebote stehen.«

»Bescheiden bist du gerade nicht.«

»Ich spreche die Wahrheit, Herr«, entgegnete Xavir und straffte sich. »Ihr werdet nirgendwo im ganzen Osmanenreich Krieger finden, die mutiger und tapferer sind als die Janitscharen. Unser Leben gehört unserem Herrscher und ist dem Kampf gegen seine Feinde geweiht.«

»So ist es auch bei den Mamluken«, erwiderte der Emir. »Sage mir also, Hauptmann Xavir, was du zu berichten hast. Aber erwäge wohl: Beleidigst du mich mit deinen Reden oder wirst du auch nur verdächtigt, die Unwahrheit zu äußern, werden meine Wachen dich in Stücke hacken.«

Xavir betrachtete die beiden mit Hellebarden bewaffneten Wachen, die ihn zu beiden Seiten säumten, mit abschätzigem Blick. Obwohl man ihm sein Schwert abgenommen hatte, wäre er vermutlich mit ihnen fertiggeworden. Anders verhielt es sich mit den Bogenschützen, die oben auf der Balustrade standen und unverblümt auf ihn zielten. Ihnen zu entkommen war schon sehr viel schwieriger, wenn nicht unmöglich.

Xavir würde sich seine nächsten Worte also gut überlegen müssen.

Zurück konnte er nun nicht mehr.

»Ich verstehe, Herr«, versicherte er und verbeugte sich abermals. »Jedoch hatte ich keine andere Wahl, als zu Euch zu kommen. Mein Pflichtgefühl und meine Ehre, die mir als Janitschar heilig sind, zwangen mich dazu.«

»Tatsächlich?« Nun schien Yalbugha tatsächlich neugierig geworden zu sein. Seine dunklen Augen verengten sich zu Schlitzen. »Dann berichte, Janitschar.«

»Wie es der Zufall oder auch die Vorsehung wollte, bin ich Zeuge eines Gesprächs geworden«, fuhr der Hauptmann fort, jedes einzelne seiner Worte sorgfältig wählend.

»Was für ein Gespräch?«

»Ein Gespräch zwischen Omar ben Adil, dem Gesandten des osmanischen Sultans, und El-Rih, dem Leibwächter von ...«

»Ich weiß, wer der Kerl ist«, erklärte Yalbugha mit einer Handbewegung, als würde er Fliegen verscheuchen. »Was hat er gesagt? Worüber haben die beiden gesprochen?«

»Über Euch, Herr«, entgegnete Xavir und wusste, dass er die Überraschung auf seiner Seite hatte.

»Über mich.« Yalbugha ließ sich seine Verblüffung nicht anmerken. Jedoch bedeutete er seinen beiden Sekretären mit einem Blick, den Thronraum zu verlassen. Offenbar schien auch er nun der Ansicht zu sein, dass das folgende Gespräch besser nur unter vier Augen stattfand. Die Wachen, die er für seine Sicherheit wohl als unerlässlich betrachtete und denen er blind zu vertrauen schien, nicht eingerechnet.

»Und was, wenn es erlaubt ist zu fragen, hat der Abgesandte von Bursa über mich gesagt?«

»Er hält Euch für schuldig, Herr.«

»Für schuldig?« Yalbughas goldberingte Hände ballten sich zu Fäusten. »Schuldig woran?«

»Schuldig, Shaban al-Ashrafs Tod zu wollen«, eröffnete Xavir.

»Was?«

»Natürlich weiß ich, dass dies eine Lüge ist«, versicherte Xavir, »ein Komplott, um Euch bei Freunden und Verbündeten in Misskredit zu bringen. Jedoch schwöre ich, dass es das ist, was ich gehört habe, Herr, bei meinem Leben und meiner Ehre als Janitschar!«

»Hm«, machte Yalbugha nur und sah ihn prüfend an. Auch wenn es in Al-Qahira keine Janitscharen gab, die Tradition eines eigenen Kriegerstandes war den Mamluken keineswegs fremd, hatte sie doch ihren eigenen Aufstieg begründet. Und ihm schien wohl bewusst zu sein, was es bedeutete, wenn ein solcher Krieger bei seiner Ehre schwor.

Ganz langsam beugte er sich vor. »Was genau hast du gehört?«, wollte er wissen, wobei er seine Stimme zu einem Flüstern senkte.

»Sie … sie sprachen davon, dass Euch als Verteidiger des Reiches daran gelegen sein müsse, die Herrschaft selbst in Händen zu behalten … und dass es nicht in Eurer Absicht liegen könne, dass sie in die Hände eines noch jungen und unerfahrenen Sultans gerät …«

»So«, schnaubte der Emir. »Sagen sie das. Und was weiter?«

»Sie äußerten den Verdacht, dass Ihr es seid, der hinter den Mordanschlägen auf das Leben Shaban al-Ashrafs steht«, erwiderte Xavir, wobei er sich erneut weit hinabbeugte, um nur ja nicht den Eindruck zu erwecken, dass er selbst dieser Ansicht sei.

»Und – haben sie Beweise für diese dreisten Behauptungen?«

Xavir schüttelte den Kopf. »Soweit ich weiß nicht, Herr.«

»Also sind ben Adil und El-Rih die Einzigen, die davon wissen? Die Einzigen, die in dieses Komplott aus Lüge und Verleumdung verstrickt sind?«

»Das nehme ich an. Vor allem El-Rih ist ein Meister, wenn es darum geht, die Unwahrheit zu verbreiten. In Bursa hat er auch unsere Vorgesetzten immer wieder getäuscht. Nur durch Arglist und Lüge hat er sich Omar ben Adils Vertrauen erschlichen und auch das des künftigen Sultans.«

»Das klingt, als ob du ihn nicht besonders schätzen würdest.«

»Ich habe keinen Anlass dazu, Herr.«

Yalbugha nickte erneut, und hinter seiner Stirn schienen Überlegungen vor sich zu gehen, die nicht weniger dunkel waren als die Nacht, die über dem Palast und der Stadt heraufzog. »Wie«, fragte er schließlich, »würde es dir gefallen, in meine Dienste zu treten?«

»Ich bin Hauptmann der Janitscharen, Herr!«

»Und ein Hauptmann würdest du bleiben. Mehr noch, ich biete dir den Posten eines Obersten der Palastgarde an und dazu mehr Gold, als du in deinem Leben auszugeben vermagst.«

Xavir musste an sich halten, um nicht breit zu grinsen. Die Dinge entwickelten sich genau so, wie er gehofft hatte, wenn nicht noch besser.

»Was müsste ich dafür tun?«, wollte er wissen.

»Nichts weiter. Nur der Wahrheit zu ihrem Recht verhelfen«, stellte der Emir mit listigem Lächeln klar. »Denn natürlich kann ich als *atabak* des Reiches nicht dulden, dass solch freche Reden gegen mich geführt und dreiste Lügen über mich verbreitet werden.«

»Natürlich nicht«, stimmte Xavir voller Überzeugung zu. »Was soll ich tun, Herr?«

»Töte El-Rih«, trug Yalbugha ihm auf. »Und wenn du schon dabei bist, dann tilge auch seinen Herrn Omar ben Adil vom Angesicht dieser Erde.«

»Ihr … Ihr wollt, dass ich …?«

»Je schneller du es tust, desto größer wird deine Belohnung sein.«

»Und wenn …?«

»Wenn du dich weigerst oder versagst, werde ich dir die Kehle herausschneiden und dich verbluten lassen. Und bilde dir nicht ein, dass es irgendwo einen Ort gäbe, an dem du vor meiner Rache sicher bist«, entgegnete der Emir schlicht, und der Blick, mit dem er Xavir dabei bedachte, machte deutlich, dass er nicht zögern würde, diese Drohung wahr zu machen. »Wie also lautet deine Antwort?«

Xavir brauchte nicht zu überlegen.

Er hatte die Entscheidung schon vor einiger Zeit getroffen – als Omar ihn übergangen und El-Rih zu seinem Leibwächter gemacht hatte.

»Ich werde Euch meine Wahrheitsliebe beweisen und meinen Dolch in die Herzen jener senken, die schändliche Lügen über Euch verbreiten, Herr«, versprach er.

»So sei es.« Yalbugha lächelte. »Nun kehre zurück nach Al-Ablak und warte dort auf Nachricht. Wenn die Gelegenheit günstig ist, werde ich es dich wissen lassen.«

»Verstanden, Herr«, erwiderte Xavir und verbeugte sich tief. Nun würde er endlich Gelegenheit erhalten, sich zu rächen.

37

Unbekannter Ort, Venedig
Nacht zum 25. April 1362

Leonardo Bertrano wusste nicht, wohin man ihn gebracht hatte. Kurz nachdem er aus seinem Kontor abgeführt worden war, hatte man ihm die Augen verbunden, und schon bald darauf hatte er die Orientierung verloren.

Anfangs hatte sein Gehör ihm noch einigermaßen Aufschluss darüber gegeben, wo er sich befand, doch die Stimmen und die Geräusche ringsum waren immer weniger geworden und schließlich ganz verstummt. Antwort auf seine Fragen hatte er nicht bekommen, stattdessen hatte man ihn in etwas gesperrt, das eine Gefängniszelle oder ein Verlies sein mochte, denn es war kalt, feucht und dunkel. Und wenn Bertrano sich eine Weile nicht bewegte, konnte er trippelnde Schritte hören, die sich ihm näherten, und ein leises Quieken. Ratten – die einzige Gesellschaft, die ihm geblieben war. Doch es waren weder die Ratten, die ihm zusetzten, noch das dunkle Loch, in das man ihn gesteckt hatte; auch mit den schmerzenden Fesseln um die Handgelenke und dem quälenden Durst wäre er zurechtgekommen. Es war die Ungewissheit, die für Bertrano zur Qual wurde, sobald seine Häscher ihn allein ließen – allein mit den nagenden Fragen.

Was sollte das alles?

Warum war er verhaftet worden?

Was legte man ihm zur Last?

Der Hauptmann – ein gewisser Dario Berlotti – hatte von Hochverrat gesprochen. Das konnte doch unmöglich ernst gemeint sein! Andererseits fühlten die Ketten und die Kerkerhaft sich ernst genug an, dass Bertrano sich sorgte. Etwas musste vorgefallen sein. Etwas, das er nicht hatte kommen sehen und das seinen Untergang bedeuten konnte.

Und den seiner Familie.

Wie wankelmütig das Schicksal war! Noch vor wenigen Stunden hatten er und Capello sich darüber unterhalten, wie reich gefüllt das Lager und wie aussichtsreich die Zukunft wäre. Nun lag Capello erschlagen in seinem Blut, und Bertrano befand sich an einem Ort, der kein Tageslicht kannte. In der dunklen Stille musste er an seine Gemahlin Raffaela denken, an Alyssia und Alessandro. Sicher sorgten sie sich um ihn, fragten sich, was plötzlich über sie hereingebrochen war.

Bertrano hätte manches darum gegeben, es zu erfahren, auch wenn er ahnte, dass ihm die Antwort nicht gefallen würde. Denn eine Stimme tief in seinem Inneren sagte ihm, dass all dies nicht nur das Ergebnis einer bedauerlichen Verwechslung war, ein Irrtum der Justiz. Sondern dass es einen Grund dafür gab, dass er in diesen feuchten Mauern einsaß. Der Schluss, dass jemand ihn angeschwärzt hatte, lag nahe. Rivalen in Misskredit zu bringen war unter den konkurrierenden Kaufmannsfamilien der Stadt gang und gäbe, und je erfolgreicher einer war, desto mehr musste er damit rechnen, von seinen Gegnern denunziert zu werden. Doch weder waren Bertranos Geschäfte in letzter Zeit von besonderem Erfolg gekrönt gewesen noch hatte er sich in nennenswertem Maße Feinde gemacht. Seine Schulden hatte er beglichen, Van Geldern war ausbezahlt worden. Warum also war er hier? Was steckte hinter allem?

Trotz aller Fragen, die ihn quälten, bewahrte Bertrano Ruhe. Denn auch wenn er sich jemanden zum Feind gemacht haben mochte, er hatte auch mächtige Freunde. Er zweifelte nicht einen Lidschlag lang daran, dass Battista Sabattini nichts unversucht lassen würde, ihn aus dieser misslichen Lage zu befreien, sobald er von dem Unrecht erfuhr, das dem Vater seiner Braut widerfahren war.

Damit sprach Bertrano sich Mut zu, während die Stunden vergingen. Wie lange er bereits in der Zelle war, vermochte er längst nicht mehr zu sagen, jedes Gefühl für Zeit kam ihm abhanden. Auf dem feuchten Boden kauernd schlief er irgendwann ein, ungeachtet der Ratten, die immer wieder hervorkrochen und sich immer näher an ihn heranwagten. Der Schlaf währte jeweils nur Augenblicke und war von Albträumen durchsetzt – doch plötzlich schreckte Bertrano auf. Hatte er soeben ein Geräusch gehört? Oder war es nur im Traum gewesen?

Er lauschte angespannt, konnte plötzlich hören, wie sich über das feuchte Gestein Schritte näherten.

Sich an der von Schimmel überzogenen Wand abstützend, raffte Bertrano sich auf die Beine. Die Ratten stoben davon.

»Wer ist da?«, wollte er wissen.

Er bekam keine Antwort, aber die Schritte verharrten vor seiner Zelle. Es klirrte metallisch, als die Tür aufgeschlossen wurde, und jemand trat auf ihn zu und nahm ihm die Augenbinde ab. Der Fackelschein war so grell, dass Bertranos Augen schmerzten und er sie abschirmen musste.

»Lasst uns allein«, hörte er jemanden sagen, mit einer Stimme, die ihm bekannt vorkam.

Dann, langsam, gewöhnten sich seine Augen an den Feuerschein, und er erkannte eine große, in eine dunkle Robe gekleidete Gestalt vor der Zelle.

»Wer … seid Ihr?«, stieß er hervor. Das Sprechen fiel ihm schwer. Seine Kehle war wie ausgedörrt, seine Zunge angeschwollen.

»Erkennst du mich nicht?«

Wieder war Bertrano sicher, die Stimme zu kennen. Wankend trat er vor ans Gitter, und endlich konnte er das Gesicht unter der schwarzen Kapuze erkennen.

»Battista«, flüsterte er und konnte sein Glück kaum fassen.

Nun endlich, davon war er überzeugt, würde sich alles klären. »Mein Freund! Du bist gekommen!«

»Ich bin gekommen«, stimmte der andere zu. »Aber nicht als dein Freund.«

»Was?« Bertrano sah in die harten Gesichtszüge mit der missgestalteten Nase und konnte darin nicht eine Spur von Freundlichkeit oder Wohlwollen erkennen, noch nicht einmal von Bedauern. »Was hat das zu bedeuten?«

Sabattini sah ihn durch die Gitterstäbe an, taxierte ihn mit der ganzen Kälte seiner eisblauen Augen – und begann dann zu erzählen. »Vor vielen Jahren lebte in dieser Stadt ein junger Patriziersohn. Sein Vater hatte nicht viel Glück bei seinen Geschäften, und die Familie war verarmt. Also tat der Patriziersohn das, was die Söhne verarmter Kaufleute gerne tun: Er heuerte auf einer Galeere als Bogenschütze an und gelangte so zu etwas Geld. Auf einer seiner Fahrten lernte er einen anderen jungen Kaufmann kennen, der zwar nicht adeliger Abstammung war wie er selbst, jedoch sehr geschickt im Verhandeln. Zudem verfügte er über beste Kenntnisse der arabischen und griechischen Sprache, und er überredete ihn, gemeinsam mit ihm in Byzanz ein Kontor zu eröffnen.«

»Du sprichst von uns«, erkannte Bertrano flüsternd, doch Sabattini reagierte gar nicht darauf.

»Das taten die beiden dann auch«, fuhr er stattdessen unbeirrt fort, »und die Geschäfte florierten. Beide machten Gewinn und erwarben sich ein ansehnliches Vermögen, heirateten und gründeten Familien. Doch dann wollte einer der beiden wieder zurück nach Venedig, weil er der Ansicht war, dank der guten Geschäftsbeziehungen, die er sich aufgebaut hatte, dort noch größeren Gewinn erwirtschaften zu können. Der andere Kaufmann wollte nicht, aber sein Partner ließ ihm keine andere Wahl, und so gaben sie ihr Geschäft in Byzanz auf und kehrten in die Stadt ihrer Väter zurück.

Auf dem Weg dorthin jedoch ereignete sich auf hoher See ein Zwischenfall. Im griechischen Meer wurde ihr Schiff von mamlukischen Piraten entdeckt und aufgebracht. Der Besatzung des Handelsseglers drohte Tod oder Sklaverei – als überraschend eine venezianische Galeere am Horizont auftauchte und ihnen das Leben rettete. Die Seeräuber ergriffen die Flucht, doch die Frau eines der Kaufleute nahmen sie als Beute mit, und sie wurde nie mehr gesehen. Nach ihrer Rückkehr nach Venedig«, beendete Sabattini seine Erzählung, »trennten sich die Wege der beiden Kaufmänner, und sie machten niemals wieder gemeinsame Geschäfte …«

»… bis heute«, ergänzte Bertrano flüsternd. »Hättest du mir nicht geholfen, so wüsste ich nicht, was aus meinem Kontor geworden wäre, Battista. Wenn ich dir nicht genug dafür gedankt habe, so …«

Sabattini schnaubte verächtlich. »Du glaubst, ich will deinen Dank? Du denkst, es ginge mir darum?«

»Nun«, erwiderte Bertrano, »auf irgendeine Weise scheine ich deinen Zorn auf mich gezogen zu haben, auch wenn ich nicht weiß …«

»Meinen Zorn?«, begehrte der andere auf. »Aber nein! Weshalb sollte ich einen Groll gegen dich hegen, alter Freund?«

»Ich dachte nur, weil …«

»Nach unserer Rückkehr nach Venedig war ich am Boden zerstört. Die Frau, die ich liebte, war mir genommen, und mit ihr auch jede Kraft und jeder Wille weiterzuleben. Du jedoch hast weitergemacht, als ob nichts gewesen wäre. Mit deinen Verbindungen zur arabischen Welt hast du dir ein neues Kontor eingerichtet, und schon bald hattest du auch eine neue Frau ausgemacht und ihren Vater beschwatzt, sie dir in die Ehe zu geben. War es nicht so?«

»So einfach ist es nicht gewesen«, widersprach Bertrano kopfschüttelnd, »das weißt du genau. Ich hatte dir angeboten, erneut mein Partner zu werden, aber du hast abgelehnt.«

»Hätte ich zusagen sollen? Der Geschäftspartner des Mannes werden sollen, der die Schuld trug an meinem Unglück? Am Tod meiner geliebten Frau?«

»Auch ich habe meine Frau an jenem Tag verloren, Battista«, brachte Bertrano in Erinnerung.

»Und das soll dich retten? Das soll deine Ausrede dafür sein, dass du dieses Unglück über uns gebracht hast? Du allein trägst Schuld daran! Nur deinetwegen ist all das geschehen, Leonardo Bertrano!«

»Aber ich ...« Bertrano schüttelte den Kopf. »Ich wusste nicht, dass du mir die Schuld daran gibst, ich ...«

»Hast du gewusst, dass meine geliebte Allegra schwanger war? Dass sie mein Kind unter dem Herzen trug, als diese heidnischen Bastarde sie entführten?«

»Nein!«, rief Bertrano erschüttert aus. »Bei allem, was mir heilig ist, das wusste ich nicht, Battista! Das schwöre ich!«

»Du hast alles zerstört«, beharrte Sabattini und sah ihn dabei so durchdringend an, dass Bertrano bis ins Mark erschauderte. Jäh wurde ihm klar, dass er keine Gnade zu erwarten hatte. Nicht von diesem Mann, den er für seinen Verbündeten, für seinen Freund gehalten hatte.

»Das tut mir leid, Battista, das musst du mir glauben!«, versicherte er dennoch. »Alles, was geschehen ist, tut mir leid, aber du musst mir glauben, dass es nie in meiner Absicht stand ...«

»Und du glaubst, die Schwere der Schuld bemisst sich danach, ob sie absichtlich begangen wurde?«, fiel Sabattini ihm spöttisch ins Wort. »Jeder Mensch ist verantwortlich für das, was er tut. Und irgendwann muss er sich dieser Verantwortung stellen. In deinem Fall, Leonardo, ist das hier und heute.«

»Aber ich verstehe nicht ... Wenn du mich doch so sehr hasst, Battista – warum hast du mir dann geholfen? Warum willst du meine Tochter heiraten?«

»Du denkst wirklich, ich hätte dir geholfen?« Grollendes Gelächter drang aus dem Dunkel von Sabattinis Kapuze. »Es war eine Prüfung«, stellte er klar. »Ich wollte wissen, ob du tatsächlich deine Tochter verkaufen würdest, um dein Kontor zu retten. Das Ergebnis hat mich nicht überrascht. Du hast immer getan, was zum Überleben notwendig war, auch wenn es für andere den Untergang bedeutete – und du bist nicht der Einzige. Venedig wimmelt von Menschen wie dir, Speichelleckern und Emporkömmlingen, die sich dem Adel andienen, um etwas von seinem Glanz und seinem Reichtum zu erhaschen. Dabei seid ihr in Wahrheit nichts als Diebe und Räuber. Mit eurer Gier nach Macht und Gewinn habt ihr diese Republik krank gemacht. Sie ist marode und bis ins Mark verkommen, aber ich werde sie reinigen und ihren alten Ruhm wiederherstellen.«

»Du?« Zum ersten Mal während ihres Gesprächs kam Leonardo Bertrano der Gedanke, dass der seltsame Glanz in den Augen seines ehemaligen Geschäftspartners vielleicht mehr bedeuten könnte als bloße innere Erregung. Er musterte ihn und das schwarze Gewand, das er trug – und jäh dämmerte ihm die Erkenntnis: »Du bist es«, hauchte er. »Du bist der neue Staatsinquisitor, von dem Berlotti sprach.«

»Zu deinen Diensten«, bestätigte Sabattini trocken, »und bereits dabei, eine umfassende Verschwörung aufzudecken. Eine Verschwörung gegen die Stadt und die Republik Venedig, angeführt von keinem anderen als dem Hochverräter Leonardo Bertrano!«

»Was redest du da für Unsinn?« Bertrano schüttelte unwillig das Haupt. »Du kannst nicht einfach behaupten, dass ich …«

»Wusstest du, dass vergangene Nacht die heiligen Reliquien aus ihrem geheimen Versteck gestohlen wurden?«

»Was?« Bertrano sah ihn verwirrt an. »Was hat das mit mir zu tun? Was führst du im Schilde, Battista?«

»Nicht ich, sondern du«, verbesserte der Staatsinquisitor ihn genüsslich. »Wusstest du, dass es bereits eine Spur gibt? Ein Dominikanermönch namens Umberto wurde vergangene Nacht grausam ermordet, damit er den wahren Aufbewahrungsort der Reliquien preisgibt. Und es gibt Zeugen, die gesehen haben, dass Pater Umberto in letzter Zeit häufig in Gesellschaft eines jungen Mannes war, den er unter seine Fittiche genommen und dem er sein Vertrauen geschenkt hat. Der Name des jungen Mannes ist Alessandro. Alessandro Bertrano, um genau zu sein.«

»Was?« Bertrano zuckte zusammen wie unter einem Peitschenhieb. »Du musst wahnsinnig sein!«

»Keineswegs. Oder willst du etwa leugnen, dass Alessandro in deinem Auftrag gehandelt hat? Dass es seine Aufgabe war, dem alten Mönch das Geheimnis zu entreißen, damit du die Gebeine des Heiligen stehlen konntest?«

»Allerdings bestreite ich das!«, erhob Bertrano die Stimme, dass es von den Kerkerwänden widerhallte. »Diese Vorwürfe entbehren jeder Grundlage!«

»Tun sie das?«, fragte Sabattini ungerührt. »Ist Alessandro etwa nicht dein Sohn? Und hat er nicht bis vor Kurzem noch beteuert, sich für einen Beitritt in den Orden der Dominikaner zu begeistern?«

»Ja, aber …«

»Und hast du etwa keine Freunde in Alexandria, die du früher oft besucht hast?«

»Geschäftsfreunde, ja. Noch zu Zeiten unseres gemeinsamen Kontors.«

»Und ist es etwa nicht wahr, dass du zu diesen Leuten bis zum heutigen Tag Kontakt pflegst? Dass du sie gar um finanzielle Unterstützung gebeten hast?«

»Ja, aber sie wurde mir nicht zugestanden, weil …«

»… weil dir in Wahrheit kein wirklicher Schaden entstanden war«, folgerte Sabattini triumphierend. »Denn all das ist ein abgekartetes Spiel gewesen. Die Piraten, die deine Schiffe überfallen haben, waren in Wahrheit gedungene Söldner!«

»Was redest du da?«

»Mancano, ihr Kapitän, hat alles gestanden. Dass die Überfälle nur dem Zweck dienten, dich unverdächtig zu machen. Und dass seine und deine wahren Auftraggeber auf der anderen Seite des Meeres zu suchen sind, in Alexandria! Ein Komplott mit dem erklärten Ziel, die Bürgerschaft von Venedig zu unterwandern und sie der Quelle ihrer Kraft und ihres Wohlstands zu berauben – der heiligen Reliquien!«

Bertrano hörte die Worte in der Tiefe des Gewölbes verhallen, doch sein Verstand weigerte sich zu begreifen, was er da hörte. »Bist zu verrückt geworden, Battista!«, stieß er atemlos hervor. »Das alles habe ich nicht getan, und das weißt du!«

»Natürlich weiß ich das«, erwiderte der andere zu seiner Verblüffung. »Aber das spielt keine Rolle.«

»Warum nicht? Du bist der von seiner Exzellenz dem Dogen eingesetzte Staatsinquisitor! Wenn du nicht an der Wahrheit interessiert bist, wer dann?«

»Du willst Wahrheit?« Sabattini beugte sich bis zu den Gitterstäben vor. »Gut, dann will ich dir die Wahrheit verraten: Mein Name ist Candiano.«

»Candiano«, echote Bertrano leise. Wie alle Venezianer kannte er den Namen jenes Hauses, das einst für den Aufstieg Venedigs zur Vormacht in Italien und im gesamten östlichen Mittelmeer gesorgt – und dennoch ein solch unrühmliches Ende gefunden hatte …

»Sabattini war der Name meines Großvaters, des Mannes, dem meine Familie ihren Adelstitel verdankt. Der Name meiner Großmutter jedoch war Candiano, auch wenn sie ihn ihr Leben lang verheimlichen musste. Dabei war sie die Nachkommin Pietro Candianos, der einst als Doge über Venedig herrschte und seine Macht und Größe beständig erweiterte, ehe die anderen kamen, die Falieros und Celsis, die es nicht verdienen, die *zogia* auf ihrem Haupt zu tragen, geschweige denn in San Marco auf dem Thron zu sitzen. Ich jedoch bin Candianos wahrer Erbe!«

»Venedig ist kein Königtum, sondern eine Republik«, wandte Bertrano ein. »Das Amt des Dogen wird nicht vererbt, er wird aus den Reihen des Adels gewählt!«

»Oh, ja, das ist wahr«, bestätigte Sabattini, und wieder leuchtete etwas in seinen Augen, das Bertrano vermuten ließ, dass all dies in einem höheren Zusammenhang stand. »Obwohl Pietro Candiano dieser Stadt zu nie gekanntem Reichtum verholfen hat, obwohl er ihre Größe und Macht beständig erweitert hat, wurde sein Enkel als Doge abgesetzt. In einer blutigen Erhebung, die einen Teil der Stadt in Flammen aufgehen ließ, wurden er und die Seinen von Verrätern ermordet und ihre Leichen zu den Schlachtabfällen geworfen – so geschehen am elften August des Jahres 976. Nur mit knapper Not konnte sein Sohn Vitale nach Norden über die Berge flüchten und sich verborgen halten, sodass unsere Familie überlebte. Und ich, Battista Sabattini di Candiano«, fügte er mit glänzenden Augen hinzu, »habe feierlich geschworen, all dies ungeschehen zu machen und sie wieder auf den Thron zu bringen, indem ich die Feinde Venedigs vernichte!«

»Aber ich bin kein Feind Venedigs, Battista, das weißt du! Ebenso wenig wie mein geliebter Alessandro!«

Sabattini grinste nur. »Wusstest du, dass Pietro Candiano in jungen Jahren Mitglied einer geheimen Vereinigung war? Und dass es dieser Vereinigung zu verdanken war, dass die Gebeine des heiligen Markus aus Alexandria hierhergelangten?«

»Nein«, gab Bertrano zu. »Ich dachte immer, es wären gläubige Kaufleute gewesen, die …«

»Das solltest du glauben, so wie alle anderen. In Wahrheit war es das Ergebnis langer und sorgfältiger Planung. Nichts wurde dabei dem Zufall überlassen. Und auch ich habe nicht vor, etwas dem Zufall zu überlassen, wenn ich mir das zurückhole, was meiner Familie genommen wurde, und wenn ich genau wie mein Vorfahr diese Stadt zu nie gekannter Größe und Schönheit führe!«

Bertrano nickte, erst ganz allmählich wurde ihm das ganze Ausmaß des Komplotts bewusst, in das er geraten war. Als man ihn verhaftet hatte, hatte er geglaubt, angeschwärzt worden zu sein und schon bald wieder freizukommen. Doch es war sehr viel schlimmer. Er war das Opfer einer von langer Hand vorbereiteten Intrige geworden, die nicht nur ihn erfasst hatte, sondern auch seine Familie, sein Kontor und alles, was er besaß.

»Warum ich?«, fragte er nur.

»Weil du erfahren sollst, wie es ist, alles zu verlieren«, erklärte Sabattini ohne Zögern. »Und weil ich einen Narren brauchte, ein Bauernopfer. Und dieses Opfer, mein Freund, bist du.«

»Dann tu, was du tun musst«, entgegnete Bertrano voller Bitterkeit, »aber verschone meine Kinder! Sie können nichts für das, was ich getan habe oder was damals geschehen ist!«

»Das ist wahr. Was kann die Frucht dafür, wenn der Stamm verdorben ist?« Sabattini nickte. »Ich bin kein Unmensch, Leonardo. Trotz allem, was du mir angetan hast, bin ich bereit, die Deinen zu schonen. Noch ist nichts von dem, was ich dir gesagt habe, nach außen gedrungen. Noch kann die Hochzeit mit deiner Tochter wie vorgesehen vonstattengehen. Als meine Frau wird sie umfassenden Schutz genießen und die Gemahlin des Dogen von Venedig werden. Und was Alessandro betrifft, so kann sein Wunsch, dem Konvent beizutreten und ein Diener der Kirche zu werden, noch immer wahr werden.«

»Wie?«, fragte Bertrano nur.

»Indem du alles gestehst, was ich dir zur Last lege«, erwiderte Sabattini unbarmherzig, nun ganz Inquisitor.

»Das könnte ich tun, aber mein Geständnis wird einer Überprüfung nicht standhalten«, wandte Bertrano ein. »Der Rat der Zehn wird mir Fragen stellen wollen, und auch seine Exzellenz der Doge wird …«

»Vielleicht«, räumte Sabattini ein. »Aber es wird niemand mehr da sein, der ihre Fragen beantworten kann.«

Bertrano starrte sein Gegenüber an.

Er war nicht sicher, ob er verstanden hatte. Doch der Blick von Sabattinis eisblauen Augen ließ keinen Zweifel daran. »Ich … ich soll …?«

»Ich gebe dir Zeit bis zum Morgengrauen, Leonardo«, erklärte Sabattini, wobei ein Lächeln um seine Züge spielte, »meine Macht als Staatsinquisitor gestattet dies. Bei Tagesanbruch werde ich deine Kinder verhaften und dein Kontor beschlagnahmen lassen, und die Gerechtigkeit wird ihren Lauf nehmen.«

»Die Gerechtigkeit.« Bertrano lachte bitter auf.

»Es liegt in deiner Hand, dies zu verhindern.« Sabattini deutete zur Zellenwand. »In dieser Kiste dort findest du alles, was du brauchst.«

Bertrano merkte, wie das Grauen ihn erfasste. »Battista«, hauchte er, »Herr, ich bitte Euch …«

»Erwarte kein Mitleid mit mir, Leonardo, du hattest ja auch nie welches mit mir«, beschied Sabattini ihn zum Abschied. Dann wandte er sich ab und verschwand den niedrigen Gang hinab, bis seine schwarze Gestalt mit der Dunkelheit verschmolzen war.

Bertrano blieb zurück, am ganzen Körper zitternd. Wankend trat er zu der kleinen Truhe und öffnete sie im Schein der Fackel, die Sabattini zurückgelassen hatte.

Schreibzeug lag darin.

Und ein Stück Seil.

38

Hafen von Al-Maqs
Zur selben Zeit

Tagsüber ähnelte der Hafen von Al-Maqs einem Bienenstock. Zu Hunderten drängten sich Seemänner, Träger, Kaufleute und andere an den Kais, und in den Gassen herrschte ein Gedränge, das jedem Basar zur Ehre gereicht hätte; Schiffe, die auslaufen sollten, wurden beladen, und die Mannschaften gingen an Bord; bei anderen, die gerade erst eingetroffen waren, wurde die Ladung gelöscht. Ganze Kolonnen von Sklaven oder Kamelen waren damit beschäftigt, die Waren in die weiter flussabwärts gelegenen Lagerhäuser zu tragen. Und über allem lagen ein unbeschreiblicher Lärm und der Gestank von Fäulnis und brackigem Wasser.

Letzterer blieb auch bei Nacht bestehen. Ansonsten jedoch waren die Straßen und Gassen entlang des Flussufers wie ausgestorben.

Keine gute Gegend, um sich nach Einbruch der Dunkelheit noch herumzutreiben. Entsprechend wachsam waren die Blicke, mit denen El-Rih die Umgebung taxierte und in jede Nische und in jeden Hauseingang zu spähen versuchte. So faszinierend Al-Qahira, die Stadt der Mamluken, auch sein mochte, er schätzte sie nicht besonders. Für seinen Geschmack gab es dort entschieden zu viele dunkle Ecken.

Sie hatten einen Kaufmann aus Al-Iskandariya getroffen, der sich dieser Tage in Al-Maqs aufhielt, einen Armenier in osmanischen Diensten, dem Omar ben Adil allerhand Fragen gestellt hatte. Da Rih nicht viel von Politik verstand, hatte ihm das meiste davon nichts gesagt. Jedoch war das Wort »Krieg« immer wieder gefallen. Offenbar sorgte sich Omar kaum weniger als Emir Yalbugha darüber, dass die Franken das Meer überqueren und Al-Iskandariya angreifen könnten. Der Armenier jedoch tat diese Befürchtungen als übertrieben ab und versicherte, dass die Christen es nicht wagen würden, eine so stark befestigte Stadt anzugreifen. Das Gesicht, das der alte Omar dabei gemacht hatte, hatte Rih ganz und gar nicht gefallen.

Die Unterredung hatte länger gedauert, als er erwartet hatte. Sein Pflichtgefühl drängte ihn dazu, nach Shaban zu sehen. Zwar war Yussuf bei ihm, dem Rih jederzeit sein Leben anvertraut hätte. Doch sein Instinkt riet ihm, möglichst rasch zum Sultanspalast zurückzukehren.

»Du schweigst beharrlich«, stellte Omar fest, der neben ihm durch die dunklen Gassen ging.

»Was sollte ich sagen?«

»Ich kenne dich inzwischen lange genug, um zu wissen, dass du dich um etwas sorgst, wenn du so beharrlich schweigst.«

Rih schickte ihm einen Seitenblick. »Ihr kennt mich zu gut.«

»Ist es der Armenier oder seine Unbekümmertheit, die dir missfällt?«

»Weder noch«, gab Rih zu. »Ich sagte Euch schon, dass ich nichts von Politik verstehe. Aber ich mag es nicht, zu lange von dem Jungen getrennt zu sein.«

»Ach, das ist es.« Omar nickte. »Du hast ihn in dein Herz geschlossen, nicht wahr?«

»Wie könnte ich das? Er ist mein Herr, und ich bin sein Diener.«

»Du dienst dem Amt, das er dereinst bekleiden wird. Das Kind jedoch rührt an dein Herz, nicht wahr?«

Wieder blickte Rih den Gesandten an. Im blassen Mondlicht, das in die Gasse fiel, sah er das Lächeln in Omars faltigem Gesicht. »Wie ich schon sagte – Ihr kennt mich zu gut.«

»Sei vorsichtig, mein Freund. Ich weiß, dass ich dich gebeten habe, das Vertrauen des Jungen zu gewinnen, und das ist dir offenbar gelungen. Doch schon in wenigen Jahren wird Shaban Herrscher sein und du noch immer ein Janitschar – und die Mächtigen pflegen rasch zu vergessen.«

»Nicht Shaban.« Rih schüttelte den Kopf. »Der Junge ist besser.«

»Besser als wer? Yalbugha?« Omar lachte keuchend. »Das ist nicht schwer.«

»Besser, als Ihr denkt«, bekräftigte Rih.

»Ich denke gar nichts. Es ist die Erfahrung, die aus meinen Worten spricht. Die Erinnerung eines langen Lebens. Die Mächtigen, mein Freund, erkennen letztlich nur Ihresgleichen an. Shaban ist wie ein junger Löwe. Er ist der König der Tiere, den anderen an Stärke weit überlegen. Er weiß es nur noch nicht. Doch der Tag, an dem er sich dieser Tatsache bewusst wird, wird auch der Tag sein, an dem er sich von uns abwendet.«

»Das glaube ich nicht.«

»Weil du jung bist und voller Ideale.«

»Ihr etwa nicht?«

Omar grinste. »Du hältst mich für jung?«

»Voller Ideale«, meinte Rih. »Dient Ihr etwa nicht dem Reich der Osmanen? Seid Ihr nicht hier, weil Ihr Eurem Sultan nützlich sein wollt?«

»Nein – sondern weil ich hoffe, einen Krieg unter islamischen Glaubensbrüdern zu verhindern, zu dem es sonst zwangsläufig kommen wird.«

»Aber ich dachte, die Christen …«

»Die Welt ist in Bewegung geraten, mein Freund. Es sind unruhige Zeiten, in denen wir leben. Ein Sturm steht bevor, aber die wenigsten sind sich dessen bewusst. Yalbugha weiß es und sucht auf seine Weise nach einer Lösung. Ich auf die meine.«

»Ich weiß, dass Ihr ein Bündnis schließen wollt«, sagte Rih. »Ein Bündnis mit den Mamluken …«

»… aber das kann ich erst, wenn Shaban al-Ashraf Sultan ist«, ergänzte Omar nickend. »Aus diesem Grund muss er am Leben bleiben, aus diesem Grund …«

Er sprach nicht weiter.

Denn in diesem Moment traten drei Schatten aus dem Dunkel eines Hauseingangs. Alle drei trugen schwarze Mäntel, die sie neugierigen Blicken entziehen sollten, und ebenso schwarz gefärbte Tücher, die ihre Gesichter verhüllten. Schwerter blitzten im fahlen Mondlicht auf.

Ein Überfall!

Die Erkenntnis durchzuckte El-Rih wie ein Blitz. Im nächsten Moment hatte er sich bereits schützend vor Omar gestellt und seine eigene Klinge gezückt – und das keinen Augenblick zu früh.

Gleich zwei der Vermummten griffen gleichzeitig an.

Mit einem Stoß brachte Rih Omar aus der Reichweite ihrer Klingen. »Lauft!«, rief er ihm zu, dann riss er die eigene Waffe empor und parierte die wilde Attacke. Funken stoben in der Dunkelheit, als Stahl auf Stahl traf. Den einen Angreifer schaffte sich Rih mit einem Fußtritt vom Leib, den anderen stieß er mit der Klinge zurück. Der Mann gab ein wütendes Schnauben von sich, Hass loderte aus den Augen, die im Sehschlitz des Kopftuchs zu erkennen waren. Mit einem heiseren Kampfschrei setzte er erneut zum Angriff an, aber diesmal hatte Rih damit gerechnet. Er wich dem Hieb aus und schlug seinerseits zu. Seine Klinge durchtrennte den Arm des Vermummten knapp unterhalb des Ellbogens.

Der Mann brüllte fürchterlich, ein Blutschwall schoss aus dem Stumpf und besudelte Rih, der sich schon im nächsten Moment wieder dem anderen Angreifer gegenübersah. Mehrmals trafen ihre Klingen aufeinander, dann versuchte der vermummte Räuber, den Kampf mit einem Schlag gegen Rihs Beine zu beenden. Der mörderische Hieb wischte heran, und Rih sprang hoch, um ihm auszuweichen, während er gleichzeitig mit dem Knauf seiner eigenen Waffe zuschlug. Der Schwerthieb des Gegners ging fehl, dafür erwischte ihn Rihs Schlag mit voller Wucht. Zwar dämpfte der Stoff des Kopftuchs den Aufprall, doch war er noch groß genug, um ihn halb betäubt zurücktaumeln zu lassen. Kaum nahm er jedoch seine Schwerthand herab und gab seine Deckung preis, traf Rihs Klinge ihn mit furchtbarer Wucht und brachte ihm eine klaffende Wunde bei, die quer über seinen Brustkorb verlief. Blutend ging der Mann nieder – und nur noch ein Angreifer war übrig, vermutlich der Anführer des kleinen Trupps, der sich bislang im Hintergrund gehalten hatte.

Seine Augen taxierten Rih, die Klinge, die türkischen Ursprungs war wie seine eigene, bebte in seiner Hand.

Diese Augen!

Rih war sicher, dass ihr Blick ihn schon einmal getroffen hatte, aber er hatte keine Zeit, um weiter darüber nachzudenken. Mit einer halb erstickten Verwünschung warf sich der Vermummte auf ihn, und es war klar zu ersehen, dass er ein anderer Gegner war als die beiden vorherigen.

In wilden, sich kreuzenden Bahnen schwang er das Schwert und trieb Rih damit zurück. Erst als Rih hinter einem halb zerbrochenen Tonkrug Zuflucht suchte, der am Straßenrand stand, gab der Angreifer sein wildes Treiben auf. Stattdessen trat er nach dem Krug, der mit hellem Splittern vollends zerbrach. Rih schnitt sich an den Scherben, doch er ignorierte den Schmerz, wie man es ihn gelehrt hatte, und ging stattdessen zum Gegenangriff über. Er führte sein Schwert gegen den Hals des Gegners, aber der Vermummte duckte sich blitzschnell und wich aus. Der Hieb ging ins Leere, und Rih vollführte eine Drehung, um den Schwung abzufangen – nur um sich einer weiteren Attacke ausgesetzt zu sehen, die er mit Mühe blockte.

Erneut trieb ihn sein Gegner vor sich her, dann trafen die Klingen einander wieder, und ein zähes Ringen setzte ein, während jeder der Kontrahenten dem anderen einen Vorteil abzuringen suchte. Plötzlich hielt der Vermummte einen Dolch in der anderen Hand, mit dem er blitzschnell zustieß!

Rih spürte den sengenden Schmerz, als die Klinge seinen Rock und das darunter liegende Kettengeflecht durchdrang. Er unterdrückte einen Schrei, doch der Schmerz war überwältigend, raubte ihm den Atem. Mit einem Sprung zurück brachte er sich außer Reichweite seines Gegners, der mit hämischem Lachen das Schwert schwang und dann erneut auf ihn eindrang. Die eigene Klinge nun mit beiden Händen führend, konnte Rih den Schlag parieren, doch es war abzusehen, wie der Kampf enden würde. Rih merkte, wie das Blut warm und feucht an seiner Hüfte herabrann und seinen Rock und seine Beinkleider tränkte, und er hatte das Gefühl, dass mit jedem Tropfen wertvolle Lebenskraft aus ihm entwich … Er musste handeln, oder es würde in wenigen Augenblicken vorbei sein.

Den Schmerz ignorierend, legte er seine verbliebene Kraft in einen furchtbaren Schlag, der jedoch zu langsam und zu schwerfällig war. Der Vermummte wich aus, Rihs Klinge traf auf das Gestein der Mauer, vor der der andere gestanden hatte – und zerbrach.

Rih, der sein ganzes Gewicht in den Schlag gelegt hatte, verlor das Gleichgewicht und stürzte zu Boden. Dabei sah er voller Schrecken, wie sein Gegner ausholte, um ihm den tödlichen Streich zu versetzen.

Schon ging das Schwert nieder – nur um mit hellem Klirren auf eine andere Klinge zu treffen, die den Hieb parierte und abwehrte. Mit verschwimmenden Blicken sah Rih die hagere Gestalt von Omar über sich stehen. Der Gesandte hatte eine der herrenlosen Mamlukenklingen vom Boden aufgelesen und sich dem Vermummten damit in den Weg gestellt.

»Flieht … alter Mann …«, hauchte Rih – doch der Alte, der in so vielen Schlachten gefochten hatte, dachte nicht daran. In rascher Folge schwang er seine Klinge und brachte den Vermummten in Bedrängnis – jedoch nur für einen Augenblick. Denn schon im nächsten Moment schlug er mit kraftvollen Hieben zurück, und es war offensichtlich, dass die betagte Finesse des Alten der ungestümen Körperkraft des Räubers nichts entgegenzusetzen hatte. Die Klinge des Vermummten fauchte, während er nun Omar vor sich hertrieb, und Rih war klar, dass er eingreifen musste, oder nicht nur er, sondern auch sein Schutzbefohlener würde verloren sein.

Stöhnend und unter Schmerzen, die so heftig waren, dass er glaubte, in der Mitte auseinanderzubrechen, raffte sich Rih wieder auf die Beine. Schwerfällig machte er einen Schritt in Richtung der beiden Kämpfenden, was der Vermummte mit heiserem Gelächter quittierte.

»Kämpft ihr nun beide gegen mich? Der alte und der junge Narr? Dann nur zu, die Krokodile im Hafenbecken freuen sich schon auf eure Kadaver!« Erneut lachte er – und plötzlich wusste Rih, woher er dieses Lachen kannte. Auch wenn er es in diesem Moment kaum glauben konnte …

»Xavir?«, würgte er stöhnend hervor. »Hauptmann …?«

Der andere lachte abermals – und machte einen überraschenden Ausfall in Omars Richtung, mit dem er diesen durchbohren wollte. Der Alte jedoch wich dem Angriff aus, dafür setzte Rih vor und stürzte sich auf den Verräter.

Mit einem wütenden Aufschrei ging Xavir zu Boden. Rih landete auf ihm, und ein wüstes Handgemenge setzte ein. Xavir, der sein Schwert hatte fallen lassen, setzte alles daran, seinen Dolch in Rihs Kehle zu treiben.

»Nun?«, stieß er gehässig hervor. »Glaubst du noch immer, dass du der Bessere von uns beiden bist?«

Im Zuge des Kampfes löste sich sein Kopftuch und enthüllte seine Züge – es war tatsächlich kein anderer als Hauptmann Xavir. Die Erkenntnis, dass Xavir den Schwur der Janitscharen gebrochen hatte und die Regeln der Garde mit Füßen trat, dass er sich gegen seinen Waffenbruder gewandt hatte und danach trachtete, diesen zu töten, erfüllte Rih mit derartiger Wut, dass es ihm noch einmal Kraft gab.

Und er handelte.

Ungeachtet der Tatsache, dass der Stahl in seiner Hand geborsten war, rammte Rih ihn bis zum Heft in den Leib seines

Gegners. Xavir stieß einen Schrei aus, der in ein Gurgeln überging. Seine Augen weiteten sich vor Entsetzen, Blut trat über seine Lippen.

Rih blieb noch lange genug bei Bewusstsein, um sich zu vergewissern, dass der verräterische Hauptmann keinen Schaden mehr würde anrichten können. Dann verschwamm sein Blick, und infolge des Blutverlusts und der Strapaze brach er bewusstlos zusammen.

39

Cannaregio, Venedig
Morgen des 26. April 1362

Als Alyssia Bertrano an diesem Morgen nach unten ging, ahnte sie schon, dass der Besuch eines Offiziers der Stadtwache nichts Gutes zu bedeuten hatte.

Seit ihr Vater am Vortag verhaftet worden war, hatte sie nichts von ihm gesehen oder gehört. Und als ob das nicht schon schlimm genug gewesen wäre, war auch Alessandro erneut nicht nach Hause gekommen. Es war schon öfter vorgekommen, dass er über Nacht bei den Dominikanern geblieben war, wo man ihm eine kleine Kammer zur Verfügung gestellt hatte, aber noch niemals war er so lange fortgeblieben; drei Tage waren es inzwischen, und angesichts dessen, was ihrem Vater widerfahren war, machte Alyssia sich ernstliche Sorgen.

Als sie den Empfangsraum betrat, war Raffaela bereits da, dazu der Diener Giovanni, der in Abwesenheit ihres Vaters und ihres Bruders der einzige Mann im Haus war. Ihnen gegenüber stand ein junger Hauptmann in der Rüstung der Stadtwache. Er hatte den Helm abgenommen und trug ihn unter dem Arm, sodass Alyssia sein Gesicht sehen konnte. Es war Dario Berlotti, derselbe Offizier, der am Vortag ihren Vater verhaftet und den armen Capello auf dem Gewissen hatte. Der bloße Anblick von Berlottis seltsam weichen, selbstgefälligen Gesichtszügen brachte Alyssias Blut in Wallung.

»Wo ist mein Vater?«, herrschte sie ihn an, während sie energisch auf ihn zuschritt. »Ich verlange eine Erklärung für all das, verstanden?«

Raffaela wandte sich zu ihr um. Ihr Blick verriet tiefe Erschütterung, Tränen glänzten in ihren Augen, doch sie sagte nichts. Stattdessen ergriff Berlotti das Wort.

»*Signorina* Bertrano«, sagte er und verbeugte sich dabei tief, »bitte erlaubt mir, Euch mein aufrichtiges Beileid auszusprechen für den entsetzlichen Verlust, den Ihr erlitten habt.«

Verblüfft blieb Alyssia stehen. In ihrer Entrüstung wollte sie ihm entgegenrufen, dass sie nicht die geringste Ahnung hatte, wovon er sprach. Doch sie brauchte nur die Tränen in den Augen ihrer Stiefmutter zu sehen, um sehr wohl zu begreifen …

»Vater?«, fragte sie leise.

»Er wurde heute Morgen tot in seiner Zelle aufgefunden«, erklärte Berlotti.

»Was soll das heißen?«, fragte Alyssia unwirsch, die das nicht so einfach hinnehmen wollte. »Wie …?«

»Offenbar«, gab der Offizier zur Antwort, »hat er erkannt, wie erdrückend die Beweislast gegen ihn ist, und die Konsequenzen daraus gezogen.«

»Wollt Ihr damit sagen, dass mein Vater Selbstmord begangen hat?«

»Er wurde heute Morgen erhängt in seiner Zelle aufgefunden«, erklärte Berlotti nun deutlicher. »Tut mir leid.«

»Nein, Hauptmann – Ihr tut mir leid, wenn Ihr glaubt, dass mein Vater sich selbst etwas angetan haben könnte!«, widersprach Alyssia entschieden. »Er war ein Mann von Ehre! Niemals hätte er einen solchen Weg gewählt!«

»Das eigene Leben aufzugeben, um die Seinen zu schützen, ist überaus ehrenvoll«, wandte Berlotti ein. »Womöglich wollte er verhindern, dass noch mehr ans Licht kommt, das auch Euch belasten könnte.«

»Nicht mein Vater«, wehrte sie kategorisch ab. »Was auch immer man ihm zur Last legt, er hat es nicht getan!«

»So weit ich weiß, hat er vor seinem Tod ein umfassendes

schriftliches Geständnis abgelegt, in dem er sich in allen Anschuldigungen, einschließlich des Hochverrats, für schuldig bekennt.«

»Weil man ihn dazu gezwungen hat«, beharrte Alyssia.

»Bei allem gebührenden Respekt vor Eurem Verlust, Ihr solltet Eure Worte mit größerer Vorsicht wählen, *signorina* Bertrano«, schnarrte Berlotti. »Ich denke nicht, dass der ehrwürdige Battista Sabattini es schätzt, wenn man ihn der Lüge bezichtigt.«

»Battista Sabattini?« Alyssia starrte den Hauptmann fragend an. »Was hat er damit zu tun?«

»Ich dachte, das wüsstet Ihr. Er ist der Staatsinquisitor, den seine Exzellenz der Doge eingesetzt hat, um die feindlichen Umtriebe in dieser Stadt aufzudecken und ihnen ein Ende zu setzen.«

Alyssia hatte das Gefühl, als würde ihr der Boden unter den Füßen entzogen. Bereits die Nachricht vom Tod ihres Vaters hatte sie schwer erschüttert. Doch sie hatte tapfer versucht, Haltung zu wahren. Diese neuerliche Enthüllung war allerdings zu viel …

»Battista Sabattini ist der Inquisitor?«, fragte nun auch Raffaela. »Er steht hinter den Ermittlungen?«

»Ja, *signora*.«

Alyssias Gedanken drehten sich im Kreis. Was hatte das zu bedeuten? Ihr Vater hatte gesagt, dass Battista Sabattini ein Freund aus alten Tagen wäre. Immerhin hatte er ihm Geld gegeben, um sein Kontor zu retten, und seine Tochter dafür ehelichen wollen – und nun wandte er sich gegen ihn? Hatte sich ihr Vater womöglich tatsächlich etwas zuschulden kommen lassen?

Nein, das war ausgeschlossen. Vielmehr musste Alyssia an ihre alten Vorbehalte denken, an die Furcht, die sie stets in Battista Sabattinis Gegenwart verspürte. Womöglich, sagte sie sich, hatte dieses Gefühl sie nicht getrogen. Aber was steckte hinter all dem? Welches Ziel verfolgte Sabattini tatsächlich?

»Und nun seid Ihr gekommen, um auch uns zu verhaften, Hauptmann?«, erkundigte sie sich spitz. »Sieht der Staatsinquisitor die Sicherheit der Republik auch durch zwei wehrlose Frauen und ihren Hausdiener bedroht?«

»Ganz im Gegenteil. Der Inquisitor lässt Euch bestellen, dass die Ermittlungen im Fall Eures Vaters nunmehr abgeschlossen sind und Ihr nichts zu befürchten habt.«

»Und mein Bruder? Was ist mit ihm?«

»Von Eurem Bruder weiß ich nichts.«

»Lügner«, zischte Alyssia, und in ihrer Wut und ihrer Trauer versetzte sie Berlotti eine schallende Ohrfeige. »Seit drei Tagen wird er vermisst. Hat er sich etwa auch aus Verzweiflung selbst getötet?«

Unbewegt stand der Hauptmann vor ihr, den Blick fest auf sie gerichtet. Seine behandschuhte Rechte befühlte seine schmerzende Wange, sein Kettenhemd dehnte sich unter stoßweisen Atemzügen.

»*Signorina* Bertrano«, knurrte er schließlich, seinen Zorn nur mühsam beherrschend, »in Anbetracht Eurer Trauer und des schrecklichen Verlusts, den Ihr erlitten habt, seid Ihr nicht Herrin Eurer selbst, deshalb werde ich diese Beleidigung ungestraft hinnehmen. Aber als Tochter eines überführten Hochverräters, die Ihr nun seid, rate ich Euch dringend zur Vorsicht.«

Damit verbeugte er sich, wandte sich ab und verließ den Empfangsraum. Giovanni folgte ihm, um ihn zur Tür zu geleiten, die beiden Frauen blieben zurück.

»Tot«, flüsterte Raffaela tonlos und starrte mit leerem Blick vor sich hin. »Mein geliebter Leonardo ist tot! Was soll nun werden?«

»Ich weiß es nicht«, erwiderte Alyssia. Auch sie war bestürzt und voller Trauer, aber im Augenblick überwog noch ihre Wut über das geschehene Unrecht. »Aber ich weiß, dass Vater nichts verbrochen hat! Er war Kaufmann mit Leib und Seele und hat um seiner Geschäfte willen manches getan, das ich nicht gutheißen kann. Aber er war sein Leben lang ein loyaler und treuer Bürger und kein Verräter gegen den Staat! Und niemals, niemals hätte er Hand an sich selbst gelegt!«

»Und dennoch ist es geschehen«, entgegnete Raffaela, »und uns bleibt nichts, als uns damit abzufinden.« Sie trat auf Alyssia zu, in der offenkundigen Absicht, sie zu umarmen und ihr Trost zuzusprechen – doch Alyssia wich zurück.

»Dann tu das«, erwiderte sie. »Ich werde mich niemals damit abfinden, dass mein Vater ein Verräter gewesen sein soll! Wir wissen ja noch nicht einmal, was genau ihm zur Last gelegt wurde!«

»Was willst du tun, Kind?«

»Zuerst muss ich meinen Bruder finden«, verkündete Alyssia entschlossen. »Sodann werden wir gemeinsam bei Sabattini vorsprechen und von ihm Antworten verlangen.«

»Mein Kind«, sagte Raffaela, und es klang in keiner Weise herablassend oder gönnerhaft, sondern einfach nur besorgt. »Ich weiß, dass ich nicht deine Mutter bin, dennoch möchte ich dir jetzt einen mütterlichen Rat geben. Dein Vater war ein großer Mann, das steht außer Frage. Aber er ist nicht mehr am Leben. Was ihm zur Last gelegt wird, ist nicht mehr von Belang. Stattdessen sollten wir Frauen uns um uns selbst sorgen.«

»Wie meinst du das?«

»Nun«, entgegnete sie, wobei ein seltsamer Ausdruck in ihre braunen Augen trat, so, als würde ihr etwas, worüber sie lange nachgedacht hatte, erst in diesem Augenblick wirklich klar werden. »Nach allem, was vorgefallen ist, wird Sabattini sicher nicht mehr zu seinem Wort stehen ...«

»Glaubst du denn, das interessiert mich?«, fragte Alyssia aufgebracht, und zum ersten Mal traten ihr Tränen in die Augen. »Glaubst du, ich möchte die Frau des Mannes werden, der meinen Vater auf dem Gewissen hat?«

»Natürlich nicht«, wehrte Raffaela beschwichtigend ab, »aber ich fürchte, dass du die Folgen unterschätzt, denn ganz gleich, was dein Vater getan oder nicht getan hat, er gilt als des Hochverrats überführt, und das bedeutet, dass sein gesamter Besitz dem Staat anheimfällt.«

»Nein.« Alyssia schüttelte den Kopf. »Vater hat sein Leben

lang für all das hier gearbeitet. Sie können es uns nicht einfach nehmen.«

»Doch, Alyssia. Ich fürchte, das können sie. Und sie werden es tun, daran zweifle ich nicht. Uns allen drohen Mittellosigkeit und gesellschaftliche Ächtung, es sei denn …«

»Was?«

»Es sei denn, wir kommen ihnen zuvor«, entgegnete Raffaela mit zu einem Flüstern gesenkter Stimme. »Ich kann bei meiner Familie auf dem Festland Zuflucht suchen – und auch Du solltest die Stadt verlassen.«

»Niemals!«, widersprach Alyssia trotzig. »Ich habe nichts getan, weswegen ich mich zu schämen hätte! Und mein Vater ebenfalls nicht!«

»Das Urteil ist längst gesprochen«, brachte Raffaela in Erinnerung. »Niemand wird mehr fragen, wie es dazu gekommen ist. Dein Vater … mein Ehemann … ist ein geständiger Hochverräter. Man wird seinen Kopf auf einen Spieß stecken und auf dem Rialto zur Schau stellen. Willst du das mit ansehen müssen?«

Alles in Alyssia verkrampfte sich. Mit geballten Fäusten stand sie da, wütend und traurig zugleich. Doch als Raffaelas Worte vor ihren Augen Gestalt annahmen, da gewann ihre Trauer die Oberhand. Resignierend ließ Alyssia die Fäuste sinken, und die Tränen traten ungehemmt hervor. Es war so ungerecht … und doch konnte sie nichts dagegen tun, war machtlos, ein Blatt im Wind …

Raffaela trat zu ihr, und die beiden ungleichen Frauen, Stiefmutter und Stieftochter, umarmten einander und spendeten sich gegenseitig Trost, worauf Alyssia sich wieder ein wenig beruhigte.

»Du musst aus der Stadt fliehen, Kind«, schärfte Raffaela ihr ein, »je eher, desto besser. Hat dein Vater nicht Geschäftsfreunde in Byzanz?«

»Noch aus … alten Tagen«, stimmte Alyssia stoßweise und unter Tränen zu. »Ich könnte ihnen einen Brief schicken und sie fragen, ob …«

»Dazu ist keine Zeit. Wenn sich die Nachricht erst verbreitet, wird Venedig uns nicht mehr wie unsere Heimat erscheinen, sondern wie ein Ort in der Fremde. Je eher wir die Stadt verlassen, desto besser.«

»Aber wie soll ich eine Passage bekommen? Eine Frau, die alleine reist …«

»Giovanni wird dich begleiten«, kündigte Raffaela an. »Und ich kenne einen Kapitän, der meiner Familie in Freundschaft verbunden ist. Sicher weiß er ein Schiff, das in den nächsten Tagen nach Byzanz ausläuft.«

Alyssia nickte.

Sie sah ein, dass es besser war zu gehen – schon weil sie das Haupt ihres Vaters nicht auf einem Spieß sehen wollte. Und sie wollte auch nicht mit ansehen müssen, wie sich alles, wofür er sein Leben lang gekämpft und gearbeitet hatte, in nichts auflöste. Mit einer energischen Geste wischte sie die Tränen aus den Augen und löste sich aus Raffaelas Umarmung.

»Danke«, sagte sie leise. »Auch wenn du nicht meine Mutter bist – du warst mir immer eine gute Freundin.«

»Das bin ich deinem Vater schuldig, denn auch er war immer gut zu mir«, entgegnete Raffaela. »Doch nun ist die Zeit gekommen, da wir an uns selbst denken müssen«, fügte sie hinzu und wandte sich ab, sodass Alyssia nicht das zufriedene Lächeln sah, das über ihre schmalen Züge huschte.

40

San Marco, Venedig
Zur selben Zeit

Es war die erste Sitzung des Rates der Zehn, die auf Geheiß und unter dem Vorsitz des neu ernannten Staatsinquisitors stattfand – nicht bei Nacht und an einem geheimen Ort, sondern am hellen Tage und in der Ratskammer des Dogenpalasts.

Natürlich hatten die anderen Ratsmitglieder inzwischen erfahren, dass Battista Sabattini in den Stand des Inquisitors erhoben und mit den entsprechenden Befugnissen ausgestattet worden war. Was sie noch nicht wussten, war, dass er bereits einen ersten bedeutenden Erfolg vorzuweisen hatte. Die von ihm einberufene Sitzung diente im Grunde nur dem einen Zweck, diesen Erfolg bekanntzugeben.

»Eure Exzellenz! Verehrte Räte, Mitglieder in diesem Gremium, dessen oberstes Ziel die Sicherheit unserer Republik ist«, ergriff Sabattini das Wort, nachdem die Räte Platz genommen hatten und erwartungsvolle Stille eingekehrt war. »Wie Ihr sicher erfahren habt, hat seine Exzellenz der Doge mich zum neuen Staatsinquisitor der Republik ernannt, mit allen damit verbundenen Rechten und Verpflichtungen.«

»Wir haben es erfahren«, bestätigte Rat Varesi mit unverhohlenem Misstrauen. »Aber ich denke noch immer, dass es falsch ist, einen einzelnen Patrizier mit einer so umfangreichen Machtfülle auszustatten.«

Zustimmendes Gemurmel, dazu fragende Blicke, die sich

auf den Dogen richteten. Lorenzo Celsi ignorierte sie, so gut es ihm möglich war. Mit eingezogenem Haupt saß er auf seinem Ratsstuhl, umgeben von seinen Sekretären und Hofbeamten, und blickte starr vor sich hin. Sabattini hatte ihm geraten, sich nicht zu äußern. Und der Doge, verängstigt, wie er war, folgte dem Wunsch seines Inquisitors aufs Wort.

»Das ist Euer gutes Recht, werter Varesi«, gestand Sabattini zu, »aber auch Ihr werdet erkennen, dass Seine Exzellenz gut daran getan hat, mich zu berufen – denn wie sich herausstellte, lag ich von Anfang an richtig.«

»In welcher Hinsicht?«

»In jeder«, entgegnete Sabattini unbescheiden. »Doch erst jetzt kann ich es Euch schlüssig beweisen. Bei unserem letzten Treffen versprach ich Euch, den Mann zu finden, der der Auftraggeber Mancanos und seiner Piraten war. Den Mann, der hinter den gemeinen Überfällen steckte.«

»Und?«

»Ich habe ihn gefunden«, entgegnete Sabattini genüsslich, wobei er seinen Blick weit in die Runde schweifen ließ. »Sein Name ist Leonardo Bertrano.«

»Bertrano? Ist das nicht einer der Kaufleute, deren Schiffe von den Piraten überfallen wurden?«, hakte Pietro Marcesi, ein weiteres Mitglied des Rates, nach.

»So ist es.«

»Dann verzeiht meine Verwirrung«, fügte Varesi sarkastisch hinzu, »aber ist Bertrano nicht auch der Mann, dem Ihr Geld geliehen habt, damit sein Kontor nicht Konkurs anmelden musste? Dessen Tochter Ihr heiraten wollt?«

»Daran könnt Ihr sehen, dass auch ich von seiner Hinterlist und Gemeinheit getäuscht wurde«, bestätigte Sabattini. »Ich glaubte, Bertrano helfen zu müssen, da die Seeräuber es so offenkundig auf seine Schiffe abgesehen hatten. Nun jedoch kenne ich den wahren Grund dafür: Er selbst hat dafür gesorgt.«

»Das ist doch Wahnsinn!«, wandte Staatskämmerer del Rosso

ein. »Warum sollte ein ehrbarer Kaufmann etwas so Verrücktes tun? Was hätte er davon?«

»Ja, was hätte er wohl davon?« Sabattini nickte. »Auf den ersten Blick scheint es keine Antwort auf diese Frage zu geben – und genau das ist die Antwort. Die Überfälle dienten einzig und allein dem Ziel, Bertrano unverdächtig erscheinen zu lassen und sich mein Vertrauen zu erschleichen. Tatsächlich trug ich mich mit dem Gedanken, seine Tochter zu heiraten! In Wahrheit jedoch hat er uns alle getäuscht, denn kein anderer als er war der Auftraggeber der Piraten und der Drahtzieher des gemeinen Komplotts.«

»Welches Komplotts?« Varesi schüttelte das klobige Haupt. »Seid Ihr immer noch von der irrigen Annahme erfüllt, dass der muselmanische Feind unsere Stadt unterwandert hätte?«

»Es ist keine Annahme, mein Freund, und sie ist auch nicht irrig«, entgegnete Sabattini triumphierend. »Denn wie sich zeigte, verfolgte der Feind das hinterhältige Ziel, die heiligen Reliquien aus San Marco zu stehlen und auf diese Weise unsere Republik zu schwächen!«

»Die heiligen Reliquien?« Nicht nur Varesi, auch die anderen Räte blickten ihn verständnislos an. »Was redet Ihr da? Die Reliquien wurden nicht gestohlen! Das Volk feiert in den Straßen und begeht das Fest des heiligen Markus ...«

»Weil es die Wahrheit nicht kennt«, gab Sabattini zu. »Die Wahrheit jedoch ist, dass die heiligen Reliquien vergangene Nacht aus ihrem geheimen Versteck in San Marco gestohlen wurden.«

»Ist ... das wahr?« Die Räte blickten fragend in Richtung des Dogen, doch Celsi vergrub sein Gesicht in den Händen und blieb eine Antwort schuldig. Vermutlich, so nahm Sabattini an, sah er sein Haupt schon körperlos auf dem blutgetränkten Boden des Richtplatzes liegen ...

»Es ist wahr«, bestätigte Sabattini, »dennoch besteht kein Grund zur Sorge, denn die Diebe wurden entdeckt, und sie werden verfolgt und zur Rechenschaft gezogen.«

»Wer sind sie?«, wollte Varesi wissen.

»Die erste Spur«, erklärte Sabattini genüsslich, »führte zu Alessandro, Leonardo Bertranos Sohn, der seinen Mentor, einen alten Dominikanermönch, ermordet hat, um den geheimen Aufbewahrungsort der Reliquien zu erfahren. Alessandro hat dies im Auftrag seines Vaters getan, der wiederum in enger Verbindung mit den Muselmanen von Alexandria stand, mit denen er seit langen Jahren enge Geschäftsbeziehungen unterhält.«

»Das stimmt«, bemerkte Luca Garuso, ein Kaufmann, dessen Kontor genau wie Bertranos in Cannaregio lag. »Ich kenne Bertrano, er beherrscht fließend die arabische Zunge.«

»Nicht nur das, er ist auch oft dort gewesen«, führte Sabattini aus, der seinen Sitz verlassen hatte und nun in der Mitte der Versammlung auf und ab ging, eine düstere Erscheinung in seiner dunklen Robe. »Er hat mit ihnen zusammengesessen und Pläne gegen die Stadt seiner Väter geschmiedet – und schließlich hat er eingewilligt, als Alexandrias Büttel nach Venedig zurückzukehren und das Wertvollste zu stehlen, das diese Republik besitzt: die Gebeine des Heiligen!«

»Woher wisst Ihr das alles?«, rief jemand. »Wo ist Bertrano, und warum sprecht ihr immerzu in der Vergangenheit von ihm?«

»Bedauerlicherweise«, erklärte der Inquisitor wie beiläufig, »hat der Feigling es vorgezogen, seinem verräterischen Leben in der Gefängniszelle ein Ende zu bereiten. Statt sich für seine Taten vor Euch zu verantworten, ehrwürdige Räte, hat er sich im Morgengrauen in seiner Zelle erhängt. Vorher jedoch hat er ein umfassendes Geständnis abgelegt, das Ihr hier vorfindet!«

Er griff in seine Robe und zog die Schriftrolle mit Bertranos Geständnis hervor, die er triumphierend hochhielt. »Lest es genau! Die Bertrano kannten, werden feststellen, dass es seine Handschrift, seine Signatur und sein Siegel ist.«

Er warf das Schriftstück Varesi zu, der es auffing und entrollte. Man konnte sehen, wie mit jedem Wort, das er las, das rundliche und zur Rötung neigende Gesicht des Patriziers blasser und blasser wurde. Als er fertig gelesen hatte, reichte er das Schriftstück weiter, und der Nächste las es. So machte es die Runde, und mit jedem Rat, der den Inhalt kannte, wuchs die Unruhe im Saal.

»Das ist unerhört!«, empörte sich jemand.

»Ein infames Komplott!«, ereiferte sich ein anderer.

Blanke Wut griff um sich, und die Tatsache, dass der Urheber des Übels nicht mehr unter den Lebenden weilte, dass er sich seiner gerechten Bestrafung entzogen hatte, schien die Räte in keiner Weise zu besänftigen, sondern ihre Wut nur noch mehr anzustacheln. Nur in den Gesichtern Varesis und seiner engsten Anhänger stand noch Argwohn zu lesen. Die Übrigen schienen plötzlich zu bedauern, dass sie die Situation falsch beurteilt hatten, und taten dies auch eilig kund:

»Verzeiht, werter Sabattini«, rief Marcesi. »Ich habe Euren Vermutungen nicht glauben wollen, dabei stellt sich nun heraus, dass Ihr recht hattet. Und während wir Euer Wort in Zweifel gezogen haben, seid Ihr Eurem Versprechen nachgekommen, die Feinde Venedigs ausfindig zu machen, Euren persönlichen Empfindungen zum Trotz. Wie sehr es Euch schmerzen muss, Eure zukünftige Braut unter den Verrätern zu finden!«

»Das tut es«, versicherte Sabattini, in seinem Inneren darüber triumphierend, dass auch dieser Winkelzug geglückt war. »Ich wollte Bertrano helfen, wollte seine Tochter in mein Haus aufnehmen, doch ihm ging es nur darum, sich in mein Herz zu schleichen. Aber damit ist es nun vorbei. Alyssia Bertrano hat es vorgezogen, die Stadt zu verlassen, heimlich und unbemerkt wie eine Diebin. Ich nehme das als einen weiteren Beweis dafür, dass nicht nur Bertrano selbst, sondern seine ganze Familie in Schuld verstrickt ist. Auch von Alyssias Bruder Alessandro fehlt jede Spur, beide werden von dieser Stunde an gesucht.«

»So fällt ihr gesamter Besitz der Republik anheim«, verkündete del Rosso in seiner Eigenschaft als Kämmerer.

»So ist es. Aber dabei allein kann es nicht bleiben«, ereiferte sich Garuso. »Wir können nicht hinnehmen, dass die Heiden unsere Republik unterwandern! Dass sie in unsere Kirchen eindringen und unsere Heiligtümer stehlen!«

»Allerdings nicht«, stimmte Sabattini zu, und erneut ging sein Blick hinüber zum Dogen. Celsi saß wieder aufrecht, schien zu begreifen, dass an diesem Tag niemand sein Haupt fordern würde. »Deshalb hat Seine Exzellenz der Doge die Zustimmung erteilt, eine Botschaft zu König Peter von Zypern zu schicken mit den Bedingungen für eine gemeinsame Unternehmung gegen die Muselmanen. Wir werden zurückschlagen, werden die Heiden lehren, was es heißt, uns herauszufordern – und wir werden die Gebeine des Heiligen zurückbringen, so wahr ich hier vor Euch stehe!«

Marcesi war der Erste, der applaudierte. Andere fielen ein, und am Ende bekundete auch der Doge seine Zustimmung. Selbst Varesi, sein ärgster Rivale, kam am Ende nicht umhin, ihm Respekt zu zollen, wenn auch zähneknirschend und mit düster verkniffener Miene.

Es war ein Triumph ohnegleichen, den Sabattini mit jedem Atemzug genoss, und er widmete diesen Augenblick seinen Ahnen.

Zum ersten Mal nach fast vierhundert Jahren war das Amt des Dogen für die Familie Candiano wieder in Reichweite.

41

Castello, Venedig
Vier Tage später

Raffaela Bertrano lag erschöpft auf dem schweißdurchtränkten Laken. Ihr schwarzes, von grauen Strähnen durchzogenes Haar lag offen auf dem Kissen. Ihr Herz schlug wild, ihr Busen hob und senkte sich unter heftigen Atemzügen.

Der Mann, der für ihren Zustand verantwortlich war, hatte sich bereits aus dem Bett erhoben und war dabei, sich wieder anzukleiden. Am Fenster stehend, blickte er hinaus auf die Dächer und Türme der Stadt, die im letzten Licht des Tages glänzten.

»Wohin gehst du?«, wollte sie wissen.

Battista Sabattini wandte sich zu ihr um. Er trug bereits wieder seine schwarze Robe, die ihm zur zweiten Haut geworden zu sein schien. In seinen markanten, von der Narbe entstellten Zügen spiegelte sich jenes wölfische Lächeln, das Raffaela so an ihm mochte.

»Geschäfte«, entgegnete er ausweichend.

»Und was soll ich tun?«, fragte sie und setzte sich auf der Bettkante auf. »Ich habe kein Heim mehr, wie du weißt. Das Haus, in dem ich lebte, ist der Republik anheimgefallen, mit allem, was sich darin befand.«

Sabattini verzog das Gesicht. »Dein Mann war ein Narr.«

»Glaubst du, das wüsste ich nicht? Ich habe nie verstanden, was mein Vater an ihm fand, dass er mich ihm in die Ehe gab.

Aber das ändert nichts daran, dass er tot ist und ich seine Witwe bin.«

»Du brauchst dir keine Sorgen zu machen«, versicherte Bertrano. »Du kannst in diesem Haus bleiben, und ich werde für dich sorgen.«

»Und mich ab und an besuchen wie eine billige Hure?« Raffaela rümpfte die schmale Nase. »Das ist einer Dame unwürdig. Du könntest weit mehr tun als das.«

Er lachte auf. »Was erwartest du? Dass ich dich heirate? Willst du allen Ernstes die Frau des Mannes werden, der deinen Ehemann vernichtet hat?«

»Ich würde die Gemahlin des Inquisitors werden«, drückte sie es anders aus, während sie sich erhob und auf ihn zukam, nackt, wie sie war. »Jeder in der Stadt würde es als einen Akt der Gnade verstehen. Es liegt Größe darin, die Witwe eines besiegten und getöteten Feindes in sein Haus aufzunehmen.«

»Vielleicht. Du vergisst nur, dass er nicht mein Feind war, sondern ein Feind Venedigs. Und ich habe ihn auch nicht getötet.«

»Willst du mir das wirklich erzählen?«, fragte sie, während sie ihn umkreiste und sich dabei am Seidenstoff der Robe rieb. Ein Schauer durchrieselte sie dabei. »Du magst nicht die Klinge geführt haben, wohl aber den tödlichen Streich.«

»Du hast mich noch nicht gefragt«, stellte er fest.

»Was sollte ich fragen?«

»Ob Leonardo schuldig war.«

»Wozu?« Sie lächelte matt. »Ich kenne dich.«

Er beendete ihren aufreizenden Tanz, indem er sie an den Schultern packte und festhielt. »Was soll das heißen?«, fragte er und sah ihr dabei tief in die Augen.

»Das heißt, dass ich dich kenne«, erwiderte sie ohne Zögern. »Gut genug, um zu wissen, dass du hinter allem steckst. Du bist es gewesen, der die Piraten bezahlt und auf Leonardos Schiffe angesetzt hat. Und vermutlich waren es auch von dir bezahlte Diebe, die die Reliquien gestohlen haben …«

»Du redest zu viel«, stellte er fest.

»Du hast gefragt«, entgegnete sie schlicht – um einen entsetzten Laut von sich zu geben, als seine Hände wie bissige Schlangen an ihren Hals schossen und zudrückten.

»Und wenn ich dich zum Schweigen bringe?« Seine Hände drückten zu, fühlten den Schlag ihrer Adern.

»Das … würdest du nicht tun … denn du willst mich … ebenso wie ich dich …«

Noch einen Augenblick starrte er in ihre weit aufgerissenen Augen, während ihn eine Woge der Erregung durchlief. Dann, plötzlich, gab er sie frei, doch anstatt zurückzuweichen oder sich von ihm abzuwenden, presste sie ihre Lippen auf die seinen, und sie küssten einander leidenschaftlich und voller Wollust.

»Du bist verrückt«, stellte er fest, sie weiter in seinen Armen haltend.

»Nach dir«, versicherte sie. »Ob ich deine Gemahlin bin oder deine Hure ist mir einerlei, solange ich nur bei dir bin. Nur eine Bedingung stelle ich …«

»Bedingung?« Er hob eine Braue.

»Alessandro. Du musst mir versprechen, dass ihm nichts geschehen wird, wenn deine Leute ihn finden.«

»Sie werden ihn finden«, meinte Sabattini überzeugt.

»Er ist ein guter Junge, und er hat nichts Unrechtes getan«, hauchte Raffaela.

»Ich weiß.«

»Dennoch würde es mich interessieren zu erfahren, wie du ihm das Geheimnis entlocken konntest.«

»Welches Geheimnis?« Er sah sie fragend an.

»Wie ich schon sagte, ich kenne dich«, entgegnete sie. »Also? Wie hast du ihn dazu gebracht, seine Freunde aus dem Konvent zu verraten? Es hat ihm alles bedeutet …«

»Sagen wir, dass die Reize einer jungen Frau dabei eine nicht unbedeutende Rolle gespielt haben«, entgegnete Sabattini mit überlegenem Lächeln.

»Also doch. Ich dachte es mir. Er war so verändert in letzter Zeit, aber er wollte nicht darüber sprechen.«

»Nun, zumindest in dieser einen Hinsicht hatte der gute Leonardo recht – ich habe eine schöne Tochter.«

»Was?« Raffaela sah zu ihm auf.

»Der Apfel fällt nicht weit vom Stamm«, erklärte Sabattini achselzuckend. »Bianca hatte von mir den Auftrag erhalten, ihre Reize einzusetzen, um dem guten Alessandro das Geheimnis zu entlocken oder durch ihn an jene heranzukommen, die es hüten – und sie war erfolgreich.«

»Sie … sie hat …«

»Was ist?«, fragte Sabattini, als Raffaelas Züge plötzlich die Farbe wechselten. Die Röte der Erregung wich aus ihnen, sie wurde totenbleich. »Was hast du?«

Raffaela erwiderte nichts, starrte nur leer vor sich hin, während sie jäh die Zusammenhänge begriff und sich fragte, wie sie nur so blind hatte sein können.

»Was ist?«, verlangte Sabattini erneut zu wissen. »Ist dir nicht wohl?«

»Doch«, behauptete sie, »es ist nichts … ich musste nur an Alessandros Schwester Alyssia denken. Sie ist ebenfalls verschwunden, nicht wahr?«

»Sie wird gesucht, genau wie ihr Bruder. Solltest du auch für sie um Gnade bitten wollen?«

»Nein«, entgegnete Raffaela, »denn ein Gefühl sagt mir, dass du sie nicht wiedersehen wirst.«

»Ist das der Grund?«, fragte er und sah sie prüfend an. »Du bist noch immer eifersüchtig auf sie?«

Sie schüttelte den Kopf. »Dazu besteht kein Anlass mehr …«

Lautlos glitt das Boot durch die Nacht.

Die Laterne am Heck des Nachens war gelöscht worden, um nicht unerwünschte Blicke auf sich zu ziehen, und so war der Mond, dessen schmale Sichel am wolkenlosen Himmel stand, die einzige Lichtquelle.

Die Nacht war schwül, dennoch fror Alyssia am ganzen Körper. Der Gedanke, der Stadt den Rücken zu kehren, in der sie aufgewachsen war und den größten Teil ihres Lebens verbracht hatte, war ihr unerträglich. Und doch wusste sie, dass sie keine andere Wahl hatte.

Raffaela hatte recht mit allem, was sie gesagt hatte. Als Tochter eines überführten Hochverräters gab es für Alyssia in Venedig keine Zukunft. Vielleicht würde sie zurückkehren können, irgendwann, doch für den Augenblick blieb ihr nichts, als Venedig zu verlassen. Noch unerträglicher, als der Heimat den Rücken zu kehren, war jedoch das Wissen, dass das schreckliche Unrecht, das ihrer Familie zugefügt worden war, ungesühnt bleiben würde.

Noch immer war Alyssia überzeugt davon, dass ihr Vater unschuldig war, dass er nichts von dem getan hatte, was man ihm vorwarf, ganz gleich, was er im Gefängnis gestanden haben mochte. Leonardo Bertrano war einer Intrige zum Opfer gefallen, dessen war Alyssia sicher, und ein Gefühl sagte ihr, dass Battista Sabattini, der Mann, den sie hatte heiraten sollen, dabei seine Hand im Spiel gehabt hatte. Weder konnte sie es beweisen, noch kannte sie die Zusammenhänge, aber sie schwor sich, dass sie zurückkehren würde, eines fernen Tages, um die Wahrheit herauszufinden! Bis dahin jedoch würde sie auf das Wohlwollen Fremder angewiesen sein und von dem leben müssen, das sie hatte mitnehmen können – und das war wenig genug.

Die hölzerne Kiste, die der Nachen mitführte, enthielt ihre gesamte Habe: einige Kleider, ein paar Erinnerungsstücke an zu Hause sowie einen Lederbeutel mit Dukaten, der im doppelten Boden der Kiste versteckt war. Mehr war ihr nicht von dem Leben geblieben, das sie bis vor wenigen Tagen geführt hatte, ein Dasein im Überfluss. Alyssia musste an all das denken, was sie verloren hatte, an ihr Haus und Heim, vor allem aber an die Menschen, die sie liebte. Ihr Vater war ihr genommen worden, war im Gefängnis einen ehrlosen Tod gestorben; ihr Bruder Alessandro wurde seit Tagen vermisst, sodass sie befürchten musste, dass auch er nicht mehr unter den Lebenden weilte. Ihr Leben, wie sie es kannte, hatte sich aufgelöst. Das Werk ihres Vaters war vernichtet, nichts davon war geblieben.

Es war beängstigend und traurig zugleich, dennoch konnte Alyssia nicht darüber weinen, nicht mehr. Anfangs hatte sie noch bittere Tränen vergossen, aber irgendwann waren sie versiegt. Alles, was nun noch zählte, war das Überleben. Nicht aufzugeben, weiterzumachen, wie ihr Vater es sie gelehrt und ihr immer wieder eingeschärft hatte. Als junge Frau, die im Überfluss aufgewachsen war, hatte sie nie recht verstanden, warum er so darauf beharrt hatte, sie diese Lektion zu lehren.

Nun war sie ihm dankbar dafür.

Es plätscherte leise, als das Ruder sich ein ums andere Mal senkte und den Nachen durch das schwarze Wasser trieb. Niemand sollte sehen, wenn sie an Bord des Schiffes ging, niemand ihr folgen oder nachspionieren können. Aus diesem Grund hatte Raffaela dafür gesorgt, dass der Segler, der Alyssia nach Byzanz bringen würde, außerhalb der Stadt auf sie wartete, im seichten Gewässer der Lagune, in das sich wegen der zahllosen Sandbänke und Untiefen nur wenige Schiffe wagten.

Stille hing über dem Wasser und den zahllosen kleinen Inseln, nur das Zirpen einiger Grillen war zu hören. Und plötzlich etwas, das wie ein heiserer Ruf klang.

»Hast du das gehört, Giovanni?«

Der alte Diener, der auf der Heckducht saß und das Ruder führte, nickte. »Laut und deutlich, Herrin.«

Alyssia lächelte schwach. »Ich bin nicht mehr deine Herrin, Giovanni, also brauchst du mich auch nicht so zu nennen. Mein Name ist Alyssia.«

»Ich weiß, Herrin.«

Alyssia biss sich auf die Lippen. Die Treue des Mannes, der schon ihrem Vater zu Diensten gewesen war, hatte etwas Anrührendes. Ihr wurde klar, dass sie noch ungleich mehr in Venedig zurückließ, als sie sich bislang eingestanden hatte. Aber es gab kein Zurück …

»Seht, Herrin! Dort!«

Giovanni deutete zur Steuerbordseite, und tatsächlich erblickte Alyssia dort ein winziges Licht. Bei flüchtigem Hinsehen hätte sie es für eines der Glühwürmchen halten können, die über dem Schilf der Inseln tanzten, aber dann wurde ihr klar, dass es sich nicht bewegte. Und je näher sie dem Licht kamen, desto größer wurde es. Ein steil aufragendes Heck wurde sichtbar, darüber ein gerefftes Dreieckssegel.

»Das ist es«, meinte Alyssia überzeugt.

Mit kräftigen Schlägen hielt Giovanni darauf zu, und bald darauf konnten sie das ganze Schiff sehen: ein Segler nach arabischer Bauart, mit breitem Rumpf und geringem Tiefgang. Alyssias Herzschlag beschleunigte sich. Dies also war das Schiff, das sie aus ihrer alten Heimat in eine neue bringen würde.

An Bord war niemand zu sehen, dennoch war Alyssia überzeugt davon, das richtige Schiff vor sich zu haben. Der Kapitän hieß Canzarro und segelte für einen mit Raffaelas Familie befreundeten Kaufmann. Alyssia befand sich also unter Freunden. Der Gedanke, die nächsten Tage, womöglich Wochen, in ausschließlich männlicher Gesellschaft auf einem Schiff zu verbringen, behagte ihr dennoch nicht. Sie war unendlich erleichtert darüber, dass Giovanni sich bereit erklärt hatte, sie nach Byzanz zu begleiten. Sie hatte schon zu früheren Gelegenheiten erlebt, dass er trotz seines Alters mit dem Knüppel und notfalls auch mit einem Dolch trefflich umzugehen verstand.

Der Nachen ging längsseits.

Laut zu rufen wagte Alyssia nicht, aus Sorge, unerwünschte Beobachter auf sich zu ziehen, auch wenn es nicht sehr wahrscheinlich war, dass sich hier draußen außer ihnen noch jemand zu dieser späten Stunde herumtrieb. Etwas sagte ihr, dass sie vorsichtig sein musste.

Eine Ahnung.

Ein Instinkt …

Giovanni holte das Ruder ein und griff nach dem Tau, um es

einem Seemann an Bord zuzuwerfen, aber niemand zeigte sich. »Heda«, rief er deshalb verhalten. »Ist jemand an ...?«

Weiter kam er nicht.

Ein scharfes Zischen war plötzlich zu hören, dann ein hässlicher Aufschlag. Der alte Diener stand wie vom Donner gerührt, die Augen weit aufgerissen.

In seiner Brust steckte ein gefiederter Schaft.

»Giovanni!«

Alyssia, die im Bugraum kauerte, schoss entsetzt hoch und wollte zu ihm, doch in diesem Moment verlor der zu Tode Getroffene bereits den Halt. Rücklings kippte er über Bord und stürzte ins Wasser.

»Giovanni! Nein!«

Alyssia stürzte vor, aber ihre Hände griffen ins Leere. Die Gezeitenströmung hatte den Körper bereits erfasst und trug ihn mit zäher Langsamkeit davon.

»Guten Abend, *signorina.*«

Alyssia fuhr herum. Mit in Tränen schwimmenden Augen blickte sie an der Bordwand des Seglers empor, über der im Licht der Deckslaterne das Gesicht eines vielleicht vierzig Winter alten Mannes aufgetaucht war, wettergegerbt, rotbärtig und von Pockennarben übersät. Ein schiefes Grinsen lag darin.

»Was ... was habt Ihr getan?«, stieß Alyssia entsetzt hervor. »Er war mein Diener ... ein Freund!«

»Ganz gleich, wer er war«, entgegnete der Bärtige und zuckte die Achseln. »Dort, wo wir hinsegeln, haben wir für ihn keine Verwendung.«

»Dort wo wir ...?« Alyssia unterbrach sich. »Ihr segelt nicht nach Byzanz?«

»Nein.« Er schüttelte den Kopf. »Unser Ziel ist Dumyat.«

»Dumyat?« Entsetzt starrte Alyssia den Fremden an. »Ihr seid nicht Capitano Canzarro, oder?«

»Doch, meine Teure, der bin ich – oder war es vielmehr, als ich noch ein ehrbarer Kaufmann war. Heute pflege ich mein Geld mit anderer Ware zu verdienen ...«

»Ihr … Ihr seid ein Sklavenjäger!«, entfuhr es Alyssia, die jäh begriff.

»So ist es«, bestätigte er, und aus dem Dunkel, das ihn umgab, tauchten noch weitere Gestalten auf, nicht weniger abgerissen und grässlich als er. »Aber sei ganz unbesorgt – du wolltest Venedig doch den Rücken kehren, oder nicht? Ich verspreche dir, du wirst es niemals wiedersehen …«

Zweites Buch:

1

Palast des Sultans, Cairo
August 1365
Drei Jahre später

»Hast du schon genug?«

Die Schwertspitze fuhr vor El-Rih auf und nieder – nur um im nächsten Moment in einer weiteren Attacke herabzustechen. Rih wehrte sie mit der eigenen Klinge ab und trieb seinen Gegner zurück, doch es war längst nicht mehr so einfach wie in vergangenen Tagen.

»Du hast nachgelassen«, stellte sein Gegenüber fest, dessen Gesichtszüge nicht mehr länger die eines unerfahrenen Kindes waren. Shaban al-Ashraf war zu einem prächtigen Jüngling herangewachsen, von sehniger Gestalt, die bereits die Ansätze späterer Kraft erkennen ließ, und von eiserner, mitunter verbissener Entschlossenheit. Seine dunklen Augen, mit denen er Rih taxierte, verrieten hohe Konzentration – aber auch einen Anflug von Spott und Überheblichkeit.

»Seht Euch vor, Herr«, warnte ihn Rih. »Seid Euch Eurer Sache niemals zu gewiss. Sonst könnte es sein, dass dies Euer letzter Fehler war.«

»Kaum.« Der Jüngling schüttelte den Kopf. »Ich habe viel dazugelernt. Ich bin kein halbwüchsiger Knabe mehr.«

»Aber auch noch kein Mann«, konterte Rih im Bewusstsein, dass er seinen Gegner damit provozierte.

Wie immer, wenn die Rede auf seine Jugend oder seine noch

geringe Körpergröße kam, reagierte Shaban mit einem Zornesausbruch. Einen wütenden Kampfschrei auf den Lippen, warf er sich nach vorn, führte den Säbel in einem gefährlichen Hieb, der, hätte es sich um eine geschärfte Waffe gehandelt, dazu angetan gewesen wäre, die Kehle des Gegners zu zerfetzen. Rih blockte ihn mit der eigenen Klinge, ein helles Klirren durchdrang die nach der Gartenseite hin offene Galerie.

Sofort sprang Shaban zurück, um erneut nachzusetzen, genau wie Rih es ihn gelehrt hatte. Anders als die meisten Mamlukenkrieger führte auch er das erst im letzten Drittel gekrümmte Schwert der Janitscharen. Omar ben Adil hatte es ihm zu seinem fünfzehnten Geburtstag als Geschenk überreicht, und Rih hatte es als seine Pflicht betrachtet, ihm beizubringen, wie er sich damit verteidigen konnte. Oder angreifen.

Shabans nächste Attacke erfolgte schneller, als sein Leibwächter erwartet hatte. Rih sah die Schwertspitze heranfliegen, seine Reflexe sprachen an, doch sein in Mitleidenschaft gezogener Körper folgte ihm nicht mit derselben Schnelligkeit. Seine Schwerthand schnellte empor, allerdings einen Augenblick zu langsam. Zwar nahm sie dem Hieb seine Wucht und lenkte ihn ab, doch drang er noch immer durch und traf ihn am Helm.

»Ha!«, rief Shaban triumphierend, als Rih zurücktaumelte, und wollte abermals nachsetzen, als Omar hinzutrat, der dem Übungskampf bislang schweigend beigewohnt hatte.

»Bedenkt wohl, was Ihr tut«, redete er dem jungen Sultan zu, als wäre er dessen fleischgewordenes Gewissen. »Ein guter Herrscher ist sich zu jeder Zeit der Macht bewusst, die er innehat, ganz gleich, ob im Palast oder auf dem Schlachtfeld. In seiner Hand liegt es, einen Konflikt zu beenden und Gnade walten zu lassen.«

»Gnade?«, schrie Shaban. Seine Augen loderten in wilder Kampfeslust. »Ihr sprecht von Gnade? Dieser da« – er deutete auf Rih – »hat mich beleidigt!«

Damit war er auch schon an Omar vorbei und schwang erneut die Klinge, doch diesmal war Rih darauf vorbereitet. Er blockte den Hieb so hart und entschlossen, dass die Wucht des Aufpralls den jungen Herrscher zurücktaumeln ließ und ihn zu Fall brachte – und schon im nächsten Moment war Rih über ihm, hatte ihm die Klinge entwunden und ihm seine eigene an die Kehle gesetzt.

Der Kampf war zu Ende.

»Das war es, was ich Euch zu sagen versuchte«, meinte Omar, der mit mildem Lächeln hinzutrat. »Bisweilen ist es klug, Gnade um seiner selbst willen zu üben, junger Herr. Denn Zorn und Rachsucht sind die Wegweiser zu einem Pfad, der nicht selten ins Verderben führt.«

»Was geht es Euch an, alter Mann?«, stieß Shaban zwischen zusammengebissenen Zähnen hervor, besiegt am Boden liegend. Die Zornesröte, die ihm vorhin ins Gesicht geschossen war, hatte sich in Schamröte verwandelt, die Niederlage schmerzte. »Ihr seid weder mein Vater noch mein Lehrer.«

»Nein«, gab Omar gelassen zu. »Nur Euer Freund.«

Der junge Sultan ließ ein Knurren vernehmen. Wütend taxierte er Rih und Omar, und für einen Augenblick schienen unsichtbare Blitze aus seinen Augen zu schlagen – ehe ihr Blick sich wieder klärte und auch die Verbissenheit aus seinen jugendlichen Gesichtszügen wich.

»Meine Hand, Herr«, sagte Rih und hielt ihm seine Rechte hin, um ihm auf die Beine zu helfen. Shaban ergriff sie, und Rih zog ihn hoch und gab ihm das Schwert zurück, das er ihm entwunden hatte. Shaban ließ es mehrmals durch die Luft fauchen, dann stieß er es in die Scheide zurück, die in seiner Schärpe steckte.

»Ich danke für die Lektion«, sagte er. Man konnte hören, wie schwer es ihm noch immer fiel, aber er hatte die Beherrschung zurückerlangt.

»Euer ergebener Diener, Herr«, entgegnete Omar und verbeugte sich.

»Ich weiß«, versicherte Shaban. »Es ist nur …«

»Natürlich. Eine Niederlage schmerzt, nicht wahr? Für den

Besiegten gibt es keinen Trost. Deshalb erwägt stets, welchen Kampf Ihr fechtet und welchen nicht. Das Wohl oder Wehe Eures Reiches mag davon abhängen.«

»Meines Reiches«, echote Shaban verächtlich, während er in den kostbar bestickten Übermantel schlüpfte, den ein Diener ihm reichte. »Was für ein Reich soll das sein? Dieser Palast vielleicht? Oder nur diese Kammer hier?«

»Euer Reich liegt außerhalb dieser Mauern und dieser Stadt, wie Ihr wisst, und es erstreckt sich weiter, als Eure Füße Euch tragen können, junger Sultan.«

»Ja«, zischte Shaban, »aber ein anderer sitzt auf meinem Thron und herrscht über dieses Reich!«

»Fürst Yalbugha erfüllt lediglich seine Pflicht als Verteidiger des Reiches«, entgegnete Omar ruhig.

»Und wie lange noch?« Shaban wippte auf den Fußballen, seine Ungeduld war beinahe mit Händen zu greifen. »Ich bin ein Mann geworden! Ich kann kämpfen und bin in der Lage, Entscheidungen zu treffen!«

»Das seid Ihr«, räumte Omar ein.

»Manchmal denke ich, dass Yalbugha gar nicht will, dass ich das Erbe meines Großvaters antrete!«, lamentierte der junge Herrscher weiter, worauf Omar und Rih einen kurzen, aber vielsagenden Blick tauschten.

Drei Jahre waren vergangen.

Drei Jahre, in denen Yalbugha unverändert auf dem Thron saß und die Herrschaft behauptete. Drei Jahre aber auch, die verstrichen waren, ohne dass ein weiterer Mordanschlag auf das Leben Shaban al-Ashrafs oder seiner Beschützer verübt worden war. Der letzte Versuch hatte El-Rih beinahe das Leben gekostet, und Omar dankte Allah dafür, dass der Janitschar, der ihm in den letzten Jahren immer mehr zum Freund geworden war, den gemeinen Hinterhalt überlebt hatte. Doch die Narben waren tief, und das Misstrauen war geblieben. Zwar gab es noch immer keine Beweise dafür, dass Emir Yalbugha hinter den Anschlägen gesteckt hatte, doch es lag auf der Hand, ebenso wie die Tatsache, dass Yalbugha seine Taktik geändert hatte. Er versuchte nicht länger, Shaban aus dem Weg zu räumen, wohl weil er befürchten musste, dass der Tod des jungen Sultans zumindest vorübergehend auch für Unruhe in seinen eigenen Reihen sorgen würde – und die konnte Yalbugha sich nicht leisten. Denn wenn es der Wahrheit entsprach, was die Kauffahrer berichteten und was im Hafen von Al-Maqs hinter vorgehaltener Hand gemunkelt wurde, so würde der mächtige Emir Yalbugha schon bald ganz andere Sorgen haben als einen halbwüchsigen Konkurrenten um die Herrschaft. Denn dann würde sich die Frage stellen, ob es überhaupt noch etwas gab, worüber man herrschen konnte …

»So dürft Ihr nicht denken«, wehrte Omar dennoch ab. »Emir Yalbugha ist der rechtmäßige Verteidiger des Reiches und unternimmt jede nur denkbare Anstrengung, um es zu erhalten.« Und das, fügte er in Gedanken hinzu, war noch nicht einmal gelogen.

Shaban nickte und schnaubte wie ein junger Stier. Wie so oft ging die Wut, die ihn stets so unvermittelt überfiel, ins Leere. Ein weiterer Grund, warum Yalbugha das Ableben Omars nicht weiter betrieben hatte, war wohl der, dass er festgestellt hatte, dass der osmanische Gesandte einen besänftigenden Einfluss auf den jungen Sultan hatte. Das stimmte zwar, doch fragte sich Omar, wie lange sich dieser Einfluss noch aufrechterhalten ließ.

»Wenn Ihr das sagt...«, stieß Shaban hervor.

»Euer Tag wird kommen, davon bin ich überzeugt«, versicherte Omar. Und auch das war keineswegs gelogen.

»Und wann? Könnt Ihr mir das auch sagen, kluger Osmane?« Shaban sah Omar herausfordernd an, in den Augen eine Verachtung, die neu war und etwas von einer unausgesprochenen Warnung hatte.

»Nein«, gab der Gesandte zu, »das kann ich nicht, denn weder bin ich ein Wahrsager noch ein Prophet. Was immer ich Euch sage, junger Herr, sage ich Euch nach bestem Wissen und

Gewissen und ausgehend von der Erfahrung eines langen und ereignisreichen Lebens.«

Er hatte jedes Wort betont und seine ganze Autorität hineingelegt, und tatsächlich hielt Shaban seinem Blick nicht lange stand und sah zu Boden.

»Verzeiht«, murmelte er. »Ich wollte Euch nicht beleidigen.«

»Das hatte ich auch nicht angenommen«, entgegnete der alte Omar mit gewinnendem Lächeln.

»Noch ein Übungskampf?«, fragte Rih, der die Spannungen fühlte, die in der warmen Nachmittagsluft lagen. Es war ihm lieber, wenn Shaban seine Aggressionen in seine Waffenübungen legte.

»Nein danke«, lehnte der junge Sultan ab. »Ich habe meine Lektion auch so gelernt.« Er machte auf dem Absatz kehrt und verließ den *makaad* mit energischen Schritten. Seine Diener folgten ihm, ebenso wie die beiden Janitscharen, die Rih zu seiner Bewachung abgestellt hatte.

Nach dem ehrlosen Verrat und dem Tod Xavirs war Rih von Omar zum Hauptmann befördert und zum neuen Kommandanten der in Al-Qahira stationierten Janitscharen ernannt worden. Diese Aufgabe wurde jedoch meist von Yussuf wahrgenommen, während Rih selbst im Palast weilte, wo er nicht nur als oberster Leibwächter des Sultans, sondern auch als dessen Waffenlehrer und Vertrauter fungierte – und bisweilen auch als Freund und großer Bruder, wenngleich diese Gelegenheiten in jüngster Zeit seltener geworden waren.

»Du musst besser auf ihn achten«, sagte Omar leise.

»Nichts anderes tue ich, Herr«, versicherte Rih.

»So meine ich es nicht. Dass keines Mörders Klinge dich zu überwinden vermag, hast du mehrfach bewiesen. Inzwischen jedoch kommt es mir vor, als wäre der junge Sultan selbst zu seiner größten Gefahr geworden. Die Reden, die er neuerdings im Munde führt …«

»… sind nicht meine, wenn Ihr das denkt.«

»Das hatte ich auch nicht angenommen. Aber der jugendliche Zorn Al-Ashrafs lässt seine Zunge zu einer Gefahr für unser aller Leben werden. Wenn Yalbugha erfährt, dass der Junge an seiner Loyalität zweifelt, wird er nach Schuldigen suchen …«

»… und sie in uns finden«, ergänzte Rih. »Ich sehe, was Ihr meint. Aber weder kann ich dem Jungen verbieten, Augen und Ohren zu haben, noch kann ich ihn zwingen, nicht zu denken. Shaban ist kein Dummkopf. Er sieht, was bei Hofe vor sich geht, und zieht seine Schlüsse daraus.«

»Ihn zu verteidigen ist dir zur zweiten Natur geworden.« Omar lächelte schwach, wobei ein dunkler Schatten über seine Züge huschte. »Aber etwas ist mir offenbar geworden, mein Freund – dass dies nicht mehr der schüchterne Junge ist, den wir vor drei Jahren hier vorgefunden haben.«

»Ich weiß«, gestand El-Rih, wenn auch widerstrebend. »Der Löwe ist erwacht.«

»Das ist er. Und wir tun gut daran, ihn aus Yalbughas Reichweite zu entfernen.«

Rih sah seinen Herren und Mentor fragend an. »Wie wollt Ihr das zustande bringen?«

»Wir werden sehen«, entgegnete Omar rätselhaft, und einmal mehr war da dieses hintergründige Lächeln.

2

Castello, Venedig
Zur selben Zeit

Die Stadt hatte sich verändert.

Niemandem, der durch die engen Gassen ging oder die breiten Kanäle befuhr, konnte dies verborgen bleiben.

Bei Tag und bei Nacht drang der Klang der Schmiedehämmer vom Arsenal herüber; zahllose Fremde waren in der Stadt, die Rüstungen trugen und in den verschiedensten Zungen sprachen: Ritter vom Hospitaliter-Orden des heiligen Johannes zu Jerusalem; deutsche, polnische und dalmatische Söldner; griechische Seeleute und noch viele mehr. Die einen – und hier vor allem die Weinhändler, die Tavernenbesitzer und die Betreiber von Freudenhäusern – profitierten von der Lage; die anderen klagten, dass die Geschäfte in den letzten Monaten zurückgegangen seien. Denn es herrschte zwar noch immer rege Betriebsamkeit von San Marco bis hinüber zum Rialto; noch immer wurden Geschäfte getätigt, Verträge geschlossen und unter der Aufsicht der republikanischen Beamten Absprachen getroffen – doch die Leichtigkeit früherer Tage war dahin.

Längst war es kein Geheimnis mehr: Venedig, die mächtige Herrscherin der nördlichen Levante, rüstete zum Krieg, mit allen Anstrengungen, die dazu erforderlich waren. Zahlreiche neue Galeeren waren zu diesem Zweck gebaut worden, die Staatskasse weit geöffnet.

Da Luro del Rosso nie verstanden hatte, dass eine militärische Unternehmung, sofern sie denn von Erfolg gekrönt sein sollte, eben eine gewisse Summe Geldes erforderte, war Battista Sabattini gezwungen gewesen, ihn durch einen anderen Kämmerer zu ersetzen, der den Dingen aufgeschlossener gegenüberstand. Nicht dass das Amt des Staatsinquisitors, das Sabattini noch immer bekleidete, dies gestattet hätte – die Entscheidungsbefugnis für derlei Dinge verblieb auch in Krisenzeiten beim Dogen. Doch eine Unpässlichkeit hatte del Rosso befallen, eine tiefgreifende und dauerhafte Störung seiner Verdauung, die ihn körperlich geschwächt und schließlich dazu geführt hatte, dass er sich aus seinem Amt hatte zurückziehen müssen. Und keiner der Heiler, nach denen er schicken ließ, war auf den Gedanken gekommen, dass ein Extrakt aus giftigen Wurzeln, den sein Diener ihm jeden Tag ins Essen mischte, daran schuld sein könnte …

Die Ziele, die Battista Sabattini sich gesteckt hatte, waren damit erreicht, in einer kürzeren Zeitspanne, als er sich selbst vorgegeben hatte. Wesentlichen Anteil daran hatte allerdings nicht er selbst, sondern Peter von Lusignan, der König von Zypern, dessen Nähe Venedig gesucht hatte.

Persönlich hielt Sabattini nichts von Lusignan. Er war ein Eiferer, der sich vorgenommen hatte, das Erbe seiner Ahnen fortzuführen, die an den Feldzügen gegen die Heiden teilgenommen hatten. Ob er dabei aus Machtgier handelte oder aus persönlicher Geltungssucht, war schwer zu beurteilen, vermutlich war es von beidem etwas. Aber zu dieser Zeit und zu diesem Anlass war er ein willkommener Verbündeter, der dem Dogen und seinen trägen Beratern auch noch den letzten Rest von Zweifel daran genommen hatte, dass die Feinde Venedigs jenseits des Meeres zu suchen waren, in den Küstenstädten der Mamluken. Und als auch noch die Kirche Partei ergriffen und jedem Teilnehmer an der Unternehmung reiche Belohnung und ewiges Heil versprochen hatte, waren auch die letzten Bedenken geschwunden.

Der Geruch von Feuer und Pech, der vom Arsenal herüberdrang, das immerwährende Pochen der Hämmer und der nicht enden wollende Klang von Metall, das auf dem Amboss bearbeitet wurde – all das erfreute Sabattini, denn jeder Stoß und jeder Schlag, jedes Fauchen des Blasebalgs brachte ihn seinem großen Ziel ein Stück näher.

»Woran denkst du?«

Sabattini seufzte. Bisweilen, wenn er in Gedanken versunken war, vergaß er ihre Gegenwart, so wie er bisweilen das unförmige Monstrum in seinem Gesicht vergaß, das einmal seine Nase gewesen war. Doch beide verstanden es, sich auf die eine oder andere Weise immer wieder in Erinnerung zu bringen …

»Ich habe es dir schon einmal gesagt, Weib«, knurrte er zur anderen Seite des Bettes hinüber, auf dessen Kante er saß. »Es braucht dich nicht zu interessieren, was in meinem Kopf vor sich geht. Ich habe ja auch kein Interesse an dem, was in deinem geschieht.«

Raffaelas Züge wurden starr wie immer, wenn er sie beleidigte. Bisweilen führte es dazu, dass sie sich wie eine Schnecke in sich selbst verkroch, nur um nach ein paar Tagen – oder auch nur Stunden – wieder zu ihm zurückzukehren. Vermutlich, dachte er, war es ihre Begierde, die sie dazu nötigte, ihr unersättlicher Durst nach Liebe.

Sie setzte sich auf und schmiegte sich an seinen Rücken, legte ihre Arme um ihn wie eine junge Maid, nur dass ihre Reize zunehmend verblasst waren seit dem Tag, da Alyssia Bertrano spurlos verschwunden war. Natürlich wusste Sabattini längst, dass Raffaela mit ihrem Verschwinden zu tun gehabt hatte, aber wann immer er sie danach fragte, leugnete sie es beharrlich, und die Sache war ihm schlicht nicht wichtig genug, als dass er sie weiter verfolgt hätte.

Im Gegenteil – auf eine seltsame Art und Weise gefiel es ihm, dass sie Geheimnisse vor ihm hatte und offenbar in der Lage war, sich einer Rivalin ohne Skrupel zu entledigen. Vielleicht war das auch der Grund dafür, dass er ihr nach all der Zeit noch immer beiwohnte und ihre anscheinend niemals nachlassende Wollust befriedigte. Ihre nachlassenden Reize waren es jedenfalls nicht.

»Ich versuche lediglich, an deinem Leben teilzuhaben«, verteidigte sie sich. »Als die Frau an deiner Seite, als deine Gefährtin.«

»Du bist nicht meine Gefährtin«, beschied er ihr mit freudlosem Lachen. »Noch nicht einmal meine Gemahlin.«

»Aber das, was einer Gemahlin am nächsten kommt«, beharrte sie. Wenn sie verletzt war, so zeigte sie es nicht, verbarg ihren Schmerz hinter ihren verhärmten Zügen. »Oder sollte ich mich irren und du inzwischen eine andere geheiratet haben?«, fügte sie nicht ohne Bitterkeit hinzu.

»Nein«, erwiderte er. »Meine letzte Braut ist mir auf rätselhafte Weise abhandengekommen, wie du weißt …«

»… nachdem du ihren Vater in den Tod getrieben hast«, konterte sie bissig.

»Du bist eine Hexe, Raffaela.«

»Und das ist es, was dir an mir gefällt, nicht wahr?«, fragte sie.

Er antwortet nichts darauf, sondern erhob sich und trat ans Fenster, blickte zum Arsenal hinüber, auf die dunklen Rauchsäulen, die von den Kaminen der Schmieden aufstiegen. »Bald ist es so weit«, kündigte er an.

»Ich weiß.«

Er wandte sich zu ihr um, betrachtete ihre sehnige, barbusige Gestalt, und für einen Moment überkam ihn eine seltsame Trauer. Er wollte etwas erwidern, als von außen an die Tür des Schlafgemachs geklopft wurde.

»Herr«, ließ Stilichos singende Stimme sich vernehmen.

»Was?«, fragte Sabattini laut zurück.

»Es ist Eure Tochter.«

»Was ist mit ihr?«

»Sie bedarf Eurer Anwesenheit, Herr. Jetzt sofort.«

Sabattini seufzte und senkte den Blick. Es lag eine gewisse Ironie darin, dass der unbestritten mächtigste Mann Venedigs in diesem Fall völlig machtlos war.

»Ist es wieder so schlimm?«, fragte Raffaela leise.

»Schlimmer als je zuvor.« Er schürzte die Lippen und überließ sich für einen kurzen Augenblick seiner Trauer.

»Willst du … es mir erzählen? Ich kann sehen, dass du darunter leidest …«

Einen Moment lang war er versucht, die Frage zu bejahen, aber er tat es nicht. Stattdessen fasste er sich, und seine Gesichtszüge wurden wieder die des Inquisitors, hart und unnachgiebig.

»Ich komme sofort«, kündigte er an.

3

Palast von Al-Ablak, Cairo
18. August 1365

Der Innenhof trug den Namen »›Goldener Garten‹«, und das nicht von ungefähr. Denn wenn am späten Nachmittag das Sonnenlicht in den von Palmen beschatteten Hof einfiel, ließ es das Wasser in dem großen, mit Mosaiksteinen besetzten Becken leuchten, als wäre es flüssiges Gold.

Es war ein Ort der Stille, die nur vom Plätschern des Wassers und von gelegentlichem, hellem Gelächter gestört wurde. Ein Ort, der der Welt entrückt zu sein schien – genau wie jene, die darin lebten. Auf einem der großen Kissen thronend, die sich in der Säulenhalle aneinanderreihten, führte Alyssia das zugespitzte Schilfrohr über das Papier und freute sich über das Ergebnis.

»Ich kann es noch immer«, stellte sie fest, mehr an sich selbst gewandt als an die junge Frau, die ihr gegenübersaß und sie mit großen Augen ansah. Ihr Name war Sabina, und auch sie stammte aus Italien, sodass beide sich in ihrer Muttersprache unterhalten konnten.

»Und?«, fragte sie. »Was hast du davon? Warum musst du immerzu alles aufschreiben?«

»Vielleicht, damit ich es nicht vergesse«, erwiderte Alyssia und legte das beschriebene Blatt zu den anderen.

»Wirklich?« Sabina verzog das Gesicht. Wie Alyssia trug auch sie ein seidenes Kleid, das an den Hüften gerafft und tief ausgeschnitten war. »Ich wünschte, ich könnte manches vergessen, was mir widerfahren ist.«

»Vielleicht«, entgegnete Alyssia achselzuckend, »will ich ja auch nur nicht vergessen, wer und was ich einmal gewesen bin.«

»Wir alle sind einmal etwas anderes gewesen«, entgegnete Sabina, nach den anderen jungen Frauen deutend, die sich um das Becken tummelten. Nur ein paar von ihnen waren europäischer Herkunft. Auch dunkelhäutige Nubierinnen und Frauen aus dem fernen Persien waren darunter, deren Haar schwarzblau glänzte und deren Haut die Farbe von Bronze hatte. »Aber danach fragt niemand an diesem Ort und zu dieser Zeit«, fügte sie leiser hinzu. »Außerdem ist es uns untersagt, das Schreiben zu erlernen.«

»Ich habe es nicht erlernt«, verteidigte sich Alyssia. »Ich konnte es bereits, als ich hierherkam.« Sie griff zu einem neuen Blatt, tauchte das Schilfrohr in die Tinte und malte einige arabische Schriftzeichen darauf. »Das hier allerdings habe ich erst hier gelernt«, fügte sie hinzu.

Sabina erschrak sichtlich. »Rasch fort damit«, bat sie, wobei sie panisch in Richtung des verschlossenen Tores blickte. »Wenn die Wächter das sehen, werden sie es melden, und dann …«

»Schhhh«, machte Alyssia. »Beruhige dich. Nichts dergleichen wird geschehen, denn diese Kerle erkennen in uns nur das, was sie vor sich sehen. Aber wir alle sind ungleich mehr.«

»Glaubst du das wirklich?« Sabina schüttelte den Kopf. »Wir sind das, wozu *sie* uns gemacht haben. Und du weißt so gut wie ich, was das ist.«

»So darfst du nicht denken«, schärfte Alyssia ihr ein. »Wenn du das tust, hast du dich aufgegeben, und ich will nicht, dass …«

Sie unterbrach sich, als helle Schritte erklangen, die von der gewölbten, mit Mosaiken versehenen Decke widerhallten. Einer der Eunuchen kam die Säulenhalle herab, in weiten Pluderhosen und einen selbstgefälligen Ausdruck in seinem aufgeschwemmten Gesicht.

»Alyssia al-Haqiqa«, wandte er sich an Alyssia.

»Ja?«

»Dein Herr wünscht deine Gesellschaft. Unverzüglich.«

»Ich verstehe.« Alyssia nickte, worauf der Eunuch eine Verbeugung andeutete und wieder abzog.

»Nun?«, fragte Sabina leise. »Siehst du, was ich meine? Was nützt es dir nun, dass du schreiben kannst?«

Alyssia betrachtete nachdenklich das Schreibzeug und die beschriebenen Blätter. Dann packte sie alles in das mit Intarsien versehene Holzkästchen zurück und reichte es Sabina. »Willst du es für mich aufbewahren, solange ich fort bin?«

»Ich … ich weiß nicht … Was, wenn die Wachen sehen wollen, was ich da habe?«

»Dann sagst du ihnen die Wahrheit: dass du es für mich aufbewahrt hast.«

»Aber du wirst Schwierigkeiten bekommen. Große Schwierigkeiten …«

»Ich denke nicht.« Alyssia lächelte schwach. Dann drückte sie ihr das Kästchen in die Hände und wandte sich ab, folgte dem Eunuchen den Säulengang hinab zum Tor. Der Diener wartete, bis Alyssia den Schleier angelegt hatte, der ihr Haar und die untere Hälfte ihres Gesichts bedeckte. Dann gab er das Klopfzeichen, und einer der Türflügel schwang auf. Davor standen zwei Wachen, deren Helme mit Turbanen umwickelt waren und die gekrümmte Klingen trugen.

Alyssia würdigte sie keines Blickes, folgte dem Eunuchen über mehrere Innenhöfe und die endlos scheinenden Gänge des Palasts, der sich auf der westlichen, dem Nilufer zugewandten Seite der Stadt befand. Schließlich erreichten sie eine Tür, die Alyssia nur zu gut kannte. Oft schon hatte sie sie in den vergangenen drei Jahren durchschritten, wenn auch längst nicht so häufig, wie es hätte der Fall sein können. Andere Frauen, die mit ihr zusammen im Goldenen Garten lebten, hatten weit weniger Glück, was das betraf.

Das Haupt ehrerbietig gesenkt, ging sie unter dem niedrigen Torbogen hindurch und betrat das Gemach, das in dämmrigem, nur von einigen Öllampen beleuchteten Halbdunkel lag. Der Duft von Jasmin lag in der warmen Luft. Alyssia schlug die seidenen Vorhänge beiseite, die den Vorraum vom eigentlichen Schlafgemach trennten. Sie schloss die Augen und hatte wie am ersten Tag das Gefühl, in eine fremde, andere Welt einzutreten. Venedig, ihr früheres Leben, alles, was sie einst gewesen war, schien in diesem Augenblick unendlich weit entfernt zu sein.

»Haqiqa.«

Der Mann, der auf der riesigen, aus glänzenden Seidenkissen bestehenden Schlafstatt lag, trug nur sein Untergewand. Er war an die sechzig Winter alt und hatte kurz geschnittenes graues Haar. Ein spitzer Bart zierte das schmale Kinn und die edlen Züge. Wohlwollen sprach aus seinem Blick.

»Mein Gebieter«, entgegnete sie und senkte das Haupt. »Ihr habt nach mir verlangt?«

»In der Tat.« Er nickte und winkte sie zu sich heran, und sie folgte seinem Aufruf, wissend, dass es nur Floskeln waren, die sie tauschten, das Vorgeplänkel eines Spiels, das sie schon häufig gespielt hatten, so oft, dass sie die Regeln kannte.

Vor dem Bett blieb sie stehen und begann sich zu entkleiden, langsam, so, wie es ihm am liebsten war. Seine Blicke folgten jeder ihrer Bewegungen, jedoch nicht mit wölfischer Lüsternheit, wie Alyssia sie in den Augen anderer Männer gesehen hatte, sondern mit derselben Hingabe, mit der man ein anmutiges Standbild oder ein kunstvolles Mosaik betrachtete. Ruhig und konzentriert, beinahe bewundernd.

Es machte ihr nichts aus, sich vor ihm zu entkleiden. Nicht mehr. Sie hatte akzeptiert, dass es ein Teil ihres neuen, ihres anderen Lebens war. Und sie hatte akzeptiert, dass es schlimmere Dinge gab, die ihr widerfahren, schlechtere Herren, denen sie dienen konnte. Es war ein Tausch. Keiner, den sie freiwillig eingegangen war oder den sie sich gewünscht hätte. Aber er sicherte ihr Überleben.

»Komm zu mir«, forderte er sie endlich auf, nachdem auch die letzte Hülle gefallen war. Nur den Schleier vor ihrem Gesicht hatte sie wie immer anbehalten, seinem Wunsch entsprechend. Vielleicht, so vermutete sie, war es eine andere, die er begehrte, und er stellte sich vor, dass sie es wäre, die zu ihm kam. Oder aber, und dieser Gedanke schien noch weit besser zu seinem sanften Wesen zu passen, er wollte ihr dabei nicht ins Gesicht sehen müssen.

Er löste den Gurt um sein Gewand, und sie konnte sehen, dass seine Männlichkeit wohl wie immer einiger Ermunterung bedürfen würde, bis sie ihre Pflicht erfüllen konnte. Langsam ließ Alyssia sich auf die Kissen nieder und beugte sich zu ihm hinüber.

»Haqiqa«, sagte er leise.

Und während sie tat, was von ihr erwartet wurde, schweiften ihre Gedanken zurück zu dem Tag, da sie einander zum ersten Mal begegnet waren …

4

Großer Basar, Cairo
Drei Jahre zuvor

Nie zuvor hatte Alyssia ein solch reges, buntes Treiben gesehen, ein solches Lärmen und Feilschen. Auch auf dem Rialto von Venedig wurden Geschäfte getätigt, waren die Kaufleute dabei, teils erbitterte Verhandlungen zu führen, aber alles ging unter der Beaufsichtigung der *sensali* und anderer städtischer Beamten vonstatten, sodass das Durcheinander nur augenscheinlich war und in Wahrheit festen Gesetzen gehorchte. Hier jedoch, in der Hitze und der drückenden Enge, die zwischen den aus hellem Gestein und dunklem Holz erbauten Häusern herrschte, schien es keinerlei Ordnung zu geben, hier war das Chaos Gesetz.

Tausend Gerüche tränkten die staubige Luft, und kaum einer davon war angenehm: Tabak, Tierdung und fremdartige Gewürze vermengten sich zu einer Mixtur, die Alyssia Übelkeit verursachte, und trotz der zahllosen Baldachine, die vor den Geschäften und über den Gassen aufgespannt waren, um das Sonnenlicht fernzuhalten, war die Hitze geradezu mörderisch. Und da war dieser ohrenbetäubende Lärm, das kreischende, donnernde, heisere Gewirr von Stimmen, die in fremden Sprachen redeten. Arabisch war dabei, von dem sie immerhin den ein oder anderen Fetzen verstand, weil ihr Vater es sie gelehrt hatte. Aber es wurde auch noch in vielen anderen Zungen gesprochen, gefeilscht und gezetert, die sie nicht einmal im Ansatz verstand. Persisch mochte dabei sein, Dialekte der Berber, der

Türken und der Nubier, die ebenfalls auf dem Basar vertreten waren, geheimnisvoll aussehende Menschen, deren Haut so dunkel war wie die Nacht.

Wohin sie auch blickte, sah sie sonnengebräunte, bärtige, von Turbanen und Kopftüchern bekrönte Gesichter mit listig funkelnden Augen und – so kam es ihr vor – hämisch lachenden Mündern. Waren wurden gehandelt, die selbst eine Tochter Venedigs noch nie zuvor in ihrem Leben gesehen hatte, Gewürze und betörend riechende Substanzen, aber auch Tücher aus bunter Seide und reich besticktem Brokat, herrlich anzusehen und für sie unerreichbar. Die Vorstellung, dass sie noch vor wenigen Wochen selbst solche Kostbarkeiten besessen hatte, war ihr fremd und eigentlich unerträglich. Ein Kleid aus heller Baumwolle, das diesen Namen kaum verdiente und wenig mehr war als ein Fetzen, der unterhalb ihrer Achseln um ihre Brust geschlungen war, stellte nunmehr ihren einzigen Besitz dar, und auch er gehörte eigentlich ihrem ruchlosen neuen Herrn ... so wie sie selbst.

Sein Name war Kerim Bey, und ohne Frage war er der verabscheuungswürdigste Mensch, der ihr je begegnet war: ein feister Kerl mit goldberingten Händen, der nach Schweiß roch und einem verwerflichen Gewerbe nachging – er war Menschenhändler.

Bereits seit drei Wochen befand Alyssia sich in seiner Gewalt. Nachdem Canzarro und seine Halsabschneider den armen Giovanni getötet und sie gefangen genommen hatten, hatten sie südliche Gewässer angesteuert. Noch zweimal waren sie in Dalmatien an Land gegangen, um noch mehr Gefangene an Bord zu nehmen: unglückliche Menschen, an deren Freiheit niemandem mehr gelegen war und die genau wie Alyssia einem Dasein als Sklaven entgegenblickten. Dann hatten sie das Meer überquert und Dumyat angesteuert, eine kleine Ortschaft an der Küste, wo sie angelegt und die Ladung gelöscht hatten: insgesamt mehr als vierzig Elende, die für bares Silber in den Besitz Kerim Beys übergegangen waren. Anfangs hatte Alyssia noch protestiert, hatte aufzubegehren versucht gegen das traurige Schicksal, das man ihr zugedacht hatte. Doch ihre Häscher hatten ihr daraufhin kurzerhand das Wasser verweigert und ihr zu verstehen gegeben, dass sie sich entweder nach ihren Regeln richtete oder in einigen Tagen tot sein würde. Immerhin: Geschlagen hatten sie sie nicht – allerdings wohl nur deshalb, damit die wertvolle Ware keinen Schaden nahm.

Muselmanen, das hatte Alyssia inzwischen gelernt, war es untersagt, andere Muselmanen als Sklaven zu halten. Bei Ungläubigen hingegen, wie sie die Christen gemeinhin nannten, bestand diese Einschränkung nicht, und so waren christliche Leibeigene unter Türken und Mamluken überaus begehrt. Verbrecher wie Canzarro sorgten dafür, dass der Nachschub niemals abriss; Kaufleute vom Schlage eines Kerim Bey verschacherten sie mit lohnendem Gewinn auf den Sklavenmärkten der Basare, und genau dorthin führte ihr Weg an diesem sengend heißen Julimorgen. Mit einem Boot waren sie von Dumyat nach Al-Qahira heraufgekommen, nun endlich sollte die Fracht in klingende Münze verwandelt werden, und Kerim Bey konnte es kaum mehr erwarten.

»Wollt ihr wohl laufen?«, raunte er den zehn Frauen zu, die er und seine beiden Helfer durch die Gasse trieben, aneinandergekettet wie Vieh, das man zur Schlachtbank führte. »Los doch«, hörte Alyssia seine ungewöhnlich hohe Stimme weitersticheln, »ich habe schließlich nicht den ganzen Tag Zeit!«

Wie sie diese Stimme verabscheute! Wie sie es hasste, fortwährend von diesem Kerl beschimpft und wie eine Ware behandelt zu werden! Vielleicht, dachte sie sich, war es besser, wenn er sie verkaufte, damit sie nicht länger sein Gesicht sehen und sein großtuerisches, nur an sich selbst denkendes Wesen ertragen musste.

Tränen hilflosen Zorns wollten ihr in die Augen steigen, aber Alyssia biss die Zähne zusammen. Stattdessen versuchte sie, sich an einen anderen Ort zu denken, in eine andere Zeit, um vor Verzweiflung nicht den Verstand zu verlieren, um sich nicht eingestehen zu müssen, wo sie tatsächlich war und was mit ihr geschah, während sie über den Basar geführt wurden und tausend Augen sie begafften.

»Seht nur, meine Freunde, seht genau hin!«, rief Kerim Bey dazu. »Alle diese Schönheiten werden in wenigen Augenblicken zum Kauf feilgeboten! Heidinnen, die weder Sitte noch Moral kennen und euch jeden Wunsch von den Augen ablesen werden! Und ja, sogar eine Jungfrau ist dabei!«

Vereinzelt wurde gelacht, jemand bekundete lautstark sein Interesse. Alyssia hatte das Gefühl, in einen bodenlosen Abgrund zu stürzen, denn keine andere als sie war diese Jungfrau, die der Sklavenhändler so vollmundig anpries. Die Prozedur, bei der Kerim Bey es herausgefunden hatte, war fraglos das Erniedrigendste gewesen, das sie je über sich hatte ergehen lassen müssen. Alyssia war sich dabei vorgekommen wie ein Stück rohes Fleisch, das der Metzger begutachtete. Seither jedoch behandelten Kerim Bey und seine Handlanger sie mit Vorsicht, ja sogar mit einiger Achtsamkeit – denn für eine Jungfrau wurden auf dem Sklavenmarkt Höchstpreise erzielt.

Hätte Alyssia die Möglichkeit dazu gehabt, hätte sie dem selbstgefälligen Menschenhändler nur zu gerne einen Strich durch die Rechnung gemacht und beseitigt, was ihm solch großen Gewinn versprach. Doch Kerim Bey war offenbar ein gebranntes Kind und hatte ihr glaubhaft versichert, dass er ihr in diesem Fall die Zunge herausschneiden würde, da die Gabe der Sprache bei einer Sklavin ohnehin nicht zwingend nötig wäre und dies ihren Wert kaum mindern würde – und sie hatte keinen Grund zu bezweifeln, dass er diese Drohung wahrmachen würde.

Alyssias Zustand, die Hitze, der Gestank, der Lärm und die aus allen Richtungen starrenden Augen machten den Fußmarsch unerträglich. Sie war fast erleichtert, als sie endlich den Marktplatz erreichten und das hölzerne Podest bestiegen, das sie aus der Masse hob. Mehrere Pfähle ragten dort auf, an die die Frauen gekettet wurden wie Hunde in einem Zwinger. Es dauerte nicht lange, bis sich der Platz mit einer Meute von Schaulustigen gefüllt hatte, darunter auch viele, die begütert genug aussahen, um bei der kommenden Versteigerung mitbieten zu können.

»Meine Freunde«, rief Kerim Bey, dessen geübtes Auge dies ebenfalls bemerkte, »ihr alle kennt mich als einen Kaufmann von Ehre, als einen Händler, der euch stets nur die beste Ware und die erlesensten Schönheiten bietet. Heute jedoch übertrifft mein Angebot eure Erwartungen! Denn diese Sklavinnen, die ihr hier vor euch seht, haben allesamt nie von der Weisheit des Propheten gekostet! Sie alle sind Ungläubige, und das Beste, was ihnen widerfahren kann, ist, in den Besitz eines rechtschaffenen Gläubigen zu gelangen, der ihnen den rechten Weg weist!«

»Was soll diese dort kosten?«, rief jemand und deutete auf die junge Frau mit dem rotblonden Haar, die ganz außen auf dem Podest stand.

Ihr Name war Anya, und sie stammte aus dem Süden Russlands. Wie sie hierhergelangt war, konnte Alyssia nur vermuten. Wahrscheinlich ähnelte ihre Geschichte ihrer eigenen, war sie ebenfalls von den Ihren verlassen worden, verraten und verkauft, so wie sie alle. Auch Anya war in formlosen Stoff gehüllt, ihr langes Haar, das ihr fast bis zu den Hüften reichte, war offen und mit Fett versehen worden, sodass es in der Sonne glänzte.

»Fünfhundert Derhem!«, nannte Kerim Bey ihren Preis, worauf der Kerl, der gefragt hatte, entschieden den Kopf schüttelte. Auch sonst schien niemand da zu sein, der auf Anya bieten wollte.

»Was ist los mit euch, meine Freunde?«, fragte Kerim Bey wehleidig und anklagend zugleich. »Ist dieses Prachtweib etwa keine fünfhundert Derhem wert?«

Mit einer routinierten Bewegung griff er zum Stoff ihres Kleides und riss ihn kurzerhand herab, sodass die Russin nackt auf dem Podium stand und von allen Seiten begafft werden konnte. Anfangs versuchte sie noch, ihre Blöße zu bedecken, doch Kerim Beys Stock trieb es ihr rasch aus.

»Nun, meine Freunde?«, fragte er in die Menge. »Habt ihr noch immer Zweifel, dass Kerim Bey hält, was er verspricht? Diese Sklavin stammt aus dem fernen Land der Russen, das für die Schönheit seiner Frauen weltberühmt ist! Sie ist üppig gebaut, mit einer Haut so weiß wie Milch und einem Schoß so warm und weich wie …«

»Welche ist die Jungfrau?«, wollte ein Mann wissen, der ganz vorn am Podium stand. Kleidung und Mantel wiesen ihn als Kaufmann aus, in seinen Augen glomm unverhohlene Wollust.

»Ihr interessiert Euch für die Jungfrau, hoher Herr?« In Kerim Beys Augen blitzte es listig. »Dann lasst mich Eure Aufmerksamkeit von dieser Schönheit auf diese lenken«, sagte er, ließ Anya einfach stehen, nackt, wie sie war, und wandte sich Alyssia zu. »Sie stammt aus dem fernen Italien, das für die Schönheit seiner Frauen weltberühmt ist. Aber sie vermag noch weit mehr als das! Sie ist nicht nur in der Lage, Euch unvergessliche Nächte zu bereiten, sondern ist auch des Lesens und Schreibens mächtig und spricht in Teilen unsere Sprache, keine stumpfsinnige Bauernmaid, sondern …«

»Das ist mir gleich«, stellte der Kaufmann klar, »ich will schließlich nicht mit ihr reden.«

Gelächter von allen Seiten.

Alyssia schloss die Augen.

»Aber ich warne dich, Sklavenhändler. Wenn du mich betrügst und sie keine Jungfrau ist, dann …«

»Ihr wollt Euch vergewissern, hoher Herr?«

Noch ehe Alyssia reagieren oder sich auch nur innerlich dafür wappnen konnte, riss er auch an ihrem Kleid, das wie ein Vorhang an ihr herabfiel und sie den Blicken der Marktbesucher preisgab. Aber anders als zuvor die Russin, die verschämt zu Boden geblickt hatte, hielt Alyssia den neugierigen Blicken stand. Mehr noch, es gelang ihr, in die Gesichter zurückzustarren, sodass sich mancher beschämt abwandte.

»Und, gefällt Euch, was Ihr seht, hoher Herr?«, fragte Kerim

Bey. »So kommt zu mir herauf und vergewissert Euch, dass die Ware im besten Zustand ist!«

Der Kaufmann ließ sich das nicht zweimal sagen. Schon stieg er über die knarrenden Stufen auf das Podest und trat auf Alyssia zu. Sie schüttelte sich innerlich vor Abscheu, und obwohl ihr klar war, dass es Ärger und womöglich ihr Ende bedeutete, konnte sie nicht anders.

»Hund!«, zischte sie und spuckte dem Kaufmann ins Gesicht. Der war darüber so überrascht, dass er zurückwich und die Stufen übersah. Mit einem dumpfen Schrei fiel er rücklings vom Podest und in die Menge, die ihn unter schallendem Gelächter auffing.

»Was … was fällt dir ein?«

Kerim Bey stand neben ihr, mit bebendem Unterkiefer, Schweißperlen auf der Stirn. Er schien noch einen Augenblick zu brauchen, um zu begreifen, dass dies wirklich geschehen war – dann hob er auch schon den Stock.

»Warte«, zischte er, »dafür wirst du büßen, du undankbare Tochter einer elenden Schlange! Bin ich nicht immer gut zu dir gewesen? Habe ich dich nicht stets gut behandelt? Was fällt dir ein, mich derart bloßzustellen?«

Vor dem Podest kam der Kaufmann wieder auf die Beine. Sein Turban saß schief, und er rieb sich den Kopf, den er sich gestoßen hatte.

»Kommt wieder herauf, edler Herr!«, forderte Kerim Bey ihn auf und reichte ihm den Stock. »Gebt dieser Sklavin, was sie verdient, damit sie ein für allemal lernt, wem sie in Zukunft zu gehorchen hat!«

»In Zukunft?« Der Kaufmann massierte weiter seinen offenbar schmerzenden Schädel. »Ich gebe mein gutes Geld doch nicht für eine tollwütige Hündin aus! Behalte deine Sklavin, Händler, und ich behalte mein Geld.«

Damit verschwand er in der Menge. Kerim Beys Wut wuchs ins Unermessliche. »Hast du das gehört? Er ist nicht mehr interessiert, und das ist allein deine Schuld, du undankbare …«

Er holte mit dem Stock aus, und Alyssia schloss die Augen, als könnte sie so der bitteren, schmerzhaften Wirklichkeit entfliehen, die sogleich über sie hereinbrechen würde – doch der Schmerz blieb aus. Stattdessen hörte sie Kerim Bey plötzlich lauthals schreien.

Sie machte die Augen auf und sah jemanden hinter dem Menschenhändler stehen: einen jungen Mann mit kurz geschnittenem pechschwarzen Haar und bartlosem Gesicht, aus dem ein Paar eisblauer Augen blickte. Gemessen an Kerim Beys kleinwüchsiger Postur war er ein wahrer Riese, der in seinen blauen Pluderhosen und dem scharlachroten Waffenrock einen eindrucksvollen Anblick bot. Am meisten jedoch staunte Alyssia darüber, dass er den Sklavenhändler am Handgelenk festhielt und ihm dieses offenbar verdreht hatte, denn Kerim Bey sah ziemlich bekümmert drein.

»Wa-was tut Ihr, Fremder?«, heulte er.

»Du willst eine Frau schlagen, die nackt und wehrlos vor dir steht?«, fragte der Hüne. »So schlage ich dich.«

»Nein, bitte nicht … es ist mein gutes Recht … bin ihr rechtmäßiger Besitzer …!« Zu ganzen Sätzen war Kerim Bey nicht mehr fähig.

In diesem Moment betrat ein zweiter Fremder das Podest, der groß war wie der andere, jedoch merklich älter. Haar und Bart waren ergraut, sein hoher weißer Turban und der von Silberfäden durchwirkte Mantel wiesen ihn als Würdenträger aus, vermutlich ein Beamter am Hof des Emirs. Kerim Bey würdigte er keines Blickes, sondern wandte sich Alyssia zu. Ihrer Nacktheit ungeachtet, sah er nur in ihr Gesicht.

»Wie ist dein Name?«, fragte er sie auf Arabisch.

»Alyssia«, entgegnete sie.

»Was nennst du dem hohen Herrn deinen Namen?«, fuhr Kerim Bey sie an, kaum dass sein Häscher ihn wieder losgelassen hatte. »Du hast zu sein, wen immer er in dir sehen möchte, verstanden?«

»Er hat mich aber gefragt«, wandte Alyssia ein.

»Du sprichst unsere Sprache gut«, erkannte der ältere der beiden Fremden an.

»Nur ein wenig.«

»Wer hat sie dich gelehrt?«

»Mein Vater«, erwiderte sie wahrheitsgemäß.

»Dann war er dir ein guter Lehrer.« Der Mann legte den Kopf schief, sein Blick wurde prüfend. »Warum hast du das vorhin getan?«, wollte er wissen. »Warum hast du den Mann einen Hund genannt? Dir muss doch klar gewesen sein, dass du dafür geschlagen wirst.«

»Weil es die Wahrheit ist«, entgegnete sie leise und ohne genau zu wissen, warum.

»Die Wahrheit«, wiederholte er.

Eine endlos scheinende Weile sah er sie nur an. Falten zerfurchten sein Gesicht, die jedoch weniger eine Folge hohen Alters als gemachter Erfahrungen zu sein schienen. Seine Augen waren dunkel, sein Gesicht ebenmäßig und von fast königlicher Würde.

»Wie viel?«, fragte er Kerim Bey, ohne den Blick von ihr zu wenden.

»I-Ihr wollt sie kaufen? Trotz allem, was …?«

»Wie viel?«, wiederholte er nur.

»Nun, da sie noch immer Jungfrau ist …« Kerim Bey zögerte einen Moment, wobei er im Kopf zu rechnen schien und dabei wohl auch die erlittene Schmach und das verdrehte Handgelenk mit einkalkulierte. »Zweitausend Silberstücke«, verlangte er dann. »Weil Ihr es seid, hoher Herr!«

»Achthundert«, erwiderte der andere, »und keinen Derhem mehr.«

»Aber hoher Herr!« Der Sklavenhändler machte ein entsetztes Gesicht.

»Achthundert. Das ist mein letztes Wort.«

»Einverstanden«, kam es sogleich zurück, enttäuscht und erleichtert zugleich. Einerseits hatte Kerim Bey sich für eine waschechte Jungfrau wohl erheblich größeren Gewinn erhofft.

Andererseits, so war ihm anzusehen, war er auch sichtlich froh, sie los zu sein.

Der Fremde nickte nur, dann nahm er seinen Umhang ab und legte ihn kurzerhand um Alyssias nackte Gestalt. »Von diesem Tag an«, erklärte er, »werde ich dich *Al-Haqiqa* nennen. Das bedeutet …«

»… die Wahrheit«, ergänzte sie.

Er nickte abermals. »Mein Name ist Omar ben Adil. Von heute an hast du nichts mehr zu befürchten, Haqiqa, denn du bist nun in meinem Besitz.«

5

Castello, Venedig
18. August 1365

Das kleine Haus, das Battista Sabattini für Raffaela Bertrano gekauft hatte, war nur unweit von der *ca'Sabattini* entfernt. Mit dem Nachen, den sein Diener Stilicho sicher durch den schmalen Kanal steuerte, war es nur ein kurzer Weg, sodass Sabattini seine Konkubine besuchen konnte, wann immer es ihn dazu drängte – und Raffaela im Gegenzug genoss seinen Schutz.

Als Ehefrau eines überführten Hochverräters war sie zumindest verdächtig gewesen, aber in seiner Eigenschaft als Staatsinquisitor hatte Sabattini sie von jeglicher Mittäterschaft freigesprochen. Und durch großzügige Zuwendungen sorgte er dafür, dass sie ein gutes Auskommen hatte, obwohl ihre Familie sie zurückgewiesen hatte und das Vermögen ihres Ehemannes an die Republik gefallen war.

Somit hätte ihre Beziehung ein Geschäft sein können, eine Abmachung zu beiderseitigem Vorteil. Doch Raffaela weigerte sich beharrlich, dies so zu sehen – und das wohl nicht nur, weil sie insgeheim hoffte, dass Sabattini ihrem Drängen irgendwann doch noch nachgeben und sie ehelichen würde; sondern auch, weil sie etwas für ihn zu empfinden schien, Zuneigung, womöglich sogar Liebe. Dabei war ganz und gar ausgeschlossen, dass Sabattini für eine Frau jemals wieder das empfinden würde, was er für seine geliebte Allegra empfunden hatte.

Mehrfach hatte er deshalb erwogen, Raffaela zu verstoßen

und sich der Liebesdienste einer anderen Frau zu versichern; doch aus irgendeinem Grund brachte er es nicht über sich. War es, weil er sich doch zu ihr hingezogen fühlte? Oder weil etwas, das er weder erfassen noch genauer benennen konnte, sie miteinander verband?

Das Amt des Staatsinquisitors war ein einsames. Die anderen Räte mochten ihn inzwischen respektieren und sich damit abgefunden haben, dass einer aus ihrer Mitte das zweitwichtigste Amt im Staat bekleidete; aber sie mieden ihn auch, und nie konnte er sicher sein, wann Varesi und seine Speichellecker eine neue Intrige gegen ihn spinnen würden. Von dem bevorstehenden Feldzug würde alles abhängen; misslang er, so würden sich alle auf Sabattini stürzen, selbst jene, die ihm jetzt die Treue hielten. Das Glück war wankelmütig in Venedig. Wen es heute emportrug, den mochte es morgen bereits in ungeahnte Tiefen stürzen, und Sabattini ertappte sich dabei, dass ihn dieser Gedanke mehr erschreckte, als er es früher getan hatte.

Und zum anderen war da Bianca …

Je näher das Boot der *ca'Sabattini* kam, desto größer wurde seine Unruhe. Was würde ihn dort erwarten? Er hatte das mehrstöckige Haus am Kanal einst erbauen lassen, damit es ihm und seiner Tochter als Heimat diente, als Domizil und Basis ihrer Macht. Doch in letzter Zeit fühlte er sich immer seltener dort heimisch, sehnte insgeheim den Tag herbei, da die Flotte in See stechen und die Unternehmung beginnen würde, die es ihm erlauben würde, Venedig den Rücken zu kehren, wenigstens für eine gewisse Zeit. War das, so schoss es ihm plötzlich durch den Kopf, vielleicht auch ein Grund dafür, dass er Raffaela noch immer aufsuchte und sie in seinem Leben duldete? Denn bei ihr zu sein bedeutete, nicht zu Hause zu sein …

Nun jedoch hatte ihn die Wirklichkeit wieder eingeholt. Bianca hatte nach ihm schicken lassen, was vermuten ließ, dass es schlimm um sie stand.

Wieder einmal.

Die Ungewissheit über das, was vorgefallen war, nagte an ihm und sorgte dafür, dass die Empfindungen des Vaters jene des Inquisitors überlagerten. Schon das durfte nicht sein, durfte nicht einfach so geschehen. Wenn er den Überblick verlor, würden sich seine Gegner dies zunutze machen. Noch saß er nicht fest genug im Sattel, um unangreifbar zu sein, noch war alles im Fluss!

Es polterte dumpf, als der Nachen am Steg anlegte. Sabattini sprang hinaus und überließ es seinem Diener, das Boot festzumachen. Er selbst trat an die Eingangstür und klopfte an. Ein Augenpaar erschien in der Spähöffnung, und im nächsten Moment wurde er eingelassen.

»Herr.« Der Torwächter verbeugte sich.

»Wo ist sie?«, verlangte Sabattini nur zu wissen.

»Oben in ihrem Schlafgemach. Aber sie findet dort keine Ruhe, fürchte ich.«

Sabattini stieß eine Verwünschung aus, dann stieg er die Treppe hinauf, gelangte durch die Empfangsräume des *piano nobile* in das zweite Stockwerk, wo sich die Schlafräume befanden. Sein erster Weg führte in ihr Gemach, aber es war leer, das Bett unberührt.

»Bianca?«

Ein Schluchzen von draußen war die einzige Antwort. Eine weitere lautlose Verwünschung auf den Lippen, ging er hinaus und den Gang hinab, an seinem eigenen Schlafraum vorbei in das kleine Zimmer am Ende des Korridors.

Er seufzte.

So schlimm also.

Er nahm sich zusammen und trat so weit vor, dass er einen Blick durch den offenen Eingang werfen konnte. Bianca stand vorn am Fenster, neben der Wiege aus Flechtwerk, die sie sanft hin- und herwippen ließ, während sie ein Schlaflied hauchte. Dasselbe Schlaflied, das ihre Mutter auch ihr einst vorgesungen hatte und das vermutlich ihre einzige Erinnerung an sie war.

Sabattini spürte den Schmerz in sich aufsteigen, aber er kämpfte ihn nieder und nahm sich zusammen. Selbstmitleid nützte niemandem. »Tochter?«, fragte er leise.

Sie wandte sich zu ihm um, und trotz der Tränen in ihrem Gesicht lächelte sie. In dem zitronengelben Kleid, das sie trug und das um ihre Hüften eng gegürtet war, sah sie gesund und beinahe glücklich aus. Doch er wusste nur zu genau, dass dies nur Fassade war …

»Großvater ist hier«, sagte sie leise in die Wiege und hörte auf, sie zu schaukeln. Stattdessen griff sie hinein und holte das kleine Bündel heraus, das darin gelegen hatte. Sabattini spürte einen schmerzhaften Stich, als er zusah, wie sie das Bündel vorsichtig hochhob, es an ihre Brust drückte und einen sanften Kuss darauf hauchte. »Willst du deinen Großvater begrüßen?«

Mit dem Bündel im Arm kam sie auf ihn zu, und er wappnete sich innerlich. »Bianca«, sagte er und gab sich Mühe, das Lächeln zu erwidern. »Du wolltest, dass ich zu dir komme?«

»Ja«, bestätigte sie und hielt das Bündel ein wenig höher. »Dein Enkelsohn wollte dich sehen, Vater. Er wollte dich begrüßen.«

»Ich verstehe«, sagte Sabattini, ohne eine Miene zu verziehen. Auch machte er keine Anstalten, das Bündel entgegenzunehmen.

»Was ist?«, fragte sie, und ihre dunklen Augen, die einst so klug und listig geblickt hatten, sahen ihn in maßlosem Erstaunen an. »Willst du deinen Enkelsohn nicht auch begrüßen?«

Er seufzte.

Wieder von vorn.

»Das ist nicht mein Enkelsohn«, entgegnete er.

»Aber Vater! Wie kannst du nur so etwas …?«

Statt zu antworten, holte er aus und schlug ihr das Bündel aus den Händen. Es flog durch die Luft und überschlug sich, um im nächsten Moment mit dumpfem Schlag auf dem Boden zu landen. Bianca schrie so heiser und entsetzt, dass es ihm durch Mark und Bein ging. Dennoch sah er keinen anderen Weg, es ihr klarzumachen. Er bückte sich und hob das Bündel vom Boden auf.

Es war ein Stück Holz, mit weißem Stoff umwickelt.

Biancas Schrei endete jäh.

»Es ist nichts«, erklärte er und hielt ihr das Holz hin. »Siehst du, Tochter?«

»Nichts?« Sie bedachte zuerst ihn, dann das Holz mit einem entgeisterten Blick. Ihre Züge waren bleich und eingefallen. Karmesin verwendete sie längst nicht mehr. »Aber wo … wo ist mein Kind? Wohin ist es verschwunden? Eben hatte ich es noch …«

»Nein, Tochter.« Er seufzte wieder – verletzt, traurig, ohnmächtig, wütend. »Wann willst du endlich mit diesem Unfug aufhören? Wann wirst du endlich begreifen, dass du kein Kind mehr hast?«

»Kein Kind mehr?« Sie sah ihn an, als wäre nicht sie es, die den Verstand verloren hatte, sondern er.

»Es ist gestorben, nur wenige Tage, nachdem du es zur Welt gebracht hast«, rief er ihr in Erinnerung. »Von einer Stunde zur anderen lag es leblos in dieser Wiege.«

»Nein«, widersprach sie kopfschüttelnd.

»Doch, und vermutlich ist es besser so«, fügte er schnaubend hinzu, »denn wer weiß, was aus deinem Bastard geworden wäre?«

Bianca antwortete nicht, stand nur vor ihm und starrte ihn an. »Mein Kind … ist tot?«, fragte sie mit einem Entsetzen, als ob das Unbegreifliche eben erst geschehen wäre und nicht vor mehr als zwei Jahren.

»So ist es«, stimmte Sabattini zu. »Ich weiß, es ist schwer für dich, das zu begreifen, aber …«

»Mein Kind lebt, Vater«, fiel sie ihm kopfschüttelnd ins Wort. »Sicher hast du dich nur geirrt. Es liegt dort in der Wiege«, fügte sie hinzu, auf das kleine Bett aus Korbgeflecht deutend.

»Nein, verdammt!«, widersprach er, wütend und sehr viel lauter, als er beabsichtigt hatte. Seine ganze Frustration brach sich in dem Ausbruch Bahn, aber auch die Sorge um seine Tochter. Bianca war alles, was ihm von seiner Familie geblieben war.

Stets hatte er sie an seiner Seite gesehen, als seine Vertraute, seine Komplizin und eines Tages auch als seine Erbin … doch das Kind hatte alles zunichtegemacht. Das Kind, dessen Vater sie nie genannt hatte – auch wenn Sabattini einen Verdacht hegte.

Bianca hatte ihm nie gesagt, was genau dazu nötig gewesen war, Alessandro Bertrano das Geheimnis zu entlocken, und er hatte umgekehrt nie danach gefragt. Aber neun Monate nach den Ereignissen von damals hatte sie einen Jungen zur Welt gebracht, der die dunklen Augen und das schwarze Haar Alessandros hatte …

Die Schande, dass seine Tochter ein Kind von einem steckbrieflich gesuchten Hochverräter hatte, war Sabattini erspart geblieben, denn nur wenige Tage nach seiner Geburt hatte das Neugeborene leblos in seinem Bett gelegen. Damit hatte er die Sache als erledigt betrachtet – anders als Bianca.

Als Kind hatte sie mitansehen müssen, wie ihre Mutter von ihrer Seite gerissen worden war. Über diesen schweren Verlust war sie vermutlich nie hinweggekommen, und als sich ein gleicher Verlust wiederholte, da hatte ihr Geist es nicht mehr verkraftet. Seither war sie eine andere – nicht mehr die kluge und willensstarke Frau, die er insgeheim stets bewundert hatte, sondern nur noch eine leere Hülle, ein Wesen ohne Sinn und Verstand. Und sie wollte und wollte einfach nicht damit aufhören!

»Du musst es endlich einsehen«, herrschte er sie an, während er sie an den Schultern packte und heftig rüttelte. »Du hast kein Kind mehr, das musst du begreifen!«, schärfte er ihr ein. Doch so eindringlich er auch sprach und so sehr er sie schüttelte, ihr Blick blieb leer.

»Was redest du da?«, fragte sie, nachdem er schwer atmend von ihr abgelassen hatte. »Es ist dein Enkelsohn, Vater. Du musst ihn kennenlernen. Ich bin überzeugt, dass ihr euch gut verstehen werdet.«

Er holte keuchend Luft, um wiederum zu widersprechen – aber anders als bei den zahllosen Debatten im Senat und im Rat der Zehn, wo seine Beharrlichkeit nahezu unerschöpflich war, fühlte er sich müde und ausgezehrt, und plötzlich hielt er es in ihrer Gegenwart nicht mehr aus.

Abrupt wandte er sich zum Gehen.

»Was hast du, Vater?«, rief sie ihm nach. »Willst du deinen Enkelsohn nicht kennenlernen?«

»Doch, doch«, erwiderte er nur, dann ging er hinaus und schloss die Tür hinter sich, drehte den Schlüssel im Schloss herum.

Auf dem Weg zu seinem eigenen Schlafgemach konnte er sie erneut singen hören, dasselbe Lied, das schon ihre Mutter ihr vorgesungen hatte.

Battista Sabattini beherrschte sich noch lange genug, um seine eigene Schlafkammer aufzusuchen und auch diese Tür hinter sich zu schließen.

Dann kamen die Tränen.

6

Palast des Emirs, Al-Qahira
22. August 1365

»Gestohlen? Das also wird behauptet?«

Yalbugha biss auf den getrockneten Kräutern herum, die scharf und bitter schmeckten und doch nicht die erwünschte Wirkung zeigten. Der Zahnschmerz blieb bestehen und nagte ebenso an ihm wie die Nachrichten, die soeben eingetroffen waren.

»Ja, Herr«, erwiderte der Mann, der vor ihm auf dem Boden kauerte, das Haupt ehrerbietig geneigt.

»Und das ist alles, was du weißt?«

»Ich habe weitergegeben, was ich gehört habe, Herr. Wort für Wort.«

Der Emir grunzte eine Bestätigung. Der Mann war lange genug in seinen Diensten, um zu wissen, was einem Spion drohte, der falsche oder unzureichende Angaben machte. Yalbugha stand im Ruf, jene, die ihm Informationen zutrugen, gut zu bezahlen – aber auch jenen, die ihn hintergingen oder ihm nur unvollständig berichteten, bei lebendigem Leibe die Zunge herausreißen zu lassen.

Mit einem unwilligen Nicken bedeutete er dem Mann, sich zu entfernen. Die beiden Wachen, die ihn in den Empfangsraum eskortiert hatten, brachten ihn auch wieder nach draußen, wo ein Hofbeamter ihn bezahlen würde.

Yalbugha lachte freudlos auf. Es lag eine gewisse Ironie darin, dass er für eine Nachricht Geld bezahlte, die er niemals hatte bekommen wollen. Die Franken waren kurz davor, in See zu stechen!

»Schenkt Ihr seinen Worten Glauben, Exzellenz?«, fragte Markad al-Khassar, General der Mamluken und zugleich sein engster Vertrauter.

»Warum sollte ich ihnen nicht glauben?«, fragte Yalbugha dagegen, weiter auf seinen Kräutern kauend und auf kleinem Raume auf und ab gehend wie ein in die Enge getriebener Schakal. »Wir wussten schon seit Langem, dass die Christen zum Krieg gegen uns rüsten. Der Spion hat nur bestätigt, was wir ohnehin vermutet haben.«

»Venedig hat lange gezögert«, gab Al-Khassar zu bedenken.

»Oder sie waren nur klug genug, ihre wahren Absichten zu verschleiern. Der König von Zypern hat lange um die Gunst der Venezianer gebuhlt, und endlich hat er sie bekommen. Sie werden nicht zögern, uns im Namen ihres Glaubens anzugreifen.«

»Aber wohin werden sie sich wenden? Lattakia? Sidon?«

»Nein.« Yalbugha schüttelte das bullige Haupt. »Du hast gehört, was in den Kanälen Venedigs gemunkelt wird: dass die Gebeine ihres Heiligen aus der Kirche gestohlen wurden. Von Kaufleuten aus Al-Iskandariya, wie es heißt.«

»Aber das … ist Unfug«, erklärte Al-Khassar so unbeholfen, dass Yalbugha unwillkürlich grinsen musste.

»Wusstest du, mein unbedarfter Freund, dass sich die Gebeine jenes Mannes, den die Christen so verehren, weil er die Geschichte ihres Propheten niedergeschrieben hat, tatsächlich einmal in Al-Iskandariya befunden haben?«

»Ist das wahr?« Al-Khassars hohe Stirn legte sich in Falten.

»Venezianische Kaufleute haben sie einst gestohlen und in ihre Stadt mitgenommen. Und nun unterstellen sie uns, wir hätten sie erneut entwendet.«

»Aus welchem Grund?«

Yalbugha betrachtete seinen Vertrauten mit einem unduldsamen Blick, während er weiter auf den Kräutern kaute, in der Hoffnung, dass der Zahnschmerz endlich nachlassen möge. »Ich bin froh, mein Freund, dass du von der Kriegskunst mehr verstehst als von diesen Dingen. Eine Armee von tausend mal tausend Schwertkämpfern ist nichts gegen eine Armee von tausend Schwertkämpfern, die an etwas glauben. Die Franken sind ohnehin ein furchtbarer Gegner – schwer zu töten in ihren gepanzerten Rüstungen, unberechenbar in ihrer Gier nach Blut. Doch wenn sie sich in einem gerechten Krieg um ihres Glaubens willen wähnen, so sind sie kaum aufzuhalten.«

»Ihr denkt, darum geht es?«

»Worum sonst?« Yalbugha nickte. Der Schmerz war aus seinem Backenzahn in den Kiefer gewandert. Seine gesamte linke Gesichtshälfte schmerzte inzwischen, was nicht dazu beitrug, seine Laune zu heben. »Die Venezianer nehmen nur aus einem einzigen Grund an diesem Feldzug teil: um den einzigen Konkurrenten zu vernichten, der ihnen gefährlich werden kann. Wenn Al-Iskandariya nicht mehr ist, wird Venedig den gesamten Seehandel an sich reißen und noch reicher werden, als es ohnehin schon ist.«

»Aber der Spion sagte, das Ziel des Angriffs stünde noch nicht fest.«

»Und wenn schon.« Yalbugha schnaubte verächtlich. »Die Venezianer sind nicht nur gierig, sondern auch voller Verschlagenheit. Sie haben diese Gerüchte nicht von ungefähr in die Welt gesetzt, sondern verfolgen ein bestimmtes Ziel damit. Und dieses Ziel lautet Al-Iskandariya, ich bin mir ganz sicher.«

»Dann sollten wir umgehend handeln und den Emir der Stadt verständigen«, folgerte Al-Khassar. »Außerdem sollten wir aus der Garnison von Al-Qahira zehntausend Mann abziehen und nach Al-Iskandariya schicken, damit …«

»Einen Augenblick.« Yalbughas beringte Rechte winkte ab. »Nicht so schnell, mein voreiliger Freund.«

»Aber – sagtet Ihr nicht …?«

»Ich sagte, dass wir wissen, wohin der Angriff der Franken zielt. Das heißt nicht, dass wir etwas dagegen unternehmen müssen.«

»Warum nicht?« Das Spiel von Al-Khassars dunklen Augen verriet nun vollständige Verwirrung.

»Du kennst Omar ben Adil?«

»Den Gesandten der Osmanen?« Al-Khassar nickte. »Gewiss, Exzellenz.«

»Dann weißt du auch, dass er und sein Diener, dieser El-Rih, sehr hoch in der Gunst Shaban al-Ashrafs stehen«, fuhr Yalbugha fort. »Letzteren hat der junge Sultan gar zu seinem persönlichen Beschützer ernannt.«

»Das alles weiß ich«, versicherte der Berater. »Aber ich sehe nicht, wie …«

»Omar ben Adil«, fuhr Yalbugha fort, »hat mich wiederholt gebeten, meine Haltung den jungen Shaban betreffend zu überdenken – dass der Junge einst ein großer Herrscher sein werde und er das Reich, das er einst regieren solle, mit eigenen Augen sehen und kennenlernen müsse.«

»Und was habt Ihr ihm geantwortet?«

»Ich habe ihn vertröstet, wieder und wieder. Ich habe dem Jungen gestattet, hin und wieder den Palast zu verlassen, doch nicht die Mauern Al-Qahiras. Nun jedoch frage ich mich, ob eine Reise nach Al-Iskandariya seiner Entwicklung nicht vielleicht wirklich zuträglich wäre.«

»Ihr meint …?«

»So weit ich weiß, trägt sich der dortige Emir schon seit geraumer Zeit mit dem Plan einer Pilgerfahrt nach Mekka. Lasst ihn sich auf die *hadj* begeben und statt seiner den jungen Shaban nach Al-Iskandariya gehen, auf dass er die Herrschaft über die Stadt übernehme und das Handwerk des Regierens übe.«

»Und seine Freunde aus dem Reich der Osmanen?«

»Die sollen ihn begleiten«, bestätigte Yalbugha, während der Schmerz in seinem Kiefer einen neuen Höhepunkt erreichte. Tränen schossen dem Emir in die Augen, und in einem spontanen Wutausbruch zückte er seinen Dolch und schob ihn sich in den Mund. Noch ehe er recht nachdenken konnte, hatte er ihn schon ins Zahnfleisch gestochen und war dabei, den von Fäulnis befallenen Zahn herauszuhebeln.

Der Schmerz brachte Yalbugha fast um den Verstand. Dann hörte er ein hässliches Knirschen in seinem Kopf – und der Zahn war heraus. Der Emir spuckte ihn auf den Boden, zusammen mit einer Ladung Blut, die einen hässlichen Fleck auf den Kacheln hinterließ.

»Und wenn die Franken kommen und Al-Iskandariya überfallen«, verkündete Yalbugha voller Genugtuung, während rotes Blut über seine Lippen rann, »werden sie mich einer großen Sorge entheben. Alle Welt wird sehen können, dass Shaban al-Ashraf kein würdiger Herrscher ist, und mit etwas Glück werden er und seine Freunde unter den Schwertern der Ungläubigen ein jähes Ende finden.«

»Und nur kurz darauf«, fügte Al-Khassar hinzu, um zu demonstrieren, dass er den Plan in seiner ganzen Hinterlist erfasst hatte, »werdet Ihr als der Verteidiger des Reiches an der Spitze des Mamlukenheeres in Al-Iskandariya erscheinen und die Franken zurück ins Meer treiben.«

Yalbugha grinste breit, sodass die noch frische Zahnlücke zu sehen war. »Genauso ist es, mein Freund«, stimmte er zu. »Genauso ist es.«

7

Quartier der Sklavinnen, Kasr al-Ablak, Cairo
Zur selben Zeit

»Al-Haqiqa?«

Alyssia schreckte auf, als sie ihren Namen hörte. Seltsamerweise hatte sie nicht lange gebraucht, um sich daran zu gewöhnen. Der Name, den Omar ben Adil ihr gegeben hatte, schien beinahe so gut zu ihr zu passen wie ihr eigener. Und auch das sprach dafür, dass der Mann, der sie auf dem Sklavenmarkt von Al-Qahira gekauft hatte und seither besaß, nicht wie die anderen war.

Sie war ganz in Gedanken versunken, hatte einmal mehr Papier und Tinte dazu benutzt, um die Dämonen der Vergangenheit zu zähmen. Sie hatte festgestellt, dass es ihr Erleichterung brachte, wenn sie alles aufschrieb, was geschehen war, dass es ihren Schmerz linderte und ihr dabei half, das Gewesene loszulassen und eine andere zu sein … was nichts daran änderte, dass es ihr untersagt war, sich mit derlei Dingen zu beschäftigen.

Ertappt fuhr sie herum – um sich El-Rih gegenüberzusehen, dem jungen Janitscharen, der in Ben Adils Diensten stand. Sie errötete, jedoch nicht so sehr, weil er sie bei etwas Verbotenem erwischt hatte, sondern weil seine pure Gegenwart sie seltsam berührte.

Obwohl sie einander nur selten sahen, war es immer, als verbände sie etwas, eine Vertrautheit, deren Ursprung sich Alyssia nicht erklären konnte. Obwohl er ein Muselmane war wie die anderen, obschon er einem Orden von Kämpfern angehörte, denen das Zölibat so ernst und heilig zu sein schien wie christlichen Mönchen, und obwohl er sich dem Kampf gegen die Ungläubigen verschrieben hatte: Trotz all dieser Dinge fühlte sich Alyssia ihm auf eine gewisse Weise verbunden, deren Ursprung sie nicht erklären konnte.

Vielleicht lag es an der Sicherheit, die er ausstrahlte und der er es wohl auch zu verdanken hatte, dass er zum Leibwächter des Sultans bestellt worden war. Vielleicht lag es an seinem Äußeren, das, obschon er die blauen Pluderhosen und den roten Rock der Janitscharen trug, nichts Gewalttätiges an sich hatte, sondern im Gegenteil Ernst und Besonnenheit verriet und eine Sanftmut, die man bei Kriegern selten sah. Er war groß und von muskulöser Gestalt, ohne grobschlächtig zu wirken; sein Gesicht war sonnengebräunt und gleichmäßig und von kurz geschnittenem schwarzen Haar umrahmt, das Kinn glatt rasiert, und die Augen waren dunkel.

Vielleicht, dachte Alyssia, liegt es aber auch daran, dass ich das Gefühl habe, diese Züge zu kennen und schon einmal in diese Augen geblickt zu haben. Und auch wenn sie wusste, dass das unmöglich war, so vermittelte seine Gegenwart ihr doch stets ein Gefühl von Geborgenheit.

Von Heimat.

»Ja?«, fragte sie und gab sich keine Mühe, das Schreibzeug zu verstecken. Sie war sicher, dass er sie nicht verraten würde.

Er verbeugte sich wie vor einer Dame. »Ben Adil verlangt dich zu sehen, Al-Haqiqa«, meldete er. »Ich soll dich zu ihm bringen.«

Alyssia war überrascht. Gewöhnlich verlangte ihr Herr erst in den Abendstunden nach ihrer Gesellschaft. Es war das erste Mal, dass er am hellen Vormittag nach ihr schicken ließ, und sie war nicht darauf vorbereitet.

»Ich bedaure«, erwiderte sie deshalb, wobei sie leicht errötete, »aber ich fürchte, ich kann meinem Herrn nicht die sein, die er erwartet. Ich muss noch ein Bad nehmen und mich umkleiden und …«

»Nein«, sagte er und hob beschwichtigend die Hände. »Bitte, das … das ist ein Missverständnis. Ben Adil möchte mit dir sprechen. Du kannst bleiben, wie du bist.«

Sie beherrschte das Arabische inzwischen gut genug, um alles zu verstehen. Diesmal glaubte sie darüber hinaus auch eine gewisse Verlegenheit aus El-Rihs Worten herauszuhören.

Sie musste lächeln. »Nun gut«, erwiderte sie, »dann warte bitte nur einen kurzen Augenblick.«

Sie griff nach der hölzernen Kassette und gab das Schreibzeug hinein. Rih sah ihr aufmerksam dabei zu, ohne dass zu erkennen war, was er dachte.

»Ich weiß, dass es mir eigentlich verboten ist«, gestand sie leise. »Aber ich glaube nicht, dass mein Herr etwas dagegen hätte.«

»Das glaube ich auch nicht«, versicherte er ein wenig hölzern. Die bloße Gegenwart einer Frau schien ihn in Verlegenheit zu bringen, was wohl vor allem an seiner Herkunft und seiner Lebensweise als Mitglied eines Kriegerordens lag; darüber hinaus schien jedoch auch sein zurückhaltendes, stilles Wesen eine Rolle zu spielen. Wie entschlossen er auch als Krieger auf dem Schlachtfeld sein mochte, in der Halle der Sklavinnen wirkte er seltsam verloren, seiner imposanten Erscheinung zum Trotz, die auch von den anderen Frauen nicht unbemerkt geblieben war. Alyssia konnte sehen, wie sie die Köpfe zusammensteckten und tuschelten, einige kicherten auch albern.

»Dies ist die Schrift der Franken, nicht wahr?«, fragte er, auf die beschriebenen Papiere deutend.

»Ja«, bestätigte sie. »Eine davon.« Sie hatte sich daran gewöhnt, dass alle Christen, die nördlich des Meeres lebten, als Franken bezeichnet wurden, unabhängig von ihrer tatsächlichen Herkunft. Und es erschien ihr nur recht und billig, pflegte das Abendland die Söhne und Töchter des Orients doch auch sämtlich als Muselmanen zu betiteln. Dass ihre Völker und die Gemeinschaften, in denen sie lebten, in Wahrheit sehr viel unterschiedlicher und vielfältiger waren, hatte Alyssia in den vergangenen drei Jahren erfahren. So war das Leben in den orientalischen Städten, anders als in denen des Nordens, von großer Toleranz geprägt; Muslime, Juden, Kopten und andere lebten friedlich miteinander, was auf der anderen Seite des Meeres unmöglich, ja undenkbar schien. Und auch auf die Menschen bezogen hatte Alyssia erfahren müssen, dass vieles, was über den Orient berichtet wurde, nicht den Tatsachen entsprach. Es gab Gute unter ihnen und Schlechte, aber das ließ sich auch von Christen sagen. Alyssias eigenes Schicksal und das, was ihrer Familie widerfahren war, waren der beste Beleg dafür.

Die Orientalen führten Kriege um ihres Machthungers willen, aber das taten auch Christen; sie trieben regen Handel und erfreuten sich am Gewinn, worin sie sich in nichts von den Kaufleuten Veneziens unterschieden; und sie hielten sich Sklaven, bisweilen Scharen von ihnen, aber das tat man auch in Venedig, handelte bisweilen sogar mit ihnen. Doch während die Anhänger Allahs Sklaven nach Jahren zuverlässiger Dienste freizulassen pflegten, besaßen christliche Herren ihre Leibeigenen bis zu deren Tod – und erbten noch deren Kinder, die wiederum Sklaven waren.

»Kannst du diese Schrift lesen?«, fragte Alyssia, als sie merkte, dass Rih noch immer auf die Blätter starrte.

»Nein«, gab er zu, »nicht diese.«

»Aber du bist der arabischen Schrift mächtig?«

»Ich kann sie lesen und auch schreiben«, bestätigte der Janitschar, wobei sich seine Brust vor Stolz straffte. Offenbar bedeutete ihm die Kunst, eine Feder führen zu können, mindestens ebenso viel wie jene, ein Schwert zu führen – auch das kam unter Kriegern nur selten vor. »Ben Adil hat es mir beigebracht«, fügte er hinzu.

»Es ist gut, wenn man einen Lehrer hat«, stimmte sie zu. »Mich hat mein Vater das Lesen und Schreiben gelehrt.«

»Dein Vater? Ist er …?«

»Nein.« Sie schüttelte den Kopf. »Nicht mehr. Sein Tod ist einer der Gründe, warum ich hier bin.«

»Ich verstehe.« Er nickte nur, und für einen Augenblick sah es aus, als würde auch er ihr etwas erzählen wollen, aber dann schien er sich anders zu besinnen. »Wir müssen gehen«, sagte er stattdessen pflichtbewusst. »Du wirst erwartet, Al-Haqiqa.«

»Nur eines noch«, bat sie. »Wie bist du zu deinem Namen gekommen? Und hast du auch noch einen anderen?«

»Früher, einst«, gab er mit unbewegter Miene zu, »da hatte ich einen anderen Namen. Aber er hat keine Bedeutung mehr. Mein Ausbilder bei den Janitscharen meinte, nie zuvor sei ihm ein so flinker Bogenschütze begegnet. Also nannte er mich …«

»… El-Rih«, ergänzte Alyssia.

»Und du bist Al-Haqiqa«, erwiderte er.

»Der Wind und die Wahrheit«, sagte sie leise, und obwohl sie die Worte nur ausgesprochen hatte, um sich an ihrem Klang zu erfreuen, trat ein Moment des Schweigens ein, in dem sie einander tief in die Augen blickten.

Der Moment dauerte länger, als es schicklich gewesen wäre, und wieder war da jenes Gefühl, dass etwas sie miteinander verband. Doch schon einen Lidschlag später war die Magie des Augenblicks gebrochen.

»Wir sollten gehen«, sagte Rih leise und wandte sich ab.

8

San Marco, Venedig
22. August 1365

Es war die letzte Zusammenkunft.

Das letzte Mal, dass der Rat der Zehn zusammentrat, ehe endlich, nach langen Jahren der Vorbereitung, der Feldzug gegen die Heiden begann. Der Feldzug, der Venedigs Position als Alleinherrscherin über die Levante endgültig manifestieren und das zurückbringen sollte, was vor drei Jahren wider jedes Recht geraubt worden war.

Battista Sabattini konnte in dieser Versammlung nur noch gewinnen. Er hatte alles erreicht, was er hatte erreichen wollen; hatte das Amt des Staatsinquisitors dazu benutzt, seine Ziele durchzusetzen und seine Gegner zu entmachten; war dabei so planmäßig vorgegangen, dass niemand, noch nicht einmal seine erbittertsten Feinde im Rat und im Senat, erkannt hatten, worum es ihm tatsächlich ging; und das Glück, wenn es so etwas überhaupt gab, war ihm dabei hold gewesen – wenigstens in diesen Belangen.

Was seine Rolle als Vater betraf, so hatte er versagt, war er nicht in der Lage gewesen, seine Tochter vor dem Wahnsinn zu bewahren, der sie befallen hatte. Wäre Sabattini ein gläubiger Mann gewesen, so hätte er womöglich an ein Wirken des Schicksals geglaubt, hätte angenommen, dass der Herr ihn und die Seinen strafen wollte für die Frevel, die er begangen hatte; für den Rufmord an seinem einstigen Freund Bertrano, für die

Leichen, über die er gegangen war, für die Ränke im Rat und für den Diebstahl der heiligen Reliquien. Doch Sabattini glaubte nicht mehr an derlei Dinge, nicht seit dem Tag, da seine geliebte Allegra von seiner Seite gerissen und von den Seeräubern verschleppt worden war.

Wo war das Schicksal da gewesen? Wo die waltende Ordnung, die alles zum Guten lenkte? Nein, Battista Sabattini hatte aufgehört, auf dergleichen zu vertrauen. Worauf er dagegen vertraute, war sein eigenes Handeln, seine eigene Stärke und die Macht der Intrige. Und er war Epikureer genug, um zu glauben, dass man den Tag auskosten, dass man jede einzelne Stunde pflücken musste, die das Leben bot. All diese Erkenntnisse und Überzeugungen hatten Bianca nicht vor dem Absturz in den Wahnsinn bewahrt, aber sie sorgten dafür, dass er, Battista, weiter an seinen Zielen festhielt. Denn was den Menschen am Ende überlebte, was größer war als er selbst, waren letztlich nur seine Taten. Und Sabattini war auf dem besten Weg, die Geschichte der Republik Venedig neu zu schreiben.

Doch obwohl der Wind günstig und der Aufbruch kurz bevorstand, wollte Sabattini dem Rat nicht den Rücken kehren, ohne nicht noch einmal auf seine Erfolge hingewiesen zu haben und darauf, dass er mit allen seinen Voraussagen Recht behalten hatte. Es würde helfen, seine Machtstellung in seiner Abwesenheit zu erhalten und seine triumphale Rückkehr vorzubereiten. Mit den aus den Klauen der Heiden geretteten Reliquien würde er heimkehren, und man würde ihm einen Triumphzug bereiten, wie man ihn seit den Tagen des alten Rom nicht mehr gesehen hatte. Und spätestens dann würde die Zeit gekommen sein, die Hand auch nach dem mächtigsten Amt der Republik auszustrecken …

»Eure Exzellenz und hohe Herren, verehrte Mitglieder dieses Rates«, sprach er in das Rund, in dessen Mitte er in seiner schwarzen Robe stand. »Als ich vor einigen Jahren zum ersten Mal vor der Bedrohung warnte, die uns jenseits des Meeres erwachsen ist, da wollte niemand meinen Worten Glauben schenken. Manche«, fügte er mit einem Seitenblick in Varesis Richtung hinzu, »haben mich gar verlacht.

Doch die Zeit, meine Freunde, hat uns eine andere Lektion gelehrt, hat uns gezeigt, dass der Feind sehr wohl jenseits des Meeres lauert und dass er vor keiner Untat zurückschreckt, um Venedig zu schwächen und Schaden zuzufügen: Als Piraten getarnte Söldner wurden gegen uns geschickt, verdiente Bürger der Stadt mit Geld und falschen Versprechungen gekauft, unsere geliebte Republik von Verrätern und Diebesgesindel unterwandert. Wer mich kennt, der weiß, dass ich weder ein Freund großer Worte noch übertriebenen Eigenlobs bin«, fuhr er fort, um sich die Ohren seiner Zuhörer geneigter zu stimmen, »aber es muss mir gestattet sein, an dieser Stelle festzuhalten, dass die letzten drei Jahre genutzt wurden, um den Feind zurückzudrängen und diese Stadt wieder sicher zu machen. Prozesse wurden geführt, Verräter gerichtet und auf dem Rialto zur Schau gestellt, wie es von alters her Sitte ist. Nur die größte Schmach von allen ist noch nicht getilgt, das größte Unrecht noch nicht ungeschehen gemacht.«

Er unterbrach sich und blickte in die Gesichter der Räte und Beamten, nur um mit Befriedigung festzustellen, dass sie ihm an den Lippen hingen.

»Die Gebeine des Heiligen«, fuhr Sabattini fort, wobei er beschwörend die Arme hob, »befinden sich noch immer in der Hand des Feindes, und ich stehe hier und heute vor euch, meine Freunde, um euch zu versprechen, dass ich nichts unversucht lassen und erst zurückkehren werde, wenn sich die heiligen Reliquien wieder in unserem Besitz befinden, zu Ehren des Allmächtigen!«

»Bravo!«, rief jemand und begann zu applaudieren, und als auch der Doge seinen Beifall bekundete, gab es kein Halten mehr: Dröhnender Jubel brandete Sabattini von allen Seiten entgegen, selbst Varesi und die Seinen kamen nicht umhin, ihre Zustimmung zu geben, und war es auch nur, um das Gesicht zu wahren.

»Einige von euch«, fuhr Sabattini fort, nachdem sich der Jubel wieder gelegt hatte, »werden mich begleiten, um Seite an Seite in dem Krieg zu fechten, den wir nunmehr zu unseren Feinden tragen. Andere werden bleiben, um die Geschicke der Stadt auch in Kriegszeiten zu lenken und sie weiterhin vor schädlichen Einflüssen zu bewahren. Aber wo auch immer wir unseren Dienst versehen, es ist wichtig, dass wir niemals vergessen, dass wir die Söhne derselben Stadt, derselben Republik sind. Und wer einst in den Annalen nachschlägt, der wird darin geschrieben finden, dass Venedig im Angesicht der Bedrohung wie ein Mann aufstand, um sich des heidnischen Feindes zu erwehren. Deshalb werde ich nun mit euch allen als Zeugen einen feierlichen Eid leisten, dass ich meine ganze Kraft dazu einsetzen werde, Venedig zu schützen und seinen Einfluss zu mehren. Und ich fordere euch alle auf, meine Freunde, diesem meinem Beispiel zu folgen.«

Seine schwarze Robe rauschte, als er in einer großen Geste die rechte Hand zum Schwur hob. »Für Venedig!«, rief er aus – und sah herausfordernd den Dogen an.

In Celsis Augen blitzte es.

Ihm war anzusehen, dass ihm diese Wendung nicht gefiel, dass er nicht gewillt war, sich zu etwas drängen zu lassen. Auch schien der Zuspruch, den Sabattini von allen Seiten, ja selbst von seinen Gegnern erhielt, inzwischen seinen Argwohn zu wecken. Aber auch er wusste, dass es zu spät war, um noch etwas daran zu ändern. In der Stunde der Not hatte er Sabattini zur Hilfe gerufen – nun war sein Helfer mächtiger geworden als er selbst.

Die Erkenntnis musste bitter schmecken, dennoch erhob sich der Doge von seinem Sitz und hob ebenfalls die Hand. »Für Venedig«, bestätigte er, wodurch sich auch die anderen Räte und Beamten, vom Sekretär bis zum Kämmerer, veranlasst sahen, dem Beispiel Folge zu leisten.

»Für Venedig!«, erscholl es im weiten Rund, dass es von der holzgetäfelten Decke widerhallte.

Und Sabattini war zufrieden.

9

Gemächer Ben Adils, Kasr al-Ablak, Cairo
Zur selben Zeit

»Ihr verlangtet mich zu sprechen, Herr?«

Omar ben Adil, der Gesandte des Sultans, schien in Gedanken versunken. Als Alyssia ihn ansprach, fuhr er mit dem Kopf hoch.

»Verzeiht, Herr. Ich wollte Euch nicht erschrecken.« Alyssia blieb auf der Schwelle stehen, wie man es ihr beigebracht hatte. Den Schleier hatte sie vorgelegt, das Haupt hielt sie leicht gesenkt.

»Du hast mich nicht erschreckt, Haqiqa«, versicherte er und winkte sie herein. Ein schwerer Tisch und große Kisten aus dunklem, mit Intarsien verziertem Holz bildeten die Einrichtung. Durch das offene, arabesk geschwungene Fenster konnte man in den Innenhof des Palasts blicken, auf den Garten von Qafur und die Brunnen, die dort sprudelten. Jenseits der Palastmauern waren die gedrungenen Häuser und Zelte der Stadt zu erkennen, die sich bis hinunter nach Al-Maqs erstreckten. »Setz dich«, forderte Omar sie auf.

Alyssia nahm auf den für Besucher vorgesehenen Kissen Platz, wobei sie eine innere Unruhe verspürte. Warum ließ ihr Herr sie am hellen Tag zu sich rufen? Was hatte er ihr zu sagen?

»Ich werde Al-Qahira verlassen, Haqiqa«, eröffnete er ihr rundheraus und so unerwartet, dass sie zunächst nicht begriff.

»Wann werdet Ihr wieder hier sein, Herr?«, fragte sie.

»Du hast mich nicht verstanden«, erwiderte er kopfschüttelnd und drückte es anders aus. »Ich werde an einen anderen Ort versetzt. In eine andere Stadt.«

»Dann … werdet Ihr überhaupt nicht zurückkehren?«

»Jedenfalls nicht für lange Zeit.«

Alyssia spürte, wie sich etwas in ihr verkrampfte. Omar ben Adil mochte ein Muselmane sein, ein Heide, der sie für achthundert Silberstücke auf dem Sklavenmarkt von Al-Qahira gekauft hatte, damit sie ihm zu Diensten war … aber er hatte ihr in all den Jahren auch Schutz gewährt und war stets gerecht zu ihr gewesen. Der Gedanke, allein und auf sich gestellt zu sein, womöglich an einen anderen, weniger gütigen Herren verkauft zu werden, brachte sie an den Rand einer Panik. Und noch etwas sorgte dafür, dass jähe Trauer ihr Herz verfinsterte: Sie würde auch El-Rih nicht mehr wiedersehen, der in Ben Adils Diensten stand.

»Was machst du für ein Gesicht?«, erkundigte sich Omar. Seine dunklen Augen sahen sie fragend an. »Ich kann sehen, dass dir diese Neuigkeit nicht gefällt.«

»Darüber habe ich nicht zu befinden, Herr«, entgegnete sie ausweichend.

»In der Tat.« Omar nickte. Er legte den Kopf schief und sah sie prüfend an. »Aber du hast deine eigene Meinung, nicht wahr? So war es schon immer. Nie bin ich mir ganz darüber im Klaren, was hinter diesem Gesicht vor sich geht«, fügte er hinzu und sah ihr in die verschiedenfarbigen Augen. »Weißt du, was man über Frauen sagt, deren Augen unterschiedliche Farben haben?«

»Nein, Herr.«

»Dass sie auf zwei Leben blicken. Und dass ihre Treue nicht einem, sondern zwei Männern gilt.«

»Das ist nicht wahr, Herr«, versicherte Alyssia. »Ich versichere Euch, dass ich ganz die Eure …«

»Du willst sagen, du hättest keine Geheimnisse vor mir?«, erkundigte er sich ungewohnt spitz.

»Herr, ich wüsste nicht, was …«

»Zum Beispiel den Besitz von Schreibzeug betreffend«, wurde er deutlicher.

Sie blickte zu Boden und atmete tief ein und aus. Zu leugnen hatte keinen Sinn, das war ihr nur zu klar. »Verzeiht«, bat sie deshalb leise.

»Du hättest mich um Erlaubnis bitten müssen.«

»Ich weiß … aber ich war mir ganz sicher, dass Ihr es mir gestatten würdet.«

Omar hob die dunklen Brauen. »Warum?«

Sie hob den Blick und sah ihn zaghaft an. »Weil Ihr wusstet, dass ich lesen und schreiben kann, Ihr habt ja sogar dafür bezahlt. Und weil Ihr anders seid als andere Herren.«

»In der Tat«, stimmte er zu. »Und womöglich bin ich auch zu nachsichtig mit dir gewesen. Wie auch immer, du wirst Gelegenheit erhalten, deiner Sehnsucht nach Sprache und Schrift weiter nachzukommen – allerdings nicht hier in Al-Qahira, sondern …«

Alyssia ließ ihn nicht aussprechen.

In einem Anfall von Bestürzung sprang sie von ihrem Kissen auf und warf sich vor ihm auf den Boden. »Bitte, Herr, verkauft mich nicht«, flehte sie. »Auch wenn ich Euch enttäuscht habe, lasst mich bei Euch bleiben!«

»Haqiqa!« Er bückte sich zu ihr hinab und zog sie wieder auf die Beine. Ein nachsichtiges Lächeln lag in seinen faltigen und doch so jugendlich wirkenden Zügen. »Ist das meine Haqiqa? Die Frau, die es wagte, einen ehrbaren Kaufmann einen Hund zu nennen?«

»Ver-verzeiht, Herr«, erwiderte Alyssia leise. Sie schämte sich vor sich selbst für ihren Ausbruch, konnte jedoch nicht verhindern, dass ihr Tränen der Verzweiflung in die Augen traten. »Es ist nur, ich … ich …«

»Du brauchst dich nicht zu fürchten«, versicherte er, »dazu besteht kein Anlass. Und ich habe auch nicht vor, dich zu verkaufen, Haqiqa. Der Grund, warum ich dich habe rufen lassen, ist der, dass ich nach Al-Iskandariya gehen werde. Und du sollst mich begleiten.«

»Ich … Euch begleiten?« Sie sah ihn verständnislos an. »Nach Alexandria?«

»So nennt ihr die Stadt des Eroberers bei den Franken«, bestätigte er. »Wie du weißt, weile ich als Abgesandter von Bursa hier, der Kontakte mit dem jungen Sultan der Mamluken knüpfen soll. Und da der Sultan auf Wunsch des mächtigen Emirs Yalbugha nach Al-Iskandariya gehen wird, werde ich ihn dorthin begleiten – ebenso wie El-Rih und seine Waffenbrüder.«

»El-Rih wird auch mit uns kommen?«, fragte Alyssia schnell. Vielleicht ein wenig zu schnell.

»Er wird den jungen Sultan weiter als dessen persönlicher Leibwächter begleiten und ein Auge auf ihn haben«, bestätigte Omar, wobei ein schwer zu deutender Ausdruck über seine Züge huschte. »Die Feinde des jungen Herrschers scheinen zahlreich zu sein in diesen Tagen, und es liegt in unser aller Interesse, dass er am Leben bleibt. Deine Aufgabe jedoch, Haqiqa, wird es sein, den *qalam* zu führen und alles festzuhalten, was in Al-Iskandariya geschieht.«

»Meine Aufgabe?« Sie sah ihn verblüfft an. »Ihr wollt nicht, dass ich …?«

»Unter allen Sklavinnen, die ich je besaß, bist du die anmutigste und schönste«, beschied Omar ihr lächelnd, wobei er an sich herabdeutete. »Doch dieser Körper welkt dahin, und ich fürchte, dass er sich an deinen Künsten nicht mehr lange zu erfreuen weiß.«

»Das macht nichts«, versicherte Alyssia. »Es gibt Mittel und Wege, die …«

»Ich weiß. Doch im Alter ändert sich manches, Haqiqa. Was mir noch vor einigen Jahren wichtig erschien, kommt mir jetzt nebensächlich vor. Und da mein Verstand zu meiner größeren Zufriedenheit arbeitet als mein alternder Körper, möchte ich dich bitten, stattdessen in seine Dienste zu treten. Würdest du das für mich tun?«

Alyssia starrte ihn an. Sie war nicht sicher, ob sie richtig verstanden hatte. Hatte er ihr tatsächlich soeben mitgeteilt, dass sie künftig nicht mehr als seine Konkubine, sondern als seine Schreiberin tätig sein sollte?

»Was ist?«, fragte er und lächelte matt. »Als ich dich damals kaufte, tat ich es nicht deshalb, weil du noch unberührt warst, sondern weil du des Lesens und Schreibens mächtig bist. Was also missfällt dir, Kind der Wahrheit?«

»Nichts«, versicherte sie schnell. »Es ist nur … ich fürchte, Ihr überschätzt meine Fähigkeiten, Herr. Ich kann nur in der Sprache meiner alten Heimat flüssig lesen und schreiben.«

»Wie ist es mit der Sprache der Griechen?«

»Ich kann sie lesen und verstehe sie leidlich. Des Arabischen bin ich jedoch kaum mächtig, beherrsche nur einige Zeichen …«

»So kannst du für mich lesen und übersetzen«, beschied er ihr kurzerhand, »denn in Al-Iskandariya gibt es viele Griechen. Unsere Abreise erfolgt am Ersten des zehnten Monats deiner Zeitrechnung.«

»Das ist in etwa fünf Wochen«, meinte Alyssia.

»Die Zeit bis dahin wirst du nutzen, um unsere Schrift zu erlernen. Traust du dir das zu?«

»Ja, Herr.« Sie verbeugte sich, von Dankbarkeit ergriffen. »Ich weiß nicht, wie ich Euch …«

»Sei mir eine gute Dienerin«, beschied er ihr nur. »Mehr verlange ich nicht.«

»Ja, Herr.«

»Du hast vier Wochen Zeit, um dich vorzubereiten und zu besorgen, was du als Schreiberin brauchst. El-Rih wird dich zum Basar begleiten.«

»Das … ist nicht nötig, Herr«, versicherte sie.

»Ich bestehe darauf«, beharrte er – und erneut huschte dieser unmöglich zu deutende Ausdruck über seine milden Züge.

10

Castello, Venedig
Morgen des 25. August 1365

Der große Tag war angebrochen.

Nachdem im Lauf der letzten Wochen immer mehr Kriegsschiffe in den Häfen und an den Kais angelegt hatten; nachdem die Anzahl der Soldaten stetig gewachsen war, sodass es zuletzt den Anschein gehabt hatte, dass die Stadt aus allen Nähten platzen müsse, war nunmehr der Tag des Aufbruchs gekommen.

Schon im Morgengrauen waren die Galeeren bemannt worden, danach waren die Soldaten an Bord gegangen: Bogenschützen in leichter Rüstung, dalmatische Söldner, venezianische Fußkämpfer sowie Ritter aus den besten Familien der Stadt. Unter großer Anteilnahme der Bevölkerung waren sie an Bord gegangen, bejubelt und mit Blumen bekränzt, die ihnen auf dem bevorstehenden Feldzug Glück bringen sollten. Priester hatten Segenswünsche ausgesprochen, und schließlich waren die ersten Galeeren in See gestochen: schwere Kriegsschiffe, von denen viele erst in den vergangenen Monaten die Werften des Arsenals verlassen hatten, und jedes davon in der Lage, mehrere Hundert Mann über das Meer und in den Kampf zu tragen, dem heidnischen Feind entgegen.

Ein Schiff nach dem anderen hatte abgelegt, eine Kolonne aus schlanken Körpern, die hinaus in die Lagune glitten und von dort auf das Meer. Sobald sie die offene See erreichten, ließen die Kapitäne die Ruder einholen und die Segel setzen. Und so war es ein nicht enden wollendes weißes Band, das sich über die glitzernd blaue Fläche des Meeres bis zum fernen Horizont erstreckte. Ein beeindruckendes Schauspiel, das die Herzen der meisten Venezianer hochfliegen ließ – nicht so das von Raffaela Bertrano.

Auf dem obersten Balkon der *ca'Sabattini* stehend, beobachtete sie das Spektakel, wohl wissend, dass zusammen mit dem venezianischen Heer auch alle ihre Hoffnungen aufs Meer hinaussegelten. Denn wenn die Unternehmung fehlschlug und Battista Sabattini nicht nach Venedig zurückkehrte, würde es nichts mehr geben, das sie vor dem Absturz bewahrte.

Ihr Vermögen, das sie als Witwe Leonardo Bertranos besessen hatte, war zur Wiedergutmachung für die Verbrechen ihres Gemahls gepfändet worden; ihre Familie auf dem Festland, auf die sie so große Hoffnung gesetzt hatte, wollte mit der Frau eines Hochverräters nichts zu tun haben. Alles, was sie vor Armut und Elend bewahrte, war Battista Sabattini – auch wenn ihr Verhältnis brüchig war und nur aus purer Fleischeslust bestand.

Raffaela war keine Närrin.

Sie wusste nur zu gut, dass ihre welkenden Reize irgendwann nicht mehr ausreichen würden und Sabattini sich eine andere Frau in sein Schlafgemach holen würde. Und da er noch immer nicht gewillt war, sie zu ehelichen, konnte es nur ihr Plan sein, ihm ihre Zuneigung zu beweisen, ihm zu zeigen, dass sie alles für ihn tun würde.

Alles!

Der Entschluss war längst in ihr gereift. Wenn Battista nach Venedig zurückkehrte, als Sieger und in einem Triumphzug ohnegleichen, würde er manches verändert vorfinden. Und er würde verstehen, dass niemand – noch nicht einmal sein Diener Stilicho, der selbst vor Mord nicht zurückschreckte, um seinem Herrn zu gefallen – eine treue Gefährtin ersetzen konnte. Nach außen mochte der Staatsinquisitor von Venedig sich kalt und unverletzlich geben, doch Raffaela wusste es besser. Sie kannte ihn lange und gut genug, um verstanden zu haben, was ihn betrübte …

»Leb wohl, Vater«, sagte eine leise, weinerliche Stimme neben ihr. Bianca war zu ihr auf den Balkon getreten und winkte der Kolonne der Schiffe hinterher. Ihre Züge waren fahl und eingefallen wie die einer Toten. Das schwarze Kleid, das sie trug, unterstrich diesen Eindruck nur. »Ich will hoffen, dass er wohlbehalten zurückkehrt«, sagte sie tonlos. »Er soll sehen, wie sein Enkelsohn heranwächst.«

»In der Tat«, sagte Raffaela und biss sich auf die Lippen. Anders als Sabattini war sie nicht der Ansicht, dass es etwas nützte, wenn man widersprach. Bianca war in ihrem Wahn verloren, ganz gleich, was man entgegnete. Stattdessen griff Raffaela nach der Karaffe mit Wein, die auf dem kleinen Tischchen stand, und füllte damit die beiden Zinnbecher, die sie bereitgestellt hatte.

»Wir wollen auf seine glückliche Heimkehr trinken«, schlug sie vor und reichte Bianca einen der Becher. »Auf deinen Vater und einen erfolgreichen Feldzug«, sagte sie dazu, »und eine glückliche Rückkehr.«

»Auf Vater und seine Rückkehr«, stimmte Bianca zu, und für einen kurzen Moment hatte es den Anschein, als wolle sich der sonst so trübe Blick ihrer Augen klären. Beide Frauen tranken. Der Rebensaft schmeckte schal und abgestanden, fand Raffaela. Aber vielleicht war das auch nur ihrer Stimmung zuzuschreiben.

»Du liebst meinen Vater sehr, nicht wahr?«, fragte Bianca sie unvermittelt.

»Ja«, gestand Raffaela ohne Zögern. »Ich habe ihn schon immer geliebt, selbst als ich noch ein junges Mädchen war. Doch er war bereits vergeben und heiratete eine andere …«

»Meine Mutter«, folgerte Bianca.

Raffaela nickte nur. »Er ging fort nach Byzanz, um dort ein Vermögen zu machen, doch in all den Jahren habe ich niemals aufgehört, an ihn zu denken. Und als er schließlich zurückkehrte, war er allein …«

»Ich war bei ihm«, bemerkte Bianca.

»Das ist wahr. Doch seine Frau war von Räubern auf hoher See verschleppt worden, und er litt so sehr darunter, dass ich Mitleid mit ihm bekam. Obschon ich einem anderen Mann in die Ehe gegeben wurde, hielt ich an meiner Liebe zu deinem Vater fest. Heimlich gab ich mich ihm hin – und empfing ein Kind von ihm.«

Bianca sah sie an. Wenn sie überrascht war, so war es ihr nicht anzumerken. Vielleicht, dachte Raffaela, hatte sie auch gar nicht verstanden …

»Um den Mann nicht zu entehren, dessen Frau ich nach dem Willen meiner Familie geworden war, bewahrte ich Stillschweigen darüber, wer der Vater des Jungen war, und so erzog Leonardo Bertrano ihn als seinen eigenen Sohn. Wohl grämte er sich manches Mal darüber, dass dieser so gar nichts von ihm hatte, dass er sich nicht für seine Geschäfte interessierte und für den Handel, den er trieb. Aber niemals hat er in all den Jahren auch nur den Hauch eines Verdachts geschöpft – ebenso wenig wie dein Vater. Und so kam es, dass er eines Tages dir, seiner leiblichen Tochter, den Auftrag erteilte, eben diesen jungen Mann zu umgarnen, damit er dir ein Geheimnis verriete.«

»Du … du sprichst von Alessandro«, stieß Bianca hervor. Ihre Augen weiteten sich, offenbar begann sie zu begreifen, allem Irrsinn zum Trotz.

»Von Alessandro.« Raffaela nickte. »Meinem Fleisch und Blut, meinem über alles geliebten Sohn, der verschwunden ist seit dem Tag, da du ihn verführt hast und mit deinem verderbten Körper über ihn gekommen bist, die personifizierte Sünde.«

»Nein!« Bianca schüttelte den Kopf. »Das ist nicht wahr!«

»Es ist wahr«, beharrte Raffaela unbarmherzig, »und erzähle mir nicht, dass du es nicht gespürt, dass du nicht zumindest geahnt hast, dass da etwas zwischen euch war, das euch zugleich verband und trennte! Aber du hast es missachtet, hast alles getan, um dein Ziel zu erreichen. Lange Zeit habe ich noch gehofft, dass ich mich geirrt hätte, dass nicht geschehen wäre, was wider die Natur und alle Gesetze ist, doch alles Hoffen war vergeblich. Denn neun Monate, nachdem Alessandro verschwunden war, brachtest du ein Kind zur Welt. Sein Kind, Bianca! Das Kind deines eigenen Bruders!«

»Nein!« Biancas Züge waren zur Fratze geworden, von Angst und Entsetzen verzerrt. »Nein …«

»Was hätte ich tun sollen?«, sprach Raffaela unaufgefordert weiter. »Was kann eine Frau tun, die Kenntnis von einem solchen Frevel hat? Was, um die Schande von ihrer Familie, von ihrem Sohn zu nehmen?«

Sie sah ihr Gegenüber durchdringend an, und selbst durch die Schleier des Wahnsinns, der von ihr Besitz ergriffen hatte, begann Bianca Sabattini zu begreifen.

»Du … du bist es gewesen! Du hast mein Kind umgebracht, als es hilflos in seiner Wiege lag …«

»Ich habe nur getan, was die Natur versäumt hatte«, erklärte Raffaela ihr kalt. »Das Kind konnte nicht am Leben bleiben. Es hatte keine Chance, von Anfang an.«

Bianca erwiderte nichts.

Sie stand nur da und starrte die Geliebte ihres Vaters an, mit unbewegter Miene und glasigem Blick. Einen schrecklichen Augenblick lang schien alles Sinn zu ergeben, schien sie die Zusammenhänge zu erfassen, denn sie nickte langsam, von Grauen geschüttelt – und im nächsten Moment brach sie zusammen.

Sie schlug auf den steinernen Boden des Balkons, dabei entrang sich der Zinnbecher ihrem Griff. Vergeblich versuchte sie, wieder auf die Beine zu kommen, doch sie war zu schwach.

»Was … passiert?«, stieß sie hervor.

»Kein Angst«, beschied Raffaela ihr ungerührt, die über ihr stand und keine Anstalten machte, ihr zu helfen. »Es ist bald vorbei.«

»Was …? Wovon …?«

»Der Herr hat dich für deinen Frevel bestraft, indem er dich den Verstand verlieren ließ. Meine Aufgabe ist es, dich von deinem Leiden zu erlösen.«

»Was …?«

Biancas sich trübender Blick fiel auf den Becher, der neben ihr auf dem Boden lag – und plötzlich schmeckte sie das Bittere auf ihren Lippen.

»Verzeih mir«, bat Raffaela, »ich konnte nicht anders.«

»Mein … Vater …« Bianca streckte die Hand aus, in Richtung der See und der Schiffe, die dort am Horizont entschwanden, unerreichbar.

»Er wird um dich trauern, natürlich«, räumte Raffaela ein, »aber dann wird er erleichtert sein, denn es wird nichts mehr übrig sein, das ihm Schmerz bereitet. Nur noch ich werde da sein«, fügte sie hinzu. »Nur noch ich.«

11

Großer Basar, Cairo
Nachmittag des 7. September 1365

Als Alyssia das erste Mal auf dem großen Basar von Al-Qahira gewesen war, jenem riesigen Markt, der sich zwischen den steinernen Fassaden der Häuser und unter Schatten spendenden Baldachinen bis in die kleinsten Gassen erstreckte, hatten die zahllosen Eindrücke, die exotischen Gerüche, der Lärm und die vielen Menschen ihr einfach nur Angst gemacht. Im Lauf von drei Jahren jedoch hatte sie gelernt, sich in dem Durcheinander zurechtzufinden, und erkannt, dass es durchaus eine Ordnung gab, nur war sie eben nach anderen Gesichtspunkten festgelegt als auf dem Rialto von Venedig. Hier wie dort wurden Geschäfte abgeschlossen, hier wie dort wurde Handel getrieben; doch während es in Venedig in verschwiegenen Hinterzimmern vor sich ging, geschah es hier lauthals und in aller Öffentlichkeit. Dort war die Straße der Goldschmiede und hier jene der Töpfer; in jener Gasse lagen die Geschäfte der Korb- und Mattenflechter, dort die der Teppichhändler. Es gab Tischler und Zimmerleute, Juweliere und Waffenschmiede, Schneider und Sattler; entweder boten sie ihre Waren persönlich zum Kauf oder gaben sie an Kaufleute weiter, die sie wiederum in ferne Länder ausführten. Denn natürlich gab es auch all jene Dinge, die in den Städten des Nordens wohlbegehrt waren: Gewürze, Edelsteine, Seide, Brokat und vieles mehr. Es gab Küchen und Bäckereien, Wein- und Viehhändler; berufsmäßige Schreiber für all jene, die des Lesens und Schreibens nicht selbst mächtig waren, dazu Wahrsager, Geldverleiher und Heiler verschiedenster Art. Und schließlich auch die Barbiere, die nicht nur für die Beschneidung des Bartwuchses zuständig waren, sondern auch für jene der kleinen Jungen. Und zwischen den Menschenmassen, die sich tagtäglich durch die Gassen schoben, drängten sich Wasserverkäufer, Träger, Bettler und Diebe, die alle ebenfalls ihrem jeweiligen Gewerbe nachgingen. Letztere mit wechselhaftem Erfolg. Fast jeden Tag konnte man beobachten, wie auf dem Richtblock ein auf frischer Tat ertappter Dieb eine Hand verlor.

Für viele Waren und Dienste gab es auch eigene Märkte an anderen Orten in der Stadt. Von den Weinhändlern beispielsweise hatten sich viele im griechischen Viertel niedergelassen; es gab einen Markt für Korbwaren, für Tiere und für Waffen – und auch für Sklaven, wie Alyssia aus eigener Erfahrung wusste. Sie hatte versucht, diesen Tag aus ihrem Gedächtnis zu streichen, und es war ihr halbwegs gelungen, doch wann immer sie auf den Basar zurückkehrte und in die Nähe des Sklavenmarktes kam, kehrten die Erinnerungen zurück.

Alyssia konnte sie hören.

Die Sklavenhändler, die lautstark die Vorzüge ihrer Ware anpriesen und sie meistbietend verschacherten, und von Weitem konnte sie die verängstigten, halbnackten Gestalten sehen, die sich auf dem Podium drängten und darauf warteten, einen neuen Herrn zu finden …

»Haqiqa?«

Erst jetzt hörte sie Rihs Stimme. Er hatte sie wohl schon wiederholt angesprochen.

»Bitte entschuldige«, sagte sie. »Ich war in Gedanken.«

»Schon gut.« Er winkte ab und zwängte sich zwischen einem Kamel und einer Gruppe von Männern hindurch, die mit heiseren Stimmen feilschten. In seinem roten Rock und mit der großen, breitschultrigen Postur ragte er wie ein Monument zwischen ihnen auf. Die Besorgungen, die sie bereits gemacht hatten und die zu einem handlichen Paket zusammengeschnürt waren, hielt er zudem hoch über den Kopf, damit sie keinen Schaden nahmen. »Ich wollte nur wissen, was noch besorgt werden soll.«

»Schreibzeug«, entgegnete sie, worauf ihr Begleiter sie verunsichert ansah.

»Keine Sorge«, versicherte sie, »das geht in Ordnung. Ben Adil will nicht nur, dass ich für ihn übersetze, sondern auch, dass ich alles aufschreibe.«

»Ich weiß«, versicherte er.

»Aber?«

»Aber in meiner Ausbildung wurde ich gelehrt, dass Frauen nicht lesen und schreiben sollten.«

»Warum nicht?«

»Weil es ihnen schadet.«

Alyssia konnte nicht anders, als lauthals zu lachen, was im allgemeinen Getümmel allerdings unterging. »Und das glaubst du?«

»Nein«, gab er grinsend zu – und bog unvermittelt in eine Seitengasse ein. Hier war es ruhiger, und obwohl es heller Tag war, herrschte schummriges Halbdunkel. Von den steinernen Bogen, die sich zwischen den Häuserschluchten spannten, um sie gegeneinander abzustützen, hingen zahllose Lampen aus Ton oder Messing und Laternen aus buntem Glas. Einige von ihnen waren beleuchtet und ließen farbig leuchtende Punkte über die Wände tanzen.

»Wie schön«, meinte Alyssia. »Das sieht fast wie … wie Glühwürmchen aus!«

»Glühwürmchen?« Rih sah sie fragend an, da sie in Ermangelung des arabischen Begriffs das italienische Wort benutzt hatte.

»Hast du noch niemals Glühwürmchen gesehen?«

Er schüttelte den Kopf.

»Das sind kleine Käfer, die in der Dunkelheit leuchten. In meiner Heimat sieht man in manchen Nächten so viele von ihnen, dass man sie kaum zählen …« Sie unterbrach sich, als ihr bewusst wurde, dass sie von zu Hause gesprochen hatte. Zum ersten Mal in seiner Gegenwart.

»Was ist?«, fragte er und sah sie auffordernd an. »Warum sprichst du nicht weiter?«

»Weil es nicht hierhergehört«, erwiderte sie. »Und weil es mich nur traurig stimmt.«

»Das möchte ich nicht«, versicherte er und winkte ab.

»Musst du nie an zu Hause denken?«, fragte Alyssia andersherum.

»Was meinst du?« Rih sah sie verständnislos an. »Die Armee ist mein Zuhause, und meine Kameraden sind meine Familie.«

»Ich weiß, aber ...« Sie überlegte, wie sie es ausdrücken sollte, ohne ihn zu beleidigen. »Deine Augen sind blau wie das Meer. Du siehst nicht aus wie jemand, der im Morgenland zur Welt gekommen ist.«

»Niemand aus der Gruppe der Janitscharen ist das«, erklärte er. »Wir alle sind Söhne verschiedener Völker, die im Sultan einen neuen Vater gefunden haben.«

»Genau das meine ich – woher bist du gekommen? Kannst du dich nicht erinnern?«

»Nein.« Er schüttelte den Kopf. »Ich bin bei den Janitscharen, so lange ich denken kann – zuerst in einer Schule für den Koran, in der ich alles über die Güte Allahs und die Weisheit des Propheten gelernt habe. Später dann in der Kaserne der Soldaten.«

»Das wusste ich nicht«, erwiderte Alyssia.

»Alle Janitscharen sind dem Propheten treu ergeben«, erklärte Rih im Brustton der Selbstverständlichkeit. »Du etwa nicht?«

»Nein, ich ...« Sie blieb stehen und überlegte einen Moment, ehe sie weiterging. »Ich habe Christen gesehen, die ihren Nächsten verraten, ihn hintergangen und ermordet oder in die Sklaverei verkauft haben, und ich habe Muselmanen gesehen, die sich der Schwachen und Bedürftigen angenommen haben, wie Christen es eigentlich sollten. Um die Wahrheit zu sagen, weiß ich nicht mehr, was ich bin und was ich glauben soll ... aber ich möchte gerne glauben, dass wir alle Kinder desselben Gottes sind.«

Rih nickte. Mit diesem Gedanken schien auch er sich anfreunden zu können. Oder vielleicht war er auch nur jemand, der über Dinge wie diese nicht nachdachte.

»Denkst du manchmal an zu Hause?«, fragte Alyssia ihn unvermittelt. Sie hatte es nicht auf Arabisch gesagt, sondern auf Italienisch.

»Was?« Rih drehte sich zu ihr um. Unverständnis sprach aus seinen Augen.

»Entschuldige«, bat sie, nun wieder auf Arabisch, »es war nur eine Idee … eine dumme Idee. Ich dachte, vielleicht erinnert sich wenigstens ein Teil von dir an früher, an deine Kindheit.«

»Nein«, erwiderte er. »Ich kam schon als ganz kleines Kind zu den Janitscharen.«

»Dann kannst du dich nicht an deine Mutter erinnern?«, fragte Alyssia. »An gar nichts?«

Er schüttelte den Kopf.

»Ich auch nicht«, gab sie zu. »Sie starb, als ich noch sehr klein war. Aber da sind Erinnerungen an Wärme, an Geborgenheit und Trost …

Rih blieb stehen und wandte sich zu ihr um. Einen kurzen Augenblick zögerte er, dann griff er in den Ausschnitt seines Rocks und zog etwas hervor. Es war ein Schmuckstück, das er an einem derben Lederstrick um den Hals trug. »Das hier«, erklärte er dazu, »besitze ich, solange ich zurückdenken kann. Ich denke, es gehörte einst meiner Mutter.«

»Darf ich es sehen?«

Wieder zögerte er, das Schmuckstück schien ihm viel zu bedeuten. Schließlich aber nahm er es ab und gab es ihr, und im Licht der vielen Laternen nahm Alyssia es in Augenschein. Es war hübsch gemacht, in Form einer Muschel, die eine kleine weiße Perle fasste. Das Silber war angelaufen und die Ziselierung nicht mehr ganz deutlich zu erkennen. Aber sie kannte nur einen Ort auf der Welt, wo Dinge wie diese entstehen konnten …

»Das ist venezianisch«, stellte sie mit pochendem Herzen fest. »Das stammt aus meiner Heimat!«

»Meinst du?«

Alyssia nickte. »Vielleicht ist deine Mutter einmal in Venedig gewesen«, überlegte sie. »Oder aber, sie stammte selbst von dort.«

El-Rihs Stirn legte sich in Falten. Er schien nachzudenken, während sie ihm das Schmuckstück zurückgab und er es sich wieder um den Hals hängte. »Willst du mir etwas erzählen?«, fragte er dann.

»Was meinst du?«

»Bis zum Viertel der Schreiber ist es noch ein gutes Stück«, meinte er. »Und ich würde gerne wissen, wie es in deiner Heimat ist.«

Alyssia zögerte einen Moment. Sich an die Heimat zu erinnern würde auch bedeuten, sich an den Schmerz zu erinnern – dennoch erklärte sie sich dazu bereit.

Auf dem gesamten Weg zum Suk der Schreiber, wo sie Papier, Tinte und einen neuen *qalam* erstehen wollten, berichtete sie von Venedig, ihrer alten Heimat mit ihren Häusern und Palästen, ihren Türmen und Kirchen, ihren Gassen und Kanälen und ihrem sagenhaften Reichtum.

Und El-Rih war von ihrer Erzählung so gefesselt, dass er nicht bemerkte, wie jemand ihnen folgte und sie beobachtete.

12

Hafen von Rhodos
8. September 1365

»Nein und nochmals nein!«

Mit der Faust schlug Battista Sabattini auf den Kartentisch, sehr viel heftiger, als es vernünftig gewesen wäre. In Venedig hatte es zuletzt niemanden mehr gegeben, vor dem er das Haupt in Demut beugen musste, auch auf den Dogen hatte er nur noch herabgesehen – was sich nun rächte. Denn Peter von Lusignan, der König von Zypern und seit fünf Jahren auch formales Oberhaupt des Königreichs Jerusalem, war es nicht gewohnt, dass man in diesem Ton mit ihm sprach. Entsprechend pikiert war der Blick, den er seinem Gegenüber sandte. Seine Gesichtszüge verhärteten sich, die Kieferknochen begannen zu mahlen – und Sabattini wusste, dass er zu weit gegangen war.

»Verzeiht, Majestät«, schob er deshalb hinterher, »es lag nicht in meiner Absicht, Euch anzugreifen. Aber ich bitte Euch inständig, meine Argumente nochmals zu überdenken!«

»Nichts anderes tue ich«, versicherte der König nickend und machte eine ausladende Handbewegung, die die geräumige Schiffskajüte einschloss. »Nur deshalb habe ich mich zu diesem vertraulichen Gespräch bereit erklärt. Ich schätze Eure Meinung, Sabattini. Aber Ihr solltet nicht vergessen, wer Ihr seid.«

»Natürlich nicht, Majestät.« Sabattini neigte das Haupt, wenn auch widerstrebend. Wie er diese Speichelleckerei hasste. Dabei floss auch in seinen Adern königliches Blut, war er Lusignan mindestens ebenbürtig!

»Seine Heiligkeit hat mir den Oberbefehl über diese Unternehmung anvertraut«, brachte der König überflüssigerweise in Erinnerung. »Auch Ihre Majestäten der Kaiser und der König von Frankreich vertrauen meinem Urteil. Warum also solltet ausgerechnet Ihr Euch dagegen sträuben? Warum sollte ich auf Euch hören?«

»Weil ich die Stimme Venedigs bin«, erwiderte Sabattini. »Und ohne Venedig gäbe es diese Unternehmung nicht.«

Das war unbestreitbar wahr, auch wenn es nicht üblich war, dies aufzurechnen. Die Verhandlungen, den bevorstehenden Feldzug betreffend, hatten Peters Kanzler Philippe de Mézières und der päpstliche Legat Peter Thomas geführt, und sie waren es auch gewesen, mit denen Sabattini im Auftrag Venedigs die Allianz geschmiedet hatte, die ihrer Sache den Sieg und ihm die Herrschaft über die Lagunenstadt eintragen sollte. Den König jetzt auf den Inhalt des geschlossenen Vertrags hinzuweisen war weder besonders taktvoll noch höflich. Aber es stand zu viel auf dem Spiel, als dass Sabattini auf derlei Belange hätte Rücksicht nehmen können. Seit dem 30. August war die vereinte Kriegsflotte von Venedig und Zypern dabei, sich in Rhodos zu sammeln: insgesamt mehr als 140 Segler und Galeeren, bemannt mit mehr als 10000 Kämpfern. Das größte Unternehmen, das seit langer Zeit gewagt wurde!

»Das erste Ziel unseres Angriffs muss Alexandria sein«, wiederholte er zum ungezählten Mal. »Das war von Beginn an unsere Bedingung.«

»Und Ihr glaubt, uns daran erinnern zu müssen?« Der Mann, der im Hintergrund stand und sich bislang schweigend zurückgehalten hatte, trat vor. Seine schmalen Züge zierte ein Kinnbart, auf seinem schwarzen Rock prangte das weiße Emblem der Hospitaliter. Raymond de Berenger war der dreißigste Großmeister des Ordens und ein mächtiger Mann. Manche behaupteten sogar, dass sein Einfluss den des Königs noch überträfe …

Berengers Augenspiel ließ Sabattini erkennen, dass er zu weit gegangen war. Über sich selbst verärgert, biss er sich auf die Lippen. So schwer es ihm fallen mochte, er durfte den Ordensritter nicht gegen sich aufbringen, oder das gesamte Unternehmen würde gefährdet sein.

»Niemand zweifelt die Lauterkeit oder den Führungsanspruchs Seiner Majestät an«, versicherte er deshalb. »Kein anderer als er ist es gewesen, der als Erster den Entschluss zu dieser Unternehmung fasste, und er wird es sein, dem die Erwähnung in den Geschichtsbüchern und der Ruhm der Nachwelt zuteilwird. Aber wenn Ihr Eure ursprünglichen Pläne jetzt ändert und Euch zunächst gen Syrien wendet; wenn Ihr zunächst Beirut angreift, so werdet Ihr unseren Feinden damit eine Warnung zukommen lassen, Majestät, und wenn wir uns schließlich gegen Alexandria wenden, so werden wir sie nicht mehr unvorbereitet antreffen.«

»Euren Feinden«, verbesserte Peter. »Glaubt Ihr, ich wüsste nicht, worum es Euch geht? Über Beirut läuft der Handel mit Damaskus, und über Damaskus läuft der Handel mit Gewürzen, Seide und vielem mehr. Venedig will nicht, dass seine Geschäfte gestört werden. So ist es doch, Sabattini, oder nicht?«

»Die Handelswege würden dadurch gestört«, gab Sabattini unumwunden zu, »aber das ist nicht der Grund, weshalb wir dagegen sind. Venedig sieht sich seit geraumer Zeit Angriffen ausgesetzt, die ihren Ursprung in Alexandria haben: Unsere Schiffe werden überfallen, die Republik von Verrätern und Spionen unterwandert. Dies zu beenden ist der Grund für diesen Krieg.«

»Seid nicht so anmaßend, Mann«, beschied ihm der König schnaubend und strich sich über seinen Kinnbart. »Der Grund für diesen Krieg ist der Kampf gegen die Ungläubigen, die den Frieden in der Levante bedrohen.«

»Natürlich«, sagte Sabattini, wobei ein Lächeln um seine Züge spielte. Nach außen gab Peter gerne den überzeugten Streiter für das Christentum, schon um Berenger und seine Ordensritter hinter sich zu wissen. Letztlich aber ging es auch ihm vorrangig um andere Ziele, vor allem darum, unliebsame Gegner loszuwerden. Die mamlukischen Muselmanen bedrohten sein Reich von Süden, im Osten waren die Osmanen dabei, ihren Machtbereich mehr und mehr zu erweitern, und an beidem konnte ihm nicht gelegen sein. Entsprechend groß war der Druck, unter dem der König von Zypern stand. Er musste eine Unternehmung rechtfertigen, die Unsummen von Geld verschlang und eine Kraftanstrengung ohnegleichen bedeutete; er musste den Bündnispartnern gerecht werden und gleichzeitig Rom Rechenschaft ablegen.

»Ich weiß, was Euch grämt«, sprach Sabattini deshalb beruhigend auf ihn ein. »Ihr fragt Euch, was Ihr dabei gewinnen könnt, wenn wir Alexandria zuerst angreifen. Ich will es Euch sagen, Majestät: größeren Reichtum, als Ihr Euch jemals vorstellen könnt! Alexandria ist das Handelszentrum der Mamluken! Die Straßen dort sind mit Edelsteinen gepflastert und die Spitzen der Türme aus purem Gold!«

»So wie in Venedig, meint Ihr?« Der König schnitt eine Grimasse.

»Die Handelskontore der Stadt sind um diese Jahreszeit bis zum Bersten gefüllt«, sprach Sabattini unbeirrt weiter, »es gibt dort reiche Beute. Wenn wir Alexandria nehmen, wird sich diese Unternehmung bereits gelohnt haben, ganz gleich, was danach noch folgen wird.«

»Im Interesse der Christenheit, meint Ihr.«

»Ganz recht.« Sabattini nickte. »Alexandria ist ein leichtes Ziel«, fuhr er fort, lockend wie die Schlange im Paradies, »und es wird Euch aller Sorgen um die Finanzierung dieses Feldzugs entheben. Beirut hingegen liegt zwar, wie Ihr schon sagtet, auf dem Weg nach Damaskus – doch um so reiche Beute zu machen wie in Alexandria, müsstet Ihr auch Damaskus einnehmen, und ich kann mir nicht vorstellen, dass Ihr vorhabt, so tief ins Feindesland vorzudringen.«

»Nein«, gab Peter zu.

»So bitte ich Euch, Majestät, beugt Euch unserem dringenden Wunsch. Verschont zunächst Beirut und richtet Euren Zorn gen Alexandria. Steht es erst in Flammen, kann sich das Heer, dann reich versorgt mit Gütern, getrost gegen Beirut wenden.«

Über den Kartentisch hinweg, der in der Mitte der Kajüte stand, sahen der König und der Staatsinquisitor von Venedig einander eine endlos scheinende Weile an. Für Sabattini war es unmöglich zu sagen, was sich hinter Peters unbewegter Miene abspielte. Vermutlich wog er seinen Stolz gegen die unbestreitbaren Vorteile von Sabattinis Plan ab.

Und schließlich nickte er.

»Ich bin einverstanden«, erklärte er leise. »Lasst an alle Schiffe den Befehl ausgeben, dass das Ziel unseres ersten Angriffs Alexandria sein wird.«

»Verstanden«, bestätigte Berenger und verbeugte sich.

»Eine weise Entscheidung, Majestät«, versicherte Sabattini in geheuchelter Bescheidenheit. »Doch wenn ich Euch noch einen weiteren Rat geben dürfte – haltet Euren Befehl noch zurück, bis wir auf hoher See sind. Überall sind Augen und Ohren, die von unseren Plänen erfahren und sie verraten könnten.«

»Ihr traut niemandem, nicht wahr?«

»Mit Verlaub, Euer Majestät, ich vertraue Euch. Und ich vertraue mir. Sonst niemandem.«

Peter nickte. »Schön, geben wir das Ziel unseres Angriffs also erst auf See bekannt. Aber – Sabattini?«

»Ja, Majestät?«

»Wenn Ihr Euch irren solltet und Alexandria nicht die leichte Beute ist, die Ihr versprecht, so werdet Ihr das zutiefst bereuen.«

»Keine Sorge«, versicherte Sabattini, selbstsicher lächelnd aufgrund der jüngsten Informationen, die sein Diener Stilicho aus Alexandria besorgt hatte. »Es ist ein leichtes Ziel. Der dortige Emir ist zur Pilgerfahrt nach Mekka aufgebrochen, die Stadt ist ohne Führung ...«

13

Plateau von Al-Ahram
2. Oktober 1365

Am Vortag waren sie aufgebrochen. Statt sofort eine Feluke zu besteigen, die sie den großen Fluss hinab nach Al-Iskandariya bringen würde, hatten sie den Nil zunächst überquert und waren gen Westen gezogen, dem Plateau entgegen, das sich dort aus der endlosen Weite der Wüste erhob.

Shaban al-Ashraf selbst war es gewesen, der diesen Umweg verlangt hatte, und Omar hatte ihn gerne gewährt, nicht nur, weil er den Wissensdrang des jungen Sultans gut verstehen konnte, sondern auch, weil der Weg durch die Wüste den Vorteil bot, unliebsame Verfolger loszuwerden.

In drei Abteilungen hatten sie den Palast verlassen, und nicht durch dasselbe Tor. Die erste Gruppe, der neben Omar selbst und Alyssia auch einige Diener sowie rund die Hälfte der Janitscharengarde angehörten, hatte die Zitadelle durch das Bab al-Faraj verlassen; El-Rih war mit dem jungen Sultan und dem Rest der Janitscharen durch das Bab al-Khuka; und eine dritte Abteilung, zu der einige mamlukische Kämpfer sowie weitere Diener und Träger gehörten, durch das Bab al-Saada. Auf der Straße nach Al-Ahram hatten sie wieder zusammengefunden: ein Zug von vierzig Reitern und zehn Kamelen, der wie eine gewöhnliche Karawane wirkte, zumal die Janitscharen auf Rihs Anweisung ihre verräterischen Röcke unter staubgrauen Burnussen versteckten und Kefiyas vor den fast bartlosen Gesichtern trugen. In drei Tagen würden sie die Karawanserei in der Nähe des Dorfes Bulaq aufsuchen und von dort aus die Reise über das Wasser fortsetzen, den Fluss hinab bis zum Meer.

Die Zeit bis dahin jedoch gehörte den Studien, die der junge Sultan vornehmen wollte, stets bewacht vom strengen Auge El-Rihs und seiner Janitscharen. Wenngleich sich schon am ersten Tag erwies, dass Shaban al-Ashraf seine ganz eigene Sichtweise auf die riesigen Bauwerke hatte, die sich westlich von Al-Qahira aus dem Sand der Wüste erhoben.

»Was siehst du, mein Freund?«, fragte er Rih, der neben ihm auf dem schmalen Pfad ritt, der sich zwischen den aus dem Sand ragenden Trümmern und Ruinen erstreckte.

»Einen riesigen Kopf aus Stein«, entgegnete Rih, während er zu dem Monument emporblickte, das ihn fast um das Zehnfache überragte. Omar hatte ihm verraten, dass der Kopf zu einer noch sehr viel größeren Statue gehörte, die einen Löwenkörper zeigte, jedoch tief unter dem Sand der Wüste vergraben war.

»Nein«, widersprach Shaban, der erstmals seit vielen Wochen wieder gut gelaunt zu sein schien. Sein vom Kopftuch beschattetes Gesicht zeigte seltene Heiterkeit. Er hatte offenkundige Freude daran, sein Pferd über unwegsame Pfade zu lenken und in den Hinterlassenschaften der Vergangenheit zu schwelgen. »Was ich sehe, ist das Antlitz eines großen Herrschers«, stellte er klar. »Eines Herrschers, der von seinen Untertanen so gefürchtet wurde, dass sie ihm dieses Bauwerk errichteten.«

»Oder geliebt«, gab Omar zu bedenken, der hinter ihnen ritt. Bei ihm war auch Alyssia, in einen Wüstenmantel gehüllt wie die Männer und beauftragt, die Ereignisse der Reise in ihrem Bericht zu dokumentieren.

Shaban warf ihm über die Schulter einen Blick zu. Er schien nicht Omars Meinung zu sein, es aber auch nicht für wert zu befinden, ihm zu widersprechen. Unter den riesigen steinernen Augen des Löwenmannes hindurch, der mit gestrengem Blick auf sie herabzustarren schien, näherten sie sich der größten der drei *ahramun*, die dem Ort seinen Namen gaben: riesige, aus gewaltigen Steinen errichtete Gebilde, die sich Dutzende von Mannslängen in den blauen Wüstenhimmel erhoben. Nie zuvor hatte Rih etwas Größeres gesehen, das von Menschenhand erbaut worden war. ›Pyramiden‹ hatte Alyssia sie genannt, und er fand, dass dieses Wort die Größe und Wucht dieser Bauwerke genau bezeichnete.

Der Anblick war überwältigend.

Raben und ein Falke kreisten um die Spitze der höchsten Pyramide, die sich geradewegs in den Himmel zu bohren schien; die riesigen Quader, aus denen sie errichtet war, gaben Rätsel darüber auf, wie dieses Bauwerk entstanden sein mochte. Shaban indes schien bereits eine Erklärung gefunden zu haben.

»Glaubt Ihr wirklich, dass die Untertanen dieses Herrschers all dies aus Liebe getan haben, alter Mann?«, tönte er, während er sein Pferd, einen schwarzen Araberhengst, den Yalbugha ihm zum Abschied geschenkt hatte, in die Ebene hinaus und auf die größte der drei Pyramiden zutrieb. Rih blieb ihm auf den Fersen, sodass das Bauwerk sprunghaft vor ihnen emporwuchs. »Was glaubt Ihr, wie groß die Opfer waren, um etwas wie dies zu bewirken? Wie viel Blut und Tränen diesen Boden tränken?«, rief er und drehte sein Pferd auf der Hinterhand herum. Das Grinsen in seinem Gesicht wollte Rih nicht gefallen, noch weniger als der seltsame Glanz in seinen Augen – oder war es nur das Licht des späten Tages, das sich darin spiegelte?

»Die Zuneigung eines Volkes zu seinem Herrscher vermag Großes zu bewirken«, bekräftigte Omar, als auch Alyssia und er die Pyramide erreichten, gefolgt von Yussuf und einem weiteren Janitscharen. Der übrige Tross lagerte am Rand der Ebene im Schatten einiger Ruinen.

»Großes«, räumte Shaban ein, wobei er die Zügel losließ und die Arme ausbreitete, als wollte er das gesamte Plateau mit all den steinernen Monumenten darauf in seinen Besitz nehmen. »Aber nur Furcht vermag etwas so Überwältigendes wie dies zu bewirken! Sklaven waren es, die diese Steine behauen, sie aus den Steinbrüchen bis hierher geschleppt und unter Aufbietung ihrer letzten Kräfte zu diesen Gebilden aufgetürmt haben! Und sie haben es nicht freiwillig getan, sondern angetrieben von den Stöcken und Peitschen ihrer Herren – das ist wahre Macht!«

»Ich höre den Emir sprechen«, meinte Omar.

»Ihr hört den Sultan sprechen«, widersprach Shaban, von der Majestät des Ortes sichtlich berauscht. Oder war es bloß die Tatsache, dass er zum ersten Mal in seinem Leben ohne Fesseln war, frei und ungebunden – wenigstens auf den ersten Blick.

»So ist es das, was Ihr einmal erreichen wollt?«, fragte Omar. »Prächtige Bauwerke wie die Könige der alten Tage errichten, die die Jahrtausende überdauern?«

Der junge Sultan blickte an dem gewaltigen Bauwerk empor, und man konnte sehen, wie ihm, der sein Leben lang eingeschlossen gewesen, dessen Macht von jeher beschnitten worden war, dieser Gedanke gefiel. »Ja, alter Osmane«, bestätigte er nickend und mit verklärtem Blick. »Das will ich allerdings.«

»So solltet Ihr eines bedenken«, sagte Omar ruhig. »All die Könige, die diese Bauwerke errichten ließen, haben sie zu Lebzeiten nie betreten.«

»Was?« Die Verklärung verschwand jäh aus Shabans sonnengebräuntem Gesicht.

»Die Monumente, die Ihr so sehr bewundert, sind nichts anderes als Grabstätten«, erklärte Omar. »Jahrtausendealt und riesig groß in ihrer Erscheinung, prächtiger noch als die letzten Ruhestätten der Kalifen, die sich am Fuß des Jebel Mokattam erstrecken – und dennoch nur Gräber.«

»I-ist das wahr?« Shaban sah ihn halb ungläubig, halb verunsichert an. »Aber man hat mir erzählt, dass diese Bauwerke voller verborgener Schätze seien!«

»Das ist wahr«, stimmte Omar zu, »aber das ändert nichts daran, dass all dies nur Gräber sind.«

Shaban ließ seinen Blick über die weite Landschaft schweifen, aus der sich allerorten Felsen und Trümmer der Vergangenheit erhoben, oft genug nicht voneinander zu unterscheiden. Ganz plötzlich schien er Al-Ahram mit anderen Augen zu sehen.

»Aber die Schätze«, beharrte er störrisch und fast ein wenig verzweifelt, sodass sich Rih wieder an den Jungen erinnert fühlte, der einst vom Balkon herabgesehen hatte. »Der Reichtum der alten Könige ...«

»Jene, die die Pyramiden errichteten, glaubten an ein Weiterleben nach dem Tod, Herr«, ergriff Alyssia ungefragt das Wort. Dass dies ein Fehler gewesen war, erkannte sie an dem irritierten Blick, den der junge Sultan ihr sandte.

»Wer hat dich gefragt, Sklavin?«

»Verzeiht, Herr. Ich wollte nur ...«

»Haqiqa ist keine gewöhnliche Sklavin«, wandte Omar erklärend ein. »Sie begleitet mich als meine persönliche Schreiberin. Sie ist klug und weiß von manchen Dingen.«

Shaban betrachtete sie wortlos und in unverhohlenem Spott. »Haqiqa also, ja?«, sagte er dann. »So berichte mir, was du über die alte Zeit weißt.«

»Ni-nicht viel, Herr«, versicherte Alyssia bescheiden. »Nur das, was mir mein Vater erzählt hat. Und er sagte mir, dass die Bewohner des alten Ägyptens daran glaubten, dass das Leben nach dem Tod in einer anderen Welt weiterginge. Deshalb nahmen sie ihren Besitz – ihre Geschmeide, ihre Waffen, ihre Pferde und bisweilen sogar ihre Sklaven – mit ins Grab.«

»Und das hat dir dein Vater erzählt?«

»Ja, Herr.«

»Wer ist er?«

»Er ist ... war ... ein Kaufmann, Herr.«

»In Francia?«

»In Venedig«, erwiderte sie wahrheitsgemäß.

»Und woher nahm dein Vater seine Weisheit?«, wollte Shaban weiter wissen. Etwas an der Art, wie er fragte und wie er Haqiqa ansah, gefiel Rih nicht. Seine anerzogene Vorsicht warnte ihn.

»Mein Vater war ein weitgereister Mann, Herr. Er besuchte das Abendland ebenso wie das Morgenland, weilte in Byzanz, Damaskus und Alexandria. Er sprach viele Sprachen und kannte viele Menschen, die ihm Geschichten wie diese erzählt haben.«

»So sind es nur Geschichten, die du mir berichtest?«

»Nun – ja, Herr.«

Die Mundwinkel des Sultans fielen herab. »So hältst du mich für einen Knaben, dem man zur guten Nacht Geschichten erzählen muss, damit er Schlaf und Ruhe findet?«

»Nein, Herr«, versicherte Alyssia. »Ich wollte nur …«

»Du hältst mich für ein Kind, nicht wahr? Für einen unwissenden Narren!«

»Nein, Herr«, beteuerte Alyssia noch einmal und wich auf ihrem Pferd zurück. Omar sah sich genötigt einzugreifen.

»Was immer Euren Zorn erregt hat, Hoheit, ich bin sicher, Haqiqa hat nicht in böser Absicht gesprochen. Sie ist eine Frau und dem Reden näher als dem Schweigen, das ist alles.«

»Sie hält mich für einen unmündigen Knaben!«, ereiferte sich Shaban weiter, ungeachtet der beschwichtigenden Worte. »Alle halten mich für einen Knaben, aber das soll ihnen bald vergehen! Ich werde aller Welt beweisen, dass ich kein Knabe mehr bin, sondern ein Mann!«

»Niemand bezweifelt dies, Hoheit.«

»Doch, diese da bezweifelt es«, beharrte der Sultan, »aber das soll sie bereuen. Schickt die Sklavin heute Nacht in mein Zelt, da werde ich ihr zeigen, was für ein Mann ich bin!«

Alyssia zuckte zusammen. Sklavinnen aus dem Harem des Palasts hatten ihr berichtet, dass der junge Herrscher seine Jungfräulichkeit zwar bereits verloren hätte, dem Drang der Jugend gemäß jedoch das Ziel meist erreichte, noch ehe der Wettlauf begonnen hatte – und dass er stets der Frau die Schuld daran zu geben pflegte. Eine Sklavin, in deren Armen sein Lustschiff frühen Schiffbruch erlitten hatte, hatte er eigenhändig ausgepeitscht, wie es hieß.

Auch Rih und Omar schienen von diesen Gerüchten gehört zu haben, denn sie tauschten einen Blick, und diesmal war es der Hauptmann der Janitscharen, der unaufgefordert das

Wort ergriff. »Die Sklavin ist im Besitz Omar ben Adils«, sagte er nur.

»Und?«, fragte Shaban dagegen. »Denkst du nicht, dass der Gesandte von Bursa dem Sultan der Mamluken diesen Gefallen erweisen würde?«, fragte er, eigentlich an Omar gewandt. »Schließlich ist er ein guter Freund, oder nicht?«

Omars Zögern währte nur einen Augenblick.

»Natürlich würde er das«, versicherte er dann, »doch würde ein wahrer Mann von Ehre, der der Sultan fraglos ist, von einem guten Freund niemals eine Gefälligkeit ohne Grund verlangen.«

Shaban starrte ihn an.

Sein Araber tänzelte nervös hin und her, schien die Unruhe seines Reiters zu spüren. Augenblicke lang schien er zu erwägen, was er erwidern sollte, jedoch schien ihm nichts einzufallen, das es mit Omars Beredsamkeit aufnehmen konnte. Also hieb er seinem Pferd die Hacken seiner Stiefel in die Seiten und fegte auf demselben Weg davon, auf dem sie gekommen waren, eine Wolke aus Staub und Sand hinterlassend.

»Danke«, sagte Alyssia leise.

Rih und Omar nickten nur, dann folgten sie dem jungen Herrscher zurück zum Lager.

14

Plateau von Al-Ahram
Nacht des 2. Oktober 1365

El-Rih saß abseits vom Feuer. Seine Augen waren zu Schlitzen verengt und suchten die Nacht, die über der Wüste heraufgezogen war, mit Blicken zu durchdringen. Die Pyramiden ragten nicht weit entfernt als dunkle, bedrohliche Silhouetten in den sternklaren Himmel, zeugten selbst bei Nacht vom Ruhm vergangener Tage.

Im Lager war es still geworden, der Sultan und seine Diener hatten sich zur Ruhe begeben. Nur die Janitscharen waren noch wach, als einsame Wächter harrten sie aus. Anders als Xavir, der die Pflichten seiner Untergebenen niemals geteilt und sich damit begnügt hatte, ihnen Befehle zu geben, hatte auch Rih sich zum Wachdienst eingeteilt. Sein Posten war nah am Zelt des jungen Sultans, vor dem die Mamluken Wache hielten. Rih traute ihnen nicht ganz, jedoch hatte er keine andere Wahl, da der Junge darauf bestand, von seinen eigenen Leuten bewacht zu werden.

Omar hatte recht: Shaban hatte sich verändert.

Jedem, der heute bei den Pyramiden dabei gewesen war, musste das klar geworden sein. Die Erkenntnis schmerzte Rih, der sich noch immer schwertat, in Shaban al-Ashraf etwas anderes zu sehen als den Knaben, der seinen Schutz und seinen Trost gesucht hatte und den er wie einen kleinen Bruder liebte. Allerdings war auch ihm nicht verborgen geblieben, dass sich in Shaban etwas regte, das vorher nicht da gewesen war, eine Überheblichkeit und Grausamkeit, die er nie bei ihm vermutet hätte. Vermutlich war sie das Ergebnis von Yalbughas Einfluss, vielleicht auch die natürliche Folge davon, dass der Junge sein Leben lang eingeschlossen gewesen war. Lange Zeit hatte sich Rih dagegen gesträubt, diese Dinge zu sehen … doch als Shaban nach Alyssia verlangt hatte, hatte sich bei ihm zum ersten Mal Widerstand, sogar Unmut geregt … und das verwirrte ihn.

Als Janitschar war er dazu erzogen worden, den Befehlen seiner Vorgesetzten widerspruchslos zu folgen und sie nicht im Mindesten anzuzweifeln. Aber was, wenn diese Befehle nicht rechtens waren? Was, wenn sie das Recht anderer mit Füßen traten?

Bislang hatte sich Rih über derlei Dinge keine Gedanken gemacht. Obwohl am Hof von Al-Qahira Falschheit und Verschlagenheit herrschten, war es ihm gelungen, seine einfache Sichtweise der Welt beizubehalten: Hier war der machthungrige Emir, dort der wehrlose Junge, den es zu beschützen galt. Doch die Dinge änderten sich. Fürst Yalbugha mochte mehr denn je von Machthunger zerfressen sein, aber Shaban al-Ashraf war ganz sicher nicht mehr wehrlos, und ein Kind war er auch nicht mehr.

Als Rih in seinem Rücken ein leises Knirschen hörte, sprang er auf und fuhr herum. In einer geschmeidigen Bewegung riss er die Klinge aus der Scheide, bereit, sich zu verteidigen – doch es war kein Angreifer, der sich auf leisen Sohlen genähert hatte.

Es war Omar.

»Wie ich sehen kann, hat dein Eifer, den jungen Herrscher zu beschützen, keineswegs nachgelassen«, stellte er lächelnd fest und setzte sich auf einen Felsblock, der im Sand lag und einst zu einem Tempel oder einer Säulenhalle gehört haben mochte.

Rih steckte das Schwert wieder weg und setzte sich ebenfalls. »Findet Ihr keinen Schlaf, Herr?«

»Ich habe dir schon vor langer Zeit gesagt, dass du mich bei meinem Namen nennen sollst«, seufzte der Gesandte, »aber das ist wohl vergeblich. Ein Janitschar folgt stets dem Weg, den er einmal eingeschlagen hat, nicht wahr?«

»Ja, Herr.«

»Auch dann, wenn ihn dieser Weg in eine falsche Richtung führt?«

Rih wandte den Blick, sah den Alten fragend an. »Wovon sprecht Ihr?«

Omar schürzte die Lippen, zögerte, ehe er fragte: »Wie lange bist du schon bei den Janitscharen, Rih?«

»Solange ich denken kann.«

»So kannst du dich nicht an früher erinnern? An deine Heimat?«

»Nein.« Rih schüttelte den Kopf. »Warum wollt Ihr das wissen? Ihr habt mich noch nie danach gefragt.«

»Weil es möglicherweise die Antwort auf eine Frage ist, die ich mir bereits seit einiger Zeit stelle«, entgegnete Omar geheimnisvoll. »Du hast heute Nachmittag für Haqiqa Partei ergriffen, obschon sie nur eine Sklavin ist.«

»Sie ist Eure Sklavin«, verbesserte Rih.

»Du willst behaupten, es wäre dir nur darum gegangen, meinen Besitz zu sichern? Dass du allein dafür Shabans Zorn auf dich gezogen hast? Um meinen Besitz zu wahren?« Er lachte auf. »Ich denke, wir wissen beide, dass es nicht so gewesen ist.«

Rih ließ den Kopf sinken.

»Nein«, gestand er leise.

»Da ist etwas zwischen euch«, meinte der Gesandte überzeugt. »Schon in Al-Qahira habe ich es bemerkt. Es ist der Grund, weshalb ich dir auftrug, sie bei ihren Besorgungen auf dem Basar zu begleiten.«

»Ihr wolltet mich prüfen?«, fragte Rih.

»Nein. Ich wollte wissen, ob meine Vermutung zutrifft, und ich habe recht behalten. Da ist etwas, das euch beide verbindet – und damit meine ich nicht, dass du dich zu ihr hingezogen fühlst wie wohl jeder Mann, der halbwegs klaren Verstandes ist. Allah hat es gefallen, sie mit Anmut und Schönheit zu versehen – und du darfst mir glauben, dass ich weiß, wovon ich spreche.«

Rih verspürte einen Anflug von Eifersucht, um sich schon gleich darauf dafür zu schämen. »Herr«, sagte er, »es kommt mir nicht zu, mir über Dinge wie diese …«

»Ich weiß um den Eid, den du geleistet hast«, versicherte Omar. »Dennoch bin ich nicht blind. Meine Augen mögen im Alter nachlassen, aber ich kann deutlich sehen, dass du dich ihr verbunden fühlst, und ich frage mich, ob es daran liegt, dass ihr Kinder derselben Heimat seid.«

»Das fragt Ihr Euch?« Rih zögerte. »Darf ich … Euch etwas zeigen?«

»Natürlich.«

Rih griff in den Ausschnitt seines Rocks und zog den Lederstrick mit dem Anhänger hervor. »Das hier trage ich um den Hals, solange ich zurückdenken kann, angeblich ist es von meiner Mutter. Haqiqa hat mir erzählt, dass es in einer Stadt gemacht wurde, die auf dem Wasser steht.«

»Venetien.« Omar nickte. »Die Franken sind zu erstaunlichen Dingen fähig, im Guten wie im Schlechten. Es mag also sein, dass die Lagunenstadt auch deine Heimat ist, genau wie die von Haqiqa. Das wird es dir schwer machen, den Weg zu sehen, der vor dir liegt. Und Shaban, so fürchte ich, wird es dir nicht leichter machen.«

»Worüber sorgt Ihr Euch, Herr? Dass ich meine Pflichten vernachlässigen könnte?«

»Nein, mein Freund – sondern darüber, dass wir schon bald nicht mehr wissen könnten, was unsere Pflichten sind. Ich schätze Haqiqa sehr, liebe sie auf eine Weise, die ich selbst nicht ganz durchschaue. Sie verzaubert mich, und ich kann sehen, wie sie auch dich verzaubert mit ihrer Klugheit und Schönheit. Doch ich weiß auch um die Gefahren. Allah hat sie mit Augen in zwei verschiedenen Farben bedacht, so, als wollte er uns damit warnen.«

»Uns warnen?«, fragte Rih. »Wovor, Herr?«

Omar antwortete nicht, blickte nur düster vor sich hin. »Wenn Shaban erneut nach ihr verlangt, wirst du ihm nicht widersprechen«, sagte er dann mit fester Stimme und, wie es schien, gegen seinen eigenen Willen.

»Was? Aber …«

»Der junge Löwe ist schon wild genug, er muss nicht noch zusätzlich gereizt werden.«

Rih schluckte den Kloß hinunter, der sich in seinem Hals gebildet hatte. Alles in ihm rebellierte gegen diese Worte und gegen das, was sie bedeuteten – dennoch nickte er. »Verstanden«, sagte er nur.

Damit erhob sich Omar und ging zu seinem Zelt. Rih blieb allein zurück, starrte hinaus in die Nacht und auf die Hügel, über denen die Sterne glitzerten.

Und zum ersten Mal in seinem Leben regte sich Ungehorsam in ihm.

Bislang war es sein einziges Ansinnen gewesen, ein Krieger zu sein und seinen Herren zu dienen – doch mit einem Mal erschien ihm das nicht mehr genug.

Er ertappte sich dabei, dass er dem Befehl nicht Folge leisten wollte, mehr noch, dass es ihn dazu drängte, bei *ihr* zu sein und ihre Nähe zu suchen, auch wenn er wusste, dass es ihm verboten war.

Omar hatte recht gehabt.

Haqiqa hatte ihn verzaubert.

15

Karawanserei, Tanta
5. Oktober 1365

Noch zwei Tage blieben sie auf dem Plateau der Pyramiden, dann wandten sie sich gen Norden, wo sie die Schiffe bestiegen: eine zweckmäßige Feluke sowie eine *dahabiya*, auf deren Achterdeck sich ein länglicher Aufbau erhob, der dem Sultan als behelfsmäßige Behausung dienen sollte und ihm tagsüber Schatten spendete.

Wie schon in Al-Ahram schien Shaban auch hier jeden Augenblick und jeden neuen Eindruck, der sich ihm bot, mit vollen Zügen zu genießen. Immer wieder forderte er den Kapitän auf, am Ufer anzulegen, damit er dieses Dorf oder jene Behausung aus der Nähe betrachten oder den Fischern bei der Arbeit zusehen konnte. Die Reise nach Al-Iskandariya zog sich dadurch in die Länge, was El-Rih mit wachsender Unruhe erfüllte.

Er gestand es sich nicht gerne ein, aber er fühlte sich nicht mehr recht wohl in Gegenwart des jungen Herrschers. Bei aller Neugier und Wissbegier, die er an den Tag legte, war Shaban al-Ashraf auch von einer seltsamen Grausamkeit erfüllt, als wollte er sich dafür rächen, dass ihm all dies bislang entgangen war. Einen Fischer, den er bat, ihm einen Nilbarsch zu fangen, ließ er von seinen Mamluken verprügeln, weil der Fisch alt war und schlecht schmeckte; den Bewohnern eines Dorfes kündigte er an, ihre Häuser einreißen zu lassen, weil sie den Blick auf einen alten Tempel versperrten. Im Zentrum von Shaban al-Ashrafs Welt stand Shaban al-Ashraf – dabei hatte Rih angenommen, dass Omar und er dem Jungen etwas anderes beigebracht hätten.

In letzter Zeit jedoch kam er kaum mehr an ihn heran. Die Diener und Berater, die den Zug begleiteten, umgaben den jungen Sultan zu jeder Zeit des Tages wie ein lästiger Schwarm Mücken. Fraglos standen sie in Yalbughas Diensten und redeten Shaban ein, was immer ihnen nützlich erschien. Und in seiner Unerfahrenheit und seinem Leichtsinn tat der junge Sultan genau das, was sie von ihm wollten.

Ihnen vor allem gab Rih die Schuld an Shabans Entwicklung, und hätte er zu entscheiden gehabt, hätte er das Gesindel sämtlich über Bord geworfen. Aber diese Möglichkeit gab es nicht, und so blieb ihm nichts, als genau wie Omar mit der Aufmerksamkeit zufrieden zu sein, die ihnen noch zuteilwurde.

Für die Dauer einer Nacht kamen sie in einer Karawanserei unter, die sich unweit von Tanta befand, der Stadt des Heiligen Sidi al-Badawi. Im weiten Hof des *funduq* gab es eine Tränke für die Pferde und Kamele, die auf der Feluke untergebracht waren, sowie Unterkünfte für die Reisenden. Die Janitscharen hielten auch in dieser Nacht wieder Wache, eingeteilt nach Schichten, sodass sie nicht von Müdigkeit überwältigt wurden. Wäre es nach Rih gegangen, so hätte niemand außerhalb des Gefolges erfahren, welch hoher Gast in der Karawanserei weilte. Einer der Diener verriet es den Betreibern des *funduq* jedoch aus Geltungssucht oder Unbesonnenheit, sodass sich diese verpflichtet fühlten, im Hauptraum, dem *riwaq*, ein Festmahl zu veranstalten, um den hohen Besucher zu ehren.

Während Rih und Omar vor allem daran dachten, dass nun womöglich auch wieder etwaige Verfolger auf sie aufmerksam würden, genoss Shaban sichtlich das Aufheben, das um seine Person gemacht wurde. Er erfreute sich an den Häuptern, die sich vor ihm beugten, und an den Speichelleckern, die um seine Gunst buhlten. Am Ende der Tafel thronend, aß er mit großem

Appetit – doch Fisch und Hammelfleisch waren nicht das einzige, wonach den jungen Herrscher gelüstete. Die Blicke, die er immer wieder in Haqiqas Richtung warf, blieben Rih nicht verborgen, und er war erleichtert, als Omar sie mit einem Botengang betraute und sie den *riwaq* verließ.

»Was ich tun kann, das tue ich«, raunte er Rih zu, der an der Seite der Tafel saß, um über den Sultan zu wachen. »Aber der Tag wird kommen, da es nicht mehr in meinen Händen liegen wird.«

»Ich danke Euch, Herr«, sagte Rih nur.

»Es gab eine Zeit, da hielt ich es für einen guten Gedanken, den Jungen aus Yalbughas Einflussbereich zu entfernen und ihn nach Al-Iskandariya zu bringen.«

»Und jetzt?«

Omar schürzte die Lippen und strich sich nachdenklich über den ergrauten Bart. »Ich weiß es nicht. Solange wir im Palast von Al-Qahira weilten, war Emir Yalbugha Shabans Feind und wir seine Verbündeten. Nun jedoch, so fürchte ich, könnten wir zu seinen Feinden werden.«

»Aber wir schützen sein Leben mit dem unseren«, wandte Rih ein. »Wie kann er da schlecht von uns denken?«

»Wir schränken seine Freiheit ein. Jene hingegen«, er deutete mit dem Kinn nach all den Speichelleckern, die sich um Shaban drängten, »erzählen ihm, was sein jugendlicher Hochmut zu hören wünscht – und das, mein Freund, ist ein Gift, welches einen jungen Geist rasch zu umnebeln vermag.«

»Was können wir dagegen tun?«

»Nichts, so fürchte ich. Aber wir müssen die Augen offen halten und auf uns achten. Emir Yalbugha ist nicht mehr unser einziger Gegner.«

»Ich verstehe, Herr«, versicherte Rih und verspürte plötzlich den Drang, nach Haqiqa zu sehen. Wenn es stimmte, was der alte Omar vermutete, so fürchtete Rih um ihr Wohlergehen. Er nahm sich vor, später im Zuge seiner Wachschicht bei ihrer Kammer vorbeizusehen und sich zu vergewissern, dass dort alles in Ordnung war. Und lange zu warten, brauchte er darauf nicht. Trotz seiner Beteuerungen, kein Kind mehr zu sein, zeigte der junge Sultan schon bald deutliche Anzeichen von Müdigkeit, und obwohl er trotzig beteuerte, sich noch keineswegs zur Ruhe begeben zu wollen, schlief er schließlich bei Tisch fast ein, sodass seine Leibdiener ihn zu seiner Schlafkammer tragen mussten.

Rih und ein Trupp Janitscharen folgten ihnen, in respektvollem Abstand und doch bereit, das Leben des schlafenden Herrschers jederzeit zu verteidigen. Als Shaban endlich im Bett lag und vermutlich von seiner zukünftigen Herrschaft und den Pyramiden träumte, die er sich errichten lassen wollte, teilte Rih zwei Janitscharen ein, die unmittelbar vor der Tür Wache halten würden, während er selbst sich draußen auf dem flachen Dach des *funduq* postierte, von dem aus er sowohl den Innenhof als auch das Fenster zu Shabans Kammer im Blick behalten konnte. Und auch den Zugang zu Haqiqas Kammer konnte er auf diese Weise bewachen, ohne dafür seine Pflicht zu vernachlässigen.

Als Sklavin kam ihr eigentlich keine eigene Kammer zu, aber da sie gleichzeitig auch Ben Adils Schreiberin war, hatte man ihr eine als Arbeitsraum zugeteilt. Dort schien sie bis spät in die Nacht über ihren Aufzeichnungen zu sitzen, denn Rih sah das Licht einer Öllampe brennen, auch dann noch, als die Sterne bereits wieder verblassten.

Alyssia zögerte.

Sie hatte dies eine sehr lange Zeit nicht getan, und in mancher Hinsicht hatte sie das Gefühl, verloren zu sein.

Sie erinnerte sich, El-Rih gesagt zu haben, dass sie gerne glauben wollte, dass Christen und Muselmanen in Wahrheit Kinder ein und desselben Gottes waren. Doch ihren Worten zum Trotz fiel ihr dieser Glaube schwer, denn welche Sprache erhörte dieser Gott? Auf wessen Seite stand er in Kriegen und Konflikten? Und wie sollte sie, die sie ein Kind beider Welten war, zu diesem Gott beten?

Sie tat es, indem sie sich auf die Knie niederließ und sich bekreuzigte, so, wie es ihr einst beigebracht worden war, und die Hände faltete. Dabei wandte sie sich jedoch ohne weiter darüber nachzudenken gen Osten und behielt als Zeichen der Demut ihren Schleier auf.

Ihr letztes Gebet lag lange zurück. Anfangs, in den ersten Tagen ihrer Gefangenschaft, hatte sie beinahe unablässig zum Herrn gerufen, hatte ihn angefleht, ihr das Los der Sklaverei zu ersparen. Doch ihre Gebete waren offenbar nicht erhört worden, und so waren sie irgendwann verstummt, waren untergegangen im Orkan der Verzweiflung, der Alyssia erfasst und hinfortgefegt hatte, an die Gestade ferner Länder, der Gnade fremder Herren hilflos ausgeliefert.

In der festen Überzeugung, verloren zu sein und ihr Leben verwirkt zu haben, war es ihr gleichgültig geworden. Sie hatte es selbst geringgeachtet, war von heillosem Zorn erfüllt gewesen – auch an jenem schicksalhaften Tag, an dem sie Omar begegnet war.

Und El-Rih.

Die Ereignisse auf dem Sklavenmarkt hatten sich unauslöschlich in ihr Gedächtnis eingebrannt. Niemals würde sie den Augenblick vergessen, in dem der junge Krieger der Janitscharen vor ihr aufgetaucht war. Von diesem Augenblick an hatte sich ihr Schicksal zum besseren gewendet, und auch wenn sie es damals nicht so gesehen hatte – vielleicht war er ja die Antwort auf ihre Gebete gewesen.

El-Rih.

Der Wind.

Al-Haqiqa.

Die Wahrheit.

Auch wenn sie wusste, dass es ihr verboten war, fühlte sie sich zu ihm hingezogen. Und das nicht nur, weil er ihr damals zur Hilfe gekommen war, sondern auch, weil er wie sie ein Abkömmling zweier Welten war, der einen so viel oder wenig zugehörig wie der anderen. Obschon er ein Krieger war, war er nicht vom

Durst nach Blut und Zerstörung durchdrungen wie andere, sondern nur darauf bedacht, jene zu schützen, die sich nicht selbst schützen konnten. Doch auch seine Macht hatte Grenzen …

Alyssia hatte die Blicke, mit denen Shaban sie während des Mahles bedacht hatte, sehr wohl bemerkt, und ihr war klar, was sie bedeuteten. Einmal hatte der junge Herrscher sich davon abbringen lassen, sich zu nehmen, was ihm seiner Ansicht nach zustand – ein zweites Mal würde das womöglich nicht gelingen. Der Botengang, mit dem Omar sie betraut hatte, war offenkundig nur ein Vorwand gewesen, um sie Shabans Blicken zu entziehen. Doch so dankbar Alyssia ihrem Herrn einerseits dafür war, so sehr beunruhigte es sie auch. Denn wenn Omar ben Adil, der wortgewandte Gesandte des osmanischen Sultans, sich nicht anders zu helfen wusste, als zu vordergründigen Täuschungen zu greifen, so bedeutete dies, dass er die direkte Konfrontation scheute.

Alyssia gab sich keiner Illusion hin. Wenn Shaban erneut nach ihr verlangte, würde er seinen Willen bekommen, weder Omar noch El-Rih würden ihr dann noch helfen können. Und in dieser Lage, mit dieser Gewissheit im Herzen, vertraute sie sich zum ersten Mal nach undenklich langer Zeit wieder dem Allmächtigen in einem Gebet an.

Herr, die ich nur eine unwürdige Dienerin bin, suche ich deine Hilfe …

Es fiel ihr schwer, die Worte zu finden. Nicht selten mischten arabische Brocken sich in ihr Italienisch, und bisweilen, wenn ihr die richtigen Begriffe in keiner der beiden Sprachen einfielen, bediente sie sich des Griechischen. Und obwohl ihr Gebet unbeholfen war und in einem seltsamen Kauderwelsch gehalten, hatte es eine beruhigende Wirkung auf sie. Ihr Herzschlag, der zuletzt laut in ihrer Brust gehämmert hatte, beruhigte sich wieder, der Angstschweiß wich von ihrer Stirn.

Sie bekreuzigte sich abermals und erhob sich, nicht ohne sich vorher noch gen Mekka zu verneigen. Dann wollte sie die Öllampe löschen und sich zu Bett begeben – als jemand an die Tür ihrer Kammer klopfte.

Alyssia fuhr herum.

Die Furcht, die sie eben erst überwunden glaubte, fuhr ihr erneut in die Glieder. Sie war wie erstarrt, hegte keinen Zweifel daran, dass dies ein Diener Shabans wäre mit dem Auftrag, sie zu seinem Herren zu bringen. Ihr Gebet, unzureichend, wie es gewesen war, war unerhört geblieben!

In unendlicher Langsamkeit trat sie auf die Tür zu und entriegelte sie. Mit versteinerter Miene öffnete sie und spähte hinaus – um sich den vertrauten Zügen El-Rihs gegenüberzusehen.

»Alles in Ordnung?«, fragte er.

Sie nickte erleichtert. »Jetzt ja.«

»Meine Wachschicht ist zu Ende. Ich sah noch Licht brennen und wollte nach dem Rechten sehen, deshalb …«

»Es geht mir gut«, versicherte sie. »Ich habe nur gebetet … und wurde erhört.«

»Das ist gut.« Er lächelte dünn und sah zu Boden. »Ich sollte nicht hier sein«, sagte er dann. »Und ich sollte auch nicht mit dir sprechen.«

»Nein«, gab sie zu. »Wohl nicht.«

»Ich bin Janitschar, und du bist eine Sklavin.«

»Du bist ein Mann«, widersprach sie. »Und ich bin eine Frau.«

Ihre Blicke trafen sich, und eine endlos scheinende Weile sahen sie einander an. Dann wich sie von der Tür zurück, was einer Aufforderung gleichkam. Rih zögerte noch kurz, dann trat er ein, fasste sie an den schmalen Hüften und zog sie zu sich heran. Selbst durch die Kleider, die sie trennten, konnte sie sein Verlangen fühlen, sein Herz schlug heftig in seiner Brust.

Ihre Lippen bewegten sich aufeinander zu und begegneten sich in einem Kuss, der zunächst zaghaft und unbeholfen war, doch als sie sich in seine Arme sinken ließ und ihm, der noch nie zuvor eine Frau gehabt hatte, ein wenig Nachhilfe gab, wurde der Kuss innig, erregend … Sie drängte sich an ihn, empfand zum ersten Mal in ihrem Leben ehrliche Begierde. Mit Omar zu schlafen war kein Opfer gewesen, jedoch hatte sie dabei nur selten Erregung empfunden. Nun war es anders.

Sie wollte Rih, wollte ihn in sich fühlen, wollte eins sein mit ihm, auch wenn es falsch war und sie es beide womöglich bereuen würden!

Aber sein Pflichtgefühl war stärker.

»Nein«, sagte er entschieden und löste sich aus ihrer Umarmung. »Es darf nicht sein! Ich habe einen Eid geleistet! Und du bist das Eigentum eines anderen!«

Er trat zurück, schlug die Hände vors Gesicht, um seine Verzweiflung zu verbergen. Dann, in einem jähen Willensakt, fuhr er herum und stürzte aus der Kammer, hinaus auf den Säulengang. Doch schon nach wenigen Schritten blieb er stehen und drehte sich um. Erneut trafen sich ihre Blicke, und er zögerte, stieß eine Verwünschung aus – um schon im nächsten Moment wieder zu ihr zurückzukehren und mit der Macht des Wüstenwindes über sie zu kommen.

»Haqiqa«, hauchte er, als ihre Körper eins wurden.

»Ich heiße Alyssia«, flüsterte sie.

16

Alexandria
7. Oktober 1365

Die weitere Reise den Fluss hinab verlief ohne Zwischenfälle, ebenso wie die Ankunft in Al-Iskandariya. Da der Emir der Stadt zur *hadj* ausgezogen war, lag die Macht in den Händen des Statthalters Gangara, eines Mannes, der den schönen Dingen des Lebens zugeneigter schien als seinen Pflichten und nur zu gern bereit war, seine Macht an den jungen Sultan abzugeben. Und da Shaban al-Ashraf darauf brannte, endlich zu herrschen, verstanden sich die beiden auf den ersten Blick.

Al-Iskandariya war ein seltsamer Ort, wie El-Rih fand, nicht zu vergleichen mit der Pracht Al-Qahiras oder dem aufstrebenden Bursa; am ehesten fühlte sich Rih an einen alten Baum erinnert, auf dessen bereits fauliger Rinde Pilze und anderes neues Leben sprossen. Den Stamm bildete das Al-Iskandariya der alten Welt, das der Eroberer einst begründet und das die stolze Hauptstadt der Ägypter gewesen war; doch dieser Stamm war alt und zerfallen: Ruinen waren überall, Säulen und Mauerreste, Zeugen längst vergangener Zeiten; dazwischen sprossen die Behausungen der jetzigen Bewohner.

Das Material für ihre Häuser und Hütten hatten sie nicht selten aus den früheren Bauwerken genommen, die sie als Steinbrüche nutzten: alte Tempel und Mauern und sogar ein Theater fanden so eine neue Verwendung, ohne dabei ganz zu verschwinden; das Ergebnis war ein unüberschaubares Durcheinander aus Häusern und Ruinen, die sich um enge Gassen scharten, in denen Händler und Handwerker aus Arabien und Persien, aber auch Griechen und Juden ihrer Arbeit nachgingen, bewacht von mächtigen Türmen, die aus der Flut der Häuser und Trümmer ragten und alles überschauten.

Wer sich der Stadt von der Seeseite näherte, der sah zu seinem Erstaunen, dass sie aufgrund ihrer besonderen Lage zwei Häfen hatte: einen kleineren im Westen aus der Zeit der *Ar-Rumun* und einen größeren im Osten, dessen Einfahrt der Pharos markierte, jener Leuchtturm, der weit über die Grenzen des Mamlukenreiches hinaus bekannt war; doch auch an ihm hatte der Zahn der Zeit genagt. Erdbeben, Winde und Stürme hatten am Gestein gefressen und es alt und brüchig werden lassen, das einstmals weltberühmte Bauwerk zu einem Schatten seiner selbst verblassen lassen.

Ein steinerner Damm, der zu beiden Seiten verlandet war, verband die Häfen mit der Stadt. Anders als in Bursa oder Al-Qahira besaß Al-Iskandariya keine befestigte Zitadelle; der Palast des Emirs befand sich inmitten der Stadtmauern, die vor langer Zeit von den Eroberern aus der Wüste errichtet worden waren und die Stadt noch immer zur Gänze umfassten. So betrachtet, war ganz Al-Iskandariya eine Festung, auf einer Halbinsel liegend und von drei Seiten vom Meer bewacht.

Während der junge Sultan von Statthalter Gangara eingeladen wurde, in Begleitung seines Gefolges im Palast des Emirs zu nächtigen, wurden Omar ben Adil und die Janitscharen in einem benachbarten Gebäude untergebracht. Das erste Stockwerk eines *sabil*, eines öffentlichen Brunnens, sollte den Osmanen als Unterkunft dienen: ein unbefestigtes Gebäude, das noch dazu einige Gassen vom Palast entfernt war.

»Das ist nicht gut«, stellte Rih missbilligend fest. »Die Janitscharen sind für die Sicherheit des jungen Sultans verantwortlich. Doch wie sollen sie ihre Pflicht erfüllen, wenn sie nicht in seiner Nähe sein dürfen?«

Gangara, ein Mann von beachtlicher Körperbreite und mit

kleinen, stechenden Augen, sah ihn einigermaßen fassungslos an. »Wer bist du?«, wollte er dann nur wissen.

»El-Rih«, wollte dieser erwidern, »Hauptmann der …«

»Niemand«, fiel Shaban ihm ins Wort.

»Dieser Niemand hat Euch mehrfach das Leben gerettet, Hoheit«, brachte Omar in Erinnerung. »El-Rih hat gelobt, Euch unter Einsatz seines Lebens zu verteidigen, vergesst das nicht.«

»Glaubt Ihr denn, meine Männer würden das nicht auch zu jeder Zeit für ihren Sultan tun?«, fragte Gangara. Unverhohlener Vorwurf schlich sich in das feiste Gesicht des Statthalters.

»Wenn ich Euch mit meiner Bemerkung verärgert haben sollte, so bedaure ich das sehr«, entgegnete Omar, wobei er sich leicht in dessen Richtung verneigte. »Meiner Erfahrung nach ist es jedoch eine Sache, davon zu sprechen, sein Leben zu wagen – und eine gänzlich andere, es tatsächlich zu tun.«

»Wollt Ihr sagen, meine Männer würden ihre Pflicht nicht erfüllen?«

»Ich will damit sagen, dass El-Rih sein Leben schon mehrfach für den Sultan gewagt hat und dass Seine Hoheit weiß, dass er sich auf die Dienste El-Rihs und seiner Janitscharen verlassen kann. Und dass er nicht einfach auf sie verzichten sollte.«

»Wollt Ihr mir Vorschriften machen, alter Osmane?«, beschied Shaban ihm gönnerhaft. »Wann werdet Ihr endlich damit aufhören? Wir haben Al-Qahira längst hinter uns gelassen!«

»Verzeiht, Hoheit, es lag mir fern, Euch …«

»Genug jetzt!« Der zukünftige Herrscher zog hochmütig die Nase kraus. »Ich werde mit meinem Gefolge hier im Palast bleiben. Die anderen mögen unterkommen, wo immer man es ihnen zuweist.«

»Aber Herr …«, wandte nun auch Rih ein.

»Ich sagte: Genug!«, schnitt Shaban ihm das Wort ab. »Dein Platz ist lange genug an der Seite des Sultans gewesen. Inzwischen ist er zum Mann gereift und hat gelernt, selbst auf sich aufzupassen. Ich bedarf deiner Hilfe nicht mehr, Janitschar!«

Rih ließ sein Gesicht zur Maske werden, um nicht zu zeigen,

wie sehr ihn die Worte trafen. »Wenn Ihr es so wollt«, sagte er nur.

»So will ich es, und so muss es geschehen! Wann werdet ihr alle endlich begreifen, dass ich kein Knabe mehr bin?«

An dem Tag, an dem du aufhörst, dich wie einer zu benehmen, dachte Rih, hütete sich jedoch, es offen auszusprechen. Um ganz sicherzugehen, biss er sich auf die Lippen. Einmal mehr fühlte er Unmut in sich aufsteigen – Unmut, den nur der Gedanke an *sie* besänftigen konnte.

Seiner Erziehung und seiner Ausbildung gemäß war Rih stets der Überzeugung gewesen, dass der einzige Zweck seines Daseins die Erfüllung seiner Pflichten wäre, der Dienst für seinen Herrn. Alyssia jedoch hatte ihn erkennen lassen, dass da noch mehr war, dass es noch andere Dinge gab, für die es sich zu kämpfen lohnte!

»Wie Ihr wünscht«, sagte er deshalb nur und nickte.

»Vielleicht«, wandte Omar ein, »wollt Ihr El-Rih wenigstens die Gunst zugestehen, Eure Gemächer abzusuchen und auf ihre Sicherheit hin zu prüfen? Wollt Ihr uns diese Ehre erweisen, Hoheit?«

Shabans Blick glitt von einem zum anderen. »Also schön«, erklärte er schließlich großmütig, »wenn es euer unbedingter Wunsch ist.«

»Wir danken Euch, Hoheit«, sagte Omar und verneigte sich. Rih begnügte sich abermals mit einem knappen Nicken.

Der Statthalter und Shaban entfernten sich daraufhin, begleitet von mamlukischen Wachen und Dienern. Nur Omar und Rih blieben im *makaad* zurück, durch dessen offene Fenster die warme Luft des späten Sommers hereinwehte.

Omar holte tief Luft und schien etwas sagen zu wollen, doch Rih wandte sich ab und ging. Er wollte nicht wissen, was Omar ihm zu sagen hatte, wollte nicht schon wieder hören müssen, wie sehr sich Shaban verändert hatte, denn es verletzte ihn ein ums andere Mal.

Dabei bin ich selbst schuld, dachte er. Ich habe in dem Jungen mehr gesehen, als er ist, einen Gleichgesinnten, den Bruder, den ich nie gehabt habe.

Dass die Wirklichkeit anders aussah, konnte er nun nicht mehr länger leugnen.

An den Wachen vorbei betrat Rih die Gemächer, die dem Sultan und seinem Gefolge als Unterkunft dienen sollten. Er durchsuchte sie alle, warf Blicke in Erker und verborgene Nischen, sah hinter die Vorhänge und vergewisserte sich, dass alle Fenster so beschaffen waren, dass niemand ohne Weiteres zu ihnen heraufklettern konnte.

Mehr gab es nicht zu tun.

Doch obwohl alles in Ordnung war und der Janitschar keinen Grund zur Beanstandung fand, wurde er das hässliche Gefühl nicht los, dass etwas nicht stimmte, dass er beobachtet wurde.

Es war wie die Ahnung von einem heraufziehenden Unheil.

Und sein Gefühl täuschte ihn auch diesmal nicht.

17

Palast des Emirs von Alexandria
Abend des 8. Oktober 1365

Schon am darauffolgenden Abend erhielten zumindest einige der Janitscharen die Erlaubnis, den Palast des Emirs zu betreten. Als Garde begleiteten sie Omar ben Adil zu dem Festmahl, das Statthalter Gangara im Palast veranstaltete, zu Ehren seines Gastes, des zukünftigen Sultans.

Während Yussuf mit vier weiteren Männern am Eingang des *kaa* zurückblieb, nahm Rih zusammen mit Omar an der Tafel Platz. Hohe Würdenträger saßen dort auf seidenen Kissen und beäugten die fremden Besucher misstrauisch. Vor allem aber behielten sie Shaban al-Ashraf im Auge, ihren zukünftigen Herrscher.

Nachdem ein reichhaltiges Mahl kredenzt worden war, das mit Bergen von gebratenem Fisch und Rindfleisch aufgewartet hatte, wurden große Teller mit Obst und Naschereien hereingetragen. Vor allem von Letzteren bediente sich der junge Sultan reichlich, während Gangara und die anderen Hofschranzen ihn in Gespräche verwickelten, die wohl nur das eine Ziel hatten, ihn auszuhorchen.

»Ist Euch schon aufgefallen«, wollte ein grauhäutiger Beamter wissen, »dass in den Straßen der Stadt eine seltene Unruhe herrscht?«

»In der Tat«, bestätigte Shaban, obwohl Rih ziemlich sicher war, dass der Junge nichts dergleichen wahrgenommen hatte. Schließlich sah Shaban in erster Linie Shaban ... »Woher kommt das?«

»Das liegt an den Gerüchten, Hoheit«, entgegnete Gangara, der an seiner Seite thronte, nur ein wenig niedriger. Der Statthalter hatte sich eine aus einer ebenso süßen wie zähen Masse geformte Kokoskugel in den Mund geschoben, was ihn aber nicht am Sprechen hinderte.

»Was für Gerüchte?«

»Ach, nur dummes Geschwätz in den Gassen«, schmatzte Gangara und winkte ab. »Unnötig, Euch damit zu belästigen.«

»Wenn das Volk in den Gassen munkelt, tut es damit bisweilen seine Meinung kund«, gab Omar zu bedenken, der sich zum ersten Mal am Tischgespräch beteiligte.

Die Mamluken, die eben noch von einem Ohr zum anderen gegrinst hatten, betrachteten ihn wie einen Aussätzigen. »Ist das so in Bursa?«, fragte schließlich einer.

Shaban lachte. »Nehmt es meinen Freunden aus dem Reich der Osmanen nicht übel, werte Herren«, sagte er zu Gangara und seinen Beamten, »sie wissen es nicht besser. Wenn ihr Reich erst so groß wie das meine ist, werden auch sie mehr Gelassenheit empfinden.«

Rih lachte bitter in sich hinein. Wenn das Reich der Osmanen einmal so groß war, würde das der Mamluken aufhören zu existieren!

»Möge Allah mir dieselbe Weitsicht schenken, mit der er Euch bedacht hat, Hoheit«, sagte Omar und verneigte sich in Shabans Richtung. »Aber da ich als Gesandter Bursas noch nicht über jene Gelassenheit verfüge, bitte ich mir zu verraten, was es nun ist, das in den Gassen geflüstert wird.«

»Nur dummes, wirres Zeug«, erklärte ein hoher Offizier. »Dass ein Angriff durch die Franken bevorstehe. Und dass man Al-Iskandariya eines Diebstahls wegen bezichtige ...«

»Eines Diebstahls, den wir nicht begangen haben, wohlgemerkt«, fügte Gangara hinzu. Er und einige seiner Hofbeamten lachten.

Anders als Omar und Rih.

»Was ist mit Euch?«, fragte der Statthalter. »Findet Ihr das etwa nicht erheiternd?«

»Nein«, gestand Rih. »Der Krieg ist eine zu ernste Angelegenheit, als dass ich darüber lachen könnte.«

»So habt Ihr keinen Humor in Bursa?«

»Seid Ihr je im Krieg gewesen, Herr? Habt Ihr je einen Feind mit Eurer Klinge durchbohrt? Habt Ihr ihm je in die Augen gesehen, wenn sein Blick bricht und er begreift, dass er sterben wird?«

»Was hat das eine mit dem anderen zu tun?«, fragte der Feiste zwischen zwei Kokosbällchen. »Als ob den Franken ein Angriff auf unsere Stadt zuzutrauen wäre! Habt Ihr unsere beiden Häfen gesehen? Unsere Mauern und Türme?«

»Ich habe sie gesehen«, versicherte Rih. »Und ich habe auch gesehen, dass sie alt und baufällig sind. An Eurer Stelle würde ich darüber nachdenken, statt schlechte Scherze zu treiben.«

»Was fällt Euch ein, Mann?« Gangara sprang auf. Da er jedoch träge und vollgestopft mit Essen war, zog ihn sein eigenes Gewicht sogleich wieder nach unten.

»Lass es gut sein, Rih«, verlangte Shaban. »Dies hier sind Männer von großer Bildung und Kultur. Sie wissen mit deinen bäuerischen Reden nichts anzufangen.«

»Das tut mir leid«, log der Janitschar.

»Glaubt Ihr denn, die Franken würden einen Angriff wagen?«, fragte jetzt der Grauhäutige.

»Der junge Osmane sollte es uns sagen können«, meinte der Offizier, »denn am Blau seiner Augen ist zu erkennen, dass er selbst ein Franke ist.«

»Das war ich, vor langer Zeit«, stimmte Rih zu, »aber ich kann mich nicht daran erinnern.«

»So könnt Ihr uns nichts erzählen? Nichts über die Ungläubigen und ihre rohen Sitten?«

»Nein, Herr.«

»Aber es gibt eine Frau«, wandte Shaban ein. »Eine Sklavin

von großer Schönheit, die sich im Besitz meines Freundes Ben Adil befindet. Auch sie ist Fränkin und weiß gewiss manches aus ihrer alten Heimat zu berichten.«

»Ist das so?« Gangaras kleine Äuglein richteten sich begierig in Omars Richtung. »Warum habt Ihr uns dieses Kleinod vorenthalten? Würde ich eine Sklavin von solcher Anmut besitzen, würde ich sie wie ein Schmuckstück tragen. Los doch, holt sie herein!«

Rih merkte, wie sich etwas in ihm verkrampfte. Auch Omar schien nicht wohl bei dem Gedanken zu sein, Haqiqa zu rufen. Er hatte sie wohlweislich in ihrem Quartier zurückgelassen. Doch die Aussicht auf eine Schönheit hatte bei den Gastgebern Begehrlichkeiten geweckt.

»Los doch, worauf wartet Ihr?«, forderte der Statthalter Omar auf. »Ruft Eure Sklavin herbei! Wir wollen sehen, ob sie tatsächlich so schön ist!«

Seine Schranzen bekundeten ihre Zustimmung, und Omar begriff, dass ihm keine Wahl blieb. Hilfe suchend sah er in Shabans Richtung, erntete jedoch nichts als ein kaltes Lächeln. Auch der junge Sultan verlangte Haqiqa zu sehen. Vermutlich hatte er deshalb die Sprache auf sie gebracht.

Einer der Janitscharen wurde geschickt, um sie zu holen. Schon kurz darauf betrat sie den *kaa* des Palasts, in ein Gewand aus grüner Seide gehüllt. Sie trug keinen Schleier, ihr Haar wallte offen über ihre Schultern, und ihre Augen blitzten geheimnisvoll im Schein der Öllampen. Rih fühlte einen Stich, als er sie sah. Er suchte ihren Blick, aber sie wich ihm aus. Offenbar wollte sie ihm nicht in die Augen sehen, nicht jetzt. Sie hatten einander kaum gesprochen seit jener Nacht in der Karawanserei. Es hätte manches gegeben, das er ihr hätte sagen wollen, aber nicht hier, nicht jetzt …

»Ihr habt nach mir rufen lassen, Herr?«, fragte sie und verbeugte sich vor Shaban.

»Bei meinem Bart!«, rief Gangara aus. »Ihr habt nicht übertrieben, Hoheit – sie ist wirklich eine Schönheit.«

»Allerdings«, feixte der junge Sultan mit begehrlich glänzenden Augen. »Und ganz sicher kann sie uns sagen, was es mit den Franken und ihren Plänen auf sich hat, denn sie kommt aus der Stadt der Kanäle.«

»Aus Venetien?« Der Statthalter verschluckte sich fast am nächsten Kokoshappen.

»Ja, Exzellenz«, bestätigte Omar, der sich genötigt sah, seiner Sklavin beizustehen. Rih hörte die Unruhe in seiner Stimme und erinnerte sich an das, was Omar zu ihm gesagt hatte, in jener Nacht in Al-Ahram. »Sie ist ein Kind der Lagunenstadt und nicht nur von außerordentlicher Schönheit, sondern auch sehr klug. Sie begleitet mich auf meinen Reisen als Schreiberin.«

»Fürwahr«, platzte Gangara höhnisch heraus. »Eine Frau, die des Schreibens mächtig ist – kann es eine größere Verschwendung geben?« Er lachte schallend, und Shaban stimmte in sein Gelächter mit ein.

»Der Statthalter hat recht«, meinte der junge Sultan dann. »Dein Talent ist beim Rohr aus Schilf verschwendet – bei einem anderen hingegen mag es gut aufgehoben sein.«

Der Statthalter und seine Schranzen lachten dröhnend über diesen Scherz, was Shabans Eifer nur noch mehr befeuerte. Rih hatte das Gefühl, als ob eine eisig kalte Hand nach seinem Herzen griff.

»Entkleide dich«, verlangte der Sultan.

»Herr?«

»Du hast mich verstanden. Entkleide dich«, wiederholte er und bedeutete ihr, sich zu beeilen. Gangaras Augen begannen zu leuchten, ebenso die der anderen Mamluken.

Die Hand, die sich um Rihs Herz geschlossen hatte, packte zu und quetschte es. Alles in ihm verlangte danach, aufzuspringen und das grausame, erniedrigende Schauspiel zu beenden, doch Omars Hand legte sich beschwichtigend auf seine Schulter, erinnerte ihn an ihre Mission … und an das Versprechen, das Rih gegeben hatte.

Alyssia zögerte. Ihr Blick wanderte zu Omar, der jedoch

nichts unternehmen konnte. Nicht ohne seine Stellung am Hof und damit seinen Auftrag zu gefährden.

»Sei ganz unbesorgt«, sagte Shaban spöttisch. »Ich bin sicher, der alte Osmane hat nichts dagegen. Schließlich will er nur mein Bestes, nicht wahr?«

»Ihr erratet meine Gedanken, noch ehe ich sie ausspreche«, bestätigte Omar, und zum ersten Mal bewunderte Rih seinen Mentor nicht dafür, dass er stets die richtigen Worte fand.

Alyssia, die wohl einsah, dass sie keine Wahl hatte, ließ den Übermantel an sich herabgleiten. Sodann begann sie die Verschnürung ihres Kleides zu lösen, entblößte ihre makellos weißen Schultern …

Rih hielt es nicht mehr aus.

»Das ist ungebührlich!«, rief er und stand auf, den Blick fest auf Shaban gerichtet.

»Ungebührlich?« In den Zügen des Sultans zuckte es.

»Keine Frau von Ehre sollte das tun müssen«, erklärte Rih. Seine Stimme bebte dabei, das Herz schlug ihm bis zum Hals. Der Blick, den Alyssia ihm sandte, enthielt Dankbarkeit. Vor allem aber Furcht.

»Sie ist keine Frau von Ehre, sondern eine Sklavin. Und eine Fränkin obendrein, eine Ungläubige!«

»Und deshalb verdient sie nicht, respektvoll behandelt zu werden?«

Shaban al-Ashraf rutschte unruhig auf seinem Kissen hin und her, fast wie früher. »Willst du mich maßregeln, Rih? Mit welchem Recht?«

»Mit dem Recht dessen, der Euch mehrmals das Leben gerettet und Euch vor Schaden bewahrt hat, Herr«, erwiderte Rih ohne Zögern.

»Verlangst du eine Gegenleistung?«

»Das habe ich nie getan und werde es auch niemals tun, Herr«, versicherte Rih. »Aber ich verlange, dass Ihr der seid, dem ich das Leben gerettet habe!«

»Ein halbwüchsiger Knabe?« Shaban grinste breit. »Ich

fürchte, da muss ich dich enttäuschen. Ich bin längst kein Knabe mehr.«

»Aber auch noch kein Mann«, knurrte Rih mit nur mühsam zurückgehaltenem Zorn. Zu sehen, was aus dem Jungen geworden war, den er unter Einsatz seines Lebens beschützt und so hoch geschätzt hatte, machte ihn wütend.

»Was war das?« Shaban reckte den Kopf vor, als würde er trotz seiner offenkundigen Jugend schlecht hören.

»Er hat Euch beleidigt, Hoheit«, half Gangara offenbar nur zu bereitwillig aus. »Der Osmane hat Euch vor aller Augen beleidigt! Das dürft Ihr Euch nicht gefallen lassen, Herr! Ihr müsst ein Zeichen setzen, hier und jetzt!«

»Ihr habt recht«, stimmte Shaban ohne Zögern zu. Sein Gesicht war zur Maske geworden, sein Blick kalt und gefühllos. »Ergreift ihn«, wies er daraufhin seine Wachen an, die ohne Zögern vorrückten, die Hellebarden gesenkt.

Yussuf und die anderen Janitscharen wollten zu den Waffen greifen, um ihren Hauptmann zu verteidigen – doch Rihs warnender Blick hielt sie zurück. Fünf leicht bewaffnete Janitscharen standen gegen zwei Dutzend gepanzerte Mamluken, der Ausgang des Kampfes stand von vornherein fest. Und Rih wollte nicht, dass seine Waffenbrüder seinetwegen einen sinnlosen Tod starben. Sie blieben zurück, während die Palastwachen Rih ergriffen. Er leistete keinen Widerstand, als sie ihn abführten und vor den Sultan zerrten.

»Hoheit!«, ergriff Omar dafür das Wort. »El-Rih steht in meinen Diensten! Als seinem Befehlshaber obliegt es mir, über seine Strafe zu befinden!«

»Das würde ich Euch gerne zubilligen, mein Freund, wenn Ihr beleidigt worden wärt und nicht ich«, konterte Shaban. »Aber da es nun einmal der Sultan war, dem sein Angriff galt, wird auch der Sultan über ihn richten.«

»Dann lasst Gnade walten und bedenkt, dass es dieser Mann war, der Euch das Leben gerettet hat! Dass Ihr ohne ihn nicht mehr hier stündet!«

»Keine Sorge, alter Mann, das tue ich«, versicherte Shaban, und ein böses Lächeln spielte um seine noch bartlosen Züge. »Er soll am Leben bleiben, damit er mir und Euch weiter dienen kann. Und er soll seine Waffenhand behalten, auf dass er weiter ein Schwert führen kann. Seine Linke jedoch«, fügte er grinsend und voller Genugtuung hinzu, »soll er verlieren, denn so pflegen wir Ungehorsam hier zu bestrafen. Schafft ihn hinaus in den Garten und vollstreckt das Urteil!«

»Nein!«, rief Alyssia entsetzt.

Rih merkte, wie nacktes Grauen ihn packte. Nur seine Ausbildung und die anerzogene Disziplin hielten ihn davon ab, in Panik auszubrechen.

»Herr«, rief Omar, »ich bitte Euch, überdenkt Eure Entscheidung noch einmal!«

»Ich habe sie reiflich bedacht, Osmane«, versicherte Shaban, »vergesst nicht, dass ich der Sultan bin!«

»Aber Herr …«

»Genug jetzt! Führt ihn ab und vollstreckt das Urteil! Ich, Shaban al-Ashraf, habe es befohlen!«

Rih wurde von groben Händen gepackt und davongezerrt, an Gegenwehr oder gar Flucht war nicht zu denken.

»Halt!«, rief in diesem Moment eine Stimme so klar und hell, dass sie alles andere übertönte.

Alyssia.

Aller Augen richteten sich auf die junge Frau, die noch immer vor der großen Tafel stand, das Kleid offen und bis zu den Schultern herabgezogen – und ohne ein weiteres Wort zu sprechen, ließ sie es weiter an sich herabgleiten, wobei sie den Blick unentwegt auf den jungen Sultan gerichtet hielt. Nackte Haut kam zum Vorschein, ihre unverhüllte Brust. Und schließlich fiel der Stoff ganz herab.

Röte schoss Shaban ins Gesicht, wohl weniger vor Scham als vor Erregung. Und in seinen Beinkleidern war eine Regung auszumachen, die er offenbar nicht kontrollieren konnte.

Stille war im *kaa* eingekehrt, alle starrten auf die nackte junge Frau in der Mitte des Saales. Rih war zu keinem klaren Gedanken fähig, verspürte nichts als unbändige Wut. Anders als Omar, der begriff, was seine ebenso schöne wie kluge Sklavin damit bezweckte.

»Hoheit«, wandte er sich mit einer ehrerbietigen Geste an den Sultan, »vielleicht mag es Euren gerechten Zorn besänftigen, wenn ich Euch Haqiqa zum Geschenk mache.«

»Nein!«, schrie Rih und gebärdete sich wie von Sinnen – doch gerade das schien für Shaban den Ausschlag zu geben. Im einen Augenblick schien er noch abgeneigt, auf das Angebot einzugehen, doch dann veränderte sich sein Mienenspiel, und ein Lächeln trat zutage.

»Vielleicht«, sagte er und betrachtete Alyssia unverwandt.

»Sie gehört Euch«, bekräftigte Omar und verneigte sich. »Im Gegenzug bitte ich Euch, El-Rih nicht zu verstümmeln und ihm seine Hand zu lassen.«

Shabans Blicke glitten zwischen Alyssia und El-Rih hin und her. Ob er trotz seiner Unerfahrenheit und Jugend ahnte, was zwischen ihnen war, war nicht festzustellen. Rih nahm es nicht an. Dennoch verstrich ein unendlich langer Augenblick, ehe der Sultan endlich sagte: »Ich bin einverstanden, alter Osmane. Aber Strafe muss sein! Rih soll zwanzig Peitschenhiebe bekommen.«

»Hoheit«, setzte Omar noch einmal an.

»Zwanzig«, beharrte Shaban. »Im Morgengrauen.«

18

Kerker des Palasts, Alexandria
Nacht des 8. Oktober 1365

Sie führten Rih ab und brachten ihn in den Kerker, ein düsteres Gewölbe, das sich tief unter dem Palast befand. Allenthalben war es feucht, und es roch nach Fäulnis und Moder. Schwarzer Schimmel überzog die niedrigen Decken und die Wände, auf die die Fackeln geisterhaft flackernde Schatten warfen.

Rih war es gleichgültig. Seine Gedanken waren bei Alyssia. Sie hatte sich für ihn verwendet, hatte sich selbst verkauft, um zu verhindern, dass er verstümmelt wurde. Doch Rih wusste nicht, welcher Gedanke ihn mehr entsetzte – der, seine linke Hand zu verlieren, oder der, Alyssia dem jungen Sultan schutzlos ausgeliefert zu wissen.

Wann, so fragte er sich, war der Tag gewesen, an dem aus Shaban al-Ashraf ein solches Monstrum geworden war? Wann hatte der Junge, den er beschützt und auf den er so große Stücke gehalten hatte, damit begonnen, sich so zu verändern? Die Antwort war bitter. Vermutlich, sagte sich Rih, waren all diese Dinge schon immer vorhanden gewesen, er war nur zu einfältig gewesen, um sie zu sehen. Seine Zuneigung zu dem Jungen hatte ihn gegenüber seinen schlechten Seiten blind werden lassen.

Und Alyssia zahlte nun den Preis dafür.

Sie steckten ihn in ein Loch, das die Bezeichnung Zelle kaum verdiente. Rostige Ketten mit Handschellen hingen von der Decke, die sie um seine Gelenke legten. Dann schlossen sie die Tür, die nur eine winzige Öffnung hatte und kaum Licht hereinließ. Rih konnte das leise Quieken der Ratten hören, die in der Dunkelheit lauerten.

Wissend, dass es sinnlos war, zerrte er an seinen Fesseln. Sie schnitten in seine Handgelenke, aber das war ihm gleichgültig. Im Gegenteil hatte er das Gefühl, den Schmerz in jeder Hinsicht verdient zu haben. Er hatte seine Pflicht vernachlässigt und seinen Eid verletzt; er war persönliche Bindungen eingegangen und hatte die oberste Regel gebrochen, indem er mit einer Frau geschlafen hatte, die noch dazu das Eigentum eines anderen war. Nun erhielt er die gerechte Strafe dafür.

Alyssia jedoch konnte nichts für das, was geschehen war.

»Alyssia!«, schrie er laut und verzweifelt, dass es von der niederen Decke widerhallte und die Ratten entsetzt davonstoben. »Alyssia …!«

»Halt's Maul, Osmane!«, beschied ihm eine der Wachen, die draußen postiert waren. Die anderen lachten derb.

Rih ließ den Kopf sinken.

Das also war aus ihm geworden. Vielleicht hatte Hauptmann Xavir ja recht gehabt, und er taugte nicht zum Janitscharen …

»Rih?«

Eine vertraute Stimme ließ ihn aufhorchen. Die Öffnung in der Tür hatte sich verdunkelt, und ein sanftes Augenpaar war zu sehen: Omar ben Adil. Die Gegenwart des Freundes erfüllte Rih nicht etwa mit Trost.

Sondern mit Abscheu.

»Wie konntet Ihr nur?«, wollte er wissen.

»Deine Hand retten?«, fragte der Alte dagegen.

»Sie an Shaban verschenken! Er wird sie misshandeln, wird mit ihr Dinge tun, die …«

»Haqiqa kann auf sich aufpassen«, meinte Omar überzeugt. »Das ist schon immer so gewesen.«

»Alyssia«, verbesserte Rih. »Ihr Name ist Alyssia.«

»Ich hatte recht, nicht wahr?«

»Womit?«

»Da ist etwas, das euch beide verbindet. Und es ist nicht nur eure Vergangenheit.«

Rih ließ den Kopf sinken. »Nein«, gestand er. Welchen Zweck hatte es, jetzt noch zu leugnen?

»Ich hatte dich gewarnt, mein Freund.«

»Ich weiß.«

»Ihretwegen hast du deinen Eid gebrochen. Und du hast mein Vertrauen missbraucht und mich hintergangen.«

»Auch das weiß ich«, versicherte Rih. Doch weder bat er um Verzeihung, noch schien Omar dies zu erwarten.

»Sie ist eine Zauberin«, sagte er nur, als würde das alles erklären.

»Ich liebe sie«, flüsterte Rih.

»Das ist dir nicht gestattet – und ihr ebenfalls nicht.«

»Wolltet Ihr uns bestrafen? Ist es Euch darum gegangen?«

»Nein«, versicherte Omar. »Ich stand vor der Wahl, meinen besten Krieger zu verlieren und zusehen zu müssen, wie ein Freund, den ich in mein Herz geschlossen habe, verstümmelt wird – oder mich von einer Sklavin zu trennen. Einer Sklavin, deren Anmut und Schönheit die aller anderen weit übertrifft, aber eben nur eine Sklavin. Also traf ich eine Entscheidung.«

»Das hättet Ihr nicht tun sollen. Nun büßt sie für mein Vergehen.«

»Glaubst du wirklich, dass Shaban sie in Ruhe gelassen hätte, nachdem dir die Hand abgehackt wurde?« Omar schüttelte den Kopf. »All das wäre nicht geschehen, wenn ihr die Regeln nicht gebrochen hättet. Ein Janitschar und eine Sklavin, ein Sohn des Propheten und eine Ungläubige …«

»Es ist geschehen«, sagte Rih nur.

»So ist es – und deshalb bist du hier, und sie liegt vermutlich schon in Shabans Armen.«

Rih zuckte zusammen.

Zu gerne hätte er widersprochen, aber das konnte er nicht.

Der alte Fuchs hatte die Lage einmal mehr ebenso scharfsinnig wie schonungslos beurteilt.

Eine Pause entstand, in der keiner der beiden etwas sagte. »Denk nicht mehr an sie«, riet Omar. »Im Morgengrauen wird deine Gefangenschaft enden, und so weit es mich betrifft, wird niemand je erfahren, was zwischen euch gewesen ist.«

»Und Alyssia?«, fragte Rih leise.

Der Gesandte schüttelte den Kopf, während er sich zum Gehen wandte. »Das vermag ich dir nicht zu sagen, mein Freund. Denn sie gehört nicht mehr mir.«

19

Gemächer des Sultans, Palast von Alexandria
Zur selben Zeit

Alyssia fröstelte, als sie dem Bad entstieg, das die anderen Sklavinnen für sie bereitet hatten. Nicht etwa, weil es so kalt gewesen wäre. Es war die Aussicht auf die Dinge, die kommen würden, die sie schaudern ließ.

Weiße Blüten schwammen auf dem Wasser, Rosenduft tränkte die Luft. Die Sklavinnen trockneten Alyssia ab und rieben sie mit ätherischen Ölen ein, von denen es hieß, dass sie die Lust eines Liebhabers beflügelten und zu seiner Ausdauer beitrugen.

Alyssia ließ es mit Gleichmut über sich ergehen.

Noch vor ein paar Tagen war ihr der Gedanke, sich dem jungen Sultan hingeben zu müssen, als unerträglich erschienen, ein Gedanke, der sie in Furcht und Panik versetzt hatte. Nun galt ihre ganze Sorge dem Mann, der unten im Kerker war und auf seine Bestrafung wartete, die im Morgengrauen erfolgen sollte. Und trotz der misslichen Lage, in der sie sich selbst befand, war sie froh darüber, ihm die Verstümmelung erspart zu haben.

Sie war hier, weil sie ihn gerettet hatte, ein Entschluss, den sie aus freien Stücken getroffen hatte. Dieser Gedanke gab ihr Halt und bewahrte sie davor, in Selbstmitleid zu verfallen, auch wenn ihr vor dem graute, was geschehen würde. Omar ben Adil hatte sie sich viele Male hingegeben, und irgendwann hatte es ihr nichts mehr ausgemacht, auch weil Omar sie respektvoll behandelt und ihr niemals Schmerz zugefügt hatte. Bei Shaban würde das anders sein, daran gab es keinen Zweifel. Und dennoch war es das Opfer wert, wenn sie Rih dadurch rettete.

Er hatte sich für sie verwendet, war aufgestanden und hatte ihre Ehre verteidigt – im Gegenzug war es an ihr gewesen, ihn vor Schaden zu bewahren.

Der Entschluss, sich zu entblößen, war ihr spontan gekommen. Es war wie beim Schachspiel gewesen, wenn man versuchte, den nächsten Zug des Gegners vorauszusehen. Mit ihrem Vater hatte Alyssia oft Schach gespielt, in glücklicheren Tagen, und manchmal war es notwendig gewesen, eine Figur zu opfern, um eine andere, wichtigere Figur zu retten. In seiner Einfalt und Grausamkeit war Shaban al-Ashrafs Handeln leicht zu berechnen, und auch Omar hatte das getan, was Alyssia erwartet hatte. Vor die Wahl gestellt, zwischen ihr und Rih entscheiden zu müssen, hatte er sich für Rih entschieden, und Alyssia war ihm dankbar dafür.

Auch wenn es ein bitterer Dank war.

Für eine bittere Gunst.

Die Sklavinnen kleideten sie an, legten ihr ein Untergewand aus zarter, fast durchsichtiger Seide an und einen mit Goldfäden durchwirkten Mantel darüber, einer Königin würdig. Dennoch fühlte sich Alyssia nicht wie eine Königin, als sie ihr das Haar kämmten und mit duftenden Ölen versahen, schon eher wie eine Hure.

Shaban al-Ashraf würde ihren Körper besitzen.

Ihre Liebe jedoch gehörte einem anderen.

20

Westhafen von Alexandria
Morgengrauen des 9. Oktober 1365

Eunostos hatten die Griechen diesen Hafen einst genannt. Die »gute Heimkehr«.

Angeblich, so erzählte man, war kein Geringerer als der Dichter Homer Alexander dem Großen im Traum erschienen und hatte ihm aufgetragen, an diesem Ort, auf der Insel mit Namen Pharos, eine Siedlung zu errichten. Es war die Stadt eines Eroberers, sein Vermächtnis an die Zeit, ewig und unvergänglich wie die Pyramiden. Und so war es auch für Battista Sabattini, als würde er nach langer Irrfahrt heimkehren, als die von ihm befehligte Galeere im Schutz des morgendlichen Zwielichts in den Westhafen von Alexandria einfuhr.

Nun endlich schloss sich der Kreis, erntete er die Früchte der Saat, die er in den letzten Jahren so beharrlich ausgebracht hatte.

Die *Spada*, das Kriegsschiff, das er befehligte, war ein stolzer Zweimaster, der erst vor wenigen Monaten das Arsenal verlassen hatte; *impavesati* aus hölzernen Palisaden umgaben das Schiff und schützten sowohl die Ruderer als auch die an Bord befindlichen Soldaten vor feindlichem Beschuss. Auf dem Heck erhob sich die *rembata*, ein trutziger, von hölzernen Zinnen gekrönter Aufbau, auf dem Sabattini stand und beobachtete, wie sich sein Schiff langsam in den Hafen schlich, Ruderschlag um Ruderschlag, ein Raubtier auf der Suche nach Beute.

Die Segel waren eingeholt worden, die Besatzung bereit zum Kampf. Nicht weniger als 300 Fußsoldaten und 30 Armbrustschützen standen bereit, um auf Sabattinis Befehl hin den Hafen zu erstürmen. Sie waren die Speerspitze des Angriffs, der an diesem Morgen erfolgen und die Stadt an der Nilmündung, die verhasste Rivalin Venedigs, hinwegfegen sollte. Schon in wenigen Stunden, daran hegte Sabattini keinen Zweifel, würde die rote Flagge mit dem geflügelten Löwen über den Mauern von Alexandria wehen.

Die Galeere näherten sich dem Ufer.

Die Ruder wurden eingeholt, das Schiff lief auf den großen Kai zu, an dem mehrere kleine Frachtboote vertäut lagen. Sie wären leichte Opfer gewesen, aber Sabattini stand der Sinn nicht nach kleiner Beute. Er wollte alles. Sein Ziel war das Stadttor, das jenseits der Hafenanlagen in den morgengrauen Himmel ragte. Und noch immer hatte niemand Alarm geschlagen.

Sabattini grinste.

Er hatte es sich ohnehin nicht sehr schwer vorgestellt, die Stadt einzunehmen, doch die Sarazenen schienen die feste Absicht zu hegen, es den Eroberern noch einfacher zu machen. Auf den Türmen und Mauerkronen war alles ruhig, keine Anzeichen hektischer Betriebsamkeit waren auszumachen. Womöglich, dachte Sabattini hoffnungsvoll, hatten sie das Einlaufen des feindlichen Schiffes noch nicht einmal bemerkt.

Noch ein Steinwurf bis zum Ufer.

Sabattini zog sein Schwert und setzte den Helm auf, auch wenn er überzeugt war, ihn nicht wirklich zu benötigen. Nur noch wenige Augenblicke, und die Galeere würde anlanden, und dann würde endlich Wirklichkeit, wovon er all die Jahre geträumt hatte. Seine Rache an den Mamluken würde gleichzeitig seinen Aufstieg zur Macht begründen – nie war eine Revanche süßer gewesen.

Der Stahl fauchte leise, als Sabattini ihn aus der Scheide zog. Die Galeere hatte das Ufer jetzt fast erreicht. Schon wollte der

Staatsinquisitor der Republik Venedig das Signal zum Angriff geben – als sich drüben auf den Mauern doch etwas rührte.

Von einem Augenblick zum anderen waren die orientalisch zugespitzten Zinnen plötzlich besetzt, und nur einen Lidschlag später verdunkelte sich der morgendliche Himmel über den Mauern.

»Pfeile!«, schrie jemand heiser.

Atemlos verfolgten die Männer an Bord, wie der gefiederte Tod hundertfach, tausendfach in den fahlen Himmel aufstieg, dort einen engen Bogen beschrieb – um dann mit vernichtender Wucht auf die Galeere niederzugehen!

Der Einschlag war entsetzlich.

In dichter Folge prasselten die Geschosse herab. Da sie in steiler Bahn abgeschossen worden waren, gingen sie fast senkrecht nieder, und die *impavesati* boten nur unzureichend Schutz. Lediglich die Schilde der Fußsoldaten, die sich auf dem Vordeck drängten, vermochten die Pfeile aufzuhalten. Wer keinen Schild hatte, entging ihnen nur mit viel Glück. Auch Sabattini bekam nur deswegen keinen Pfeil ab, weil Stilicho, der wie immer sein Schatten war, seinen Schild hob und sowohl seinen Herren als auch sich selbst beschirmte.

Im einen Augenblick war noch das dumpfe Pochen zu hören, mit dem sich die Pfeile in die Planken des Decks bohrten – dann die Schreie der Getroffenen. Hektische Befehle wurden gebrüllt, die Unterführer setzten alles daran, dass keine Panik ausbrach. Die Verwundeten wurden beiseitegeschafft, die Reihen neu organisiert – während von den Mauern bereits ein neuer Pfeilschwarm aufstieg. Zwar ließen auch die Armbrustschützen der *Spada* ihre Geschosse von den Sehnen, doch war ihre Wirkung geradezu nichtig im Vergleich zu den Myriaden von Pfeilen, die schon im nächsten Moment in einer zweiten Welle niedergingen.

Sabattini überstand auch diesen Angriff körperlich unverletzt. Sein Stolz hingegen nahm einigen Schaden, als er mitansehen musste, wie sich noch mehr von seinen Leuten auf Deck krümmten, mit Pfeilen gespickt.

»Inquisitor, hoher Herr!« Der *sopracomito*, der Kommandant der Galeere, enterte zum Heckkastell auf. In seinem Unterarm steckte ein Pfeil, der die Kettenrüstung glatt durchschlagen hatte, doch er schien es nicht einmal zu bemerken. »Bei diesem Beschuss werden wir nicht lange durchhalten, schon jetzt haben wir mehr als sechzig Verwundete!«

»Und?«, fuhr Sabattini ihn an. »Was versucht Ihr mir zu sagen, Kapitän? Dass wir uns zurückziehen sollen?«

Der Kommandant sah ihn nur durchdringend an. Die Antwort auf Sabattinis Frage stieg bereits wieder von den Mauern auf und ging im nächsten Augenblick erneut mit hässlichem Splittern und Prasseln auf die Galeere nieder. Erneut duckte Sabattini sich unter Stilichos Schild, schloss für einen Moment die Augen. Als er sie wieder öffnete, lag der *sopracomito* leblos vor ihm auf den Planken. In seiner Halsbeuge steckte ein schwarz gefiederter Pfeil.

Sabattini blickte hinab aufs Vordeck.

Wieder waren Männer getroffen worden, die Ordnung brach zusammen. Nur zwei Möglichkeiten blieben: Sabattini konnte ausharren, bis auch der Letzte seiner Leute mit feindlichen Geschossen gespickt war, oder er konnte sich zurückziehen.

Die Aussicht, nicht der Erste zu sein, der seinen Fuß auf alexandrinischen Boden setzte, gefiel ihm nicht, aber er hatte auch nicht den weiten Weg und all die Mühen auf sich genommen, um nun von feindlichen Pfeilen durchbohrt ein jähes Ende zu finden.

Er nickte Stilicho zu, der den Befehl zum Rückzug mit Handzeichen an die Unterführer weitergab, und schon im nächsten Moment wurden die Ruder wieder ausgebracht, und die Galeere entfernte sich vom Ufer.

Noch einmal ging ein Pfeilhagel auf das Schiff nieder, dann zeugte lautes Triumphgeschrei über den Mauern davon, dass die Muselmanen den Angriff für zurückgeschlagen hielten.

Sollten sie!

Die Narren wussten ja nicht, dass zeitgleich mit Sabattinis

Galeere eine sehr viel größere Streitmacht unter der Führung Peter von Zyperns in den Osthafen der Stadt eingelaufen war, die weitaus weniger leicht zu vertreiben sein würde. Und auf See warteten weitere hundert Schiffe darauf, ihre Streitmacht an den Gestaden der Stadt abzusetzen und sie zum Sturm auf die Mauern zu entlassen.

Es war nicht nur eine laue Brise, die an diesem Morgen über Alexandria hereinbrach.

Es war ein Sturm.

21

Innenhof, Palast von Alexandria
Morgengrauen des 9. Oktober 1365

Rih war froh darüber, dass die Nacht endlich endete. Er hatte keinen Schlaf gefunden. Jeder Handbreit seines Körpers schmerzte, als die Kerkerknechte ihn von den eisernen Schellen befreiten und nach oben führten. Zwielicht herrschte auf dem Innenhof, das einerseits von den Fackeln rührte, die den Hof säumten, andererseits aber auch vom neuen Tag, der über dem Palast heraufdämmerte. Furcht verspürte der Janitschar nicht, dazu gärte zu viel Enttäuschung in ihm, zu viel bittere Wut auf den Mann, der in der Mitte des Hofes stand und ihn bereits erwartete.

Shaban al-Ashraf.

Breitbeinig, mit vor der Brust verschränkten Armen wartete der Sultan, bis die Folterknechte Rih herangeschleppt hatten. Sie zwangen ihn auf die Knie nieder, was nicht weiter schwer war, da er sich ohnehin kaum auf den Beinen halten konnte. Auf allen vieren kauerte er vor dem jungen Mann, dessen Leben zu schützen er einst geschworen hatte …

»Nun?«, erkundigte sich Shaban von oben herab. »Hast du deine Lektion gelernt?«

»Welche … Lektion, Herr?«, stieß Rih mühsam hervor.

»Dass es dir nicht zusteht, deinen Herrscher zu maßregeln!«

»Ihr seid nicht mein Herrscher«, widersprach Rih wahrheitsgemäß. »Aber ich dachte, wir wären Freunde.«

»Freunde? Du und ich?« Shaban verzog verächtlich die

Mundwinkel. »Was sollten wir wohl gemeinsam haben? Ich bin von hoher Herkunft, ein Enkel des großen Al-Nasir, und du bist der Bastard eines Franken! Unser Blut hat noch nicht einmal dieselbe Farbe!«

»Wir haben denselben Glauben.«

»Weil man dich dazu gezwungen hat«, spottete der Junge weiter. »Du bist kein wahrer Sohn des Propheten.«

»Und ich habe Euch das Leben gerettet.«

»Ich weiß«, versicherte Shaban, und für einen kurzen, unmerklichen Augenblick blitzte das Kind durch, das Rih im Palast von Al-Qahira einst kennengelernt hatte. Doch schon im nächsten Moment war es wieder verschwunden. »Das ist der Grund, warum ich dir das deine schenke, Janitschar«, fügte Shaban hinzu. »Allerdings werde ich dich vorher noch lehren, mir niemals wieder zu widersprechen.«

Damit nickte er seinen Schergen zu, die Rih packten und an den Pfahl banden, der in der Mitte des Hofes errichtet worden war. Sodann griff einer von ihnen zur Peitsche und entrollte sie, und Rih fühlte sich an jene Nacht in Al-Qahira erinnert, vor – so schien es – undenklich langer Zeit. Vieles war seither geschehen, manches hatte sich geändert. Doch ein Sklave würde immer ein Sklave bleiben und ein Herr stets ein Herr …

Shaban al-Ashraf blieb nicht lange genug, um die blutigen Auswirkungen seines Befehls zu sehen. Als die Peitsche das erste Mal knallte, wandte er sich ab und verließ den Hof, während sein Scherge alles daransetzte, das Leder möglichst tief in Rihs Rücken zu senken.

Die ersten zehn Hiebe ertrug Rih noch in Schweigen. Dann hielt er es nicht mehr aus. Jeden weiteren Peitschenknall, jeden weiteren tiefen Schnitt in seinen bereits heftig blutenden Rücken quittierte er mit einem Schrei, der weniger Schmerz verriet als vielmehr Wut und Zorn. Rih kam sich verraten und im Stich gelassen vor, und obwohl man ihn gelehrt hatte, alle Schmerzen und alle Mühen widerspruchslos zu ertragen, brüllte er sie nun laut in die Dämmerung des neuen Tages hinaus.

Nicht seinetwegen.

Sondern wegen Alyssia.

Die ganze Zeit über, während der Folterknecht ein ums andere Mal zuschlug und das Leder mit jedem neuen Hieb Fetzen von Haut und Fleisch herausriss, stand ihr Bild Rih vor Augen … ihre Anmut … ihre Schönheit. Und der Gedanke, dass sie sich geopfert hatte, damit er am Leben blieb und seine Hand nicht verlor, war ihm unerträglich.

Er begleitete ihn, verfolgte ihn wie ein Dämon, auch dann noch, als sein Bewusstsein im Sturm der Pein zu flackern begann und schließlich verlosch.

Das Knallen der Peitsche hörte er noch, ebenso wie das spöttische Gelächter der Schergen, aber den Schmerz spürte er nicht mehr. Nur der Gedanke an Alyssia war noch da, seine Sorge um sie und seine Zuneigung … und sie war das Erste, woran er dachte, als er die Augen wieder aufschlug.

»Alyssia«, stieß er heiser hervor. »Wo ist sie …?«

»Beim Bart des Propheten, kannst du an nichts anderes denken?«, murrte ein Mann, dessen Gesicht unmittelbar vor seinem schwebte. Zuerst konnte Rih nichts erkennen, sah alles nur verschwommen. Aber je mehr er das Bewusstsein zurückgewann, desto klarer wurde auch sein Blick, und er erkannte, dass es Omars Züge waren, in die er blickte.

Der Gesandte sah besorgt aus. Die Falten auf seiner Stirn waren tiefer als sonst, seine Kieferknochen mahlten, wenn er nicht sprach.

Zusammen mit den Sinnen kehrte auch der Schmerz zurück. Rih hatte das Gefühl, als wäre sein Rücken auseinandergerissen worden, und es wurde noch schlimmer. Denn der Heiler, den Omar gerufen hatte, war dabei, die Wunden zu reinigen, wozu er auch Salz benutzte.

»Wenigstens bist du am Leben«, meinte Omar mit einem schiefen Grinsen. Offenbar hatte er Rih in sein Gemach bringen lassen. Der Janitschar lag seitlich in einem Bett, das sehr viel bequemer war als alles, was er gewohnt war.

»A-Alyssia?«, fragte er wieder.

»Denk jetzt nicht an sie. Du musst dich ausruhen. Du hast viel Blut verloren.«

Rih war damit nicht zufrieden. Er wollte zu Alyssia, wollte wissen, ob es ihr gut ging oder ob …

Gegen jede Vernunft versuchte er, sich im Bett aufzurichten. Aber der Schmerz war so unerträglich, dass seine Kräfte ihn verließen und er wieder zusammenbrach. Er fiel auf weiche Kissen und hatte das Gefühl, darin zu versinken, unendlich tief und schwer.

»Ruh dich aus«, riet Omar ihm zu, dessen Stimme wie aus weiter Ferne zu ihm zu dringen schien. »Ruh dich aus, mein Freund.«

In Rih regte sich Widerstand, doch schon im nächsten Moment übermannte ihn die Erschöpfung, und er fiel in einen traumlosen Schlaf.

22

Gemächer des Sultans, Palast von Alexandria
Zur selben Zeit

Shaban al-Ashraf hatte sich genommen, was ihm nach seinem Verständnis zustand. Und es hatte ihn einige Mühe gekostet.

Noch in der Nacht, nachdem das Festmahl zu Ende gegangen war, hatte er Alyssia in sein Schlafgemach holen lassen. Aber wie sich zeigte, war der junge Sultan zu müde, um seine Manneskraft zu entfalten. Oder verspürte er irgendwo in seinem Inneren doch noch einen Rest von Skrupel, der ihn davon abhielt, seinem schieren Vergnügen nachzukommen? Alyssia wusste es nicht.

Auch wenn sie innerlich gelacht und ihn insgeheim verspottet hatte, hatte sie sich gehütet, dies offen zu zeigen. Sie zweifelte nicht daran, dass es ihr Todesurteil gewesen wäre. Stattdessen versuchte sie, dem mächtigsten Mann von Al-Iskandariya mit Geduld zu begegnen und mit Wohlwollen, ihn ihre Verachtung und ihre Abneigung nicht spüren zu lassen. In Bezug auf Shabans Fähigkeiten als Liebhaber hatte es nichts genutzt, aber weder hatte er sie schlagen noch auf sonst eine Weise für seine Unzulänglichkeit bestrafen lassen.

Unruhig wie ein Raubtier im Käfig war er auf und ab gegangen, war immer wieder zum Fenster geeilt und hatte hinausgeblickt. Und als das erste Anzeichen von Dämmerung über dem Garten des Palasts heraufgezogen war, war er wortlos hinausgestürmt und hatte Alyssia sich selbst überlassen. Dann hatte sie das Knallen der Peitsche gehört … und die Schreie.

Alyssia war überzeugt, nicht im Ansatz ermessen zu können, welche Qualen El-Rih litt. Aber sie wusste, dass er sie ihretwegen erlitt, und dieses Wissen brachte sie fast um den Verstand. Tränen stiegen ihr in die Augen, und sie presste sich die Hände auf die Ohren, um die entsetzlichen Schreie nicht weiter anhören zu müssen. Aber sie waren in ihrem Kopf, auch dann noch, als die Bestrafung längst vorbei war.

Schließlich war der Sultan zurückgekehrt. Sie so zu sehen, verstört und verängstigt und mit von Tränen geröteten Augen, hatte offenbar seine Lust beflügelt, denn nun war er bereit. Alyssia jedoch konnte nicht länger an sich halten, konnte nicht länger Wohlwollen gegenüber einem Knaben heucheln, der sich wie ein grausamer Tyrann gebärdete und den Mann, den sie liebte, auspeitschen ließ. Sie hatte sich ihm widersetzt, und in seiner Not hatte er die Wache zur Hilfe gerufen.

Zwei Soldaten hatten Alyssia daraufhin festgehalten, während ihr junger Herrscher sie mit Gewalt genommen hatte.

Dass es nur von kurzer Dauer war, tröstete Alyssia nicht. Auch Omar ben Adil war sie zu Diensten gewesen, auf eine Art und Weise, die sie früher, als sie noch in Venedig gelebt hatte und die Tochter eines wohlhabenden Kaufmanns gewesen war, für unvorstellbar gehalten hatte. Doch das Leben hatte sie gelehrt, dass Grenzen dazu da waren, überschritten zu werden – aber auch, dass es Grenzen gab, die niemals überschritten werden durften.

Der junge Sultan hatte sie nicht nur überschritten.

Er hatte sie eingerissen.

Mit einem Schrei, der weinerlich klang und wie eine Beschwerde, hatte er sich in sie ergossen, dann hatte er sich von ihr gewälzt und war hinausgegangen, ohne sie auch nur eines weiteren Blickes zu würdigen. Die Soldaten hatten sich ebenfalls entfernt, hohnlachend.

So lag sie lange, gebeugt und erniedrigt wie damals auf dem Sklavenmarkt. Mit dem Unterschied, dass Rih nicht zur Stelle war, um sie vor Schaden zu bewahren.

Rih!

Der Gedanke an ihren Geliebten gab ihr die Kraft, sich zu erheben und aufzustehen, den überstandenen Schrecken zum Trotz. Nach allem, was geschehen war, blickte Alyssia einem ungewissen Schicksal entgegen. Omar ben Adil hatte sie verschenkt, sie gehörte nun Shaban al-Ashraf, aber sie bezweifelte, dass er junge Sultan sie lange behalten würde.

Vermutlich hatte er bereits genug von ihr und würde sie weiterverkaufen oder verschenken oder seinen Soldaten überlassen, auf dass sie sich mit ihr vergnügten. Ihr Leben war zu Ende, so oder so … aber Rih musste leben.

Wankend kam sie auf die Beine und wollte das Schlafgemach verlassen – nur um auf einen hünenhaften Eunuchen zu stoßen, der vor dem Eingang Wache hielt, einen riesigen Mamlukensäbel in den Händen.

»Es ist dir nicht erlaubt, das Gemach des Sultans zu verlassen«, erklärte er ihr.

»Aber ich …«

»Du sollst dich zur Verfügung halten«, beschied der Hüne ihr nur.

Alyssia wich zurück.

Ernüchterung war bei ihr eingekehrt, nicht nur des jungen Herrschers wegen. Sondern auch, was ihre Rolle in dieser Welt betraf. In Omars Obhut hatte sie ein gutes Leben geführt, hatte nichts entbehrt und sich bisweilen sogar frei gefühlt, auch wenn sie eine Sklavin gewesen war. Und Ben Adil hatte ihr sogar in Aussicht gestellt, ihr eines Tages die Freiheit zu schenken und sie zu entlassen, dann, wenn er ihre Dienste nicht mehr benötigte. Er hatte es bei anderen Sklaven getan, und Alyssia hatte sich der Hoffnung hingegeben, dass es auch bei ihr eines Tages so sein könnte – eine Narrheit, wie sich nun herausstellte.

Denn mit der Schenkung an den Sultan gehörte all das der Vergangenheit an. Alyssia war eine Fremde, eine Sklavin ohne Rechte, und würde auch nie etwas anderes sein. Anders als Omar war Shaban kein Mann von Ehre. Das Recht des Mächtigen war alles, was ihn interessierte, und das auch nur, solange er der Mächtige war.

Alyssia ging ins Schlafgemach zurück und ließ sich auf die Kissen nieder, versank in ihnen, so, wie sie in Verzweiflung versank. Nicht zu wissen, wie es Rih ging, brachte sie halb um den Verstand. Tränen schossen ihr in die Augen und rannen ungehemmt über ihr Gesicht, und sie fühlte sich so elend und allein, wie lange nicht mehr …

… als sie von draußen ein seltsames Geräusch vernahm.

Sie fuhr herum, nur um den Eunuchen zu sehen, der breitbeinig in das Gemach stampfte, einen seltsam leeren Ausdruck in seinem vollen Gesicht.

»Was …?«, wollte Alyssia fragen, als sie den dünnen roten Strich sah, der quer über die Kehle des Hünen verlief – und aus dem im nächsten Moment ein schreiend roter Blutschwall hervorbrach.

Der Eunuch brach leblos zusammen, und Alyssia, entsetzt über den Anblick, wollte schreien – als eine von Kopf bis Fuß in Schwarz gekleidete Gestalt auf sie zusprang und ihren Mund versiegelte.

»Keinen Laut«, schärfte er ihr ein. »Sonst sind wir verloren.«

Sie brauchte einen Moment, um zu begreifen, dass er nicht Arabisch, sondern Italienisch mit ihr gesprochen hatte – die ersten italienischen Worte, die sie seit Langem hörte.

»Wer …?«, wollte sie fragen, aber der Fremde legte ihr abermals die Hand auf den Mund und zerrte stattdessen das schwarze Tuch herab, das er sich um Kopf und Gesicht geschlungen hatte.

Alyssia holte scharf Luft.

Denn die dunklen Augen, die sonnengebräunten Züge, in die sie blickte – waren die ihres Bruders Alessandro.

23

Osthafen von Alexandria
Morgen des 9. Oktober 1365

Der Anblick erinnerte an ein Rudel Krokodile: Flach im Wasser liegend und fächerförmig ausschwärmend, fuhren die Schiffe der Franken in den Großen Hafen ein, vorbei an den Überresten des alten Leuchtturmes und den Anlegestellen, an denen Boote vertäut lagen. Einige von ihnen standen bereits in Flammen, und dunkler Rauch wölkte zum morgendlichen Himmel empor, der sich über die Szenerie legte und sie noch furchterregender wirken ließ.

Schon hatten die ersten Galeeren des Feindes das Ufer erreicht. Die Landeplanken waren herabgelassen worden, und schwer bewaffnete Kämpfer kamen an Land, die meisten von ihnen in schwarzen Roben, die ein weißes Kreuz zierte: Krieger des Hospitaliterordens von Rhodos, die in der gesamten arabischen Welt ihrer Härte und Grausamkeit wegen gefürchtet waren. Zu Dutzenden, nein, Hunderten rannten sie gegen das Nordttor an und gegen die Schar von Verteidigern, die sich dort versammelt hatte.

Statthalter Gangara hielt den Atem an.

Von der obersten Turmzinne aus beobachtete er, was vor den Mauern der Stadt vor sich ging. Der Alarmruf hatte ihn aus tiefem Schlaf gerissen, doch die Nachricht von feindlichen Schiffen, die aus dem Schutz der Nacht heraus angriffen, hatte ihn rasch hellwach werden lassen.

Als Statthalter des Emirs oblag es ihm, die Verteidigung der Stadt zu organisieren. Das Problem war, dass Gangara den schönen Dingen des Lebens weitaus mehr zugetan war als dem Kriegshandwerk. Und weder konnte noch wollte er sich vorstellen, dass die Mauern, die Alexandrien schon seit Jahrhunderten umgaben und beschützten, von Feinden bestürmt würden.

Doch genau das geschah – und Gangara musste erkennen, dass er auf diese Herausforderung nicht vorbereitet war. Ebenso wenig wie die Männer, die dort vor dem Nordtor standen, um den Angreifern Einhalt zu gebieten.

Immerhin gelang es den Bogenschützen, den Ansturm der Schwarzgewandeten für kurze Zeit ins Stocken zu bringen. Einige von ihnen sanken mit durchbohrter Brust nieder, die meisten jedoch verschanzten sich hinter ihren großen Dreiecksschilden, sodass sie den Pfeilregen unbeschadet überstanden. Und schon im nächsten Moment erreichten sie die Reihen der Verteidiger.

Die leicht bewaffneten Kämpfer der Miliz waren die Ersten, die den Zorn der Franken zu spüren bekamen. Mit furchtbarer Wut fuhren die Barbaren unter sie und hieben mit ihren Schwertern um sich. Gangara sah Blut und abgetrennte Gliedmaßen, hörte die Schreie – und ihm wurde übel. Der Statthalter wandte sich ab und übergab sich, entließ das Geflügel, das ihm am Abend zuvor so gemundet hatte, in einem geräuschvollen Schwall auf den Wehrgang, während unten vor dem Tor ein grausames Morden vonstattenging.

Die Leichtbewaffneten lagen erschlagen in ihrem Blut, nun war die Reihe an den Soldaten der Stadtwache, die ihr Handwerk besser verstanden. Doch der erdrückenden Übermacht und der Raserei der Franken hatten auch sie nichts entgegenzusetzen. Wie Raubtiere fielen die Barbaren über die Verteidiger her, einen nach dem anderen sah Gangara niedersinken. In einer keilförmigen Anordnung kämpften sich die Franken durch den Kordon der Verteidiger, die ihrem Ansturm nicht länger standhalten konnten und zurückwichen.

»Statthalter!«, meldete einer der Unterführer, ein Offizier der Stadtwache. »Unsere Leute ziehen sich zurück! Sollen wir das Tor öffnen und sie einlassen?«

Gangara warf einen Blick über die Mauer. Die Franken folgten den Kämpfern der Stadtwache dichtauf. Wenn das Tor geöffnet wurde, so bestand die Gefahr, dass man es nicht mehr rechtzeitig schließen konnte, und dann stünde den Angreifern der Zugang zur Stadt offen …

»Nein!«, beschied Gangara ihm deshalb und schüttelte kategorisch den Kopf.

»Aber …« Der Unterführer sah ihn ungläubig an. »Herr! Alle unsere Krieger werden sterben, wenn Ihr sie nicht einlasst! Unsere Bogenschützen könnten ihnen Deckung geben und den Feind so …«

»Das Tor bliebt geschlossen«, erklärte Gangara mit vor Aufregung bebender Stimme. Die Schreie, die schon im nächsten Moment von jenseits der Mauer heraufdrangen, zeigten deutlich, welche Auswirkung dieser Befehl hatte.

Gehetzt blickte der Statthalter hinab zum Hafen, auf die zahllosen Schiffe, die dort lagen, und auf das unendlich scheinende Meer der Segel, das sich draußen auf dem Meer erstreckte. Immer mehr feindliche Angreifer landeten an, nicht nur Krieger der Hospitaliter, auch gepanzerte Ritter und Soldaten in den Farben Venedigs und Zyperns. Zu Gangaras Entsetzen trugen sie Sturmleitern heran, während die Katapulte, die auf den Vordecks einiger Galeeren montiert waren, brennende Geschosse zu schleudern begannen, die in hohem Bogen über die Mauern hinwegzogen, in die Häuser des Hafenviertels einschlugen und dort Brände entfesselten. Und schon im nächsten Moment begann das Nordtor unter den dumpfen Stößen des Rammbocks zu erzittern, den die Franken herangeführt hatten!

Gangara war kein Narr.

Er mochte kein Feldherr sein und kein großer Stratege, aber auch er wusste, wann eine Schlacht verloren war – und diese

Schlacht, so wurde ihm in diesem Augenblick klar, war verloren, noch ehe sie wirklich begonnen hatte.

Unter den Schreien seiner Leute, die am Fuß des Turmes unter den Schwertern des Feindes ein blutiges Ende fanden, zog Gangara sich von den Zinnen zurück und huschte in wilder Flucht die Stufen des Wehrgangs hinab.

Wozu, sagte er sich, weilte der junge Sultan in der Stadt? Die Verteidigung Al-Iskandariyas lag bei ihm in den besten Händen …

24

Quartier von Omar ben Adil, Alexandria
Zur selben Zeit

Ein Geräusch ließ El-Rih hochfahren.

Ein heller metallischer Klang, der so vertraut war und zugleich so alarmierend, dass er die Schleier der Benommenheit durchdrang und ihn jäh aus dem Schlaf riss: das Klirren von Schwertern!

Verwirrt blickte er sich um. Der neue Tag schien bereits angebrochen zu sein, aber die hölzernen Fensterläden waren geschlossen, sodass schummriges Halbdunkel herrschte. Dem bequemen Lager nach zu urteilen, war er noch immer nicht in seinem eigenen Quartier, sondern in Omars Gemächern.

Da war es wieder!

Das Geräusch von vorhin, das Klirren von Klingen, dazu das Geschrei von Kämpfenden.

Rih schoss hoch und schwang sich aus dem Bett. Dabei hatte er das Gefühl, laut schreien zu müssen, denn sein Rücken war ein einziger Schmerz. Zwar waren die Wunden, die das Leder geschlagen hatte, versorgt und ein heilender Balsam aufgetragen worden, doch waren sie noch immer frisch, und jede Bewegung erinnerte Rih schmerzhaft an Shabans Verrat und an das erlittene Unrecht.

Und an Alyssia …

Die Kampfgeräusche dauerten an. Rih biss die Zähne zusammen und raffte sich auf die Beine, wankte zum nahen Fenster.

Durch die Lamellen spähte er nach draußen und sah mit Bestürzung, was sich dort abspielte.

Die Stadt brannte!

Rauch stieg von einigen Häusern in der Hafengegend auf, der den morgendlichen Himmel verfinsterte. Und in den Straßen wurde offenbar erbittert gekämpft!

Rih sah Abteilungen orangerot gewandeter Mamluken und Soldaten der Bürgerwehr in einfacher Lederrüstung; sie alle eilten Richtung Hafen, dem Geschrei und dem Waffengeklirr entgegen. Was, in aller Welt, hatte das zu bedeuten?

»Es ist geschehen«, sagte eine Stimme hinter ihm, die ihn herumfahren ließ.

Omar stand auf der Schwelle. Seine faltigen Gesichtszüge verrieten tiefe Besorgnis.

»Was meint Ihr?«, fragte Rih.

»Sie kamen im Morgengrauen. Zunächst nur ein Schiff im westlichen Hafen, das zurückgetrieben wurde. Doch zur gleichen Zeit griffen andere Schiffe den Osthafen an und landeten dort mit ihren Truppen.«

»Wer?«, fragte Rih.

»Die Franken – genau, wie Yalbugha es befürchtet hat. Ich für meinen Teil hätte nicht gedacht, dass sie es wagen, aber das war wohl ein Irrtum. Eine große Kriegsflotte liegt draußen vor der Stadt, Schiffe aus Venetien und von den griechischen Inseln. Verhandlungen gab es nicht, die Ungläubigen haben ohne Vorwarnung angegriffen. Und es ist klar, was sie wollen«, fügte der Gesandte düster und mit Blick auf die bereits brennenden Gebäude hinzu.

Rih brauchte einen Moment, um seine Gedanken zu ordnen. Der Schmerz machte es nicht unbedingt leichter. »Wir müssen die Verteidigung organisieren«, knurrte er und ging zu dem hölzernen Ständer, über dem seine Oberkleider und sein Gurt mit dem Schwert hingen.

»Nein«, sagte Omar nur.

»Was soll das heißen?«

»Dass dies nicht unser Krieg ist«, gab der Gesandte schlicht zur Antwort. »Ich habe die Diener angewiesen, das Notwendigste zu packen. Wir werden die Stadt umgehend verlassen.«

»Aber ... was wird aus den anderen?«

»Die Janitscharen werden für unsere Sicherheit sorgen, sich jedoch nicht an den Kämpfen beteiligen.«

»Das meine ich nicht«, beharrte Rih. »Was wird aus Shaban? Ohne unser Zutun wäre er nicht hier!«

»Das weißt du nicht. Emir Yalbugha brauchte nicht lange überredet zu werden, den jungen Herrscher nach Al-Iskandariya zu entlassen. Ich nehme an, er ahnte den bevorstehenden Angriff und hat uns alle nur zu gerne ziehen lassen, in der Hoffnung, wir würden hier alle sterben. Aber ich habe nicht vor, ihm diese Gefälligkeit zu erweisen.«

»Und Euer Auftrag? Eure Mission, mit den Mamluken ein Bündnis zu schließen?«

Omar lächelte säuerlich. »Ich brauche mir nur deinen geschundenen Rücken anzusehen, um daran erinnert zu werden, wie Shaban al-Ashraf mit Freunden verfährt. Wenn er so einen Mann belohnt, der ihm mehrfach das Leben gerettet hat, wie wird er dann zu einem Bündnis stehen, das er geschlossen hat? Nein, mein Freund – meine Mission ist gescheitert. Es wird kein Bündnis geben.«

»Aber ...« Rih rang nach Worten.

»Empfindest du etwa noch immer Verantwortung für den Jungen? Nach allem, was er dir angetan hat?«

»Nein.« Rih schüttelte den Kopf.

Shaban war ihm gleichgültig geworden.

Es ging um etwas anderes.

Um mehr.

»Ich verstehe«, sagte Omar nur und seufzte.

»Ich muss nach ihr suchen«, bekräftigte Rih. »Ich kann Al-Iskandariya nicht ohne sie verlassen.«

»Ist das dein Ernst?« Omar sah ihn ungewohnt scharf an. »Hast du ihretwegen noch nicht genug Schmach erlitten?«

»Das war nicht ihre Schuld, und das wisst Ihr«, entgegnete Rih, »und wir haben ihr nicht weniger Schmach angetan. Und außerdem«, fügte er flüsternd und kaum noch vernehmlich hinzu, »liebe ich sie.«

»Das darfst du nicht!«, widersprach Omar. »Erinnere dich an deine Pflichten, Janitschar! An den feierlichen Eid, den du geleistet hast!«

»Das tue ich unablässig«, versicherte Rih, »und doch muss ich immerzu an sie denken. Viele Jahre habe ich für den Sultan gekämpft, habe meine Klinge in seinem Namen geführt und viele Feinde für ihn getötet. Doch nun erbitte ich diese eine Gunst, in der Stadt bleiben und nach Alyssia suchen zu dürfen. Sobald ich sie in Sicherheit weiß, werde ich zu Euch zurückkehren und weiter meine Pflicht erfüllen.«

»Und dabei Unglück leiden«, fügte Omar hinzu. »Ich hatte dich gewarnt, mein Freund. Wer ihrem Zauber verfällt, ist verloren.«

»Ich weiß, Herr. Dennoch muss ich sie finden, denn es war stets meine Aufgabe, die Wehrlosen zu schützen und vor Schaden zu bewahren.«

»Das ist wahr.« Omar sah ihn lange und prüfend an. Was der alte Fuchs dachte, war in diesem Moment nicht festzustellen. Würde er Rih ziehen lassen oder ihn um seiner Leidenschaft willen verfluchen? Beides schien in diesem Augenblick möglich. »Geh«, sagte Omar schließlich, »aber kehre nicht zurück.«

»Was?«

»Du hast allen deinen Herren treu gedient, El-Rih, nicht zuletzt mir, und du hast der Garde der Janitscharen Ehre erwiesen. Doch nun entlasse ich dich aus ihrem Dienst und entbinde dich von deinem Schwur kraft der Befehlsgewalt, die seine Hoheit der Sultan mir gegeben hat.«

»Aber Herr …«

»Geh und finde sie«, wies Omar ihn an. »Wenn es danach dein Wunsch ist zurückzukehren, so steht es dir frei. Wenn nicht, dann soll nichts dich halten. Dein Eid ist erfüllt, Janitschar. Ich schenke dir die Freiheit.«

Rih stand unbewegt, wusste nicht, was er erwidern sollte. Tatsächlich hatte er sich nie wie ein Gefangener, nie wie ein Sklave gefühlt – erst in diesem Augenblick, als Omar ihm die Fesseln nahm.

»Geh«, sagte der Gesandte noch einmal, zog ihn an sich heran und küsste ihn auf die Stirn. »Möge Allah dich beschützen.«

»Danke, He … Omar«, sagte Rih, trat respektvoll zurück und verbeugte sich. Dann legte er rasch seine Kleider an, griff nach dem Schwert und eilte hinaus in den Krieg, der in den Straßen von Al-Iskandariya herrschte.

25

Auf denselben dunklen Wegen, auf denen Alessandro in den Palast gelangt war, verließen sie ihn nun.

Unterwegs gelang es Alyssia kaum, auch nur einen klaren Gedanken zu fassen, so überwältigt war sie vom unverhofften Wiedersehen mit ihrem Bruder, den sie seit mehr als drei Jahren nicht gesehen und inzwischen längst für tot gehalten hatte. Doch wie sich herausstellte, war Alessandro nicht nur höchst lebendig, sondern hatte sich auch sehr verändert. Der Mann, der in seiner schwarzen Kleidung schattengleich durch die Gänge des Palasts huschte und sich dort bestens auszukennen schien, hatte so gut wie nichts gemein mit dem verunsicherten Jungen, der Alessandro in Alyssias Erinnerung war; der das Ziel gefasst hatte, dem Konvent beizutreten und Mönch zu werden, und doch nicht den Mut gehabt hatte, seinen Willen durchzusetzen.

Was mochte Alessandro in all der Zeit durchgemacht haben? Weshalb war er hier in Alexandria? Und wie, in aller Welt, hatte er sie gefunden?

Wie ein Mahlwerk gingen ihr diese Fragen im Kopf herum, und sie musste an sich halten, nicht einfach stehen zu bleiben und auf eine Erklärung zu bestehen. Doch Alyssia beherrschte sich, bis sie den Palast durch eine winzige Pforte in der Außenmauer verlassen hatten. Der leblose Körper des Soldaten, der den Zugang bewacht hatte, lag unweit entfernt in einer Nische. Alessandros Klinge hatte wohl auch ihn ereilt.

Mit einer Geste gebot ihr Bruder ihr zu schweigen, dann nahm er sie an der Hand und führte sie an der Palastmauer entlang durch eine Reihe von Gassen, die von hektischem Geschrei widerhallten. Auch glaubte Alyssia, das Klirren von Waffen zu hören – und lag nicht der bittere Geruch von Feuer in der Luft? Was ging in der Stadt vor sich?

Unruhe erfüllte sie plötzlich, und sie war froh, als sie den Schutz eines Mauervorsprungs erreichten und Alessandro endlich stehen blieb.

»Bruder«, hauchte sie, als sie sein Gesicht vor sich sah. Sie konnte nicht anders, als es zu befühlen, seine Wangen und seine hohe Stirn. Tränen der Freude, aber auch der schieren Fassungslosigkeit stiegen ihr in die Augen. »Bist du es wirklich?«

»Ich bin es, Schwester, sei beruhigt«, versicherte er und lächelte, während seine dunklen Augen sie durchdringend ansahen. »Weißt du noch, was du einst zu mir gesagt hast? Du hast gesagt, dass wir nicht dieselben Mütter haben, aber dass wir stets füreinander da sein werden. In all den Jahren habe ich das nie vergessen.«

Alyssia nickte. Auch sie erinnerte sich an das Gespräch, das vor einer scheinbaren Ewigkeit stattgefunden hatte. Damals war Alessandro ihr kleiner Bruder gewesen, furchtsam und verunsichert, doch nun … »Aber wie ist das möglich?«, fragte sie fassungslos.

»Es ist viel geschehen, Alyssia. Vieles, von dem du nichts weißt.«

»Dann erzähle es mir«, verlangte sie.

Erneut war lautes Geschrei zu vernehmen, ohne dass man hätte feststellen können, aus welcher Richtung es kam. »Ich bezweifle, dass uns dazu die Zeit bleibt«, meinte Alessandro. »Sie haben die Mauer überwunden und werden schon bald hier sein.«

»Wer? Von wem sprichst du?«

»Von den Venezianern, Schwester, von unseren Leuten. Sie greifen die Stadt vom Osthafen her an, mit mehr als hundert Schiffen! Einer ihrer Anführer ist ein gewisser Battista Sabattini.«

»Sabattini«, wiederholte Alyssia mit tonloser Stimme, während ein namenloses Grauen sie schüttelte.

»Der Name sagt dir also noch etwas.«

»Natürlich tut er das«, flüsterte Alyssia. Sie hatte lange gebraucht, um die Ereignisse von damals hinter sich zu lassen – in diesem Augenblick wurde ihr klar, wie gegenwärtig sie ihr noch immer waren. »Dieser Mann hat unseren Vater hintergangen und ihn zum Verräter gestempelt. Er ist schuld an seinem Tod und an allem, was mir widerfahren ist!«

»Nicht nur dir, Schwester«, versicherte Alessandro leise. »Es wird nicht leicht sein für dich, all dies nun zu erfahren, aber du musst es wissen für den Fall, dass mir etwas zustößt. Sabattini hat damals alles von langer Hand geplant. Die Piraten, die Vaters Schiffe angegriffen haben, waren von ihm bezahlte Söldner! Nicht Vater, sondern er selbst ist es gewesen, der sich gegen die Republik verschworen hat, und das alles nur mit dem Ziel, sie zum Krieg gegen Alexandria zu bewegen. Und als ihm klar wurde, dass all seine Bemühungen nicht ausreichen würden, hat er zum letzten Mittel gegriffen.«

Der Ausdruck in Alessandros Gesicht veränderte sich, wirkte plötzlich melancholisch und verletzlich, fast wie damals. »Wissend, dass dies die Entscheidung zum Krieg bedeuten würde, ließ er die Gebeine des Heiligen rauben und bezichtigte Alexandria des Diebstahls.«

»Die … die Gebeine des Evangelisten?« Alyssia schüttelte den Kopf. »Aber ich dachte, sie wären sicher verwahrt …«

»Das waren sie – bis ein unerfahrener Junge den Reizen einer schönen Frau erlag und ihr verriet, was er darüber wusste. Dieser törichte Junge, Schwester, bin ich gewesen, und die Frau, die mir das Geheimnis entlockte, war Bianca Sabattini, Battistas Tochter. Mit ihrer Schönheit umgarnte sie mich und brachte mich dazu, Pater Umberto zu verraten. Noch in derselben Nacht wurde er von Sabattinis Leuten grausam ermordet, die Reliquien wurden aus Venedig geraubt, und der Rat der Zehn beschloss, sich Peter von Zypern bei seinem Feldzug gegen die Heiden anzuschließen.«

»Ich verstehe«, flüsterte Alyssia, der die Zusammenhänge nun erst klar zu werden begannen. »Aber warum hat Sabattini all das getan? Welchen Nutzen zieht er daraus?«

»Zum einen bekam er die Rache, die er stets gewollt hatte. Sabattini hasste unseren Vater seit dem Tag, an dem ihr Schiff auf der Heimreise von Byzanz von Piraten angegriffen wurde und sie seine geliebte Frau verschleppten.«

»Auch meine Mutter ist an diesem Tag gestorben«, wandte Alyssia ein, »niedergestreckt von ihrer eigenen Hand! Vater hat darunter nicht weniger gelitten als Sabattini!«

»Sabattinis Verlust wog doppelt, Alyssia, denn seine Gemahlin war schwanger, und er ist besessen von dem Gedanken, dass sie einen Sohn unter dem Herzen trug, den er nie kennenlernen durfte. Das hat er unserem Vater nie verziehen. Doch Rache war nicht sein einziger Antrieb. Ihn verlangt es nach Macht. An der Spitze des venezianischen Heeres ist er gekommen, um die gestohlenen Reliquien zurückzuerobern und sie im Triumphzug nach Venedig zurückzubringen – und ich zweifle nicht daran, dass die *nobili* ihn in ihrer Begeisterung zum Dogen küren werden.«

»Also darum ging es.« Alyssia nickte. Plötzlich ergab alles einen Sinn, wenn auch auf hässliche und grausame Weise.

»Sabattinis wirklicher Name ist Candiano, Alyssia«, fügte Alessandro erklärend hinzu. »Vor Hunderten von Jahren stellte seine Familie den Dogen, wurde jedoch verjagt, als sie die Macht in Venedig an sich reißen wollte. Sabattini hat vor, dies wieder rückgängig zu machen und sich selbst auf den Thron zu bringen. Nicht als Doge, sondern als König, wie schon sein Vorfahr es wollte.«

»Woher weißt du das alles?«, fragte Alyssia verwirrt. »Wieso bist du hier? Und warum bist du damals spurlos verschwunden?«

»Nach Pater Umbertos Tod flüchtete ich aus der Stadt, einsam und verzweifelt, und machte mir entsetzliche Vorwürfe. Ich war sicher, dass der Herr mich dafür bestraft hätte, dass ich den Reizen einer Frau erlegen war, statt den Regeln der Keuschheit zu folgen. Dann erfuhr ich von Vaters Tod und von deinem Verschwinden und dass auch ich wegen Hochverrats gesucht wurde. Eine Zeitlang hielt ich mich in den Sümpfen verborgen, dann reiste ich unter falschem Namen nach Süden. Ich verdingte mich als Seemann auf einem Handelsschiff, das nach Byzanz fuhr; von dort kam ich nach Rhodos und nach Zypern, wo ich von den Kriegsplänen Venedigs Kenntnis erhielt. Und schließlich gelangte ich hierher nach Alexandria.«

»Wann ist das gewesen?«

»Vor etwas mehr als einem Jahr. Du kannst dir meine Überraschung nicht vorstellen, als ich dich vor ein paar Tagen in der Menschenmenge erblickte«, fügte Alessandro hinzu, dessen Augen sich ebenfalls mit Tränen gefüllt hatten, die jetzt ungehemmt über seine Wangen rannen. »Ich habe dem Herrn auf Knien dafür gedankt, Alyssia. Denn bis dahin wähnte ich mich von ihm verlassen. Seit ich dich sah, ist mir jedoch klar geworden, dass er mich die ganze Zeit über geleitet hat, denn diese Begegnung kann kein Zufall sein.«

»Nein«, gab Alyssia zu. »Es ist ein Wunder.«

Sie umarmten einander, überwältigt von Erinnerungen und Gefühlen und voller Dankbarkeit für dieses unverhoffte Wiedersehen, zwei Geschwister, die einander aus den Augen verloren und sich gegenseitig für tot gehalten hatten. Für einen langen Moment hielten sie einander fest, gaben sich Halt in der Wirrnis der Welt – bis erneut heiseres Kampfgeschrei zu vernehmen war.

»Sie kommen näher«, stellte Alessandro fest, als sie sich wieder voneinander lösten. »Die Verteidiger haben der Übermacht nichts entgegenzusetzen. Wir müssen rasch fort.«

»Ich kann nicht«, wehrte Alyssia ab. »Du magst frei sein, Alessandro, aber ich bin eine Sklavin des Sultans. Wenn ich fliehe und wieder gefasst werde, wird man mich dafür töten!«

»Man wird dich töten, wenn du bleibst«, widersprach er. »Die Venezianer sind nicht hier, um Gefangene zu machen, Alyssia. Sabattini will die Stadt plündern und vernichten, auf dass sie Venedig niemals wieder gefährlich werden kann. Wer innerhalb dieser Mauern bleibt, ist so gut wie tot.«

»Aber ich kann nicht …«

»Eine neue Zeit hat begonnen«, machte er ihr klar. »Die alten Regeln haben nicht länger Bestand. Wenn dieser Tag zu Ende ist, wird niemand mehr nach einzelnen Sklaven fragen – man wird nur noch die Toten zählen.«

Alyssia sah ihn an, und ihr wurde klar, dass er recht hatte. Ihre Gefangenschaft würde enden, noch in dieser Nacht. Sie würde frei sein, nach all den Jahren!

»Ich kann nicht gehen«, erklärte sie dennoch mit brüchiger Stimme. »Da ist jemand, den ich finden muss …«

Laute Rufe drangen vom Ende der Gasse herauf, einige davon in italienischer Sprache.

»Dafür ist es zu spät.« Alessandro schüttelte den Kopf.

»Bitte, Bruder! Ich … ich liebe ihn«, gestand sie leise.

Alessandro zögerte – einen Augenblick zu lange. Denn in diesem Moment tauchten am Ende der Gasse bewaffnete Gestalten auf. Ihre Klingen waren blutbefleckt, auf ihren schwarzen Röcken prangte das weiße Kreuz der Hospitaliter.

»Ihr da!«, schrien sie. »Bleibt stehen!«

26

Die Sonne war inzwischen aufgegangen, und der neue Tag blickte auf ein blutiges Massaker, das sich in den Straßen Al-Iskandariyas abspielte.

Die angreifenden Franken hatten den Osthafen eingenommen; sie hatten die nördliche Mauer gestürmt und zwei Tore in ihren Besitz genommen. Nun überfluteten sie die Stadt wie ein Hochwasser, drangen in jeden Winkel. Und wohin sie auch kamen, brachten sie Tod und Zerstörung. Die Stadt hallte wider von ihrem furchtbaren Gebrüll und vom Geklirr der Waffen. Die Verteidigung war schlecht organisiert; jetzt rächte sich, dass der Emir nicht anwesend und sein Stellvertreter Gangara unfähig war; davon ganz zu schweigen, dass der Sultan von Ägypten zwar in der Stadt weilte, jedoch noch ein unerfahrener Knabe war.

Trotz seiner Erschöpfung und der Schmerzen, die ihn plagten, rannte El-Rih im Laufschritt durch die Gassen, dem Palast entgegen. Er hatte allein gehen wollen, doch Omar hatte darauf bestanden, dass einer seiner Kameraden ihn begleitete – und der getreue Yussuf wiederum hatte es sich nicht nehmen lassen, dieser eine zu sein.

»Ich hoffe nur«, stieß er hervor, während er auf seinen kürzeren Beinen Schritt zu halten suchte, »dass sie das alles auch wirklich wert ist.«

»Das ist sie, Bruder«, versicherte Rih.

Brandgeruch tränkte die Luft, dunkle Rauchwolken ballten sich über der Stadt. Im griechischen und jüdischen Viertel, wo viele Häuser aus Holz gebaut waren, wüteten Brände. Die Angreifer zogen plündernd durch die Stadt und rückten immer weiter nach Süden vor, dem Palast entgegen. Man konnte sie bereits hören, ihre bellenden Befehle, ihr Kampfgeschrei, das Klirren ihrer Rüstungen und Waffen.

Rih fühlte drängende Unruhe. Er musste Alyssia finden und sie retten, ganz gleich, was es kostete. Ungezählte Male war es sein Auftrag gewesen, andere Menschen unter Einsatz seines Lebens zu beschützen – er hatte gewiss nicht vor, ausgerechnet bei ihr mit dieser Tradition zu brechen.

Menschen kamen ihnen entgegen, in deren Gesichtern das pure Entsetzen stand. Natürlich hatte es Gerede gegeben, Gerüchte über einen möglichen Angriff, aber niemand hatte ernstlich damit gerechnet. Erst als die feindlichen Schiffe im Hafen aufgetaucht waren, war auch dem letzten Narren klar geworden, dass das Monstrum des Krieges kein fernes Hirngespinst war, sondern wirklich und ganz nah.

Und nun war es bereits dabei, die Stadt zu verschlingen.

Nur wenige Einwohner, die in Bürgerwehren organisiert waren, dachten an Gegenwehr: Schlecht bewaffnet, mit aus Korb geflochtenen Schilden und kurzen Speeren, stellten sie sich dem Feind entgegen. Die meisten Bürger hingegen hatten nur das eigene Überleben im Sinn, verschanzten sich in ihren Häusern oder suchten ihr Heil in der Flucht. Nicht mehr lange, dachte Rih, und die Gassen würden überquellen von Menschen, die zu den Südtoren drängten, nur fort von den Angreifern und dem Kampfgeschehen. Bis dahin musste er Alyssia gefunden haben, oder es würde zu spät sein!

Wieder waren heisere Befehle in einer fremden Sprache zu vernehmen, und noch ehe Rih oder Yussuf reagieren und eine andere Richtung einschlagen konnten, stand plötzlich ein Trupp Bewaffneter vor ihnen.

Und es waren keine Muslime.

Die Gesichter der vier Männer, die unter glänzenden Helmen hervorschauten, waren blutbesudelt, Hass und Kampfeswut standen darin. Sie trugen Kettenrüstungen und eiserne Schienen, die ihre Beine schützten, und auf ihren roten Schilden prangte ein geflügelter Löwe.

Venezianer!

Der Anführer des Kommandotrupps bellte einen Befehl, dann stürzten sich die Männer auch schon auf Rih und Yussuf. Der Zusammenstoß war ebenso kurz wie heftig.

Der erste Angreifer sank mit halb durchtrenntem Hals zu Boden – Rihs Schwertstreich hatte ihn genau dort getroffen, wo zwischen Helm und Kettenkragen eine verräterische Lücke klaffte. Der Mann ging blutend nieder, und mit einem wütenden Aufschrei setzte sein Kumpan nach.

Sein Schwert stieß nach vorn. Rihs Janitscharenklinge, die leichter und schneller zu führen war, parierte den Stoß und lenkte ihn zur Seite. Sein Gegenangriff zerschellte wirkungslos am Schild des Venezianers, doch die Tatsache, dass der Soldat schwer gepanzert war, machte ihn auch schwerfällig. Noch während er sein Gewicht verlagerte, um einen weiteren Hieb anzubringen, fuhr Rihs Klinge bereits wieder herab und grub sich in den Schwertarm des Mannes. Das Kettengeflecht verhinderte zwar, dass der Knochen durchschlagen wurde, doch drang der Stahl tief genug, um Sehnen und Muskeln zu durchschneiden. Der Arm des Venezianers fiel herab, das Schwert entwand sich seinem Griff. Ein Fußtritt Rihs ließ ihn gegen die Hauswand taumeln, an der er halb bewusstlos herabsank.

Mit fiebrigem Blick fuhr Rih herum – und keinen Augenblick zu früh. Der Sergeant des Trupps hatte sich von hinten genähert und hieb mit dem Schwert zu. Rih zuckte zur Seite, konnte dem Hieb jedoch nicht mehr ganz ausweichen. Die Klinge fraß sich an seinem linken Arm entlang, zerfetzte den Waffenrock und die Haut, die ungeschützt darunter lag, da er kein Kettenhemd trug – weder war Zeit gewesen, sich zu rüsten, noch hätte er das Gewicht des Panzers auf seinem wunden Rücken ertragen.

Sein Gegner grinste, als er sah, wie sich der zerfetzte Ärmel von Rihs Rock dunkel färbte, doch der Janitschar ließ ihm keine Zeit, seinen Triumph auszukosten. In einem schnellen Gegenangriff führte er sein Schwert nach vorne, und klirrend traf venezianischer Stahl auf die Osmanenklinge. Nun jedoch zeigte sich, dass Rih geschwächt war. Der Schmerz an seinem Arm, vor allem aber sein Rücken setzten ihm zu und verlangsamten seine Bewegungen. Trotz der schweren Panzerung war es dem Venezianer ein Leichtes, seinen Gegner zu bedrängen und ihn in die Enge zu treiben. Rih stand mit dem Rücken zur Wand, konnte nur noch versuchen, die wütenden Hiebe seines Gegners abzuwehren. Beidhändig umklammerte er dazu den Griff der Klinge. Jeder einzelne Schlag schwächte ihn weiter, an Gegenwehr war nicht mehr zu denken.

Der Sergeant sagte etwas, das Rih nicht verstand, aber seine Mundwinkel fielen dabei herab, und seine Augen blickten in unverhohlenem Spott. Augen, die blau waren wie die von Rih selbst. Der nächste Angriff, den der Venezianer vortrug, war so heftig, dass er ihm die Waffe aus der Hand schlug. Wehrlos stand Rih an der Mauer, während der andere grinsend zum tödlichen Streich ausholte.

Doch dazu kam es nicht.

Das Grinsen des Soldaten gefror auf seinen Zügen. Sein Blick wurde starr, und aus seinen verächtlich herabgezogenen Mundwinkeln rann plötzlich Blut. Ein Ruck durchlief seinen Körper, und er kippte vornüber. Hinter ihm stand Yussuf, die blutige Janitscharenklinge in der Hand und ein dünnes Lächeln im Gesicht.

»Danke«, stieß Rih hervor.

»Unter Brüdern«, antwortete Yussuf mit dem Gruß der Janitscharen.

Rih bückte sich, um sein Schwert vom Boden aufzulesen und dann weiterzueilen, als er in seinem Nacken einen Luftzug spürte. Nur einen Lidschlag später bohrte sich etwas in den trockenen Lehm des Mauerwerks über ihm.

Ein Pfeil!

Rih sah die Bogenschützen, die am Ende der Straße aufgetaucht waren, Venezianer wie die anderen Soldaten. Schon schickten sie weitere Pfeile in ihre Richtung, und Rih warf sich zu Boden, kroch zu Yussuf, der sich ebenfalls in den Staub geworfen hatte, um …

Als Rih sich dem Freund näherte, sah er, dass dieser nicht am Boden lag, weil er Deckung gesucht hatte: Ein Pfeil steckte tief im Hals des Freundes, der ihm soeben noch das Leben gerettet hatte!

»Rih«, keuchte er, wobei ein Blutschwall über seine Lippen kam. »Geh …«

Eine kalte Hand schloss sich um Rihs Herz und drückte zu. Er wusste, dass es für Yussuf keine Rettung gab. Ob er den Pfeil herauszog oder ihn an Ort und Stelle beließ – die Schlagader war durchbohrt, der Freund war dem Tod geweiht.

Mit hässlichem Flirren flogen neue Pfeile heran, die dicht neben ihm in den Boden schlugen. Einer traf Yussuf ins rechte Bein, aber der zu Tode verwundete Kamerad bemerkte es nicht einmal mehr.

»Unter Brüdern«, flüsterte Rih und küsste ihn zum Abschied – das Leben war bereits aus dem Freund gewichen. Rih warf sich herum und packte den Schild des toten Sergeanten, dann sprang er auf und ergriff die Flucht. Es tat ihm in der Seele weh, Yussuf liegen lassen und seinen Leichnam dem Feind überantworten zu müssen, aber er hatte keine andere Wahl. Nicht wenn er Alyssia finden wollte …

Wieder flogen Pfeile.

Zwei davon fing Rih mit dem Schild ab, dann bog er in eine Seitengasse ein und war außer Reichweite der Schützen. Den Schild warf er weg, dann lief er, so schnell er es noch vermochte, weiter in Richtung Palast.

27

Großer Hafen von Alexandria
Zur selben Zeit

Sie hatten sich zu erkennen gegeben, hatten beteuert, dass sie den rechten Glauben hätten, dass sie Bürger Venedigs seien und der italienischen Sprache mächtig. Daraufhin hatten die Hospitaliter immerhin darauf verzichtet, sie an Ort und Stelle zu töten und stattdessen gefangen genommen. Durch Straßen, in denen geplündert und gebrandschatzt wurde und in denen nicht nur getötete Soldaten, sondern auch erschlagene Kinder, Frauen und Alte lagen, führten sie Alyssia und Alessandro zum Osthafen. Es waren Bilder des Grauens, die sich ihnen boten, und Alyssia wurde klar, dass der Angriff, den die vereinten Flotten Zyperns und Venedigs vortrugen, nicht etwa dem Reich der Mamluken galt oder dem falschen Glauben, sondern einzig und allein Alexandria. Die große Rivalin in der Levante sollte vernichtet werden – und mit ihr wohl auch alle Menschen, die dort lebten.

Der Wind, der von der See landeinwärts wehte, drückte den Rauch der zahlreichen Brände in die Gassen. Und mit den dunklen Schwaden kam auch der beißende Gestank des Todes.

Während auf einigen Mauerabschnitten und Türmen noch Widerstand geleistet wurde, war andernorts die Verteidigung bereits völlig zusammengebrochen, und so waren es immer mehr feindliche Kämpfer, die in die Stadt drängten und ein Blutbad unter der Bevölkerung anrichteten. Alyssia sah deutsche Söldner und byzantinische Bogenschützen und die schwarzen Röcke der Hospitaliter; und sie entdeckte auch das Wappen ihrer Heimatstadt, den geflügelten Löwen auf rotem Grund, bei jenen, die mordend und brandschatzend durch die Straßen zogen, und sie schämte sich dafür. Ihr Innerstes empörte sich gegen die Barbarei, und sie erkannte, dass sie längst keine Tochter der Lagunenstadt mehr war.

Im Osthafen, wo der Hauptangriff erfolgt war, waren mehr als drei Dutzend Schiffe angelandet. Die Segel standen dicht an dicht, Mannschaft um Mannschaft entstieg den Galeeren, um sich schwer bewaffnet in den Kampf zu stürzen, der im Grunde bereits gewonnen war. Es ging nur noch darum, der bereits weidwund am Boden liegenden Beute den Todesstoß zu versetzen und sich ihr Fell zu teilen.

Und inmitten des Geschreis und des Gedränges, der Schilde und der blitzenden Helme, der Rauchschwaden und des bitteren Todesgeruchs entdeckte Alyssia den Mann, der nicht nur für ihr eigenes Elend und für das ihrer Familie verantwortlich war, sondern auch für das der ganzen Stadt, über die er Zerstörung und Verderben brachte.

Battista Sabattini.

Der Mann, den sie nach dem Willen ihres Vaters hatte heiraten sollen – ein Gedanke, der ihr in diesem Augenblick geradezu irrsinnig erschien –, stand auf einem Mauervorsprung, von dem aus er seinen Untergebenen Anweisungen gab.

Mehr als drei Jahre lang hatte Alyssia ihren Peiniger nicht gesehen, doch es kam ihr vor, als wäre sie ihm erst gestern zum letzten Mal begegnet. So lebendig waren ihre Erinnerungen, so greifbar der Schmerz trotz allem, was seither geschehen war. Und mit dem Schmerz und den Erinnerungen kam die Wut. Ein ohnmächtiger Zorn, der all die Jahre nach Ausbruch verlangt hatte.

Nun war der Moment gekommen.

»Du!«, schrie sie so laut, dass es die Befehle der Unterführer und das Klirren der Rüstungen übertönte. »Elender Verräter!«

»Schwester, nicht«, zischte Alessandro noch, doch die Warnung kam zu spät.

Ob Sabattini sie hörte und deshalb in ihre Richtung blickte, oder ob es nur ein Gefühl war, das ihn aufmerken ließ, war nicht festzustellen. In jedem Fall sah er sie – und in den eisblauen Augen, die aus seinen verunstalteten Zügen blickten, flackerte ein vages Erkennen auf.

»Ja, sieh her!«, schrie Alyssia außer sich, der im Angesicht ihres Erzfeindes alles gleichgültig geworden war. Dass sie sich und ihren Bruder damit in Lebensgefahr brachte, scherte sie nicht.

»Maul halten!«, wies einer ihrer Bewacher sie an, doch Alyssia dachte nicht daran.

»Erkennst du mich?«, rief sie Sabattini zu. »Ich bin die Tochter des Mannes, den du hast ermorden lassen!«

Die Hospitaliter, die Alessandro und sie bewachten, horchten auf, und auch die Soldaten, die sich rings formierten, wurden aufmerksam. Wer, so fragten sie sich, war diese Frau, die orientalische Kleidung trug, jedoch die italienische Sprache ohne jeden Akzent beherrschte und den Oberbefehlshaber der venezianischen Flotte nicht nur zu kennen schien, sondern ihn einen Mörder nannte?

Sabattini schien zu begreifen, wer sie war. Irrte sie sich, oder war da für einen kurzen Augenblick ein Anflug von Entsetzen in seinen schmalen Zügen zu erkennen? Doch schon im nächsten Moment hatte der Staatsinquisitor von Venedig sich wieder gefangen und deutete auf sie. »Bringt mir diese Frau!«, wies er seine Leute mit lauter Stimme an. »Und diesen Mann ebenso!«

Einige Soldaten, die den Rock Venedigs trugen, übernahmen die beiden Gefangenen und brachten sie zu ihm. Einer der Männer war Stilicho, Sabattinis byzantinischer Diener. Ihn wiederzusehen, verursachte Alyssia Übelkeit. Und je näher sie dem Mann kam, der ihre Familie und ihr Leben zerstört hatte, desto größer wurde ihre Abscheu.

Von seinem hohen Posten herab musterte Battista Sabattini die beiden Gefangenen. Die Rüstung, die er trug, bestand aus einem knielangen Kettenhemd mit ergänzenden Beinschienen, darüber trug er den schwarzen Mantel des Inquisitors, dessen Amt er noch immer zu bekleiden schien.

»Alyssia Bertrano«, sagte er nur.

Es klang wie ein Vorwurf.

»Du erinnerst dich also?«, fragte sie.

»An jede Einzelheit«, bestätigte er. Von seiner anfänglichen Überraschung war nichts geblieben. »Welche Ironie des Schicksals, dass wir uns hier treffen. In der Stadt des Feindes.«

»Das Schicksal hat damit nichts zu tun«, widersprach Alyssia flüsternd. »Das bist allein du gewesen! Du hast unseren Vater verleumdet und in den Kerker gebracht, hast uns aus der Stadt vertrieben ...«

»Dazu hätte es nicht kommen müssen. Ich hätte dich zu meinem Weib genommen.«

»Lieber wäre ich gestorben.« Sie spuckte aus.

Während rings der Aufmarsch der Truppen weiterging, die den Schiffen entstiegen, um dann Richtung Stadt zu marschieren, nahm sich Sabattini Zeit, seine Gefangene zu mustern. »Du hast dich verändert«, stellte er spöttisch fest. »Aus der Maid ist eine Frau geworden.«

»Ich habe getan, was nötig war, um am Leben zu bleiben«, erwiderte sie mit bebender Stimme. Noch immer konnte sie kaum fassen, dass sie dem Mann gegenüberstand, der für all ihr Unglück verantwortlich war.

»Du bist damals so plötzlich verschwunden, ebenso wie dein Bruder«, fuhr Sabattini fort, wobei er Alessandro mit einem Seitenblick streifte. »Folglich mussten wir annehmen, dass auch ihr in die Machenschaften eures Vaters verstrickt, dass ihr Mitwisser seines Verrats wart.«

Nun konnte auch Alessandro sich nicht länger beherrschen. »Der einzige Verräter seid Ihr!«, konterte er mit bebender Stimme. »Ihr habt das alles geplant! Die Überfälle der Piraten, den Diebstahl der Reliquien ...«

Sabattinis narbige Miene verzog sich. Ihm konnte nicht daran gelegen sein, dass diese Dinge vor seinen Männern zur Sprache kamen …

»Ich weiß davon«, versicherte Alessandro mit grimmiger Genugtuung. »Irgendwann ist mir klar geworden, weshalb Eure Tochter so interessiert an mir war. Es ging nur darum, an Pater Umbertos Geheimnis zu gelangen!«

»Ich habe keine Ahnung, wovon du sprichst, Alessandro Bertrano«, beschied ihm der Staatsinquisitor, wobei er unruhige Blicke nach seinen Leuten schickte. Die Tatsache, dass keiner von ihnen Alessandros Vorwürfen Glauben zu schenken schien, brachte das überlegene Lächeln auf Sabattinis Züge zurück. »Alles, was ich weiß, ist, dass du der Sohn eines überführten Hochverräters bist«, fuhr er fort. »Und dich und deine Schwester hier vorzufinden, in der Hochburg des Feindes, der Venedig zu vernichten trachtet, beweist, dass auch ihr euch gegen eure alte Heimat verschworen habt und ihren Untergang wollt. Doch Alexandria ist nicht länger eine Zuflucht für die Feinde Venedigs. Die Stadt wird brennen – genau wie ihr! Männer«, wandte er sich an seine Leute, »bringt Pech und überschüttet sie damit. Und dann zündet sie an, auf dass die Flammen ihre Lügen zum Verstummen bringen und ihre Seelen von der Sünde des Verrats reinigen! Wir werden sie vor uns her tragen, wenn wir in die Stadt der Heiden einmarschieren, allen Überläufern und Kollaborateuren zur Warnung!«

Seine Schergen zögerten nicht einen Augenblick. Schon wollten sie Alyssia und Alessandro davonzerren, um das grausame Urteil zu vollstrecken.

»Einen Augenblick noch!«, rief Alessandro jedoch.

»Was willst du?«

»Wenn Ihr uns tötet, werdet Ihr nie erfahren, wo sich befindet, wonach Ihr sucht!«

»Was soll das heißen?«

»Ihr seid hier, um die heiligen Reliquien aus der Hand der Heiden zu befreien und sie zurück nach Venedig zu bringen! Auf dass das Volk Euch bejuble und der Adel Euch zum Dogen küre!«

»Dummer Junge«, keifte Sabattini von seinem hohen Platz herab. »Was weißt du schon?«

»Genug, um Euch zu durchschauen. Ihr seid hier, um einen Diebstahl zu sühnen, den Ihr selbst begangen habt!«

Zum ersten Mal war in den Zügen des Staatsinquisitors eine Spur von Unsicherheit zu erkennen. Auch Stilicho schien es zu bemerken, denn er hatte den Dolch gezückt, den er am Gürtel trug, und seinen Blick fragend auf seinen Herrn gerichtet. Nur der kleinste Fingerzeig Sabattinis, und Alessandro würde für immer schweigen. Doch noch wähnte Sabattini sich Herr der Lage …

»Was du nicht sagst, Bursche«, beschied er Alessandro von oben herab. »Wird deinesgleichen denn niemals müde, Lügen und Unwahrheit zu verbreiten? Du bist genau wie dein Vater.«

»Lasst ihn aus dem Spiel! Mir aber sagt, ob Ihr ein Gebäude im griechischen Viertel kennt. Eine Kirche der Kopten, von deren Turm nur ein Stumpf geblieben ist.«

Alyssia konnte sehen, wie Sabattini einen Blick in Stilichos Richtung warf. Der Diener nickte kaum merklich unter seiner Barbuta – und bestätigte damit, dass Alessandro wohl wusste, wovon er sprach. Das Entsetzen kehrte auf Battista Sabattinis Züge zurück, und diesmal blieb es ein wenig länger dort.

»Du lügst«, beharrte er dennoch. »Wenn du glaubst, dass ich auf deine Täuschung hereinfalle, dann …«

»Der Grieche, der die Kirche bewachte, trug den Namen Burkas«, fuhr Alessandro unbeirrt fort, »und Ihr hattet dafür gesorgt, dass er nichts verraten konnte …«

28

Griechisches Viertel, Alexandria
Ein halbes Jahr zuvor

Dies musste die Kirche sein.

Ein Gotteshaus, dessen Wurzeln weit zurückreichten, bis in die Anfangstage der Christenheit, als sich die Kopten von der Kirche loslösten und ihrer eigenen Wahrheit folgten. Viele von ihnen waren später, nachdem die arabischen Eroberer Ägypten besetzt hatten, zum Islam konvertiert, und so waren viele ihrer Gotteshäuser aufgelassen worden. Manche hatte man eingerissen, andere neuen Zwecken zugeführt – so wie diese Kirche, deren einstige Bestimmung nur noch für Eingeweihte zu erahnen war.

Von dem kuppelgekrönten Turm nämlich, der einst in ihrer Mitte aufgeragt hatte, war nur noch ein kurzer Stumpf übrig, der im graubraunen Häusermeer der Stadt nicht weiter auffiel. Die christlichen Symbole waren schon vor langer Zeit entfernt worden, Läden aus dunklem Zedernholz überdeckten die einstmals hohen Fenster.

Wer es nicht besser wusste, der wäre wohl niemals darauf gekommen, dass dieses unscheinbare, von Rissen durchzogene Gemäuer einen der wertvollsten Schätze der Christenheit barg …

Alessandro merkte, wie sich sein Herzschlag beschleunigte. Anfangs war es nur ein Verdacht gewesen, eine fixe Idee, geboren alleine aus dem Wunsch, die Schuld zu sühnen, die er auf sich geladen hatte. Doch je mehr er über die Verschwörung herausgefunden hatte, desto deutlicher war ihm geworden, dass sie alle Opfer gewesen waren.

Sein Vater.

Alyssia.

Pater Umberto.

Und letztlich auch er selbst.

Sein Leben lang hatte sich Alessandro nichts mehr gewünscht, als dem Orden der Dominikaner beizutreten und die heiligen Gelübde abzulegen. Bianca Sabattini jedoch hatte all dies zunichtegemacht. Mit ihrer Schönheit und ihren Reizen, ihren Blicken und ihren Fragen hatte sie ihn in tiefe Konfusion gestürzt. Statt weiter seinen Weg zu gehen, hatte er zu zweifeln begonnen – und damit das Unheil heraufbeschworen. Indem er sich ihren Reizen ergab und ihr das Geheimnis verriet, hatte er sich versündigt: nicht nur an Gott und an dem Schwur, den er ihm insgeheim bereits geleistet hatte, sondern auch an allen Menschen, die ihm etwas bedeuteten. Denn dadurch war der Diebstahl der Reliquien ermöglicht worden, der wiederum das Schicksal seines Vaters besiegelt hatte. Und wohl auch das von Alyssia, die kurz darauf spurlos verschwunden war.

So sehr hatte sich Alessandro geschämt für sein Versagen, dass er aus Venedig geflüchtet war. Später dann hatte er erfahren, dass er diverser Verbrechen bezichtigt und vom Staatsinquisitor gesucht wurde. Also war er weiter geflohen, hatte der Stadt seiner Väter den Rücken gekehrt. In seiner Verzweiflung hatte er mit dem Gedanken gespielt, sich das Leben zu nehmen, das der Herr ihm geschenkt hatte. Doch im Augenblick der größten Agonie war eine tiefe Einsicht über ihn gekommen, und es war, als hätte ein heller Lichtstrahl ihn getroffen und aus seiner Dunkelheit gerissen. Der Verdacht, dass all das, was ihm und seiner Familie widerfahren war, nicht das Ergebnis eines widrigen Schicksals gewesen war. Sondern eine Intrige, von langer Hand geplant.

Von diesem Augenblick an hatte Alessandro Bertrano ein neues Lebensziel gehabt: herauszufinden, was sich hinter den teuflischen Machenschaften verbarg, die seine Familie in den Untergang geführt hatten. Von Beginn an war ihm klar gewesen, dass Battista Sabattini dabei eine führende Rolle gespielt, dass seine Tochter in seinem Auftrag gehandelt hatte. Und so hatte er begonnen, nach Hinweisen zu suchen und das Mosaik der Verschwörung Stück für Stück zusammenzusetzen.

Unter falschem Namen heuerte er als Seemann auf einem Handelsschiff an, das ihn nach Byzanz brachte, wo er Nachforschungen bezüglich der geschäftlichen Vergangenheit seines Vaters und Sabattinis anstellte; von dort führte die Spur nach Rhodos, wo er einen Mann traf, der den Piraten Mancano gekannt und gewusst hatte, dass dieser für einen Byzantiner gearbeitet hatte, auf den die Beschreibung von Sabattinis Diener Stilicho zutraf.

Schließlich war Alessandro nach Zypern gelangt, wo er von den gemeinsamen Kriegsplänen des Königs und der Herren von Venedig erfuhr – und so begann ihm alles klar zu werden. Endlich begriff er, was Battista Sabattini bezweckte, dass er eine Krise der Republik provoziert hatte, um Staatsinquisitor zu werden, und dass kein anderer als er den Reliquienraub hatte durchführen und die Gebeine des Heiligen ins Land der Mamluken hatte bringen lassen, um es wie einen Racheakt der Alexandriner aussehen zu lassen. Eine späte Ahndung des Diebstahls, der vor mehr als einem halben Jahrtausend erfolgt war. Also war Alessandro nach Al-Iskandariya gereist, wie die Mamluken die Stadt nannten, und hatte nach dem Verbleib des heiligen Schreins geforscht. Über ein halbes Jahr hatte es gedauert, bis er endlich den entscheidenden Hinweis erhalten hatte – von einem Mann, dem er entsetzliche Qualen bereitet hatte, damit er sein Schweigen brach.

Alessandro war nicht stolz darauf.

Der Blick, mit dem der alte Kopte ihn bedacht hatte, während er ihm kleine Eisenstücke unter die Fingernägel trieb, hatte sich unauslöschlich in sein Gedächtnis eingebrannt, und ihm war klar, dass dafür nicht der Himmel, sondern die ewige Verdammnis auf ihn warten würde. Dennoch konnte er nicht anders, als dieser neuen Bestimmung zu folgen.

Der Kopte war nicht mehr am Leben. Zum Dank dafür, dass er ihm die entscheidende Information gegeben hatte, hatte Alessandro ihm die Kehle durchschnitten. Er durfte kein Wagnis eingehen, durfte nicht riskieren, dass der Alte ihn verriet. Doch der Tod des Mannes lastete schwer auf ihm, so wie der Tod all der anderen, die Alessandro im Lauf seiner Suche zunächst befragt und dann zum Schweigen gebracht hatte.

Noch vor nicht allzu langer Zeit war er ein Knabe gewesen, unerfahren und zaudernd, und allein die Vorstellung, all diese grässlichen Dinge zu tun, hätte ihn an den Rand des Wahnsinns getrieben. Doch die Zeiten hatten sich geändert. Und auch das war Battista Sabattinis Verdienst …

Es krachte dumpf, als Alessandro an die morsche Holztür klopfte. Fünfmal hintereinander, wie der Alte es ihm unter Tränen verraten hatte.

Schlurfende Schritte näherten sich von innen. Der Riegel wurde zurückgezogen und die Tür einen Spaltweit geöffnet. Ein wachsames Auge musterte den Besucher misstrauisch.

»Bist du Burkas?«, fragte Alessandro auf Griechisch.

Ein knappes Nicken.

»Narses schickt mich. Ich bringe Nachricht von ihm.«

Unverständnis spiegelte sich in dem einen Auge, das durch den Spalt zu sehen war.

»Du weißt, von wem ich spreche, oder?«

Keine Antwort.

Alessandro blickte über die Schultern. Er wollte nicht gesehen werden. Entweder, der Kerl ließ ihn jetzt auf der Stelle herein, oder …

»Es geht um die Beute. Sie ist hier nicht länger sicher«, zischte er – und endlich bewegte sich etwas in den Zügen des Griechen.

Er nickte knapp und öffnete die Tür vollends. Nun konnte Alessandro sehen, dass er einen Totschläger in der linken Hand hielt, einen Prügel aus Holz, durch den eiserne Nägel getrieben waren.

»Den wirst du bei mir nicht brauchen«, versicherte Alessandro, während er sich selbst einen Lügner schimpfte. »Die Beute – ist sie hier?«

Argwohn spiegelte sich in Burkas' Zügen, und Alessandro schalt sich einen Narren. Es war eine törichte Frage gewesen, und natürlich erweckte sie Misstrauen.

»Ich weiß, dass sie hier ist«, versicherte er deshalb, in den halbdunklen Raum deutend, der einmal eine Kirche gewesen war. Der Altar und die sakralen Gegenstände waren entfernt worden, sodass nichts mehr an seine Vergangenheit erinnerte. »Allerdings hat Narses Nachricht bekommen, dass Kaufleute aus Venetien eingetroffen sind, die nach der Beute suchen. Ich soll sie deshalb fortholen und an einen anderen Ort bringen, wo sie sicher ist.«

Die Augen des Griechen verengten sich zu schmalen Schlitzen. Was hatte Alessandro auch erwartet? Dass er den Schatz, der ihm zur Bewachung anvertraut worden war, einfach herausrücken würde? Mit ziemlicher Sicherheit wusste er noch nicht einmal, worum es sich dabei handelte.

»Du sprichst nicht viel, was?«, fragte Alessandro.

Burkas schüttelte den Kopf. Dann, in einer unerwarteten Bewegung, hob er die Keule und schwang sie gegen Alessandro. Der war von dem Angriff überrascht, konnte der mörderischen Waffe aber ausweichen. Blitzschnell sprang er zur Seite. Die Keule verfehlte ihn um Haaresbreite, erwischte jedoch seinen Umhang, in dessen Stoff sich die eisernen Stacheln verfingen. Alessandro sah seine Chance und warf den Umhang ab, zerrte daran und entrang seinem Gegner so die Waffe. Und im nächsten Moment hatte der Grieche seinen Dolch an der Kehle.

»In Ordnung«, zischte er dabei, »Narses hat mich nicht geschickt – er ist tot. Bevor er starb, hat er mir jedoch verraten, dass sich das, was ich suche, hier befindet. Und wenn du ihm nicht folgen willst, dann gib es mir, jetzt gleich!«

Burkas sah ihn aus großen, schreckgeweiteten Augen an, und einmal mehr verwünschte sich Alessandro für das, was zu tun er gezwungen war.

»Nun rede schon!«, fuhr er den Griechen an. »Mach den Mund auf, Mann, oder ich …«

Burkas tat ihm den Gefallen – und Alessandro prallte zurück. Der Mann hatte keine Zunge mehr. Das sicherste Mittel, um zu gewährleisten, dass er sich nicht verplapperte.

»Wer hat dir das angetan?«, wollte Alessandro wissen. Er hatte einen Verdacht. »Ein Byzantiner, nicht so groß und mit einem stechenden Blick?«

Burkas nickte.

Stilicho, dachte Alessandro. Sabattinis Diener, dessen blutiger Spur er schon seit Rhodos folgte.

»Zeige mir das Versteck, und ich lasse dich leben«, versprach Alessandro.

Burkas schüttelte den Kopf, nackte Furcht stand in seinen Augen zu lesen.

»Du hast Angst«, stellte Alessandro fest. »Angst vor dem, was der Byzantiner dir antun könnte.«

Der Stumme nickte.

Alessandros Miene verhärtete sich, während er jede menschliche Regung aus seinem Inneren verbannte. »Das ist nichts im Vergleich zu dem, was ich dir antun werde«, kündigte er an.

Und ihm war klar, dass er eine weitere Sünde auf seine bereits so schwer belastete Seele laden würde.

29

Tor von Rashid, Alexandria
Vormittag des 9. Oktober 1365

Der Handel, den Alessandro vorgeschlagen hatte, war denkbar einfach: Wenn Alyssia und er den heiligen Schrein an Sabattini aushändigten, würde dieser den Geschwistern im Gegenzug die Freiheit schenken und den Namen ihrer Familie wiederherstellen. Und Sabattini hatte eingewilligt, denn er musste die Reliquien haben, und die Zeit drängte.

Ob er sich an die Abmachung halten würde, war eine andere Frage …

In Begleitung Stilichos waren sie aufgebrochen: vom östlichen Hafen zum Tor von Rashid, das sich bereits unter Kontrolle der Angreifer befand. Allenthalben erklangen Schreie aus den Gassen, die weniger von Kämpfenden rührten als vielmehr von alexandrinischen Bürgern, die in ihren Häusern überfallen wurden, von wehrlosen Männern, die grundlos getötet wurden, und von Frauen, die man vor den Augen ihrer Kinder vergewaltigte. Battista Sabattini schien sich nicht zu stören an dieser Barbarei. Das hohe Ziel, das er gefasst hatte, schien in seinen Augen jeden Frevel zu rechtfertigen.

Im Grunde, dachte Alessandro voller Bitterkeit, waren sie einander darin nicht unähnlich.

Burkas hatte alles verraten.

Nicht nur den Ort, an dem der Schrein verborgen war: eine hohle Kammer im Mauerwerk der alten Kirche, in der man einstmals sakrale Gegenstände vor den arabischen Eroberern versteckt hatte. Sondern auch alles andere, was der Stumme gewusst hatte. Alessandro hatte es ihn mit Gesten beschreiben, in den Sand malen und vorspielen lassen, und so hatte sich das Mosaik nach langer Suche endlich vervollständigt.

»Und das hier ist auch gewiss der richtige Weg?«, erkundigte sich Sabattini, der hinter ihm ging und ihn mit blanker Waffe bedrohte.

»Ihr zweifelt?«, fragte Alessandro dagegen.

»Ich finde es nur seltsam, dass sich der Schrein gerade in dem Teil der Stadt befinden soll, der sich bereits unter unserer Kontrolle befindet. Wie überaus gelegen …«

Alessandro lachte freudlos auf. »Nachdem ich herausgefunden hatte, wo Ihr die Beute versteckt hattet, war es nicht weiter schwer, sich auszumalen, wohin Euer Angriff sich zunächst richten würde. Also habe ich das neue Versteck ebenfalls in diesem Teil der Stadt gewählt.«

»Wie klug du bist.«

»Ich bin meines Vaters Sohn.«

»Und doch warne ich dich, Alessandro Bertrano: Versuche nicht, irgendwelche Spiele mit mir zu treiben, oder es wird dir schlecht bekommen.«

»Und Ihr hört auf, mir zu drohen«, konterte Alessandro gelassen. »Denn wenn Ihr uns tötet, werdet Ihr nie erfahren, wo sich die heiligen Reliquien befinden.«

Sie erreichten einen Platz, an dem ein *sabil* stand, ein öffentliches Brunnenhaus. Für gewöhnlich drängten sich dort Dutzende von Menschen, um sauberes Trinkwasser zu schöpfen. An diesem Tag jedoch war der Platz wie ausgestorben, und das im wörtlichen Sinn. Mehrere Angehörige der mamlukischen Bürgerwehr lagen erschlagen im Staub, ihre weißen Kaftane waren mit roten Flecken besudelt.

Alyssia wandte sich ab. Sie hatte viel gesehen, seit sie Venedig verlassen hatte, Glanz und Elend, die in der arabischen ebenso wie in der europäischen Welt Seite an Seite existierten.

Dies jedoch übertraf alles bei Weitem. Der Gestank des Todes, der infolge der ansteigenden Temperaturen in den Gassen hing, war kaum zu ertragen.

Alessandro blieb einen Augenblick stehen, um sich zu orientieren. »Hier entlang«, entschied er dann und trat in eine Seitengasse, die so schmal war, dass sie hintereinander gehen mussten. Dabei beschleunigte er seine Schritte und zog Alyssia mit, sodass sie Sabattini und seinem Schergen ein wenig voraus waren.

»Was hast du vor?«, raunte sie ihm zu. »Sobald er bekommen hat, was er will, wird er uns töten.«

»Nein«, widersprach Alessandro gelassen. »Dich wird er freilassen.«

»Wieso nur mich? Was ist mit dir?«

»Sei unbesorgt«, versicherte er. »Ich habe einen Plan.«

Das leise Schnauben, das Alyssia von sich gab, verriet, dass sie diesem Plan nicht traute. Alessandro konnte es ihr nicht verübeln, er traute ihm ja selbst nicht. Sabattini und sein Diener waren schwer gepanzert und mit ihren Schwertern bewehrt, wohingegen er ganz allein und ohne Waffe war. Dennoch hatte er keine andere Wahl, als alles auf eine Karte zu setzen, ansonsten hatten Alyssia und er in jedem Fall verloren, und zwar alles. Nicht nur ihren Vater, ihren Besitz und ihren guten Namen – sondern auch noch ihrer beider Leben …

Die Gasse mündete in einen Innenhof, der rings von hohen Mauern mit kleinen Fenstern umgeben war. Den einzigen Zugang bot eine hölzerne Pforte, die jedoch verschlossen war. Vergeblich rüttelte Stilicho an dem eisernen Ring.

»Und nun?«, wollte sein Herr wissen und hob drohend seine Klinge. »Ich warne dich, wenn du mich in die Irre geführt hast …«

Statt zu antworten, ging Alessandro von der Tür aus drei große Schritte zur Seite, bückte sich und hob eine der Steinplatten an, mit denen der Boden gepflastert war. Ein rostiger Schlüssel lag darunter, den er aufnahm und demonstrativ hochhielt.

»Ich habe Euch gesagt, dass ich Euch zu dem Schrein führen werde«, versicherte er. »Aber vorher lasst Alyssia gehen!«

»Was? Nein!«, protestierte Alyssia energisch. »Ich werde nicht gehen! Nicht ohne dich!«

»Lasst sie frei«, beharrte Alessandro, »und Ihr habt mein Wort darauf, dass ich Euch zu dem Schrein führen und ihn Euch übergeben werde.«

»Und du erwartest, dass ich diesem Wort traue?«

»Ich erwarte, dass Ihr Euch an Euer Wort haltet, Sabattini.«

»Soll ich ihm einfach die Kehle durchschneiden?«, fragte Stilicho ungeduldig, der wie ein Aasfresser um Alessandro und seine Schwester kreiste. Alessandro ließ ihn nur deshalb gewähren, weil ihm klar war, dass der Byzantiner niemals etwas ohne das Geheiß seines Herrn tun würde. »Wir könnten den Schlüssel einfach an uns nehmen und die Reliquien selbst holen.«

Alessandro lachte auf. »Ihr habt keine Ahnung, oder?«, fragte er grinsend. »Ihr wisst nicht, was sich hinter dieser Tür befindet.«

»Eine Kammer«, mutmaßte Sabattini.

»Eine Kammer«, bestätigte Alessandro, und zwar die größte von Alexandria, unterirdisch gelegen und mit Wasser angefüllt, ein Labyrinth aus unzähligen Gewölben.«

»Die Zisternen«, folgerte Stilicho. »Er hat es in den alten Zisternen versteckt!«

»Glaubt Ihr jetzt immer noch, Ihr könntet Eure Beute ohne mich finden?«, fragte Alessandro. »Lasst Alyssia gehen, und ich schwöre Euch, dass ich …«

Weiter kam er nicht.

Kaum merklich hatte Sabattini seinem Schergen zugenickt, und Stilicho reagierte augenblicklich. Blitzschnell sprang er vor, ergriff Alyssia von hinten und hielt ihr die Spitze seines Schwertes an die Kehle.

»Nein!«, rief sie und wollte sich wehren, aber der Byzantiner hielt sie unnachgiebig fest.

»Was soll das?«, fragte Alessandro.

»Nur eine kleine Rückversicherung«, erklärte Sabattini grinsend. »Deine Schwüre in allen Ehren, mein junger Freund, aber womöglich hast du mehr von deinem Vater, als dir lieb sein kann, und für diesen Fall möchte ich vorsorgen. Ich werde dich in die Zisterne begleiten, während Stilicho solange hierbleiben und auf deine Schwester aufpassen wird. Kehren wir nicht mit der Beute zurück, ist sie tot. Kehren wir nicht in absehbarer Zeit zurück, ist sie ebenfalls tot. Begreifst du das?«

Alessandro sandte einen gehetzten Blick zu seiner Schwester. Alyssias Gesichtszüge waren purpurrot vor Angst und nur mühsam zurückgehaltenem Zorn, und die Spitze von Stilichos Klinge lag direkt an ihrem Hals. Jeder Versuch, sie zu befreien und ihren Häscher zu überwältigen, würde in einem Blutbad enden. Widerstrebend nickte Alessandro.

»Keine Sorge, Schwester«, sagte er zu ihr. »Ich komme wieder.«

Dann wandte er sich ab und ging auf die Pforte zu. Der Schlüssel passte, und Alessandro drehte ihn herum. Mit einem hässlichen Knarren schwang die Pforte auf. Dahinter führten steinerne Stufen in unergründliche Tiefe.

Battista Sabattini nickte seinem Diener zu, dann folgte er Alessandro in die Dunkelheit. Schon kurz darauf waren beide verschwunden, Alyssia blieb allein mit dem Byzantiner zurück, dessen Atem sie in ihrem Nacken spürte.

Sie gab sich keinen Illusionen hin.

Wenn Sabattini zurückkehrte, würde er seinem Diener Order geben, ihr die Kehle zu durchschneiden. Dann würden sie Alessandro töten und sich mit den Reliquien aus dem Staub machen, wie sie es vermutlich von Anfang an geplant hatten. Sie brauchten Hilfe, und Alyssia fiel nur einer ein, dem sie zutraute, Battista Sabattini zu besiegen.

»Stilicho«, stieß sie hervor, alles auf eine Karte setzend. »Das ist dein Name, nicht wahr?«

»Und?«, zischte der Byzantiner, der einen Kopf kleiner war als sie. »Was willst du, Weib?«

»Dich an deine Ehre erinnern, an deinen Edelmut«, entgegnete sie, sich selbst darüber wundernd, dass ihr die italienischen Worte so flüssig über die Lippen gingen. »Ich bin nicht töricht, Stilicho«, fuhr sie fort. »Ich weiß, dass du eine Gelegenheit wie diese vermutlich niemals wieder erhalten wirst – eine hohe Dame, allein und wehrlos, und niemand, am allerwenigsten dein Herr, würde sich darum scheren, wenn …«

Sie unterbrach sich und schwieg, biss sich auf die Lippen, während sie darauf wartete, dass die Saat ihrer Worte aufging. Stilicho war kein Dummkopf. Ihn einfach nur betören zu wollen, wäre ein aussichtsloses Unterfangen gewesen. An sein niederes Wesen zu appellieren, war ihr sehr viel erfolgversprechender erschienen.

Dennoch schien der Byzantiner nichts mit ihrer Bemerkung anfangen zu können. Alles, was er von sich gab, war ein vulgäres Grunzen, und er verstärkte den Druck hinter seiner Klinge, als wollte er ihr gebieten zu schweigen. Schon glaubte Alyssia, dass ihr verzweifelter Plan gescheitert wäre – da stieß ihr Peiniger sie von sich. Es kam so plötzlich, dass Alyssia strauchelte und zu Boden schlug, wo sie bäuchlings liegen blieb und leise schluchzte.

»Bitte nicht«, hauchte sie, während ihre Fingernägel den Sand aus den Fugen zwischen den Steinplatten kratzte. »Tu das nicht. Ich appelliere erneut an deine Ehre. Nutze meine Lage nicht schamlos aus …«

»Warum nicht?«, tönte er über ihr. »Du hast es doch selbst gesagt – es wird niemanden interessieren, am allerwenigsten meinen Herrn. Und eine Gelegenheit wie diese kommt sicher so schnell nicht wieder!«

»Bitte«, hauchte sie noch einmal – da packte er sie schon an der Schulter und wollte sie herumdrehen, um sich auf sie zu stürzen wie ein hungriger Wolf.

Es blieb keine Zeit, noch weiteren Sand zu sammeln. Alyssia nahm das, was sie hatte, warf sich herum und schleuderte es Stilicho ins Gesicht.

Der Byzantiner heulte wütend auf. Für einen Moment ließ er von ihr ab, was Alyssia nutzte, um sich auf die Beine zu raffen. Während der Diener sich unter wüsten Flüchen die Augen rieb – sein Schwert hatte er sinken lassen –, umrundete sie ihn, griff nach dem Dolch an seinem Gürtel und wollte ihn ziehen. Doch Stilicho erkannte, was sie vorhatte, und packte ihr Handgelenk.

»Elende Hure!«, schrie er sie an. »Ist es das, was du wolltest? Hattest du das vor?«

Vergeblich versuchte sie, seinem Klammergriff zu entkommen. Sehen konnte er noch immer nichts. Die eine Hand am Schwert, die andere um Alyssias Handgelenk, überlegte er einen Moment, was er tun sollte. Vermutlich hätte er mit der Klinge zugeschlagen, doch dazu ließ Alyssia es nicht kommen. Die freie Hand zur Kralle geformt, fuhr sie ihm ins Gesicht – und kratzte ihm das linke Auge aus. Stilichos Schrei war entsetzlich, als der Augapfel platzte. Jäh ließ er Alyssia los, und sie ergriff die Flucht, während der Byzantiner niedersank, zeternd und heulend und die Hand auf sein zerstörtes Auge pressend.

Von Entsetzen über die eigene Tat ergriffen, rannte Alyssia davon, die Gasse hinab und zurück auf die Straße, so schnell ihr Kleid es zuließ. Ihre Pantoffeln hatte sie längst verloren; barfuß hetzte sie die Straße hinab Richtung Palast.

Rih, war ihr einziger Gedanke.

30

Palastviertel, Alexandria
Mittag des 9. Oktober 1365

Von Entsetzen gepackt, eilte Rih durch die Gassen.

Er war zum Krieger ausgebildet worden, hatte auf vielen Schlachtfeldern gekämpft und das Grauen dort aus nächster Nähe gesehen. Aber was sich in den Straßen von Al-Iskandariya zutrug, stellte alles in den Schatten.

Wohin auch immer die feindlichen Eroberer kamen, verbreiteten sie Tod und Zerstörung. Türen wurden aufgebrochen, Häuser und Läden geplündert und in Brand gesteckt. Die Bewohner der nordöstlichen Stadtviertel, vorwiegend Griechen, Juden und Kopten, hatten ihre Häuser inzwischen verlassen und flohen in wilder Panik zu den südlichen Stadttoren. Da die Nordmauern gefallen waren und sich bereits einige der großen Tore im Besitz des Feindes befanden, gab es keinen sicheren Ort mehr innerhalb der Stadt. Gegenwehr wurde nur dort geleistet, wo es noch größere Einheiten von Verteidigern gab.

Atemlos hastete Rih dem Sultanspalast entgegen, entkräftet und gepeinigt von Schmerz. Für Trauer um Yussuf war keine Zeit. Die Gegend um den Palast war menschenleer – die Einwohner waren geflohen, die Angreifer noch nicht so weit vorgedrungen. Auf dem Platz vor dem Palast jedoch, wo in alter Zeit die Tempel der heidnischen Gottheiten gestanden hatten, versammelte sich eine Streitmacht, die sich teils aus Lanzenreitern, teils aus Fußkämpfern zusammensetzte. Soldaten der Palastwache waren ebenso darunter wie Kämpfer der Bürgerwehr, die nur mit Dolchen und Speeren bewaffnet waren, sowie einige Dutzend Bogenschützen. Ob das ausreichen würde, um den schrecklichen Feind zu stoppen, war fraglich.

Durch die Reihen der Krieger, die sich zum Kampf gegen die Franken rüsteten, bahnte sich Rih einen Weg zum Tor des Palasts. Irgendwie musste es ihm gelingen hineinzukommen, irgendwie musste er Alyssia finden!

Ein schwer bewaffneter Gardist versperrte ihm den Weg. »Wohin?«, fragte er nur.

»Ich muss hinein, mein Herr bedarf meiner Dienste.«

»Wer soll das sein?«

»Omar ben Adil«, nannte Rih den ersten Namen, der ihm in den Sinn kam.

»Nie von ihm gehört.«

»Ich bin El-Rih, der Leibwächter Sultan al-Ashrafs«, warf Rih sein letztes Pfund in die Waagschale, in der Hoffnung, dass der Soldat nichts von den jüngsten Entwicklungen wusste.

Die Augen des Gardisten wurden eng. »Du bist der Leibwächter des Sultans?«

»Ganz recht.«

»So solltest du ihm nicht im Palast dienen, sondern auf dem Schlachtfeld – denn dorthin wird er sich begeben.« Statt noch mehr zu sagen, streckte der Soldat nur den Schildarm aus und deutete auf eine Gruppe von Männern, die die hohen Turbane der mamlukischen Offiziere trugen. Unter ihnen entdeckte Rih keinen anderen als Shaban al-Ashraf.

Der Schrecken fuhr ihm in die Glieder. Wenn es einen Menschen gab, dem er in diesem Moment gewiss nicht begegnen wollte, dann war es der junge Sultan, der Helm und Rüstung trug und zu seinen Hauptleuten ganz offenbar von Dingen sprach, von denen er keine Ahnung hatte. Von Angriff und Verteidigung, Sieg und Niederlage, Tod und Sterben.

Doch das Schicksal wollte es, dass Rih in diesem Augenblick nicht nur den Menschen erblickte, dessen Gesellschaft er um jeden Preis meiden wollte, sondern auch jenen, dessentwegen er zum Palast zurückgekehrt war. Alyssia stand plötzlich vor ihm, unwirklich wie eine Erscheinung. Rih konnte es kaum glauben, wusste nicht, ob er einfach nur überrascht sein oder Allah auf den Knien danken sollte. Dann wurde ihm klar, dass etwas nicht stimmte. Alyssias Haar war in Unordnung, ihr Kleid zerrissen, und aus ihren Zügen sprach blankes Entsetzen.

»Rih!«

Sie durchbrach den Kordon der Bewaffneten, fiel in seine Arme. Er fing sie auf.

»Alyssia, was …?«

»Ich bin so froh«, schluchzte sie. »So froh, dich gefunden zu haben.«

»Ich auch«, versicherte er und drückte sie an sich. Sie zitterte am ganzen Körper, schien Schreckliches gesehen und durchgemacht zu haben. »Rasch, lass uns aus der Stadt fliehen. Omar und meine Kameraden sind schon fort …«

»Nein!« Sie löste sich aus seinen Armen. »Ich brauche deine Hilfe, Rih! Mein Bruder ist in Gefahr!«

»Dein Bruder? Du hast einen …?«

»Ich kann dir nicht alles erklären«, unterbrach sie ihn verzweifelt und mit Tränen in den Augen, »aber der Mann, dessentwegen ich all dies erdulden musste, ist in der Stadt! Er kam mit den Angreifern, und mein Bruder ist in seiner Gewalt!«

Rih sah sie an, fragte sich, wie viele Rätsel ihm dieses selbst im Schrecken wunderschöne Gesicht noch offenbaren mochte. Er wollte ihr sagen, dass er mit ihr kommen, dass er alles für sie tun würde, als hinter ihm eine schneidende Stimme erklang.

»Sieh an – mein Leibwächter ist zurückgekehrt, um seine Pflicht zu tun!«

Rih fuhr herum. Alyssia zog er instinktiv hinter sich, um sie mit dem Körper zu schützen.

»Wie mich das freut«, erklärte Shaban al-Ashraf grinsend. »Die Hure und der Verräter sind zurückgekehrt, um Seite an Seite mit ihrem Herrscher gegen Ihresgleichen zu kämpfen …«

31

Zisternen von Alexandria
Zur selben Zeit

Viele der Zisternen waren so alt wie die Stadt selbst. Schier unendlich schienen sich die unterirdischen Gewölbe nach allen Seiten in das Halbdunkel zu erstrecken, das nur von den Schäften fahlen Tageslichts beleuchtet wurde, die in unregelmäßigen Abständen durch vergitterte Öffnungen in der Decke fielen. Wie ein Wald aus leuchtenden Bäumen, die sich im dunklen Wasser spiegelten.

Lautlos glitt der Nachen, der am Fuß der Treppe bereitgelegen hatte, durch die schwarze Flut. Alessandro stand inmitten des kleinen Bootes und trieb es mit einer langen Holzstange an, Sabattini saß im Heck und taxierte jede seiner Bewegungen. Alessandro hatte erwogen, die Stange so einzusetzen, dass er den verhassten Widersacher damit aus dem Boot hebelte, aber das verdammte Ding war so lang und unhandlich, dass er es nicht wagte. Der Versuch würde ihn mit einiger Wahrscheinlichkeit das Leben kosten, und dann war auch Alyssia verloren.

Die Dinge hatten sich anders entwickelt, als er es vorausgesehen hatte. Ursprünglich war es nicht geplant gewesen, dass Alyssia ihn begleitete und Sabattini so an ein Druckmittel kam. Dadurch hatte sich alles verkompliziert, doch Alessandro sah keine andere Möglichkeit, als seinen Weg weiterzugehen. Bis zum bitteren Ende …

Es war kühl in den Zisternen, und eine seltsame Stille

herrschte hier, so, als gäbe es oben kein sinnloses Rauben und Morden. Nur gelegentlich drangen Rufe durch die Deckenöffnungen, die dann geisterhaft durch die Gewölbe hallten, ehe sie sich in der Dunkelheit verloren.

»Diese Zisternen müssen vor sehr langer Zeit angelegt worden sein«, vermutete Sabattini, »sie werden wohl aus dem Wasser des Nils gespeist. Eine erstaunliche Leistung, die die griechischen Bauherren der Stadt erbracht haben. Die Heiden«, fügte er verächtlich hinzu, »wären zu so etwas niemals fähig.«

»Ihr solltet nicht den Fehler begehen, jene zu unterschätzen, die nicht Eures Glaubens sind«, warnte ihn Alessandro.

Sabattini lachte nur. »Glaube, Religionen – was gilt es mir?«, fragte er. »Das überlasse ich Eiferern vom Schlage eines Peter von Lusignan und eines Raymond de Berenger. Mir geht es nur um Macht, mein Junge. Und diese verfluchten Heiden werden mir dazu verhelfen. Sie sind nur ein Mittel zum Zweck, nicht mehr und nicht weniger.«

»Ich verstehe«, sagte Alessandro nur, während er das Boot weiter antrieb. Wenn Sabattini derart offen mit ihm sprach, so bedeutete das, dass er nicht vorhatte, ihn am Leben zu lassen, genau wie Alyssia vermutet hatte. Alessandro war nicht überrascht darüber. Es bestärkte ihn nur in seinem Entschluss.

»Die Gründe für Euren Krieg sind einerlei«, konterte er, »die Nachwelt wird sich nicht dafür interessieren. Es wird nur ein weiterer Krieg sein, eine weitere Barbarei, eine weitere Verschwendung von Menschenleben, um die Ziele weniger durchzusetzen.«

»Und? Ist es nicht immer so gewesen?«

»Vermutlich«, gestand Alessandro zu, während er den Nachen auf eine der Säulen zulenkte, die das Gewölbe trugen: mächtige Gebilde aus Stein, die sich aus der schwarzen See erhoben. »Aber so müsste es nicht sein. Das Abendland und das Morgenland könnten in Frieden miteinander leben und viel voneinander lernen.«

»Ich höre deinen Vater reden«, sagte Sabattini voller Spott.

»Auch er wollte nie begreifen, dass die Muselmanen ehrlose Barbaren sind. Er redete mir zu, mit ihnen Geschäfte zu machen …«

»Ihr habt an diesen Geschäften gut verdient, so weit ich weiß«, warf Alessandro ein.

»… mit ihnen gemeinsam zu speisen und gar ihre Sprache zu erlernen«, fuhr Sabattini unbeirrt fort. »Und wie dankten sie es uns? Indem sie uns auf der Heimfahrt überfielen!«

»Das waren Piraten«, erwiderte Alessandro. »Es gibt auch Räuber zur See, die an das Kreuz glauben und nicht weniger blutrünstig sind.«

»Sie haben den Kapitän getötet. Enzo Gepardi, einen guten Mann. Vor unseren Augen und denen unserer Kinder. Und dann«, fuhr der Staatsinquisitor von Venedig mit einer Stimme fort, die verriet, dass er in diesem Moment mehr in der Vergangenheit als in der Gegenwart weilte, »haben sie mir meine geliebte Frau genommen, sie aus meinen Armen gerissen. Noch immer höre ich sie um Hilfe schreien, nachts, wenn die Stille kommt und es dunkel wird um mich … Ich habe alles verloren an diesem Tag – und dein Vater trug die Schuld daran.«

»Auch er hat seine Frau an jenem Tag verloren«, brachte Alessandro in Erinnerung, »und Alyssia ihre Mutter.«

»Aber kaum war er zurück, hat er sich eine andere Frau genommen, und sie hat ihm einen Sohn geschenkt!«, schrie Sabattini so laut, dass es von der Gewölbedecke widerhallte. »Der Sohn, der mir geschenkt werden sollte, starb hingegen ungeboren im Leib seiner Mutter!«

»Woher wollt Ihr das wissen? Womöglich hat sie ihn zur Welt gebracht, und er lebt …«

»Nein«, knurrte Sabattini düster. »Und wenn, so wäre er heute ein elender Muselmann und seine Mutter nichts anderes als eine Sklavenhure.«

»Auch Ihr hättet Euch eine andere Frau suchen können, eine neue Liebe finden …«

»Was weißt du von Liebe, junger Narr, der du im Begriff warst, ein Leben lang auf sie zu verzichten und ein Leben in

Keuschheit zu verbringen? Du kannst mir dankbar sein, dass ich dich daran gehindert habe.«

»Liebe hat manche Gesichter«, konterte Alessandro. Er hatte Mühe, die Wut zu beherrschen, die in ihm aufstieg. Battista Sabattini hatte sein Leben und das vieler anderer Menschen zerstört – und zeigte nicht die geringste Spur von Reue. Im Gegenteil schien ihm jedes Mittel recht, sich am Schicksal zu rächen und sich Ersatz für seinen Verlust zu verschaffen.

»Das hat sie – und das ist wohl auch der Grund dafür, dass mich deine Mutter liebt.«

»Was?« Alessandro vergaß für einen Moment, den Nachen zu steuern.

Sabattini lachte leise. »Wusstest du das etwa nicht? Ich kannte deine Mutter, schon lange bevor sie Leonardo Bertranos Frau wurde. Sie liebte mich, aber ich heiratete eine andere, die ihr an Schönheit und Rang weit überlegen war. Doch sie hielt in all den Jahren an ihrer Zuneigung zu mir fest, und obwohl sie deinem Vater versprochen wurde und ihn schließlich heiratete, blieb sie meine Geliebte in all den Jahren.«

»Das ist nicht wahr!«

»Es ist wahr, sei versichert. Welchen Grund sollte ich haben, dich hier unten zu belügen, wo es nur uns beide gibt? Ich war der Geliebte deiner Mutter und bin es noch heute. Oder was glaubst du, warum sie die arme Alyssia in die Sklaverei verkauft hat?«

»Mei-meine Mutter hat das getan?«

»Bis heute glaubt sie, ich wüsste es nicht. Dabei war es so offensichtlich. Sie hat aus Eifersucht gehandelt. Aus schierem Neid auf das junge, zarte Fleisch.«

»Nein!« Alessandro schüttelte den Kopf.

»Bei allem, was du tust, solltest du dir deshalb Folgendes überlegen, mein Junge: Wenn du mich tötest – und ich weiß, dass du diesen Vorsatz hast –, so wirst du deiner Mutter noch einmal großen Kummer bereiten.«

»Ihr … seid ein Teufel!«

»Wenn das bedeutet, sich der Schwächen der Menschen zu bedienen, so hast du wohl recht«, räumte Sabattini in aller Gelassenheit ein.

»Wie lange …?«

»Du meinst, wie lange ich deiner Mutter gegeben habe, wozu die Manneskraft deines Vaters nicht ausgereicht hat? Viele Jahre, Junge, mehr, als du wissen möchtest. Sie teilte schon mein Lager, als du noch nicht einmal …« Er verstummte plötzlich.

»Was habt Ihr?«

»Nichts, ich …« Sabattini sah Alessandro seltsam an. »Ich habe nur …«

»Wir sind da«, verkündete Alessandro, als der Nachen endlich die Säule erreichte. In ihrem Schatten, auf der anderen Seite, war ein kleines Boot vertäut.

In diesem Boot befand sich der Schrein.

Und ein Dolch.

32

Palast des Sultans, Alexandria
Mittag des 9. Oktober 1365

»Shaban«, stieß Rih hervor, hilflos und überrascht zugleich. »Warum seid Ihr noch hier?«

Der Sultan, dessen riesiger, von einem Turban umwundener Helm auf seinem schmalen Haupt geradezu grotesk anmutete, lachte auf. »Was glaubst du wohl? Ich bin hier, um mich den Angreifern zu stellen. Oder hast du gedacht, dass ich ihnen diese Stadt kampflos überlassen würde? Ich bin schließlich kein Verräter deines Schlages!«

»Herr«, sagte Rih, die Beleidigung geflissentlich überhörend, »verzeiht, wenn ich widerspreche, aber Ihr seid auf einen solchen Kampf nicht vorbereitet. Die Franken sind schwer gerüstet, und sie kennen weder Nachsicht noch Gnade. Ihr solltet nicht …«

»Glaubst du denn, dass ich der Gnade bedarf?«, fragte Shaban mit beißendem Spott. »Wenn die Franken keine Gnade geben, so werden sie auch keine bekommen. Ich werde diese Hunde allesamt abschlachten und ihre Köpfe auf den Mauern zur Schau stellen lassen!«

»Dafür habt Ihr nicht genügend Männer, Herr! Dort draußen auf See sind einhundertfünfzig Schiffe, die insgesamt mehr als zehntausend Mann tragen. Von den Angehörigen Eurer Stadtwache hingegen sind viele bereits gefallen, die meisten Kämpfer der Bürgerwehr liegen erschlagen in den Gassen!

Wollt Ihr mit diesem Häuflein die Eroberer vertreiben?« Mit dem Kinn deutete er nach den Mamlukenkriegern, die sich inzwischen formiert hatten. Viele von ihnen waren Palastdiener und Hofbeamte, die noch niemals oder schon sehr lange nicht mehr in einem Gefecht gekämpft hatten.

»Diese Armee ist die Zierde meines Reiches!«, stellte Shaban klar.

»Dann erfreut Euch an ihrem Anblick«, entgegnete Rih, »denn lange wird sie nicht währen! Besinnt Euch, Herr, und flieht aus der Stadt, solange noch Zeit dazu ist! Ein kluger Feldherr zieht nicht in eine Schlacht, die bereits verloren ist!«

»Ist es das, was sie euch bei den Osmanen lehren?«, fragte Shaban hochmütig zurück. »Dann wundert es mich nicht, dass ihr Janitscharen nichts als Feiglinge seid.«

Rih biss sich auf die Lippen. Seine Fäuste ballten sich, aber er unternahm nichts. Ohnehin fragte er sich, weshalb ihm überhaupt noch an Shaban al-Ashrafs Wohl gelegen war, nach allem, was er getan hatte, und ein Teil von ihm hätte sich am liebsten mit bloßen Fäusten auf den jungen Sultan gestürzt. Aber da war auch ein anderer Teil, der noch immer Pflichtbewusstsein verspürte, der das Gefühl hatte, diesen Jungen, so verdorben er in seinem Inneren auch sein mochte, beschützen zu müssen …

»Ein Krieger zu sein bedeutet mehr, als sich sinnlos abschlachten zu lassen«, stellte er deshalb klar, sich zur Ruhe zwingend.

»Und du glaubst, das wüsste ich nicht?« Shaban grinste. »Wohlan, dann kannst du es mich ja lehren, so, wie du stets mein Lehrer gewesen bist. Gebt El-Rih eine Rüstung, auf dass er Seite an Seite mit mir in die Schlacht ziehe«, wies er seine Leute an. »Und sie« – dabei deutete er auf Alyssia –, »bringt in meinen Palast!«

»Nein, Herr!«, widersprach Rih. »Wenn Ihr es wünscht, so kämpfe ich an Eurer Seite und beschütze Euch, wie ich es immer getan habe. Doch Haqiqa lasst frei! Erlaubt, dass sie die Stadt verlässt!«

Shaban sah ihn an.

Ahnte der Sultan trotz seiner Jugend, was die Sklavin und den Janitscharen miteinander verband?

»Sie bleibt hier«, entschied er, »denn dann ist wenigstens dafür gesorgt, dass du mit deiner ganzen Kraft für mich und diese Stadt kämpfen wirst, Janitschar!«

»Nein!«, schrie Alyssia und wehrte sich, als zwei seiner Wachen vortraten, um sie abzuführen und in den Palast zu bringen – und Rih wusste, dass er sich entscheiden musste, hier und jetzt.

Für den Wind – oder für die Wahrheit!

Seine Hand fuhr zum Schwert.

Shaban fuhr herum und starrte ihn an.

Die Zeit schien für einen Augenblick lang stillzustehen – als ein Pfeil heranzuckte und den Hals eines der Häscher Alyssias durchbohrte.

Sie schrie, als der Mann zusammenbrach, und es war, als würde ihr Schrei von der anderen Seite des Platzes beantwortet. Denn von dort stürmten unter fürchterlichem Gebrüll Hunderte von Franken heran, Kämpfer in der schwarzen Robe des Hospitaliterordens. Ihnen voraus eilte ein Hagel von Pfeilen, der auf Shabans Soldaten niederging und sie mit furchtbarer Härte traf.

Einige waren auf der Stelle tot, andere sanken mit durchbohrten Gliedmaßen nieder, dabei lauthals schreiend. Auch in Rihs und Shabans Umfeld fielen die Männer wie die Fliegen, und die noch vor wenigen Augenblicken beschworene Zierde des Mamlukenreiches löste sich in Wohlgefallen auf.

Durch den Hagel der Pfeile sprang Rih zu Alyssia. Ihr mit dem eigenen Körper Deckung gebend, brachte er sie in den Schutz der nahen Palastmauer. Gehetzt blickte er sich in dem Chaos um, das über die Verteidiger hereingebrochen war. Allenthalben lagen mit Pfeilen gespickte Männer am Boden und wanden sich unter grässlichem Geschrei – und inmitten des schrecklichen Durcheinanders stand Shaban al-Ashraf in seiner strahlenden Rüstung. Der junge Sultan war unverletzt geblieben, ging wie ein Schlafwandler unter den Verwundeten umher. Seine Garde hatte sich aufgelöst, die Männer lagen verwundet oder eilten den angreifenden Franken entgegen, im verzweifelten Bemühen, sie aufzuhalten.

Schon trafen die verfeindeten Krieger aufeinander, traf Ritterschwert auf Mamlukenklinge, und ein blutiges Scharmützel entbrannte, dessen Ausgang bereits abzusehen war. Bald hatten einige Hospitaliter die Reihe der Verteidiger durchbrochen! Zwei von ihnen wurden von Gardisten eingeholt und in Kämpfe verstrickt, zwei weitere rannten auf Shaban zu.

Der Sultan sah sie kommen und zog sein Schwert – nicht die Janitscharenklinge, die Omar ihm geschenkt hatte, sondern ein gekrümmtes Mamlukenschwert, mit dem er kaum Übung hatte. Die Klinge in der einen, den Rundschild in der anderen Hand, blickte er den Angreifern mit vor Schreck geweiteten Augen entgegen – und ahnte wohl, dass er sein eigenes Ende kommen sah.

Schon waren sie bei ihm. Den ersten beiden Hieben hielt er noch stand, dann knickte er ein. Auf dem Boden kauernd, versteckte er sich hinter seinem Schild, auf den die Angreifer erbarmungslos einhieben …

El-Rih stieß eine Verwünschung aus.

Mit einem Blick bedeutete er Alyssia, in Deckung zu bleiben, dann rannte er auch schon los, die Janitscharenklinge in den Händen.

Er erreichte die beiden Hospitaliter, noch ehe sie ihrem bereits wehrlosen Gegner den Todesstoß versetzen konnten. Mit einem gellenden Kampfschrei sprang Rih zwischen sie. Die Klinge in einem Bogen führend, wirbelte er um seine Achse und erwischte einen der beiden Angreifer mit derartiger Wucht, dass er ihm fast das Haupt von den Schultern trennte. Der Mann war tot, noch ehe er den Boden erreichte. Der andere rief etwas in einer Sprache, die Rih nicht verstand. Mit wütenden Schwerthieben drang er auf ihn ein, die Rih trotz seines schmerzenden Rückens parierte. Rihs Gegenangriff jedoch prallte wirkungslos am

Schild des anderen ab – und Rih merkte, dass seine Kräfte bereits nachließen. Er war bei Weitem nicht in der Form, die ein Schwertkampf erforderte, und das verdankte er dem jungen Mann, der dort lag und dessen Leben er mit dem seinen verteidigte!

Mit einem heiseren Schrei machte Rih seiner Wut und Frustration Luft. Er täuschte eine Attacke vor, die den anderen dazu brachte, seinen Schild ein wenig anzuheben. Rih nutzte die Gunst des Augenblicks, die Deckung des Gegners zu unterlaufen und mit dem Schwert zuzustoßen.

Die Klinge drang irgendwo unterhalb des Brustkorbs in den Leib des Mannes. Das Gesicht unter dem breitrandigen Eisenhut verzerrte sich.

Rih zog sein Schwert zurück, und der Mann brach zusammen. Die noch blutige Klinge in der Hand, wandte sich Rih Shaban al-Ashraf zu, der noch am Boden lag, den Schild mit beiden Händen haltend. Das Schwert hatte er in seiner Bedrängnis von sich geworfen.

»Kommt, Herr«, sagte Rih nur und hielt ihm seine Hand entgegen.

»Du … du hast mir das Leben gerettet«, stammelte der Sultan, während Rih ihn auf die zitternden Beine zog. »Wa-warum hast du das getan?«

»Weil ich einst schwor, Euch zu beschützen«, entgegnete Rih. »Und nun tut, was ich Euch gesagt habe! Nehmt die Männer, die Euch noch geblieben sind, und flieht! Rettet Euer Leben und werft es nicht sinnlos weg!«

Shaban blickte auf die Toten und Verwundeten, die ihn umgaben, blickte hinüber zu dem Kampf, der noch immer mit grausamer Wucht tobte, jedoch schon fast entschieden war.

»Ja«, stimmte er nickend zu. »Du … du hast recht! Was habe ich getan? Ich … ich habe dich einen Verräter genannt … ausgerechnet dich …«

»Lernt daraus, Herr«, sagte Rih nur. Statt sich zu verbeugen, wie es wohl angemessen gewesen wäre, sah er dem jungen Sultan zum Abschied tief in die Augen.

Dann, noch ehe der verblüffte Herrscher etwas erwidern oder ihn aufhalten konnte, wandte er sich um und ging zu Alyssia, und gemeinsam eilten sie davon, in der Hoffnung, dass es noch nicht zu spät sein würde …

33

Zisternen von Alexandria
Währenddessen

Alessandro wappnete sich innerlich für das, was er zu tun hatte. Er hatte es mehrfach erwogen, es gab keinen anderen Weg. Er hatte diesen Vorsatz vor langer Zeit gefasst. Müßig, ihn jetzt noch ändern zu wollen.

Es gab ein dumpfes Geräusch, als die beiden Boote aneinanderstießen – der Nachen, in dem er und Sabattini waren, und das andere Boot, das er im Schutz der Säule vertäut hatte. Ein Bündel lag darin, das mehr als unscheinbar aussah, in eine schäbige Plane gewickelt. Und doch war es das, was Sabattini so unbedingt haben wollte, worauf er all seine Hoffnungen gegründet hatte …

»Das soll es sein?«, fragte er argwöhnisch.

»Das ist es«, bestätigte Alessandro.

»Ich warne dich, Bursche!«

»Ich weiß.« Alessandro holte den Stab ein, mit dem er den Nachen angetrieben hatte, und legte ihn längsseits in die dafür vorgesehene Gabel. Schließlich griff er sich hinüber, fasste den Bugspriet des anderen Bootes und zog es heran. Dann war es auch schon so nah, dass er sich hinüberbeugen und das Paket herausnehmen konnte – den Schrein mit den heiligen Reliquien.

»Vorsichtig«, wies Sabattini ihn an. »Ganz vorsichtig!«

Alessandro nickte nur. Mit den Armen voraus, hangelte er

sich in das andere Boot, griff nach dem Schrein – und nach dem Dolch, der darunter verborgen lag. Der Plan war von Beginn an gewesen, Sabattini hierherzulocken und ihn zu töten. Dass dieser eine Geisel hatte, war nicht vorgesehen gewesen. Dennoch sah Alessandro keine andere Möglichkeit.

Entweder jetzt – oder niemals …

»Das Versteck ist gut, das muss man dir lassen«, erkannte Sabattini mit falschem Wohlwollen an. »Darauf wäre nicht jeder gekommen.«

»Ich stecke voller Überraschungen«, versicherte Alessandro, während er das Bündel mit dem Schrein anhob. »Das werdet auch Ihr noch bemerken.«

»Unwahrscheinlich.« Sabattinis Züge dehnten sich gelangweilt. »Ich kenne die Menschen, und nur die wenigsten vermögen mich noch zu überraschen.«

»Ist das so?« Langsam wandte sich Alessandro zu ihm um, die blanke Klinge in seiner Rechten hinter dem Bündel verbergend. »Aber vielleicht werdet Ihr ja mit einem Ausdruck der Überraschung im Gesicht *sterben!*«

Noch während er ihm das letzte Wort entgegenschrie, ließ er das Bündel sinken, und die Hand mit dem Dolch kam zum Vorschein, den er in einer engen Halbkreisbewegung gegen Sabattinis Hals führte. Sein Ziel war die Stelle oberhalb des Kettenkragens – doch er erreichte sie nicht.

Denn Sabattini schien mit dem Angriff gerechnet zu haben. Seine behandschuhte Linke schnellte empor und fing den Hieb ab, während die Rechte fast gleichzeitig mit dem Schwert zustieß. Es gab ein reißendes Geräusch, als die Klinge Alessandros weite Robe durchbohrte und seine Hüfte ritzte. Die Wunde war nur oberflächlich, der Schmerz dennoch heftig.

Alessandro schrie auf. Das Bündel hatte sich seinem Griff entwunden und war auf den Boden des Nachens gefallen. Den Dolch jetzt mit beiden Händen haltend, warf er sich herum und griff seinen Gegner abermals an, bitter entschlossen, ihm die Klinge bis zum Heft ins Herz zu treiben. Doch Sabattini stoppte den Angriff nicht nur mit einem weiteren Schwerthieb, sondern schlug ihm auch noch den Dolch aus der Hand. In unendlicher Langsamkeit sah Alessandro die Waffe davonfliegen, sich noch einmal blitzend in der Luft überschlagen – und ins dunkle Wasser eintauchen. Nun war er unbewaffnet, und Sabattini hatte nicht mehr den geringsten Grund, ihn am Leben zu lassen!

Schon tauchte der Staatsinquisitor von Venedig über ihm auf, die Augen weit aufgerissen, schrecklich anzusehen in seiner schwarzen Robe und Rüstung. Das Schwert hielt er beidhändig umklammert, die Spitze zeigte nach unten, geradewegs auf Alessandros Brust.

»Nein«, stieß Alessandro entsetzt hervor, obschon er wusste, dass das Ende unausweichlich war …

Doch der tödliche Stoß blieb aus.

Sabattini stand über ihm und starrte ihn an, sein Atem ging stoßweise und in blinder Wut – und doch stach er nicht zu. Was hinter seinen von der Narbe entstellten Zügen vor sich ging, war nicht festzustellen. Doch im nächsten Moment ließ er sein Schwert herumwirbeln, und statt damit zuzustoßen, hieb er den Knauf an Alessandros Schläfe.

Der Schmerz war überwältigend.

Alessandros Bewusstsein flackerte wie eine Kerze im Wind. Er merkte kaum noch, wie Sabattini ihn am Kragen packte, ihn auf die Beine riss und dann über Bord stieß. Kopfüber tauchte er in das Wasser ein und versank, der dunklen Tiefe entgegen …

Mit zitternden Händen griff Battista Sabattini nach der Ruderstange und stieß sich damit von der Säule ab. Fast lautlos nahm der Kahn Fahrt auf und glitt davon, fort von der Stelle, wo Alessandro Bertrano in den Fluten versunken war. Was, so fragte sich Sabattini, war geschehen?

Der Junge hatte versucht, ihn arglistig zu täuschen! Er hatte ihn töten, ihm kurzerhand die Kehle durchschneiden wollen – und was tat er? Statt sich zu revanchieren, indem er kurzerhand sein Herz durchbohrte, schlug er den Jungen nur halb bewusstlos, ließ ihn aber am Leben! Hatte er den Verstand verloren?

Gehetzt blickte er über die Schulter zurück.

Die Wogen hatten sich geglättet, Luftblasen waren nicht mehr zu sehen. Mit etwas Glück würde der Junge ertrinken, dann würde Battistas Augenblick der Schwäche ohne Folgen bleiben – denn nichts anderes war es gewesen.

Ein seltener Augenblick der Schwäche!

Der Gedanke war ihm ganz plötzlich gekommen, hatte ihn angefallen wie ein Raubtier im Dunkeln. Schon viele Jahre war Raffaela seine Gespielin, schon bevor sie Leonardo Bertrano das Jawort gegeben hatte. Konnte es also sein, dass …?

Zuzutrauen war es ihr, das stand außer Frage. Raffaela liebte es, sich hilflos, ja unterwürfig zu geben, aber in Wahrheit war sie alles andere. Die Kaltblütigkeit, mit der sie ihre eigene Stieftochter an den Sklavenhändler verscherbelt hatte, sprach Bände.

Aber sollte sie …? Und es ihm, Battista Sabattini, vorenthalten haben? Hatte er in all den Jahren einen Sohn gehabt, ohne es zu wissen?

Der Gedanke brachte ihn an den Rand des Wahnsinns, schon weil er bedeutete, dass er sich vielleicht in vielerlei Hinsicht geirrt, dass er grundlos mit dem Schicksal gehadert hatte. Alles erschien dadurch plötzlich in einem anderen Licht … Wenn er tatsächlich Vater eines Sohnes, wenn Alessandro sein eigen Fleisch und Blut war … so hatte Bianca auf seine Weisung hin ihren eigenen Bruder verführt!

Nein, das war nicht möglich!

Es durfte nicht sein!

Mit kräftigen Stößen trieb er den Nachen voran, als wäre er auf der Flucht vor einem Monstrum, das hinter ihm im Dunkeln lauerte. Dabei, dachte er beklommen, war es womöglich nur die Wahrheit, der er dort in der Tiefe des Gewölbes begegnet war …

Er verspürte Erleichterung, als er die Anlegestelle erreichte, von wo aus die Treppe zurück zur Oberfläche führte, zurück zu seinem alten Leben und zu dem Triumph, der dort auf ihn wartete.

Die Ruderstange warf er ins Wasser, und er nahm sich auch nicht die Zeit, das Boot zu vertäuen. Stattdessen nahm er nur das Bündel mit der Beute auf und sprang an Land, setzte die steinernen Stufen empor und platzte durch die offene Tür hinaus ins grelle Sonnenlicht des Mittags.

Es dauerte einen Augenblick, bis sich seine Augen an die blendende Helligkeit gewöhnt hatten. Dann erkannte er eine menschliche Gestalt, die am Fuß der Mauer auf dem Boden kauerte. Stilicho.

»Siehst du«, sprach Sabattini ihn an, wobei er das Bündel mit dem Schrein triumphierend hochhielt. »Es ist genau so gekommen, wie ich es vorausgesagt habe. Hier ist, was mich zum Herrscher machen wird!«

Stilicho saß still und gab keine Antwort, und im nächsten Moment wurde Sabattini auch klar, warum.

Der Byzantiner war tot.

Sein linkes Auge fehlte; sein blutüberströmter Kopf war zur Seite gefallen, quer über seiner Brust klaffte eine tiefe Wunde, ganz offenbar von einer gekrümmten Klinge geschlagen.

»Wo ist Alessandro?«, fragte jemand hinter ihm.

Gehetzt fuhr Sabattini herum, den Schrein an sich pressend wie einen Schild.

Vor ihm stand Alyssia Bertrano.

Bei ihr war ein Mann mit blauen Augen und europäischen Gesichtszügen, der jedoch die Kleidung eines osmanischen Kriegers trug. Die Klinge in seiner Hand war blutig rot …

34

»Wo ist mein Bruder?«, wollte Alyssia wissen. »Was hast du mit ihm gemacht?«

Einen Augenblick lang war Battista Sabattini wenn schon keine Bestürzung, so doch eine gewisse Überraschung anzusehen. Sein Blick wanderte zwischen Alyssia, El-Rih und dem toten Stilicho hin und her, während er wohl herauszufinden versuchte, was in der Zwischenzeit geschehen war.

»Rih ist ein Freund«, half Alyssia ihm auf die Sprünge. »Er gehört zur Garde der Janitscharen.«

»Wenn schon. Er ist doch nur ein dreckiger Muselmane wie all die anderen – oder womöglich noch viel schlimmer! Denn sein Aussehen lässt vermuten, dass er nicht immer Muselmane gewesen ist. Und das ist noch unwürdiger, als von Geburt an ein elender Heide zu sein.«

Da Rih kein Wort verstanden hatte, übersetzte Alyssia für ihn. Ihm war klar, dass der Franke ihn herausfordern, ihn zu einer unüberlegten Handlung veranlassen wollte, aber er ließ sich nicht darauf ein – schon seines schmerzenden Rückens wegen, der seit dem Kampf gegen Stilicho wieder wie Feuer brannte.

Der Byzantiner war ein erbitterter Gegner gewesen, trotz oder vielleicht auch gerade wegen des Verlusts seines Auges. Rihs Klinge hatte ihn schließlich ereilt, aber der Preis dafür war hoch gewesen. Einige der Wunden, die die Peitsche hinterlassen hatte, waren wieder aufgeplatzt. Rih konnte fühlen, wie Blut seinen Rücken hinabrann und seine Tunika tränkte. Der Schmerz war kaum zu ertragen, Rihs harter Erziehung zum Trotz.

»Das Bündel, das du trägst«, forderte Alyssia ihn auf. »Leg es auf den Boden und trete zurück!«

»Du willst es haben?« Sabattini grinste wölfisch. »Wozu?«

»Um es nach Venedig zurückzubringen und die Familienehre wiederherzustellen, die du besudelt hast. Ich werde dafür sorgen, dass alle Welt erfährt, dass nicht mein Vater, sondern in Wahrheit du der Verräter und Verschwörer gewesen bist!«

»Und du denkst, dass irgendjemand dir Glauben schenken wird?«

»Wenn ich die heiligen Reliquien dabei in meinen Händen halte, ganz sicher«, erwiderte Alyssia überzeugt, und das schien auch Sabattini einzuleuchten, denn das überlegene Grinsen schwand aus seinen Zügen. Zumal Rih die Janitscharenklinge hob und nun auf ihn zutrat, trotz der Schmerzen, die ihn plagten.

Der Franke war ein ernst zu nehmender Gegner, daran gab es keinen Zweifel. Und das nicht nur wegen der Rüstung, die er trug und die jeden flüchtigen Treffer oder halbherzig vorgetragenen Angriff wirkungslos abprallen lassen würde. Sondern auch wegen allem, was Alyssia ihm über Battista Sabattini berichtet hatte. Dieser Mann war über Leichen gegangen, um seine Ziele zu erreichen, hatte nicht davor zurückgeschreckt, Lügen und Intrigen in die Welt zu setzen, ruchlos zu morden und einen Krieg vom Zaun zu brechen. Rih kannte diese Sorte Menschen nur zu gut.

Sie waren gefährlich, auf beiden Seiten des Meeres.

»Du wagst es tatsächlich? Willst du unbedingt sterben?«, fragte Sabattini ihn in akzentbeladenem Arabisch.

»Dein Arabisch ist so schlecht wie deine Absichten«, beschied ihm Rih. Er hob die Janitscharenklinge und ging in Verteidigungsposition.

»Wie du willst.«

Sabattini legte das Bündel ab und zog seine eigene Klinge, die er beidhändig umklammerte. So umkreisten sie einander, lauernd wie zwei Raubtiere kurz vor dem Sprung. Rih sah in die Augen seines Gegners, die blau waren wie seine eigenen und zugleich unergründlich – entsprechend unerwartet kam der Ausfall, den Sabattini vortrug. Mit einer Kraft, die einem Mann von solch schlanker Postur kaum zuzutrauen war, führte er seine Klinge in einem engen Bogen. Zwar parierte Rih den Hieb, doch hatte er gleichzeitig das Gefühl, sein Rücken würde bersten.

Der Stahl kreischte, als die Klingen voneinander abglitten. Rih drehte sich um seine Achse, hielt das Schwert auf halber Höhe, den nächsten Angriff erwartend. Geschwächt wie er war und von Schmerzen gepeinigt, konnte er aus diesem Kampf nur dann als Sieger hervorgehen, wenn es ihm gelang, eine Schwachstelle bei seinem Gegner auszumachen. Und das rasch. Doch Sabattini erweckte nicht den Eindruck, als ob er sich eine Blöße geben wollte. Seine Züge wirkten hochkonzentriert, während er Rih umkreiste. Wieder griff er an, doch diesmal nur, um seinen Gegner zu testen. Ihre Klingen trafen aufeinander. Die Attacke war nur mit halber Kraft ausgeführt, dennoch war es für Rih, als wollten die Arme aus seinen Schultern brechen. Um sich etwas Luft zu verschaffen, sprang er zurück, und erneut belauerten sie einander.

Rih war erschöpft, sein Atem ging stoßweise, und in seinem Bewusstsein war Schmerz, nichts als Schmerz. Sabattini schien es zu bemerken, denn ein schadenfrohes Grinsen erschien in seinem verunstalteten Gesicht.

»Du bist verletzt«, stellte er fest. »Wie überaus bedauerlich für dich.«

Rih antwortete nicht, sparte sich den Atem. Als Sabattini erneut angriff, tat er es mit einem heiseren Kampfschrei, und er schwang sein Schwert genau in Höhe von Rihs Hals. Der Schlag hätte Rih fraglos enthauptet, hätte er ihn nicht pariert. Doch die Wucht des Hiebes und der daraus resultierende Schmerz waren so überwältigend, dass er davon umgerissen wurde. Er fiel, was Alyssia einen entsetzten Schrei entlockte, und rollte sich über seinen wunden Rücken ab. Zwar stand er im nächsten Moment wieder auf den Beinen, jedoch noch heftiger blutend als zuvor und mit vor Schmerz fast schwindenden Sinnen. Er wankte, hatte Mühe zu erkennen, was Sabattini tat. Erst im letzten Augenblick nahm er die Klinge wahr, die auf ihn zukam, und riss die Schwerthand hoch. Er blockte den entsetzlichen Hieb, den Sabattini beidhändig geführt hatte, doch der Aufprall war so heftig, dass er Rih das Schwert aus den Händen drosch. Ihm blieb nichts, als vor der schwirrenden Klinge seines Gegners zurückzuweichen, bis er rücklings gegen die Mauer prallte, die den Innenhof umlief.

Wieder quälte ihn Schmerz, dass es ihm fast die Sinne raubte, ein Schrei entrang sich seiner Kehle. Sabattini grinste und wollte zustoßen – doch plötzlich war Alyssia heran, die Rihs Klinge aufgehoben hatte und ihren Erzfeind mit einem heiseren Schrei attackierte.

Sabattini lachte nur.

Den Angriff wehrte er ohne Mühe ab, versetzte seiner im Schwertkampf ungeübten Gegnerin einen Hieb, den sie zwar parierte, der sie jedoch zurücktaumeln ließ und zu Fall brachte. Rih wollte aufspringen und sich mit bloßen Fäusten auf seinen bewaffneten und schwer gepanzerten Gegner stürzen – doch in diesem Moment fuhr Sabattini schon wieder herum und hielt ihm die Spitze seines Schwerts an die Kehle.

Rih erstarrte in seiner Bewegung.

»Das Spiel ist zu Ende«, beschied Sabattini ihm grinsend. »Mach dich bereit zu sterben, Sarazene.«

»Ich bin ein Janitschar«, entgegnete Rih.

Trotzig sah er dem Mann in die Augen, der im Begriff stand, den tödlichen Stahl in seinen Hals zu rammen. Für einen Augenblick sah es so aus, als wollte Sabattini auch genau das tun. Aber dann veränderte sich sein Gesichtsausdruck plötzlich, wurde ungläubig, fassungslos …

»Was …?«, flüsterte er, während er die Klinge sinken ließ und mit bebender Hand nach Rihs Hals griff. Das Medaillon, das der Janitschar trug, war im Zuge des Kampfs aus dem Halsausschnitt der Tunika geglitten. Sabattini starrte es entgeistert an, ein fernes Erkennen schien in seinen eisblauen Augen aufzuflackern.

»Woher … hast du das?«, fragte er atemlos und in seinem schlechten Arabisch.

»Von meiner Mutter«, stieß Rih hervor.

»Wer war sie?«

»Ich weiß es nicht. Ich habe sie nie gekannt.«

Der Blick, den Battista Sabattini ihm sandte, war voller Widersprüche. Nie zuvor hatte Rih im Gesicht eines Mannes zugleich größere Freude und größeres Entsetzen erblickt als in diesem Moment.

»Du bist … ich bin … ich habe …«, stammelte Sabattini. Er schien nach Worten zu suchen, sie vor Fassungslosigkeit jedoch nicht zu finden.

Und plötzlich war es zu spät dazu.

Sabattini zuckte zusammen, im nächsten Augenblick brach blutiger Stahl durch seine gepanzerte Brust, der mit derartiger Wucht in seinen Rücken gerammt worden war, dass er vorn wieder austrat. Sabattinis Faust schloss sich reflexhaft, er riss das Medaillon von Rihs Hals, weiter ungläubig darauf starrend. Wankend stand er da, zu Tode verwundet – doch der Ausdruck entsetzten Erstaunens war in seinem Gesicht geblieben, hatte sich dort eingemeißelt.

Mit einem Ruck wurde das Schwert wieder herausgerissen, dennoch hielt sich Sabattini auf den Beinen. Blut rann aus seinen Mundwinkeln, als er sich umdrehte, um zu sehen, wer ihm den tödlichen Stoß versetzt hatte. Dabei gaben seine Beine nach und er stürzte.

Ein junger Mann tauchte über ihm auf. Er atmete schwer und blutete aus einer Wunde an seiner Schläfe. Sein Haar und seine Kleider waren durchnässt, in der Hand hielt er die blutige Klinge Stilichos, die er vom Boden aufgelesen hatte.

»… noch einen Sohn«, stieß Sabattini keuchend und mit letzter Kraft hervor, dann brach er leblos zusammen. Die Steinplatten und der Sand unter ihm färbten sich dunkel.

»Alessandro! Bruder!«

Alyssia sprang auf und eilte zu ihrem Bruder, der sie in seine Arme schloss. Dann eilte sie zu Rih, der auf allen vieren zu Sabattini gekrochen war.

Der Mann, der so großes Unrecht über Alyssia und ihre Familie gebracht hatte, war tot. Dennoch empfand Rih darüber keine Genugtuung.

»Rih«, hauchte Alyssia, während sie bei ihm niederfiel und ihn umarmte.

»Er … er hätte mich töten können«, stieß Rih fassungslos hervor, »aber aus irgendeinem Grund hat er gezögert …« Er beugte sich vor, nahm das Medaillon aus Sabattinis erkaltender Hand und betrachtete es. »Er schien es zu erkennen, womöglich wusste er, wer ich war …«

»Es spielt keine Rolle mehr«, flüsterte Alyssia ihm zu und küsste sanft seine Schläfe. »Es ist vorbei, nur das zählt. Endlich vorbei.«

Rih nickte, und sie half ihm auf die Beine. Ihr Bruder Alessandro hatte inzwischen das Bündel vom Boden aufgelesen, das die Reliquien des Evangelisten enthielt und Sabattinis Weg zur Macht hatte ebnen sollen. Wie einen Schatz presste er es an sich, und der Blick, den er Rih zuwarf, war voller Dankbarkeit.

»Du hast Alyssias Leben gerettet«, sagte er.

»Und du das meine«, entgegnete Rih.

Beide reichten einander die Hände, und in dem Augenblick, da sie einander berührten, dämmerte ihnen für einen kurzen Moment die unbegreifliche Wahrheit, ahnten sie entfernt, dass sie beide Söhne desselben Vaters waren – doch schon einen Lidschlag später gehörte der Moment der Vergangenheit an, denn Schreie waren ganz in der Nähe zu hören, Befehle in griechischer Sprache.

»Die Plünderer kommen«, stellte Alessandro fest. »Sie werden jeden Augenblick hier sein.«

»Dann lasst uns fliehen«, hauchte Alyssia, »diese Stadt rasch verlassen ...«

»Dazu ist es zu spät«, keuchte Rih. »Das gesamte Viertel befindet sich in feindlicher Hand. Wir können nur kämpfen ...«

»... und dabei sterben«, fügte Alessandro hinzu. »Oder uns in den Zisternen verstecken. Dort wird man nicht nach uns suchen.«

Schon zog er sich in Richtung der noch halb offen stehenden Tür zurück, und Alyssia wollte ihm folgen – doch Rih rührte sich nicht vom Fleck.

»Was ist?«, fragte sie ihn.

Rih zögerte. Natürlich wollte er bei Alyssia bleiben, natürlich dieses sinnlose Schlachten überleben – doch sein Pflichtgefühl hielt ihn zurück. Er war ein Janitschar, ein Kämpfer, seine Aufgabe war es, an der Seite derer zu stehen, die seinem Schutz anvertraut waren!

Alyssia schien ihn gut genug zu kennen, um zu wissen, was ihn bewegte. »Deine Leute haben die Stadt bereits verlassen«, brachte sie in Erinnerung. »Willst du für einen hochmütigen Knaben dein Leben lassen? Für einen unreifen Herrscher, der deine Loyalität nicht verdient?«

Rih brauchte nicht lange nachzudenken.

Nein, dachte er grimmig, das will ich nicht.

Und so folgte er Alyssia und ihrem Bruder, und gemeinsam stiegen sie hinab in die Dunkelheit und die beruhigende Stille der Tiefen von Alexandria.

EPILOG

Alexandria
12. Oktober 1365

Drei Tage blieben sie in den Zisternen, harrten im Halbdunkel aus, während das Schlachten und Morden in den Straßen weiterging. An trinkbarem Wasser bestand in ihrem Versteck kein Mangel, und so blieben sie, warteten …

Und warteten.

Bisweilen glaubten sie schon, dass es endlich vorüber wäre, und wollten aufatmen. Doch dann waren wieder Schreie zu hören, die durch die Lichtschächte herabdrangen und durch die Gewölbe hallten, geisterhaft und unheimlich. Und in den Nächten konnten sie sehen, wie sich im dunklen Wasser der Zisternen der Widerschein der zahllosen Brände spiegelte, die die Eroberer in der Stadt gelegt hatten.

Sie waren wie ein Schwarm von Heuschrecken, der überraschend aufgetaucht war und sich auf alles stürzte, dessen er habhaft werden konnte. Vermutlich wären sie noch länger geblieben, hätte sich am dritten Tag nach ihrer Ankunft nicht die Kunde verbreitet, dass ein mamlukisches Heer unter der Führung Emir Yalbughas von Cairo aus aufgebrochen sei, um den Alexandrinern zur Hilfe zu kommen.

Mit der Aussicht konfrontiert, es mit anderen Gegnern als

mit Frauen, Greisen und Kindern zu tun zu bekommen und die leichte Beute, die sie gemacht hatten, womöglich doch noch mit hohem Blutzoll bezahlen zu müssen, wandten sich die Eroberer zum Rückzug. So schnell, wie sie gekommen waren, verschwanden sie auch wieder. Und auch hier glichen sie den Heuschrecken, denn sie hinterließen nichts als Verwüstung. Ihre Beute nahmen sie mit, dazu fünftausend Gefangene – alexandrinische Bürger, die sie als Sklaven verkaufen wollten. Zurück blieben nur Elend und Zerstörung.

Als Rih, Alyssia und Alessandro nach drei Tagen die Zisternen verließen und zurück ans Licht kamen, fanden sie eine veränderte Stadt vor.

Wo noch vor wenigen Tagen das Leben pulsiert hatte, wo die Menschen ihrer Arbeit nachgegangen waren und ein friedliches Leben geführt hatten, herrschte nun der Tod. Noch immer schwelten Brände, deren bitterer Geruch die Luft tränkte, Straßen und Plätze waren von den Leichen derer übersät, die dem Blutdurst der Eroberer zum Opfer gefallen waren. Infolge der Hitze war der Gestank, der über Alexandria lag, kaum zu ertragen. Wer noch dazu in der Lage war, der hatte die Stadt verlassen, nur wenige waren geblieben, um zu helfen.

Rih hoffte, dass Omar und die Janitscharen noch rechtzeitig entkommen und in Sicherheit waren, und unwillkürlich fragte er sich, ob der weise alte Fuchs, der stets so viel gewusst hatte, auch dies hatte kommen sehen; auch hätte es ihn interessiert zu erfahren, wie es Shaban ergangen war. Er zweifelte nicht daran, dass der junge Sultan im Kordon seiner Bewacher den Kampf um Alexandria überlebt hatte und dass noch von ihm zu hören sein würde.

Auch Alyssia war tief erschüttert, schämte sich dafür, zu jenen zu gehören, die dieses sinnlose Blutbad angerichtet hatten. Auch wenn die Eroberer vorgegeben hatten, im Auftrag Gottes zu handeln – ihre Ziele waren in Wahrheit andere gewesen! Und wenn Alyssia eines sicher wusste, dann dass der Allmächtige keinen Gefallen daran fand, wenn Frauen, Kinder und Alte in seinem Namen dahingemordet wurden. Alessandro wirkte geradezu verstört; seine Züge waren von Grauen gezeichnet, während er auf das Bild des Schreckens starrte. Dabei presste er den Reliquienschrein an sich und murmelte leise lateinische Gebete, in denen er den Herrn um Vergebung bat.

Nicht nur für sich selbst, sondern auch für jene, die dies angerichtet hatten ...

»Wir müssen fort«, sagte Rih, der als Erster die Sprache wiederfand. »Wenn Yalbugha hier eintrifft, möchte ich nicht mehr hier sein und ihm erklären müssen, warum wir noch leben.«

»Du hast recht.« Alessandro nickte. »Ich werde nach Rashid gehen und versuchen, eine Passage nach Italien zu bekommen.«

»Du willst zurück?«, fragte Alyssia.

Ihr Bruder nickte. »Ich werde die Gebeine des Heiligen zurück in die Stadt unserer Väter bringen. Das ist das Mindeste, das ich tun kann. Und ich werde die Ehre unserer Familie wiederherstellen. Wenn es Aufzeichnungen über jene Vorfälle gab, so werden sie aus den Annalen der Stadt getilgt. Die Nachwelt wird nichts davon erfahren, ebenso wenig wie vom Diebstahl der Reliquien. Die Geschichte wird weiter ihren Gang nehmen, als wäre nichts geschehen und als hätte es uns nie gegeben.«

»Ich weiß, was du meinst«, stimmte Rih zu. »Mein Herr Omar ben Adil hat den Frieden gesucht. Er hat versucht, ein Bündnis zwischen Bursa und Al-Qahira zu schmieden, das war sein großes Ziel. Doch es ist ihm nicht gelungen. Wenn Osmanen und Mamluken einander in Zukunft begegnen, wird es wohl auf dem Schlachtfeld sein.«

»Und du?«, fragte Alessandro. »Wirst du dann dabei sein?«

Rihs Blick wanderte zu Alyssia, die ihn ebenfalls fragend ansah, unverhohlene Furcht in ihren Augen. Während der vergangenen drei Tage hatten sie Zeit gehabt zu reden, hatten sich ausgetauscht und kannten den anderen nun gut genug, um sowohl um seine Stärken als auch um die Schwächen zu wissen. Rihs Stärke war von jeher sein Pflichtgefühl gewesen, sein unbedingter Wille, einen erteilten Auftrag auszuführen. Doch zum ersten

Mal in seinem Leben war der Janitschar ohne Befehl. Von seinen Kameraden wurde er für tot gehalten, ebenso wie von seinen Feinden.

Er war ein Krieger ohne Land.

Natürlich hätte er ein Pferd besteigen und gen Süden reiten können, Omar und den anderen hinterher, aber ein Gefühl sagte ihm, dass sein alter Freund und Mentor dies nicht erwartete – und ihn womöglich gar dafür gescholten hätte. Nicht von ungefähr hatte er ihn freigegeben.

Die Schuld war getilgt, der Schwur erfüllt.

Den Janitscharen El-Rih gab es nicht mehr.

Nur noch den Mann namens Rih …

»Nein«, sagte er deshalb. »Diesen Krieg werden sie ohne mich führen müssen. Ich habe genug gekämpft.«

»Dann werdet ihr mich nach Venedig begleiten?«, fragte Alessandro hoffnungsvoll. »Dort könntest du noch mehr über deine Vergangenheit herausfinden. Über deine Mutter und …«

Rih hatte sich Alyssia zugewandt und seine Arme um sie geschlossen. Was interessierte ihn die Vergangenheit? Die Zukunft war es, die ihn lockte. Alyssia und er sahen einander tief in die Augen und verstanden sich, ohne ein Wort zu wechseln.

»Nein«, antwortete sie an seiner Stelle. »Wir werden fortgehen und ein neues Leben beginnen, an einem Ort, an dem Platz ist für den Wind *und* die Wahrheit.«

»Und wo soll das sein?«, fragte Alessandro zweifelnd. »Wie stellt ihr euch das vor? Wo wollt ihr leben? Im Morgenland oder im Abendland?«

»In Freiheit«, entgegnete Rih lächelnd.

»Als Christen oder Muslime?«

»Als Menschen. Mit dem Besten beider Welten.«

ENDE

DANKSAGUNG

Am Ende einer Reise pflegt man zurückzuschauen – auf die Wegstrecke, die hinter einem liegt; auf die Stationen, die man besucht hat und auf die Menschen, denen man unterwegs begegnet ist. Man erinnert sich an den Tag, an dem man die Reise angetreten, an die Vorbereitungen, die man getroffen hat – und auch an den Moment, in dem einem der Gedanke, diese spezielle Reise zu unternehmen, zum ersten Mal zu Bewusstsein gekommen ist.

Mit einem Roman ist es nicht viel anders.

Die Idee zu DER WIND UND DIE WAHRHEIT entstand bereits vor einigen Jahren, und während ich zu Beginn oftmals nur sehr vage Vorstellungen vom Titel habe, stand er mir hier von Anfang an vor Augen. Die Liebe zwischen einer venezianischen Kaufmannstochter und einem jungen Krieger der Janitscharen vor dem Hintergrund der Rivalität zwischen Abendland und Morgenland, zwischen Venedig und Alexandrien, die schließlich zur Plünderung der alten Ptolemäerstadt führte, schien mir nicht nur einfach eine dramatische Geschichte zu sein. Sie bot auch die Möglichkeit, Fiktion und Historie auf eine Weise zu verbinden, die das eine nicht mehr ohne Weiteres vom anderen unterscheidbar macht; und zum anderen schien mir die damalige Welt mit all ihren Wirrungen und Intrigen auch in mancher Hinsicht ein Spiegel unserer heutigen Zeit zu sein.

Wer will, kann in meinen drei Romanen DAS BUCH VON ASCALON, DAS VERSCHOLLENE REICH und DER WIND UND DIE WAHRHEIT eine gedankliche Linie erkennen: In allen drei Romanen – der erste spielt zur Zeit des Ersten Kreuzzugs, der zweite vor Beginn des Dritten, und der Feldzug gegen Alexandrien wird von Historikern bisweilen als der »letzte« Kreuzzug bezeichnet – steht die Konfrontation zwischen der christlichen und der muslimischen Welt im Mittelpunkt, und es entbehrt nicht einer gewissen Bitterkeit, dass dieser Konflikt bis zum heutigen Tag unser Weltgeschehen und nicht selten auch unsere Tagespolitik prägt. Haben wir in all den Jahrhunderten, die seit den Tagen Alyssias und El-Rihs vergangen sind, tatsächlich so wenig dazugelernt? Sind die Menschen dazu verdammt, ihre Fehler stets zu wiederholen? Und ist die Geschichte der Menschheit tatsächlich nur ein Kreislauf sich wiederholender Ereignisse?

Ich möchte das Gegenteil glauben, denn anders als dieser Roman ist diese Geschichte noch nicht geschrieben, sodass wir auf Besserung hoffen dürfen. Zumal es zu allen Zeiten Menschen wie Alyssia und Rih gegeben hat und geben wird, die die engen Grenzen ihrer Welten sprengen und bereit sind, einen Schritt weiterzugehen.

Bei meiner Reise in diese so ferne und doch noch so gegenwärtige Vergangenheit hatte ich die Hilfe einiger Menschen, denen ich an dieser Stelle gerne danken möchte. Da ist natürlich Peter Molden, mein unermüdlicher Agent, bei dem meine bisweilen überschießende Kreativität stets sowohl Gehör als auch Erdung findet; mein Lektor Stefan Bauer, der mir nun schon bei so vielen Projekten mit freundschaftlichem Rat zur Seite stand und dessen Begeisterungsfähigkeit, Belesenheit und Liebe zum Detail mich immer wieder staunen lassen; Illustrator Daniel Ernle, der nicht nur ein begnadeter Zeichner ist, sondern auch ein Freund; und natürlich der wunderbare Helmut Pesch, der auch dieses Buch wieder durch seine großartigen Karten bereichert hat. Auch allen anderen, die zu diesem Buch beigetragen haben, möchte ich an dieser Stelle ganz herzlich danken – mein Name mag als einziger auf dem Deckel stehen, was nichts daran ändert, dass ein solches Buch stets das Verdienst vieler kreativer und engagierter Geister ist.

Dank gebührt natürlich auch meiner Familie, ohne deren liebevolle Unterstützung es den Autor Peinkofer erst gar nicht gäbe. Und natürlich Ihnen, meinen Lesern, ganz gleich, ob Sie mir bereits seit Längerem die Treue halten oder mich eben erst neu entdeckt haben.

Im letzteren Fall würde ich mich freuen, wenn wir uns wiedersehen.

Michael Peinkofer
Herbst 2015

»Lerne … finde die Wahrheit … deine eigene Wahrheit … «

Jeremiah Pearson
DIE TÄUFERIN
Der Bund der Freiheit
Historischer Roman
Aus dem amerikanischen
Englisch von
Axel Merz
608 Seiten
ISBN 978-3-7857-2537-5

Böhmen, 1517. Kristina ist noch ein Kind, als ihre Eltern auf dem Scheiterhaufen verbrannt werden. Sie seien Ketzer, so das Urteil, Feinde der katholischen Kirche. Weil sie daran glaubten, dass jeder Mensch das Recht hat, Lesen zu lernen. Jahre später will Kristina ihr Werk fortführen. Mit einer kleinen Gruppe Gleichgesinnter macht sie sich auf die gefährliche Reise nach Deutschland, um Verbündete in Mainz zu unterstützen. Doch unterwegs lauern nicht nur Ketzerjäger, sondern auch der Krieg. Bald liegt Kristinas Schicksal in der Hand eines einzigen Mannes: des hitzköpfigen Bauernkriegers Lud. Auftakt einer fulminanten historischen Saga in der Tradition von Ken Follett und Noah Gordon

Bastei Lübbe

Ihr Kampf für Freiheit, Ehre und Vergeltung beginnt

Ben Kane
DIE VERGESSENE LEGION
Roman
Aus dem Englischen
von Dr. Holger Hanowell
752 Seiten
ISBN 978-3-404-17295-5

Rom, 56 v. Chr. Die Zwillinge Romulus und Fabiola sind Sklaven. Als 13-jährige werden sie getrennt: Fabiola wird an ein Bordell verkauft, Romulus an eine Gladiatorenschule. Dort freundet der junge Sklave sich mit Brennus an, dem besten Gladiator Roms. Als Romulus beschuldigt wird, einen Patrizier ermordet zu haben, flüchten die beiden Freunde gemeinsam. Sie schließen sich Auxiliartruppen an, die weit nach Osten ziehen. Noch ahnen Romulus und Brennus nicht, was sie am Ende der Reise erwartet: ein Platz in der „vergessenen Legion", dem größten Mysterium der römischen Antike.

Bastei Lübbe

al-Mags
Fried-
hof
Kleiner
Palast
Großer
Palast
Bulaq
Fried-
hof
al-Qahira
Nil
Alte
Zitadelle
Insel
Rawdah
Paläste
Fustat-
Misr
N
CAIRO